张培忠　蒋述卓／总主编

陈　希／主编

第三卷

广东文学通史

人民文学出版社

图书在版编目（CIP）数据

广东文学通史. 第三卷，现代/张培忠，蒋述卓总主编；陈希主编. —北京：人民文学出版社，2023
ISBN 978-7-02-017986-2

Ⅰ.①广… Ⅱ.①张…②蒋…③陈… Ⅲ.①地方文学史—广东—现代 Ⅳ.①I209.965

中国国家版本馆 CIP 数据核字（2023）第 079794 号

责任编辑　付如初
装帧设计　李思安
责任印制　宋佳月

出版发行　人民文学出版社
社　　址　北京市朝内大街 166 号
邮政编码　100705

印　　刷　涿州市京南印刷厂
经　　销　全国新华书店等

字　　数　590 千字
开　　本　710 毫米×1000 毫米　1/16
印　　张　35　插页 1
版　　次　2023 年 5 月北京第 1 版
印　　次　2023 年 5 月第 1 次印刷

书　　号　978-7-02-017986-2
定　　价　98.00 元

如有印装质量问题,请与本社图书销售中心调换。电话:010-65233595

第三卷 现代

编委会（以姓氏笔画为序）

江　冰　　刘晓明　　刘　春　　纪德君　　张培忠　　陈　希
陈　志　　陈　昆　　陈永正　　陈春声　　陈剑晖　　陈桥生
苏　毅　　林　岗　　贺仲明　　饶芃子　　郭小东　　黄天骥
黄仕忠　　黄伟宗　　黄修己　　黄树森　　康保成　　彭玉平
谢有顺　　蒋述卓　　程国赋　　戴伟华

学术顾问

陈春声　　黄天骥　　刘斯奋　　陈永正

总主编

张培忠　　蒋述卓

执行主编

彭玉平　　林　岗　　陈剑晖

本卷主编

陈　希

本卷撰写人员

陈　希　　刘卫国　　徐燕琳　　吴晓佳　　叶　紫

·本书由霍英东基金会资助出版

总　　序

一

广东称粤,北枕五岭,南临南海。粤在岭之南,故又属岭南。发源于云贵高原和岭南山脉南侧的西江、东江和北江,汇流于旧称番禺的广州,形成了约六万平方公里的低矮丘陵和冲积平原,今称粤港澳大湾区。由于岭南山脉的天然屏障作用,广东与黄河、长江流域的经济与文化融合长期受到阻隔。荒古以来虽有路可通,然须穿过崎岖陡峭的山间丛莽,甚为不便。春秋战国时期的史籍记载,岭南不与,踪迹难觅,被视为化外炎荒之地,社会发展程度与中原相去甚远,或处于部落社会的阶段。待到秦灭六国混一中原之后又七年(前214)秦征南越,新建南海、桂林、象三郡,岭南才归并中原版图,由此粤地社会和文化的发展跃上了崭新的台阶。自古以来,广东形成了多方言、不同民系的人民共同生活的格局。珠三角和粤西以广府民系为主,粤东以潮汕民系为主,粤东北以客家民系为主。这三大民系构成了活跃于这片岭南土地的三大方言区。三大民系加上粤北与粤西地区的壮、瑶、畲等少数民族,构成了广东丰富而多样的人民生活。

将广东人文地理环境与社会生产力发展联系在一起观察,就可以发现其优劣并存。大约以元明之际的十四世纪为分界线,之前五岭为屏障,之后海疆为通途。中国海疆辽阔,而广东海岸线为各省之冠,达四千余公里,且以广东距南洋、西洋近且便利,于是全球大航海时代到来之时,那种便利甚至独占鳌头的地理位置优势就逐渐突显了出来。然而在大航海到来之前的内河航运时代,广东面临南海的位置优势却无从发挥。其时陆路交通占据绝对重要的位置,而海路交通的重要性几乎可以忽略不计。于是跨越五岭的陆路是广东唯一的通道。唐前以联通漓江与湘江的湘桂走廊为主,其后则以溯北江而上跨越大庾岭连通赣江的通道为主。宋代余靖《韶州真水馆记》:"凡广东西之通道有三:出零陵下漓水者由桂州;出豫章下真水者由韶州;出桂阳下武水者亦由韶州。无虑之官峤南自京都沿汴绝淮,由堰道入漕渠溯大江渡梅岭下真水至南海之东西者,唯岭道九十里为马上之役,余皆篙工楫人之劳。全家坐而至万里,故之峤南虽三道,下真水者十七八焉。"①路途崎岖且遥远,更兼必须水陆转运,越岭的不便就成为制约广东社会经济文化发展的重要因素。然而元明之际造船与航海技术的积累臻于成熟,与东南亚、阿拉伯乃至西洋的航海贸易迎来了大发展,造就了大繁荣。于是广东的经济文化发展一脱旧貌,换了新颜,巨大的地理位置优势逐渐显露出来。广州成为朝廷与外洋贸易的重要口岸。明代是口岸之一,清代则是全国唯一的外洋贸易口岸。不仅民间财富由此而迅速积累,更重要的是,广州口岸事实上变成了中国与外洋世界发生关联的枢纽。至明清两朝,广东的经济文化发展程度除稍逊于富庶的江南外,与全国大多数地方相比已经位居前列,曾经存在的南北经济文化差异消弭殆尽,尤其是垄断外洋贸易的十三行时代,广州富甲一方,全国其他城市并无其匹。大体上,广东的经济和文化发展至明清时期,已经实现了与华夏中原的全国一盘棋。外洋贸易与海外拓殖不仅提升了经济发展的程度,累积了财富,它还对文化发展产生了深远影响。

  1582年利玛窦在澳门舍舟登岸,昭示了西风东渐的大戏在广东揭幕开启。由此而形成的文化风暴日后在广东上空积聚,广东顺理成章做了西洋文化在中国登陆的桥头堡。果然又过了两个半世纪,英国列强挟坚船利炮,从珠江口虎门敲开了清朝的大门。五口通商,丧权辱国。中国从此进入半封建半殖民的状态,中国人民也开始反抗列强、反抗腐朽垂死的封建统治的浴血奋斗。这部历史既是中国人民可歌可泣的奋斗史,又是中国文化悲壮的裂变史,它的第一页毫无疑问写在了广东大地上。西洋的力量及文化登陆了广东这个桥头堡,又从这个桥头堡源源不断地向全国四面八方辐射。中国人民的反抗勇气和新文明进步的文化科学技术使得这片土壤孕育出一批又一批开眼看世界的中国人。他们带着新的思想、新的观念和新的救国方案,从广东出发,开枝散叶,撒播全国各地。新文明的种子从此在中国大地茁壮成长。我们不知道广东在中国社会大转型时代的这种角色算不算命中注定,但时代和历史既然赋予了广东这样的角色,广东儿女也只有不辱使命。岭南粤地这两千多年的变迁史,从比岭北远为迟滞、未开化和落后的状态,短时间一跃而成为全国经济文化发展的领风骚之地,它在全国格局之内独特的位置肯定是我们观察这部广东文化演变史必不可缺的窗口。

---

① (宋)余靖:《韶州真水馆记》,《武溪集》卷五,北京:商务印书馆1946年影印本。

迈越两千年绵延不绝,广东文学史在这个独特的地理人文空间展开。一方面广东文学与岭北中原的文学演变纽带相连,息息相关。它是全国大格局中的一部分,另一方面它又带有自身演变发展的脉络和特点。以水系为喻,它是全国的一条支流。这条支流既不是任何其他山脉丘陵发育出来的支流,也不是总汇的干流,但这条支流终究要汇流到干流中去。广东文学史终究是中国文学史的一部分。故此,一部区域文学史的价值便不在于将它写成显微版的全国文学史。把区域的文学材料按照国家文学史的模式来放大书写,不是我们的目标。我们的期待和目标是运用这些区域文学材料来描绘和辨识这条支流的轮廓面貌和它的特点。于是全国和地方这两种不同的视角必然会汇聚于地方文学材料的论述。正如清初屈大均《广东新语自序》写到他著作的目标时说:"不出乎广东之内,有以见乎广东之外。"①就像一滴水可以照见太阳一样,以一滴水见一滴水不是我们的目标,照见这一滴水和蕴含在它之内的普遍性才是我们所追求的。同样的道理,《广东文学通史》采用的文学材料固然不出乎广东,但通史写作所追求的却是——"有以见乎广东之外"。

通史分为五卷:古代卷、近代卷、现代卷、当代上卷和当代下卷。考虑到广东文学演变发展的自身特点和文学材料逐渐繁复增多的事实,故有此划分。从整体看,从古至今广东文学史经历了类似三级跳这样的演变发展历程。每一跃都是一大步。虽然这样的跳跃在时间上难以截然断定划分,前步与后步的连接混沌而模糊,但我们依然可以清晰地看到那条划分不同演变历程的轨迹。这种三级跳现象,不仅与时间因素有关,也与它特定时空在全国文学格局之内所处的位置有关。这三级跳是我们对广东文学演变史走过的轨迹和性质的认知。第一跃发生在古代时期,广东文学完成了从接纳受容华夏中原文学的滋润哺育到自成一格的历程。以元明易代为界,之前以接纳受容岭北南渐的中原文学为主调,之后则带着对地域文化的认同和自豪,卓然自立而自成格调。第二跃发生在近代时期,这是一个中国社会政治和文化大转折的时期。广东以其人才辈出,以其新颖观念独领风骚,反哺中原,充当了全国文学及其观念大转变的推动者和领先者的角色。第三跃发生在现当代时期,广东文学带着不无先锋的敏锐和成熟稳健的步伐,加入全国文学的大合唱。时而领唱,先声夺人;时而和声,同鸣共奏。正是在这样一个有声有色的文学发展历程里,形成了广东文学的地域特质。这种地域特质随时代社会的发展而逐渐沉淀,累积为可供清晰辨识的岭南特性。

---

① (清)屈大均:《广东新语自序》,《广东新语》上册,北京:中华书局1985年版。

二

珠江自西而东横穿广州,北岸的越秀、荔湾两区从未称"河北",独南岸的海珠区至今俗称"河南"。得名来自东汉番禺人杨孚,他被誉为"岭南诗祖",是岭南北上中州为官又留下诗的第一人。相传他辞官南归之际,携回洛阳松柏,树植于珠江南岸今下渡头村的大宅前,借此睹物思昔,铭记宦游的美好岁月。因之珠江南岸地就俗称"河南"。① 这个历史细节透露出长久以来岭南人对开化文明程度远在自己之上的中原的向往。这与韩愈被贬潮州为官不足一载而获"三启南云"的美誉,如出一辙。封闭的环境和后进的文化有时导致"夜郎自大"的狭隘,但岭南人恰好相反,地理的阻隔与文化发展的迟滞,却孕育了岭南人虚怀向化的开阔心胸。用三百多年前番禺人屈大均的话说:"粤处炎荒,去古帝皇都会最远,固声教不能先及者也。乃其士君子向学之初,即知颂法孔子,服习春秋。"②岭南人正是以此胸怀受容来自岭北的文化南渐,于是文化学术和文学的南渐,相当长时期内成了广东文学史演变的主调。

在并不复杂的早期广东文学发展史中,唐代张九龄出现前,粤地作家寥寥可数,分量更是不登大雅之堂,大量的是逾岭南来的文人和作家。他们的南来,事出有因。或者奉遣为官,驻守地方;或者贬谪流放,异地为人;或者躲避战火,流寓居粤。这些中原人物当中,不乏名重当时文化学术界的显赫角色、称雄一时的大文士。东汉《易》学大家虞翻贬徙期间,传道讲学;东汉牟子在交州期间写出渗透岭南精神的佛学名作《理惑论》;写下道教名著《抱朴子》的葛洪,在罗浮山亲尝百草,炼丹修道;山水诗的始祖东晋名士谢灵运,流放并殒命于广州。他的世袭雅名"康乐"留痕于今。中山大学校园称康乐园,周边有康乐村。进入超过一个半世纪的南朝时期,中原南北对峙,兵燹丧乱。这份南渐士人的名单不可避免地拉得更长,举其中大者,如写出《南越志》的沈怀远,贡献《海赋》的张融,写下最早一首吟咏岭南风物诗《三枫亭饮水赋诗》的范云,著《神灭论》的范缜,诗人阴铿、沈伯阳,还有写下《贞女峡赋》的江总等,皆是文坛一时之雄。他们为文学的南渐播下种苗、树立样板,做出了不可磨灭的贡献。

广东古代文学发展历程不是平稳均衡地逐渐积累前行的,而是更像波浪一

---

① (清)屈大均:《广东新语》上册,北京:中华书局1985年版,第42—43页。
② (清)屈大均:《广东新语》上册,北京:中华书局1985年版,第321页。

样小高潮小低潮叠加那样逐渐推进。这现象颇值得关注。由于古代一治一乱局面的交替出现,丛莽崎岖、交通阻隔的岭南,反倒成了中原战乱之时可以避乱偏安的好地方。大庾岭下的南雄珠玑巷,见证了历代移民迁徙入粤的传奇。广东珠三角地区民间皆以为自身家族发源于山西洪洞大槐树,随之散迁各地,最后汇迁至珠玑巷,在珠玑巷盘整再南迁至珠三角落地生根。传说真假参半,但道出了岭南人源于历代南迁的历史事实和以中原为祖根的深厚情感。人口的大规模迁徙是造就广东文化学术渐次演进的基础。例如南朝时期,尤其至梁陈之际,发生侯景之乱,江左富庶之地生灵涂炭,经济文化遭受严重破坏,导致大批门阀士族、文人和流民南迁入粤。其中之有地位者依附当时广州刺史萧勃以及欧阳颁、欧阳纥父子,由此广州更成为一时文化学术的中心。又如唐末五代十国时期,中原丧乱,南海王刘䶮割据称帝,是为南汉国。与中原兵戈不息不同,南汉小朝廷偏安一隅,"五十年来,岭表无事"①,带来了活跃的商业贸易,史称"刘䶮总百越之众,通珠贝之利"②。又雅好艺文风骚,常与文士谈论诗赋,"每逢群臣文字奏进,必厚颁赏赉"③。期间效仿中原王朝开科取士,一时文人荟萃,艺事盛于岭表。还有一种情形就是朝代更迭,广东或成为朝廷残部最后的抵抗之地,由此引发大批官宦、士人和民夫过岭南来。如宋元之际,南宋政权且战且退,抵抗至珠江口崖山一役,悲壮告终。明清之际,南明小朝廷且战且逃,其中永历帝就在肇庆登基。战乱一面是生灵的涂炭,但另一面又是民族精神的激发。如文天祥诗《过零丁洋》,脍炙人口,且千古不可磨灭。

通观广东文学史,南宋之后,每当易代,由宋入元,由元入明,由明入清,广东文学即勃发大生机。为人称道的诗人佳作,往往出现在兵凶战危、国家多难的时期。如宋元之际的袁玠、张镇孙、赵必𤩽;元明之际的孙蕡;明清之际的"岭南三家"屈大均、陈恭尹、梁佩兰。他们的诗作郁勃沉雄、精悍激扬,是元明清广东文学的高峰,代表了其时广东文学的最高水准。有此成就,与他们论诗自有手眼密不可分。屈大均以易道论写诗之当求变化,曾说:"《易》以变化为道,诗亦然。"④陈恭尹反对盲目崇古拟古,提倡:"只写性情流纸上,莫将唐宋滞胸中。"⑤后人以雄直概论岭

---

① (宋)路振:《九国志》卷九《邵廷珨》,《九国志》(下),上海:上海进步书局影印本。
② (宋)王钦若编纂:《册府元龟》卷二百一十九《僭伪部》总序,《册府元龟》(第3册),北京:中华书局1960年版。
③ (清)梁廷枏:《南汉书》,林梓宗校点,卷十一,广州:广东人民出版社1981年版。
④ (清)屈大均:《粤游杂咏序》,欧初、王贵忱主编:《屈大均全集》第三册,北京:人民文学出版社1996年版,第79页。
⑤ (清)陈恭尹:《次韵答徐紫凝》,陈荆鸿笺释,陈永正补订,李永新点校合编:《陈恭尹诗笺校》下册,广州:广东人民出版社2015年版,第1083页。

南诗风。盖雄直诗风的形成,既与岭南民风耿介亢直、地域文化认同强固深厚有关,又与易代之际家国遭难,故土兵燹涂炭而激发出浩然的民族大义密不可分。正如清初山东新城人王士禛论有明一代粤诗,广东"人才最盛,正以僻在岭海,不为中原江左习气熏染,故尚存古风耳"①。江苏阳湖人洪亮吉称道"岭南三家"诗:"尚得昔贤雄直气,岭南犹似胜江南"②,亦可为此下一注脚。此前粤诗坛未受辞藻绮丽之风熏习,遭逢家国危难之际,乡邦意识、家国情怀化作淋漓元气喷薄而出,铸成与江南诗人完全不同的诗风格调,为明清诗史刻下了鲜明的岭南印记。

明前广东文学以人的成长为喻,虽时见英姿,但尚未长成堂堂汉子,处于接纳受容岭北中原文学为主的时期。屈大均认为,广东文坛"始燃于汉,炽于唐于宋,至有明乃照于四方焉"③。炽于唐宋,若限于广东尚可成立,但以全国格局来说,似乎有过。唐宋年代的广东文坛,难以说"炽",更像皓月当空,只有几点暗亮的星辰,点缀于文坛。至于后句"至有明乃照于四方焉",就毫无夸张,符合事实。清人陈遇夫《岭海诗见序》:"有明三百年,吾粤诗最盛,比于中州,殆过之无不及者。"④地域文学的成熟是存在客观标杆的,它体现在诗人诗作里面。这就是对地域文化的认同和洋溢在字里行间的乡邦自豪感。有此认同和情感,才能自具面目,自有眼光,自成风格。屈大均用"照于四方",陈遇夫用"比于中州,殆过之无不及"来形容有明之后的广东诗坛,说的当不仅是诗人诗作的数量。两人都意识到,自明之后粤诗已经具备自身的素质,不再泯然众人,即使置于全国诗坛格局之中,粤诗一样能有过人之处,能照于他人。致使粤诗自元明之际达到如此境界的内在要素,不仅在于诗歌语言和修辞艺术,亦在于岭南文化自身已经生长到成熟的状态,于是能以自身的面目出现在华夏中原一体的诗歌舞台。

从诗赋对景物的写照中较易看出作者地域认同的有无和成熟程度。疏离、静观和蕴含深情,写出来的句子是不同的。粤地诗赋从南北朝至元明之际,作者的写景很明显看出从景物的疏离感到满怀欣喜赞赏之情的变化过程。试比较谢灵运、余靖与孙蕡同是写景物的诗赋,看看地域认同感是如何随着文学的发展逐

---

① (清)王士禛:《池北偶谈》上册,北京:中华书局1982年版,第251页。
② (清)洪亮吉:《道中无事,偶作论诗截句二十首》其五。《更生斋诗》卷二,刘德权点校:《洪亮吉集》(第3册),北京:中华书局2001年版,第1244页。
③ (清)屈大均:《广东新语》上册,北京:中华书局1985年版,第316页。
④ (清)陈遇夫:《岭海诗见序》,《涉需堂集》,光绪六年(1880)刻本,第7a—7b页。

渐生长的。南朝诗人谢灵运《岭表赋》前三句："若乃长山款跨,外内乖隔。下无伏流,上无夷迹。麋鹿望冈而旋归,鸿雁睹峰而返翮。"①仅此三句,岭南的蛮荒可畏跃然纸上。当然如此景物,与他贬谪流放的沮丧心情也是高度配合的。是由疏离的感情看出蛮荒的景象,还是由蛮荒的景象衬托出疏离的情感,大概互为因果吧。总之,在大诗人谢灵运眼里,这是陌生而疏离的土地。他只是被命运抛掷到这里而已。此地并非乡邦,并无挂碍。宋代余靖五言诗《山馆》所写是家乡景色:②"野馆萧条晚,凭轩对竹扉。树藏秋色老,禽带夕阳归。远岫穿云翠,畲田得雨肥。渊明谁送酒?残菊绕庭菲。"③"野馆"和"畲田",衬托出荒凉而人迹罕至,但所在山馆并非无可取之处。深秋景致,飞鸟带着斜阳余晖返归巢穴,足供凭轩独赏。然余靖诗的重点不是景致如何,而是以此景色荒远表露自身清高绝俗的品格。这是古代中原诗人每当呈现其林泉高致时的一般套路。我们太熟悉那个为庄老传统塑造出来的诗中之"我"。这并非有什么不妥,但从入乎广东之内的眼光看,显然还缺少些什么。待到元明之际的诗人孙蕡出来才弥补了这个缺陷。孙蕡的《广州歌》里洋溢着信心满满的乡邦自豪感:"广州富庶天下闻,四时风气长如春。长城百雉白云里,城下一带春江水。""岢峨大舶映云日,贾家千家万家室。春风列屋艳神仙,夜月满江闻管弦。"④此诗当写于明初,孙蕡回忆元末广州盛况。历经易代的浩劫,繁华不再。如同杜甫回忆开元盛世,或有夸张之辞,但问题不在于是否夸张,而在于诗中流露出的地域认同感和自豪感。广州建城两千年,珠江从广州城下东流,亘古不变,然而要有粤诗人赞美它为"春江水",却不是一蹴而就,必得经历漫长的演变。当广东古代文学完成了这个地方文化认同的蜕变,它就进入了明清星汉灿烂般发展的时期。

三

来到近代,中国社会在西风西潮和列强敲门的强烈冲击下,不可避免进入从农耕生产方式向现代生产方式的漫长转型阶段。这种根本性、全盘性的社会转

---

① (宋)谢灵运:《岭表赋》,(清)严可均辑,苑育新审订:《全宋文》,北京:商务印书馆1999年版,第287页。
② 诗语有"畲田",为刀耕火种需要轮耕之田。诗人家乡粤北始兴县,较为符合所写。
③ (宋)余靖:《山馆》,《武溪集》卷一,北京:商务印书馆1946年影印本。
④ (明)孙蕡:《广州歌》,梁守中点校:《南园前五先生诗》,广州:中山大学出版社1990年版,第48页。

型引起了政治、经济、文化等一系列急剧转变。这些转变有时表现为渐进式的变法，有时表现为暴力革命。身处动荡潮流里的那几代人，其实并未能从认知上把握社会转型的实质意味，他们只是感知到局势与"天不变，道亦不变"的过往大不同了。用李鸿章流传甚广的表述："此三千余年一大变局也。"①他的话说于1872年，即同治十一年，可实际的大变局早在三十多年前朝廷吞下战败的苦果之时就已开启，清廷荒腔走板的应对可以为证。作为识见在群像之上的大员，李鸿章此言虽警醒一时，但已经算不上对天下大势有深切洞明的认识，可见晚清大变局的时代，明察先机，洞识大势是多么不容易的事情。既然不能指望肉食者引领国家应对大变局来临的挑战，那么身处南疆前沿而得风气之先，与西潮有最为广泛接触的诸"岭海下士"②在思想文化和文学变革上，乘势走进晚清大变局时代舞台的中央，扮演引领全国潮流的角色就是顺理成章的事情。

从人文地理的视角看，晚清政治文化舞台分别活跃着三地的官员和士大夫：首先是湖湘人物，曾国藩、左宗棠为代表；其次江南文士，李善兰、王韬为代表；然后是粤人，康梁为代表。曾左一流人物，主要承袭清初王船山所提倡的儒家"经世致用"观念，意图寻出政治和文化的切实方法，在凝固僵化之世振衰起敝。同光年间洋务自强虽鼓舞一时，然究其实他们思想文化的新意不多。甲午战败湖湘人物便逐渐式微。而随着五口通商，传教士将上海作为深入中国腹地的大本营，使之成为西学新潮的重镇，由此吸引了那些科举无门或志不在仕途的知识人汇聚沪上，切磋新学。他们和传教士合作，翻译西书、传播科学，有强烈的启蒙和变革意识。但阴差阳错，因为未从科举正途出身，只是中西之间的边缘人，名既不正，言便不彰。秉大才而得小用，是这批江南籍口岸知识人的普遍命运。例如王韬实在不满守旧因循的官场气氛，一腔热血，在朝廷眼皮底下的上海无从施展，于同治末年跑到香港，自办《循环日报》，评论时政、提倡变革，成就一时的舆论。

环顾同光年间的中国，上海和广东是两个距离西学新潮最近的地方，上海甚至比广东更有文化渊源深厚的优势。由此看来，执这股日渐浩荡的文化变革潮流的牛耳，江南文士和粤籍人物皆有可能。然而历史给出的答案众所周知，晚清改良和革命的大旗皆由粤籍人物树立，江南人物的贡献要等到民国初年新文化

---

① （清）李鸿章：《筹议制造轮船未可裁撤折》，唐小轩主编：《李鸿章全集》（第2册），吉林：时代文艺出版社1998年版，第874页。

② 康有为自称用语。康有为：《敬谢天恩并统筹全局折》，陈永正编注：《康有为诗文选》，广州：广东人民出版社1983年版，第558页。

运动之时才拔头筹。粤籍人物在清末思想文化舞台上成为倡导变革的时代领先者,一时风头无两,显然包含值得细察的人文地理含义。首先广东比上海离京师更远,不受朝廷猜忌而得来的施展空间自然就比上海为大,有道是"山高皇帝远"。上述王韬的例子可以印证这一点。其次广东接触西洋时长面宽,尤其民间对外来文化的了解度和接受度,均比江南广泛而深厚,可以说广东的"群众基础"胜过江南。

中国国土虽辽阔,但有如此优势的地方却并不多。这长处不仅在近代史上发挥作用,在现当代史上同样持续地起作用。同治年间派学童留学美国一事,最能说明广东长期面向外洋航海、商贸、文化往来所形成开放的社会基础和民间心态,在国家需要改弦更张的时代自然而然就会比与外洋接触历史短暂的地方能够"先行一步"。同治九年(1870)起,清朝前后派出120名学童赴美,是为中国官派留学之始。学童之中,粤籍84人,超过总数的2/3。苏浙籍是29人,而徽闽鲁合共7人。① 过埠留洋为破天荒之举,国人视为畏途,学童家人需与官府签"生死状"才可允准。招生的大本营设在上海,却在广东招到最多学童;而且首批两位带队的官员容闳与陈兰彬恰好均为粤籍。朝廷留美的"壮举"原定15年,仅进行4年即半途而废。力主裁撤的新任监督吴子登冥顽不化,是山西籍。人文地理的因素显然在其中起了作用。大变局的年代,眼光决定了格局,而格局却是漫长生活经验累积的结果。学童赴美一事透露出新的时代需要和新的人生机会,在广东比在其他地方更多地被意识到、关注到和捕捉到。这揭示了其时的社会文化氛围正在发生深刻的裂变,粤人不知不觉走在了全国的前面。

需要变革的初始时刻,变革的旗号往往比变革的实际措施来得重要。因为变革的措施是在变革气氛中试错进行的,正所谓"摸着石头过河"。但这样做要有一个前提:变革必须取得作为旗帜的正当性。在晚清站出来为变法树立正当性的第一人毫无疑问是康有为。鸦片战争前一年,龚自珍于时局悲愤无奈中,寄望于天公重抖擞,再降人才。② 他的愿望应验在约半个世纪之后的康有为身上。康有为一面从儒家正统的学术文化脉络中搬出孔子,将孔子塑造成古已有之的改制家;另一面用"公羊三世说"与西来学说之一的进化论嫁接,创出人道三世之变的历史观——由据乱世入小康、由小康入大同的天下通义,从而为变法开出正当性。康有为的石破天惊之论无意中为日后浩荡的思想文化变革潮流打开了第

---

① 章开沅、余子侠主编:《中国人留学史》,北京:社会科学文献出版社2013年版,第40页。
② (清)龚自珍:《己亥杂诗》,《龚自珍全集》,上海:上海人民出版社1975年版,第521页。

一道闸门。钱基博论康有为《孔子改制考》的意义时说,"数千年共认神圣不可侵犯之经典,于是根本发生疑问,引起学者之怀疑批评,而国人之学术思想,于是发生一大变化"①。实际的变法虽然流血告终,但思想文化变革的大门一旦开启,洪流便从此不可阻挡。

梁启超亡命日本之后,自办《清议报》《新民丛报》。他自认为"新思想界之陈涉",要掀起思想文化启蒙的潮流。梁启超把"新民"作为启蒙的总纲,在这个宏伟的启蒙构想之下,文学修辞的巨大力量自然在这个设想中得到重视和运用。恰好梁启超是文坛巨擘、舆论骄子。梁比乃师康有为晚生十五年,却比康早四年得中举人。八岁学文,九岁即能日缀千言。在横滨,梁一人办两报。白天应付琐事,夜晚奋笔疾书可达万言是寻常事。他自道"夙不喜桐城古文",多年报刊为文的实践,使他自创出思想新锐、饱含情感而又文气疏朗、平易畅达的"新文体"。新文体的成功向其时天下宗奉的桐城古文发起了强烈的挑战。梁氏的报章文字是晚清文体和语言的一次解放。梁启超事后自陈:"自解放,务为平易畅达,时杂俚语、韵语及外国语法,纵笔所至不检束,学者竞效之,号'新文体'。老辈则痛恨,诋为野狐。然其文条理明晰,笔锋常带感情,对于读者,别有一种魔力焉。"②晚清文坛除了桐城为代表的古文派外,康有为、谭嗣同等维新人物都写出了个性鲜明的风格,但不得不说他们的新民意识逊于梁启超。梁之所以能达到"自通都大邑,下至僻壤穷陬,无不知有新会梁氏者"③的风靡境地,在于他能笔锋自带激情,把启蒙意识和文章修辞依据时代的节拍融汇一炉。

梁启超能文能诗,虽不以诗名世,但清末"诗界革命"四个大字却出自梁的手笔。他通过推崇晚清诗坛公认成就最高的黄遵宪树立"诗界革命"的大旗。梁启超贡献诗革新的观念,黄遵宪贡献诗革新的实践。这两位广东人合成了"同光体"流行的晚清诗坛之外新气象的双璧。当然,我们不能把黄遵宪自道"新派诗"的实践看成是"诗界革命"的直接成果。黄遵宪诗心博大,诗才甚高。他随着出使海外经历的累积,见闻日广、体悟日深而自觉摸索旧诗的出路。他尝试过多途径革新旧诗的写法:比如偏向"我手写我口"的歌行体诗;"以旧格调运新理想"④,即所谓旧瓶装新酒,不用生硬翻译词描摹外海事物的古体诗;大量用典,旧瓶装旧酒,传递出使海外而产生的复杂经验和体悟的近体诗。黄遵宪的"新派

---

① 钱基博:《现代中国文学史》,上海:上海古籍出版社2011年版,第241页。
② 梁启超:《清代学术概论》,朱维铮校订,北京:中华书局2011年版,第128页。
③ 胡思敬:《戊戌履霜录》卷四《党人列传》,南昌退庐1913年仲夏刊本。
④ 何藻翔编纂:《岭南诗存》,"何氏至乐楼丛书"第四十种1997年版。

诗"存在多个探索的向度,梁启超誉之为"独辟境界,卓然自立于二十世纪诗界中"①,是名副其实的。"诗界革命"之外,梁启超还创办《新小说》杂志,倡议"小说界革命"。他著名的文章《小说与群治之关系》就发表在该刊的创刊号上。梁还效仿日本政治小说,撰写了五回(未完)展望六十年后中国盛况的《新中国未来记》。此外,梁启超还是晚清"戏剧界改良"的首倡者。由于康梁师徒的努力,彻底扭转了晚清思想和文学沉闷守旧的精神氛围。他们之所以站立时代的潮头,独领风骚,大约有两个原因:第一他们成长在与西洋接触根基最为深厚的广东,变革的潮流领会得更早。文明开化的诉求,不仅应该是国家政治的大目标,也是他们个体人生的小目标;第二他们既有天下兴亡的胸怀又循正途出世,身负功名,与支配中国社会的士大夫同体共运,故有公信力。讲到对变法的见解,康梁早不及王韬;系统周详不及《盛世危言》的作者香山人郑观应。但王郑二人的公信力、号召力远远不逮康梁。王依附于传教士,郑商人出身。他们处于士大夫主导的社会的边缘,地位不如康梁,欲扭转观念、传播新知,当然做不到像康梁那样一呼百应了。

广东作家对晚清文坛的贡献是多方面的。文数康有为、梁启超;诗数黄遵宪、丘逢甲;谴责小说数吴趼人《二十年目睹之怪现状》;文言小说数苏曼殊《断鸿零雁记》;革命派小说数黄世仲《洪秀全演义》。他们作品的思想性和艺术性放在那个时代同类型作品中都在最前列的位置。他们的写作表现出如下鲜明特点:其一,思想新锐,追步时代新潮,其中不乏惊世骇俗、振聋发聩之论;其二,以救世的观念统合为文赋诗,使创作呼应时代社会变革的需求,罕写无病呻吟之作;其三,心态开放,不固守、不排外,拥抱有益的外来文学艺术,并以此为创新艺术的法门。在晚清全国文坛的格局里,广东籍作家的文学贡献确实当得起"无出其右"四字。这里面的道理其实并不复杂:非常之世有待于非常之人,而非常之人产出于非常之地。广东在近代社会大转型时代,恰好处于其他区域无法比拟的非常之地,因此才有了一时文学人才勃起的兴盛局面。

四

广东作家在清末文坛大放异彩,来到新文学运动时期却忽然偃旗息鼓。《新

---

① 梁启超著,郭绍虞、罗根泽主编:《饮冰室诗话》,北京:人民文学出版社1959年版,第24页。

青年》同人中没有广东人物的身影,新文学第一个十年文学史上能见到的作家也罕见广东籍。他们似乎从再一次思想文化观念变革的浪潮中集体隐身了。这是怎么回事儿?其实道理就隐藏在清末民初文坛人物的代际更替和年轻一代海外留学目的地的变化中。引导清末思想文化变革如康梁等人物,他们的西学新知大都得自于与传教士相关而设在上海的翻译机构,如墨海书馆、江南制造局翻译馆和傅兰雅创办的科普杂志《格致汇编》等出版物,但他们没有海外留学经历,不通外文。然而紧接着登上思想文化变革舞台的下一代就完全不一样了,清末民初持续的官派和民间自费留学造就了对西学有更健全认识的一代人。可惜在这波留学大潮中广东的运气似乎欠佳。首先是清末自甲午战败开启了"以日为师"的时期,张之洞《劝学篇》推崇"游学之国,西洋不如东洋"①,特别是庚子事变之后,绝大多数留学生选择去了日本。于是苏浙沪鲁以及长江沿线城市由此占了先机,广东反而偏远有隔、便捷不如。其次清末留学特别依赖地方大员的推动,像张之洞、端方主政两江、两湖期间均大力推动官派和民间出洋留学,而那时广东则缺乏此种思想开明、办事干练的官员。以留日高潮期1904年一份留日生分省统计为例:湖南363人,四川321人,江苏280人,浙江191人,广东175人。②即便是1909年庚款留学欧美的人数,广东也不及江苏和四川。③ 与留学目的地和人数密切相关的另一问题是,中国思想文化变革酝酿和相互交锋的舞台也由戊戌前的国内转移到戊戌后的国外,尤其是日本——关于保皇改良与排满革命之间的大论战发生在日本,周氏兄弟译介欧洲最新文艺思潮和翻译实践也是在日本,胡适的白话诗探讨和尝试则发生在北美校园里。这些思想观念变革在海外的酝酿既然鲜少广东人物参与,那由其中先觉者归国后发动的新文化运动也少见粤人身影便是可以理解的事情了。

然而广东却以自己的步伐重回思想文化变革的前线,并为全国文坛贡献新鲜活泼的文学经验。经过新文化运动洗礼,年轻一代精神面貌焕然一新,轰轰烈烈的救亡运动在全国掀起,广东成为国民革命的策源地。自1923年中共三大在广州召开,确定国共合作、共同推动打倒列强除军阀的国民革命后,全国的格局里就形成了以上海为舆论中心,而广东为实行根据地的局面。农民运动首先从广东海陆丰兴起。当国民党右翼背叛革命后,海陆丰农民在共产党领导下发动多次起义,建立政权。从严酷战争环境中走出来的海陆丰作家丘东平,笔下带着

---

① (清)张之洞:《劝学篇》外篇《游学第二》,上海:上海书店出版社2002年版,第39页。
② 章开沅、余子侠主编:《中国人留学史》,北京:社会科学文献出版社2013年版,第89页。
③ 章开沅、余子侠主编:《中国人留学史》,北京:社会科学文献出版社2013年版,第120页。

战争的血腥和人性深度,为左翼文学书写吹来一股清新的气息。郭沫若读了他出道的新作说:"在他的作品中发现了一个新世代的先影。"①我们知道,现代文学史经历了一个从"文学革命"到"革命文学"的转变。转变的背景是大革命失败,一些受大革命感召但实则并未深度参与,尤其未经历严酷战争淬炼的作家深感人生的幻灭,树立"革命文学"的旗号只为积聚火种。这些左翼作家写出来的"革命文学",大多停留在革命加恋爱或"打打!杀杀!血血!"的层次。生活积累既缺乏,对革命的理解又不深,此类革命文学的实绩实际上是缺乏说服力的。与此相对,丘东平成长于"炸弹满空、血肉横飞"的战争环境,他笔下的人物粗粝,状物叙事生活气息浓郁,所写战争与人性笔笔到肉,字字见血,是同时代左翼作家里的翘楚。广东大革命的气氛浓重,奋笔为旗的作家涌现不少。"左联五烈士"有两位是潮汕籍:洪灵菲与冯铿;"左联"最后一任党团书记戴平万也是潮汕人。今天可以查到在册的"左联"作家有280人,其中广东籍有31人。大部分加入"左联"的广东籍作家能传承前辈的血性和真性情。人的才情固有不同,但他们皆是"以血打稿子,以墨写在纸上"。特别是全民抗战兴起之后,延安革命文艺进入了探索革命激情与民族形式怎样结合的新阶段,来自广东的作家冼星海、阮章竞等人带着自己成长地域的艺术经验,加入延安文艺激情奋发的大合唱。我们在冼星海《民族解放交响曲》里分明见得岭南民间"狮子舞""龙船舞"的激昂旋律的影子;阮章竞《漳河水》等新诗语言则尽显民谣本色,追求节奏感、音乐美,叙写人物景致形象鲜活,这与他早年在中山乡村做画匠学徒,习得民谣小调的经历密不可分。

  文学演变到了现代,中西的融会汇通也进入了更成熟的阶段。如果晚清、"五四"的中西文学汇通处于"拿来主义"的阶段,视启蒙救亡需要什么就大声疾呼引进什么的状态,那"五四"过后如何借鉴西方文学至少又增加了一种方式:在诗人写作实践里有意识地将西方文学要素融合进汉语的表达形式。这时的西方文学已经不是"拿来"的对象,而是已经作为诗人精神世界的一部分交融在诗人的感知世界里。待笔之于书时,其诗其文已是不中不西又亦中亦西了。能达到这种融合境界的诗人多属留洋饱学之士,刚好现代广东产生了两位这方面的诗人。前者李金发,后者梁宗岱。李诗才有限,固然不算现代诗史第一流大家,但他却是象征主义新诗的鼻祖。李本无意做诗人,怎奈留法期间人生孤独、精神苦闷,原本旧文学的根底不错,又读了一堆波德莱尔等颓废派文学,于是借笔抒写

---

① 郭沫若:《东平的眉目》,见罗飞编:《丘东平文存》,银川:宁夏人民出版社2009年版。

自家苦闷,遂为早期新诗的百花园添了一株异葩。梁宗岱则诗才横溢,辩才无碍。他的翻译要比他的诗文来得更受世人称道。尤其是《莎士比亚十四行诗》的翻译,将传统旧诗的节奏、韵味乃至意象融进译文,西诗译出了中诗的味道,被誉为"中国翻译史上的丰碑"。

自延安时代以来,文艺探索革命和建设的大主题与民间形式、民间习俗和方言相融合已经成为大潮流,这个潮流一直延续到新中国成立后十七年时期。如山西有山药蛋派,河北有荷花淀派等。地域特色的文学呈现蓬勃发展的生机,广东也在此潮流下名家辈出,尤其长篇小说领域,名作迭出。即使放在全国,它们也毫不逊色。广东作家贡献了最有地域特色的文学作品,广东文学由此也进入了一个难得的兴盛时期。这个广东文学史上的小高潮在这个时期出现是有缘由的。广府民俗与其他地域最为不同的是它的方言。而方言写作晚清就大行其道,但那是生搬粤语发音硬套汉字的方言写作,不仅异乡人无从释读,就是识字略少的本地人也无所措手足,照此旧套路写作显然是行不通的。这个时期广东作家的贡献正在于他们在如何借用方言习语与通行表达相结合的方面,探索出了具体的途径,走出了各自的路子。换言之,通行语与方言表达之间分寸拿捏得恰到好处,成为这方面的一代经典。黄谷柳的《虾球传》、欧阳山的《三家巷》和陈残云的《香飘四季》是其中的佼佼者。三部长篇由于表达意图和题材的不同,呈现出的方言和地域文化特色既有共同之处,也有各自不同的优长。尤其是它们的不同,体现了作家艺术探索的艰难努力以及达到的境界。比如黄谷柳擅长采撷市井乃至黑道粤语词略加改造而活用,写人状物地道贴切,语言与人物事件密接无缝,场景的真实感扑面而来。欧阳山则致力于化用活用粤语词,将它们嫁接在流畅的通行语里面,创造出有诗化色彩又有地域文化特点的语言表达。《三家巷》语言优美流畅,极富南国气息,与人物性格、情感匹配得天衣无缝。《香飘四季》是农村题材,长期蹲守乡村深入生活让作者走进了南国水乡民俗的广阔天地,用水乡人的语言把他们的生活表现得活灵活现。这三位作家的努力代表了二十世纪五六十年代方言和富有地域特色的广东小说的高度。另外该时期广东文学除了诗稍弱外,散文和批评也涌现大家。秦牧耕耘散文一生,形成语言凝练优美、知识丰富而且立意高远的风格。他以散文为主而兼擅杂文,抒情与理致两道并行。如《花城》等散文集在全国享有盛誉,与散文家杨朔并称"南秦北杨"。批评家萧殷亦获得该时期全国性的声誉,新中国成立初兼主《文艺报》,极大地帮助了新晋作家王蒙等人的成长;六十年代主持《作品》,做到"每稿必读,每信必复",做作家的知音,是当之无愧的广东批评界的先驱,著有《萧殷自选集》。十七年时期全国文坛生气蓬勃,作家探索呈现多样化面貌,广东作家以自身的擅长,挖掘地域文化特色,形成鲜明的集体风格,是全国文坛交响曲强有力的音符。

七十年代末,笼罩中国的迷雾散去,万象更新。思想解放、改革开放吹来强劲东风,将广东经济文化发展又推到了全国的最前沿。国家首先设立的四个经济特区有三个在广东,再一次突显了广东面临新一轮经济文化变革时的地理和文化的优势。社会大转折的关键时期广东棋先一着的机运再一次降临到这片得天独厚的岭南沃土。当然这一次棋先一着不似清末康梁振臂一呼天下景从。因为思想解放和改革开放是当代中国有序的思想和社会变革。广东文学所以能领先一步,完全离不开全国改革开放的精神氛围。没有中央统一布置和支持的一系列经济、文化的变革措施,广东文学也无法实现这一时期的突破。比如改革开放蓬勃发展的八十年代,全国各地乡土青年纷纷南下广东沿海经济带打工,由此催生在全国文坛独秀一方的文学新景观——打工文学。广东出现了《佛山文艺》《江门文艺》和深圳的《大鹏湾》三大打工文学刊发阵地。前者九十年代中期的发行量达五十万份,而《大鹏湾》光在珠三角地区的发行量也达十二三万份。流水线上的劳动者拿起了笔,抒写着新生活的悲欢,在火热的年代创造了属于自己的文学奇观。进入九十年代,科技突飞猛进,网络构筑的虚拟空间又成为可以驰骋的写作新天地,广东因此又成为全国网络文学最早的温床。全国第一部在虚拟空间上线的网络小说在广东出现,随后网络写作如雨后春笋般涌现,至今广东都是最为活跃的网络写作大省,为此还创办了全国唯一的《网络文学评论》杂志。改革开放催生了新的社会现象,文学如何表现,一时成为问题。如市民发家致富成了"万元户",如何定位这类草根人物,正面乎?反面乎?新中国文学史尚无先例可循。章以武的《雅马哈鱼档》开了头炮。他用诙谐的喜剧笔法,回避了社会尚存的价值歧见,将靠自己双手勤劳致富的鱼档老板写成了新时代的"草莽英雄",实质上给予了正面的价值肯定,从而引领了改革开放时代文学创作的新潮流。与此有异曲同工之妙的还有作家陈国凯的《大风起兮》,正面叙写深圳蛇口工业区的改革历程。题材虽不是先着,但他用风俗化、人情化和诙谐的笔法来处理向来严肃的题材,把时代的惊涛化为舒缓的对话,也算写得别开生面。这一时期广东文坛最重要的收获当数刘斯奋的历史小说《白门柳》三部曲。这部历十四年伏案写就、叙写明清易代之际江浙才子佳人沧桑悲欢的小说,看似题材远离现实,实际渗透着改开时代特有的现代精神。明清易代题材多供时人寄托所谓兴亡遗恨,供人逐味其中的所谓风流韵事,但刘斯奋则关注其中的先觉者对专制弊政的批判,发掘远去时代民主意识的思想火花;也因为作者拥有现代思想意识的武装,才能看出才子佳人缠绵悱恻背后的性别不平等,赞美自强女性并对不幸者寄予同情。本来,岭南人写江南非所长,然刘斯奋反其道而行之,以深厚的历史知识和古诗文涵养融化、提升和改进当代白话文,使小说的语言之美跻身一流文学的行列。岭南人笔下的江南比江南人的江南别具一格,另有韵味。

改革开放以来广东经历了空前规模的人口流动。当代广东既是历史悠久的岭南,也是全国各地语言文化汇聚一堂的大熔炉,岭南文化正在经历着新的建构。人口迁徙自然包括全国各地作家和写作人的南迁入粤,作家籍贯在区域文学构成中的意义也由此逐渐衰减,"好汉不问来处"的观念日渐普遍。由人口迁徙带来的地域文化融合,既给创作带来寻找突破路向的不确定性,也孕育着一旦融合成新形态便喷薄而出的可能性。新的文学前景当然是可以期待的。新时代以来我们看见好些更积极乐观的变化。比如70后、80后甚至更年轻的新晋作家,带着更现代的意识和更丰富的表现手法走向写作的大舞台;广东作协也用比以往更大的力度扶持作家创作。2020年创刊了《粤港澳大湾区文学评论》,整体上提升了"粤派批评"在全国的影响力。古与今的融合,岭南文化与全国其他地域文化的融合,正在如火如荼地进行中。我们有足够乐观的理由相信,经由这两大融合产生的广东文学一定能开创更美好的未来。

五

粗线条勾勒过广东文学演变史的轮廓后,地域文学史研究的核心问题就自然呈现出来:产生于这片岭南大地的文学究竟渗透着什么样的文学精神?由其历史文化演变熔铸出来的广东文学究竟有什么样的文学气质?换言之,它存在怎样的岭南特色?这特色是怎样表现出来的?这些问题其实不是新问题,但却是地域文学研究必须触碰和探究的核心。它们曾被岭南文化研究的前辈不同程度地关注过、探讨过,趁此机会在这里也添补一些见解。

广东文学如果不算长达超过千年的萌芽孕育期,能呈现自身文学主体性的历史并不长,比起中原和江南可以说瞠乎其后。然而当人们深入广东文学脉搏跳动的内部,就会发现它成长的特殊之处。广东文学多焕发于国家危难、兵凶战危之世,而少彪炳于太平安逸、歌舞升平之时。以全国文学的变迁来说,普遍的情况是乱世不乏诗人的悲吟,治世也有升平的颂声。广东文学的演变与这个一般的节奏是不大合拍的。可能地处僻远,文教的根底又远逊于中原和江南,所以太平岁月较之汉唐盛世诗人声沉音哑,追步不上,而独国难当头危亡之际才得以发扬蹈厉,激扬文字。危难之时的文学精彩,全在诗人、作家及其创作中充盈的浩然大义,这种精神气质构成为古今历代广东文学的鲜明特色。所谓浩然大义实质就是民族大义和爱国情怀,它抒发自岭南诗人、作家的心声,表现于岭南大地。无以名之,姑称之为"岭南大义"。它在不同历史时期存在不同的表现形态。明清时期岭南诗雄直的诗风,散文质朴的文风,其底色底蕴正是易代之际忠君爱国的情感使然;降及晚清康梁登高振臂,期望由文学入手一扫颓风,其舆论主张和笔锋常带感情的文风,莫不渗透着忧国忧民之情;现代左翼文学运动兴起,广东作家又以笔为旗,叙写战争年代惨烈的对敌斗争,乃至为此献出生命,更显舍身成仁的大义;改革开放时期,广东作家有胆气先人一步,突破艺术创作的条条框框,自擅胜场。总而言之,广东诗人、作家的优秀者其人其文无不以渗透这种"岭南大义"为其根本气质和精神品格。我们这样分析,并无任何自褒自扬广东诗人、作家之意,也无暗示其他地域作家不如岭南的意思,而是意图通过揭示广东文学的文学精神真义所在,透视出它与岭南历史演变进程之间的关系。在广东文学的演变史上,它确实较多地与国家的危难发生深度的关联,而较少地与盛世太平发生关联。中原汉唐盛世的时候,岭南文教才开始萌发,雍容风雅的气度自然无从效法。等到文教扎根,诗人从容发而为词章的时候,却是为国家危难所刺激。古代时期朝代更迭的战乱自不待言,晚清更是天崩地裂式的危机,这刺激事实上极大地助力于广东文学更上台阶。古人有"多难兴邦"之论,在岭南则是"多难兴文"。明末"广东三忠"之一,东莞人张家玉曾说:"我辈做人,正于患难处做好题目,正于患难处见好文章。譬之雪里梅花,愈香愈瘦,愈瘦愈香。譬之霜林松叶,愈茂愈寒,愈寒愈茂。"①张家玉的话道出了岭南优秀作家的人生和写作态度。因历史之故广东作家多感于国家危难之"物"而少感于国家升平之"物",故起兴歌咏抒写之诗文,多具浩然大义,风格雄直精悍。正所谓独特的文学演变历程造就了独特的文学品质。

广东文学另一个特色是它兼容并包的特色。岭南文化及其性格形成于北来迁徙入粤的移居史,形成于中原文化的南渐史。历代各地人口迁入层累地沉淀为岭南人开放包容的民性:虚怀,但不盲从权威;有定见,但不排外。自古以来,广府、潮汕和客家三大方言一面相互交流、相互影响,另一面又各自发展出如广

---

① (明)张家玉:《与杨司农书》,杨宝霖点校:《张家玉集》,广州:广东高等教育出版社1992年版,第87页。

府的粤剧、潮汕的潮剧、嘉应的汉剧等民间艺术形式。此种地域方言文化的并生助益广东作家免于固步自封而兼采众长,尤其是晚清以来产生了一个从未遇见的更为广阔的文学天地,先是照单拿来,后是借鉴创新。对那些见所未见的文学艺术形式和修辞手法,在自己的生活世界里当作自家东西就这样圆融无间地加以运用。广东文坛从来都是广纳各方人与物。南来北往,自西徂东,在这片土地上鲜有阻挡与排斥。这与岭南文化的开放性和包容性是一致的。当然,有容乃大是中国文化传统的信念,包容性也是中国文化的根本特性。这里探讨的广东文学的开放性、包容性在根本上与中国文化的这一特性是一致的,但广东文学所表现出来的岭南开放性和包容性更多地源于与中原多少有些差异的地域生活经验和历史。广东文化最底层的底色当是百越先民的文化,其文化沉淀至今依然略有留痕。秦征南越之后,中原文化南渐成为主流,为岭南奠定深厚农耕文化的基础。然而广东又是航海发达的地方,成熟早、规模大。其人其地的文化性格不可避免打上深深的航海文化的印记。在岭南文化的演变史上,虽然以农耕文化为主干,但多重来源构成的杂多性也占有相当地位。正因为如此,它的地域文化具有相当程度的可辨识性。刘斯奋将孕育成长于岭南的文化性格概括为"不拘一格,不定一尊,不守一隅"①,十分精当。我们很难说这"三不"所构成的岭南文化性格到底是百越文化、中原农耕文化,还是海洋文化。只能说这"三不"所体现的就是岭南的开放性与包容性。岭南文学和文化的开放和包容的品质并非停留在语辞的表面,而是深嵌于岭南成长的历史里。全国沿海岸线各地,航海活动开展甚早,但标志着海洋文化成熟的海神却最早出现在广东。同为中国的海神,南海神比妈祖神树立更早。南海神庙始建于隋代广州黄埔,天后宫要到宋代才出现于福建莆田。盖岭南先民此种面向陌生海洋的开放勇闯心态是为其生活经验所促使,不得不历风险,不得不摆脱农耕一隅的束缚,由心态开放而见识增长,由见识增长而容人所长,最终成此开放包容的怀抱。

与广东文学和岭南文化的开放包容品质相联系的另一种品质,毫无疑问就是它们创新求变的特质。创新求变绝不仅仅是一种主观的欲求,更重要的它是环境的产物。仅有此欲求而环境不支持,创出来的"新",求出来的"变",很可能缺乏价值与意义,只是一时臆想的产物。创新求变作为地域文化的品质,很重要的一点,是它实质上为环境所催生,为环境所成就。从这种观点看,开放包容和

---

① 刘斯奋:《互联网时代做与众不同的"独一个"》,《刘斯奋集》,广州:广东人民出版社2018年版,第322页。

创新求变其实是一体两面的。有开放包容的气度与生活方式,有机会接触各式各样的新鲜事物,才能从中选择、为我所用,创造出前所未有的新东西。广东文学自晚清以降,屡屡表现出强大的创新求变的能力。无论观念还是艺术形式和手法,或者全国领先,或者站在前列。这与其一贯的开放包容营造出来的思维方式、文化气氛和生活经验存在密切相关。如果合并考虑其他艺术形式乃至民间工艺,广东清代以来所创造的多个全国第一,那简直不胜枚举。如晚清十三行时期图案中西合璧的外销瓷、西洋画法与民俗风相结合的通草画;清末民初又有引入透视原理和油画技术的水墨画——岭南画派;民乐加西洋乐器合成的广东音乐;引入西洋教堂彩绘玻璃马赛克元素的中式园林——岭南园林等。至于引进西方文艺表现形式的多个第一人,也出现在广东,如油画第一人、摄影第一人、电影第一人等等。广东文艺家的创新与古代在单一传统之下"穷则变"是有所不同的。它不是走在原本轨道上的"穷",而是拜有幸遇见一个更大世界所赐,所以是未穷而变。广东文艺家的创新更多地出于周遭环境和自身的生活经验,由此才实现了脚踏实地的创新。正如康有为诗句所说,"新世瑰奇异境生,更搜欧亚造新声"①。文艺家能意识到生活的世界已经是与以往不同的"新世",才能在艺术的天地里想象出别开生面的"异境";要先知晓世上存在欧亚"新声",才能在创作的时候主动去搜求有用的文艺元素和表现手法。岭南的地理环境与历史为文艺的创新求变营造了远远优胜于其他地域的文化条件和精神氛围。这用"得天独厚"来形容都不为过。广东文艺能在创新求变方面表现出色,并形成稳定的精神特质,同样是植根于它的历史文化土壤之中。铭记历史,面向未来,因而也是广东文学发展的必由之路。

---

① 康有为:《与菽园论诗兼寄任公、孺博、曼宣》三首之二,陈永正编注:《康有为诗文选》,广州:广东人民出版社1983年版,第331页。

目　　录

绪论　中国文学现代化的广东路径 ··· 1

第一编　现代文学的发生（1915—1921）

概述 ·· 3
第一章　五四落潮与文学更生 ··· 5
　　第一节　社会转型与文学变革 ··· 5
　　第二节　回光返照：广东模范省运动 ·································· 11
第二章　最初的尝试 ··· 15
　　第一节　朱执信的《超儿》 ·· 15
　　第二节　《南风》与岭南新文学 ······································ 20
　　第三节　话剧运动的兴起 ·· 21
第三章　革命文学的萌动 ··· 28
　　第一节　早期革命文学活动 ·· 28
　　第二节　革命文学理论和创作 ·· 31
　　第三节　《广东群报》的倾向 ·· 39

第二编　多方面的发展（1921—1927）

概述 ··· 45
第四章　文学运动与理论建设 ··· 47
　　第一节　文学运动、社团与报刊 ······································ 48
　　第二节　方言创作与白话文学 ·· 60
　　第三节　雅俗新旧的离合互动 ·· 72

  第四节 新文学浪潮的南移 ······················ 77
第五章 现代散文的建立 ······························ 80
  第一节 岭南新声:杂文的勃兴 ······················ 80
  第二节 李春涛《东征纪略》:报告文学的滥觞 ············ 83
  第三节 钟敬文、许地山的小品散文 ···················· 84
第六章 李金发:象征派先驱 ······························ 90
  第一节 李金发的象征派诗 ···························· 90
  第二节 冯乃超的《红纱灯》 ···························· 104
  第三节 新生代:林英强、侯汝华、陈江帆 ··············· 109
第七章 梁宗岱:从岭南到西欧 ·························· 114
  第一节 双向哥伦布:梁宗岱的中西文化交流 ············ 115
  第二节 梁宗岱的《晚祷》和《芦笛风》 ·················· 119
  第三节 诗学理论和文学翻译 ·························· 123
第八章 小说创作的收获 ······························ 131
  第一节 张资平小说与客家文化 ······················ 131
  第二节 许地山小说的岭南情结 ······················ 143
  第三节 欧阳山:从至情到写实 ························ 156
第九章 传统文学的新生 ······························ 164
  第一节 以诗鸣志:黄节的诗歌 ························ 164
  第二节 气象高华:陈洵、詹安泰、廖恩焘 ·············· 169
  第三节 薛马争雄:粤剧的现代转换 ···················· 178
  第四节 呦呦鹿鸣:民间文艺的活力 ···················· 184

第三编 左翼文学的崛起(1927—1937)

概述 ·· 193
第十章 左翼文学的岭南血脉 ·························· 196
  第一节 岭南作家的革命情怀 ························ 196
  第二节 广州的左翼文学运动 ························ 199
  第三节 "万人文学论"论争 ·························· 203
第十一章 浪漫化的革命小说 ·························· 206
  第一节 洪灵菲:"革命加恋爱"叙事 ···················· 207

第二节　冯铿：有点罗曼蒂克 ……………………………………… 211
　　第三节　戴平万：新兴文学的"花蕊" …………………………… 215
　　第四节　杨邨人：革命场中的一位小贩 ………………………… 221
第十二章　时代的前哨：激昂的左翼诗歌 ……………………………… 226
　　第一节　蒲风的《茫茫夜》《六月流火》 ………………………… 226
　　第二节　冯宪章、任钧和温流的诗歌创作 ……………………… 231
第十三章　戏剧、散文和小说 …………………………………………… 237
　　第一节　欧阳予倩与广州戏剧 …………………………………… 237
　　第二节　散文的发展与困顿 ……………………………………… 240
　　第三节　黑婴的小说：独特的"新感觉" ………………………… 244
第十四章　转向写实的左翼小说 ………………………………………… 247
　　第一节　草明的底层工人叙事 …………………………………… 247
　　第二节　萧殷笔下的小人物群像 ………………………………… 250
　　第三节　杜埃的城市贫民书写 …………………………………… 252
　　第四节　廖子东、厉厂樵对知识者的观照 ……………………… 253
第十五章　北伐和广东农民运动叙事 …………………………………… 255
　　第一节　反英雄叙事：黑炎的《战线》 …………………………… 255
　　第二节　黎锦明、阳翰笙、马宁的革命叙事 …………………… 257
　　第三节　民间叙事里的革命情怀 ………………………………… 262

第四编　炮火中的成长(1937—1945)

概述 ………………………………………………………………………… 273
第十六章　广州的抗战文艺运动 ………………………………………… 274
　　第一节　广州艺协与广州诗坛社 ………………………………… 275
　　第二节　作家南下与转战桂林、香港 …………………………… 277
　　第三节　广东抗战的南洋叙事 …………………………………… 281
　　第四节　冼星海与抗战歌谣 ……………………………………… 295
第十七章　血与火的呐喊："中国诗坛"派 ……………………………… 302
　　第一节　蒲风、雷石榆与《中国诗坛》 …………………………… 304
　　第二节　黄宁婴、陈芦荻、李育中的诗歌创作 ………………… 311
　　第三节　鸥外鸥："未来派的诗人" ……………………………… 316

第十八章　抒情的放逐：现代派的转向 ……………………… 321
第一节　先锋的转向与分流 ………………………………… 321
第二节　李金发：象征风头已过 …………………………… 325
第三节　左翼现代主义：新的抒情 ………………………… 334

第十九章　丘东平与岭南女作家的抗战叙事 ………………… 338
第一节　丘东平的小说和报告文学 ………………………… 338
第二节　新的战争美学的创造 ……………………………… 347
第三节　岭南女作家的抗战叙事 …………………………… 350

第二十章　战时戏剧创作 ………………………………………… 360
第一节　话剧的创作和演出 ………………………………… 360
第二节　大型历史剧《黄花岗》 …………………………… 369
第三节　东江纵队和广东南路 ……………………………… 375
第四节　粤剧的活跃与繁荣 ………………………………… 385

第五编　大转折前夜的繁荣（1945—1949）

概述 …………………………………………………………………… 397

第二十一章　黄谷柳的《虾球传》 ……………………………… 400
第一节　黄谷柳与华南作家群 ……………………………… 401
第二节　民族化、大众化的路径 …………………………… 403
第三节　粤味小说：《虾球传》的艺术价值 ……………… 409

第二十二章　小说、戏剧的多样化 ……………………………… 412
第一节　碧野：浪迹天涯的艺术探索 ……………………… 412
第二节　陈残云：从抒情走向叙事 ………………………… 420
第三节　于逢、易巩：现代文坛的双打选手 ……………… 427
第四节　侣伦：战后底层书写 ……………………………… 435
第五节　林榆的多幕剧《大地回春》 ……………………… 438

第二十三章　诗歌、散文的新收获 ……………………………… 441
第一节　黄药眠的《桂林底撤退》 ………………………… 441
第二节　黄宁婴的《溃退》 ………………………………… 450
第三节　楼栖的《鸳鸯子》 ………………………………… 456
第四节　黄秋耘：反思与战斗 ……………………………… 465

第二十四章 粤籍作家在解放区的创作 471
第一节 欧阳山的《高干大》 472
第二节 草明的《原动力》 478
第三节 阮章竞的民歌体新诗 483

第二十五章 旧文学的新气象 492
第一节 冼玉清的《流离百咏》 493
第二节 程坚甫的咏怀纪事诗 496
第三节 南社、南园的文脉赓续 501

参考文献 505
敢为人先唱大风
——《广东文学通史》后记 509

绪论　中国文学现代化的广东路径

　　现代岭南文学,星光璀璨,流金溢彩。《现代广东文学史》以五四新文化运动至1949年中华人民共和国成立30多年的广东文坛为观照对象,发掘珍稀史料,全景式展示现代广东文学创作、运动和风貌,深入论述小说、新诗、散文、戏剧和旧体诗词、民间俗文学等发生流变,主要围绕从传统文学向现代文学的现代性转型展开,描绘中国文学现代化的广东路径、经验,彰显岭南文学进取求变、新旧交织、雅俗互动的态势和异质性,阐述现代广东文学在中国文学的整体格局中的地位、与现代中国文学分合关系,提炼岭南文学的价值和特色,凸显影响和贡献,让被遮蔽的景观浮出历史地表。

　　"现代广东文学"关注的不是广东作为书写对象的地方性,而是将广东作为主体,探讨文学现代化过程的路径、经验和特质。近年来,受美国学者吉尔兹的《地方性知识》的理论鼓舞和柯文的《在中国发现历史》的思路启发,中国现代文学领域学者热衷文学史探讨"地方路径"和文学地理学问题,地方文学史研究和编撰兴起。究其原因和背景,主要有二:一是一元中心论的主流文学史观受到质疑和挑战,多元的文学史叙述应运而生;二是地方文学具有自身的特色和价值,却未能被全国文学史揭示,长期被遮蔽和忽视。地方性知识是作为普遍性知识的必要理解和补充。每一个"地方"都是"中国",一个充分包含了文学如何在地方生产的故事才最后形成了值得期待的"中国文学史"。特定的地方路径,不断充实和调整着作为民族生存共同体的"中国经验"和文学流脉,呈现"文学中国"的多重路径和复杂构成。地方文学史探讨无疑对以往文学史研究提出了挑战,是文学史研究的拓展、深化与突破。

一、现代广东文学的发生及意义

　　"现代性"的展开,不是在各个国度和地区均质流动的一个过程,而是呈现地方性和差异性①。中国幅员辽阔,每一地区有每一地区的民情风俗和文化。梁启超《中

---

① 周宪:《作为地方性概念的审美现代性》,《南京大学学报》2002年第3期。

国地理大势论》指出,广东"与他地绝异,言语异,风习异,性质异,故其人颇有独立之想,有进取之志。两面濒海,为五洲交通孔道"①。现代广东文学的形成,浸染于独具特质且系统完整的岭南文化。广东地处祖国南疆,北负五岭,南濒大洋,物华天宝,地灵人杰。由于地理、语言、风俗、民情等原因,南越文化、中原文化和海外文化交融碰撞形成岭南文化,显现务实、宽容、进取、低调的岭南文化特征,包含海洋文化的重商意识和平民意识,在五四新文化运动背景下,孕育岭南现代文学的发生,表现出既多姿多彩、气象万千,又自成一格、气质鲜明的审美风貌。

粤地原不是主流文化中心,不时被人误解为"文化沙漠"。但广东作为海上丝绸之路的发源地、唐代宗教改革的发祥地,岭南学术文化在经过明末清初的低谷之后,自道光年间开办"学海堂"、重修《广东通志》和编印《皇清经解》,而后有陈澧为代表的东塾学派和朱次琦为代表的九江学派崛起,已逐渐展现出全国性的高度。近代以来经世致用、读书明理、崇尚科学的风气浓厚,广东人才辈出,康有为、梁启超、孙中山等人登上历史舞台,文教事业在全国跻身仅次于京师、江浙的"前三强"位置。

为岭南写下"第一乡邦名著"《广东新语》的清初大诗人、学者屈大均曾有言:"吾粤之地,自秦汉以前为蛮夷,自唐宋以后为神州。"体察和领略广东现代文学,我们可以续曰:自晚清以来为翘楚,自民国以来为重镇。

一个时代有一个时代的文化,一个地方也有一个地方的文学。最好的文学,往往不是世界主义的,而是带着地方的烙印和异质性。以省为单位的文学史写作,具有全国文学史看不到的风景。相比中国其他省份,广东一直呈现出比较强的地域文化色彩。但现代广东文学史不是中国文学史的局部放大,而是在中国文学史背景下一个具有独立研究价值的整体,像探讨中国文学史一样来研究地方文学史的脉络、派别和价值,描述民国时期广东的文学运动和创作,既有对文学现象和趋势的概括和论述,又有对重要作家作品的分析与评价。

"现代广东文学"探讨广东作为一个创作主体在文学现代化过程彰显的路径、话语和经验,涉及主体的时空和内涵问题。判断作家的年代隶属"现代"不难,一般不以生活年代而以作品发表的时间为限;但认定作家的地理身份,则比较复杂,因为现代社会流动性很大,作家远游和寓居比较常见。究竟是以粤籍作家还是在粤创作来定义广东文学,众说纷纭,莫衷一是。

"地方"不应狭隘地理解为作家的出生地,而应看作文学的"在地性"。文学的发展和特性,受到"在地性"的影响,文学史叙述应重视文学的"在地性"。毕竟在同一个时空工作生活,人缘相亲、民情相近,审美体验相似,更容易形成相近的认知方式、

---

① 梁启超:《中国地理大势论》,连载 1902 年 4 至 6 月《新民丛报》第 6、8、9 号。

价值取向、性格气质和创作倾向、表现方法、审美风格。

"现代广东文学"主要包括这样三类作家的创作：一是生活在广东的本土作家；二是客居在广东的外地作家；三是广东出生、成长，但客居在外地的广东籍作家，创作内容与家乡有关联，也纳入论述范围。前两者构成广东文坛的主体，显示文学的"在地性"；后者属于岭南文学的构成之一，但知人论世，因作品内涵而异，侧重"关联性"。所谓"现代广东文学"，主要含义有三：从时空上看，是发生在1915年至1949年现代时期的岭南文坛范畴的文学；从内容上看，具有广东"在地性"和"关联性"的文学；从性质上看，是与"广东文学现代化"和"现代文学广东化"相关的文学，是与时俱进、求变图新的多元开放文学。

现代广东文学的构成，是多元和复杂的，包括五四新文化运动以来一切具有现代品质的文学，除了白话新文体文学，还包含旧体诗词、小说、戏曲和民间文学等传统旧形式文学、通俗文学。梁启超指出："文学之进化有一大关键，即由古语之文学变为俗语之文学是也。各国文学史之开展，靡不循此轨道。"①王国维也有此说，注意新旧雅俗的互动。1928年，胡适《白话文学史》标举"白话文学"与"文言文学"的对抗是文学史发展动力的"双线文学观"，开启了中国新文学的出场。在颠覆传统、重构意识形态的话语策略下，胡适将"白话文学"等同于"民间文学"，建构中国新文学的话语合法性根基②。胡适论述古代文学时提出作家文学和民间文学"雅俗双线并行"的文学史观，而当时元气淋漓的广东文学也显现新旧雅俗互动的特质和景象。

五四新文学开启并一定程度上主导了中国文学的现代进程，理所当然成为中国现代文学的重要甚至是核心部分，但不代表整体和全局。实际上，文学的现代品质并不取决于语言体式等外在形式问题，而体现于内在的观念意识。旧体诗词、戏曲、章回体小说和民间文学在五四文学革命后都还在发展，也有艺术水准高、思想先进的作品，但长期以来被排除在现代文学史之外。

文学不论新旧，不论雅俗，也不分中外，只要蕴含现代品质，推进现代化进程，相同时空下的创作和现象都可成为现代文学构成资源和研究对象。近年一些学者对五四后旧体文学、戏曲，民间文学的研究取得良好的成果，证明形式虽然是传统的、民间的，但已经转化为现代文学了。一些中国现代文学史著亦曾把五四新文化运动以来的旧文学、民间文学收入，但分量太轻，而且单列（分开来各作各的研究），分别由古代文学、民间文学专家撰写。殊不知五四新文化运动以来的"旧体文学""俗文学"已不是封建社会背景下的旧文学、俗文学。如果对现代文学的背景和流变不熟悉或没

---

① 梁启超：《小说丛话》，《新小说》1903年9月第7号。
② 胡适：《白话文学史》，《胡适全集》第11卷，合肥：安徽教育出版社2003年版，第542页。

有深入理解,很难把握准这一时期旧文学、俗文学的特质禀赋,更难彰显和揭示新旧雅俗双线文学的关联和互动。新文学正是从与他者(旧体文学、民间文学)的关联互动中获得主体确认和定位,反之亦然。

"文化史上亦只有演变而无革命"①,学贯中西、融古化今的岭南骄子梁宗岱如是说。现代广东文学从发生到发展,生动展现新旧并存、雅俗互动的"双线文学"奇异景观,而不是对立、断裂和突变。这样的研究视野和观念,不仅有范围的拓展,而且有新的发现,可能揭示文学史的真实面貌和完整版图。

二、发展脉络和走向

现代广东文学是中国现代文学的有机组成部分,与全国文学有着分合关系,有同步发展的方式和主题,也具有地方性知识的特点与文学地理学意义上的时空特质。依其历史进程和发展脉络,1915年至1949年的广东现代文学史大体可分为发生、发展、崛起、成长、繁荣五个节点和阶段:

1915—1921年为第一阶段,此为广东现代文学发生萌动期。广东新文学的发生较晚,迟于全国新文学2年左右时间。1919年9月朱执信的白话文小说《超儿》发表在上海《建设》第1卷第2号上,被视为广东第一篇现代白话小说。岭南1923年才诞生第一个新文学社团文学研究会广州分会②。放眼全国,广东近代文学独步全国,勇立时代潮头,引领风气之先,产生康有为、梁启超、黄遵宪等思想文化领军人物,但五四新文化运动,几乎没有广东人身影闪现。这一方面有人才的代际问题,更有岭南时局原因,当时广东政治和社会环境等封闭落后,思想文化比较沉闷。

岭南最先出现的新文学,多为宣传革命的文学,或者具有革命因子,作者多为革命者,譬如杨匏安、彭湃等。1918年《广东省学生联合会月报》、1920年《工界》、1921年《劳动妇女》等刊登不少新诗,不少是民歌体,民间俗文学显示活力,但与语言形式革新的五四新诗运动无紧密关联和直接呼应,更多的是农工主题,宣传革命思想,艺术性不强,文学品格不高。众声喧哗语境下,自由主义思潮与马克思主义较早在岭南风行,"南社"革命文学和国民革命文学争奇斗艳。五四时期话剧在广东各地兴起,

---

① 梁宗岱:《论画》,《诗与真》,上海:商务印书馆1935年版,第60页。
② 1927年香港新文学才真正兴起,比广东更晚。北伐胜利,代表旧势力的军阀被打倒,代表旧文化的国粹派,也开始放弃香港这个避居的堡垒。国内的新文学运动已经蓬勃发展,文学研究会、创造社、太阳社以及其他社团的文学作品,渐次输入香港,对于香港文坛和文学青年产生了强烈的震撼。参见刘登翰主编《香港文学史》,人民文学出版社1999年版,第3页。

主要由民气使然,而非艺术魅力所致。

广东新文化运动兴起于五四新文化运动落潮时期。五四新文学作家大抵是从外国作家作品中获得文学资源,而广东本土诗人作家却更爱的是晚清谴责小说、狎邪小说和旧体诗词、旧戏曲,以及活色生香的民间俗文学。五四时期《广州礼拜六》《广州中外小说林》《妙谛小说》等宣扬趣味主义文艺,这些杂志以小说为主,黑幕小说和鸳鸯蝴蝶派小说,成了广东文坛的流行色。中国近现代的作家大多秉持的是"历史进化论",但岭南作家对新旧、雅俗有不同看法,创作资源、动因和方式有自己的个性和特色。从发生学意义上看,岭南文学的现代转型,超越二元对立、突变式的宏大历史叙事窠臼,采取存旧立新、雅俗交织互动的渐进式的日常审美方式,是一种不同于京沪和内地的沿海风格叙事和话语。

"二三千年光荣的诗底传统,那是我们底探海灯,也是我们底礁石"①。传统有因袭负重成为危险礁石的可能,也有可供利用转化的现代因子,焕发生机活力的可能。岭南旧文学根基深厚,创作经久不衰;民间文学活跃,在民国时期绽放魅力和光彩。现代广东文学首先是通过旧体文学和民间文学进入中国文学。1920年创刊的《南风》杂志,倡导白话,但不反对文言;刊载白话小说和新体诗,但也有旧体诗,并未拒斥"旧文学"。岭南新文化运动,新旧文学、雅俗文艺不是彼此对立、互相批判的关系,而是改良和融进的关系,以旧含新、化俗为雅,新旧并存,雅俗互动。广东文学现代化的路径和方式比较独特。

1921—1927年为第二阶段,此为岭南现代文学发展期。广东新文学应运而生,逐渐形成规模和声势,各方面都取得令人瞩目的成绩,一些领域独领风骚。广州文学研究会、倾盖社、火焰文学社、南中国文学会等新文学社团前后成立,遍及省城广州和潮汕、海丰、梅州等岭南各地。1925年12月《政治周报》第3期刊登李春涛的《东征纪略》,记述了国民革命军第二次东征的战斗历程,堪称报告文学之先河。梁宗岱的《晚祷》是岭南第一本新诗集。梁宗岱留学法国,与瓦雷里相识相知,深受罗曼·罗兰赞赏。既心怀学习西方先进文明的文化自觉,也深具弘扬中国优秀传统文化的文化自信,是中西文化双向交流的先驱,中国文化"走出去"成功的践行者和引领者。

李金发的诗集《微雨》发表,标志中国象征派异军崛起。从岭东山区走出的诗人李金发,格调奇异、诗风晦涩,有"诗怪"之称,被公认为中国象征派诗歌的开创者。如果说胡适尝试以白话写自由体新诗,揭橥新诗第一次革命,那么李金发则引发新诗的第二次革命,从诗学观念和审美方式上建构现代诗美学传统。

张资平"是开始用流利国语写作新小说的人",《冲击期化石》写于1921年9月,

---

① 梁宗岱:《论诗》,《诗与真》,上海:商务印书馆1935年版,第32—33页。

是中国现代文学史上第一部长篇小说。小说语言与形式上发生了从文言章回体到现代形态的嬗变，深刻地反映了在"五四"新文化运动时期社会生活和生存状态的变化，是20世纪广东客家文化小说的拓荒之作。《梅岭之春》描写梅州客家地区的民情风俗和婚恋，反思消极因素，批判陈规陋习。

冯乃超、黄药眠、冯铿的诗歌，许地山、钟敬文的散文，洪灵菲、欧阳山的小说各有特点，形成百花争妍的态势。黄节、陈洵等旧体诗词创作以旧含新，岭南俗文学也得到发展，民间歌谣、粤讴、咸水歌、木鱼书、曲艺、地方戏曲等焕发艺术魅力，抒写时代，开启民智，使社会观念的变革进一步向纵深发展。

此期岭东潮汕地区的文学期刊远胜于广州大城市。潮汕文化以海洋文化为基础，又受大陆文化的改造。张竞生的移风易俗、新潮另类和温廷敬的方志修纂、诗词整理，并行不悖，相映生辉。岭南文学呈现一种新形态，不一定遵循雅俗分裂的发生机制和从中心城市——边缘区域的推广模式，由此"激活""生发"现代文学多种路径和资源的可能。

1927—1937年为第三阶段，此为左翼文学崛起期。在现代岭南文学的第二个十年中，经历血雨腥风，比起"五四"时期，在各个方面都有了新的发展，一边是汇入全国左翼文学崛起的大潮，一边是立足于本土进行探索和创新。

大革命失败后，无产阶级革命文学运动蓬勃开展，岭南文坛迅速崛起左翼革命文学。作为中国近代革命策源地的广东，经过1927年"四一五"大屠杀、广州起义失败和海陆丰农民运动被残酷镇压，从大革命时期的中心变成了白色恐怖的南粤堡垒，许多文化人纷纷避难上海或流亡海外。但是，革命的低潮并不意味着文艺的低潮，无论是流亡在外的革命者，还是留守广东的文化人，他们都以自己的作品，以超乎我们想象的创造力，充实并丰富了这一个历史时期的文艺创作，生动地记录和呈现了这动荡的、残酷的十年。

洪灵菲长篇小说《流亡》描写一对革命恋人在"四一五"广州反革命政变后的坎坷经历及思想的升华，在当时小说艺术形象里还是第一个，无疑具有开创性意义。冯铿的小说《重新起来》写女主人公小频在革命斗争的洪流中，告别旧日恋情，坚定不移地投身工农革命斗争行列，完成革命文学从"革命的罗曼蒂克"到革命现实主义的过渡。戴平万以朴实犀利的笔锋，描绘动荡年代的时代面貌与个体状况，被誉为"新兴文学的花蕊"。

从"太阳社"革命文学倡导到左联的革命文学活动、文学创作，广东作家都豪情满怀，积极参与。参加左联第一次筹备会议的八人中，广东籍作家有三人。出席左联成立大会的四十余名代表中，广东籍代表近十人。洪灵菲参加过两次左联筹备会议，为左联七常委之一；左联七常委，广东籍人士占了两名。冯铿是左联五烈士中唯一的广东人,且为唯一的女性。戴平万是上海孤岛时期共产党的领导者之一,他接替周扬的位置,成为左联最后一任党团书记。冯乃超参与左联筹建,被推举为《理论纲领》的起草人,并任左联第一任党团书记兼宣传部长。欧阳山、丘东平、戴平万、蒲风,都是鲁迅先生名单上最有代表性的左翼作家。中国左翼文学有丰盈的岭南血脉。广东籍的青年作家,用激情和生命,创造了无愧于那个时代的作品。

从革命实践到文学写作,左联精神深深地影响广东文学发展。1932年,欧阳山等人在广州成立广州普罗作家同盟,致力于创作大众文艺和方言小说。1933年,中国戏剧家联盟广州分盟、中国诗歌会广州分会分别成立。不久,蒲风回到家乡梅县,将"中国诗坛梅县分社"扩大为"中国诗坛岭东分社",出版了《中国诗坛》岭东刊。蒲风是时代的歌手,倡导大众化诗歌,追求通俗易懂,刚健、质朴、明朗诗风。《六月流火》是一首叙事长诗,其中《铁流》一节最早歌颂红军长征壮举。冯宪章从中学时期就投身文学创作和革命斗争实践,参加"广东新学生社"和青年团组织,他的诗歌"流动的情绪比火还要热烈"。任钧的《冷热集》被誉为中国新诗坛上第一部政治讽刺诗,具有鲜明的时代性和犀利的战斗性,有意与"新月派"和"现代派"的诗风相对立。温流致力于华南新诗歌运动,走大众化、歌谣化的道路。而欧阳予倩南下广州,创办了广东戏剧研究所,开展戏剧活动。在这个阶段中,广东左翼文艺社团及其作家的活动,构成了1930年代广东新文学的主流。

黑炎的中篇小说《战线》,描写1926年至1927年的北伐战争,不以描写血与火的生死厮杀称著,却以描写哭与笑和平凡生活见长。小说从小处下手而忽略了大处着眼,"失却历史的意象",但被称为"中国的《西线无战事》"①,属于另类革命叙事。

1937—1945年为第四阶段,此为抗战文学主导期。1937年抗日战争爆发,岭南吹响抗战文学的号角。在文艺创作上,岭南抗战初期出现了大量的小型作品,及时反映了中国人民的抗日斗争。报告文学和小说是当时广泛运用的文学形式,从多方面反映了抗日战争的真实情况,描绘了中国人民的英勇面貌,成绩较为显著的有丘东平、巴金、司马文森、华嘉等。丘东平创造新的战争叙事美学,一方面"防备单纯化";一方面"祛除浪漫化",取得了异常真实的艺术效果。初期的戏剧也以灵活多样的短剧为多,如街头剧、活报剧等。诗歌创作上出现了许多短诗,并开展了具有广泛群众性的朗诵诗、街头诗运动,收到了良好的效果。

1939年6月,徐迟提出"抒情的放逐"的观点,认为日本帝国主义的炮火"轰炸已

---

① 凌冰:《〈战线〉书评》,《现代》1933年10月第3卷第6期。

炸死了许多人,又炸死了抒情",抒情已经不再需要①。同年,穆木天在广州《文艺阵地》撰文,号召作家"彻底地去抛弃自己,打进大众里边去","彻底地去克服我们个人主义抒情的感伤"②。广东作家诗人以笔为武器,走出艺术象牙塔,直面现实,塑造了一个个有血有肉的角色,也绘出一幅幅生动感人的画卷,发出抗日救亡的高亢呐喊。李金发、鸥外鸥的诗歌由现代转向写实,最具有代表性。抗战爆发后,不少新文学作家纷纷"勒马回缰作旧诗",弘扬抗战精神和抒发爱国情怀。

现实主义是抗战文学的主潮,文学的大众化民族化深入人心,但浪漫派文学和现代派文学仍存。抗战文学是近代经世致用思潮和俗文化运动的体现,实现了启蒙立场向救亡立场的转变,精英立场向民间立场的转变,高雅文学向通俗文学的转变。先锋文学出现转向和分流,化雅为俗,这是时代趋势和普遍现象,但在广东文坛诗界表现得格外突出和明显。广州《中国诗坛》蒲风以及雷石榆、黄宁婴、陈芦荻、李育中等的诗歌,于逢的《溃退》、郁茹的《遥远的爱》的抗战叙事,表达真切感受,发出时代呼声,是这一时期岭南文学的贡献。

大批作家南下广东,转战桂林和香港。同时,不少岭南作家如杜埃、黑婴、司马文森、陈残云等往来南洋与岭南,从事抗战文化活动和文学创作。不同于西洋、东洋叙事,这些作家的南洋写作,具有体验性和纪实性特征,凝聚了强烈的民族国家意识,奏响救亡强音。

岭南话剧活动空前活跃。抗战爆发前后,广州成立了锋社、蓝白、艺协三大剧社;各学校戏剧团体纷纷成立,主要有春雷剧团、奔风剧团、前锋剧团、邮局剧团、炬流剧团等。广州沦陷后,岭南剧人纷纷到韶关及东江游击区等地,反映抗日斗争生活,激发军民抗敌士气。如何芷执笔的《北粤丰碑》和陈卓猷执笔的《胜利的反攻》,真实地反映了1939年在粤北两次抗击日军进犯的战斗,演出时震撼南国,成为史诗式的战歌。欧阳山执笔的《敌人》,描写广州陷落之前,在抗敌部队里的两个士兵大敌当前忘却私仇,共同抗日的故事。他们以话剧为武器,广泛宣传抗战,演出的剧目主要有《走私》《汉奸的子孙》《放下你的鞭子》《黑地狱》《飞将军》《保卫卢沟桥》等。1938年3月历史剧《黄花岗》的公演,标志广东剧坛的繁荣。

1945—1949年为第五阶段,此为广东文学收获繁荣期。抗战胜利曾极大地振奋了国内民心,但之后国民党政权在接收时的腐败行为、对国内民主势力的镇压以及执意发动内战的行径让老百姓大失所望。中国共产党在华北和东北根据地

---

① 徐迟:《抒情的放逐》,《顶点》1939年6月第1期。
② 穆木天:《关于抗战诗歌运动——对于抗战诗歌否定论者的常识的解答》,《文艺阵地》1939年12月第4卷第3期。

开展的土改运动和在国统区发动的争取民主运动,赢得了老百姓的支持。在国共之争中,民心和胜利的天平都很快向共产党倾斜。这些史实,不仅是时代背景,也反映在当时的文学创作之中,敏锐的作家感应到了时代的变化,将这些变化揭示和描绘出来。

气派相通的华南作家群创作引人注目。黄谷柳的粤味小说《虾球传》影响最广,具有浓郁岭南特色,颇具"大时代写照"气质,兼具成长小说、地域小说、红色小说三重特征,是左翼文学创作与民族化、大众化有机融合的成功典范,生动回答了"岭南人民如何参与大历史"的问题。

此期广东文学没有辜负这个伟大的时代。在外地的广东作家和在本土的广东作家共同创造了文学佳绩。小说方面,产生了欧阳山的《高干大》、草明的《原动力》、侣伦的《穷巷》、碧野关于"客家族"故事的书写等重要成果,于逢和易巩"完成了文学的力作";诗歌方面,涌现了阮章竞的《漳河水》和黄药眠的《桂林底撤退》、黄宁婴的《溃退》、楼栖的《鸳鸯子》等叙事长诗;戏剧方面,阮章竞的《赤叶河》与《白毛女》并称为解放区红白两大歌剧,广受赞誉;散文方面,则有黄秋耘的《浮沉》异军突起,抨击黑暗的社会,同时也解剖了自己;楼栖的杂文、黄药眠的《抒情小品》以及秦牧的杂文,深刻而独到。另外,冼玉清、程坚甫的旧体诗词咏怀纪事,发出时代新声。南社、南园等诗人赓续文脉,汇成了一股强劲的"南音"。这些成绩,与当时全国任何一个省份相比,都是毫不逊色的。经过三十多年的发展,广东现代文学到这一时期进入了收获繁荣期。

现代广东文学在这个时间节点,迎来收获与繁荣,与全国1930年代文学辉煌相异,与其他省份不同。从广东作家代际构成上看,张资平、许地山等第一代作家和李金发、梁宗岱、洪灵菲、冯铿、丘东平等第二代作家或退出文坛,或病逝,或牺牲,而欧阳山、黄谷柳、草明、阮章竞等第二代、第三代作家在1945年至1949年间大都40岁左右,这正是作家的黄金时代。抗战和抗战胜利后,大批作家南下,广州、香港成为实际上的文化中心和大本营,省港报刊、书店林立,文化资源丰富,为作家的文学创作提供了重要支持。作家之间的来往和交流增多,岭南本土作家见识增长,视野拓展,才能提高,创作得到发表和成名的机会增多。欧阳山、草明参加了延安文艺座谈会,与中共领导人有交流,创造了良好的"人和"氛围,有助于广东作家的成长。

1945年至1949年,华南作家群崛起,广东文坛幸逢天时地利人和,涌现一批全国有实力有声誉的作家,创作出文学史有价值能流传的力作。这一时期的广东文学,不仅为现代广东文学画上了一个完美的句号,也为当代广东文学奠定了一个良好的基础。

三、贯穿问题与基本特征

现代广东文学的发生流变过程,同所有地域文学一样,有着地域性和文化共通性这样两种基本特性。一方面,它受时代大潮和文化风习的影响,具有全国性文学和主流话语的取向和特征;另一方面显示自己的主体性和个性。

中国现代文学发展过程中,一直贯穿着新文学与旧文学,雅文学与俗文学,西方文艺与民族文学,城市与乡村,文言与白话,启蒙与救亡,传统与现代,功利与审美等矛盾,它们之间的张力和悖论,纠结和交错,构成现代中国文学在文学观念、审美方式、创作手法、形式语言、艺术风格等方面的特质和合力,推动文学发展流变。岭南文学也不例外,但新旧交织、雅俗互动的"广东现象"与五四新文学现代化进程中批判旧文学、贬低民间通俗文学有一些差异,其中旧体诗词、戏曲创作比较活跃,粤语方言热情经久不衰,民间通俗文学发展引人注目。现代广东文学生态不是新文艺一花独放,在新诗之外,还有旧体诗词;在话剧之外,还有粤剧等传统戏曲;在主流高雅文学之外,还有民间通俗文学。

广东文学在进入现代之前,与中原文学的发展大体同步。但是由于文化历史背景上的差异以及经济以及地缘方面特殊因素的影响,加上广东不同于内地的风物民俗,广东文学已经显示地域特色:拟古复古的风气不浓,比较注重联系实际,抒发真情实感,宗派门户之见不深,比较兼容、开放,"不专注一家一代,自达其意而已";比较注意从民间文学中吸取养分,活色生香,比较生动风趣,接地气、受欢迎,兼具商业性和平民文学特色。

五四新文化运动以来,岭南文学一面连接传统文脉;一面经历欧风美雨,可谓古典与现代交融并存。丘玉麟早年写有《白话诗作法讲话》,纵论诗歌创作的法式,主要论述白话自由体新诗,兼及文言旧体诗的创作,颇有心得和章法。丘玉麟出入古今,贯穿新旧,但更钟情于文言旧体诗词。诗歌创作以七绝为主,尤其在抗战期间,创作了大量诗歌,结集《回回纪事诗》,意在仿效龚自珍《己亥杂诗》,内容则以写抗战时期的流离生活为主。民国初年,广东传统文学创作数量极多,其中以丘逢甲、南社成员、黄节、陈洵、廖恩焘、温廷敬的诗词创作最为突出。这与广东文人学者的创作兴趣和资源、理路相关。其时,他们除了通过传统文人结社、开社校诗,结集出版外,还在一些刊物上开辟诗词专栏,促进诗词传统的传承;广州各所高校如岭南大学、中山大学则延聘国学名师,在课程设置中有意识地偏重传统文化。中山大学中文系主任古直编就的1932年《广东国立中山大学中国语言文学系二十一年度课目表》,全部为经史子集和文字训诂音韵学等国学内容,"必修课说明书"特别推崇《孝经》,完全排斥新文学①。一边是老一辈作家学者恪守国学,创办的诗词团体,包括南社、南园诗社等,致力于广东旧体诗词的创作和发展;但另一边,新一代的知识青年致力于创作白话新诗、话剧作品,推动了岭南新文学的兴起,成为这一时期岭南文学新旧并存的生动写照。

值得注意的是,守旧与激进的矛盾集结融合于"现代广东文学"一身。"现代性"是一个有两张面孔的"雅努斯":一张朝前,一张朝后。广州粤社、佛山龙塘诗社、梅州冷圃诗社、潮州壬社等结社吟咏,坚持旧体诗词创作。广州南园诗社曾得以重开,后家国纷乱之际停止。黄节感慨"不似昔年诗社日,追陪重辟抗风轩。"梁鼎芬答曰:"话别南园泪已深,无诗负汝百回心。"风雅的凋零,让人叹息、沉痛又无可奈何,但穷且益坚,不坠振兴岭南诗学青云之志。但与此同时,激进的革命文学和现代主义从岭南兴起,特别是洪灵菲的革命小说、蒲风的左翼诗歌和李金发的象征派诗、黑婴的新感觉派小说,以及鸥外鸥糅合革命现实与现代审美的左翼现代主义,掀起文坛的岭南旋风,影响深远。实际上,激进与保守都怀有为文学现代化寻找路径的同气相求之抱负,保守派高歌的是"归家",为灵魂寻找故乡;激进派引吭的是"远方",为故乡寻找灵魂。

现代广东文学发展还始终贯穿雄直与浪漫的矛盾。清人洪亮吉《论诗绝句》评论岭南诗歌:"尚得昔贤雄直气,岭南犹似胜江南。"②所谓"雄直",是指诗歌的境界雄伟,气势劲厉,音调高亢,直抒胸臆,得阳刚之美。汪辟疆《近代诗人述评》云:"岭南诗派,肇自曲江、昌黎、东坡,以流人习处是邦,流风余韵,久播岭表。宋元而后,沾溉靡穷。"③可为的论。岭南地处中国最南端,也就是汉文化的最后一道防线。无论是宋末元初,还是明末清初,广东都是中原移民最后的退守之地,也是把反抗民族压迫坚持到最后的地方。爱国热情高涨,岭南文学悲歌慷慨。现代广东文学传承这种雄直之风。大革命时期的国民革命文学,1920年代、30年代的左翼文学,1930年代、

---

① 古直:《广东国立中山大学中国语言文学系二十一年度课目表》,1933年12月《国学论衡·国学近讯》第2期。胡适1935年1月6日在香港华侨教育会演讲,批评广东虽为革命策源地,但文化落后,尊经崇古,反对用语体文。"广东自古是中国的殖民地,中原的文化许多都变了,而广东尚保留着。"原准备邀请他前来演讲的中山大学校长邹鲁,让吴康带信给胡适,请他"今日快车离省,暂勿演讲,以免发生纠纷"。中文系古直、钟应梅、李沧萍等教授给广州军政当局发去电文,"请办胡适","径付执宪,庶几乱臣贼子稍知警惧矣"。胡适只好黯然北返。当时中山大学文学院长是留学法国归来、原北京大学新潮社的社员、胡适的学生吴康,中文系主任是古直,但吴康对于保守势力也无可奈何。1935年中山大学取消《孝经》必读要求,必修课和选修课也有修改,增加近代诗、近代文、近代文艺思潮等。参见《国立中山大学概况》(民国廿四年),台北传记文学出版社1971年影印,第122—127页。

② 洪亮吉:《道中无事偶作论诗截句二十首》之五,刘德权点校《洪亮吉集》第3册,北京:中华书局2001年版,第1244页。

③ 汪辟疆:《汪辟疆诗学论集》,南京:南京大学出版社2011年版,第52页。

40年代的抗战文学,都豪迈劲拔,文脉赓续,以笔为旗,在反帝爱国,反封建反压迫,争取民族解放的运动中呐喊、战斗。广东虽然与海外接触最早,开时代风气之先,但并无崇洋媚外的思想。从岭东山区走出的李金发是中国象征主义第一人,但"调和中西"成为自觉追求,李金发诗歌的中国古典情结和对客家山歌、方言的吸收运用,构成诗歌对西方象征主义的变异和转换。固本逐新,这实际上形成文学的浪漫。广东新诗创作,不乏追求新旧结合的风格,新诗中化用古典意象和语言,这也是一种文学的浪漫。当然,文学意义上的浪漫,不仅指各种新奇的艺术形式探索和主观抒发、想象丰富,更多的是指作品显现的灵动和神韵。无论是冯铿、丘东平、黄谷柳的革命小说,李金发、梁宗岱、鸥外鸥的先锋诗歌,抑或张资平的言情叙事、许地山的宗教情结、黑婴的灵肉冲突,岭南作家的创作在气质上很大程度带有浪漫主义禀赋。这可能与岭南海洋文化特点有关,海洋不仅是叙事空间和背景,也是想象方式和审美风格。

以广州为中心的岭南地区确实兼具了柯文的"沿海—内陆"和施坚雅的"中心区"理论所概括的部分特点。广东偏居南隅,远离中原,文化相对独立,明显不同于北方文化。汉代以降以陈钦、陈元为代表的经学注释,有别于传统经学的严密深邃与繁复,呈现出轻灵简易的特点。唐朝六祖惠能为佛学禅宗注进了日常化、世俗化的内涵。明代陈献章的自得之学、湛若水"随处体认天理",主张独立自由思考,逐渐形成一个有粤派特点的文化传统。广东背靠五岭,南濒大洋,远离中央政权所在地,接受正统思想的束缚较少;同时长期与海外进行经济、文化交流,容易接触新事物,吸收新思潮,造就了广东人开眼看世界、敢为天下先的精神气质。创新背后必然离不开对传统的尊重与传承。岭南文化自成系统,根基深厚。无论是广府还是潮汕、客家,岭南街道村社祠堂遍布,体现岭南人"根"的意识较强。守正与创新的辩证统一,成就了一个气度不凡、元气淋漓的岭南文化。近现代岭南首当其冲遭受西方列强的入侵,广东作家采中原之精华,纳四海之新风,较之内地作家更易于感国运之变化、发时代之先声,表现出一种空间上异于内地文学,时间上不同于古代、近代文学的审美特征。

其一是市井气息和平民化叙事,重视世俗生活,关注底层。现代广东文学较少关注重大题材,不擅长宏大叙事,而更偏向于日常生活的展现和以小见大的叙事;所写人物也不是高大上的英雄,而是平常人物和底层民众,性格多内向、坚定而温和。紫风《樱桃与茉莉》坦诚:"我既把赞歌献给硕大的佳果,巨型的名花,也想把颂词献给小小的果子,小小的花朵"。这里强调的是后者,紫风用自己特有的表达方式,用近乎自然、平易的音符唱出不同凡响的、动听的歌,熏染和净化着笔下的土地和人心,生发一种暗香、风韵。黄谷柳的《虾球传》情节曲折生动,语言鲜活质朴,少年虾球淳朴善良、机灵侠义,失业后流浪街头,走江湖,坐监狱,最后改过自新投身革命,小说叙述的就是"街头小混混"的成长故事,岭南日常生活和风土人情格外吸引眼球。钟敬文的《再谈荔枝》讲述"挂绿荔枝"的故事,由"奇香异味""孤种""独株"写到"物以稀为贵",最后感慨社会不平等,表达平民意识和人文关怀。现代广东诗歌在全国举足轻重,从李金发、梁宗岱、鸥外鸥到黄节、冼玉清、程坚甫,不论新体诗歌还是旧体诗词,都不同凡响,富有特色。在岭南这样平民化的务实之地,诗意在哪里?其实就在琐碎的日常生活里,就在平凡的普通人物心里。诗歌并非玄虚和夸饰,而是立足于现实大地,关乎大地上那些芸芸众生。张资平、黑炎、侣伦的小说和钟敬文、许地山、黄秋耘的散文亦是取材日常生活,书写凡人琐事。现代岭南文学整体呈现的大众化、世俗化倾向具有积极意义,显示了岭南文化背景下地方性知识与文学创作、边缘与中心既互相包含又互相消解、转化的特殊关系。

其二是风格清新生动,洋溢乐观精神和人文关怀。岭南文学主要有清新和雄直两种风格。前者是承平时期的特点,后者是乱世的风格。但即使是书写革命和战争,现代广东文学笔调不沉重压抑,而是文风晓畅清新,透露一种乐观精神。作家们从平民化的视角,生动描绘岭南低调务实的日常生活,洞见并把握世道人心,避免高蹈凌虚和惨烈绝望,这种精神是别的地方没有的。其中优秀之作,于革命的暴风骤雨中,依然有草长莺飞的关怀和步月登云的向往。郁茹《遥远的爱》直面抗战现实,但特长不是宏大的革命叙事,而是浓郁的抒情风格①。细腻的描绘,复杂而颤动的个体情感,坚定乐观的革命意志,使得这部小说在革命题材小说中别具一格。黑婴被称为"新感觉派后起之秀",但不像刘呐鸥的迷乱,不似施蛰存的压抑,更无穆时英的虚无,小说不时透出若干甜柔的亮色,仿佛远处山巅上的一抹嫩红。

岭南文化具有一种"清新"的特质,无论是饮食上的清淡鲜甜,还是行事的灵活、变通和创新,都足以证明。广东四季常青,冷暖变化不明显,文学中缺乏伤春悲秋的内容,风格清新,比较乐观。岭南河网纵横、徐疾自如,海岸线漫长开阔,视野不局促狭隘。当然,广东文学的内容和取向是复杂和多变的,有清新,也有晦涩;有洒脱,也有功利;有乐观,也有悲观,但总体呈现一种灵动活泼的走向。这种特征形成很大程度得益于广东民间通俗文学的互动、粤方言的运用、岭南风物描写等。

现代广东作家多为来自底层社会的小资产阶级知识分子,有民间生活体会,接触俗文学,创作接"地气"。《虾球传》作者黄谷柳人生阅历丰富,对底层民众的生活极为熟稔,对港、粤两地的风俗民情察体入微,对粤方言和粤文化了然于心。成衣店、海味店、熟食摊,一张空气紧张的牌九赌台……《虾球传》用生动通俗的粤味语言描摹了20世纪40年代南粤市民生活,书中穿插了大量的民俗掌故、方言俚语,也不乏政客商人、流氓地痞、烂仔小偷,人物性格鲜明,活色生香。钟敬文在《回忆谷柳》一文

---

① 陈希:《俊逸的格调及意义》,《粤港澳大湾区文学评论》2022年第2期。

中这样描述黄谷柳:"质朴、诚恳、好学,天性乐观,面带微笑,稍带口吃,谈到生活的困难,一向不动感情,有时候还很幽默地回应。"①

民间文学区别于作家文学的重要特征,在于口头性、群体性,充满了欢乐精神和人文关怀。世有假诗文,无假山歌。口耳相传的群众性创作出自人类的生命本能要求,遵循着弗洛伊德的"快乐原则"或巴赫金的"狂欢精神",而与悲观主义绝缘。《澄海县志》载:"畲歌触物兴怀,连类见义,咏叹淫液,有使人情深而不能自已者,其词意雅俗非所论也。""情深不能自已",有感而发,深入文学艺术的本质,超越雅俗。《钓鱼歌》风趣而生动:"悠悠溪水七丈深,七个鲤鱼头带金,七条丝线钓不起,钓鱼哥儿空有心。悠悠溪水七丈流,七个鲤鱼游过沟,七条丝线钓不起,钓鱼哥儿柱自劳。"这是在方志中第一次正式记载的潮汕歌谣,刊登于北京大学《歌谣》周刊1923年第11号。渔歌的歌词结构工整,讲究对偶关系。4句为1首,每句以7字为主。第一段的第一、二、四句要押韵,第二段要转韵。粤东渔歌的调式,宫、商、角、徵、羽都有,以徵调式最多,宫调式次之。从语言、形式到手法、风格,无论是冯铿的新体诗还是温廷敬的旧体诗,都可见潮汕歌谣因子和启发。雅俗互动,使文学长河不断得到新鲜活水的补充和激荡。

其三是以现实主义为主潮,多元并存,融合发展,图新求变。从创作思潮和审美方式上看,现实主义是主流思潮,浪漫主义、现代主义以及保守主义、消遣游戏文学等为非主流。但现代岭南现实主义文学不断图新求变,各种思潮不是一成不变,而是融合发展,互相转化。欧阳山的《玫瑰残了》和《竹尺和铁锤》分别代表浪漫和写实两种迥然不同的艺术风格。作者发表《竹尺和铁锤》,已经启用了"欧阳山"这个笔名:"山"显然不同于"玫瑰"的柔情蜜意,"山"显得伟岸厚重,似乎也意味着作者从"浪漫的小资"走向"沉稳的战士"。工人罢工的武器"竹尺"和"铁锤"也体现了现实主义色彩。但抒情和写实对欧阳山来说,并不是"完全割开来的,而是混合在一起经常反复的","有时两种艺术观在自己脑子里互相搅缠和斗争"②。洪灵菲的创作,早期深受郁达夫影响,《流亡》既写革命,也写爱情,富有浪漫主义色彩,充满激情与力量。1929年后,受杜国庠、钱杏邨等人从日本翻译介绍了"新写实"文学理论启发,创作题材和创作风格发生了变化,更多关注工农的命运,书写工农遭受的压迫、苦难和抗击。左翼作家丘东平,《一个连长的战斗遭遇》《第七连》等溢出了左翼"现实主义"原则,作品主题不是鲜明的而是含混的,人物形象不是单面的而是多维的,修辞色彩不是纯洁的而是暧昧的。丘东平写战争,特别关注战争对人的心灵世界的影响,探索了一条展示人性、叩问灵魂的道路。因为关注人的精神状况,丘东平主张"拥抱战争,交出

---

① 钟敬文:《回忆谷柳》,《钟敬文文集·散文随笔卷》,合肥:安徽教育出版社2002年版,第736页。
② 欧阳山:《光明的探索》,《欧阳山文集》第10卷,广州:花城出版社1988年版,第134页。

自己",为胡风"主观战斗精神"理论提供支援。

广东是中国近现代社会变革的策源地,也是中国革命文学发轫地之一。现代岭南文学有比较传统的一面,走现实主义、浪漫主义路线居多,但很少裹足不前,敢于突破,开风气之先是其重要特征。广东文学有先锋的一面,岭东山区的李金发成为中国象征主义先驱,开启中国现代主义文学的先河。鸥外鸥的未来派诗歌、黑婴的新感觉派小说、郁茹的女性写作,都具有现代主义的独到和创新,也有变化和发展。

现代岭南是中国的风云之地。抛开地理、政治、经济等外在因素不论,作为一个文化板块,广东在整个中华文化圈中,也是一种独特的存在。现代岭南涌现出像李金发、梁宗岱、欧阳山、丘东平、黄谷柳、张资平、许地山、洪灵菲、蒲风、黄节、陈洵等具有全国影响的作家。然而事实上,与京沪两地、江浙地区、两湖地区和巴蜀地区相比,广东文学暴露"巨擘"缺乏,流派难成的问题。尽管这片土地显现了极为丰富而复杂的题材和经验,但广东文学创作真正与之相配的鸿篇巨制不多。

文学史是一条奔腾不息的河流。观水有术,必观其澜。不同于黄河、长江水系,广东河涌交错,水网纵横,主要河系为珠江的西江、东江、北江和三角洲水系以及韩江水系。河流水量充沛,自北向南,交流汇合,奔向大海。广东潮汕、广府、客家,文化略有差异,发展稍欠平衡,但较少冲突龃龉,晚清以来共融共荣。如何描绘现代广东文学万千气象,揭示流变动因,我们认为文学走势和脉络是构成文学河流的波澜,采取从文学创作和文学现象本身出发,以现代广东文学发展的真样原貌和自然时间节点来建构原生态文学史,而不是作家论或作品论体例。作家作品是河水,思潮、运动是风和地势,风起浪涌,波澜起伏,形成文学史的流变。文学创作是珠,文学史是链,串珠成链,绽放光彩。

栉风沐雨,春华秋实。文学史研究是一种历时性和差异性研究。借鉴吉尔兹的《地方性知识》理论,不是各个地方表现相加的平均值等于"中国",而是"中国"本身就有不同的体现形态,每一个"地方"的经验都是"中国"。现代岭南文学之所以值得论述,首先是因为在这里出现独特的文学经验和现象,而不是全国现代文学的分解和下沉,也不是从整体看局部,对地方的认定不能以整体的概念为基础。

本书探讨"广东文学的现代化"和"现代文学的广东化"。前者侧重广东文学的现代性追求,主要围绕从传统文学向现代文学的转型展开;后者则是关注现代广东文学的个性和价值,主要围绕地方性特征阐发。这仅是我们对文学史河流的观澜方法和打开认知广东文学的方式,粗浅不成熟。我虽不敏,请尝试之。虽不能至,心向往之。我们相信,建构脉络清晰、气象生动、元气淋漓的现代岭南文学,才有重绘现代中国文学地图的可能。

第一编　现代文学的发生

（1915—1921）

概　　述

　　广东地处祖国大陆的南端，南有茫茫大海、北有五岭的重重阻隔，且远离政治经济文化中心，中国自古属于内陆文明，使得广东经济、文化较中原相对落后。但是，自1840年鸦片战争以来，广东却一直是中国的风气之先之地，许多重大的历史事件、历史人物，不约而同和广东联系在一起，广东在整个近代中国居于一种特殊的地位。近代中国，经历由闭关自守走向被迫开放，再到向西方学习，寻求救国救民的道路。在古与今、新与旧、俗与雅、现代与传统的复杂斗争中，广东处于东西新旧文化碰撞交融的要冲，最先身受其害，而且反抗最为强烈，同时也是觉醒最早的省份。这使得广东一再成为重大政治历史事件的发生地、近代思想家革命家的摇篮、革命运动的策源地，推动了中国现代化进程。在思想文化上，广东得天独厚，兼容中西，包容开放，不断创新，形成自己的特色，开风气之先，走在时代的前列，并且辐射影响全国。

　　现代广东文学的发生，与社会变革和时局发展密切相关。五四新文化运动时期，作为现代革命的策源地，广东经历二次革命、护国运动，正发动护法运动。所谓"护法"指的是护卫《中华民国临时约法》，打倒事实上由北洋系统专政的"共和"，重新建立新生共和的民主法统。当时广东政局除了桂系陆荣廷之外，还有其他三派：一是驻粤滇军；二是陈炯明及旧日粤籍陆军；三是退据琼州的龙济光部。桂系军事实力最强，掌控广东军政大权，而各方利益相互交织，在护法运动进程中或分或合，为南北对峙的政治态势、孙中山联合海军与国会议员南下护法增添更为复杂的影响因素。孙中山希望与桂系、滇系、南下海军、国会议员和国民党稳健派共同建立以广东为基地的护法政权，尤其希望获得主政派桂系的支持，但是各方联盟的根基十分脆弱。在政治目标和护法策略上，各方有着不可调和的分歧。五四风云激荡，但广州处于护法军政府治下，与京津沪江浙等地不属同一政府管辖。尽管5月11日，广州各界群众在东堤东园广场举行国民大会，声援北京学生的反帝爱国斗争，但是总体来说五四运动在广州各界并没有掀起波澜，而是形成热烈中的冷静。

　　岭南新文学出现较晚，与当时广东政治和社会环境等原因造成的思想文化比较沉闷有关。放眼全国，近代以来广东是中国的风气之先之地，产生康有为、梁启超等思想文化领军人物，但五四新文化运动，几乎没有广东人身影闪现。这一方面有人才的代际问题,更有岭南时局原因。岭南最先出现的新文学,是宣传革命的文学,或者具有革命因子,作者多为革命者,譬如杨匏安、朱执信等。

另一方面,岭南旧文学譬如旧体诗词、小说和戏曲的根基深厚,创作经久不衰,影响甚大;民间文学活跃,在晚清民初的社会转型时期焕发新的生机和功效。现代广东文学首先是通过旧体文学和民间文学进入中国文学。广东的新文化运动,新旧文学、雅俗文艺不是彼此对立、互相批判的关系,而是改良和融进的关系,以旧含新,化俗为雅,新旧交织,雅俗互动。广东文学现代化的路径和方式与众不同,独辟蹊径,比较特别。

从时间上看,广东新文化运动的兴起,是五四新文化运动落潮时期。五四新文学作家大抵是从外国的作家作品中获得的文学资源,而广东本土诗人作家却更爱的是晚清谴责小说、狎邪小说和旧体诗词、旧戏曲,以及活色生香的民间俗文学。中国近现代的作家大多秉持的是"历史进化论",但岭南作家对此有不同看法,他们的创作资源、动因和方式有自己的个性和特色。从文学的发生来看,作为"面海的中国"的部分,现代广东文学采用超越于宏大历史判断的日常生活叙事方式和言文一致、雅俗互动的话语,建构一种沿海—城市风格的叙事和话语①。现代岭南文学逐步形成自己鲜明独特的文学形象和文化品格。

岭南最先出现的新文学,多为宣传革命的文学,具有革命因子。早期广东革命文学有两种不同取向:一种是实现孙中山三民主义的国民革命,主要是国民党人的革命文学,一种是追求马克思主义的阶级革命,主要是共产党人的革命文学。早期广东革命文学创作有明确理论主张和追求,主要运用方言写作,内容具体生动,表达通俗易懂,诙谐风趣,形式多样。

---

① 费正清:《作为小传统的面海的中国》,《剑桥中华民国史》(上),北京:中国社会科学出版社1993年版,第10—15页。

第一章　五四落潮与文学更生

由于地理、政治和社会环境等原因,广东相对于京沪,思想文化比较保守和沉闷。五四风云激荡,席卷了北京、天津、上海、江苏、浙江、重庆、江西、湖北、湖南、福建、山东、河南、山西等省份,在北京各校学生罢课以后,很多城市先后宣告罢课,支持北京学生的斗争。由于京津沪江浙等地学生罢课消息屡见报端,广州学生也人心思动。但作为革命的大本营,自1917年孙中山在广州成立护法军政府以后,便形成南北两政府对立的政治局面。对这一时代的特点,徐绍桢概括:"外既无可以自固之藩篱,内更不能自安之社会而吾尚南与南争,北与北争,党与党争,军与军争"①。一国民众不可能长久忍受这种不战不和、不生不死的状态,1919年的巴黎和会让中国看清了本国所处的国际地位,五四运动的兴起,把压抑多年的民间的声音,释放了出来,其能量之大,如地下奔涌而出的熔岩。五四运动在广州各界引起关注,但并没有掀起波澜。广东思想文化活跃期产生于五四运动之后,新文化运动落潮时期:陈炯明实行广东模范省运动,支持陈独秀在广东实验"新文化运动"所主张的措施。

社会转型产生文学变革。五四新文化运动"晚风"吹拂岭南,广东新文学应运而生,旧文学、俗文学焕发活力,体现了岭南文化守正创新精神。现代广东文学诞生于中西文化交汇点,得益于岭南文化的孕育和晚清文学改良余韵的启发,受到市民社会和商业文化的影响,现代传媒和新式教育的推动,而海洋文化则培养和建构现代广东文学的审美方式、叙事模式和发生路径。

第一节　社会转型与文学变革

日月其迈,岁律更新。大风泱泱,大潮滂滂。晚清面临从传统向现代转型"三千年未有之大变局",梁启超《二十世纪太平洋歌》高呼:"胸中万千块垒突兀起,斗酒倾尽荡气回中肠"。这场社会大变革,始于鸦片战争,经历甲午海战和辛亥革命,伴随

---

① 徐绍桢:《徐绍桢论不和不战之失策》,《申报》1919年12月12日。

着民族危机带来的屈辱和焦虑,中国的社会性质、主要矛盾、经济方式和价值取向发生了很大变化。西方现代文明的进一步传播,有识之士开始反思制度变革的失败,倡导一场崇尚科学民主、反对封建迷信的思想文化革命。

日本学者福泽谕吉指出:"文明有两个方面,即外在的事物和内在的精神。外在的文明易取,内在的文明难求。"所谓"外在文明",是指从衣服、饮食、器械、居室以至于政令、法律等耳所能闻、目所能见的事物而言。"内在文明",则是指一种文化的核心价值。前者包括器物、制度,后者指向人心和思想文化①。福泽谕吉认为,汲取欧洲文明必须先其难而后其易,首先变革人心,然后改变政令,最后达到有形的物质层面。按照这个顺序,改革虽然有困难,但终可成功。倘若次序颠倒,看似容易,实则不通。自文艺复兴起,欧洲先后经历了宗教改革、启蒙运动,资产阶级革命和工业革命,完成从传统社会向现代社会的转变。日本明治维新取法西方,脱亚入欧,富国强兵,获得成功。而反观清朝,逆向而行,先是大力推进洋务运动,进行"器物"变革,而不进行制度革新和"人心的改变",恪守封建成规和落后思想,最终甲午海战一败涂地。

民族崛起和社会转型,经历包括物质、制度和精神层面的变革,但最重要的是"人心的改变"与价值观念的转型。五四新文化运动主要内容为:提倡新文学,反对旧文学;提倡新道德,反对旧道德。以五四新文化运动为标志的社会转型,直接孕育和推动中国现代文学的发生。

五四新文化运动春风吹拂岭南。广东生机一片,新文学应运而生,旧文学、俗文学焕发活力。社会转型产生文学变革,广东在很多方面与全国一致,但步调有别,态势不同,一些问题彰显岭南特质和气象。

首先,岭南文化的孕育。岭南文化作为现代文学发生变革的一个重要"内源性"机制,具有不同寻常的意义。岭南文化迥异于内陆的农耕文化,以创新、开放、务实、包容等精神特征著称,守正创新是其灵魂。所谓"正",是一种历史的"精神积存",几经筛选、延续千年的优秀传统,一直延续至今,滋养当下。岭南文化自成系统,根基深厚。无论是广府、还是潮汕、客家,岭南街道村社祠堂遍布,体现岭南人"根"的意识较强。守正创新不是抛弃传统,新旧断裂;不是中西对立,或者崇洋媚外,而是存旧图新、新旧交织,无论粤语、粤菜、岭南画、广东音乐都是固本图新、中西融合的结晶。

近代以来经世致用、读书明理、崇尚科学的风气渐浓,广东率先接近西方文明,得风气之先,滋生先声夺人的态势,梁启超、黄遵宪等倡导的晚清文学改良勇立潮头,引领时代,从岭南走向全国。如同历代诗文革新运动一样,近代文学改良走的也是托古

---

① 福泽谕吉:《文明论概略》,北京:商务印书馆1959年版,第12页。

革新的路线,譬如梁启超就明确提出"诗界革命"要"熔铸新理想以入旧风格","独辟新界而渊含古声"①;黄遵宪强调"用古文家伸缩离合之法以入诗",从古人创造的"一格""一体"中汲取其神理和技法②。这明显是岭南文化守正创新精神的体现。晚清文学改良在雄宏迭宕的时代和百川归海的大潮中走完行程,但余韵悠悠,孕育和启发广东现代文学的发生。

传统有大传统、远传统和小传统、近传统之分。晚清之前的传统属于前者,晚清文学改良形成的传统属于后者。守正创新是贯穿岭南文化传统的灵魂。守正与创新相辅相成、辩证统一。所谓"守正",就是遵循事物发展的内在规律,尊重"精神积存"的历史扬弃和原则方向;所谓"创新",就是顺应事物变化的趋势特点,敢于突破,勇于实践创新。守正与创新是岭南文化的一体两面:创新背后必然离不开对传统的尊重与传承;传统成为创新的动力和源头活水。守正与创新的辩证统一,成就了气度不凡、元气淋漓的岭南文化。

广东现代文学诞生于中西文化交汇点,得益于对西方19、20世纪文化新潮的有效汲取,也与传统文化的积淀与更新密切相关。正如费正清所言:"在现代中国,国外鼓动的革新仍必须作为'传统内的变化'而出现。因为即使与传统最惊人的决裂,仍然是在继承下来的中国方式和环境的日常连续统一体中发生的。"③在传统文化积淀深厚的岭南,这种情形格外明显。不同于五四新文化运动对戏曲的批判与否定④,广东对具有深厚基础的粤剧进行改良和创新,顺应时代发展。从"志士班"到"省港班",粤剧大量吸收话剧和电影的手法,从音乐唱腔、角色行当、表演程式、舞台布置到演出剧目都发生了巨大的改变,逐渐形成不同的艺术流派,注入剥离封建意识形态的"现代性"内涵,焕发生机和活力。五四以来岭南民间俗文学、旧体诗词、旧小说、粤方言创作等亦是如此。

其次,市民社会和商业文化的影响。广东成为早期近代化先行一步的地区,晚清、民国政府的主导作用有限,主要靠市民社会和民间力量,商人的贡献显得尤为突出。

自秦汉以来,广州一直是我国商业都市和水上交通枢纽,航海贸易长盛不衰。即使在实行海禁的明朝和闭关锁国的清朝,广州仍旧是中国唯一对外开放的窗口。在

---

① 梁启超:《饮冰室诗话》,北京:人民文学出版社1959年版,第2、86页。
② 黄遵宪:《人境庐诗草自序》,《中国历代文论选》第4卷,上海古籍出版社2012年版,第127页。
③ 费正清:《作为小传统的面海的中国》,《剑桥中华民国史》(上),中国社会科学出版社1993年版,第9—10页。
④ 五四新文化运动发生,《新青年》开辟专栏讨论戏曲,胡适、刘半农、钱玄同、傅斯年、陈独秀等对传统戏曲进行了抨击,认为中国旧戏必须按照西方戏剧进行改造,甚至彻底否定传统戏曲。参见刘半农:《我之文学改良观》,《新青年》1917年第3卷第3号;钱玄同:《随感录》,《新青年》1918年第5卷第1号;胡适:《文学进化观念与戏剧改良》,《新青年》1918年第5卷第4号。

传统社会,士农工商被称为"四民"。从秦汉到清朝,统治者都标榜"重本抑末"。士是"四民之首",商人被视为"四民之末"。但清末广东有了根本改变,商为四民之首,社会地位高,参与地方事务和政治运动。关百康《粤商自治会函件初编·序》认为,商人地位的尊卑体现了一个国家的文明程度①。有学者认为,民国初年是中国资产阶级的黄金时代②,但在广州地区,清末十年比民国初年更是商人的"黄金时代",可谓前无古人,后无来者。当时佛山是四大名镇之一,经济繁荣;汕头开始开埠,成为通商口岸。胡汉民指出:"满清盛时,以贵族官僚专制,绅士与官结纳作威福,竟若代表一切,而他无敢言者。迨于末造,经所谓维新变法及预备立宪,乃始承认商会、教育会等为合法团体,通都大邑贸易繁盛,商人渐有势力,而绅士渐退。商与官近至以'官商'连称,通常言保护商民,殆渐已打破从来之习惯,而以商居四民之首。"③

　　清末粤商不仅影响着广东和全国经济的发展,而且对辛亥革命贡献居功至伟。粤商移风易俗,办报兴学,在文化、教育近代化方面的贡献甚大。譬如潮州陈慈黉创办成德学校,广州黄景棠创办《广东七十二行商报》。成德学校是潮汕最早的民办新式学堂,《广东七十二行商报》从1907年办到1937年,是现代广东持续出版时间最长的报纸。1929年至1936年,广东省在"南天王"陈济棠治下,其工商业快速发展,成为中国首富地区。

　　商业文化促进城市化和工贸发展,带来市民社会的兴起,这是社会转型的重要标志。明清时期,广州城由番禺、南海二县附郭而治。民国初年,广州一度沿袭清末旧制。1921年2月成立的广州市政厅,成为现代中国第一个建制市④。1925年,国民政府将佛山从南海县分出,成立佛山市;1930年汕头从澄海县析出,成为建制市。市民社会的兴起,为现代文学提供阅读对象和消费市场,引导时代审美与文化风尚,同时启发和推动文学从主题到形式的发展。现代文学肩负启迪民众、开启民智的重要任务,而要普及教育就必须采用通俗易懂的白话语言,现代白话文学应运而生。现代广东文学重视世俗生活和人文关怀,关注平民,惯用日常化叙事,风格清新生动,这些审美特质与市民社会密切关联。

　　再次,现代传媒和教育的推动。文学现代性不仅指文学的精神、形式,更与文学的生产、传播等有关系。古代文学媒体只有口头流传、书写传抄、出版印刷、说唱演出等,现代文学传媒则繁多发达,很大程度上影响文学创作和文学发展。新的运行机制、传播方式、发展环境等直接催生了现代广东文学,其中现代报刊的发行、出版印刷的发展、稿

---

① 关百康:《粤商自治会函件初编·序》,广州:广东省立中山图书馆藏,1908年版。
② 白吉尔:《中国资产阶级的黄金时代1911—1937》,张富强译,上海:上海人民出版社1994年版。
③ 胡汉民:《胡汉民先生自传》,台北影印本1978年版,第225—226页。
④ 广州市地方志编纂委员会:《广州市志》,广州:广州出版社2009年版,第15页。

费制度与职业作家的出现等作用突出,成为文学发展的重要力量。

广州是近代报刊的发祥地。1827年的《广州记录报》,是在中国土地上出版的第一份外国文杂志。1832年德国教士郭士立主编的《东西洋考每月统记传》,是中国的第一份近代化中文杂志,也是在广州刊行。中国第一张汉文日报是1858年在香港创办的《外中新报》。在广东,1872年广州出版的《羊城采新实录》是内地出版的第一家近代化报纸。在潮汕,第一家地方报纸是1902年5月在汕头创刊的《岭东日报》。

中国报刊萌发于广州和香港,生枝长叶却在上海、北京;鸦片战争结束后,传教士和外国商人的办报活动由南而北地扩散开去。报刊发行中心的转移,使广州报业沉寂多年。直到广州沙面租界开辟,报刊才呈现新的生机。1898年开始,广州呈现办报热潮,一直持续到1912年。其间广州新创报刊约114种,数量仅次于上海、北京,居全国第三位①。

辛亥革命后,广东社会风气大开,其中主要表现之一是广东的新闻报刊发展迅速,报界兴旺。民国初年,广州一城之中发行的报纸达30多家,为全国少有,但多侧重政治、经济领域。1919年以后,宣传新文化,关注新文学的报刊开始出现。其中主要的有《新学生》(1920年2月)、《南风》(1920年4月)、《工界》(1920年5月)、《广东群报》(1920年10月)等。

教育改革,新式学校兴起,对开启民智,培养新的知识阶层,造就新的作者和读者,有重要的关系,是文学变革的主体力量。据不完全统计,至宣统元年(1909年),广东创办有高等学堂1所,专门学堂7所,中等学堂33所,师范和实业学堂10多所,初等学堂1600多所,学生共有8.6万多人。广东不但在学校总数上居于全国的前列,而且在开办蒙养院、兴办小学、吸收女子上学、举办职业学校等方面也处于领先地位。到1923年,广东有小学2万所,中学52所,师范学校18所,职业学校10余所,大专学校12所,基本形成了规模。中山大学、岭南大学人文荟萃、精英云集,成为现代广东文学大本营,对广东和全国现代文学产生重要影响。

最后,海洋文化的启发。广东地处南海之滨,是海洋文化的富地和重要发祥地。沿海地区由于经历海洋的宏阔、风浪、神秘、灵变、冒险等体验,而衍生相关的人文特性与精神。海风吹拂五千年,千帆竞发万事新。广东海洋文化具有开放包容、敢于冒险、重商守信的特征。作为中国海岸线最长的省份,岭南海岸线蜿蜒开阔,视野不局促,胸怀不狭隘,具有坚忍不拔的品质,海纳百川的气度,文学意境阔大,手法多样,风格清新灵动,自足而乐观。海洋不仅是叙事空间和背景,也是想象方式和审美风格。

---

① 李默:《辛亥革命时期广东报刊录》,丁守和主编《辛亥革命时期期刊介绍》第5集,北京:人民出版社1987年版,第673页。

现代广东的革命文学,包括早期革命文学、左翼文学、抗战文学等,洋溢浪漫主义和英雄主义精神,与海洋文化的孕育有直接关系。

近代以来,岭南人不畏惧苦难,摇着船出海谋生。潮汕人把出国谋生叫作"过番",把漂洋过海、出国谋生的人称为"番客"。梅州山区山多田少,或由于生活所迫,或由于政治原因,或由于土客械斗,通过亲友介绍、水客携带、卖猪仔等方式下南洋,"过番"现象也很突出。这些勇敢的广东人长期漂洋过海的实践,创造了丰富多彩而具有鲜明地方特色的习俗和文化。番客客居番邦,从海外通过民间渠道寄家书回国内家乡报平安,顺便寄钱接济亲人,"番批"或"侨批",以及红头船、顺风戏、番客歌谣等,不仅是记载晚清民国岭南移民"集体记忆"的重要文化遗产,而且是反映近代以来广东社会经济政治史的原生态文学作品。

向海求生,与海共存,岭南海风吹向千家万户。广东历来有出洋的传统,鸦片战争之前民间就有接触西方,许多生活在珠三角的市井小人物已经在日常生活的各个方面与西方人打着交道,以不知不觉的方式,让中国与西方发生了千丝万缕的联系。在这个过程中,他们有需要也有机会从西方人那里学习一套新的知识、技能和观念。岭南民间的机智、见识和价值观,远胜晚清政府官员在办理洋务时口称"逆夷性同犬羊"之类的固执、颟顸和愚笨。

美国学者费正清指出:中国自晚近以来,内部一直存在着两个对立的传统,即"面海的中国"的"小传统"和"占支配地位的农业—官僚政治腹地"的"大传统",前者表现为先进的"城市—海上的思想",后者则是"占统治地位的农业—官僚政治文化的传统制度和价值观念",两者构成冲突,在冲突中富有变革精神的"小传统"渐次获得生机,其释放的巨大能量日益改变着被"支配"的角色定位,而日渐由"边缘"向"中心"位移[①]。此说鞭辟入里,借来描述岭南社会转型和文学变革,概括现代广东文学发生及路径模式,应该是切合和可行的。

现代广东文学的发生比较迟缓,并未出现新旧文学、雅俗文学之决裂对立的态势,而是新旧并存,雅俗互动。文学高潮的到来不是1930年代,而是在1945年抗战胜利后。现代广东文学的气象、特质和文脉与全国文学同中有异,生动显示"现代性"的展开,不是在各个国度和地区均质流动的一个过程,而是呈现地方性和差异性[②]。

---

① 费正清:《作为小传统的面海的中国》,《剑桥中华民国史》(上),北京:中国社会科学出版社1993年版,第10—15页。
② 周宪:《作为地方性概念的审美现代性》,《南京大学学报》2002年第3期。

第二节　回光返照:广东模范省运动

五四运动之后,广州出现了一个空前活跃的新时期。这个活跃时期,与五四高潮不同步,而是五四落潮才开始的。就历史的演进而言,1915年《新青年》杂志的创刊,算得上是"潮起","德先生""赛先生"的提出更对这个浪潮推波助澜,直到1919年的五四运动爆发,达到了"高潮"。高潮之后自然渐渐落潮,所以接下来就是"五四落潮期"或曰"退潮期"。具体起讫时间也随不同对象、不同话题而自行伸缩。笼统的说法是始于"20世纪20年代初",有论者认为五四新文化运动以《青年杂志》出版发行为起点,以1923年的科玄论战形成新思潮阵营的分化为落潮期或终结点。更多的论者,是以鲁迅的描述为分期。鲁迅《中国新文学大系·小说二集》的导言中所说:"在北京这地方……1920至1922年这三年间,倒显着寂寞荒凉的古战场的情景。"后来人们多指认这个时间为"五四落潮期"。鲁迅还曾有过其他类似的且被广为引用的说法,比如他谈到《野草》和《彷徨》的写作:"后来《新青年》的团体散掉了,有的高升,有的退隐,有的前进,我又经验了一回同一战阵中的伙伴还是会这么变化……""《新青年》团体的散掉"也正是1919年下半年至1920年底这段时间,《新青年》杂志编辑方式变动、编辑部迁沪、内容变化,终至陈独秀由沪赴粤。

1920年10月,陈炯明率军驱逐了桂系军阀,收复广州,主政广东。陈炯明发表《广东父老兄弟文》,推行自己"联省自治"的主张,即将新文化运动的"民主与自由"先在广东一省之内实现,以为模范,然后让其他省份效仿,最终实现全国的和平统一。

陈炯明对建设广东模范省运动心驰神往,励精图治,具体举措有:政治上,贯彻"粤人治粤"方针,实施"联省自治",建立现代的政治机构,立法、行政、财政、审计等机构运行有序;推行基层民主和自治,实行民选县长,精兵简政,裁减军队和官员,与民休息。经济上,兴办实业,兴建公路,扶持民企等,使广东在民国期间得到最好的发展。教育上,私立学校兴盛,为全国之最;发展公办教育,实行免费教育。社会生活上,支持妇女解放运动,革除陋俗,去除男尊女卑等腐朽文化,打击黄赌毒,在广州公开销毁十四万两鸦片,使之绝迹,民风大好。推广进步思想,促进了马克思主义在广东的发展。支持农民运动,1921年5月,潮汕农民运动领袖彭湃从日本留学归来,向陈炯明阐述了自己的农民运动主张,得到陈炯明的支持,于是在海陆丰成立了中国第一个农民组织:海陆丰农会。此前陈炯明在闽南实行了一些带有社会主义和无政府主义倾向的政策,扶助工农和商会,整顿环境。这些政策在当时各地军阀割据、复古思潮卷土重来的背景下,殊为难得,无疑是较为先进的。《共产国际》报刊曾评价陈炯明统治下的闽南是"中国革命的新星"。

1921年2月,陈炯明《建设方略》解释说:"近世以来,国家与人民之关系愈密,则政事愈繁,非如古之循吏可以宽简为治,一切政事皆与人民有直接之利害,不可不使人民自为谋之。若事事受成于中央,与中央愈近,则与人民愈远,不但使人民永处于被动之地位,民治未由养成,中央即有为人民谋幸福之诚意,亦未由实现也。"①

在陈炯明的自治蓝图中,教育是最重要的一环。思想更新,教育改革,是模范省运动建设的关键。为了实现自己的主张,陈炯明邀请陈独秀来广东主持教育,担任广东省教育行政委员会委员长。临行前,陈独秀征询李大钊意见,李大钊表示赞同,认为既可以将新文化和社会主义思潮带到广东去,又可以在广东发动共产主义者组织。

在北大"浙派"沈尹默、马叙伦、汤尔和等排挤下,陈独秀退出了北大,同时收回了《新青年》的编辑权。1920年1月29日,陈独秀返回上海,《新青年》也随之搬迁回上海。原本统一在"文学革命"与"思想革命"旗帜下的不同立场与思路的五四新文化知识群体开始分化。

1920年12月25日,新文化运动的旗手陈独秀,布衣韦带,一箧书卷,离沪赴粤,来到了文化界、思想界皆死气沉沉的广州。

在陈炯明提出建设广东模范省运动之前,北京大学三名毕业生谭平山、陈公博、谭植棠回到广州。谭平山、陈公博任教于广东高等师范学校,谭植棠任教于广东法政学校。有感于广东的沉闷与京沪风起云涌气氛的反差,他们决定创办宣传新文化思想的报刊,于8月秘密发起成立广州社会主义青年团,在10月创办了《广东群报》。

谭平山等人筹办出版《广东群报》,曾去信同陈独秀联系,征询意见,希望得到指导。陈独秀写信热情鼓励,指出广州是我国重要的省城,在历史上是革命策源地,曾多次起过先驱作用,做出过重要贡献,而今更应顺应历史潮流,发挥更大作用。

陈独秀在《广东群报》创刊号上发表《敬告广东青年》,向广大青年朋友寄语。他认为广东的社会是复杂的,"富于保守性的康有为是广东人,富于革命性的孙中山是广东人,富于物质主义商卖性质的梁士诒是广东人,富于理想主义的刘师复是广东人",在这两种极端之中,"我希望诸君讲求社会需要的科学,勿空废光阴于无用的浮夸的古典文字","做贫苦劳动者的朋友,勿为官僚、资本家的佣奴"。他对广东青年提出了六点希望:"希望万万不可错过了机会""希望诸君讲求社会需要的科学""希望诸君多多结合读书会或科学试验所""希望诸君切切实实研究社会实际问题底解决方法""希望诸君做劳动者的朋友""希望诸君扫除广州坏到无所不至的部分"②。

---

① 陈炯明:《建设方略》,《陈炯明集》下卷,广州:中山大学出版社1998年版,第67页。
② 陈独秀:《敬告广东青年》,《广东群报》1920年10月创刊号。

此后，陈独秀陆续为《广东群报》写了不少影响较大的文章。

1921年1月，陈独秀将《新青年》搬至广州，当地学究联名上书陈炯明："不收回成命，必全体辞职。"但陈炯明不为所动，决意在广东实验"新文化运动"所主张的措施，支持陈独秀。

当北方的教授们只是在口头上争论"德先生与赛先生"的时候，南方的陈炯明却在实实在在推行"德先生与赛先生"了。在陈独秀的帮助下，推行模范省运动的陈炯明开始在广东全省92个县中推行自治：即先自村庄上施行自治，依次发展，及于全县、全省与全国。自治村中，警察与税收全由人民自办，将来各县县长与省议会亦归人民自举，再由议员共举省长。

陈独秀主持广东教育行政委员会，首先做了一项社会调查，当时全省人口总数约3100万，每年达到学龄的儿童300多万，而失学者竟在十分之九以上。教育的落后，可见一斑。以广州来说，虽然有数千所私立学校，但是公立学校不多。于是，教育会拟定了一份义务教育计划，从1922年8月起，至1928年7月止，分期推广，公立学校实行免费读书，从前每学生每月三角钱的学费取消，务求在六年之内，使300多万儿童，能够完全就学。与此同时，为了确保公立学校教师的基本生活，政府规定教师月薪的最低线为36元，每年可加薪，但以125元为上限。

1921年2月，陈炯明发布省长公署委任令第六十八号——《任孙科为广州市长文》和《广州市机构改组暨接管事宜布告》，广州正式建市，开创我国城市实行"市"制及市行政设局管理之始。建市制度比地方自治，显示出更高层次意义，标志现代市民社会的兴起。

1921年的广东教育改革，有一项创举在中国教育史上应当留下重要的一笔，那就是采用"六三三制"学制，即小学六年，初级中学三年，高级中学三年。这种学制，一直沿用至今，实践证明具有科学性。

学校的课程也进行了重大改革。以执信学校小学为例，小学六年课程包括修身（道德要旨，民国法制大意），国文，算术，工艺，图书，唱歌，体操，理科（动植矿物大要，普通理化现象），历史，地理，英文，国语等12个科目。国语从第四学年开始，英文则从第五学年开始。初中的三年课程，包括修身（处世待人之道，对国家、社会、家庭、自己、人类的责任，伦学大要，中西礼仪），国文，数学，英文，历史，地理，理科，家政（女生）或手工（男生），美术，音乐，体操等11个科目。高中的课程分为大学预科，家政科，师范科三种。大学预科三年的课程包括哲学（伦理学概要，心理学概要，哲学概要，社会学概要），国文，数学（代数，平面几何，立体几何，三角，初级分析几何），英文，历史，经济，法制（世界近代史，现代政治问题，经济学概要，法学通论），博物理化（生物，物理，化学），体操，德文或法文等八个科目。

广东教育行政委员会还决定筹办西南大学、市民大学、编译局、宣讲员养成所、贫民教养院、劳动补习学校、通俗图书馆、幼稚园等等社会教育机构。系列改革，令人耳目一新。

《新青年》杂志4月1日出版了在广州的第1期（即八卷六号）。之前，《广东群报》是陈独秀发表言论的主要阵地。陈独秀以马克思主义与南方的无政府主义者展开了激烈论战。陈独秀不仅四处演讲，而且在报纸上，连篇累牍，发表言论，大力宣传社会主义和教育改革主张。从1月至7月，他在《广东群报》《新青年》《民国日报》《曙光》杂志上，一口气发表了40多篇尖锐激烈的文章，触怒了一大批顽固守旧的人士。广东的死水潭，终于掀起了轩然大波。

尽管受到陈炯明的支持和保护，但围攻陈独秀的声音，不仅没有止息，反而日益高涨。随着陈炯明的兵败和孙中山的反对，陈独秀失去了最强有力的支持，即使勉强留下，也无所作为。于是，在一片口诛笔伐声中，陈独秀以"染恙"为由，向陈炯明提出辞职，标志着由陈独秀发起的岭南"新文化运动"的终结。

除了守旧势力强大，与孙中山意见不合之外，广东模范省运动的失败与陈炯明本人思考问题不周全，言行不一致有关。1920年春，留学法国的张竞生回到广东潮州，被聘为金山中学校长。在潮汕期间，张竞生一直上书陈炯明，希望积极采纳避孕节育的政策，主张每对夫妻只可生育两个孩子。但陈炯明显然不能采纳张竞生的计划生育建议——陈炯明本人妻妾成群，子女无数。思想超前的张竞生在金山中学进行了一系列的教学改革，之后迫于种种压力，无奈辞职。

广东模范省运动，随着陈炯明的兵败而消歇了。陈独秀在广东的时间只有短短的九个月，又加上反对派的极力反对，不少教育政策和教育措施没有得到真正落实，但是他实行的一系列教育改革，冲击了当时保守、沉闷的教育体制。这场运动对广东的新文化建设、广东新文学发展，都产生积极和深远的影响。从新文化运动的角度来讲，广东模范省运动是五四新文化运动落潮前的回光返照。

第二章　最初的尝试

岭南新文学发生较迟，新诗最早出现，杂文和小品散文次之，但这些文体多以宣传革命为主题，作者如朱执信、彭湃、阮啸仙、杨匏安等都是革命者。岭南第一篇现代白话小说是朱执信1919年发表于《建设》杂志的《超儿》。1920年代初，相对于五四新文学进入了历史扩张和迅猛发展的时期，岭南文坛颇为冷寂。广州的几家报刊，譬如《广州民国日报》《越华报》等，刊载的小说多是艳情、侦探等鸳鸯蝴蝶派小说和黑幕小说。这些旧小说，还有戏曲、旧体诗词和俗文学，与白话新体文学并行不悖。这一方面表明岭南传统文学根基深厚和蓬勃生机，另一方面显示现代广东文学的多元共生态势。

第一节　朱执信的《超儿》

学界对于中国第一篇现代白话小说到底是哪一篇的问题时有讨论，得到高度认可的是鲁迅的《狂人日记》(1918)，众多文学史著作都将《狂人日记》视为中国第一篇现代白话小说。夏志清等人认为陈衡哲的《一日》(1917)发表时间早于《狂人日记》，是中国第一篇现代白话小说[1]。有论者提出李劼人用白话小说《儿时影》(1915)表现了以人道主义为本的人生观念，刻画了性格化的人物形象，"当属现代白话小说创作第一人"[2]。中国现代白话小说，就其特质而言，不仅脱离了中国传统文言文学的轨道，而且也摆脱了中国传统白话文学的属性，树立了自身的独特内涵。这种独特内涵我们名之曰"现代性"。不过要注意的是，所谓"现代性"并非只有一副脸孔。晚清到民国初年的小说中，某一篇小说可能获得现代性的侧面，体现不同路径。

岭南新文学发生较迟，小说出现更晚。1922年起，新文学进入了历史扩张和迅猛发展的时期，伴随着众多"青年的文学团体和小型的文艺定期刊"的蓬勃滋生，小

---

[1] 夏志清：《小论陈衡哲》，《新文学的传统》，北京：新星出版社2005年版，第88—98页。
[2] 贾剑秋：《现代白话小说第一人辨》，《西南民族大学学报》2005年第11期。

说创作活跃,"一个普遍的全国文学活动开始来到"①。但是岭南文坛还是颇为冷寂。广州的几家报刊,譬如《广州民国日报》《越华报》等,刊载的小说多是艳情、侦探等鸳鸯蝴蝶派小说和黑幕小说,以致1927年鲁迅来到广州,震惊"广州报纸所讲的文学,都是旧的,新的很少"②。

但广东的新文学还是逐渐发展起来。岭南是中国近代史上最早接受西方思潮的地方之一,得风气之先。广东是近代革命的策源地,是接触西方文化的先行地。从梁启超提倡"文界革命""诗界革命"和"小说界革命"开始,广东文学立时代潮头,发时代先声。广州通俗小说家梁纪佩,出版几十种时事小说,记录很多民间口头传说和时事,文从字顺,适合群众阅读;还写有侦探小说、艳情小说,满足小市民趣味。1917年,他的《粤东新聊斋》初集刊行,次年又出二集,搜集轶闻掌故颇多,全用白话写作。虽也有针砭时世之作,但思想已跟不上时代。梁纪佩属于以白话写旧小说、"新瓶装旧酒"式的创作。

而杨匏安则是"旧瓶装新酒",以文言写新时代,透视现实人生问题。1918年春夏间,在鲁迅发表《狂人日记》的同一年,杨匏安在《广东中华新报》上发表了十多篇散文笔记和一篇4000字文言小说《王呆子》。《王呆子》写一位绰号王呆子的少年,为其父姐复仇的故事。小说采取先抑后扬的对比手法,抒发了对被压迫、被剥削者的同情,以及对旧社会制度和乡村恶势力的愤懑。农民的反封建斗争惯以复仇的方式表现,这并不是正确的斗争方式和真正的出路,具有思想和艺术的局限性,但不可否认小说表现了蕴藏在广大下层农民身上的伟大力量和革命性。虽然小说仍采用文言文体,但较过去的文言文已有很大的区别。《王呆子》语言朴实,没有讲陈套话,不避俗语俗字;主题鲜明,思想性强,没有作无病之呻吟。《王呆子》反映中国农民苦难的命运,歌颂农民的反抗精神,成为岭南新小说的先声。

岭南第一篇现代白话小说,应该是朱执信的《超儿》,发表于1919年9月《建设》第1卷第2号。小说五千多字,用的是白话文。

朱执信(1885—1920),广东广州人。我国资产阶级民主革命的活动家和理论家。1904年,十九岁的朱执信参加满清政府派遣留日学生考试,名列第一。到东京政法大学后,因性喜数学,故选习经济科。1906年1月,朱执信以"蛰伸"的笔名在东京出版的同盟会机关报《民报》第2、第3号上发表了《德意志社会革命家小传》,在继续连载时,其后半部分文章又更名为《德意志社会革命家列传》。文中分别介绍了马

---

① 茅盾:《〈中国新文学大系·小说一集〉导言》,上海:良友图书公司1935年版,第5页。
② 鲁迅:《革命时代的文学》,1927年4月8日在广州黄埔军官学校的讲演,最初发表于1927年6月12日黄埔军官学校《黄埔生活》周刊第4期,后收入1928年10月出版的杂文集《而已集》,见《鲁迅全集》第3卷,北京:人民文学出版社2005年版,第437页。

克思、恩格斯等人的生平,还介绍了《共产党宣言》第一、二、四章的基本内容,而且译出了第二章中关于剥夺剥削阶级私有财产权和改造社会的十条措施。毛泽东对朱执信介绍马克思主义的贡献评价甚高:"朱执信是国民党员。这样看来,讲马克思主义倒还是国民党在先。不过以前在中国并没有人真正知道马克思主义的共产主义。"①朱执信除了写政论文之外,还写了许多诗词,初写旧体,后写白话。除了译介新的思潮和学说,朱执信对于新文化和新文学也有独立深入的思考。朱执信在北京参加五四运动,赞扬五四运动"开了新知识的窗户",多次参加文学改良和白话文的论争。

1920年3月,胡适的《尝试集》出版,胡适、胡怀琛、刘大白、朱执信等围绕诗句中间字押韵和双声叠韵问题进行讨论②。在《〈尝试集〉自序》里,胡适批评五七言诗"没有自然的音节,不能跟着诗料随时变化",《谈新诗》谈到新诗"句里的节奏也是依着意义的自然区分",但只是点到为止,没有深入论述,甚至得意于"自己也常用双声叠韵的法子来帮助音节的和谐"③。朱执信批评胡适所论之不足,提出新诗的音节应该"声随意转","要使所用字的高下长短,跟着意思的转折,来变换"④。诗的音节最应注意的是"自然轻重高下",音节是不能孤立的,"一个字在一句里,是不是合自然音节,不能凭空拿字音来说,一定要从有这个音的字在一句一章里头的位置来判断他这个音是不是合于音节"。当然,有时候用字不能过于束缚,更要注意到"义的效能",把"音的效能"放到第二位,"声随意转、音随情动"。朱执信指出胡适在这个问题上的矛盾,因为新诗的音节应注意"自然轻重高下"是胡适的理论主张,而胡适现在却斤斤于押韵的试验⑤。胡适在《再版自序》里说:"我极赞成朱执信先生说的'诗的音节是不能独立的'。这话的意思是说:诗的音节是不能离开诗的意思而独立的。""朱君的话可换过来说:'诗的音节必须顺着诗意的自然曲折,自然轻重,自然高下'。……古人叫做'天籁的',译成白话,便是'自然的音节'。"胡适认同朱执信的"声随意转"说。

朱执信的《超儿》是广东最早的现代白话小说,通过青年男女爱情婚姻,探索人生问题。《超儿》以两个青年女子柳意和小鬈坐在公园柳树下议论婚事的对话,来展开情节,刻画一个不出场的男主人公凤生的性格特点:"他只有一个情欲,就是支配欲,支配一种别人不能支配的人。把人家现在支配着的人,夺了来放在他的支配底

---

① 毛泽东:《中国共产党第七次全国代表大会的工作方针》,《毛泽东文集》第3卷,北京:人民出版社1996年版,第290页。
② 胡怀琛编:《尝试集批评与讨论》,上海:泰东图书局1923年版。
③ 胡适:《谈新诗》,1919年10月10日《星期评论》"双十节纪念专号"。
④ 朱执信:《诗的音节》,1920年5月23日《星期评论》第51号。
⑤ 朱执信:《答胡怀琛先生》,1919年5月30日《星期评论》第52号。

下,这就是他的趣味,这就是他的生命。"柳意说凤生对她好,只是凤生要显示自己"有恩不求报",而不是为了真正娶她;相反,凤生常与小鼙相吵,正是为了要娶她,因为"他要找一个人人相信他娶不到的人,却娶来了,那他的支配欲就可以满足了。"因为这种支配欲,凤生后来把小鼙娶到了,结婚生子。三年后,小鼙带着自己的孩子超儿,和柳意又坐在公园的那棵柳树下。柳意问小鼙,现在是谁支配了谁呢?小鼙看着孩子超儿说:"照他说,是他支配我了。照你说,是我支配他了。照我说,那不过是三年前一样罢了。但是我们两人都做了超儿所支配的小鼙同凤生了。"小说结尾意味深长地说:"世界是永久的!欲望是不会满足的!人还要生出来!不知谁又支配超儿!"《超儿》表达"欲支配人者,人恒支配之"的看法。

《超儿》不仅具有深刻的现代意识,而且写法新颖。小说不注重情节,而截取场景,采用柳意、小鼙的对话体写法,初具近代西方小说特点,在"五四"后常见,但在当时还是少有的。《超儿》揭示和讽刺了"支配别人"的封建道德意识和极端利己主义的人生观,但小说的思想性和艺术性还不能说结合得很好。

与《王呆子》的浅近文言不同,《超儿》是白话小说。朱执信认为白话是活的语言,文言虽不能说是已死的文字,但至少是有病的,运用起来不灵便。朱执信支持白话文运动,但对文言文采取有限度的保留。白话还有不完全之处,口语表达存在不足,故在必要时仍不妨以文补白。朱执信《广东土话文》指出:"白话是活的,文话是比不上的",白话文在艺术上"自然",在应用上"明白"。朱执信实际上是以语言的活与自然作为取舍标准,认为地方土语最好,最能达到宣传新思想的效果,不妨以土话作文①。《超儿》是白话小说,但个别地方文白相间,方言夹杂,显示了语言多元复杂构成和丰富内涵。

《超儿》在发表时,有个附记,说明创作本意是"惟欲于人生问题,稍引起读书界之兴味而已"。"五四"思想启蒙运动开启了一个觉醒的时代,作家们在时代的召唤下,从社会现实出发,探讨包括个性自由、恋爱婚姻、伦理道德、妇女解放、命运前途等社会问题、人生问题,还有的作品涉及劳动人民的疾苦、军阀混战带来的战祸,以及儿童、教育、劳工问题等。五四问题小说最早出现于1919年,罗家伦的《是爱情还是苦痛》、俞平伯的《花匠》、叶圣陶的《这也是一个人?》等可谓问题小说的发端之作。到1919年下半年,冰心发表在《晨报副刊》上的《斯人独憔悴》等作品则将问题小说创作引向了高潮。而广东作家洪灵菲、何棣华、枚胜等在当时创作了揭露学校教育和军阀混战问题小说。

洪灵菲(1902—1934),笔名林曼青、林阴南、李铁郎等,广东潮州人。洪灵菲的

---

① 朱执信:《广东土话文》,《朱执信集》,北京:中华书局1979年版,第760—765页。

《一个不及格的学生》写作于五四时期,主题是揭露学校教育制度的腐朽,提出压制人才成长的问题。小说描写一个20多岁的大学生,渴求人性的自然发展,他敢爱敢恨,敢追求敢反抗,感情异常充沛,充满了对生命力和自由的向往,以及对人的精神解放的追求。他本来从小天真烂漫,富于幻想,可是一上了村中私塾读书,就在老师的教棒下失去了自由,但他又不甘于学校旧教育的摧残和毒害,采用各种方式来反抗,于是成了"恶作剧的一员大将"。上小学,老师"只是追问着读过的功课",完全与生活隔绝,他喊出了"这般的教员,这般的功课,真是讨厌极了!"这又成了他"懒惰的罪状"。中学的老师更是"只懂一动不动地呆说着功课",而他却向往那富于诗意的大自然,于是便"渐渐地被老师遗弃了"。四年后上了大学,虽然老师很多,"其中能认识学生个性施教的,简直可以说没有!"他与学校始终处于不可调和的对立地位,终于被学校宣布为"一个不合格的学生"。他沉痛地控诉说:"唉!学校是什么东西?学校是摧残教育,压死人才的机器罢了!"小说语言自然流利,初步运用了典型化的手法,渲染环境气氛,刻画人物的内心世界,显示小说的艺术前进了一步。洪灵菲的创作成就,主要在大革命失败之后,但他的小说创作在"五四"时期便开始了,并闪耀出艺术的才华。

岭南揭露军阀混战的"问题小说",有两篇值得一提。一篇是何棣华发表在1921年《工业杂志》第1期上的《战场上最后的觉悟》,另一篇是枚胜发表于1924年《南风》汇刊第1卷第2期上的《认清我们的仇敌》。岭南这两篇小说的构思和写法有一些亮点,前者描写两个不同军阀的士兵,被逼驱赶到战场上互相残杀,都是为着军阀"三五个争权夺利",而我们是"枉自送了性命"。在他弥留的最后几分钟,提出"趁着将死未死的时候,大家握一握手",表示对军阀到处抓兵拉夫,"驱赶可怜的同胞去杀可怜的同胞"的抗议,也表示自己被逼刀枪相对的忏悔。后者以"潜在意识流动"的手法,描写一个军阀的士兵在打仗间歇中的内心活动,从刚才炮火的猛烈,想到死的毫无价值,"如果为国捐躯是壮烈的,而现在是为了军阀争地盘",不禁感到悲哀;从"当我们正在战场上冲锋",想到"他们却在酒楼上歌舞";从他们"宁愿不发给我们月饷,而不肯拖欠'缠头'或者姨太太们的抹牌、听大戏的耗费",想到弟兄们被逼去抢,弄得朋友不认、家人不认。最后放声痛哭:"同胞们,我们好苦啊!我们同是弱者,同是处于被压迫的地位,我们要认清我们的仇敌,不要互相仇视,上了军阀的当呀!"从士兵之间、士兵与军阀之间的独特角度,揭露军阀战争的欺骗性和不义性,表现了彻底的反战情绪①。这在当时的问题小说中,显示了一种觉悟和高度。

---

① 张振金:《岭南现代文学史》,广州:广东高等教育出版社1989年版,第32—33页。

第二节 《南风》与岭南新文学

广东最早的白话新诗是1918年10月发表于《广东省会学生联合会月报》创刊号上的《暴风歌》《演讲队员出发欢送歌》《演讲队员回省欢迎歌》《夏夜独坐》《越王台怀古》《雪里行军》等6首。岭南白话新诗的拓荒者主要有朱执信、彭湃、阮啸仙、郑志云、李国珍、梁宗岱以及琼崖女秀才余桂花等人。其中以梁宗岱的作品最多、贡献最大。

五四运动之后,中国掀起了一股"出版潮"。而学生在这一"出版潮"中扮演了重要角色。蒋梦麟在1919年底写道:"自从五月之后,大约有350种周报出版,都是学生或同情学生的人士主编的。"①北京大学《新潮》于1919年1月创办,成员主要为北京大学学生;与此类似,岭南大学《南风》杂志于1920年4月诞生于这一潮流之中,作者和编者主要是岭南大学南风社的学生。《南风》内容广泛,涉及政治、经济、教育、宗教、社会各个方面,并关注时事。在1920年至1923年出版的《南风》中,体现出了南风社中人既深受时代的影响,又在某些问题上与"主流"有一定的距离。

《南风》杂志是岭南大学的一本学生刊物。岭南大学的前身是美国传教士1888年创办于广州的格致书院。1903年,格致书院改名Canton Christian College,中文校名亦改为岭南学堂,是为"岭南"用作校名之始。到了1920年代初,岭南大学的教育水平在国内和国际上都已经获得了一定的认可,当时的岭南大学学生甘乃光写道:"但他在大学中的位置,在国内可以直插北京国立大学的班……在国外,则美国最著名的哥伦比亚大学、耶路大学、哈佛大学、支加高大学、加利福尼亚大学和其余十余间,都已经承认有同等程度的大学。"②岭南大学《南风》关于新文学的内容主要有以下三方面:

首先,刊发新文学作品,以杂文、白话小说和新诗为主,也发表针砭广东文坛时弊的评论。《广东省会学生联合会月报》1918年10月的创刊号率先发表6首新诗,虽然有的是改了头面的旧诗、民歌,但在沉寂之夜喊出的第一声招来了许多响应。《南风》(1920年4月)、《劳动与妇女》(1920年5月)、《光明》(1921年1月)、《新海丰》(1921年9月)等刊物,纷纷发表白话新诗。从1917年到1921年,发表了360多首白话新诗。这使白话新诗体,在岭南取得表面上的优势。1920年4月出版的《南风》杂

---

① 周策纵:《五四运动史:现代中国的知识革命》,陈永明、张静等译,北京:世界图书出版公司2016年版,第180页。
② 甘乃光:《岭南大学男女同学之历程》,《南风》1920年第1卷第2期,第29—36页。

志刊载《广东的文坛和写实小说》,分析过当时广东文坛态势,认为"销售最广、种类最多的,全是最无聊、最卑鄙、最易陷意志薄弱者于污浊的故事","书里的材料,大半是私娼的生活和不正当的结合,而市侩性的商店,还说是顶好的写实小说。"①

其次,探讨白话文问题。《南风》总体上倾向于白话,但也给文言留了一定的空间,不过这一空间并不很大。在《南风》创刊号首页本志启:"来稿须用浅显文言或白话为限",观点平和。但也有较为激进的,如施畸《我的白话文章观》批评胡适、陈独秀和钱玄同等人提倡白话不够有力,认为"文章只有用白话,用文言就不对。人类间就没文言文生存底地方"②,主张彻底消灭文言文。《南风》文章多用白话写成,也有一些文言痕迹较重,如创刊号温耀斌的《婚姻杂话》。《南风》发表的文学作品,以白话小说和新体诗为主,也有旧体诗。《南风》并未拒斥"旧文学",而是新旧并存。

另外,《南风》还译介西方文学。陈受颐《美国新诗述略》表明译介和研究西方文学目的在于"看他们究竟有长处没有,有帮助我们本国文学的功能没否"③。因此,《南风》着眼点还是改造本国的文学,译介西方文学的主要形式为评论西方诗人作家、翻译文学作品、引介文艺思潮。除了一篇《西班牙情诗选译》之外,《南风》研究和译介西方文学几乎都来自英法美三国。如对英国诗人雪莱、勃朗宁夫妇、叶芝等人的介绍,对法国作家雨果的介绍以及对美国新诗的研究和对欧·亨利小说的翻译等。无论是倡导白话还是译介现代西方文学,《南风》皆非首倡,但态度和看法与胡适、陈独秀等五四文学倡导者有些微差别。

第三节 话剧运动的兴起

话剧是舶来品,被称为"新剧""文明戏"。中国话剧是从引进和摹仿开始的,发展缓慢。话剧发展的艰难,原因既与话剧是一门综合性艺术,不同于散文、诗歌和小说等单纯的文学体裁有关,也与话剧所面临的强大的旧戏势力有关。没有观众基础的话剧,从一开始就腹背受敌,《新青年》和胡适、钱玄同、刘半农等一边对传统旧戏展开批判④,一边对西洋话剧加强介绍。最初的话剧创作,成就自然不能与散文、诗

---

① 《广东的文坛和写实小说》,《南风》1920年4月第1期。
② 施畸:《我的白话文章观》,《南风》1920年第1卷第1期,第32—35页。
③ 陈受颐:《美国新诗述略》,《南风》1920年第1卷第4期,第16—23页。
④ 五四新文化运动发生,《新青年》开辟专栏讨论戏曲,胡适、刘半农、钱玄同、傅斯年、陈独秀等对传统戏曲进行了抨击,认为中国旧戏必须按照西方戏剧进行改造,甚至彻底否定传统戏曲。参见刘半农:《我之文学改良观》,《新青年》1917年第3卷第3号;钱玄同:《随感录》,《新青年》1918年第5卷第1号;胡适:《文学进化观念与戏剧改良》,《新青年》1918年第5卷第4号。

歌和小说相提并论。

而广东话剧在发展过程中由于地理、政治、风俗和社会环境等原因,形成了自己的取向和特点:一是戏曲旧戏势力强大,广东对传统旧戏不是批判而是改良,用粤剧、潮剧等戏曲形式来表现现代生活,新剧旧戏结合,取得积极效果。二是在旧民主主义革命和新民主主义革命时期,话剧同中国革命斗争的进程紧密相连,配合中国革命活动充分发挥了革命事业"齿轮和螺丝钉"的作用,为中国革命斗争作出了可贵的贡献。三是许多话剧团体使用粤语、潮语、海南话、客家话等广东方言进行演出,这既有利于话剧工作者对"对话"这种话剧的主要艺术手段的掌握,更好地发挥话剧的艺术功能,也有益于因地制宜地推广和普及话剧艺术,培养话剧观众,与受众共情。

岭南话剧产生较早,第一个话剧社团是创办于1911年的振天声白话剧社,该剧团的主要组织者是陈少白。革命党人陈少白与黄咏台等商议,向香港富商陈庚如借得1000银元作为筹办经费,于1911年春在香港成立振天声白话剧社。该剧社是演出"白话配景新剧"的演出团体,尝试演出这种以对话为主要手段的舞台剧。1918年秋出版的《梨园》杂志,载有该社演出的《父之过》的第一幕,剧本是用广州方言写的,全部是对白,其中不少是动辄千百字的大段台词。另据知情者回忆,当时的演出不同于粤剧戏班的演出之处是:不事唱工,不讲台步,纯以粤语对话演出,并配之灯光布景等舞台装置而别开生面。《梨园》杂志所载《父之过》正文前的开场白写道:"振天声社之白话剧,为世所重,至今人尚称道弗衰。诚以该社所串戏剧如《父之过》《玻璃井》《赌世界》《自由花》《愚也直》《风流探》《汉江潮》等剧,皆从社会着想,切中时弊,虽一字一句,皆深奥有味,求之今日新剧界,鲜能与其比拟。"振天声白话剧社的演出"剔除旧套,眼界一新。情文绝佳,观者叹为空前之作,极为社会欣赏。……观众第一次看到有布景的新戏,极觉新奇,当时虽然没有扩音器,座位远的观众也无听不到之苦,台上一揭幕,全场便鸦雀无声了。"①冯自由《革命逸史》说"所排新剧颇博世人好评,实开粤省剧界革命之先声"。革命党人陈少白为了配合孙中山先生的革命宣传工作,组织了"振南天"剧社,先最早编写、上演的话剧有《自由花》《赌世界》。前者宣传婚姻自由的新观念,后者通过赌徒与官吏的勾结,抨击清政府的腐败统治。广东话剧发生,与新的时代、新的精神及革命斗争结合紧密,通过参与现实的革命斗争来发展自己、完善自己,终于成为群众喜闻乐见的艺术形式。

1912年胡炳南、胡国英等集资5万元,在广州组织"觉世钟"全女班白话剧社,这在当时是一种冲破封建思想的大胆创举。该社30多名社员经过半年训练后,分别在澳门清平戏院、广州河南戏院和一些市、县演出《侠女魂》《赌之害》《慈母累》《老千

---

① 建平:《四十年前省港话剧活动片谈》,《羊城晚报》1957年11月16日。

世界》等剧目,她们演出时除完全采用广州白话外,还一律穿着时装、正反人物的服装截然有别:正面人物的服装绣有兰花、牡丹、玫瑰等花卉,反面人物的服装则绣着生鸡、鲤鱼、水蛇等丑恶的生物①。

辛亥革命前后,广州地区出现了20多个由新闻记者、学生、店员、工人等组成的业余剧社,大多数演改良粤剧,少数演话剧(文明戏)。由于这些剧社的成员很多都参加了孙中山领导的同盟会,人们称之为"志士班"。一批新学志士撰写改良新剧,辛亥前后近20年间,产生了一批表现辛亥革命时期重大事件,以及以移风易俗、激励爱国为宗旨的新剧。众多志士班演出的改良新戏、文明新戏,在舆论宣传和艺术实践两方面为话剧传入广东准备了条件。

志士班编演的剧目大多以移风易俗、激励爱国为宗旨,或歌颂民族英雄、救国义士,或抨击官场黑暗、封建恶习。主要的剧目有《文天祥殉国》《熊飞起义》《博浪沙击秦》《一炮定台湾》《剃头痛》《黑狱红莲》《虐婢报》等。这些剧目使用广州方言,用对话加唱粤剧曲调的形式演出,表演、化妆、服装和布景趋向写实。有论者评论这些剧目说:"剧本多是讽刺时事,很含有些革命性,形式多采时装,规矩还是旧的。因为很新鲜,倒很站得稳。"②

最早的志士班是1904年至1905年间,由革命党人程子仪、陈少白、李纪堂等创办的天演公司采南歌班,后来陆续出现由报社记者黄鲁逸、黄轩胄等于澳门组织的优天社;由黄鲁逸、陈铁军等组织,有著名演员姜魂侠、郑君可等参加的优天影剧团;由陈铁军等在广州组织的振天声剧社;由陈俊朋等在香港成立的现身说法社;由李德兴等在广州成立的移风社;由梁侠侬等在番禺成立的现身说法台;由振天声剧社与现身说法社合并于香港成立的振南天剧社等。

同盟会元老、革命家冯自由《革命逸史》就表示:"广东号称革命策源地,世人咸归功于新学画报之宣传。然剧本之改良,及维新志士之现身说法,亦与有大力焉。"此外,孙中山等革命党人为了在海外华侨和港澳同胞之中开展革命活动,也指出可以借助于粤剧的"高台教化"而收宣传鼓动的实效。1911年黄花岗起义之前,孙中山到美洲各地筹集革命经费。旧金山的中国同盟会会长李是男奉命后,与致公党总理黄三德等成立"洪门筹饷局",并组织了"新舞台剧团",演出了《唤国魂》等一批以反清革命为主题的粤剧,一方面向群众作宣传,另一方面借此筹集革命经费。他自己常常登场,担纲演出戏中的小生角色。戏假情真,以真情感人,是戏剧艺术的核心特质;与

---

① 易云:《广东的话剧(上)》,《广东艺术》1997年第4期;《广东的话剧(中)》,《广东艺术》1998年第2期。
② 易建鑫:《怎样来改良粤剧》,《戏剧》1929年第2期;欧阳予倩:《粤剧北剧化的研究》,《戏剧》1929年第1期。

时俱进,反映现实,则是戏剧艺术的生命力所在。粤剧与辛亥革命的融合,正是顺应了这种社会潮流的结果。

1912年,革命志士潘达微也曾经组织一个白话剧团,他在其中出演《声声泪》的主角,"演时声泪俱下,感人甚深"。1913年曾出版潘达微的《声声泪》,该书没有发表剧本,只有演剧凡例4条和秋湄、达微等人所作序言7篇。钟子晋作序称:予去年组织白话戏社,不自忖度,谬托济世之主义,更得诸同志互相鞭策,共勉进行。所有剧本,莫不抱持斯义,今夏达微君发孤愤之情,抒救世之想,本其主旨,分排白话剧本六幕,名曰《声声泪》,与百瞿子演而成之。介绍《声声泪》概略的文章说该剧分六幕:一、造因;二、反目;三、厌世;四、济贫;五、冷观;六、撒手。另据1919年出版的《梨园》杂志第八期所载《声声泪》第二幕"反目"来看,作者署名百瞿影吾,全部台词均用广州方言写成,说明这是一个粤语话剧的剧本。兹录两段台词证之:

丘:喂喂,亚妈,你真系当我货物咁样卖断畀过人,任得肉随砧板既咩?哎,如果真系咁样既,我就宁愿死左渠,都唔愿做人间一件玩物咯。呜呜,呜呜。

顾:世伯,近今世界唔同往日业,人人都宜得争番个自由权既,如果丘先生系共毛先生感情唔对既,就不如随得渠退婚,重各得自由喇。①

进入大革命时期,彭湃在海丰也通过创办话剧团来宣传革命。他编写白话剧《打倒卖国贼》和《朝鲜亡国恨》,并亲自设计布景、排戏、参演。《打倒卖国贼》的主要内容是揭露章宗祥、陆宗舆、曹汝霖等出卖祖国主权、签订卖国条约的行径。情节简单,演员在台上不断高呼打倒章、陆、曹,打倒卖国贼等口号,类似以后的街头活报剧②。《朝鲜亡国恨》讲朝鲜爱国志士安重根怀着亡国的悲痛和愤恨去刺杀日本首相伊藤博文。彭湃男扮女装,穿着日本和服出场来饰演日本公使夫人,神态酷肖。观众千余人,演出很成功,激发了观众的爱国情绪。

彭湃编导、参演的方言话剧《同胞》,写阿同、阿胞两兄弟,扛一个大麻袋,但都不出力,推来推去,打起架来。一个过路老人(彭湃扮演)看见,启发他们要"方向相同、目标一致、同心协力"。二人于是同心,统一步调,高高兴兴唱着歌儿走了。群众也随之深受教育③。

---

① 张福光:《广东早期及抗战前的话剧概述》,广州:中国戏剧家协会广东分会、广东话剧研究会编:《广东话剧运动史料集》第1集1984年印刷;易云:《广东的话剧(上)》,《广东艺术》1997年第4期;《广东的话剧(中)》,《广东艺术》1998年第2期。
② 马凤、杨永:《彭湃与文艺》,中国人民政治协商会议广东省汕头市委员会文史资料研究委员会编印:《汕头文史》第2辑1985年版,第34页。
③ 余汉存:《彭湃和他编演的〈同胞〉》,中国戏剧家协会广东分会、广东话剧研究会编印:《广东话剧运动史料集》第1集1984年版,第33页。

彭湃创作了不少活报剧,配合农民运动,到农村或穿插在城镇学生游行队伍中演出。1923年夏季,海丰爆发特大洪涝,彭湃以官府强征、地主迫租、农民遭殃为题材,编了一个《二斗租》的戏上街演出,十分感人。

彭湃建立了戏剧队伍和机构,如"梅陇农会话剧团""东江特委话剧团"和"海丰人民艺术剧院"等团体,经常开赴惠阳、惠来、普宁等县巡回演出①。这一时期剧坛有影响的剧作还有侯曜的《山河泪》,李云龙的《此恨何时灭》《国魂归来》《革命军来了》等。这些剧作或写朝鲜人民的反帝国斗争,或写鸦片战争、义和团运动中中国人民的浴血奋战,更写到当时的时事——东征战斗,表现出岭南话剧的现实性和战斗性。抗日战争期间,很多抗日群众组织都利用话剧来进行抗日宣传,一些大中学校也办起学生话剧团体进行宣传演出。上演的剧目有《放下你的鞭子》《在松花江上》《汉奸末路》《重逢》等。解放战争时期两广纵队编演的话剧有《为老百姓报仇》《再上前线》及《蒋介石末路》等,起到宣传革命、鼓舞革命斗志等积极作用。

岭南的话剧创作与现实斗争生活结合紧密,但艺术化的程度不高,不少作品显得肤浅,影响了整体成就。大型历史剧《黄花岗》创作、上演于抗战初期,是岭南话剧剧坛的代表作,剧中塑造的人物众多,情节动人,场面宏大。参加创作的有阮琪、罗海沙、周钢鸣、楼兆揭、蔡碧青、夏衍等,实为岭南话剧剧坛的一大盛事。这一时期,何芷、欧阳山等作家也有一些话剧剧作问世。前者通过《北粤丰碑》反映1939年粤北抗战的历史画面;后者的《敌人》,描写广州沦陷前民众消除内部矛盾,认清真正敌人,终于共同抗日的故事,在当时均有较大的影响。

话剧在广东多以方言演出,所以有粤语话剧、潮语话剧及客语话剧等形式。陈少白是早期的话剧编写者,《自由花》与《赌世界》是其白话剧作,主题分别为提倡好家教、提倡自由婚姻和揭露广州赌棍勾结清朝官吏的丑闻。1869年陈少白出生于江门一个基督教牧师家庭。他从多种西文译本中看到世界局势的变化,并接受了西方先进思想的启蒙。1890年陈少白入香港西医书院,与孙中山拜盟为兄弟。两年后,他辍学协助孙中山在澳门、广州设医局行医,并参与革命活动。陈少白也是"中国民主革命报业第一人",他于1900年1月25日在香港创办的《中国日报》,改变中国报纸以往长行直排的方法,采取短行分栏排版的格式,后为各报竞相仿效。

话剧作为新剧引进、移植到广东来,因当时革命潮流的冲击而起,加之一些倾向革命的人士在经济上给予支持,所以辛亥革命前后形成兴旺之势,因适应时代潮流受到群众欢迎。但新剧家们对于西方话剧只是得其皮毛而用之于革命宣传鼓动,当辛亥革命等运动风暴过去,新剧队伍中有人落荒,有人堕志,剧种很快就衰落了。新剧

---

① 吕匹:《彭湃与戏剧的不解之缘》,《中国戏剧》1993年第1期。

依靠编演迎合小市民思想感情的社会言情剧支撑残局,难以为继,最后被当作伤风败俗的东西而遭厌弃。五四以后,广东话剧开始盛行利用白话形式演出,与时俱进,宣传反帝反封建,有积极意义。1919年10月10日,为庆祝双十节,抵制日货,广东省学生联合会组织培英学生在广州东园演出话剧《痛定思痛》。该剧共6幕,描述日本之横行及弱国之惨状,全剧激昂悲壮。全场观众同振爱国之精神,愿与日寇决一死战。当时广州演出话剧较有名的社团有"国难余生社"(1920),曾演出《温生才刺孚琦》《蔡锷云南起义师》等剧目;另有"木铎剧社"(1924),"民间剧社"(1924)等。广东新会的学生联合教师、工人,演出《打倒卖国贼》《亡国恨》《同胞奋起》等话剧,广泛地向群众进行爱国反帝的宣传教育。梅县学生联合会及各校学生自治会,为配合运动而演出了《亡国恨》《蟹》《孔子过泰山侧》等多个话剧,内容或为启发爱国思想,或为揭露曹汝霖、陆宗舆、章宗祥等卖国贼丑恶面目,或为反对封建婚姻,对该县青年起了启蒙作用。汕头市友联中学于1921年成立了"火山剧社",经常演出揭露黑暗社会的腐朽、宣传民主思想的话剧。

1921年中国共产党成立之前,一些革命者及其组织已注意革命文艺宣传的作用,广东的谭平山、阮啸仙、张善路、刘尔崧、周其鉴等,积极参加具有革命意义的游艺、哑剧以及白话剧的演出和编写活动。早期的中共党员阮啸仙就创作了反映现实题材的剧本《爱情是什么》,以青年男女的爱情、婚姻、工作和前途为中心事件。女主人公佩珊说:"婚姻问题,与有权有势没有关系,乃有感情和没有感情的问题。"男主人公健民进一步说:"爱情,不只是物质上男女两性的冲动,要超过物质以外,从精神上着想。"该剧以悲剧告终,有力地控诉了吃人的旧社会。

广东工人运动中的话剧活动也显得特别广泛和活跃。1925年省港大罢工爆发后,罢工工人按工会系统在海员工会、金属业工会、电车工会、洋务工会、持平(肉行)工会、同德(搬运)工会等都组织了白话剧社,连工人纠察队的大队、支队也成立话剧队。罢工归来的中华海员工会除成立工余乐社外,还在电船、拖渡的船员中组织剧社。他们自编自演白话剧,宣传省港罢工的意义和政策,扩大反帝斗争的队伍①。

1925年黄埔军校成立血花剧社,宗旨是用革命的艺术来改造社会,先后在广州城乡、东江前线、北伐前线演出,演出的剧目有《到民间去》《还我自由》《革命军来了》《黄花岗》等。社员多是共产党员、青年团员和先进青年,政治部主任周恩来指导过剧社工作。

五四时期话剧在广东各地兴起,主要是社会环境、革命形势和民气使然,而非艺

---

① 张福光:《广东早期及抗战前的话剧概述》,广州:中国戏剧家协会广东分会、广东话剧研究会编《广东话剧运动史料集》第1集,1984年印刷,第1—3页。

术魅力所致。当时青年学生为了运动的需要而利用话剧这一艺术形式,是便于直接向观众宣传革命思想,抨击反动政府,所以几乎不顾艺术效果。他们没有完整的剧本,更没有排演制,大多靠演员在台上自由发挥。与小说、诗歌、散文等其他文学门类相比,话剧创作的成就是要逊色许多的。当时在话剧领域,剧本的创作虽然不是空白,但几乎乏善可陈,当然也不可能出现较有成就的代表性作家。

第三章 革命文学的萌动

　　广东是近代革命策源地，也是革命文学的发轫地。岭南最先出现的新文学，多为宣传革命的文学，具有革命因子，作者多为仁人志士，具有推翻帝制、肇建共和的历史使命和济世救民、英勇奋斗的革命情怀，譬如朱执信、杨匏安、彭湃、阮啸仙等。广东早期的革命文学，主题是反帝爱国，反封建反压迫，但有两种不同取向：一种是实现孙中山三民主义的国民革命，主要是国民党人的革命文学，另一种是追求马克思主义的阶级革命，主要是共产党人的革命文学。革命文学是现代文学的重要组成，岭南1920年代崛起的左翼文学，1930年代、40年代的抗战文学的激情昂扬、明快劲拔和进取乐观，都可以从早期革命文学这里溯源，找到文脉的赓续和传承。

　　早期广东革命文学最大的特点是：以文学宣传革命，文学创作与革命实践活动紧密相连，作者多为革命者，文学是其革命人生的一部分。革命文学创作有明确理论主张和追求，主要运用方言写作，内容具体生动，表达通俗易懂、诙谐风趣，有的还创办革命文学报刊，成立文学社团。除了诗歌、小说和散文，还借鉴民间俗文学如歌谣、戏曲等形式宣传革命思想、鼓舞斗志。

第一节　早期革命文学活动

一、朱执信：资产阶级革命宣传家

　　朱执信是著名的资产阶级革命理论家和宣传家，中国同盟会元老之一、重要骨干，毕生追随孙中山。他在《民报》上发表大量政论文章，阐发孙中山提出的"三民主义"，揭露满清立宪骗局，力主以革命手段推翻满清暴政，创建民主共和国。《论社会革命当与政治革命并行》是政论文章的代表作之一，阐明了中国可能同时并行政治革命（即民族民权两主义）与社会革命（即民生主义）的理由，客观透彻，有力地化淡了彼时的政治纷争。朱执信还是最早写文章系统介绍马克思生平的中国人。他的

《德意志社会革命家小传》一文1906年1月发表在《民报》上,介绍了马克思、恩格斯的革命活动并翻译了《共产党宣言》《资本论》的部分内容。毛泽东曾在《中国共产党第七次全国代表大会的工作方针》中说:"朱执信是国民党员,这样看来,讲马克思主义倒还是国民党在先。"

朱执信视野开阔、高屋建瓴,生平政论著述甚多,对一些理论问题的阐述,熏染着激进民主主义思想的色彩。他认为中国革命离不了"农工的帮助",这在彼时中国资产阶级思想家中具有前瞻性,是独树一帜的卓越见解。朱执信还协助孙中山撰写《建国方略》等著作。孙中山非常认可朱执信,对他的革命宣传和理论探索工作给予了高度评价。

1906年自日本回国后,朱执信积极参加推翻满清暴政的革命宣传工作并协助孙中山组织和领导武装起义。他以教员身份做掩护,在新军中发展同盟会会员,为武装起义做准备;宣传鼓动联络绿林、会党接受同盟会的领导,以备响应起义;与同人一起编辑《可报》,针砭时弊,影响巨大;并选定、安排参加起义的先锋队(敢死队)员,招兵买马。1910年2月,他与赵声、倪映典等发动了广州新军起义;1911年4月27日,他又参加了广州"三二九"黄花岗起义,受伤后机智脱险。

后来,朱执信担任孙中山大元帅府(广州)军事联络和掌管机要文书职务,协助孙中山策划讨伐桂系军事行动,策动虎门要塞司令丘渭南宣布独立。1920年9月21日,在虎门调停驻军和东莞民军冲突时,朱执信被桂系军阀杀害。

二、杨匏安:传播马克思主义的先驱

杨匏安(1896—1931),广东珠海人。原名麟焘,又名锦焘,笔名匏庵、王纯一。中国共产党早期杰出的理论家和史学家,有"北李(大钊)南杨(匏安)"之称。他知识渊博、学贯中西,精通诗词歌赋,历史、地理、国学和人文社会科学基础深厚,一生进行了大量的创作。他是古典诗文的传承者,也是中国现代革命文学的先驱。

1919年,杨匏安在广州积极参加五四反帝爱国运动,大量翻译西方著述,并接连在《广东中华新报》上开设《青年心理讲话》《世界学论》等专栏。9月,李大钊为在北京出版的《新青年》杂志编辑《马克思主义研究专号》,11月11日至12月4日,杨匏安为《广东中华新报》撰写的长文《马克思主义》(亦称《科学的社会主义》)连载19天,是对其的直接呼应。

1923年6月中共三大正式决定国共合作后,杨匏安受党派遣参加国民党临时中央委员会,他致力于国民革命统一战线的建立,后前往香港,和苏兆征等一起领导省港大罢工,并协助广东党组织接应南昌起义南下部队。他也是上海革命文艺团体太阳社的成员,1929年因党的刊物《红旗》暴露,印刷机关被破坏而被捕入狱8个月。1930年参加以中国互济会名义开办的政治训练班,培训全国各省甚至中央革命根据地的中层党员领导干部。同时编译出版《西洋史要》和《地租论》。1931年7月因叛徒出卖再次被捕,蒋介石亲自出面劝降,他不为所动。1931年8月英勇就义于上海龙华警备司令部。主要著述收入《杨匏安文集》[①]。

三、彭湃:农民运动大王

彭湃(1896—1929),原名汉育,小名天泉,后改名为湃,广东海丰人,出身于工商地主家庭,中国农民革命运动的先导者,著名的海陆丰苏维埃政权的创始人。彭湃的革命生涯贯穿着诗歌民歌、白话散文、戏剧戏曲等多种文学活动,其作品语言雅洁、感情充沛、号召力强,既有深厚的传统文化、民间文学根基,同时反映新时代新思想,在当时影响很大,为现代革命文学史开辟了绚丽的篇章。

1917年,彭湃东渡日本,入读早稻田大学政治经济科,积极参加留日学生的爱国运动,加入"建设者同盟""宇宙社"等进步组织,发起组织"赤心社",开始探求革命真理。

1921年夏天,彭湃回国,在广州加入中国社会主义青年团,随后回海丰发起组织"社会主义研究社"和"劳动者同情会",创办《新海丰》杂志,宣传马克思主义,并担任海丰劝学所所长(后改为教育局长)。1922年5月,参与创办《赤心周刊》,充当"工农群众的喉舌",在海丰先后创立"六人农会"和赤山约农会,并创建海丰总农会,并推动在广东多地组建农会。国共两党建立了统一战线后,他任国民党中央农民部秘书,提议创办农民运动讲习所,担任第一、第五届广州农民运动讲习所主任并担任教员。1926年发表《海丰农民运动报告》,成为中共历史上第一部从理论和实践的结合上阐述农民运动的重要著作。大革命失败后,任东江工农自卫军总指挥,参与领导海陆丰起义,创建中国革命史上第一个红色政权——海陆丰工农兵苏维埃,并参加广州起义。1929年8月24日因叛徒出卖被捕,在上海龙华就义。

四、阮啸仙:广东青年运动领导人

阮啸仙(1897—1935),原名熙朝,字瑞宗,别号晁曦,广东河源人。1918年考入

[①] 李蓉、张延忠主编:《中国共产党第一至第六次全国代表大会代表名录》(增订本),北京:中共党史出版社2014年版,第227—228页。

广东省立第一甲种工业学校。1919年,参加五四运动。1920年秋,成为中国社会主义青年团在广州的第一批团员。1921年加入中国共产党。1922年在中国劳动组合书记部广东分部工作,创办爱群通讯社。1923年6月,在广州创建共青团的外围组织——"新学生社",担任总社执行委员会书记。该社成立后,曾创办《新学生》半月刊和"新学生剧社"等,积极展开对青年的宣传教育工作[1]。

1924年第一次国共合作实现后,他任国民党中央农民部组织干部,参与创办农民运动讲习所,后又领导广东农民运动,支援省港大罢工和北伐战争。1927年奔赴粤北山区领导农民武装斗争,后到香港、澳门等地从事地下斗争。1929年,调到上海做中共江苏省委领导工作,在租界曾被捕入狱,后脱险出狱。1934年10月,中央红军突围后,任中共赣南省委书记和赣南军区政治委员。1935年3月,在江西会昌地区同国民党军队战斗中牺牲[2]。

第二节 革命文学理论和创作

一、朱执信:新诗和小说的较早尝试者

朱执信积极参与新文化运动,热心于新文学创作,支持白话文写作,发表白话新诗和小说,同时仍用文言写作。对此,朱执信表示:"弟之不为,非不主张,乃未学也。非未学白话文,乃未学足白话也。"[3]朱执信对新文学所使用的语言也有自己的思考。他撰写《广东土话文》,明确支持用方言土语来做文章,以"自然""明白"为宗旨,这对于广东文学来说有重要意义。"尤其是对文学语言来说,适当使用方言土语是体现地方色彩的重要手段,是记住乡愁的文学途径之一。朱执信指出:"说文话是死,或者太过。文话最少在从前所谓读书人的范围里头还是活的。但是活得很不完全,很不灵动。所以我想叫他做中风麻痹,不叫他做死。"[4]

朱执信于1919年发表在《建设》第1卷第2号的白话文小说《超儿》,被视为广

---

[1] 中共广东省委党史研究委员会办公室、广东省中共党史人物研究会、广东省民政厅合编:《南粤英烈传》,广州:广东人民出版社1983年版,第385页。
[2] 何承艰、王德树等主编:《马克思主义人物辞典》,北京:中国广播电视出版社1989年版,第230页。
[3] 朱执信:《朱执信答黄世平函》,《建设》第1卷第1号,第196页。
[4] 朱执信:《广东土话文》,《朱执信集》下集,第760页;《致杨庶堪函》,《朱执信集》下集,北京:中华书局1979年版,第689页。

东现代小说的先河。《超儿》五千多字,描写了两位姑娘"柳意"与"小翚"在树下对自身婚事的谈论,探索年轻人在瞬息万变的大时代中,如何思考与对自身进行定位。柳意、小翚的对话体模式,在后来五四新文学中是常见模式。

朱执信也是岭南白话新诗较早的尝试者之一。1919年9月,朱执信发表"挽余健光"诗一首。余健光,四川叙永县人,曾留学日本,加入同盟会致力于革命事业,后奔忙于广东、上海、湖南等地从事革命活动,终积劳成疾,不幸于1919年5月病殁上海。《挽余健光》是一首白话新体诗,诗中热情赞美了革命者高尚的品格和牺牲精神,悲歌慷慨、情真意切,不但表达了朱执信对革命同事真挚的情感,也从侧面反映了他与时俱进、不断创新的精神。

1919年10月,朱执信在《星期评论》发表白话新诗《毁灭》①。《毁灭》巧妙运用新科学发现作为意象,表达光明与真理不会因为暂时的黑暗和苦难而熄灭不存,薪火相传的新思想将不断唤起人们进行斗争的精神。"一个明星离我们几千万亿里,/他的光明却常到我们眼睛里。/宇宙的力量几千年前把他毁灭了,/我们眼睛里头的光明还没有减少。/你不能不生人,/人就一定长眼睛。/你如何能够毁灭,/这眼睛里头的星!/一个星毁灭了,/别个星刚刚团起。/我们的眼睛昏涩了,/还有我们的兄弟我们的儿子!"在这里,星星显然是革命火种的象征。这种手法可能受到胡适诗作的影响。这首诗的小序也透露了朱执信当时经常阅读胡适的新诗作品:"读胡适之先生诗,忽忆天文学家言,吾人所见星光有数千年前所发者,星光入吾人眼中时,星或已灭矣,戏成此诗。"

朱执信从小接受传统教育,国学功底深厚,平时除了写政论文章外,还喜欢写诗词。在1919年以前,他主要写旧体诗,后来受到五四新文化运动的影响,开始改写新体白话诗。他对新体白话诗有着自己独特的见解,特别是在音节方面见解颇深,甚至连新体诗的鼻祖胡适也对他大加赞赏②。

二、杨匏安:新旧交织

杨匏安的小说创作开始很早。1918年,22岁的杨匏安在《广东中华新报》上连载短篇小说《王呆子》,描述底层劳动者与土豪劣绅的尖锐对立,塑造了一个反抗封

---

① 朱执信:《毁灭》,《星期评论》1919年10月5日第18号。
② 《尝试集》1920年9月上海亚东图书馆再版,胡适在《再版自序》里说:"我极赞成朱执信先生说的'诗的音节是不能独立的'。这话的意思是说:诗的音节是不能离开诗的意思而独立的。""朱君的话可换过来说:'诗的音节必须顺着诗意的自然曲折,自然轻重,自然高下。'……古人叫做天籁的,译成白话,便是'自然的音节'。"

建压迫的青年农民英雄形象。这在中国现代文学史上、在"五四"前期的中国文坛上是独树一帜的。

《王呆子》是文言文小说，故事曲折、文笔生动、语言畅达、情节跌宕。运用传统小说的写作手法，突出人物行动的描写，表现人物内心强烈的感情。小说素材为杨匏安的亲身经历，具有写实性。小说深刻揭露了黑暗的社会现实，充满对被剥削被压迫者的同情，以及对旧社会恶势力的愤懑。但是小说并没有找到出路，只能将伸张正义、为民除害的愿望，寄托在被侮辱被迫害的贫苦农民个人的复仇行动上。小说挟新文化运动的疾风迅雷，提出了反封建反压迫反帝国主义的主题，揭示了底层社会激烈的矛盾冲突，具有一定的思想性、战斗性。

《王呆子》是新文化运动初期第一篇重要的革命小说，以激烈的冲突和暴力革命的方式，发出了平等和人权的呼号，为迎接一场彻底的反帝反封建的政治斗争作好了思想准备。这在现代文学史上是划时代的，是中国现代革命小说的先导。这篇小说的出现，比1918年5月鲁迅发表在《新青年》上的小说《狂人日记》还早两个月。

杨匏安小说语言基础扎实、文风质朴端庄，远胜一般庸俗之作。在这时期发表的作品中如《窃疾可治》《智妇》《波斯老人》《画史机妙》等，皆行文雅洁，了无俗笔。1918年3月11日《广东中华新报》"东人•西人"一栏有署名惺公（即陈大年）的文章，从文体风格、语言形式上赞扬杨匏安的"文字雅洁"，远非俗手。此文引述了杨匏安的意见：古代小说"直与文同视"，若"运词果工，则命意且不求其异"。小说的理想状态是"外质而中膏，毋佻毋纤，恒存肃穆之气"，即，形式质朴，内容丰腴，戒纤佻、祛华丽，求雅避俗，"一般小说家，可以知所戒矣"。

杨匏安欣赏庄重肃穆的文体风格。但之所以侧重讨论"运词"，即语言，则与当时文学革命的影响也分不开。1919年，杨匏安利用陈独秀在广东当教育厅长的机会，公开合法地办起工人识字班，同时传播新文化、新理论。1921年，杨匏安在杨家祠办注音字母传习所，宣传文字改革，推动新思潮，不再写过去那种《世说新语》式的笔记小品和"逃心空寂'的旧体诗，而热情地向读者大量介绍社会科学知识，进而开始宣传普及马克思主义理论。他在其他文体写作中同样践行着这一理论，静水深流、质朴大气。

杨匏安幼时从母亲陈智学习古典诗词，接受诗教，陶冶情操。7岁入学堂，10岁已能诗善文，有"神童"美誉。早年创作了大量诗词，曾经编有《寒灰集》，惜已失传。目前所见杨匏安最早的词作是《虞美人•和康佛》及《菩萨蛮》，1915年作于日本横滨，流露迷惘和思乡之情。后来他常写西方寓言、杂文、随笔、小品文之类，也有一些旧诗和小说发表，并开始用匏庵作笔名。

杨匏安秉持传统的诗学观，以诗言志，希望诗歌能够涤荡人心、导以风化。杨匏安教学生诗词写作:"义取敦本务实,辞唯绝俗清高";认为"诗文一道,首贵无俗气……然欲诗文之无俗气者,必其人先无俗气,外欲其人之无俗气者,则举凡流俗所趋之事,非斥去不可"。他把这些观点写成《诗选自序》,连同讲义发给学生,提出师法古人,向古人学习高洁的情操和醇雅的制作。

历尽风霜、成为一个坚定的共产主义者以后,他的作品以更阔达的襟抱,书写更广阔的内容。1927年,蒋介石发动"四一二"反革命政变,疯狂屠杀共产党人和革命群众。在血雨腥风中,1927年11月15日,杨匏安在新加坡港轮船上望月抒怀,写下两首诗:

《十一月既望泊舟星架坡港》:故乡回首战云深,漏刃投荒万里临。余日可消行坐卧,感怀休问去来今。江南有梦迷蛮瘴,海外何人辨雅音?自笑身闲心独苦,当头皓月伴微吟。

《寄小梅》:去国六千里,心随云水长。逃生来绝域,问禁入危邦。归意能无动,公忠不可忘。相思凭梦寄,月色满枧榔。

这两首诗题写在当时的香港九龙某轮船公司的便笺上,竖排行楷、字体娟秀活泼。诗文下边另有小注:"此张诗稿系杨匏安到星加坡时的留存,以作永久的亲笔纪念。志鹏记之。"它们音韵优美、对仗严谨、文字典雅,字里行间洋溢着杨匏安同志献身革命的高尚情操和忧国忧民、眷念亲友[1]的深厚感情,既是优美的文字作品,也是党史研究的重要资料[2]。"公忠不可忘",充分表现出作者公而忘私、无限忠于党和人民、奉献自己一切的高贵品质。

杨匏安一生始终追求道德"崇高"、追求人格"完美"、处处克己。杨匏安再次被捕时,在其身上只搜到5元钱的钞票一张,2元钱的钞票2张,眼镜一副。这9元钱就是其一家十口人仅有的生活费。蒋介石亲自或者多次派人诱降,但他说:"我从参加革命开始,早就把生死置之度外。死可以,变节不行。"连看守他的士兵都敬佩地称他为"杨铁人"[3]。

杨匏安的文学理论和创作新旧交织,在人生实践中得到完美体现,深刻反映了"义取敦本务实,辞唯绝俗清高"的文学理想。当他将个人与人民的大众的事业结合在一起的时候,他的精神世界是全新的,反映了新时代的追求。他的高风亮节、无畏奋斗,是早期革命作家的代表和典范。

---

[1] 此诗为杨匏安寄给妹夫霍志鹏(又名霍梅)的。一说"小梅"指党中央。
[2] 史敬:《新发现的杨匏安烈士的两首佚诗》,珠海市政协文史组编印:《珠海文史》第3辑,1984年版,第64—65页。
[3] 黄永康、刘利亚、门晓琴、黄蔚:《杨匏安研究述评》;《杨匏安生平大事年表》,李坚编:《杨匏安史料与研究》,北京:中共党史出版社1999年版,第260、273页。

三、彭湃:民间文学的借鉴

彭湃倡导新文化,写了许多新诗和戏剧性作品,是岭南新文学的拓荒者之一。1921年,他和邹志云、李国球等创办《新海丰》,以宣传新文化、新思想,创造新社会作为自己的宗旨:"现在世界的新潮流,无孔不入,连偏僻的地方像海丰的,也流入了……像我们这种杂志,敢算是新运动和新组织的一个表现"。他认为新文化最主要是它的思想即精神要新,"如果精神仍然是旧的,也不得叫做新。"彭湃痛感辛亥革命缺少了一个自下而上的思想革命,认识到扫除封建余毒的重要性。因此,他在发刊词中猛烈地抨击了当时的不少报纸杂志,"是落魄的官僚和少数特权阶级的走狗",上面登载的"有很多是无价值的广告和无意识的论文——拿来赚钱,竟满篇幅的。还有的是拿来做献媚少数特权的贡献品和发表个人的谬见和牢骚的。"这类刊物"有碍于社会的自然进化"。他主张把思想革命与社会革命结合起来,思想文化上,要"抛弃不适用的,创造美的、善的,来适应新时代的需要",从而使整个社会"黑暗者而光明之,污秽者而清净之,保守者而进步之,阶级者而平等之,堕落者而振起之"。彭湃在《新海丰》创刊号发表《告同胞》,抨击了军阀统治不但使人贫困、死亡,而且使"文化学术昌明以阻,世界人类进化益迟",号召必须起来破坏这个"国家"。他在后来写的《海丰农民运动》《在第六届农讲所的讲演》和《在纪念马克思大会上的开幕词》等文章,更强调革命的实践。他说,对于马克思"不仅只信仰他的主义便够了,我们应该要努力去做实际运动,使马克思主义实现。"彭湃虽然很少直接论述文学的文章,但从他的诗歌和戏剧作品来看,他主张现实主义文学,强调文学的革命功利,提倡通俗易懂的文学形式。例如《农民革命歌》《田仔骂田公》《起义歌》《抗债歌》《分田歌》等,都是民间歌谣体,许多都写到农民运动的报告和文件里面,在当地流传很广,成为革命运动的战斗武器。他批判一切旧文化,那坚决而勇猛的气势,极大地鼓舞了致力于文学革命的知识者,推动了文学革命向前发展。

彭湃具有扎实的旧学基础和留学经历,也有丰富的诗思和浪漫的情怀。《彭湃文集》中收入彭湃创作诗歌十一首,包括白话新诗、旧体诗、民歌,均以革命为主题,展现了他为民众而高歌、而奋斗的激情。1921年至1922年间,彭湃曾经创作了一首题为《我》的诗:

  这是帝王乡,
  谁敢高唱革命歌?
  哦,

就是我。

此诗言简意赅,举重若轻,意境深远。在肃杀的气氛中,塑造了革命者傲然独立的伟岸形象,展示了一种大无畏的革命意志和"舍我其谁"的志士精神。它上承爱国知识分子"路漫漫其修远兮,吾将上下而求索"的爱国传统、思辨勇气,又融入近代革命志士"我自横刀向天笑,去留肝胆两昆仑""拼将十万头颅血,须把乾坤力挽回"的牺牲精神,以及"以青春之我",创建"青春之国家、青春之民族、青春之宇宙"的火热激情和万丈雄心。

彭湃对旧文艺进行了创新。他发现"乡间完全没有阅报演讲团平民学校之设,不过有唱戏唱曲及舞狮种种之娱乐机关,然其中的戏剧歌曲文章,几千年来差不多是一样。所以农民的思想,一半是父传子子传孙的传统下来,一半是从戏曲的歌文中所影响而成了一个很坚固的人生观。"如何发动农民参加革命,彭湃运用群众耳熟能详的民歌童谣的调式,进行新的改编,赋予上新的革命内容,进行民间文艺的改造。《田仔骂田公》是当时彭湃创作的流传最广的歌曲之一:

冬呀!冬!冬!冬!田仔骂田公!田仔耕田耕到死,田公在厝食白米。

冬呀!冬!冬!冬!做个(的)颠倒饿;懒个(的)颠倒好!是你不知想!不是命不好!农夫呀!醒来!

农夫呀!勿戆!地是天作!天还天公!你无分!我无分!有来耕,有来食!无来耕,就请歇!

原来只是拟声叠词的"冬冬冬",立刻有了战斗性和号召性。为了让群众都听得懂、有共鸣,彭湃选择不同方言编写歌谣,充分发动群众。他把一位姑娘唱的客家过番歌"日头出来对面山,打扮阿郎去过番。十七十八阿郎返,玉石手镯金耳环"改成了一首革命歌曲:"日头出来对面山,欢送阿郎去打战。打了胜仗阿郎返,偃爱手枪和炸弹。"①

彭湃还用浅显通俗的语言,创作了多首歌曲教群众歌唱,有《先将约正拍死死》《农民兄弟真凄凉》《起义歌》《分田歌》《抗债歌》等,以这种"接地气"的方式向贫苦农民宣传革命,以及移风易俗的《铲除革命》《无道理》等等。他用海丰方言编了《农民兄弟真凄凉》,反映当时农民的困苦生活和希望加入革命行列的迫切愿望。在彭湃的组织、带动下,海陆丰农民歌咏活动开展得十分活跃。当地群众也纷纷加入,创作出《工农听说起》《"七五"莫忘歌》等许多革命歌曲。

彭湃的演说、讲话、书信、报告等均使用白话文形式,清浅易懂,风格自然,文笔生

---

① 彭湃:中共广东省委宣传部编:《彭湃文集》,北京:人民出版社1981年版,第331—334页。

动,围绕他的革命实践和经历积累展开。农民问题是中国革命的根本问题,也是他诸多文字的主要内容。《海丰农民运动报告》《花县团匪残杀农民的经过》被称为"优秀的纪实散文,模范的白话文本,杰出的社会学调查报告"①。彭湃文字精练,描写自己1922年开始从事农民工作的经历,简洁深挚、质朴幽默、通俗风趣。他的母亲不识字,但听得懂彭湃七弟读《赤心周刊》发表的《告农民的话》一文,"泪遂涔涔下而至放声的哭起来",可见其文风晓畅、直指人心。

彭湃性格乐观活泼,对民间文艺非常熟悉。在中学读书时就开始话剧活动,富有舞台经验。他发现要唤起劳苦大众,推翻封建统治,必须从宣传入手。于是他深入群众、融入群众,开展宣传教育,采用多种多样的形式,包括搞演讲、发传单、变魔术、耍杂技、编歌谣、演戏剧等等,让群众能够理解革命道理。

彭湃在家乡海丰县的潮州会馆筹组话剧社,演出文明戏。他十分重视对海陆丰旧戏班及艺人的争取、团结、教育、改造,把班主制戏班改造成为共和班式的集体组织,并成立了红色梨园工会,会长为正字戏名须生郑乃式。原来被视为下九流的艺人获得了尊重,精神振奋,积极加入战斗行列,为夺取政权和失败之后掩护革命干部作出了很大的贡献和牺牲。白字戏新彩福班乐师林乙华曾担任赤卫队长,在苏维埃政权失败后被敌人杀害。经过大革命的洗礼,直到抗日战争、解放战争,戏班和艺人,代代相传,依然紧跟革命。他们或投奔东江纵队和海陆丰人民自卫队,如西秦戏名丑刘万祥等人,或在戏班协助革命同志登台宣传②。

彭湃的祖父曾经创办"振亚东"西秦戏戏班,彭湃特别熟悉西秦戏的演员,有时和艺人促膝谈心、启发引导;有时同艺人和弦唱曲,艺人唱起曲来,他就拉弦伴和。

彭湃的同事和好友,在海丰演出《秋瑾》《哀鸿泪》和《彭素娥》等表现反帝、反封建题材的剧目。《彭素娥》是根据海丰县城女青年反对父母之命、媒妁之言的包办婚姻,要求婚姻自由的抗婚事件的真人真事而编写的,这个戏演出后在当地影响很大,白字戏等地方剧种还将其改编演出。彭湃自己编、导、演过《打倒帝国主义》《打倒袁世凯卖国贼》《社会阶层》《打倒资本家》《资本家与军阀》等剧目。彭湃参加了《同胞》的编写演出。第一次国共合作时期,东征军打到海、陆丰后,高涨的革命形势进一步推动了海丰的戏剧运动。1927年11月,海丰人民在中国共产党的领导下武装夺取了政权,成立苏维埃政府,在敌我斗争紧张的情势下,有些地方政权没有忘记戏剧宣传,如海丰第三区梅陇农会就曾成立剧团,后来中共东江特委就以这个剧团为基

---

① 彭湃:《大地赤心——彭湃散文诗歌选》前言《编者说明》,北京:中国文史出版社2020年版。
② 吕匹:《彭湃与戏剧的不解之缘》,《中国戏剧》1993年第1期。

础成立东特委新剧团,以话剧和锣鼓戏的形式进行宣传演出①。

四、阮啸仙:以小说、戏剧宣传革命

阮啸仙1921年开始文学创作,尝试写诗、散文、杂文等。阮啸仙的文学作品不多,但语言清丽、文风朴实,感情真挚、个性分明。阮啸仙的主要作品有纪实小说《一个奋斗的女子》、现代话剧《爱情是什么?》、小诗《观排球》、散文《一个人家的蜜蜂》等。

《一个奋斗的女子》叙事与抒情结合俱佳,描写护士姑娘道钦不为一名叫益骏的男子的追求所动,尽管对方"有财有势"。世俗的母亲极力劝她嫁给益骏,而道钦有自己的追求,最后道钦离家出走,与自己的真爱成婚。小说肯定道钦的爱情观,具有反封建的个性解放意义。这是一篇纪实性小说,是以广州学生联合会宣传科负责人高恬波为原型,以"五四"广州学生运动为背景,塑造了"产科医学生""学生联合会职员"钦道追求婚姻自主的艺术典型,形象地揭露了封建礼教对妇女精神及肉体摧残的罪恶,热情赞颂了勇于反抗、追求幸福、争取婚姻自主的精神。这是阮啸仙诸多著述中唯一的一篇小说,也是他采取文艺表现形式作为宣传手段的初次尝试。小说中的议论至今看来都不过时:

> 夫妇,是爱情与理性的结合,是男女两性最大的幸福,金钱和势力——作官,是不能占两间的位置的。结婚与不结婚,是爱情与没爱情的问题,是理性与非理性的问题。买卖式势利婚姻,是没有价值的……纵说是两性的幸福,是不能免的,都要我慢慢儿思想,不能草率从事。这是我一生的命运,别人不能替我作主的。②

阮啸仙把这篇小说给了刘尔崧、周其鉴等同学征求意见。大家都说,利用文艺作品进行革命宣传,是一个好办法,建议把它搬上舞台,让广大群众,尤其是青年更容易接受新思想,进而改造社会。

当时,社会主义思潮在广东开始广泛传播,但新文学运动的新风没有吹入岭南,官办的报纸杂志还充斥着旧文学陈腐霉烂的气息。此时,阮啸仙与刘尔崧等人已秘密加入了中国共产党,成为宣传新思想、新思潮的活跃分子。阮啸仙接受了刘尔崧等人的提议,完成了一幕六场话剧,取名《爱情是什么?》。阮啸仙转向揭露社会问题,

---

① 林史:《大革命时期潮汕地区的话剧活动》,中国戏剧家协会广东分会、广东话剧研究会编:《广东话剧运动史料集》第1集,1984年版,第25—26页。
② 《阮啸仙文集》编辑组编:《阮啸仙文集》,广州:广东人民出版社1984年版,第50页。

把妇女争取婚姻自主的斗争与工人阶级争取解放的斗争结合起来,分析了个人婚姻悲剧的社会原因,并以剧中主人公的口吻,号召被压迫被剥削的劳苦大众团结起来斗争。

阮啸仙采用小说、戏剧等文艺形式作为宣传革命的手段,用最容易为广大民众所接受的方式描写现实生活和斗争。他以所就读的广东省立第一甲种工业学校为舞台,从年轻人熟悉的题材、关心的问题入手,进行思想发动,组织进步同学开展学潮,要求读书、整顿校务、改造学校、驱除校长,开始了"改造社会"的大胆尝试。

阮啸仙1916年开始以杂文揭露社会问题,《洪秀全论》《黄钟白种之智力论》等境界开阔,以民主、平等观念纵论古今中外。1917年的《改造日记》《青年创造环境的工具》等文已经开始使用白话文,语言流利,说理清晰。

第三节 《广东群报》的倾向

《广东群报》是20世纪20年代在广东传播新文化的重要阵地,是中共广州党组织的机关报,也是中国共产党创立时期出现的第一张大型地方党报。1920年夏,谭平山、陈公博、谭植棠等三人从北京大学毕业后回到广州,分别任教于广东高等师范学校、公立法政学校和省立甲种工业专科学校。鉴于"所有社会组织的基柱,已呈锈蚀的现象,非向根本上重新改造,旦夕间就会发生栋折梁崩的危险",基于"改造社会"和"宣传新文化"的目的,他们于10月20日创办《广东群报》。《广东群报》在创刊号上明确表示:"(一)不谈无聊政治,专为宣传新文化的机关;(二)不受任何政党援助,保持自动出版的精神。"《广东群报》创刊初期,致力宣扬"群性"之说,认为"群性"是人类的本能,将"发展群的本能,铲除群的障碍,巩固群的壁垒,增进群的乐利"作为办报主张,《广东群报》之名便是基于这一意义而命名。《广东群报》为日报,每期10版。由陈公博、谭平山、谭植棠等创办,陈公博主编。虽然仅存活两年多时间,但这份地方性报纸,当时影响很大。《广东群报》辟有世界要闻、国内要闻、特别调查、工人消息、时评、开心话、小说等栏目。初期宣传科学与民主,反映社会现实生活,报道劳动运动状况,并刊载杂文、小说、诗歌等新文学作品。

《广东群报》的创刊号上就发表了蔡元培、陈独秀的文章。陈独秀希望广东青年讲求社会需要的科学,切实研究社会实际问题的解决方法,"做贫苦劳动者的朋友,勿做官僚资本家的佣奴"。谭平山发表《对于新文化宣传的我见》,提出要打破"因为先贤前哲讲过,不能不照这样讲,先贤前哲做过,不能不照这样做"的保守遗习;主张"用科学的方法,去整理我国固有的古代文化,使之有条不紊,并且指出古代文化的缺点,求个补充和改革办法,使之成为一种新生的文化"①。

1920年12月陈独秀来粤后,《广东群报》更是发生了明显的变化,不仅大量转载上海《共产党》月刊的文章,而且加重了对苏俄和各国共产党情况的报道。谭植棠在发表于"元旦增刊"的文章中鲜明写道:"社会主义已成为人类的信仰","快要信仰社会主义,去实行社会的革命"。

思想是时代的先声。《广东群报》在各种思想流派论战中划清了马克思主义与无政府主义的界限,开辟了马克思研究、俄国研究等专栏,介绍马克思与列宁的生平、演说、著作和共产主义运动历史,并在显要位置大量刊登或转载陈独秀、李大钊等理论先驱的文章。1921年,《广东群报》出版"劳动者增刊",报道、指导工人运动,引导工人阶级斗争由自发走向自觉。广东工人阶级评价《广东群报》"振我柔魂""振发劳工";《新青年》评价《广东群报》"是中国南部文化运动的总枢纽,是介绍世界劳动消息的总机关,是广州资本制度下奋斗的一个孤独子,是广东十年来沉霾空气里的一线曙光"。

1921年1至2月,一场关于无政府主义的论战在《广东群报》和《新青年》展开。无政府主义是19世纪欧洲的一种否定国家政权与阶级斗争的社会思潮,在广州的传播早于马克思主义。早在1912年,中国无政府主义的著名代表刘师复(1884—1915,广东香山即今中山市人)就在广州建立了中国第一个无政府主义团体晦鸣学舍,并于次年8月创办了机关刊物《晦鸣录》(第三期起改为《民声》)。五四时期,无政府主义在广州的代表人物是区声白、梁冰弦等人。他们在揭露反动政府和资本家剥削压迫劳动人民,号召群众起来斗争方面起过积极作用,在青年学生和工人中有一定影响。但他们把工人受压迫剥削的根源归咎于政府,要打倒一切政府和权威,强调个人的绝对自由,攻击马克思主义及其无产阶级专政学说。广州的共产主义者对无政府主义者进行了批判,由此展开了一场针锋相对的论战。双方论战的主要阵地是《新青年》和《广东群报》,论战的主将是陈独秀和区声白。

1921年1月15日,陈独秀在广东省公立法政学校作了《社会主义批评》的演讲,对各种"社会主义"的理论观点作了剖析;并着重批评了无政府主义,指出"无政府主义在政治经济两方面,都是行不通的路"。1月22日,无政府主义者区声白在《广东群报》发表《致陈独秀先生书》,反对陈独秀的观点。在这场论战中,区声白3次诘难,陈独秀3次辩驳。内容围绕革命道路、阶级斗争、国家制度、生产和分配、党内组织原则和纪律等展开。《广东群报》成为论战的阵地,发表了陈独秀与区声白论战的

---

① 谭平山:《对于新文化宣传的我见》,《广东群报》1920年10月创刊号。

来往书信,以及李达《社会革命底商榷》(署名江春)、包惠僧《讨论社会主义并批评无政府党》等文章;还在"评论"专栏中,连续28天刊载编辑部评论文章《共产主义与无政府主义及议会派之比较》长文,阐明了马克思主义关于无产阶级专政的基本原理,批判了无政府主义的错误观点。《广东群报》在宣传马克思主义、评论时政以及与无政府主义论战等方面充当了先锋。1921年8月,陈独秀以《讨论无政府主义》为题,将这些信件在《新青年》第9卷第4号开辟的《讨论无政府主义》专栏上,使这场论战的影响扩大到全国。不少青年放弃了对无政府主义的信仰,转投马克思主义的怀抱。《广东群报》团结和影响了一批进步青年和学生。

《广东群报》关注新文化运动和新文学论争。陈公博的《新文化的恶空气》一文是针对广东一些报纸故意歪曲新文化运动所提倡的"自由"与"解放",打着"新文化"的旗帜,发表他人隐私而写的一篇文章。陈公博认为:"如果以攻击为批评,以揭人隐私为改造社会,那么只是流氓,只是无赖。不独污了报纸,也使群众误解新文化运动的真义。"①陈公博还关心广东的戏剧,《批评广州的评剧者》《我对于新剧的意见》就是陈公博针对广州戏剧评论界对新旧剧的胡乱捧场而写的两篇批评文章。陈公博指出:"广州戏台的布景,我从小看到今日,始终没有变迁。""广州戏剧于科学的真,伦理的善,艺术的美三样,都说不上,然而一般评剧家还在那里天天捧场,真怪可怜的。"②

《广东群报》所发表的杂文、小说、诗歌,多取材于家庭、婚姻、就业等问题,揭露封建专制制度的压迫和社会的黑暗。

---

① 陈公博:《新文化的恶空气》,《广东群报》1921年1月10日。
② 陈公博:《批评广州的评剧者》《我对于新剧的意见》,《广东群报》1921年2月12日。

第二编　多方面的发展

(1921—1927)

概　　述

　　五四文学革命的春风虽然较晚吹拂岭南大地,但芳华渐浓,广东新文学应运而生,风光无限,各方面都发展起来,取得令人瞩目的成绩。1920年4月,广东支持新文学、译介外国文艺的刊物《南风》诞生。1923年7月,第一个新文学社团——广州文学研究会成立,第一份纯文学刊物《文学》旬刊诞生,后来倾盖社、火焰文学社、晨光文学社、广州文学会,南中国文学会等纷纷成立,遍及省城广州和汕头、海丰、梅州等各地,新文学逐步形成规模和声势。

　　广东最早问世的新文学作品,是白话新诗。其次是议论性的散文,也就是杂文。广东较早的杂文是1919年杨匏安发表在《广东中华新报》上的《美学拾穗》,每篇只有一千多字,文字清新优美,说理亲切明晰。1925年12月《政治周报》第3期刊登李春涛的《东征纪略》,全文一万多字,记述了国民革命军第二次东征、讨伐陈炯明的战斗历程,堪称报告文学之先河。而1920年代广东诞生不少描述农民运动和大革命重要事件的散文,可视为早期的报告文学。1927年上海北新书局出版钟敬文的《荔枝小品》,为广东新文学史上第一本散文集。许地山的《空山灵雨》语言简洁,想象瑰丽奇特,富有哲理,影响深远。

　　岭南新诗成绩突出。冯乃超、黄药眠、冯铿的诗歌,或象征,或抒情,写实,各有特点。梁宗岱的新诗,形式自由,注重意象营造,通过暗示、象征、契合等手法营造一种意境与氛围,表达自我内心微妙的情绪和感受。他的《晚祷》是岭南第一本新诗集,建立新诗的地位。梁宗岱留学法国,与瓦雷里相识相知,深受罗曼·罗兰赞赏。既心怀学习西方先进文明的文化自觉,也深具弘扬中国优秀传统文化的文化自信,是中西文化双向交流的先驱,中国文化"走出去"成功的践行者和引领者。梁宗岱在中西文化交流和诗歌创作、诗学理论研究和文学翻译等方面贡献卓越。

　　而李金发的诗集《微雨》发表,标志中国象征派异军崛起。从岭东山区走出的诗人李金发,格调奇异、诗风晦涩,有"诗怪"之称,被公认为中国象征派诗歌的开创者,对我国20世纪30年代的"现代派"、40年代的"九叶诗派"都产生了重要、深远的影响。如果说胡适尝试以白话写自由体新诗,揭橥新诗第一次革命,那么李金发则引发新诗的二次革命,建构新诗的现代审美传统。

岭南小说创作，各呈其美，形成百花争妍的态势。洪灵菲、欧阳山的小说各有特点，或书写爱情至上，或关注社会问题，或者反映民生疾苦。张资平是一个复杂而又不容忽视的存在，《冲击期化石》写于1921年9月，是中国现代文学史上第一部长篇小说。小说语言与形式上发生了从文言章回体到现代形态的嬗变，展示了20世纪初广东梅县客家地区以及汕头、广州和日本东京等地的生活环境。《梅岭之春》描写梅州客家婚恋爱情，表现客家民情风俗。许地山的早期小说呈现着馥郁清新的南国风情和异域色彩，善于将宗教思想溶入作品之中，以迷幻空灵的浪漫主义风格为主，是较早获得全国性声誉的广东作家。

黄节、陈洵等旧体诗词创作以旧含新，岭南俗文学得到发展，民间歌谣、粤讴、咸水歌、木鱼书、曲艺、地方戏曲等焕发艺术魅力，抒写时代，开启民智，使社会观念的变革进一步向纵深发展。

此期岭东潮汕地区的文学期刊远胜于广州大城市。潮汕文化以海洋文化为基础，又受大陆文化的改造。张竞生的移风易俗、新潮另类和温廷敬的方志修纂、诗词整理，并行不悖，相映生辉。岭南文学呈现一种新形态，不一定遵循雅俗分裂的发生机制和从中心城市——边缘区域的推广模式，由此"激活""生发"现代文学多种路径和资源的可能。

第四章 文学运动与理论建设

1915年9月,陈独秀主持的《青年杂志》在上海创刊,新文化思想启蒙运动即以此为肇始,大力倡导民主和科学精神,批判以儒家思想为中心的传统文化,倡导思想自由,广泛引进和吸收运用西方文化。新文化运动直接促成了五四文学革命,而五四文学革命成为新文化运动最重要最有实绩的一部分。1917年1月,胡适发表《文学改良刍议》,倡导语体革新,废文言而倡白话。陈独秀《文学革命论》,明确提出"三大主义",把文学革命当作"开发文明"、改变"国民性"并借以"革新政治"的"利器"。周作人的《人的文学》从人性、人道主义的角度来要求新文学的内容,倡导新文学内容要从"肉"与"灵"的统一中去表现"人","用这人道主义为本,对于人生诸问题,加以记录研究的文字";在《平民文学》中进而提出"人生的艺术派的主张"和"以真为主,美即在其中"的创作原则。

文学革命带来文学观念、内容、语言载体、形式各方面的革新与解放。李大钊在《什么是新文学》中提出"以博爱心为基础的文学"[1],刘半农《我之文学改良观》提出改革韵文、散文,使用新式标点符号等意见,傅斯年认为"我们之所以不满意于旧文学,只为他是不合人性的,不近人情的伪文学,缺少人化的文学。我们用理想上的新文学代替他,全凭着容受人化一条简单道理"[2]。傅斯年就"文言合一制定国语"提出设想。1918年胡适《建设的文学革命论》将文学与国语运动结合起来,以"国语的文学,文学的国语"概括文学革命的宗旨。

五四文学革命,开创了中国文学的新时代,点燃了文学理论建设、文学译介的热潮。从1921年起,外国文学的译介形成高潮,文学社团层出不穷,新文学报刊骤然增多。据统计,1921年到1923年,全国出现大小文学社团40余个,出版文艺刊物50多种,而到了1925年,文学社团和相应刊物激增到100多个。新文学社团的纷纷建立,标志着新文学运动已经从初期少数先驱者侧重破坏旧文学,而转向大批文学生力军致力建设新文学了。

---

[1] 守常(李大钊):《什么是新文学》,《星期日》1919年12月8日。
[2] 傅斯年:《怎样做白话文?》,《新潮》第1卷第2号,1919年2月。

文学研究会是新文学运动中成立最早、影响和贡献最大的文学社团。文学研究会广州分会是现代广东第一个新文学团体，出版的《文学》旬刊是整个广东新文学的第一份纯文学刊物，在岭南文学发展史上有重要意义。虽然岭南因为地理和积习，新文学兴起晚于京沪等地区，但岭南大地上新文化运动风起云涌，不绝如缕。当时，振臂高呼者，除了广州的朱执信、杨匏安、梁宗岱、刘思慕、陈荣捷、陈受颐等，还有海丰的彭湃、潮汕的杜国庠、李春涛等，都是领一时风骚的人物。他们通过组织文学社团，出版刊物报纸，译介西方文艺，写作散文、新诗和小说，兴起新文学创作热潮。

中国现代文学发展过程中，一直贯穿着新文学与旧文学，雅文学与俗文学，西方文艺与民族文学，城市与乡村，文言与白话，启蒙与救亡，传统与现代，审美与功利等矛盾。岭南文学也不例外，但新旧交织、雅俗互动的"广东现象"与五四新文学现代进程中批判旧文学、贬低俗文学有一些差异，其中粤语方言创作格外突出，民间俗文学发展引人注目。

第一节 文学运动、社团与报刊

广东是中国近代对外开放最早的地区，最早接触西方文明。广东敢为人先，守正创新。在思想文化上，广东得天独厚，兼容中西，包容开放，不断创新，形成自己的特色，并且辐射影响全国。岭南文学除旧革新，逐步形成自己鲜明独特的文学形象和文化品格。

1917年7月，孙中山从上海回到广东，成立护法军政府，但在军阀的分裂和反对之下，护法运动失败了，孙中山离开广东。这时的广东成了封建割据和军阀争霸之地。内忧外患，民不聊生。封建思想和殖民文化不仅没有削弱，相反却迎合了小市民的庸俗、卑下的意识，充实和扩大了地盘。宣扬趣味主义的《广州礼拜六》《广州中外小说林》《妙谛小说》等，成为最流行的刊物。这些杂志以小说为主，内容分为社会、娼门、武侠、神怪、侦探、黑幕、滑稽等。尤其是黑幕小说和鸳鸯蝴蝶派的小说，成了广东文坛的流行色。书报商店老板为了赚钱，拼命迎合小市民的感情和趣味，杂志的封面和刊头上，画着大幅美女图，配以香艳、销魂、快活、色相、肉欲的标题。

1920年4月，《南风》发表《广东的文坛和写实小说》，分析当时的情况："销售最广、种类最多的，全是最无聊、最卑鄙、最易陷意志薄弱者于污浊的故事"，"书里的材料，大半是私娼的生活和不正当的结合，而市侩性的商店，还说是顶好的写实小说。"1920年12月陈独秀来到广州之后，深感广东的报刊"不肯讨论社会实际问题"，"腐败的报纸不用说了，就是最好的新闻纸，它所发的言论，可以说百分之九十九与社会毫无关系"。他支持进步刊物《广东群报》的创办。

当时广东的报刊出版比较落后,仅有报纸十多家,而且大多是小报,最主要的报纸有《七十二行商报》与《国华报》。《七十二行商报》主要刊载广告,《国华报》刊登的则全是描写色情的文字。因此,他提出要有"公然大胆反抗舆论的勇气"①。晚清时期的启蒙精神和文学改良的余味几乎丧失殆尽,扫荡这股陈腐守旧的文学空气,是革命者的当务之急。

五四新文化运动以来,岭南文学一面连接传统文脉,一面经历欧风美雨,可谓古典与现代交融并存。民国初年,广东传统文学创作数量极多,其中以丘逢甲、黄节、陈洵、廖恩焘、詹安泰、温廷敬的诗词创作最为突出。其时,他们除了通过传统文人结社、自费结集出版外,还在大量刊物上开辟诗词专栏,促进诗词传统的传承;广州各所高校如岭南大学、中山大学则延聘国学名师,在课程设置中有意识地偏重传统文化,并以师生唱和的形式进行定期的创作。一边是老一辈作家创办的诗词团体,包括南社、南园诗社等,推动了广东古典诗词的繁荣,而在另一边,新一代的知识青年致力于创作白话新诗、话剧作品,推动了岭南新文学的兴起,成为这一时期岭南文学新旧并存的生动写照。

1920年代初期,广东新文学真正兴起。此时,大革命高潮掀起,代表旧文化的国粹派,开始放弃岭南这个避居的堡垒。文言文、旧文学从处于正宗的统治地位,逐步向文白共处,新旧并存转化,从而开始了文言文与白话文消长、交替的过渡阶段。国内的新文学运动已经蓬勃发展,文学研究会、创造社、太阳社以及其他社团的文学作品,渐次输入广东,对于岭南文坛和文学青年产生强烈的震撼。岭南文坛走出文白消长和新旧交替的混沌过程,才开始出现呈现出实力对比的明显变化。

1920年4月,岭南大学师生、一些喜爱西方文学的青年如梁宗岱、刘思慕等人,就在岭南大学创办了《南风》杂志。他们积极介绍外国文学和注重文学批评和研究。1920年12月,出版了《西洋诗专号》,发表了陈受颐的《美国新诗述略》、陈荣捷的《诗翁雪莱的研究》、甘乃光的《白浪宁研究》、陈婉的《西班牙情诗选》、叶启芳的《拜伦哀希腊之三种译文》等。这些对西方文学的介绍和评论表现了广州早期文学开放的格局,广州第一个文学社团——广州文学研究会就是在这种基础上成立的。

文学研究会1921年1月成立于北京,是五四新文学运动中成立最早的文学社团。文学研究会继承《新青年》倡导的文学"为社会""为人生"的现实主义主张,旗帜鲜明地反对"将文艺当作高兴时的游戏或失意时的消遣"。他们认为,"文学应该反映社会,表现并且讨论一些有关人生一般的问题"。正如郑振铎后来指出的:"鼓

---

① 陈独秀:《讨论实际问题的引言》,1921年2月12日《广东群报》。

吹着为人生的艺术,标示着写实主义的文学的。"尽管在如何理解"为人生"问题上,成员之间的意见并不完全一致,但就其倾向性来说,该会主张"为人生的艺术",要求文学应该强调"哀怜被损害者与被侮辱者",必须和时代的呼号相应答,真实地反映社会黑暗和劳苦大众生活的痛苦。他们重视文学的社会作用,强调文学不但要反映人生,而且要影响人生、指导人生,要担负起"唤醒民众而给他们力量的重大责任"。

文学研究会的会刊,最主要的是上海商务印书馆出版的《小说月报》。从1921年第12卷第1期起,经过全面革新,由茅盾接编。此外又相继创办《文学旬刊》(先后改名《文学周刊》、《文学周报》、《诗》月刊)。还编印了《文学研究会丛书》《文学研究会创作丛书》《文学周报社丛书》《文学研究会·世界文学名著丛书》《文学研究会·通俗戏剧丛书》和《小说月报丛书》等6套丛书,先后出版作品近300种。该会的北京、广州各分会也出版过《文学旬刊》等刊物。

文学研究会成立后在全国产生很大影响,上海、广州等地先后成立分会。上海分会主要以沈雁冰、叶圣陶等人为主导。1921年5月,郑振铎南下上海,上海分会逐步成为文学研究会的主阵地。

1923年7月,在大革命高潮掀起之际,文学研究会广州分会正式成立。广州文学研究会由岭南大学的梁宗岱、刘思慕、陈受颐、潘启芳、司徒宽、陈荣捷、汤澄波、叶启芳、甘乃光等9人发起,并于同年10月10日起出版《文学》旬刊,附于广州《光报》副刊之上①。在此之前的《南风》还不是一份纯文学的刊物,而《文学》旬刊则是广东第一份纯文学的刊物了。

为了取得本部文学研究会的指导,同时与上海分部建立互动联系,广州文学研究会的梁宗岱去信与当时在上海的《小说月报》主编、文学研究会的发起人之一郑振铎联系,信中简短地介绍了办会办刊的宗旨,并将会员录寄上。不久,郑振铎给这批意气风发的青年寄来一份热情洋溢的信,寄予极大的期望和鼓励,同意他们以团体会员的名义加入中国文学研究会,并建议将会名改为文学研究会广州分会。郑振铎的来信使这批青年备受鼓舞,他们将原广州文学会改名为文学研究会广州分会,并将全部精力投入到文学创作之中。

《小说月报》1923年8月的第14卷第10号的"国内文坛"上作了报道,并刊登了

---

① 文学研究会广州分会的会刊《文学》旬刊作为《光报》的副刊出版发行,梁宗岱年谱(《梁宗岱文集》,北京:中央编译出版社2003年版,第9页)、刘思慕《野菊集》(上海:上海文艺出版社1984年版,第241页)、均误记为《越华报》,张振金《岭南文学史》(1989年版,第13页)亦持此说。《越华报》创刊于1926年7月,《文学》旬刊创刊于1923年10月。《小说月报》1923年第14卷第10号,1923年11月1日《晨报》副刊《文学旬刊》报道文学研究会广州分会成立的消息,都说明《文学》旬刊是"由广州光报发行"。

梁宗岱给郑振铎的报告信：

> 振铎兄：
> 　　我们这个分会,已于昨天宣告成立。会员九人,我和澄波兄做干事。我们议决将于广州的一家报纸,附刊《文学旬刊》,用文学研究会分会的名义,体例与北京上海的相仿,由荣捷主编。现在将会员录的格式填好寄上。通信地址暂时可由我和澄波转。下学期则一律寄岭南大学。请将我们的消息在《说报》的国内文坛上报告。
> 宗岱 七、八、一九二三

文学研究会广州分会成立时,虽然未正式发表文学主张,但《文学旬刊》的主编陈荣捷写过一篇《诗之真功用》,可以看作这个团体的缘起:"那机敏可以迷人,巧妙可以惊人,丰富可以激人,音韵可以催人睡去的写景诗,我们固然不能否认它的艺术价值,但我们所要求的是最高尚的诗"。我们"想作一首高尚的诗,除非先得有高尚的实质和材料",如果"徒有形式之美,不算什么。"在反映生活的时候,不能"像照相馆挂出来的东西",那样"不但不合写实主义,并且不能表现人生",还应该通过想象,表现"理想的要素"。所以,"文学的责任是表现人生和批评人生"。他们鼓吹为人生的艺术,提倡写实主义的文学,反对鸳鸯蝴蝶派的游戏文学,以及那些无病呻吟或徒有形式之美的旧文学,这与文学研究会"为人生而艺术"的主张是完全一致的。

《文学》旬刊主编为陈荣捷,是一位富于幻想和激情的热血青年。他发表《诗之真功用》,主张文学应该通过生活和想象,表现"理想的要素","文学的责任是表现人生和批评人生";倡导写实主义,提出"为人生而艺术";反对鸳鸯蝴蝶派的游戏文学,以及无病呻吟或徒有形式之美的旧文学。这些主张具有进步意义。

1924年之后,梁宗岱到法国留学,陈受颐和《文学》旬刊主编陈荣捷也去美国留学,其他人员或参加北伐战争,或从事教育活动,各自选择了不同的道路。文学研究会广州分会停止了活动。它虽然只存在一年左右的时间,但标举写实主义的旗帜,培养了广东新文学的第一代新人,功绩不可低估。

1926年秋,岭南大学出现了一个新的文学社团倾盖社。这是继广州文学研究会之后影响较大的文学社团。主要成员有钟敬文、杨成志、聂绀弩、刘谦初、董秋斯、蔡泳裳、刘应董等,此外还有一些岭南大学的学生。他们出版会刊《倾盖》,附于广州《国民新闻》副刊"国花"之上。"倾盖"是广州方言,意即"闲谈"。其实,这份文学刊物是相当严肃的。这可以在1926年10月16日的《南大青年》报道"倾盖社"成立的一则新闻上看得出来。这则新闻的标题是:"实感的反抗的新鲜及人间味之唯一刊物出现了",内容叙述道:"在广州文艺界里,每觉空虚,令人作呕,倾盖社同人有鉴于此,树独立之旗帜,每月汇稿投诸广州《国民新闻》副刊《国花》一次,名曰'倾盖'。闻该社社员常在京沪各地有价值的刊物投稿者,因本校现有社员四五人,故设总部于此。"我们从中可以领悟倾盖社成立的缘起。可惜《国民新闻》副刊《国花》现在已无法找到,据说是在 1927 年"四一五"反革命政变后,国民党反动派检查后销毁了。《南风》1926 年第 3 期上,刊登《倾盖》前两期的目录:第 1 期发表的文章有《我们的"倾盖"》(秋士)、《寻求》(潜初)、《我是幸福的》(聂绀弩)、《女魔的歌声》(钟敬文)、《谈讽刺文学》(成志)、《试猜"广州的学生哪里去了?"》(刘应董)、《歌德自然论》(蔡泳裳)。第 2 期发表的文章有《夜话》(聂绀弩)、《革命是一种艺术》(刘应董)、《秋夜写怀》(钟敬文)、《拿波里海滨书怀》(秋斯)、《社论》(成志)、《狂言十番》(钟敬文)、《半截尸》(记者)。《南风》1926 年第 2、3 期上,刊登了《倾盖》第 3、4 期目录:第 3 期发表的文章有《"无为"译序》(洞中人)、《莫斯科之晨》(绀弩)、《暗杀党》(钟敬文)、《歌德论自然》(泳裳)、《鸟王》(成志)、《才百分之一》(刘应董)。第 4 期发表的文章有《决心》(刘潜初)、《学位与学问》(秋斯)、《创造社出版部》(钟敬文)、《歌德论自然》(泳裳)、《哀罗星海》(桂熙)、《小童变成知取雀》(成志)、《编后》(记者)。[①] 由此可见,这是一份思想性文学性兼备、中西兼容的刊物。

岭南大学《南风》《文学》和《倾盖》,独领南国文坛风骚,特别是《文学》旬刊和《倾盖》这两份纯新文学刊物,影响深远。中国现代文学史上颇负盛名的作家、学者,梁宗岱、陈受颐、陈荣捷、叶启芳、钟敬文、聂绀弩等,从这里起步,走向全国,走向世界。岭南大学是一间私立的教会学校,师生思想束缚较少,外文藏书较多,接触西洋文学较方便。在外来文化与民族传统文化的交融和撞击之中,便产生了一种新的文化,即"五四"新文化运动。岭南大学成为南方新文化运动的一个重要阵地。

广州是中国和西洋文化接触最早的一个城市。从 1757 年开始,广州"一口通商"时间长达 85 年。当时,清政府要求所有洋行和外国商人都集中在广州十三行商馆区,不能随意与中国人接触。于是,以在华外国商人为办报主体和服务对象的早期报刊,都局限在十三行商馆区。其中,道光七年(1827 年)的 Canton Register(意为《广州纪录报》),是在中国土地上出版的第一份外国文杂志,相当详细地叙述了中英初期的贸易情况和中国的风土人情。五年之后,德国教士郭士立主编的《东西洋考每月统记传》,是中国的第一份近代化中文杂志,也是在广州刊行,内容侧重于宗教宣传,还有政治、科技和商务方面的介绍。

中国杂志萌发于广州和香港,生枝长叶却在上海、北京,由南而北地扩散开去。19 世纪末期,康有为、梁启超提倡新学,起步于南粤大地,但他们出版的《强学报》《时

---

① 张振金:《岭南现代文学史》,广州:广东高等教育出版社 1989 年版,第 14—16 页。

务报》《清议报》《新民丛报》却在日本和上海,只有一份《新知识》在澳门,作为革命策源地的广东,那时倒是相当寂寞的。1905年的《时事画报》和1907年的《振华五日大事记》,内容涉及康梁变法,且出版于广州,但已是提倡新学的尾声,没有多少影响。那时由于满清政府防范极严,鼓吹革命的报刊不易在广州出版的①。

1917年,新文化运动风起云涌,起初广东没有杂志响应。到了1920年之后,陆续出现一些新文化运动的报刊,其中最主要的是《新学生》(1920年2月)、《南风》(1920年4月)、《工界》(1920年5月)、《广东群报》(1920年10月)、《劳动与妇女》(1921年2月)、《新海丰》(1921年9月)和另一个《新学生》(1923年5月)等。这些刊物都是综合性的,虽然每期都刊登一些短小的文学作品,除了《南风》之外,其余各刊新文学的"尝试"者并不多。

1930年代,岭南大学谭卓垣发表《广州定期刊物的调查》,分析1920年代和30年代广州刊物较少、文化重心北移的现象及其成因,认为"广州不是中国的文化中心,这大约因为地理上的关系使然。广东诚有不少能执笔写文章的人,可是都要送到上海和北京投稿去。从事实看来,在广州的地面,却没有一间正式历史绵长的书店,像商务、中华、北新、开明等,所以想找一份杂志,从一间广州书店出版的,真是很少很少,出版而又有长久历史的更是少而又少。但是广州读杂志和一切定期刊物的人,恐怕比中国任何地方都要多过,这或者是人民的购买力比较其他各省是强一些。广州没有大书店设立,除了地理关系之外,还有一种是商业传统的心理作用。"在新文化运动初期,由于"缺乏了一所学术的大本营,像其时的北京大学。南方的学者,似乎失了一个重心,都往北方去了"。② 这种论述,有一定道理。

鸦片战争结束后,传教士和外国商人的办报活动由广州、香港扩展至上海。报刊发行中心的转移,使广州报业沉寂多年。直到广州沙面租界开辟,报刊才呈现新的生机。1898年开始,广州呈现办报热潮,一直持续到1912年。其间广州新创报刊约114种,数量仅次于上海、北京,居全国第三位。

辛亥革命后,广东社会风气大开,其中主要表现之一是广东的新闻报刊发展迅速,报界兴旺。民国初年,广州一城之中发行的报纸达30多家,为全国少有,其中知名的有:《安雅报》《七十二行商报》《羊城报》《国报》《华国报》《时敏报》《天职报》《觉魂报》《南越报》《人权报》《广州共和报》《华严报》《广州报》《大公报》等。这些报刊多侧重政治、经济领域。1919年以后,宣传新文化、关注新文学的报刊开始出现。

---

① 李默:《辛亥革命时期广东报刊录》,丁守和主编《辛亥革命时期期刊介绍》第5集,北京:人民出版社1987年版,第673页。
② 谭卓垣:《广州定期刊物的调查》,1935年8月《岭南学报》第4卷第3期。

《广东中华新报》是当时广州一家规模较大的报纸。社长容伯挺,是李大钊、林伯渠的朋友,中国留日学生反袁世凯组织——神州学会的成员。在北方新文化运动和日本社会主义思潮的影响下,这家报纸从1919年6月起,增设《通俗大学校》副刊,以介绍西方新思潮和科学知识为宗旨。杨匏安密切关注广东学生运动的发展,从5月21日起,写成《青年心理讲话》,在该刊连续登载一个多月,意在引导学生在爱国运动中健康成长。6月至8月,他又在该刊发表近3万字的《美学拾零》,介绍了柏拉图、康德、费希特、黑格尔和哈特曼等十多位西方著名学者的美学思想,可说是我国最早系统地介绍西方美学思潮的文章。1919年11月11日至12月4日,杨匏安在《广东中华新报》连载《马克思主义》一文,与李大钊在《新青年》上发表的《我的马克思主义观》几乎同时问世,这是华南地区最早系统介绍马克思主义的文章。1918年春夏间,杨匏安在《广东中华新报》上发表文言小说《王呆子》。

《广州民国日报》是当时广州地区最有影响的一份日报,创刊于1923年6月。最初由国民党员吴荣新等集股自办,在广州《新民国报》的基础上改组而成,后由国民党中央宣传部接办。早期每逢星期一出副刊《文艺特刊》,刊发有文艺思潮和诗文。1924年5月,在副刊辟《文艺丛刊》,内容有讨论、风俗、小说、新诗、词苑、粤讴等,在宣传新文学方面有一些影响。

广州光复,胡汉民被推举为广东都督,改革司法,废除苛捐杂税,整顿军队,革新旧风俗,袪除旧积弊,社会风气好转。南北议和后,广东先后由龙济光和陆荣廷等军阀担任都督,摧残民主,扼杀言论自由,广州的《平民报》《中国日报》《震旦报》《民国报》等先后被查封,政治氛围和社会环境严酷恶劣,不适合创办发行报刊。孙中山领导的革命党人在上海出版响应五四新文化运动的报刊《建设》杂志和《星期评论》。

孙中山认为思想革命高过一切。孙中山对于新文化、新文学的认识有变化。胡适在《新文化运动与国民党》中写道:"民国七八年之间,孙中山先生还反对白话文,而八年'五四运动'以后,中山先生便命他的同志创办《星期评论》和《建设》杂志,参加新文化运动。这便是国民党的'思想之变化'。"①《星期评论》1919年6月8日创刊,主要刊载有关当时国内及国外各类事件的报道及相关评论,关注劳工问题、宣传社会主义、倡导女子解放等。戴季陶、沈玄庐任主编,随上海《民国日报》派送,撰稿者有孙中山、孙棣三、廖仲恺、胡汉民、朱执信、李大钊、陈独秀、李汉俊、沈仲九、胡适、刘大白等。《建设》杂志1919年8月创刊,孙中山亲自为《建设》杂志撰写了《发刊词》,"鼓吹建设之思潮,展明建设之原理"②。该刊由朱执信、廖仲恺担任主编,主要

---

① 欧阳哲生编:《胡适文集》(5),北京:北京大学出版社1998年版,第587—588页。
② 孙文:《发刊词》,《建设》1919年8月第1卷第1号。

撰稿人主要有朱执信、廖仲恺、戴季陶、胡汉民、汪精卫等。两刊的成员是重合的,言论上虽然各有侧重,但也是互为补充。两刊都宣称致力于新文化运动。两刊的共同编辑戴季陶说:"我在此刻,只努力于中国的新文化运动,这是我们'境遇应化'的当然努力。"①《星期评论》和《建设》设有诗、小说等栏目,也少量发表文艺创作作品。在文白之争问题上,《建设》和《星期评论》明确表示支持白话文。《星期评论》的文体采用白话,《建设》的文体则随作者之便,可文言也可白话。他们支持白话文,主要是因为看到了白话文在宣传新思想、新学说方面的优势。

《建设》杂志和《星期评论》虽然在上海发行,但刊物主要撰稿人多为广东籍的革命者,工作和生活在广州,当时参加新文化运动,与北京遥相呼应,实际为中国的思想文化革新开拓了南方阵地。朱执信是其中代表人物。

朱执信于1919年发表在《建设》第1卷第2号的白话文小说《超儿》,被视为广东现代小说的先河。朱执信也是岭南白话新诗较早的尝试者之一。1919年9月,朱执信发表白话新体诗《挽余健光》。1919年10月,朱执信在《星期评论》发表白话新诗《毁灭》②。《毁灭》巧妙运用新科学发现作为意象,表达光明与真理不会因为暂时的黑暗和苦难而熄灭不存,薪火相传的新思想将不断唤起人们进行斗争的精神。《毁灭》序表明朱执信经常阅读胡适的新诗。

朱执信从小接受传统教育,国学功底深厚,平时除了写政论文章外,还喜欢写诗词。在1919年以前,他主要写旧体诗,后来受到新文化运动和五四运动的影响,开始改写新体白话诗。他对新体白话诗有着自己独特的见解,特别是在音节方面见解颇深,甚至连新体诗的鼻祖胡适也对他大加赞赏③。

潮汕地区是我国南方一个海滨区域,历史悠久,地势特别,集合了中原文化、古越文化、海洋文化于一体,从而形成独具特色的本土文化。汕头于1861年正式开埠,是近代最早对外开放的港口城市之一,有"百载商埠"之称,商贸历来发达,清末民初曾出现"商贾云集,楼船万国"的繁荣景象。文人以诗文而结社,在潮汕有悠久的历史。五四运动将新思想新文化传入潮汕地区,带来曙光。潮汕涌现新文学团体,出版刊物。潮州"潮安青年图书社"开设贩卖部销售从上海引进《新青年》等进步刊物。汕头的火焰文学社,1923年春由许峨发起,会员有50多人,大多数是潮汕各地爱好文

---

① 戴季陶:《世界战争与中国》,《建设》第2卷第1号,第190—191页。
② 朱执信:《毁灭》,1919年10月5日《星期评论》第18号。
③ 《尝试集》1920年9月上海亚东图书馆再版,胡适在《再版自序》里说:"我极赞成朱执信先生说的'诗的音节是不能独立的'。这话的意思是说:诗的音节是不能离开诗的意思而独立的。""朱君的话可换过来说:'诗的音节必须顺着诗意的自然曲折,自然轻重,自然高下'。……古人叫做'天籁的',译成白话,便是'自然的音节'。"

学的师生,也有广州、武汉、上海、天津、北京和南洋等地的文学青年。文学社出版《火焰》周刊,共出版了一百多期,洪灵菲、戴平万、冯铿等早期革命作家,都曾经常在这份刊物发表作品。1923年9月,潮州金山中学的晨光文学社成立,出版《晨光》;伏虎文学社诞生,出版《谷风》。1924年3月,海丰的萤光文学社成立,出版《萤光》。但这些新文学社团及刊物活动的时间较短,范围不大,但有一定影响,为潮汕地区启迪民智、发展新文学、宣传五四精神、传播新文化新思想等起到了积极作用。

现代潮汕新文学作家,以杜国庠、张竞生、李春涛、许地山、洪灵菲、钟敬文、戴平万、杨邨人、冯铿、许美勋、丘东平、许心影、梅益、林之原、陈曙光等为代表。他们的创作,一方面有反帝反封建、追求妇女解放、婚恋自由的主题,譬如许心影《脱了牢狱的新囚》,用了日记体的形式,描绘时代女性曼罗的觉醒、迷惘和苦闷,批判黑暗社会和男权思想,刻画了女性内心的真实性与复杂性;另一方面配合革命运动进行宣传和鼓动,譬如许美勋的《中间阶级》、洪灵菲的《到革命的战线上去》等。潮汕的方言小说、方言诗歌、方言歌谣等很活跃,如钟勃的方言小说《龙塘四武士NO.1》,薛汕的《和尚舍》《岭南谣》,丘玉麟《潮汕歌谣集》《潮州民间故事》等。

但当时潮汕旧文学特别是旧体诗词创作力量更强,影响更大。民国时期,潮汕诗人结社颇多,比较有名的有蔡竹铭在汕头主持的壶社,饶锷在潮州创建的壬社,周子元在揭阳成立的结钟社,王显诏在潮州创立的诗巢社等。壶社结社于1924年重阳节,蔡竹铭举行60寿庆,顺便成立诗社。蔡竹铭的诗歌反映时代,运用新词语,境界阔大,在诗歌技巧上摆脱同光体好使事的枷锁,可视为诗词由传统进入现代的一个案例①。

壬社是成立于潮州的一个大型诗社,成员来自潮梅十五属,当时誉为"岭东三杰"的侯乙荅、刘仲英、石铭吾,都是壬社的成员。"壬社"始于壬申故得名。创始社长为饶锷,其子名饶宗颐,涉猎广博,卓尔成家,后来成为西泠印社的社长。壬社其他成员有:辜师陶、杨光祖、黄海章、詹祝南(詹安泰)、王显诏、杨睿聪、郭餐雪等。壬社这个社团主要是从事旧体诗词创作,每期都有限定的社课。1932年《壬社月刊》刊载年仅15岁的饶宗颐《登楼》《关山月》和《韩江楼》旧体诗,为时代"写心摄魂"。

饶锷是民国时期潮州大儒,致力于考据之学,且工于诗文词章,谙熟佛典,尤喜谱志,著述甚富,有《潮州西湖山志》《饶氏家谱》《慈禧宫词百首》及《天啸楼集》等刊行于世。早年毕业于上海法政学校,创办《国故》月刊,曾任《粤南报》的主笔。他青年时期接受民主思想,从事反封建诗文创作,对潮籍进步作家如冯印月(左联烈士冯铿之兄)、冯素秋(冯铿之姐)、柯季鹗、蔡兰生等,给予关怀和鼓励。他还"广求天下奇士,得聚处一室,相与上探汉魏,研讨微幽,以期跻乎古人迥绝之境",与学人郑晓屏、杨光祖、温廷

---

① 翁奕波:《现当代潮人文学史稿》,北京:中国文史出版社2012年版,第136—139页。

敬、石铭吾、詹安泰等交往,"志趣颇合,昕夕酬唱","披襟抵掌,谈天下事"。又与国内名流,尤其是南社盟友交谊甚深①。他的《编辑西湖山志竟漫题绝句四首》:

> 郁律峰岩自一家,东坡到此不须夸。平生亦有烟霞癖,曾向孤山拾落花。
> 千株绿树映山繁,幽绝园亭可避喧。逃世倘能专一壑,此间端不逊桃源。
> 日日振衣湖上来,芒鞋踏遍石间苔。夕阳城外烟波暝,犹为寻碑未忍回。
> 秃笔能耕砚作田,橐鱼生活总堪怜。未应堆案三千卷,果敢买山四万钱。

四首绝句诗从不同角度描绘潮州西湖景色,虚实相生,动静结合,融情于景,栩栩如生,展示了诗人超脱、旷达的心怀。

温廷敬的诗歌创作影响较大。温廷敬(1869—1954),字丹铭,号止斋,祖籍广东大埔县。为潮汕诗宗,岭南大儒。先后任韩山师范学堂教习、岭东同文学堂教务,惠潮梅师范学校校长,金山、回澜等中学及广东高等师范教席。1923年后,任汕头《公言日报》主笔、广东通志馆总纂兼馆主任。著作多种,包括史学金石及诗文,如《经史金文证补》《金文正郭订释》《石鼓文证史订释》等。编校辑佚涉及古史、广东史志、潮汕地方文献,如《尔雅校议》、《旧五代史校补》、《广东通志列传》(自周至明部分)、《潮州诗萃》、《潮州文萃》等。被称为肇始于清末民初的"潮州学派"创始人之一,成就巨大②。现存温氏诗集有《补读书楼诗集》六卷,《三十须臾吟馆诗集》五卷,《羊城集》上、下卷,《乱离集》一卷,《乱离续集》一卷,《沧海一廛诗草》一卷,《止斋七言古诗抄》二卷。此外,晚年尚有未收入诸集的零散篇什。总计约1500首。除写诗之外,晚年还"学"填词,有《乱离词》等三种③。

"所期朝日出,杲杲扶桑荣。"温廷敬真诚期盼民族兴旺、国家强盛,如朝阳喷薄,熠熠生辉。他生活于晚清至民国时期,战乱频仍,政治腐败,社会黑暗,国势凌弱,饱受列强蚕食和蹂躏,人民苦难不堪,诗歌表现出了对社会应有的关怀和责任,感时忧国是创作主题。1895年温廷敬作《甲午感事》,慷慨激昂,抨击时弊,言人所不敢言,遍传粤东,声誉渐起。《塞下八首》其六,写日俄在东北的勾结和斗争,痛感国势侵迫的局面和外敌侵凌的残酷,同时对国人在困境中"鼾睡"的麻木进行了无情的鞭挞,爱国热情、赤子之心跃然纸上、呼之欲出。

温氏诗题材广泛,有很多记游写景诗,借景抒情不忘家国情怀。如游上海的《沪江曲》之一:

---

① 翁奕波:《现当代潮人文学史稿》,北京:中国文史出版社2012年版,第140—144页。
② 蔡起贤:《"潮州学派"的形成及其影响》,《缶庵论潮文集》,广州:广东人民出版社1995年版,第26页。
③ 翁奕波:《现当代潮人文学史稿》,北京:中国文史出版社2012年版,第131页。

> 滚滚江流叹逝川,中朝全盛已无缘。
> 伤心黄浦潮头水,曾见红夷辟市年。

滚滚长江之东流,带走的是数不尽的兴衰成败。而此刻,忧愁悲愤的诗人看见伤心沉痛的江水,因为它已不再是繁华浦口,而是外强入侵的靠渡。在写景之中融入作者对家国兴亡的感慨。

酬唱是诗歌常写的题材,诗友以诗词互相赠答唱,分为唱和、依韵、用韵、次韵等不同形式。1935年,温氏主持中山大学广东通志馆,聘冼玉清女士负责《通志》艺术部分。当时冼玉清有《和朗若香豆花雅集韵兼柬丹铭先生》七集一首:"无复雕红楼翠词,伤于哀乐怨于诗。文章千载关真赏,风雨崇朝祗自持。浅黛不争杨柳绿,微波欲托芷兰思。心香深处栽红豆,倚尽阑干十二时。"温廷敬写作步韵和诗《得玉清女士和朗若香豆花雅集韵兼柬鄙人次韵赋答》:

> 铁板铜琶枉费词,瑶笺宠责玉溪诗。
> 春生红豆休轻拟,人比黄花幸善持。
> 南国芬芳勤采撷,东皋烟雨系离思。
> 夕阳盼得贻彤管,珍重班书待续时。

这首诗化用典故,遣词精准,声韵工整,表达生动而得体,是唱和诗歌的佳作。

温氏有深厚的学问功底,诗作始终不离风雅本旨。典雅雍容,清丽精工,语言质朴是其审美风格,在七律中表现得尤为显著。如《庚子感事》连续用典,将唐玄宗出逃、陈后主出逃与慈禧离京西逃等历史与现实串联,讽刺家国破败而国主无能。《水仙花二首和仲琪》其一,用"冰雪姿""明窗净几"等表现水仙的清冷,以"南国无双""素蕊檀心"等表现水仙的奇丽,不刻意雕镂而似自然而成[①]。

旧体诗的在场感、介入度往往不如新诗及时、有力;在表现当代人类心理情感的细微性、复杂性方面,一首情辞俱佳的白话诗,可能较旧体诗更为"直指人心"。旧体诗词与时代相偕行,在继承中求拓新,不断增扩和提升自身的现代性,同样可以扬长避短,激发活力,求得时代与艺术的最大公约数。

彭湃热心倡导新文化,1921年和邹志云、李国球等创办了《新海丰》,以"宣传新文化、新思想,创造新社会"作为自己的宗旨。彭湃主张现实主义文学,强调文学的革命功利,提倡通俗易懂的文学形式。

1926年3月,欧阳山、冯慕韩、赵慕鸿等发起、组织了广州文学会,出版《广州文学》周刊,作为自己的会刊。这份刊物32开本,每期一万字左右,印数是五百至一千

---

① 翁奕波:《现当代潮人文学史稿》,北京:中国文史出版社2012年版,第131—135页。

本,从写稿、印刷、发行到筹措经费都是他们自己负责的。自五卅和省港大罢工以来,许多文学青年都被卷入大革命的浪潮中去了,广州原有的一些文学刊物,都随之相继停刊,《广州文学》就成了唯一的文学刊物了。每月出4期,一共出版了17期。发表过许多新文学作品。

1927年初,以中大学生和广州文学会的成员为基础,组织了一个南中国文学会。欧阳山回忆说:"我们的意图是:现在广州、广东已成为中国革命的一个中心,我们的文学也应该按照革命发展的趋势去发展、壮大。如果北伐军取得某些胜利的时候,我们南中国有许多人可以联合在一起,从事文学活动的。我们的目标,是希望包括广西、湖南、江西、福建这些地方,当时在中大,在广州文学会也有这样的外省人,所以我们就决心把广州文学会扩大,成为南中国文学会。"[1]并准备出版《南中国文学》,作为会刊。这时,鲁迅已经来到广州中山大学任教。1927年3月14日,南中国文学会在广州东如茶楼召开成立座谈会,鲁迅也应邀前来参加。到会的有20多人。鲁迅亲切回答了他们提出的关于文学与革命的各种问题,并表示支持他们成立这个文学会和准备出版的刊物。但政治形势很快就发生了逆转,蒋介石背叛了革命,广州"四一五"反革命大屠杀开始了。南中国文学会成立后还没有开展活动,刊物也还没有出版,便在孕育中夭折了。

1927年2月,一个名为《做什么?》的刊物诞生了。这是中山大学党组织依照广东区委指示创办的革命文艺刊物,主编是中大学生共产党员毕磊。该刊1927年2月7日创刊,16开本,定为周刊。现在保存下来的仅有第1期。那是毕磊送给鲁迅阅览,鲁迅保留下来的。在这一期上,共有五篇文章。发刊词《我们应当做什么?》,是广东区委负责人陈延年写的,给青年指明前进的方向。有三篇文章是毕磊写的。第一篇是编后语《我们的话》,说明这刊物"内容拟多注重提倡社会科学之研究及文艺作品"。第二篇是杂文《自古未有之也》,认为,如今世界一切都正变化,青年人要懂得革命道理,要在实际中学习,才能适应时代的潮流。第三篇是《欢迎鲁迅以后》,以坚如笔名发表。文章从鲁迅来广州之后,觉得"广州地方实在太沉寂了"谈起,认为广州文坛的确沉寂得"几乎可以说如同一块沙漠","如处无人岛"。面对这种情况我们怎么办呢?文章说"鲁迅先生是被欢迎过了!你是因拜读过大著而要瞻仰风采吗。鲁迅先生又没有你爱人那么漂亮,只为瞻仰风采而欢迎是无甚意义的。重要的意义,是在负起我们文艺的使命来,在西南的园地上开发几朵灿烂的鲜花。"《欢迎鲁迅以后》最后热烈地呼唤:"骆驼是任重而道远的,我们便应该做文艺沙漠上的骆驼","广州撒哈拉"文艺骆驼们联合起来!

---

[1] 欧阳山:《光明的探索》,《欧阳山文集》第10卷,广州:花城出版社1988年版,第134页。

《做什么?》出版之后,国民党反动势力支持下的所谓"革命文学社",于1927年3月27日在广州出版《这样做》。《这样做》为旬刊,孔圣裔主编,"革命文学社"编辑发行。它以"努力革命文化的宣传"为幌子,配合国民党的白色恐怖,猖狂反共反人民。在创刊语中,攻击共产主义宣传是"浓雾",诬蔑共产党为"狡狐",叫嚷左手拿着毛锥,右手挥着利刃,"冲破迷朦前途的浓雾,杀绝狠毒、阴险的狡狐!"在中山大学任教的鲁迅"偶然上街,偶然走进丁卜书店去,偶然看见一叠《这样做》",特地买了两本《这样做》(第5期及7、8期合刊)拿来与《做什么?》对照,发现"是和《做什么?》反对,或对立的",是"大相反对的两种刊物"①。鲁迅撰写《怎么写》,表示对《做什么?》的坚决支持,对《这样做》的深恶痛绝。

第二节　方言创作与白话文学

　　文学是语言的艺术。五四文学革命是一场语言形式的革新,1917年1月胡适发表《文学改良刍议》,提出文学改良应从"八事"着手。"八不主义"最重要的主张是最后一项"不避俗字俗语",废文言而倡白话②。1918年4月,胡适《建设的文学革命论》提出"国语的文学,文学的国语",这是胡适建设中国新文学的"唯一宗旨"观。后来胡适进一步阐述:"我们所提倡的文学革命,只是要替中国创造一种国语的文学。有了国语的文学,方才可以有文学的国语。有了文学的国语,我们的国语才可算得真正国语。"③胡适不仅视"国语的文学,文学的国语"为建设新文学的"唯一宗旨",且说所提倡的文学革命"只是要替中国创造一种国语的文学"。在胡适的表述中,"白话文学"即"国语文学",这种过分地强调建设言文一致的"国语的文学"确有抓主要矛盾以带动其他矛盾解决的策略意义,在民族国家建构过程中有其重要意义,但忽视了言文本身的矛盾和言文之间的缝隙。

　　中国现代语言变革不仅仅是从文言到白话的变革,还有一个从普通白话(国语)到地方白话(方言)的彼此限定又互相丰富的联系。"五四"白话文运动及20世纪50年代普通话的确立,使汉语的现代化写作被纳入特定的轨道,同时出现同质化现象和趋势。方言作为此种规范之外的话语形式和文学语言资源,是对汉语写作特定性和普遍性的消解。方言以语言的自由态势对逻辑语法权势及各种语言定规以冲击,带

---

① 鲁迅:《三闲集·怎么写——夜记之一》,《鲁迅全集》第4卷,北京:人民文学出版社1981年版,第24页。本文最初发表于北京《莽原》半月刊1927年10月10日第18、19期合刊。
② 陈希:《本土语境与西方资源——论胡适文学革命理论的发生》,《鲁迅研究月刊》2018年第8期。
③ 胡适:《中国新文学大系·〈建设理论集〉导言》,上海:良友图书印刷公司1935年版,第22页。

来耳目一新的审美感觉。

语言是人类思维的工具,每个人的思维方式都是和母语分不开的。由于社会的分裂割据、人口的迁徙、山川地理环境的阻隔等导致语言分化与聚合,造成某一个地区的发音表达局部地区使用的语言,即方言。海德格尔把"因地而异的说话方式称为方言"。在德语中,表示方言的词是 mundarden,字面意思是"口型",方言是来自大地的自然原始之声。

从文学自身的角度来看,文学离不开方言。方言是最自然最本真最鲜活最有个性的声音,离开方言的文学语言是少了灵性的语言,是味同嚼蜡的语言,是没有生命力的语言。方言的话语,除了传达信息,往往透射出地方的民情风俗、个性喜好、思想观念和言谈的特点。在本地人眼里,这种话语能显示出地方风韵,情感牵连,体现出乡土的情趣,传神达意。

方言不符合国家语言文字法规,但在文艺创作中,有时为了塑造人物形象,使用不很规范的语言本无可非议,对方言的使用要合适而不能过量,要有度的节制。文学方言不仅是文学作品中刻画人物、抒发情感、揭示文化的得力工具和表现手段,亦因其突出的地域色彩,浓厚的生活气息,使小说可以突出地域和时代特征,增加作品的艺术感染力。

在清末和民国时期,以方言进行的文学创作要比白话文学发达得多。从韩邦庆《海上花列传》中的吴侬软语,到鲁迅小说和杂文中的绍兴方言,老舍《正红旗下》的京腔京韵,再到沙汀《淘金记》里的川腔辣语……这些文学作品在使用方言进行表达的同时,字里行间保存了其时其地的风土人情,成为文学史上不可多得的佳作。

方言是体现文学辨识度的重要指标。方言作为一种言语形式,一种思维方式,一种文化,一种文明的化石,自有它存在或消亡的合理性。对北方作者来说,写作国语就比较方便,国语是以北方话为基础的,所以很多风俗性的语言都是来自北方。胡适《吴歌甲集序》将中国方言文学划分为"北上广"三分天下——"京味儿"文学、海派文学与粤语文艺。胡适认为吴语文学"介于京语文学与粤语文学之间的,有吴语的文学,论地域则苏、松、太、杭、嘉、湖都可算是吴语区域。论历史则已有三百年之久。三百年来凡学昆曲的无不受吴音的训练;近百年中上海成为全国商业的中心,吴语也因此而占特殊的重要地位。加之江南女儿的秀美久已征服了全国的少年心,向日所谓南蛮鴃舌之音久已成了吴中女儿最系人心的软语了。故除了京语文学之外,吴语文学要算最有势力又最有希望的方言文学了。"[①]这种划分实际上是以地缘政治的根

[①] 胡适:《〈吴歌甲集〉序》,顾颉刚编:《吴歌甲集》,北京:北京大学研究所国学门歌谣研究会 1926 年版,第 2 页,第 4—5 页。

基深浅、区域经济总量的轻重、方言覆盖人群的多寡为主要依据的。至于粤语文艺,在方言文学作品方面,一般读者会觉得不是特别发达。但粤语文艺,在中国方言文学中榜上有名,20世纪80年代随着改革开放,粤语歌曲与"港片"(粤语影视剧)在内地大众文艺领域风光无限,万众追捧。其实那不过是广东方言的文学创作,改换一种更大众化、更通俗化、更商业化、更容易接近青年人的方式,进行快餐式创作、流行与传播而已。

但追踪溯源,粤语却享有京语、吴语无法比拟的荣耀和地位。鸦片战争之前,清政府下令"洋船只许在广州收泊",封禁江、浙、闽三处口岸,限定广州为唯一通商口岸,并规定外国商人必须通过广州"洋行"进行贸易。因各种客观的局限,这些来华商人和传教士认为"粤语 Cantonese"等于"中文"Chinese,"中文"就是"粤语"。英国传教士马礼逊 Robert Morrison 编《广东省土话字汇》1828 年出版,最早期的"粤英词典",教会了更多的洋人学习粤语。传教士也用粤语白话文翻译出粤文版本的圣经传教。鸦片战争之后,广东省大规模地"卖猪仔"到海外,特别是北美地区,粤语流传西方,影响甚广。

最初的粤方言写作并非独立成篇,而是夹杂在半文半白的篇章里,不是用来阅读,而是用来在某些公开或仪式性的场合朗诵的。主持乡村里的宗教仪式的道士,语文能力有限,他们手写的科仪,大多是半文半白的,"文"是他们的角色需要,公开场合打起"官腔"去念诵;"白"是他们的能力所限,乡音严重形成各地的特色。到了清代,粤歌、木鱼歌逐渐流播开来,随着文人的参与创作以及鸦片战争之后广东人过番出洋,粤语文学和戏曲的海内外市场规模逐步拓展,粤剧剧本也从用官话演唱渐进演化为使用粤语①。

我国古人十分重视各地方言的统一,"雅言"就是古代通用语、"共同语"。晚清以前,全国性的行政语言是文言和官音,进入民国,这套语言是白话和国语。在清末至民国的过渡期间,包括粤语在内的方言成为维新革命的标志,借以表达建造新的民族国家的观念。晚清白话文运动首倡者黄遵宪,继之者梁启超等,皆着眼于社会改革与文学改革,力主以白话俗语代替文言,积极推行语言和文字合一的白话运动,以开启民智,输入外来思想文化。黄遵宪著名的诗句"我手写我口",以客家方言和文言写作的诗歌和儿歌的实验中得到落实,成为民国以后推动白话文运动者沿用的口号。梁启超别出心裁试验着"新民体",用的虽还是文言,但平易畅达,杂以俚语、韵语及外国语法,已向着白话文迈出了第一步。康有为的学生陈子褒认为要开启民智,必须改革语言,"白话为维新之本",明确主张报纸应该改用白话文,"崇白话而废文言"普

---

① 程美宝:《地域文化与国家认同》,北京:生活·读书·新知三联书店 2006 年版,第 163 页。

及"浅说":

> 今夫文言之祸亡中国,其一端矣。中国五万万人之中,试问能文言者几何? 大约能文言者五万人中百人耳。"他继而指出:"大抵今日变法,以开民智为先。开民智莫如改革文言。不改文言,则四万万九千万分之人居于黑暗世界中。①

陈子褒所谓的白话不是以北京音为标准的白话,而是全国各地的白话。晚清陈子褒主张各地方言百花齐放,编写了粤语白话小学教材,内容有科学常识、帝国主义侵华史等。陈子褒的课本中以1913年出版的《妇孺三四五字书》最为普及。内容浅显,富于广东地方特色,分修身、趣味、名物三部分,由浅入深,由近及远,开阔儿童视野,培养爱国主义思想。课本还有图画,虽然稍嫌粗糙,但图文并茂,吸引妇孺们的学习兴趣。广东革命政府认为陈子褒的书"共和适用",批准继续通行。1913年版与时俱进,删去1901年版(光绪二十七年)赞扬光绪皇帝的句子"愿我皇,无灾害,愿我皇,万万岁",增添了共和民主的新内容。

1922年,北洋政府教育部下令各全国小学统一使用以标准白话编写的教科书,晚清全国各地的白话文运动百花齐放之风渐渐趋淡,逐步统一标准。广东的情况比较复杂,总体态势顺应时潮,朝着标准白话方向发展,但是粤语教学和写作现象仍然存在,与国语交织发展。粤语方言写作有深厚的传统,其他方言地区较少或没有用方言书写的习惯,这与粤语具有源远流长的历史、不可替代的文化价值有关,更得益于粤语本身的特质,包括读音、语汇和书写。

粤方言(广府话)由于特殊的历史背景、地理条件以及民族杂居等原因,一方面继承并发展了许多古汉语中本质的因素,另一方面也吸收了一些非汉语的因素,从而构成它的方言特征。粤语最早的源头,应该是楚人南迁、楚语南来所导致的结果,现代粤语的语音面貌表现出了与隋唐汉语共同语十分接近的现象,粤语是南方方言里面保留中古汉语成分较多的一种,其中最突出的特色就是它较为完整地保留了中古汉语普遍存在的入声。粤语有很多独有或衍生的词汇,包含九声六调,较多保留古汉语的特征,拥有完善的文字系列,可以完全使用汉字(粤语字)表达。粤语声调亦大异于北语,盖以六调,曰一清平,二清上,三清去,四浊平,五浊上,六浊去。复以促音清平为高入,促音清去为中入,促音浊去为低入。合为九声粤语发音系统较复杂,有19个声母,56个韵母跟九声六调。悠悠粤韵,是岭南文化的重要载体。

粤语群众基础雄厚、持久深入,粤语方言写作的活跃趋势和历史传统与粤语声调、词语和书写等特点有关。

---

① 陈子褒:《论报章宜改用浅说》,澳门《新知报》1900年1月11日第111册。

方言是有声音模式和视觉形象的。粤方言九声六调,较为完整地保留了中古汉语的入声。粤语有很多独有或衍生的词汇,拥有完善的文字系列。从口头语言到书面字形,有音有字,构成了粤语语音的可视化,这是汉语方言罕有的现象。吴方言、京方言有音无字。粤语可读可识可写,保留完全意义上的方言写作,具备建立方言文学的可能。

粤方言的书面化是从晚清木鱼书和粤讴等说唱文学形成书面文本开始的,文学作品是粤方言书面化在兴起阶段的最主要手段与载体。清代的粤方言文本不像以官话为基础的白话文本一般,在整个汉语文化圈范围已广泛被熟知了数百年,已然形成一套相对固定的标准,而是仍然存在诸多不成熟、不确定的表现。但这种方言书面化初始阶段的"幼稚"状态,具有重要的学术价值和实践意义,却被言文一致的国语运动遮蔽和忽视。

文言白话之争是五四新文化运动讨论的主要问题。五四新文化运动倡导民主与科学,对旧思想、旧道德进行猛烈批判,同时也把斗争的矛头直指旧文学,开展轰轰烈烈的"文学革命",并最终以白话文取代文言文,导致了以白话文为标志的新文学的诞生。五四新文化运动是中国社会从传统向现代转型的思想坐标,现代化实质上是从天下观念到民族国家的转变过程。方言的颠覆和国语的建立,是一对交织的矛盾,方言浅白亲切而生动,易于传播,帮助普罗大众学习接受新的民族国家观念,方言通向国语和民族国家的建立。民族国家真正建立起来,方言开始遭受国语的压抑,方言始终维持着一个不甘边缘和求新图变的地位。在这个过程中,近代读书人在国家意识和地方关怀的二重奏中,不断调校音调,加入自己的声音,建立起国家与地方的辩证统一关系,令地域文化认同成为近代国家观念的一种表达①。

孙中山及其革命党人明确表示支持白话文。《星期评论》的文体采用白话,《建设》的文体则随作者之便,可文言也可白话。他们支持白话文,主要是因为看到了白话文在宣传新思想、新学说方面的优势。在回答读者对白话文的疑问时,胡汉民指出,白话文在达意方面根本不会有困难。② 胡汉民并亲自实践白话文写作,他在《星期评论》和《建设》上的文章均用白话。

对于白话文的语法和修辞问题,国民党人也非常重视。孙中山《建国方略》曾希望通过制定一部中国文法来规正言语,实现言文一致。③ 廖仲恺为此还专门致函胡

---

① 程美宝:《地域文化与国家认同》,北京:生活·读书·新知三联书店2006年版,第163页。
② 胡汉民:《胡汉民答黄世平函》,《建设》第1卷第1号,第195页。
③ 孙中山:《建国方略》,《孙中山全集》第6卷,北京:中华书局2014年版,第183页。

适,请胡适"赶紧把中国白话的语法和修辞法,以规则的系统的方法弄出来","分期在《建设》上发表"。① 不过,胡适并未将他 1919 年 12 月 23 日的研究所得《国语的进化》交《建设》发表,而是发表在《新青年》第 7 卷第 3 号上,该文为《国语文法概论》的第 2 章②。此外,国民党对注音字母也表现出高度的热情。他们把注音字母当作"新文化运动的武器"③,认为白话只是对识字的人才有用。如果推广注音字母,就可以使不识字的人识字。这样,注音字母就可以"补白话缺憾做白话羽翼"④。这一切表明,国民党对正在开展的新文学运动是支持的。

朱执信积极参与新文化运动,热心于新文学创作,支持白话文写作,发表白话新诗和小说。不过朱执信仍用文言写作。对此,朱执信表示:"弟之不为,非不主张,乃未学也。非未学白话文,乃未学足白话也。"⑤朱执信对新文学所使用的语言也有自己的思考,他撰写《广东土话文》,明确支持用方言土语来做文章,以"自然""明白"为宗旨,对于广东文学来说有重要意义。"尤其是对文学语言来说,适当使用方言土语是体现地方色彩的重要手段,是记住乡愁的文学途径之一。朱执信指出:"说文话是死,或者太过。文话最少在从前所谓读书人的范围里头还是活的。但是活得很不完全,很不灵动。所以我想叫他做中风麻痹,不叫他做死。"⑥

晚清受到日本明治维新的影响,提出把"官话"正名为"国语"。1911 年清朝学部召开"中央教育会议",通过《统一国语办法案》,决议在京城成立国语调查总会,各省设分会,进行语词、语法、音韵的调查,审定"国语"标准,编辑国语课本、国语辞典和方言对照表等。民国成立以后,注音和国语运动一直在推进。1920 年代,国语运动与革命运动结合在一起。各地不同的方言,使各种革命思想的传达受到了阻碍,人们在寻找一种更有利沟通的方式。当时识字的人很少,民意难以沟通。实行统一的国语,语言方能相通,宣传便易于着手,各地的民众能够发生感情,容易团结,人心便不会涣散,革命才能成功。

1926 年 1 月,国民党第二次全国代表大会在广州开幕。在大会召开之际,广东国民政府军取得了南征的胜利,准备突破广东、走向全国。热衷于国语研究的民间人士在北京举行中华民国国语研究会十周年纪念会,决定发动全国范围内的国语运动大会,以"有统一的国语,才有统一的国家"相号召,呼应广州国民政府从广东走向全

---

① 廖仲恺:《请即为建设杂志撰稿致胡适函》,《廖仲恺文集》,北京:中华书局 2011 年版,第 307 页。
② 参见胡颂平编著《胡适之先生年谱长编初稿》第 2 册,第 388 页。
③ 先进:《新文化运动的武器》,《星期评论》第 13 号,1919 年 8 月 31 日,第 4 版。
④ 楚伧:《告反对白话文的人》,《民国日报》1919 年 12 月 11 日,第 2 版。
⑤ 朱执信:《朱执信答黄世平函》,《建设》第 1 卷第 1 号,第 196 页。
⑥ 朱执信:《广东土话文》,《朱执信集》下集,北京:中华书局 1979 年版,第 760 页;《致杨庶堪函》,《朱执信集》下集,北京:中华书局 1979 年版,第 689 页。

国的目标①。

1926年1月15日,《广州民国日报》发表了一篇《不谙国语之吃亏》的文章,说明学习国语的重要性和必要性。1月23日、31日,《广州民国日报》连续刊发"国语运动号"专栏,呼吁提倡学习国语②。1926年1月17日,全国国语运动大会广东筹备会召集各团体、学校代表召开成立大会,广州国民政府的重要官员参加并主持活动。1月21日,全国国语大运动广东运动会呈请教育局备案,并通饬各小学校参加。广州、汕头、潮州、清远、佛山、梅州等地学校都开展国语运动。

国民党"二大"期间掀起广东国语运动,但"二大"重要报告及决议都是粤语,而不是当时大力推广的国语。这不表明当时的广东籍革命党人试图争取将粤语置于"国语"的地位,而更多的是出于一种政治正统意识表达的需要。粤语和革命策源地的共同基石是过世的国民党精神领袖孙中山。讲粤语就意味着维护孙中山,恪守总理的遗训,显示革命的正统性。

在大革命时期,粤语在广东成为革命的语言。作为一种时尚,广东的非粤语区民众学讲粤语由来已久。而此时,学讲粤语本身就是一种革命行为。粤北始兴县,由于缺乏领导革命的骨干力量,当地革命者遂要求广州方面派出干部,对于语言的要求是,讲客家话或讲粤语的都受欢迎。当时,始兴县民众在日常生活语言多操客家话,但在革命运动的感召下,多能听懂并会讲广州话。他们所乐于接受的领导者是那些讲广州话的广府人,而不是操国语的"北方佬"③。

1927年北伐成功之后,国民党定都南京,蒋介石羽翼逐渐丰满,成为实际掌权者,并造成新的宁粤对峙局面。蒋介石的浙江帮近水楼台先得月,以汪精卫、胡汉民为首的广东帮的势力被削弱,退出舞台。30年代开始,蒋介石发力开始推行"国语运动",明显针对粤语的力量。但广东这个时候有反蒋急先锋陈济棠坐镇,支持粤语,与国语抗衡。当时粤语片在全国很流行,粤语片因为声话画技术领先,获得上海和三藩市最著名的制片商投资,薛觉先和马师曾等当时最红粤剧影星主演,粤语片气势在

---

① 喻忠恩:《两广事变后的广东国语运的》,《开放时代》2009年第4期;《政治话语与语言教育:20世纪20年代后期的广东国语运的》,《井冈山大学学报》2010年第5期。本节参考喻忠恩《民国时期的广东国语教育》,新北:台湾花木兰文化出版社2017年版。

② 1926年1月23日、31日,《广州民国日报》连续刊发"国语运动号",发表了关于多篇国语教育文章,正式拉开宣传国语教育的序幕。参见郑汉明《国音字母产生的原因》,《广州民国日报》1926年1月23日;郑汉明《为什么提倡国语》,《广州民国日报》1926年1月23日;郑汉明《国民革命与国语运动》,《广州民国日报》1926年1月23日;邓华卿《推行国语与打倒帝国主义的关系》,《广州民国日报》1926年1月31日。

③ 广东省档案馆,中共广东省党史研究办公室编:《广东区党、团研究史料(1921—1926)》,广州:广东人民出版社1983年版,第257页。

全国一时无两,明显挑战国语政策。情急之下,国民党当局准备宣布从1937年7月1日开始"全国禁止拍摄粤语片"。最后在孙中山儿子孙科出面,成功让"禁拍令暂缓3年实施"。不久日本发动侵华战争,这件事也不了了之。

粤语方言显示政治话语权。但普通民众执迷方言,未必是出于政治的目的,而更多的是习惯以及生活需要。1927年,美国圣书公会为方便广府方言区的信徒,在广州公开出版发行粤语版《圣经》①。但是,这些习惯之所以得以维持,来自"上层社会"的影响不能忽略。众所周知,大多数广东籍国民党要人尽管在南京的公共场合都操不大标准的广东国语,但在广东省内无一不是讲粤语。陈铭枢主粤期间到中大附中召集师生在礼堂讲话时,用的就是粤语。② 稍后,与其同治广东的陈济棠更是口不离粤语、革命策源地。至于在党政部门,广州市一级不必说,就是在省级党政部门,国民革命后也还是将粤语作为公务语言。一直到抗日战争时期,这种情形还没有发生任何变化③。

1926年广东国语运动轰轰烈烈,国语教育有了进步,但大多流于表象,实际成效并不显著。岭南大专院校和中小学仍用粤语教学。在国民革命的高潮时期,广州夏葛医科学院,由于课程"多用粤语讲解",故校方要求"外省留学生不谙粤语者须提前到校补习。"一位非广东籍的革命者考上了广州的宣传员养成所,课时老师用广州话教学,一点也听不懂。若要请老师讲国语,广东学员又不知所云,老师只好照顾多数,仍用粤语教学④。

岭南新文学运动史上,倡导粤语方言文学、影响比较大的是欧阳山为代表的广州文艺社。1932年9月,受左联文艺大众化运动的直接影响,以欧阳山为首的一群文学青年,组建"广州文艺社",创办进步文学的阵地《广州文艺》周刊,是全国最早的左翼文学杂志之一,刊物坚持欧阳山所提倡的方言土语文学为旗帜,深受民众欢迎。

在《广州文艺》的创刊号上,欧阳山"正式提议用广州话开始创作各种文艺作品",并"请广州作者全体动员",讨论"文艺大众化"问题⑤。龚明、赵慕鸿阐述"倡议'粤语文艺运动'的动机,是因为广东一般民众对于国语文艺不能鉴赏,不能创作,……使新文艺有效地大众化,我们必须先将形式表现的文字和粤语成为言文一致。"⑥1941年,欧阳山在延安的《抗战文艺》发表了《我写大众小说的经过》回忆说:

---

① 游汝杰:《汉语方言学导论》,上海:上海教育出版社1992年版,第204页,第224—226页。
② 秦庆钧:《陈铭枢先生二三事》,《广州市政协学习和文史资料委员会》,《广州文史资料存稿选编第43辑》,北京:中国文史出版社2008年版,第56页。
③ 王越等:《如何加紧推进国语运动》,《广东建设研究》1947年第2卷第1期。
④ 王延义:《60年前的"国语"运动》,《广州日报》2005年8月7日。
⑤ 罗西:《请广州作者全体动员》,《广州文艺》1932年创刊号。
⑥ 宋屏:《复兴广东文化》,《广州文艺》1932年第5期。

"我们一致认为文艺大众化的问题,最先而且最主要的是语言问题——文学用语的问题。如果我们用一种广东人民大众所不懂的文学用语来写作,无论我们为了什么人,企图怎样,写些什么东西,广东人民大众还是觉得异常隔膜的。"欧阳山的长篇小说《高干大》就大量运用当地方言,"干大"意即:"干爹""义父"或对年长男人的尊称。他对顺德女作家草明的作品,亲自修改、翻译成地道的粤语。

广州、香港等地的文化社团纷纷响应,不少作家还就方言利用问题发表自己的评论文章,如华嘉的《论方言文艺》,杜埃的《旧形式利用问题》,邵荃麟、冯乃超的《方言文学问题论争总结》和楼栖的《由文艺大众化说到粤语文艺》等都阐述了"方言文学是为了文艺普及的需要",由于"各地老百姓有各地老百姓的语言,所以就不能没有各地的方言文学"。

广州文艺社创作了系列用粤语写作的革命大众文艺。其中有欧阳山的短篇小说《跛老鼠》《懒理》和诗歌《唔算出奇》(笔名吉星)以及署名草明原作、罗西粤译的短篇小说《苏妹点样杀死佢嘅大老》等。《单眼虎》是欧阳山用胡依依笔名写的一部中篇粤语小说,当时在《广州文艺》上连载,作品相当成功地运用了通俗的广州方言和丰富的日常口语,人物对话活泼生动,引起了不少市民的兴趣。女作家草明的第一部粤语短篇小说《万胜》和另一部粤语中篇小说《缫丝女工失身记》先后发表在《广州文艺》。广州文艺社同人们的眼光已经从知识分子的忧郁哀愁,从个人遭遇的不幸,转到面向广阔的社会,着重描写工人群众的痛苦生活和愤怒抗争,揭露社会的黑暗和腐败,抨击反动当局的凶残和罪恶,唤醒群众团结起来,为改变自己的被压迫被奴役的命运而斗争,具有相当积极的教育意义。这些作品注意吸收和采用群众熟悉的广东民间文学形式,并尽量运用群众的日常生活口语,努力做到通俗、浅显、易懂地宣传革命的道理。作品虽然比较粗糙,但在某种程度上表现广东的风土人情和地方色彩。

《广州文艺》除了早期几篇文章外,其余所有文字和作品,都是用广州话写成的。这些作品受到工人、店员、市民和学生群众的欢迎,并且广泛地传播到工厂、商店、学校、农村和香港、澳门、南洋以及旧金山等地,发生了较为深远的影响。

粤语方言写诗填词,是一种新尝试。明末广东南海文士韩上桂"晚年好填南词,酒间曼声长歌,多操粤音",得到钱谦益的认可①。招子庸的《粤讴》,是粤语诗歌创作。清代同治年间何淡如创作粤语诗,《代人访失猪母赏帖七律》亦庄亦谐。民国时期,粤语诗的代表人物就有廖恩焘,以"珠海梦余生"为笔名,出版粤语咏史诗《嬉笑集》,体裁平仄都依照格律,运用自如,蔚然成章。内容分"汉书人物分咏""金陵杂咏""史事随笔"和"信口开河录"四类,收录了他早年用粤语写的七言律诗,囊括不同

---

① 钱谦益:《列朝诗集小传》丁集下,上海古籍出版社1983年版,第475页。

题材。

胡汉民有粤语诗佳作。《嬉笑集》跋记载,廖恩焘和胡汉民旅居日本,闲中无聊,用粤语作诗,咏论汉代人物,胡汉民兴起唱和,《韩信》《垓下诗》写韩信、项羽,"后生哥""行埋""唔慌""冇面"等都是粤语特有用法。

胡适也尝试过写粤语诗。胡适1935年来广东旅游,闲时看到一本叫《粤讴》的书,一时兴起就用从书面学到的广州话写了首《黄花岗》:"黄花岗上自由神,/手揸火把照乜人?/咪话火把唔够猛,/睇佢吓倒大将军。"胡适后来提到,原本第三句他写的是"咪话火把唔够亮",后来将"亮"改为"猛",整首诗的粤语韵味才算完全体现出来!

1930年代、40年代,广东不少作家用方言、通俗语言创作,使作品增添了浓郁的生活气息和地方色彩。黄宁婴的方言诗《边个仲敢来》,符公望的方言歌曲《日本仔打横来》《古怪歌》《矮仔落楼梯》《太婆上祠堂》《有田有地大家分》,欧阳山的朗诵诗《武装保卫华南》、李凌的《乞米龙》、华嘉的广州方言作品《农家苦》《耕田歌》《斥"广东集体"个班人》,陈残云的《风砂的城》《南洋伯还乡》《小团圆》,郑江萍的《马骝精》《佛仔》,楼栖的《反刍集》《鸳鸯子》,黄药眠的《陈国瑞先生的一群》,蒲风的《六月流火》,黄秋耘的《沉浮》,曾炜的方言秧歌剧《赏功牌》等等。作家司马文森尝试创作了广东通俗文学作品《南洋淘金记》《粤北散记》等;芦荻还写了一些具有广东特点的粤讴,如《旗下高效》《又话"护宪"》等,茅盾曾赞许"广东的新诗人已在写新的粤讴","是令人兴奋的"。其中最有影响的是后中国诗歌会诗人群的方言创作和符公望的广州方言诗。

1932年9月,中国诗歌会成立。该会的前身为左联领导下的诗歌组,后来诗歌组扩大为中国诗歌会。中国诗歌会大力提倡和实践诗歌大众化,机关刊物《新诗歌》出版过"歌谣专号",刊登大量采用民歌、民谣、小调、鼓词、儿歌形式写作的新诗。中国诗歌会虽于1937年"八一三"沪战爆发时、在出版了四本"国防诗歌丛书"之后自行解散了,但是由它领衔的"国防诗歌"运动并未退潮,随着抗战的炮火中国诗歌会成员及其主张的赞同者将抗战诗歌精神带到了全国各地,特别遍布于整个国统区,形成了颇具规模的"后中国诗歌会诗人群"。后中国诗歌会诗人群大力提倡创作方言诗,以便把诗歌广泛地传播到穷乡僻壤。蒲风1939年8月出版了客家方言叙事长诗《林肯·被压迫民族的救星》,赞扬美国第十六任总统林肯在美国南北战争期间,为维护联邦统一,逐步废除奴隶制度和解放黑人所做的努力。接着他又出版了客音体叙事诗《鲁西北的太阳》。

楼栖用客家方言写出长诗《鸳鸯子》,以爱情为线索,讲述南方女青年鸳鸯子林亚灿的苦难经历和参加翻身斗争的故事,充满着浓烈的抒情色彩,并富有浓郁的乡土气息。全诗25章,一千余行,人间书屋香港1949年6月初版。楼栖注意吸收客家地区流行的歌本和山歌的优点,但又跳出这些旧形式的框框,成为当时提倡大众文学的成功尝试。

1948年在香港"文协"的"方言诗歌工作组"中,黄宁婴负责广东方言组工作,创作了不少方言诗,并经常评改青年粤语方言诗人的作品。他发表于《新诗歌》上的《西水潮》就是用广东方言写成的一首佳作。

符公望(1911—1977),原名庞岳,广东南海人,是一位多产而又优秀的广州方言诗人。抗战期间,符公望在粤中游击区和香港创作大量的方言诗,这些诗作语言通俗、诙谐、风趣,且多以现实生活为依据,紧扣时代的脉搏,为人民大众所喜欢和接受。1946年香港《华商报》发表了符公望的方言诗《古怪歌》:

> 呢个世界你话古怪唔古怪,
> 古怪!古怪!真正古怪!
> 美国烟仔罐头随街卖,
> 仲有透明牙齿底衫裤头带,
> 襟使抵买夹时派!
> 买呀买呀,大家都来买,……
> 罐头面包悭过煮饭,
> 买柴籴米含嗪冷都悭埋!
> 农村破产工厂执埋,
> 仲欠落一身美国债,
> 土产谷米无人种,
> 种佐都无人买。
> 真坏!真坏!美国真正坏!
> 你仲派飞机出军械帮手打内战,
> 将的好人活埋,同的贪官污吏静静捞埋!
> 点解!点解!你话点解!
> 问声政府要我地点死晒,
> 定要中华民国换过一块USA既招牌!?
> 挑!——

这首广州方言诗以最后一句点题,揭露美国货充斥我国市场,其实质是国民党反动集团的一种卖国行径,直言质问国民党反动政府:国民党反动集团的卖国政策,是否要将中国变为美国的殖民地?这在国民党特务横行的年代,如此尖刻的批判,表现了诗人的胆识和骨气。

符公望发表了《矮仔落楼梯》《亚聋送殡》《家乡月》《黄肿脚》等粤语诗,这些方言诗大都谱上曲,广为传唱。符公望注意吸收和采用广大群众熟悉的广东民间文学形式,并尽可能运用群众日常生活的口语用语,通俗易懂,生动形象,受到了工人、店员、市民以及学生群众的欢迎,并且广泛地流传到港、澳地区以及海内外(如旧金山)等地,产生了较为深远的影响。

岭南方言创作,除了粤语方言、客家方言,还有潮汕方言。其中有代表性的是三部潮汕方言小说。第一部是《长光里》,原是张美淦和钟勃轮流为报纸的专栏撰写的连载方言小说,从1932年6月至10月在当时潮安《大光报》上连续发表,1933年结集出版。这部小说的叙述语言和人物语言都大量应用方言,就连人物的名称都方言味十足,如"腰龟叔公""大舌姆""塞屎婆""炉底炭店财主""大脚冯""翘嘴陆""金目仙""曲手伯""独目盛""缺嘴三爷"等等,完完全全是一部潮语方言小说。第二部是钟勃的《龙塘四武士 No.1》,以作者自己在揭西县钱坑乡的亲身经历作为故事主线的写实小说。小说讲的是20世纪40年代钱坑发生宗族械斗,经过作者亲身调解后化干戈为玉帛,并捐献财产办学兴教,以及后来组建杀敌队抗日的英勇故事。小说初版于1946年,丘玉麟在《序》中谓:"这是半方言小说,对话直用方言,叙事则插方言成语。"第三部是薛汕的《和尚舍》,香港潮州图书公司1949年初版,列入"潮州文艺丛书",书前有作者《自序》。小说通过描写和尚舍一家的不幸遭遇,反映了抗战期间下层人民的悲惨生活。该小说基本上采用潮汕方言作为叙说和对话的语言,是民俗文学作家和研究者都承认的方言小说。《长光里》《龙塘四武士 No.1》和《和尚舍》"三部方言小说中,薛汕的《和尚舍》叙事对话几乎都用方言,可说是彻头彻尾的方言小说。《长光里》和《龙塘》叙事对话通用语与方言词参半,还时常文白交替,但语言要素是方言,因此应算是方言小说。"①

用粤语方言表演话剧,是岭南文坛的独特风景。1929年2月,上海艺术学院的欧阳予倩、田汉应广东省政府主席陈铭枢之邀,在广州成立广东戏剧研究所(所址在永汉北路附近的一幢楼房内,1931年被裁撤停办)。戏剧研究所出版有《戏剧》刊物并附设演剧学校等。洪深任学校校长,田汉任名誉校长,学员初时俱为广东籍人士,有赵如琳、卢敦、罗品超、章彦、陈西名等,聂耳也曾一度加盟。在这期间,广东戏剧研究所组织演出《怒吼吧,中国》等几十个剧目。针对学员均为广东人的特点,他们排演的话剧剧情均为本地故事,且都以广东方言演出,故称粤语话剧。公演时,因是原汁原味的粤语辞藻,贴近广东生活的剧情,给观众以强烈视觉听觉冲击,遂名噪一时。

---

① 郭马风:《钟勃的两部潮州方言小说》,《汕头日报》1999年3月9日。

欧阳予倩在《用粤语演话剧》一文中记叙了他与粤语话剧的情缘。欧阳予倩专门请教岭南大学拜访陈受颐、谢扶雅教授，征询对粤语话剧的看法，得出结论："提倡国语是一事，演戏又是一事，非国语不能演戏，是错误的。粤语虽然语音低，只要均衡配合，妥当处理，演出话剧是没有困难的。"

第三节　雅俗新旧的离合互动

五四文学革命是适应以思想革命为主要内容的新文化运动而发生的，反对文言，提倡白话，反对旧文学，提倡新文学，批判"文以载道"或"游戏消遣"的文学观，倡导反映社会人生，改造国民精神的文学观，成为现代文学的起始和主题。提到文学艺术，人们往往将其视为作家文人的创作，承负思想的历史重任，而忽略了那些来自民间、少有明确署名的俗文学。事实上，除了以作家、文人为代表创作出的雅文学，民歌、民谣、地方戏、弹词、宝卷等多种多样的俗文学类型占据着中国文学的半壁江山。20世纪以来，过去曾被认为"不登大雅之堂"的俗文学受到鲁迅、郑振铎等一批学者的重视，俗文学研究拓宽了中国文学史的书写视野和格局。

俗文学语言通俗浅显，注重趣味性，创作程式化。郑振铎在《中国俗文学史》中将"俗文学"定义为通俗的文学，民间的文学，大众的文学。那么与之相对的似乎就可以定义为"雅文学"。雅俗文学之别主要体现在文本形态，思想意识，传播范围等层面。"雅"与"俗"作为文学艺术的一对审美范畴，自古有之。文学的雅与俗在文学的发展进程中并不是完全对立，而是既相激相对，又互渗统一的，即雅俗共存，雅中有俗，俗中有雅，雅俗互进，雅俗共赏的。

岭南文学发展演进过程中，雅、俗文学并非截然对立、泾渭分明，反而呈现出雅俗并存，互相补充、彼此交融、交织互动的特点。正如刘勰在《文心雕龙》中所说，"斯斟酌乎质文之间，而隐括乎雅俗之际，可与言通变矣。"文学的发展是在雅俗之间斟酌、推敲而会通适变的。

晚清民国广东文学出现新文学与民间俗文学的分离，但这种分离不是对立和断裂，而更多的是交织和互动。五四新文化运动，焕发广东民间俗文学生机，体现为三个方面，一是俗文学的倡导，二是民间文学的整理研究，三是俗文学创作活跃。

明清以来，广东基本上是一个"市民社会"，"俗文学"对广东的文学发展有着重要的推动作用。晚清民初，岭南俗文学对革命宣传产生了很重要的影响，不少志士仁人通过民间说唱的东西宣扬社会变革、宣扬改良、宣扬民主革命，戏曲、讲古、粤讴、咸水歌、木鱼书、龙舟歌、潮州歌等喜闻乐见的俗文学创作很活跃。这些是其他省份和地区所没有的,具有鲜明的广东风韵和岭南特色。

梁启超创办《新小说》期间,黄遵宪向他建议,刊物发表的诗歌应"斟酌于弹词、粤讴之间",梁启超接受了这一建议,刊发了一系列时政题材的新粤讴。廖恩焘是这个时期新粤讴的著名作者。梁启超将政治小说作为最重要的小说类型加以提倡,希望"以稗官之异才,写政界之大势"。相对于政治知识的引入与小说类型的推介,小说的语言形式与接受效果更为值得关注。梁启超在《新小说》上设置"粤讴及广东戏本"栏目,并标明"此门专为广东人而设,纯用粤语"。《新小说》创刊之初提出"文言俗语参用,其俗语之中,官话与粤语参用",并刊载广东戏本《黄萧养回头》,将地方戏剧作为改革的示范,将粤语方言作为言文一致的样本加以推广。

《黄萧养回头》作者欧榘甲,为康有为的弟子,与梁启超熟识,创作此剧因"《新小说》报主人……都叫我帮些文字"。黄萧养故事在岭南地区广泛流播,民谣"九牛浮水面,黄萧养回头","吾粤五尺童子莫不知之",欧榘甲以此改编,转世的黄萧养成为黄种强,励精图治,"以唤起广东人自强自立之性质"①,明显带有民族革命的色彩,而此剧的词采、词腔、角色极具岭南特色,粤人可以"取而唱之"。

《有所谓》是一份很有特色的岭南报纸,倡导广东俗文学,最早用粤语写作的报纸之一。《有所谓》于1905年6月在香港创办,创办人、主编兼发行人是广东香山县人(即如今的中山市)郑贯公,当时主要在广东、香港、澳门发行。粤讴、龙舟、南音、木鱼都是粤语地区民间说唱的形式,多以口头传颂,郑贯公将这些广东民间说唱文艺搬到了报纸上。在《有所谓》报一年多的历史里,几乎每天刊出一首粤讴、龙舟、南音或者木鱼,并且常常以连载方式刊出粤剧班本,在于呼应时事、反映民生、号召运动。据冼玉清《粤讴与晚清政治》考证,在1905年《中美华工条约》签订之后,《有所谓》报发表了156篇反对美国的民间歌曲,其中粤讴就有54篇②,这些粤讴在民间迅速传唱开来,成为宣传革命的工具。

木鱼是以广州话的俚词俗语来描述故事的,这些故事又多以晚清民初流传于广州地区民间的故事为蓝本。而木鱼的流行又是以广州和珠江三角洲各县为主的,因此,它是典型的广州方言的一种民间说唱文学。

民国时期,木鱼之在广州流行,可以说是家喻户晓了。这种说唱体的民间俗曲,据说在明朝中叶以后,就和流行地区的妇女结下了不解之缘。往往年纪越大的妇女此道越精,其演说的技巧越纯熟,就是丁字不识的妇女,也能够娓娓动听地说唱上几天几夜。质之曰,儿时学来的,可见其传统性、民间性之浓厚。实比之其他民间文学

---

① 新广东武生:《(新串班本)黄萧养回头全套》,《新小说》1903年第7号,第130—131页。
② 冼玉清:《粤讴与晚清政治》,《冼玉清文集》,广州:中山大学出版社1995年版,第308页。

较为深入和普遍。1929年,广州霍乱流行,划为疫区的地方禁止行人往来,连一些副食品、水果之类的东西,许多人都不敢吞食,尚神者传言,瘟神作乱,迷信者遂集资设坛祈禳,请盲佬说唱木鱼《观音出世》。盲佬高坐坛上,听众听之入神,忘了群集的禁忌。

木鱼书盛行于清代和民国,以木板印刷为多,清代都是用土纸,民国以后用的是白报纸。装订简单,或用糨糊贴叠或以线装,封面多用红绿彩纸,书样是很粗糙的。这些书多数是在广州第七甫一带(即今光复中路附近)的书局出版,其中以"五桂堂"为著名。

为着建设新文化、启迪民智的需要,五四时期的知识分子"到民间去",发现民间,肯定民俗文学的价值。刘半农、周作人、顾颉刚、董作宾,乃至胡适、鲁迅、茅盾等众多著名学者、文学家都或深或浅地介入到民间文学、民俗学的研究之中,重新把沉寂已久的民间歌谣带回文学的殿堂。北京大学发起歌谣征集,成立歌谣研究会,出版《歌谣》周刊。自北至南,自东向西,其风之盛,席卷全国。许多民俗学者身体力行,收集、编印民间歌谣,其中南有钟敬文的《客音情歌集》,东有顾颉刚的《吴歌甲集》。

钟敬文老家广东海丰流行三种方言:本地话(即广东白话)、福佬话、客家话。三种方言都有各自的方言圈和民间文学,如民歌方面有用广东话唱的粤讴,用福佬话唱的畲歌,用客家话唱的山歌等。钟敬文的祖先属于客家民系,他小时候读私塾也是用客家话授的课,对客家文化自然眷恋。他搜集近千首歌谣,客家山歌占了半数。1927年2月,北新书局出版了钟敬文编的《客音情歌集》,从3年搜集的500首客家歌谣中选取140首,是我国第一部客家山歌集。

《客音情歌集》忠实记录了客家山歌传唱的原样,除了根据语气内容添加标点符号外再无修饰,可谓田野作业的成功范例。全辑140首客家山歌,采用通俗易懂的普通话记录,必要的地方保存了客家方言词汇。钟敬文对广东客家山歌的搜集和研究具有引领现代民间文艺学风的开拓意义,1926年7月他发表《客音的山歌》一文,赞美客家的山歌艺术魅力。还写作《中国疍民文学一脔——咸水歌》《歌谣的一种表现法——双关语》等歌谣研究文章,涉及客家山歌。

客家民间歌谣是以客家人的生活、劳动、思想、情感、审美等为内容的口头文艺形式。长期的迁徙生活使客家形成了自己独特的文化传播生态,具体表现为:迁徙文化和强烈的"流亡意识";口耳相传的传播形式;浓郁的民间地域文化色彩。象征派诗人李金发对家乡梅县的民间口头文学、客家山歌推崇备至,不辞艰难,整理、编选《岭东恋歌》,1929年2月上海光华书局出版。

罗香林搜集、1936年上海北新书局出版的客家歌谣《粤东之风》最为完备,影响最大。全书由两部分组成:上编为"讨论之部";下编为"歌谣之部"(收入500首包括客家在内的五种"民族"的情歌)。"讨论之部"的第一章《什么是粤东之风》、第二章《客家歌谣的形质》两篇论文,曾先后在朱湘主编的《文艺汇刊》(清华文学社的刊物)上发表,产生过一些影响。

罗香林(1906—1978),字元一。广东兴宁人。1926年夏入清华大学史学系,兼修社会人类学。1930年,进清华研究院。研究唐史和百越源流。1932年获哈佛燕京学社奖学金,到华南考察民族问题、广东客家文化与社会组织。1936年任广州市图书馆馆长兼中山大学副教授。抗战爆发后抵重庆。日本投降后,任广东省政府委员兼省立文理学院院长。1949年移居香港,任香港大学教授、中文系主任等。著有《客家研究导论》《客家史料汇编》等。

《粤东之风》在中国歌谣史和歌谣理论上占有重要地位,虽然论述部分仅六万字。《粤东之风》由朱希祖、朱自清作序,分别从文化史和文艺学角度立论。朱希祖认为:"罗君的《粤东之风》,虽然不能算首倡,却希望可以集大成!"

潮州的有识之士,如丘玉麟、金天民、林培庐,各自编出了潮州歌谣集子。1927年4月,周作人为林培庐编的《潮州畲歌集》作序,序文收入周氏的《谈龙集》一书。同一年,丘玉麟编的《潮州歌谣集》面世,周作人也为其作序。林培庐、丘玉麟都是燕京大学的学生,老师为学生的书作序,乃天下第一等快事。后来,杨方《潮州歌谣》评论:"1927年,北大毕业,其时任教于金山中学的丘玉麟编辑、整理、出版了第一部《潮州歌谣集》,称得上是筚路蓝缕之作。"

金天民与林、丘二位不同,林培庐为揭阳人,丘玉麟是潮安人,而金天民原籍浙江绍兴,童年时因八国联军侵华,随双亲避兵乱,辗转落户潮州,他能够热心留意收集潮州歌谣本身,就是一件了不起的事情。并且,金天民的《潮歌》一书,整理、出版时间,与丘玉麟的《潮州歌谣集》非常非常接近,而许多歌谣能互不重复,不能不说难能可贵,而二书在歌谣的收集数量上,保存了更多的原始资料,更恰似是日月同光,双璧争辉。

五四运动前后,由于新思想、新文化的传播,传统的民歌等音乐艺术也呈现出一片生机,注入了反帝、反封建的时代内容。

随着五四运动席卷广东,岭南传统的民歌除了前述的木鱼外,咸水歌、粤讴、摸鱼歌、龙舟、南音、客家山歌等,经过血与火的洗礼,开始关注社会现实,具有鲜明的反帝、反封建的主题。1919年,抵制日货风潮掀起后,大埔流行着一首反映人民抵制日货民歌,歌中唱道:"妈妈你莫愁,而今抵制有良谋;有钱不买日本货,无衫不穿东洋绸"。1922年,紫金革命青年刘尔崧写了一首《劳动歌》,控诉旧社会的罪恶,歌词是:"青的山,绿的源,灿烂的山河;美的衣。鲜的食,巍峨的楼阁;谁的功,谁的力,劳动的结果。全世界,工农们,联合起来呵!"与此同时,在海陆丰从事农民运动的彭湃也创作了许多民歌,以教育和发动农民群众,如《这是帝王乡》《劳动节歌》《铲除迷信》

《田仔骂田公》等。其中《劳动节歌》写道:"今日何日!'五一'劳动节,世界劳工同盟罢工纪念日。劳动最神圣,社会革命时机熟。希望兄弟与姊妹,'劳动'两字永牢记"。南音《叹青岛问题》等也都充满着时代气息。这些进步的革命民歌的广泛传唱,对于传播新思想、引导进步青年走革命道路都发挥了较大的作用。

广东改良地方戏曲,以旧戏宣传新思想,而不是像新文学主流派那样贬斥批判旧戏曲。岭南地方戏曲不仅历史悠久,源远流长,而且种类繁多。有被称为"广东四大剧种"的粤剧、潮剧、琼剧、广东汉剧,还有流行于一定地区、富有地方色彩的西秦戏、正字戏、白字戏、木偶戏、皮影戏、粤北采茶戏、梅县山歌剧、平台麒麟戏、雷剧等小剧种。经过几百年的演变、发展,到20世纪初,随着资产阶级民主革命的兴起,社会的急剧变革,广东地方戏曲掀起了一个改良运动。这个运动历时前后20余年,为广东地方戏曲的发展开辟了一条新路子。

辛亥革命时期,在民主革命思潮的影响下,广东不少爱国志士和戏曲工作者,积极投身辛亥革命运动,利用戏曲作宣传革命的工具,或义演筹款,或在开演前向观众演说。他们还在广州地区创办了各种戏曲班社"志士班",起初用话剧的形式,后来采用粤剧形式,专演一些新编的反帝反封建,抨击贪官污吏、反对各种旧的生活陋习的时装戏,很受观众欢迎。

志士班在政治上激励许多粤剧戏班和艺人积极参加革命活动,在艺术上催促戏曲革新,改用广州方言演唱,编写一些社会新剧。粤剧首开其端,其他剧种承其绪,广东引发了一场声势浩大的戏剧改良运动,地方戏曲焕发生机活力。

潮剧虽然仍与清末民初一样,演出以娱神赛会为主,但在戏剧改良运动的影响下,开始了可喜的革新,新编剧目逐渐增多,内容扩展,改变了传统剧一统天下的局面,涌现出了许多反映时代现实的剧目,如《林则徐》《温生才刺孚琦》《印度寻亲记》《徐锡麟》《上海惨案》《袁世凯》《黎元洪反正》等,这些新编剧目丰富了潮剧的舞台表演艺术。

广东汉剧、琼剧,不断丰富、发展起来。唱腔、行当、音乐伴奏、表演艺术等也开始有了新的变化,编演《新旧婚姻》《社会钟声》《救国运动》《李陵碑》等一批宣传爱国反对侵略的剧目。一些颇具地方特色的小剧种如流行于海陆丰的西秦戏、白字戏、正字戏,流行于粤西等地的木偶戏等,也争相投身戏剧改良洪流,演出了《林则徐禁烟》等一批反映现实重大事件和历史人物的新编剧目,使自己不断丰富完善起来,以适应不断变化的时代。

"五四"新文化运动春风吹拂岭南,广东思想文化界先前那种僵化、沉闷局面被打破,一种新的、带有现代化色彩的文化正破土而出。新小说、诗歌、散文及话剧的萌芽,预示着新的文学革命的到来;但文学革命,并不是推倒旧形式,否定传统,而是雅俗并存,交织互动。俗文学也得到激活和发展,民间歌谣、粤讴、咸水歌、木鱼书、曲艺、地方戏曲等焕发艺术魅力,从而开启民智,使社会观念的变革进一步向纵深发展。这一切昭示着广东的思想文化已进入一个新的历史时期,并为广东后来的文学艺术发展开辟了多维途径。

第四节　新文学浪潮的南移

1920年代中期,作为大革命的策源地,广州吸引了各路风云人物。北洋军阀政府统治残酷黑暗,连年战乱,教育废弛,文化凋敝,教师薪俸拖欠经年,作家经济陷入困顿。鲁迅、郭沫若、茅盾、郁达夫、成仿吾、王独清、郑伯奇、穆木天、冯乃超、张资平等诸多作家纷纷南下。他们携风带雨,给岭南新文学带来了风雷之声,对广州的进步文艺青年产生影响。南移活动不仅是一种文学史现象,带来南北文学态势的变化和格局的重组,也是探讨文学史的一条新路径。

茅盾是文学研究会主要成员,《小说月报》主编,著名作家、评论家。1926年1月,茅盾与恽代英等五人,从上海乘坐"醒狮号"客轮,到广州参加国共合作的中国国民党第二次全国代表大会。茅盾在历史的紧要关头来到广州,南粤之行留下重要印记,推动革命事业和文学发展,同时茅盾结识诸多精英,大开眼界,调整人生坐标。

1月12日,茅盾一行终于到达广州。茅盾是作为国民党上海特别市党部执行委员会的代表来参加"国民党二大"。19日会议结束,他被留在广州,担任国民党中央宣传部秘书。当时的宣传部长由汪精卫兼任,毛泽东任代理部长。毛泽东正主编国民党政治委员会的机关报《政治周报》。该报已出了四期。毛泽东说他正忙于筹备第六届农民运动讲习所,要茅盾从第五期起接编。茅盾不负众望,完成得很出色。

茅盾在广州参加了不少文学活动。1926年3月中旬,文学研究会广州分会办的《文学》旬刊邀请茅盾写文章,分会同人要开会欢迎他,并请他吃饭。茅盾坦诚工作很忙,写文章恐怕不行,会见分会同人、吃饭都可以。茅盾会见了刘思慕、梁宗岱、叶启芳、汤澄波等广州分会主要负责人,作了简要的发言,对分会的工作表示支持。

不久,茅盾又应邀对广州市的中学生作了一次讲演,因会议主持者介绍他是一位文学家,茅盾放弃了原来想讲的内容,改为文学话题。希腊神话中普罗米修斯从天上偷了火种下来给人民,然后人民才知道吃烧过的兽肉和鱼类等,知道把树枝点燃起来,夜间也可以做事,住在山洞深处的原始人在白天也能做事了。火是人类文明的起源,火给人类带来了光明。讲完后,茅盾高声说:伟大的孙中山先生,就是普罗米修斯,革命的三民主义就是火。茅盾的演讲得到了听众热烈的掌声。后来,茅盾还曾应萧楚女的邀请,到农讲所讲过革命文学。

国共合作的情势很快急转直下。1926年3月底，根据中央指示，经历中山舰事件的茅盾离开广州回上海工作，仍是那条"醒狮号"轮船。后来茅盾多次来到广州，投身革命工作。抗战期间，茅盾主编的《文艺阵地》长期在广州排印，他一度"天天钉在印刷厂里"，亲自监督《文艺阵地》的排印。《文艺阵地》是抗战时期历时最久、普及最广的全国性大型文学期刊之一，杜埃、欧阳山、司马文森、于逢、黄谷柳等等岭南作家在此刊物上发表了大量高水平的作品。

郭沫若是创造社的主要成员。著名诗人、作家、学者。郭沫若1926年3月应邀赴粤，担任广东大学文科学长，一起前来的还有郁达夫和王独清。早在1925年6月，成仿吾已在广东大学和黄埔军校任教。几个月之后，穆木天、郑伯奇也先后到了广州。这样，创造社的主力都在广州了。他们很快在广州、汕头成立了创造社的分社。创造社的书刊在广州畅销，剧本在广州上演，《洪水》《创造月刊》在广州编辑。郭沫若写了《革命与文学》一文，刊载在广州编辑的《创造月刊》第1卷第3期上，最早提出无产阶级革命文学理论。创造社作家在广州十分活跃，郁达夫、成仿吾发表多篇文章。"他们来了之后，会场给他们演说，个人间替他们接风，那种融融洽洽的景象，实是一片和淑的天幕，顿使一个枯亢的南国，变成了大有趣味的乐园。"郭沫若等为广东文坛带来一股生机与活力。不少岭南青年作家、社团，如欧阳山、蒲风、洪灵菲、汕头火焰文学社等都与郭沫若、郁达夫等有过文学交往，创作受到启发。

郭沫若上任广东大学文科学长，推出"文科整顿计划"：学生可自由选课，推行文科革新。虽然这一计划遭到了部分教师的反对，不过在广大青年学生和左派团体的支持下，郭沫若成功留任并推进革新计划。郭沫若还积极参与广东大学改名中山大学的筹备委员会，并受筹委会之托，订定中山大学校歌。1926年4月27日，《广州民国日报》刊登由郭沫若填写的中山大学校歌歌词："中原之中中山大，扶植桃李满天下，博审慎明还笃行，倡导三民主义济民生，此乃吾校之光荣，此乃吾校之光荣。"

1926年4月，郭沫若发表《我来广东的志望》："总之我们要改造中国的局面，非国民革命的策源地广东不能担当；我们要革新中国的文化，也非在国民革命的空气中所酝酿的珠江文化不能为力。"郭沫若在广州接触了不少中共领导人和工农干部，对共产党有了更深刻的认识，这些具体的革命实践无疑对郭沫若思想的进一步转变起到了重大的推动作用。

1926年7月9日，十万国民革命军挥师北伐，郭沫若即在广州投笔从戎参加了北伐。他舍弃了每月薪俸三百六十元的文科学长职位，也舍弃了文人式清高安逸的日子，真正主动地投身革命。

鲁迅是中国新文学的旗帜、进步青年的精神导师。1927年1月15日，鲁迅乘苏州号轮船离开厦门，于1月18日抵达广州，任中山大学文学系主任兼教务长。1927

年9月27日,鲁迅和许广平登上山东号轮船,离开广州去上海。鲁迅在广州的时间为8个月零9天。

鲁迅一来到广州,就把广大进步青年吸引住了,"他的一举一动,他的容貌、声音、外表,直至他的胡子、头发、大衣,他的每一篇作品,都成了青年谈话的中心",欧阳山《光明的探索》如此写道。鲁迅在中大任教,忙着"排时间表、发通知书、秘藏题目、分配卷子"一类事情,直到计分发榜,都要他亲自去做,还有为了考生是否应该录取所发生的无休无止的辩论,常使他"不但睡觉,连吃饭的工夫也没有"。他讲授《中国文学史》《中国小说史》和《文艺论》三门课程,工作是异常繁忙的。但他依然为革命事业和新文学运动做了大量工作,在南国大地留下了不灭的光辉,扶植了岭南新文学的第一代作家。

1927年3月1日,鲁迅在中大开学典礼上作了《读书与革命》的演说。他来到广东之后,觉得地方上的一切都是旧的,人们的思想还是旧的,这些都尚没有动手改革。对于军阀,已有黄埔军校的学生去攻击它了,"但对于一切旧制度,宗法社会的旧社会的旧习惯,封建社会的旧思想,还没有人向他们开火!"因此,他勉励青年"读书不忘革命","要担负几千年积下来的责任","把革命的伟业扩火!"在这之前,2月18日,鲁迅受香港青年会的邀请,在香港连续作了两次讲演。一次是在18日,讲题是《无声的中国》;另一次是在19日夜间,讲题是《老调子已经唱完》。4月8日,鲁迅在共产党员应修人的陪同下,应邀到黄埔军校作了题为《革命时代的文学》的讲演。7月24日至26日,在广州市教育局夏期学术会发表《魏晋风度及文章与药及酒之关系》讲演。鲁迅还针对广东文坛的复杂情况,写了《革命文学》一文。

鲁迅十分关心广州的文学青年。1927年3月14日,他应南中国文学会的邀请,参加了成立座谈会。鲁迅热诚地回答了欧阳山等二十几位文学青年提出的各种各样的问题。鲁迅自己出钱,在广州芳草街租了房子,办起了北新书屋,把北新、未名社出版的书,介绍给广州文学青年。

鲁迅在广州的日子,还写了十多篇杂文,不仅在政治上揭露了国民党反动派背叛革命、屠杀人民的罪行,鼓舞革命者斗争,而且在文学阵地上,树起革命的旗帜,给广东的文学极大的鼓舞和深远的影响。尤其在北伐军相继攻陷了上海之时,鲁迅在4月10日写的《庆祝沪宁克复的那一边》,发表于1927年5月5日广州《国民新闻》副刊《新出路》第11号上。鲁迅深刻地分析了当时阶级斗争的形势,清醒地预见革命动向和危机,号召人民不要因一点胜利而使头脑昏乱,要"永远进击",不让敌人"乘隙而起"[①]。

---

① 张振金:《岭南现代文学史》,广州:广东高等教育出版社1989年版,第57—67页。

第五章　现代散文的建立

"五四"使散文成为一种独立的文学样式,从内容到形式实现了从古代形态向现代形态的转变。1918年4月《新青年》第4卷第4期开设"随感录",专门刊发杂文。随后,李大钊、陈独秀主持的《每周评论》,李辛白主持的《新生活》,瞿秋白、郑振铎主持的《新社会》,邵力子主持的《民国日报》副刊《觉悟》等,都开辟"随感录"专栏。还有不少进步报刊以"杂感""评坛""乱谈"等形式发表杂文,形成创作浪潮。

杂文属于议论性散文,针砭时弊,思想犀利,篇幅短小,笔法灵活,具有战斗性和生动性。广东的现代散文萌生于"随感录"的议论性散文,很多报刊受到《新青年》影响,纷纷开设"随感录"栏目。1920年4月,岭南大学陈受颐、陈荣捷主办的《南风》创刊,就开设"随感录"专栏。作者和编者,主要是岭南大学南风社的学生。首期"随感录"专栏发表4篇议论性散文,其中《生人勿近的广州社会》,揭露广州的酒楼、赌馆、妓院、堂会,直至衙门,都是"黑幕重重""万恶集中""生人勿近"的社会;《西关阿官的生活》则是揭露上流社会人士集中的广州西关,成为"废物的巢穴",那些"西关阿官"们"终日追逐于花天酒地之间"。另外,郑志云、彭湃主持的《新海丰》,也从创刊号开设"随感录"栏目,并发表《正确与谬误》《人类的特征》《共和与自治》《自由和社会环境的关系》《怎样叫做新学生》5篇议论性散文。1920年10月谭平山、陈公博、谭植棠主持的《广东群报》,1921年2月沈玄庐主持的《劳动与妇女》,1923年5月阮啸仙主持的《新学生》,都以"杂感""评坛""论说""短评""时评"等栏目,发表很多议论性散文。这些杂文,内容广泛,涉及政治、经济、教育、宗教、社会、文化各个方面,并关注时事。不少文章写得尖锐泼辣又有文学兴味,属于岭南新文学最早的收获之一。

第一节　岭南新声:杂文的勃兴

广东最初的杂文作者,主要有彭湃、阮啸仙、杨匏安、郑志云、李国珍、李春涛等。他们是新文化运动的参与者和革命先驱,以杂文为文学武器,宣传革命思想,抨击社会问题,揭露现实黑暗。

彭湃,中国现代农民运动早期领导人之一,毛泽东称他为中国"农民运动大王"。彭湃受过良好的教育,文采斐然,著作来自其革命实践的亲身体会和总结,散发着浓烈的生活气息,通俗易懂,生动有趣,比如其经典著作《海丰农民运动》《花县团匪惨杀农民的经过》,可以说是优秀的纪实散文,模范的白话文本,杰出的社会学调查报告,阅读时甚至会叫人忘了这是一份工作报告和政治文献,具有相当高的文学价值。彭湃创作脍炙人口的农民革命歌谣用于动员贫苦大众参与革命,其中一首《田仔骂田公》的歌词是:"田仔做到死,田公吃白米。田公唔(不)知死,田仔团结起。团结起来干革命,革命起来分田地。"彭湃很有民间智慧,创作的歌曲发动了很多穷苦农民。1922年5月14日,他与李春涛等创办《赤心周刊》。6月2日,在《赤心周刊》第4期发表《谁应当出来提倡社会主义》。针对当时有人认为穷人才出来提倡社会主义,有人认为富人应当出来提倡社会主义。彭湃指出"社会主义不是主张社会一部分改良,而是主张全体的改造"。尽管对社会主义的理解还没有完全摆脱无政府主义的影响,但表示了从事农民运动的决心。6月14日又发表《告农民的话》,决心到农村去做实际运动。作为彭湃的战友和合作者,郑志云的杂文不如彭湃的思想深刻,但文学性更强。

郑志云(1901—1928),广东海丰人。在《新海丰》等杂志上发表多篇不错的杂文,语言流畅,文笔生动,善用比喻,《自由和社会环境的关系》一文写轿夫给人抬轿,明知道是"痛苦和下贱的事情",但为了生存,只得干。郑志云进一步分析,这种择业的无赖和辛苦,只能"先从破坏环境、改造环境入手"。实际上,这篇文章阐明个人命运与社会革命的关系。他的《共和与自由》一文,不赞成有人认为"共和"这么多年,但是社会依然这么坏,制度无任何作用,提出要像封建酋长社会那样"各个部落,各各自治"的主张,而以"壮者不可以复少,老者不可以富壮"的比喻,说明社会是前进的,开历史的倒车是没有前途和出路的。

杨匏安,广东最早的一批共产党员之一,太阳社发起人。1918年初,举家迁至广州,在中学任教,讲授诗词,兼任《广东中华新报》记者。杨匏安公开指出"现在之社会状态,实劳动者奋起革命,以求改造之时期也"。杨匏安的《马克斯主义》与李大钊的《我的马克思主义观》同为马克思主义在中国早期传播的经典著作。1919年7月至12月,杨匏安发表在《广东中华新报》上的《美学拾穗》,每篇只有一千多字,文字清新优美,说理亲切明晰,是岭南早期比较好的杂文。他后来的《谁生厉阶》《无产阶级与民治主义》《所谓第三党》,抨击时政,揭露蒋介石背叛革命,笔锋凌厉峭拔,有如匕首投枪。

阮啸仙,广东青年运动的先驱,大革命时期著名的农民运动领袖之一。1920年陈独秀来广东后,阮啸仙受其影响,创办《新学生》杂志。在《新学生》《青年周刊》上发表了很多杂文,内容侧重青年思想道德教育,语言朴素、材料翔实,境界开阔。还是中学生的他在《中国人多而贫弱论》和《黄种白种之智力论》两篇作文中,列举了世界上的印刷术、火药、造纸术和指南针,称都是"黄种创之,白种师之",指出"我国既能创造,其智力岂在白种下哉"?至于近代中国之落后,阮啸仙认为,"所患者自满自足,不能振刷""彼夫白种之强者,凡重要之事物,皆善取成法而讲求变通也。中国之弱者,徒泥守成法,而不知进步也""使吾人既能创造,更取欧洲成法而讲求焉,安知其不强且富哉?在我之自为而已。若必谓黄种、白种智力之有优劣,则吾未之敢信"!

阮啸仙自小就十分崇拜和敬仰历代民族英雄和爱国志士。在《三军可夺帅匹夫不可夺志》一文中,他热情地赞颂我国的民族英雄,认为"苏武之持节匈奴,文天祥之死难大宋,史可法之不屈满清,忠臣义士,亘古不朽"。对参与黄花岗起义的爱国志士,他更为敬佩,在《党徒死功利而不返论》一文中写道:"当其起事于广州也,炸将军,围督署,牺牲性命,动以数十计""虽谋事不臧,希图再起,必达其目的而后已,屡扑屡起,绝无畏惧之心,三军之士,视死如归"。他的这些文章动之以情,晓之以理,令人倍感亲切,易于接受。

最初的杂文作者,除了革命者之外,还有当时的大学生。他们的文风更生动活泼,注重学理性,辩论性强。1920年,岭南大学《南风》第1卷第2号中的两篇关于恋爱自由的文章很能说明这个特点,"科学"与"进化"成为论辩的主题。这两篇文章分别为施畸的《再论"男女之结合"》和陈公辅的《与施畸君讨论"男女之结合"》。两篇文章都支持自由恋爱,但前文对于自由恋爱较为乐观,后文则认为在当时的社会条件下推行自由恋爱不大现实。不过,两篇文章都以科学和进化支撑其论点。如前文中在论述自由恋爱的合理性时即引进化的观点:"人类既是进化的,兽性又是渐渐淘汰的,那么这人性之发展,能不承认他吗?自由恋爱的男女结合,既是人类底发展。又怎能够不提倡他,讨论他呢?"此外,他还用电子的理论来论证他的观点:"宇宙是电子的结合体,电子是两性的,人是宇宙间物的现象之一,自然也是电子的集合体,也是两性的了。……那么男女结合,自是以'合物理原则'的为适当了。换句话说,就是'自由恋爱'为适当了。"而再看后文中陈公辅的驳论,他对人类是进化的这一点同样深信不疑,认为"'人类是进化的'这句话,若说出来无论小孩子也承认的"。但他从进化的速度和方向上,对施畸的观点提出反驳。他认为:"人类的进化是极缓的。……施君以为人类进化是甚速的,未免差了一点。至于人类的兽性已是渐渐淘汰去的,更是凭空的说话,没有证据。"而对于施畸所用的电子理论,他的评论也只是"太过机械",并没有从根本上否认其科学性。而且他认为:"结婚一事,酷似政治,当然成一科学。"从二人的讨论中可以看出,进化和科学已经成为双方共同认可的公理,是双方在思考和论辩时共同使用的思想资源。

第二节 李春涛《东征纪略》:报告文学的滥觞

报告文学以文学手法,真实而迅速地报道社会生活的重要事件,兼有新闻的真实性和文学的形象性的特点。报告文学作为一种文体,属于舶来品,起源于欧洲,在中国被定名于20世纪30年代。"报告文学"是1930年前后由冯宪章、徐懋庸等人由日文转译到中文,又很快被中国的作家认识、接受并给予积极运用的新文体。1931年,中国左翼作家联盟执行委员会的决议《中国无产阶级革命文学的新任务》中,首先明确提出:"现在我们必须研究并且批判地采用中国本有的大众文学,西欧的报告文学——"这应该是报告文学被有认识选择地走向中国文学创作领域的开始。从学术的角度去研究,我们应当看到"报告文学"是一种基于特殊的传播载体、特殊的写作方式和独特价值取向的文体。沈端先(夏衍)1932年翻译日本文艺家川口浩《报告文学论》认为:"报告文学乃至通信文学的名称,是 Reportage 的译语。这是从外国语 Report 而新造的术语,大概,在外国字典上还没有这个字。这种文学形式,当然不是从前就有。这始终是近代的工业社会的产物。"[①]夏衍名篇《包身工》揭露帝国主义和黑暗势力压迫残害中国儿童,记录了半殖民地半封建社会中国人民的悲惨命运,是报告文学的杰出之作。

报告文学概念在中国正式出现之前,瞿秋白的《俄乡纪程》《赤都心史》等类似报告文学的作品即已出现。广州作家、革命家黄小配1911年5月在《南越报》上连载的《五日风声》,采用纪实性和文学性手法,以浅近的文言文详细地报道了辛亥"三二九"广州起义的整个过程,堪称报告文学之先河。而1920年代广东诞生不少描述农民运动和大革命重要事件的散文,可视为早期的报告文学。譬如,李春涛《东征纪略》、彭湃《海丰农民报告》既有新闻的真实性,又有文学的形象性,皆为现代无产阶级报告文学的代表作。

李春涛(1897—1927),广东潮州人,先后就读于潮州城南小学、金山中学,1917年9月东渡日本深造。他与彭湃是留学日本早稻田大学的同窗和挚友。1920年10月李春涛与彭湃、杨嗣震等共创"赤心社",出版《赤心》,举行《共产党宣言》等马列著作学习会,聆听日本著名马克思主义经济学者河上肇《关于社会主义问题研究》的

[①] 川口浩:《报告文学论》,沈端先译,《北斗》1932年1月第2卷第1期。

演讲,马克思主义理论素养得到提高。李春涛曾受彭湃委托代为起草《海丰全县农民泣告同胞书》。1925年10月,国民政府第二次东征,周恩来任东征军政治部主任,刚到广州的李春涛经彭湃介绍,在东征军政治部任职,协助周恩来工作。李春涛把东征的过程写成《东征纪略》,详细叙述东征军的战斗,成为国民政府东征的珍贵史料。第一次国共合作时,国民党中央宣传部代理部长毛泽东主编《政治周报》,1925年12月5日在广州创刊,李春涛也到周报工作,与沈雁冰、邓中夏、张秋人协助毛泽东编辑《政治周报》,并发表了《杀尽知识阶级是谁?》《东征纪略》等文章。李春涛曾任汕头《岭东民国日报》社长。

1925年12月《政治周报》第3期刊登李春涛的《东征纪略》,全文1万多字,分为"东征军出发""下惠州""占领海陆丰紫金老隆""东江全平""追击闽边残敌"五个部分,记述了国民革命军第二次东征、讨伐陈炯明的战斗历程。《东征纪略》既追求叙事的真实性,也注重表达的文学性;既有深入的议论,也有热烈的抒情,总体风格是朴实而明快。譬如"下惠州"一节,用这样的文字描述攻打惠阳城:午后二时,炮兵即开始向惠阳城北门一带猛烈射击,每发必中,毁坏城门。视十三日又甚。一弹恰中城上之一侧防机关,敌之机关枪声顿灭。至午后三时,我攻城部队即按照攻城计划,攻击前进。此时彼我之步枪声,极为稠密。我兵屡次拾阶梯冲锋前进,俱为敌人射倒。然前仆后继,至三时五十分,我步兵即竹梯攀登入城。杨昆如负伤率残部遁去,于是号称南中国第一天险有宋以来千年未曾攻破过的惠州,在三十小时内为国民军所占领。

彭湃《海丰农民报告》1926年出版,周恩来为此书题词,称赞是"最生动的农民运动教材"。这篇报告注重内心描写,语言形象生动,感情充沛,也具备报告文学的特点。

第三节 钟敬文、许地山的小品散文

记人叙事写景抒情的小品散文,是一种短小精练又有兴味情致的散文体式。周作人在1921年发表的《美文》一文中提倡,随后创作并形成影响的,或叙事或抒情或两者结合的"美文"形式。这种文体,既吸收了英国(爱迪生、欧文)散文"真实、简明""幽默庸俗"的艺术营养,又继承了我国现代公安派"独行性灵、不拘格套"的传统,更有"用自己的意向和思想"。实际上,"小品"散文之"小品"是相对于"大品"而言。"大品"即正统古文,重"载道",是儒家伦理政治的宣传品。"小品"则独抒性灵,是"载道"古文的反叛。

小品散文比杂文出现得晚一些,但影响很大,很成功。鲁迅指出:"散文小品的成功,几乎在小说戏曲和诗歌之上。这之中,自然含着挣扎和战斗,但因为常常取法于英国的随笔(Essay),所以也带一点幽默和雍容;写法也有漂亮和缜密的,这是为了对于旧文学的示威,在表示旧文学之自以为特长者,白话文学也并非做不到"①。

但在周作人《美文》发表之前,岭南有作家尝试小品散文的写作。1922年1月,阮啸仙发表《一个人家的蜂蜜》影响力很大,描写一个家里的蜜蜂,春收冬藏,终年辛劳,结果酿造的蜜糖全部被主人收走。现在蜜蜂饥寒交迫,境遇窘迫。文章由蜂及人,以蜜蜂象征社会,鼓动被剥削者勇敢起来闹革命。这篇小品散文,构思奇特,新颖有趣,描写生动,寓意深远,突破个人狭小题材,忧愤深广,锋芒直逼社会现实。作者指出,奴隶翻身、改变命运的唯一出路就是向着阳光,振作精神,飞出樊笼。

当时经常发表散文的还有谭平山、杨匏安、彭湃、郑志云、李国珍、李春涛、许地山等人。早期的散文作者群充分利用省内报刊上的"随感录""杂感""评坛""论说""短评""时评"等栏目,用最早的一批散文作品发挥了现代文学的战斗作用,显示了文学革命的实绩。但阮啸仙、谭平山、彭湃等不是专业作家,他们的主要精力投入到了广东农民运动中。

许地山则与众不同,这位广东籍散文家文学创作起步不是在家乡,而是在故都北京求学、生活期间。许地山1917年考入燕京大学文学院,1920年毕业留校任教。1921年1月,他和沈雁冰、叶圣陶、郑振铎等12人,在北平发起成立文学研究会。1922年2月,许地山在《小说月报》上发表的短篇小说《缀网劳蛛》,为其早期代表作。1923年至1926年在美国哥伦比亚大学研究院和英国牛津大学研究宗教史、哲学、民俗学等。1927年起任燕京大学教授、《燕京学报》编委,并在北京大学、清华大学兼课。许地山发表不少小说和散文,引起关注。许地山早期创作质朴、清丽,富含哲理,多以闽、台、粤和东南亚、印度为背景,兼具浓郁的宗教色彩。1925年,小品散文集《空山灵雨》由上海商务印书馆出版。这是现代第一部以个人名义出版的个人散文集,当时比较有影响。"空"与"灵"的韵味境界,是《空山灵雨》在艺术上的独特造诣。不少作品都带着若隐若现、迷离惝恍的朦胧,洒脱超逸的语言蕴含着颇费咀嚼的玄理思辨,巧妙的比喻、隐喻,丰富的想象,奇特的构思。《空山灵雨》的散文取材可分为叙事、状物两大类:一是叙事,有家庭也有社会。写家庭夫妻生活小景,这类题材在集中所占比例最大,有十余篇,如《别话》《蛇》《香》等,这些篇章或写夫妻情深,或写夫唱妇随,或写相互理解或体贴,充满人间浓郁的真情深意。沈从文称《空山灵雨》为"妻子文学",因为集中四分之一的文章出现妻子或隐藏妻子的形象。虽以闺

---

① 鲁迅:《南腔北调集·小品文的危机》,《鲁迅全集》第4卷,北京:人民文学出版社1981年版,第575—576页。

房情趣,妻子的形象不过是许地山借此阐明佛理,以使读者得到智慧罢了。家庭之外,还有不少篇章写社会现实发生的事情,如《三迁》《愚妇人》《小俄罗斯的兵》等。他或写一种世相,或记一缕情丝,或泄一种爱憎,作者常以记事始,而以自我的哲理升华终。二是状物,如《山响》《蝉》《海》等,作者借这些自然的实体,边描写边议论,或从其神志,或从其处境来寄寓他对人生的理解。

《空山灵雨》是许地山早期的小品散文集,阐扬平民主义。这些散文有部分回忆儿时广东生活,内容与岭南有一些关联。岭南第一位本土散文作家,并专心于小品散文创作的是钟敬文。

钟敬文(1903—2002),广东海丰人,民俗学家、散文家。1919年五四运动爆发,历史的风暴对于急切求知的学子钟敬文冲击巨大。当时年仅16岁的他就读于海丰陆安师范学校。"五四"的春风吹到了岭南,对耽爱古代诗词与小品的少年钟敬文来说,犹如启智的惊雷。他后来回忆说:"五四的智慧醒觉运动把我的心眼撞开了。"

钟敬文常说"五四"是他的乳娘,他是"五四"的儿子。重要的是"五四"使他"把生命与整个民族、国家联系起来,并开始了一条新的学艺之路"。钟敬文与同学们一道宣传演讲,抵制日货。正是这样的人生实践,使钟敬文对国家和社会有了实在的感觉。1922年在陆安师范学校毕业后,他成为小学教员。但钟敬文不满足于职业糊口,他渴求精神滋养,他将微薄的薪水节约下来,汇寄到上海、汕头等大城市去购买新文化、新文学的书刊。

这一时期他在新文化思潮的影响下,对民间文学发生兴趣,他丢开了手中的子曰诗云等文人文学(虽然这是他一生的私爱),关注身边的口头文化。他在海丰家乡起劲地搜集民间故事、民歌、民谣,家里的嫂嫂、邻居老伯、店里的工人都成为他访问的对象。当时,北京大学发起的歌谣学运动影响全国,钟敬文在家乡调查搜集整理民间歌谣,将搜集到的作品与有关歌谣研究成果陆续寄送到《歌谣》周刊。1924年起,钟敬文陆续在《歌谣》周刊等刊物上发表了《读〈粤东笔记〉》《南洋的歌谣》和《海丰人表现于歌谣中之婚姻观》等有关作品,这是钟敬文在民间文化领域的最早成果。

1926年秋,钟敬文到达广州。在中国共产党领导下,此时广州地区的工农运动朝气蓬勃,进步文化繁荣。钟敬文到中山大学中文系任助教,与顾颉刚等人组织民俗学会。钟敬文在这里如饥似渴地阅读《向导》《少年先锋》《人民周刊》等进步刊物,还在岭南大学的《南风》上发表送好友聂绀弩留学苏联的诗作《到莫斯科去啊!》,表达对社会主义国家的景仰。后来,钟敬文还专门约请在莫斯科中山大学学习的聂绀弩给他主编的文艺副刊写稿。此时的钟敬文追求进步,阅读了不少马克思主义书籍,还结识了共产党员刘谦初(后来担任过中共山东省委书记),合作翻译东南少数民族民歌,结下了深厚的友谊。在与刘谦初分别三周后(1927年1月4日),钟敬文写了

《潜初去后》一文,"他是马克思的信徒,他要实现共产主义的理想!好,让革命之神降福于他吧,一切都将如他所希望的成功!"可见24岁的钟敬文对革命者与革命事业充满了期待。而刘谦初自北方南来,没有实现参加革命的初衷,现在又北上寻找革命,作者心情是"沉重的凄寂","自他去后,我的焦躁,我的苦闷,一切都飞到百度以上"。这时鲁迅也到了广州,钟敬文与友人一道热心寻访鲁迅,在报刊上发表《记找鲁迅先生》,还编印了《鲁迅在广东》的专书。钟敬文这几篇怀人散文,都收入在广州期间出版的散文小品集《荔枝小品》。

1928年,在文艺界、学术界崭露头角的钟敬文离开广州前往杭州,先后在浙江大学与民众实验学校任教,进行民间文化研究,编辑民间文化专号、举办西湖博览会,并与江绍原、娄子匡等一道成立中国民俗学会。其间与郁达夫等进步作家有密切的交往。西湖秋色安抚了这位岭南异乡游子,催发了他的文学情思。在杭州,钟敬文热心于散文、小品的写作,出版了《西湖漫拾》(1929)、《湖上散记》(1930)等散文集①,在散文创作上取得了较大的成功。

钟敬文开始学习写新诗和散文,出版的第一本书是与林海秋、马醒三人合著的诗集《三朵花》。但这本小诗集没有什么影响,钟敬文的文学创作主要成绩在小品散文。1927年上海北新书局出版钟敬文的《荔枝小品》,编入藕社丛书。这是钟敬文的第一本散文集,也是广东新文学史上第一本散文集。

《荔枝小品》共有散文22篇,主要收集1925年至1927年发表在《东方杂志》《文学周报》《倾盖》等报刊上的文章。郁达夫主编的《中国新文学大系·散文二集》选录其中4篇《西湖雪景》《花的故事》《黄叶小谈》《太湖游记》。阿英编选《散文小品十六家》,评论钟敬文的散文是"新文艺小品中的优秀之作"。郁达夫《中国新文学大系·散文二集》导言对钟敬文的散文有很高的评价:"清朗绝俗,可以继周作人、冰心之后武。"②钟敬文的散文创作成就奠定了他在现代文学史上的地位。

《荔枝小品》内容上可分为两类:一类是描写岭南风物人情的抒情文,有《荔枝》《忆社戏》《南国已秋深了》等篇。在这些作品中,作者以清新细腻的笔调,勾画出了南国所特有的风貌,抒发了对家乡的眷恋之情。另一类是描写作者自己生活的记事文,像《送王独清君》《记找鲁迅先生》等篇。这类文章以平易的口吻,记叙了与友人往来交际的生活,充满了情趣。整部散文集文笔冲淡静默,表现出平远清秀的风格。

《荔枝》是《荔枝小品》中的代表作。荔枝是岭南的特产,种类繁多,果味独特,形象也诱人喜爱。历来引动许多文人墨客的诗兴雅趣,但这篇作品开头并不直接切入

---

① 《西湖漫拾》,北京:北新书局1929年版;《湖上散记》,北京:北新书局1930年版。
② 郁达夫:《〈中国新文学大系·散文二集〉导言》,上海:良友图书公司1935年版,第3页。

主题,而采用欲扬先抑法,先说懊恨自己未生在"周汉故都的秦豫之乡"和"风物妩媚的江南之地",而不幸生在"文化落后蛮僚旧邦的岭南"。要说岭南的好处,却先道岭南的不及,等于先给读者一点失望感,以便留下更多的情感空间给荔枝占领。

接下来,文章叙写岭南乡土风味,逼近中心,但先说苏东坡贬南食蚝,惊其味美,甚至不敢把这风味介绍给北人,怕因此不以贬谪为苦了。一则传说,道尽牡蛎(蚝)的佳味。又说到宋帝昺被元兵追赶至岭南,意外地吃到野人饭菜,便连君王都不想做了。我们对于传说不能信得过实,为美味而求贬谪,或弃帝王而餍野食的事,只是说说而已,没有人真那么做的。按社会心理分析,这些故事属于地方人的自夸之言,但那热爱乡土的情致是令人感动的。

行文至此,方说到岭南荔枝。作者先说的是荔枝文化。从杨贵妃的酷嗜荔枝,说到杜牧诗《华清宫》中的佳词妙句,说到苏轼为啖荔枝而愿长作岭南人的诗《四月十一日初食荔支》。接着谈到荔枝形象,仍然是举出白居易《图序》、蔡襄的《荔枝谱》,然后才以自己的目之所见和读者谈荔枝。以上文章的迂曲,自然是增加了读者许多风物典故知识,但更重要的是把读者馋到,诱你迷恋荔枝。到这时候才说荔枝的果子"艺术的"外形,特别是荔枝果子成熟的时节,人们吃荔枝的诗意:"日影已斜的午后,或银月初上的黄昏,独自的或多人的,坐在那清风徐来,绿荫如盖的树下,吃着这一颗颗晶丸般的荔枝,比起古人'浮瓜沉李'的故事,不知谁要风韵得多。"

钟敬文的小品,取材并不特别,因为如文中反复引征的资料所证明的,古来咏荔枝、谈荔枝的诗文已经很多了。但这不要紧,钟敬文说过:"文艺的取材,不必一定要怎样高深,平常容易为人所经验到的事物,能够拈掇了出来,便很可摇撼人的情感了。"①通过一个荔枝,融进文化,融进历史,融进对故乡的情感,这就是文章感人的奥妙。

钟敬文在杭州和广州的散文创作,大体保持近似的特点。钟敬文《西湖漫拾自序》这样评论:

> 我自己三年来写的一些文字,也正如我所癖好的一样,在情思风格上,大抵多是比较冲淡静默的——自己不敢说怎样深远而有余味,朋友们谓它没有强烈的刺激性,这就是绝很好的证明。但这点,我并不很想把它改换。

但比较而言,杭州创作的散文意境可能更深远而耐人寻味,语言更纯净,似乎已经从周作人的"园地"走出来,洗脱了借鉴和模仿的痕迹。

钟敬文的小品散文,清朗绝俗,冲淡静默,语言清新流畅,叙述细致委婉,无论是

---

① 钟敬文:《荔枝小品·秋宵写怀》,上海:北新书局1927年版,第26页。

记人还是写景,不管是叙事还是抒情,都舒卷自如,真切动人。尽管也有取材比较狭小,视野不够宏阔,如同王任叔所言"含意比较浅"等不足,但显示了新文学的实力,代表岭南小品散文最初的成绩。

第六章　李金发:象征派先驱

1925年,一部别开生面的诗集《微雨》发表,标志着中国象征派诗歌异军崛起。作者是从岭东山区走出、留学法国的诗人李金发。之后,李金发接连出版了诗集《食客与凶年》《为幸福而歌》,穆木天、冯乃超、王独清、篷子、石民、于赓虞、邵洵美等也陆续发表了象征主义诗歌,形成象征派。李金发格调奇异、诗风晦涩颓废,有"诗怪"之称,为中国象征派诗歌的先驱和代表,对我国20世纪30年代的"现代派"、40年代的"九叶诗派"以及新时期的"朦胧诗"都产生了深远影响。周作人认为《微雨》"国内所无,别开生面"。朱自清在《中国新文学大系·诗集》导言中评论李金发诗歌:"没有寻常的章法,一部分一部分可以懂,合起来却没有意思。他要表现的不是意思而是感觉或情感,这就是法国象征诗人的手法,李氏是第一个介绍它到中国诗里的人"。《中国新文学大系·诗集》编选新文学第一个十年新诗,李金发入选5首,数量仅次于闻一多、徐志摩、郭沫若,位列第四。中国象征主义的创始者李金发在异质文化语境中的汉语诗歌写作,引发了中国诗歌的诗学观念、审美方式和表现题材方面的变革。

第一节　李金发的象征派诗

李金发(1900—1976),广东梅州人。早年就读于香港圣约瑟中学,后在上海入南洋中学留法预备班。1919年赴法勤工俭学,1921年就读于第戎美术专门学校和巴黎帝国美术学校。在法国象征派诗歌,特别是波德莱尔《恶之花》的影响下,开始创作诗歌。

李金发1923年初春在柏林完成《微雨》和《食客与凶年》诗稿,同年秋天写作《为幸福而歌》。1925年11月,李金发的《微雨》出版,之后另外两部诗集也相继出版,奠定了他作为中国象征派诗歌创始者的地位。1925年初,李金发应上海美专校长刘海粟邀请,回国执教。上海美专雕塑专业招不到学生,雕刻教授之聘无法兑现,李金发"学成归国"而失业。同年加入文学研究会,并为《小说月报》《新女性》撰稿。1926

年,李金发结识蔡元培,蔡元培为李金发的《意大利及其艺术概要》和《雕刻家西米盎则罗》两书题写书名,并以"文学纵横乃如此,金石刻画臣能为"相赠①。1927年秋,受聘任大学院秘书②。1928年任杭州国立艺专雕塑系主任,创办《美育》杂志。后赴广州任教于广州美术学校,应邀作伍廷芳铜像等,1936年任该校校长。1941年诗文集《异国情调》出版。1945年1月任驻伊朗大使馆一等秘书;1946年6月,调任驻伊拉克公使一等秘书,代理馆务。1951年移居美国,1976年病逝于美国纽约。

李金发除诗歌领域的成就外,还创作了一些小说、散文作品,发表不少文艺方面的论著和译著。著作有诗集《微雨》(1925)、传记《雕刻家米西盎则罗》(1926)、诗集《为幸福而歌》(1926)、诗集《食客与凶年》(1927)、艺术史《意大利及其艺术概要》(1928)、文学史《德国文学ABC》(1928)、《岭东恋歌》(1929),《异国情调》(1942)、小说(与他人合集)《鬼屋人踪》(1949)、诗文集《飘零闲笔》(1964)。《李金发诗歌全编》(2021)③汇集了李金发自20世纪20年代以来的全部诗歌作品,其中包括《微雨》《食客与凶年》《为幸福而歌》《异国情调·诗》《集外诗汇编》等等,附录收录李金发搜集整理的578节民歌《岭东恋歌》及陈厚诚整理撰写的《李金发年谱简编》。同时,编者为本书添加大量注释,既有外文词汇的鉴别、勘误和翻译,也有流传与发展过程中李诗字词变化的考证与校正。

中国诗歌的现代转型,一直处于新旧、中西双重维度交织成的纵横坐标中,是一种"背负十字架的思考"。胡适等"五四"新诗运动者们,采取反叛中国传统诗学,倡导自由体白话新诗的激进策略图新求变,实现诗歌革命。这是一种侧重语言和诗体的革新,本质上属于新旧之变。而以李金发为代表的象征主义诗歌崛起,取法西方,引发诗学观念和审美方式的变革,属于传统向现代的变革。如果说胡适尝试以白话写自由体新诗,揭橥新诗第一次革命,那么李金发则引发新诗的二次革命,建构新诗的现代审美传统。但是李金发的文学史价值和诗歌地位有被低估的情况④。

一、中国象征主义第一人

"我的故乡,远出南海一百里,/有天末的热气和海里的凉风,/藤荆碍路,用落叶

---

① "文学纵横乃如此,金石刻画臣能为"为清代陈继昌集句联,分别出自宋代黄庭坚《送少章从翰林苏公余杭》、唐代诗人李商隐作品《韩碑》。

② 大学院,是中华民国政府设立的全国最高学术教育机关。1927年10月成立,设于南京。蔡元培担任首任院长。大学院最初受命于国民政府,管理全国学术及教育事宜,但不隶属于国民政府,1928年4月改属国民政府。1928年10月24日,大学院裁撤,所有改革制度取消,恢复教育部与旧有教育制度。

③ 李金发:《李金发诗歌全编》,陈厚诚、李伟江、陈晓霞编,成都:四川文艺出版社2021年版。

④ 陈希:《西方象征主义的中国化》,广州:中山大学出版社2018年版。

谐和/一切静寂,松荫遮断溪流。"这是李金发的诗句,"远出南海一百里"的地方,就是李金发的故乡,号称"岭东上国"的广东梅县。

李金发原名李权兴,别名李淑良,"李金发"是他用得最多的笔名。李金发《我名字的来源》一文吐露,1922年在法国患病,梦见一个白衣金发的女神领他遨游天空,因此改名为"金发",自诩是"有浪漫色彩的名字"①。

李金发的曾祖父和祖父都以务农为生。父亲李焕章年轻时曾在堂叔的盐店里做工,后到毛里求斯岛谋生路,经营"糖房店"取得成功,在家乡梅县购置田土和兴建房舍"承德第"。李金发在这里度过了自己的少年时代。1915年,父亲李焕章因病去世。李金发在本乡小学毕业后,到梅县的高等小学(相当于后来的初中)读书。在这里,他第一次接触到国文之外的数学、物理、地理、英文、国画、体育等新的课程。1919年初就读于香港圣约瑟中学,后在上海入南洋中学留法预备班。1919年11月,李金发登上一艘英国商船离沪赴法国留学,同船者包括同乡林风眠及李立三、徐特立、王若飞等。抵达马赛后,由法华教育会安排在巴黎附近的枫丹白露市立中学学习法语。李金发勤奋努力,课堂上听不懂,就课后捧着字典自学。几个月后,居然可以借助字典阅读都德《小东西》和福楼拜《包法利夫人》等文学作品。

1920年秋,李金发与法华教育会脱离经济关系,成为自费留学生。他醉心于法国栩栩如生的大理石雕像,选择雕塑艺术,开始专业学习。1921年春,李金发进入位于法国中部歌德多尔省省会第戎(Dijon)的国立美术专科学校学习美术和雕塑。这所学校条件很差,师资缺乏,半年后他转入国立巴黎美术学院雕刻教授布谢名下深造。巴黎美术学院是法国最高艺术学府,徐悲鸿曾在此学习。

李金发出国前,在母亲包办下,与朱亚凤结婚。李金发父亲曾在英属毛里求斯岛经商,家境尚可。朱亚凤虽为童养媳,但二人青梅竹马,感情较深。李金发婚后不到一年时间即出国留学,朱亚凤患病痛苦难忍,1920年春喝大茶药自杀。由于苦闷和痛苦,孤独而颓废的李金发写诗抒怀。

李金发自幼喜欢文学,多愁善感,学习刻苦认真,比较内向,喜欢独处和冥思,形成了与象征派诗人类似的孤独忧郁的性格;他在少年时期形成的欣赏鸳鸯蝴蝶派哀情小说那种多愁善感情调,与以忧郁为美学特征的象征派诗歌之间,有着某种奇特的契合。在巴黎,严酷的现实、孤独的心境和悲观颓废的思想,使他自觉不自觉走近象征派诗歌。李金发《文艺生活的回忆》(1964)回忆道:"那时因多看人道主义及左倾的读物,渐渐感到人类社会罪恶太多,不免有愤世嫉俗的气味,渐渐的喜欢颓废派的

---

① 李金发:《我名字的来源》,《异国情调》,重庆:商务印书馆1942年版,第42页。

作品,鲍德莱的《罪恶之花》,以及 Verlaine 的诗集,看得手不释卷,于是逐渐醉心象征派的作风。"①

象征派主张用神秘朦胧的意象来寄托内心的痛苦,表达颓废情绪,引发李金发内心共鸣,唤醒创作兴趣。李金发的新诗创作始于1920年,1923年来到德国柏林时,已经写就诗集《微雨》《食客与凶年》和《为幸福而歌》。他将前两部诗集寄给北京大学教授周作人。两个月后,周作人回信称"这种诗是国内所无,别开生面的作品",很快在他编辑的《语丝》第14期发表李金发第一首诗《弃妇》,并将两部诗集列入"新潮社文艺丛书",推荐给北新书局出版。

爱情之神在此刻降临到李金发身上。在林风眠的住处,李金发结识了一位叫格塔苏伊尔曼的德国少女,汉语译为屐妲。屐妲美丽聪慧,颇有艺术天赋,特别擅长水彩和素描。与屐妲的恋爱,在一定程度上改变了李金发的人生观和生活方式,从一个节衣缩食、悲观消极的青年变成一个有信心享受生活、开朗向上的绅士。热恋中的李金发诗意大发,创作第三本诗集《为幸福而歌》。这些为爱情所咏唱的生命之歌,是他创作生涯中色调最明亮、主题最积极的部分。

《为幸福而歌》封面彩绘一裸女临风而舞,有小字注云:"屐妲,二五年作",彩绘为李金发夫人屐妲手笔。卷首有《弁言》云:"这集多半是情诗,及个人牢骚之言情诗的卿卿我我,或有许多阅者看得不耐烦,但这种公开的谈心,或能补救中国人两性间的冷淡"。《心期》深情吟唱:"当我走过你的故居,/我愿听你的歌唱,/但无心扰你深睡/脚儿太弱小,/我无能穿你翼鞋而远走,/纵遇荒漠与曲径,/无让我导路在前头/我同你生命的象征,/你答我以火焰,/潜力与真理!"由于德国当地不允许本国人与中国人通婚,1924年初,李金发和屐妲返回法国,在巴黎的南郊小镇结婚。

婚后,李金发重返巴黎美术学院继续学业。1924年夏天,他偕同屐妲前往法国北部的圣凡拉利海滨度假。1924年11月底,李金发夫妇取道意大利回国任教。意大利逗留半年期间,他们在文艺复兴的发源地充分饱览了威尼斯、佛罗伦萨和罗马的名胜古迹和艺术作品,利用收集到的素材,写成《意大利及其艺术概要》和《雕刻家米西盎则罗》两部著作。1925年春天,李金发偕屐妲离开意大利那不勒斯,结束了六年的欧洲游学生活,踏上了回国征途。

二、对象征主义的接受

李金发1925年至1927年接连出版了《微雨》《食客与凶年》《为幸福而歌》三本

---

① 李金发:《文艺生活的回忆》,《飘零闲笔》,台北:侨联出版社1964年版,第13页。

诗集,为新诗坛所瞩目。李金发诗歌创作于法国、德国,是异质文化的汉语诗歌写作。当时法国象征主义已经进入瓦雷里时代,李金发的居住地巴黎塞纳河仍弥漫象征主义的艺术氛围。但马拉美以及魏尔伦、兰波等奠定象征主义成就的"三杰"都在19世纪末去世,1920年前后象征主义进入另一个新的阶段,即后期象征主义时期,瓦雷里和纪德、克洛代尔、福尔等象征主义新生代崛起,丰富和发展着象征主义。"当象征主义——瑰艳的,神秘的象征主义在法兰西诗园里仿佛继了浮夸的浪漫派,客观的班拿斯派而枯萎了30年后,忽然在保罗梵乐希底身上发了一枚迟暮的奇葩:它的颜色是妩媚的,它底姿态是招展的,它底温馨却是低微而清澈的钟声,带来浮沉永久的意义。"①瓦雷里创作流芳百世的名诗《海滨墓园》,写下平生最得意和最优美的妙句:"放眼眺望这神圣的宁静,该使对你沉思后多美的报偿"时的1920年,李金发正在法国,他们身处同样的天空,呼吸着共同的艺术空气。

羁旅生涯中的李金发在后期象征派氛围中浪游,被保尔·福尔诗歌中的巴律体吸引,尝试自由体诗的形式与节奏。但李金发接受法国象征主义影响最多、最直接的是19世纪下半叶法国象征派诗歌,他心中向往马拉美时代象征主义的辉煌。李金发自称"最初是因为受了波特莱尔和魏尔伦的影响而作诗的。"②法国文艺沙龙在历史上很有名,扮演着重要角色。法国象征主义以文艺沙龙形式开展诗歌活动,令李金发着迷。

巴黎塞纳河左岸的拉丁区是魏尔伦及其落拓不羁的颓废诗人的活动中心,右岸的罗马街则是马拉美和周二聚会的诗友切磋的场所。李金发在《法国的文艺客厅》一文中回首法国文艺沙龙活动的历史,描述了1895年巴黎还活跃着的四大文艺沙龙。李金发以羡慕的笔调写到马拉美周二聚会:"马拉美亦在罗马路时时召集少年作家,作类似的讲学之集会,使人得到不少教益,质疑问难,他尽情解释,卒造成象征派的发扬广大之业。那里没有好的客厅,每时都在饭厅里集会,凳子亦不够客人坐呢!"③

李金发在巴黎街头寻访象征主义诗人的历史踪迹,沉浸于象征主义诗歌艺术世界。但如同大多数象征派诗人一样,他的现实处境是艰难落拓的。李金发从小喜欢文学,多愁善感,学习刻苦,比较内向,喜欢独处和冥思。在巴黎,严酷的现实、孤独的心境和悲观颓废的思想,使他自觉不自觉走近象征派诗歌。

李金发回忆说,那时他"没有女朋友,没有中外诸多人的交际,没有人保护(那时只有二十岁的孩子),没有人指导,全是自己死用功自己摸索,没有物质享受,所谓纸

---

① 梁宗岱:《保罗梵乐希先生》,《梁宗岱文集》第4卷,中央编译出版社2003年版,第7页。
② 李金发、杜格灵:《诗问答》,《文艺画报》1935年2月第1卷第3号。
③ 李金发:《巴黎的文艺客厅》,《人间世》1934年第18期。

醉金迷,于我没有份,我是门外汉。"①

巴黎是欧洲艺术中心,先锋思想的源地。李金发就读的巴黎国立美术学院,"浪漫是全国著名的",一些学生常借"化装舞会"玩弄异性,但他"抱了敬鬼神而远之的观念,从没有参加这个盛会"。在花花世界,李金发抵挡诱惑,沉浸于艺术追求。

居住在塞纳河边旧旅馆,狭小的房间堆满雕刻材料,雕刻作品都是作呻吟或痛苦状的人类,小屋如鬼魅之窟。李金发自述,此时他"读 Verlaine, Baudelaire, Samain, Régnier 等诗最多,雕刻方面,已受了他们些小影响。"孤独、迷茫、抑郁、厌世,耽溺于颓废情绪,以及婚恋的痛苦,他开始诗歌创作。

李金发接受法国象征主义,其中萨曼和雷尼埃留有痕迹;从译诗看,他也接触福尔、耶麦、瓦雷里等诗人的作品。但李金发诗歌从表现主题、审美方式、意象建构到诗歌形式,最重要和直接的,是师承法国象征派诗人波德莱尔和魏尔伦。

(一)接受波德莱尔

《弃妇》是李金发的名作,冠于这部诗集《微雨》之首,以饱尝人间苦辛的悲哀之弃妇,寄托人生与命运之悲哀。

> 长发披遍我两眼之前,
> 遂割断了一切羞恶之疾视,
> 与鲜血之急流,枯骨之沉睡。
> 黑夜与蚊虫联步徐来,
> 越此短墙之角,
> 狂呼在我清白之耳后,
> 如荒野狂风怒号:
> 战栗了无数游牧
>
> 靠一根草儿,与上帝之灵往返在空谷里。
> 我的哀戚惟游蜂之脑能深印着;
> 或与山泉长泻在悬崖,
> 然后随红叶而俱去。
>
> 弃妇之隐忧堆积在动作上,

---

① 李金发:《我的巴黎艺术生活》,《人间世》第 22 期,1935 年。

夕阳之火不能把时间之烦闷

化成灰烬,从烟突里飞去,

长染在游鸦之羽,

将同栖止于海啸之石上,

静听舟子之歌。

衰老的裙裾发出哀吟,

徜徉在丘墓之侧,

永无热泪,

点滴在草地,

为世界之装饰。

全诗三节,第一节,描绘弃妇的悲惨形象和恶俗环境。"长发""鲜血""枯骨"构成形象的主体,环绕在她周围的是黑夜、蚊虫、狂风。急流、沉睡、狂呼、怒号等动词将主客体连接起来,让人感到惊异、厌恶和恐惧。第二节描写的是弃妇的内心世界更是凄凉,唯一的精神寄托是靠一纤细草与上帝之灵相互交往。山泉长泻,红叶飘零,弃妇的灵魂在无常的世界中游荡,外在形象与内在灵魂互相映证,弃妇的丑恶完全是由遗弃她的现实造成的。诗的前两节以第一人称,即弃妇的口吻低诉自己孤寂凄苦的情怀,第三节改用第三人称描写弃妇的孤寂之感,"弃妇之隐忧堆积在动作上","衰老的裙裾发出哀吟,徜徉在丘幕之侧",作者直接用形态动作表现虚幻的精神内容,内在精神与外在世界产生动感的飞跃,构成了审美张力。第三人称的写法把诗人的自我分离出来,反过去审视这个审美世界,这是典型的象征主义表现方法。《弃妇》抒写流落在穷困之中的弃妇的悲哀痛苦,象征冷漠的浊世被遗弃的凄凉与孤独。"弃妇"虽然被遗弃,但还希望理解这个世界,重新为世界所容纳。"弃妇"渴望"夕阳之火"把"时间之烦闷化成灰烬",尽力抛洒出去,然后留下清灵的"自我",在一个宁静的、属于我的世界中"静听舟子之歌"。

审丑和死亡是李金发诗歌的主题,这直接源自波德莱尔。李金发对"生"的描写来自波德莱尔的"忧郁的生"。波德莱尔《破钟》(La Cloche Fêlée)诗里,年轻的生命仿佛"灵魂破裂的钟",《永远如此》(Mme Sabatier)吟唱"当我们的心摘下爱果,/生存就化为痛苦!";李金发的《给女人×》叹息生命是流滚哭泪的"桥",在《时之表现》中他疾呼"我们的生命太枯萎,/如牲口践踏稻田。"对"生"的失望、诅咒的另一面,就是对死亡的赞美、憧憬。波德莱尔用大量诗歌描写死亡、冥府,他的《穷人们之死》将死亡看成天使,将世人从现世痛苦中解放、导入天国。这种对死亡的向往和赞美,确实罕见和特别。

李金发1920年到1944年共发表347首诗,其中写到"死"近百多处,也令人惊异。不过他的诗不像波德莱尔那样憧憬"死亡",而是在歌颂的同时对"死"充满恐惧。《有感》收录在1926年出版的诗集《为幸福而歌》中,是李金发的代表作,深刻而奇特。

如残叶溅
血在我们
脚上

生命便是
死神唇边
的笑。

半死的月下,
载饮载歌,
裂喉的音
随北风飘散。
吁!
抚慰你所爱的去。

开你户牖
使其羞怯,
征尘蒙其
可爱之眼了。
此是生命
之羞怯
与愤怒么?

如残叶溅
血在我们
脚上

生命便是
死神唇边
的笑

《有感》思考生命与死亡的关系,但并不是表达人生短促,时光不再,只能在酒与爱的享乐里消除痛苦的颓废消极,而是直面死亡,肯定死亡的价值,"生命便是死神唇边的笑",死亡是永恒的。《有感》采用提行转行的排列和断句法,如"溅血"是一词,故意割开排列,"血"字放在前边去了,"死神"也不接"便是",而是另提一行,"唇边的笑"也硬加分开,把"的笑"另立一行,都是为了使那些另提一行的词,给读者一种强烈的印象,增强阅读者的接受效果。这样的断句法是西方现代派诗常用的。全诗共有六节,首尾两节的重复,不仅加强了作品的音乐美,也使诗的主题得到更强的表现。中间两节分别写"享乐"和"求爱",象征人生的基本内容,但人生的欢爱转瞬即逝,生的短暂、无常,不过是死亡的表情符号,"如残叶溅血在我们脚上,/生命便是死神唇边的笑",这是书写死亡的名句。死亡是一切,生命的意义其实是死亡赋予的。假设没有死亡,生命无休止,那种境况比死亡更可怕。

李金发还有不少诗直接写"死",《死》赞美道:"死!如同晴春般美丽,/季候之来般忠实,/若你没法逃脱,/呵,无须恐怖痛哭,/他终久温暖我们。"《断句》写道:"死灵蹲踞着,/满披金色之秋叶"。《一二三至千百万》抒写死的永恒性,《自挽》显示面对死的从容。

对死的描写和关注,与审丑的诗歌观念关联。如同"生""死"的转化,"美""丑"的关系也是辩证的。"审丑"是波德莱尔"创造一种新的战栗"的秘密武器,是波德莱尔对现代诗学的重要贡献。李金发接受了这种"发掘恶中之美"的诗歌审美方式。

《夜之歌》里,李金发描写"枯草""朽兽""泥污"和"死尸"一类丑陋的事物,表达人生的悲愤。李金发也像波德莱尔一样,注重色彩、声音、气味等的通感契合。李金发的《夜之歌》写色和味的契合:"粉红之记忆,/如道旁朽兽,发出奇臭"。《希望与怜悯》则将色彩与声音渗透,并交合感应,富于变化,诗变得神秘而生动。而《香水》一诗则因袭波德莱尔的《香水瓶》,香味和腐味并存交错,互相转换。

在意象和词汇的选择上,李金发也承袭波德莱尔。李金发诗歌意象选择习用"残阳""寒夜""坟墓""污血""枯骨""冷月""死尸""荒野"等;显示诗人个性和诗歌风格、出现频率较高的词为忧郁、恶魔、伤者、深渊等,这些意象和词汇与波德莱尔《恶之花》建构的诗歌意象和惯常使用的词汇类似。

李金发诗歌意象组合是听凭自己内心的真切感受,不顾及字句的连贯和语法,追求艺术的逻辑而不是逻辑的艺术,也就是常为许多论者论及的"观念联络的奇特"和章句上的"省略法"诸手法。

(二) 魏尔伦的影响

李金发诗歌的颓废和感伤则更多来自魏尔伦的影响。李金发自称魏尔伦是他的名誉老师,在法国时对魏尔伦的诗歌爱不释手。他有一首题为《诗人魏尔仑(P. Verlaine)》的诗,描述魏尔伦的精神容貌。在李金发眼里,魏尔伦"斗头","寻须",是诗国的暴君和弄潮之孩童,其诗歌之主调,即"情爱之凹处",在于"低唱人类之命运"。李金发留学法国时,魏尔伦已经去世20多年,他深深遗憾不能面谈请教,切磋诗艺,故"仅能在图画上认识"。

李金发诗歌,接受魏尔伦诗的颓废、伤感、失望的情调和意象。《夜雨》《临风叩首》情调、意象与魏尔伦的《泪流在我心里》《天穹在屋顶上》很相似。爱情和女人是李金发和魏尔伦诗歌共同的主题之一。"泪水""哭泣""痛哭""失望",这些词汇充斥诗行。秋、月夜、琴声、雨、叶、灵魂等为共同偏好的意象。

李金发还在诗歌形式和音乐性上接受魏尔伦影响。李金发著名的《有感》一诗,形式上直接借鉴魏尔伦的《秋歌》。《有感》共25行,分成6节,每节行数不齐,最多7行,最少3行;每行字数不一,多有7字,少仅1字,这样造成参差错落之形式美。第一、第二节与第五、第六节重复,形成首尾呼应回环。诗具有内在的节奏,用跨行拆句的方法,以唇齿音与元音交替,形成节奏简短又起伏跌宕之效果。这些诗歌形式和音韵方面的特点都因袭魏尔伦的《秋歌》,甚至《有感》起句的"残叶"意象脱胎于《秋歌》尾句的"死叶"。

李金发的诗具有异质性,充满异国情调,当时就有论者指出这点。苏雪林的《论李金发的诗》从审美体验角度发现,李金发的诗多写于法国第戎、巴黎和德国柏林等地,"所叙之情,所写之风景,以异国为多,所以他的诗也就天然变成异国的了"。

诗歌的异质性,不仅仅在诗歌题材和人物风情上,更重要的是在审美方式和意象营造上。这种"异质性"在《里昂车中》《A Lowisky》等诗中有生动而具体的表现。《里昂车中》描述的是运动中车厢的灯光、色彩在异国女性身上交织变幻,引起诗人内心感想和律动,反映自己"内生活的真实的象征"。审美方式是新奇的;而城市地铁,女人粉红小臂上光的变化,以及软帽的装扮,这些意象都是巴黎现代都市和巴黎时尚女性的表征,也是中国新诗很少涉及的。《A Lowisky》则描写异国女性"高鼻""深眼"的外貌和粗犷勇武的复仇心态,这也别于东方女性形象。

李金发的恶魔主义精神、审丑美学、颓废和感伤气质,诗歌的审美方式、意象建构及诗歌形式等,都表明他与法国象征派诗的相通或近似。而那些关于李金发诗歌颓废、晦涩和欧化的过度指摘,实际上一方面是奉行陈旧的诗学观念,另一方面是脱离具体审美体验,不理解他奉行的诗美原则,进行隔靴搔痒式评论。因为颓废和晦涩是象征主义的审美追求,并有特殊内涵。

朱自清《新诗的进步》认为"象征诗派要表现的是些微妙的情境,比喻是他们的生命",但是"远取譬"而不是"近取譬",而且将事物间一些联络的字句省掉,使这种诗初看"只觉得一盘散沙","但实在不是沙,是有机体",要读懂这种诗,"得有相当的修养与训练",需要读者"运用自己的想象力搭起桥来"①。这其实是对李金发诗歌特色的总体论述和概括。具体来说,李金发诗歌有这样几方面特质:(一)"远取譬"与"省略法"的思维、构思和象征、通感、暗示等表现手法;(二)表现复杂微妙的情境,诗意朦胧恍惚,"以丑为美",充满了感伤气质和颓废色彩;(三)富于异国情调,语言表达具有欧化和"古奥"倾向;(四)主题多批判社会,揭露现实,反思历史,感悟人生,抒发友爱之情。李金发的象征派诗歌,应该说是瑕瑜互见,菁芜并存。作为盗火者,李金发试验象征主义诗歌,构成对传统诗艺的颠覆挑战,引发诗歌美学哗变。李金发追求的是纯诗艺术,或者说追求一种生命之诗,与讲求和谐敦厚的古典人伦诗学传统相悖,跟"五四"为现实激荡的现代启蒙诗学传统不同。这是一场不同于语言形式改良的第二次诗歌革命,诗学观念和审美方式的变革,应当受到恰如其分的评价。

三、对象征主义的变异

李金发诗集《微雨》《食客与凶年》是在巴黎和柏林写成的,后来《为幸福而歌》也是写于域外,异质文化构成诗歌审美体验语境,同时也与审美主体形成张力。李金发的专业是绘画和雕塑,印象派绘画对他诗歌声、色、线的组合和动感形成启发;他还涉猎唯美主义和浪漫派诗歌,研究过西方叔本华哲学,但中国传统诗学对李金发形成的影响最紧要,东方因子如血脉衍生连续,并在接受西方象征主义诗歌过程中起着或隐或显的牵制作用②。

李金发少年时期浸染中国古典文学,钟情《牡丹亭》,耽于《玉梨魂》。晚唐温、李诗词的飘忽朦胧培育他的古典审美情结,近代徐枕亚等鸳蝴小说养成他的多愁善感性情。他一直致力于收集整理《岭东恋歌》,吸收民歌营养,融入客家文化。李金发置身象征主义大本营巴黎"腐水朽城"的情调中,东方因子对他接受西方象征主义产生亲和和制约的双向作用。他在《食客与凶年》自跋中明确表明沟通"同一之思想、气息、眼光和取材",调和中西成为自觉追求。

这篇跋文写于1923年5月,当时他在德国柏林。李金发接受先锋的西方现代诗学,却自觉向中国传统回归,在当时"五四"反传统、学习西方声浪中显得很特别。李金发1920年赴法国留学前,热心投入五四新文化运动,有着热血青年的反传统情绪

---

① 朱自清:《新诗的进步》,《文学》(新诗专号)1937年1月。
② 陈希:《选择与变异:论李金发对象征主义的接受》,《中山大学学报》2002年第5期。

和学习西方的西化情结。但漂洋过海,来到法国,身处异域,远离激进思潮,淡化功利色彩,在接受外来文明、寻找西方他者过程中,唤起并走向另一个自我——本土文化传统。

李金发的"调和中西",实际上是接受西方象征主义的变异。这种变异最明显的表征就是,李金发诗歌的中国古典情结,中国文化意象在他的象征诗中比比皆是。《弃妇》里山泉长泻、红叶飘零、渔舟唱晚、夕阳暮鸦等都是中国古典诗词惯常使用的抒情意象。

李金发诗歌意象源自中国古典诗词的有弃妇、残阳、微雨、帘幕、秋梦、黄昏、高楼、长林、淡月、瘦马等。譬如抒写弃妇,是中国传统诗歌中常见的现象,仅以"弃妇"为篇名的就有曹植的《弃妇诗》、祝况的《弃妇词》、刘驾的《弃妇》、万德躬的《弃妇吟》、王鏊的《弃妇怨》等不胜枚举;不以弃妇为题但内容写弃妇的更多,如《诗经》的《氓》、《古诗十九首》的《上山采蘼芜》、杜甫的《佳人》、郑善夫的《贫妇吟八解》等。李金发诗歌中除《微雨》开篇题为"弃妇"外,还有许多诗里写到这个意象。

再如"斜阳""黄昏""落日",是中国古典诗词最频繁出现的意象,李金发于此特别偏好,仅《微雨》诗集就有不少关于"残阳"的诗句:"夕阳之火不能把时间之烦闷/化成灰烬,从烟突里飞去"(《弃妇》);"迨稍微疲乏了,/遂在日之尽处徐来"(《诗人魏尔仑 P. Verlaine》);"落日到了山后,/晚霞如同队伍般齐集"(《景》);"彳亍在斜阳之后,/觅昆虫之蜕羽,以卫趣味之远游"(《诗人》);"野人用肤色阅其所爱,/对着斜阳发亮"(《丑》);"黄昏送来暗黑,/遮住你之美丽"(《élégie》);"松梢不能挽住斜晖,/但偏染黄金色"(《黄昏》)。

李金发诗歌意象多"残阳",少"骄阳",与他从中国传统文化熏陶孕育出来的古典情怀和趣味有关。他的诗多"残叶"意象,原因也如此。他的许多诗表达乡愁,怀故,惆怅的情绪,就是靠一些典型意象来构筑诗美空间。

值得注意的是,李金发有些诗直接取材于中国古代历史,譬如《屈原》一诗,诗前题记说"阅完《离骚》后写此舒意"。诗将"老迈之狂士"屈原爱国投江而不被时人理解的悲哀与上帝"腐朽十字架"意象复合,真正达到了"中西调和"。李金发《食客与凶年》里的一些诗,如《过秦楼》《秋兴》等,从表现主题到审美方式都显示中国诗词的古典神韵。

诗歌艺术的"变异"更重要的是体现在诗学观念和审美方式上。李金发接受法国象征主义,象征主义的旋律回荡在他的诗歌中。他的诗中既有波德莱尔的"恶之美"和"契合"审美方式,也有魏尔伦的颓废和感伤忧郁,但其中精微差别还是存在的。

譬如关于"生""死"的描写,波德莱尔是从生命存在的终极意义上观照"生"的空虚、绝望和"死"的诱惑、不可逾越。在波德莱尔的诗如《香水瓶》《穷人的死》中,"生"是可怕的"深渊"(Gouffre),无底的"洞穴"(Trous);"死"是一种未知、神秘,一种渴望、冲动。而李金发的"生"和"死"是一种轮回,更多从"此岸"入"生"出"死",死与恐怖同在。

李金发的《给女人×》生命是流滚哭泪的"桥",如同写到"生"一样,李金发写"死"也写到"桥"这个意象,"生"和"死"有"桥"搭通。《寒夜之幻觉》写巴黎语境的"死",虽然没有"桥",但有"寺塔"——类似的文化意象。李诗描写了死亡的恐怖,但"死神之手"滋生于"可望见之寺塔",暗示了生死的转化。

李金发对自己的"名誉老师"魏尔伦也有"变异"。李金发和魏尔伦诗歌都写女性和爱情,但诗歌呈现的情感方式不一。李金发《为幸福而歌·弁言》说,写情诗,公开的谈爱,"或能补救中国人两性间的冷漠"。他的诗写歌咏女性和爱情时多表现积极和热烈的情感态度。而魏尔伦的诗有一种看破红尘的嘲讽意味和不屑一顾的透彻,对爱情绝望而冷漠。

李金发的《墙角里》内容、场景和结构与魏尔伦的《情话》一诗非常相似,甚至有的论者说李金发是"抄译"。这首诗和魏尔伦的《情话》都以问答形式写夜里"两个形体"的情话,最后一句"惟夜色能懂之"完全脱胎于魏诗。

魏诗《情话》写的是"幽灵",诗的开头出现的是两个有影无形的"体"(Forme),到第三节才点明"幽灵"身份。魏尔伦通过冥府的两个幽灵回顾反思过去的爱,暗示"来世"之爱的幻灭——冥间的幽会不是续前缘,而是事过境迁、令人不解的冷漠。这种对爱的绝望和残酷的抒写,在中国诗歌审美模式里是没有的。"海枯石烂不变心","在天愿作比翼鸟,在地愿作连理枝",中国式的爱情是情深意长,生死相依。

李金发少年痴迷《牡丹亭》《玉梨魂》那种痴男怨女的浪漫爱恋故事,形成审美价值取向。这些情感模式和审美价值取向融入生命最深处。李金发"抄译"魏尔伦的《情话》,但自觉或不自觉改变原诗的审美观念和审美方式,向中国文学传统归依。《墙角里》的场景没有《情话》的"孤寂、冰冷",幽会的两个"形体"或许是现世的人,但不是"眼睛呆滞""嘴唇萎靡"的冥界幽灵。他们"手儿联袂,脚儿促膝",在私语,彼此慰藉,在营造温暖的爱情空间。

写作此诗时,李金发正和德国姑娘屐妲恋爱。李诗去掉了魏诗的神秘、绝望、冷漠,多了一份流连、温馨和亮色。象征主义的神秘色彩、超验性和对生命存在的终极意义叩问,这些问题始终未能真正走进中国新诗接受者的"接受域"深处。

李金发诗歌语言艺术是其诗美的重要组成部分,也构成巨大的冲击力,引起不少非议。李金发诗歌语言为时人所诟病的是"古奥"和"欧化",这正代表了中西两个走向。其实,李金发的诗歌语言是尝试"中西调和"的"有意为之"。

身处欧洲语言环境,诗歌语言呈现欧化,并夹杂西文单词,也许是一种不自觉;但引入大量中国文言句法和词汇,特别是"之"等文言虚词大量使用,则是试图将传统内化到现代诗学建构的自觉行为,或者是现代诗学建构寻求传统根基的自觉意识。

李金发远离"五四"白话文发展的大环境,不熟悉时代语言的表达;他创作象征主义诗歌时,正在学习法语,活学活用起来,诗中不时加插外文,形成语言的欧化和古奥混合的机制。当时也在法国、接受并尝试创作象征派诗的王独清认为"诗篇中加外国字,也是一种艺术,近代欧洲诗人应用者甚多"。

诗歌语言不同于日常语言,李金发制造了怪异的汉语诗歌,带来了一种陌生化的效果。这是艺术上的创新!美是一种偏执。当然,李金发的语言"调和"并不很成功,有时存在和诗情游离,词不达意等问题,批评者说读他的诗"好像在听外国话",或干脆称其为"猜不透的笨谜"。但梁实秋指摘李金发诗歌语言"模仿所谓'象征主义诗'",甚至自以为是地将诗歌表达和日常说话等同,称"是人就得说人话,人话以明白清楚为第一要义",这种批评未免太尖刻、偏激,不谙诗美之三昧。

李金发提供了汉语的另外一种可能,预演了中西沟通融合的前景。诗歌语言"调和"中西,别开生面,这是李金发对中国现代诗学的独特贡献,也一定程度上是对法国象征主义诗歌"纯粹语言"的接受和创造性转换。

李金发是广东梅县人,客家方言很大程度上影响李金发诗歌的语言和表达。一方面,客家方言特有的俗语俚语进入诗中;另一方面,客家话保留大量古汉语词汇和音韵,也随之进入诗歌。俗语与文言很自然造成李金发诗歌的独特表达和陌生效果。

比如《题自画像》:"即月眠江,还能与紫色之林微笑";《花》:"开张你的翼翅,纵情天使的微笑";《故人》:"我听你的歌声,我遂孤独了,看,灯儿正开口笑人"等等。其中如"眠""开张""笑人"等,都是客家话习惯使用的词语,而且句式也带有客家方言的痕迹。

李金发的诗歌创作有故乡梅州因素。童年经历、乡土记忆、青春苦闷和异国漂泊的孤独感、离愁感等多种情愫叠合绞缠,经陌生化的艺术处理后凝成的诗章,洋溢着乡土情怀与泥土气息。1922年创作的《故乡》一诗,共有三节,第一节写梦境;第二节诗从梦境拉到回忆;第三节抒情。作者在诗中截取了童年或少年生活中的一个片段,以梦境和回忆组织出了一幅图画。全诗写的都是童年往事,因此还带有一种纯真美,读之回味无穷。诗人身居异国得到亲人寄来的照片,于是引起了一段情思。这首思乡曲清新而亲切,与晦涩的象征诗风格迥异。《雨》则联结故土与异域,穿越时空。家乡的丝丝细雨,滋润那游子孤寂的心田,表达深切的眷恋之情。

从粤东梅县山区走向世界的李金发,对家乡有很深的情结。1927年诗集《食客与凶年》,表现异国游子对祖国的思念与眷恋。《流水》写道:"你平淡的微波/如女人赏心的游戏/轻风欲问你的行程/沙鸥欲请你同睡。/故国三千里/你卷带我一切去。"在李金发的笔下，故乡是个宁谧祥和、犹如田园牧歌般的地方。《飘零闲笔》回忆故乡"有无名字的山环绕着，因为雨量适宜，终年苍翠欲滴，最高的山顶，约有千把尺……站在极峰，眺望下界，成为一片紫蓝远景，美丽得像神仙世界"。

需要指出的是，李金发1925年归国后，尤其是参加抗战后，成为一位"抗战诗人"，诗歌创作有了新的发展，诗风有明显的变化。本书第十八章《抒情的放逐》将作具体介绍。

第二节 冯乃超的《红纱灯》

冯乃超（1901—1983），中国现代诗人、作家、文艺评论家和翻译家，常用笔名冯子韬。广东南海人，生于日本横滨华侨家庭，是日本著名侨领、横滨兴中会主干冯镜如、冯紫珊的后裔。冯乃超小学到大学都在日本接受教育，1923年，在日本第八高等学校理科毕业后，曾在东京帝国大学先后学哲学、美学、美术史，后弃学归国参加创造社。1927年回国，成为后期创造社主要成员，担任《创造月刊》《文化批判》编辑，后在上海艺术大学、中华艺术大学等校任教，并与郑伯奇等人组织中国艺术剧社。1930年参与组建左联，起草左联《理论纲领》，并任左联第一任党团书记兼宣传部部长。不久调任中共中央宣传部文化工作委员会书记、中国左翼文化总同盟党团书记，并编辑中共中央机关刊物《红旗周报》。抗日战争爆发后，曾任国民政府军事委员会政治部第三厅内的中共特支书记以及中共中央南方局文委委员、重庆国共谈判中共代表团顾问等职。1949年后任政务院文化教育委员会副秘书长、人事部副部长、中山大学党委第一书记等职。

冯乃超在大学期间广泛接触文学、哲学书籍，尤其喜欢法国象征主义诗人魏尔伦、比利时梅特林克，迷恋神秘主义哲学，并受到日本诗人三木露风和北原白秋诗风的影响，开始诗歌创作，著有诗集《红纱灯》，小说集《傀儡美人》《抚恤》，文艺论著《文艺讲座》，译著《芥川龙之介集》《河童》等。有《冯乃超文集》行世。

一、重要的象征派诗人

冯乃超是中国象征派的重要诗人之一。他与李金发、穆木天、王独清等相比，具有不同的艺术风格和特色。1926年冯乃超创作象征主义诗歌，开始在《创造月刊》《洪水》等发表。1928年1月发表在《文化批判》创刊号上的两首诗《上海》和《与街头上人》，标志诗风从颓废到革命的转变。1928年冯乃超出版诗集《红纱灯》①，共34首诗，引人注目。朱自清认为"冯乃超氏利用铿锵的音节，得到催眠一般的力量，歌咏的是颓废，阴影，梦幻，仙乡。他诗中的色彩感是丰富的"②。《中国新文学大系·诗集》，选录冯乃超9首诗作。冯乃超的诗歌咏叹青春、爱情、生命，但没有五四诗人的蓬勃气象和乐观信念，流溢着的是一股灰幻、感伤以至颓废的情绪，赋予以华美的"外衣"，音韵和谐，色彩浓丽，意象鲜明。其中《苍黄的古月》是用沉重的笔调抒写了古月的苍黄，"我"心头沉重的忧郁，表达了诗人对社会没落、文化衰微的哀伤。这首诗在艺术上的突出特色，便是以拟人化的手法将自然景物赋予生命与人的情感，借以抒发作者的主观感情。冯乃超努力追求法国象征派诗人所提倡的音与色结合的"纯粹的诗"，不仅讲究语言音节的美感，而且注重色彩的象征与丰富。涂抹在诗句中的色彩是苍黄、苍白、青光、黑色，这些色彩搭配在一起，给人以沉重、疲惫之感，这正和诗人的情绪谐调一致。《默》这首诗以冬天枯败、寂寞、萧索的自然景观，象征人们"灵魂的日暮"。那些有罪的灵魂甚至连祈祷的觉悟都没有，在他们的意识中"没有殉教者的苦恼"，这种情势连圣母玛利亚也感到"忧愁"！人们的灵魂就这样给毁掉了，不是剧烈的崩溃，而是冻僵了的、枯败了的、渐渐腐蚀了的，诗歌具有悲观主义特点和批判现实的色彩，但不是无病呻吟，而是有病无处医治。最有代表性的是题为《红纱灯》这首诗：

  森严的黑暗的深奥的深奥的殿堂之中央
  红纱的古灯微明地玲珑地点在午夜之心

  苦恼的沉默呻吟在夜影的睡眠之中
  我听得魑魅魍魉的跫声舞蹈在半空

  乌云丛簇地丛簇地盖着蛋白色的月亮
  白练满河流若伏在野边的裸体的尸僵

  红纱的古灯缓缓地渐渐地放大了光晕
  森严的黑暗的殿堂撒满了庄重的黄金

  愁寂地静悄地黑衣的尼姑踱过了长廊

---

① 冯乃超：《红纱灯》，上海：创造社出版部1928年版。
② 朱自清：《中国新文学大系·诗集导言》，上海：良友图书公司1935年版，第2页。

> 一步一声怎的悠久又怎的消灭无踪
>
> 我看见在森严的黑暗的殿堂的神龛
> 明灭地惝恍地一盏红纱的灯光颤动

这首诗歌咏的是颓废、阴影、梦幻,有着丰富的色彩感。在一座尼庵的森严、黑暗、深奥的殿堂中,点燃着一盏红纱的古灯。灯光明灭地惝恍着,黑衣的尼姑愁寂地静悄地从长廊走过,脚步声又慢慢地消失在黑暗中。气氛颇为阴森而神秘,充满了浪漫主义色彩。另外,漆黑的殿堂、红纱的古灯,殿堂里洒满的昏黄的灯光,乌云遮盖着的蛋白色的月亮,田野上白练似的河水,长廊里走过的黑衣尼姑……这一切又构成一幅色彩浓重的图画。显然,诗人精心创造了凄清、阴森的意境,努力追求着一种神秘的情调。不可否认这种意境和情调是深受法国象征派诗歌的影响的。两者在强烈而奇异的刺激,丰富的、异乎寻常的幻觉等方面,有诸多相似之处。

色彩、光调是诗人所要表现的核心。这种对色彩和光调的捕捉,是与诗人的心境联系在一起的。无边的暗夜里,亮着一盏红纱的古灯。这微小的一点红光,那么孤单,但正是这孤单的一轮光环,使全诗具有了聚焦点:用不着诗人再去发表什么感慨,这里面,生存的苦闷、狞厉,诗人的孤高自赏,都被这个意象暗示出来了。正像列宾所言:"色彩就是思想"。

"森严的黑暗的深奥的深奥的殿堂之中央/红纱的古灯微明地玲珑地点在午夜之心"。这里,森严、黑暗、深奥与微明、玲珑、红色造成悬殊的反差,这正是诗人对当时现实生存的基本认识。诗人不像浪漫主义诗歌那样忘情地、夸张地讴歌这广阔黑夜里的一点红光,而是真实地写出自己内心深处的体验。

微明红光的寓意是复杂隐微,难以不确定。接下来,诗人宕开一笔,不再写红纱灯,而写红纱灯燃烧的广阔背景:"苦恼的沉默呻吟在夜影的睡眠之中/我听得魑魅魍魉的跫声舞蹈在半空/乌云丛簇地丛簇地盖着蛋白色的月亮/白练满河流若伏在野边的裸体的尸僵"。黑夜充满着呻吟,鬼魂纷纷出现在半空,乌云吞噬了月亮,河流像尸布裹着僵尸……多么恐怖的画面,它让我们的心战栗而不敢出声。这一切的色调是黑暗和残酷的苍白,仿佛一幅版画,那一点点惨白的河水更加深了黑的感觉。诗人的手段是高超的,这两节不写"红纱灯",是为了更深入地写它——就像国画中的寒山瘦水下有一个渺小的人影,山水的目的是为了突出简洁勾勒的人物的心境,那么,广阔的萧索的背景就是为这"一点"人服务的了。"红纱灯"出现了,"红纱的古灯缓缓地渐渐地放大了光晕/森严的黑暗的殿堂撒满了庄重的黄金"。这里,在红色之中又加入了黄金色,红黄二原色的调子,给人以冲动的、响亮的金属的质感,充满了高贵的、颤动的内在之力。我们的视线立即被它吸引,我们甚至忘记了它身后的死寂和黑暗! 但是,诗人马上又收束了这明亮的色调,他的心绪显然不在希望的一面,而在希望的孱弱、希望被压抑的感觉上。"黑衣的尼姑"那愁寂的脚步就是诗人心灵的脚步,"她"(暗示着诗人自己?)是为了逃避尘世的苦难才来到这殿堂的。那么,这盏"红纱灯"的意味就不是什么希望,而只是退缩式的孤独洁净的"出世"了。这首诗准确地表现了当时一部分知识分子由于对现实失望,而转入遁世式的"内心修炼",他们既有孤高的一面,又不乏失意和彷徨。在那样一个丑恶的现实里,一个人(诗人)的内心有一盏这样的"红纱灯"。

但是,《红纱灯》毕竟不同于法国象征派诗人的逃避现实,以幻觉为真实。也不同于他们的以颓废为美丽的"世纪末"的思想。在冯乃超的笔下,森严的黑暗的深奥的殿堂,殿堂里苦恼的沉默呻吟,舞蹈着的魑魅魍魉,殿堂外丛簇的乌云,蛋白色的月亮,如裸体的尸僵的河流……多少都有黑暗的历史和现实的暗示。如果联系到冯乃超也像穆木天一样,主张国民文学——国民诗歌,则更可明白《红纱灯》中的象征和暗示是有一定的现实意义的。不能把它与歌颂死亡和神秘的象征派诗歌等量齐观。另一方面,这首诗虽然写得朦胧、含蓄,却不像李金发的诗那样晦涩、费解。诗中以尼庵的殿堂为中心,以红纱灯为焦距,展开了一连串的描写,有着明晰而完整的意境。而诗中抑扬顿挫的节奏无疑又大大增强了音节感。

冯乃超《我的文艺生活》回顾这一段经历说:"我还没有爬到冲入云霄的山巅,已经滚到大地上面来了"①。他在《红纱灯》序中认为"这是我的过去,我的诗集,也是一片羽毛,一个蝉蜕。"

二、转向:文学批评与戏剧创作

冯乃超在同旧"我"诀别的蜕变过程中实现更生,审美立场和文学活动发生了改变,由象征派诗人转为革命作家和批评家。1927年10月至11月期间,在日本留学的冯乃超、朱镜我、李初梨、彭康、李铁声等人联袂归国,在上海从事革命文学团体——创造社后期的工作,响亮地喊出了"普罗列塔利亚文学"的口号,提倡辩证法唯物论和无产阶级革命文学。1928年1月,冯乃超在《文化批判》创刊号上发表文章,指出"人类的思想是受着生活过程的规律和制约的,不论任何思想也不能超越时间和空间的限制,历史上怎样伟大的思想也不能脱离该时代的生产关系的制约"。冯乃超嘲讽鲁迅这位老生""反映的只是社会变革期中的落伍者的悲哀,百无聊赖地跟他弟弟说几句人道主义的美丽的话"。他揶揄:鲁迅"常从阴暗的酒家的楼头,醉眼陶然

---

① 冯乃超:《我的文艺生活》,《冯乃超文集》(上卷),广州:中山大学出版社1986年版,第305页。

地眺望窗外的人生。……常追怀过去的昔日,追悼没落的封建情绪"。他批判:鲁迅是一个逃避现实的"隐遁主义者"。"鲁迅——若许我用文学的表现——是常从幽暗的酒家的楼头,醉眼陶然地眺望窗外的人生。""他所反映的只是社会变革中落伍者的悲哀,百无聊赖地和他弟弟说几句人道主义的美丽的话。隐遁主义!"①鲁迅马上写了《"醉眼"中的朦胧》予以反击。

对鲁迅的批评是冯乃超及创造社成员尚不成熟的表现,他们激进的文学主张一定程度上屏蔽掉了部分文学作品的深刻内涵。当年,冯乃超与另外几位创造社成员一同加入中国共产党,秋天结束的时候,他们便收到了江苏省委宣传部副部长转达周恩来的意见,希望创造社和太阳社的成员能团结在一起,结束对鲁迅的批评,这让冯等人意识到对鲁迅文学作品看法的错误。自此之后,创造社和太阳社的刊物中,再也没对鲁迅进行任何批判。而鲁迅对这场论战也十分宽容,一年后冯乃超在柔石的陪同下拜访鲁迅,询问他关于革命文学的意见,鲁迅很平易近人地同冯乃超等人交流了文学翻译问题,对之前对自己的笔伐只字不提。

1929年,革命环境进一步恶化,蒋介石当局开始查封文化出版机构,创造社的出版部也没有幸免。在出版部被查封后,冯乃超开始转移阵地,在江南书店等提前准备的"第二战场"重新开始发表文学刊物。

转向后的冯乃超在文学上的贡献主要有两点。其一是文论上,作为创造社的初始成员,冯乃超也是左翼文学联盟建立时的首批成员。他与冯雪峰两人一起起草了最初的左联创建宣言。最初的宣言草案冯乃超给鲁迅看过,鲁迅虽没有明说,但他后来参加其他演讲的态度证明自己并不是特别支持宣言中的内容,在冯乃超最后一次给鲁迅看《左联理论纲领》时,鲁迅也只是淡然表示,"就这样吧,这种文章我写不出来"。于是,冯乃超等人继续打磨修改。

这期间,冯乃超和其他作家达成文学批评共识,认为当时中国文学存在的主要问题包括小集团和个人主义的盛行,缺乏科学的批评方法,只关注文学技巧的提高,却忽略了文学是社会活动的一部分等等。冯乃超发表的主要文论作品包括《大众化的问题》《抗战与文艺》《对全国文协的一点希望》等。在发表于1938年的《对全国文协的一点希望》中,冯乃超表示,"我们现在需要万千的通俗文学作品,流布于每一个士兵的手里,以提高他们抗敌的决心,加强他们的民族意识"。

冯乃超在文学上的另一个贡献是戏剧创作。冯乃超创作的戏剧数量不多,目前能找到的文集中,只收录了《同在黑暗的路上走》《支那人自杀了》《县长》《阿珍》四部作品。冯乃超的戏剧创作结合了自身的理论,利用作品通俗易懂的特性,让广大无

---

① 冯乃超:《艺术与社会生活》,《文化批判》1928年1月15日创刊号。

产阶级群众接触到革命的思潮,唤醒民众的反抗意识。1937年,日军侵略上海后,冯乃超又加入了孩子剧团的工作。这个剧团是由郭沫若所带领的,工作内容是将避难所的孩童组织起来表演戏剧,从而鼓舞人们抗日斗争的情绪。

在后续的岁月中,左翼文学和革命文学遭到不同程度的打击,但冯乃超依然在文学批评中用自己的理论支持中国的革命事业。

第三节　新生代:林英强、侯汝华、陈江帆

从粤东山区走出的李金发,是中国新诗史上具有开拓性和影响力的诗人。朱自清曾在《中国新文学大系·诗集》导言中说,李金发是将法国象征诗人的手法介绍到中国来的第一人,对于李氏的诗,"许多人抱怨看不懂,许多人却在模仿着"。李金发不仅思念家乡,而且关怀家乡。他的诗风影响家乡青年,启发侯汝华、林英强、陈江帆等新生代诗人成长,新生代的诗歌创作和诗学理论自觉地追随李金发诗风。1930年代《现代》杂志发表了侯汝华、林英强、陈江帆等多篇诗作,1934年9月,香港《今日诗歌》发表戴隐郎的《论象征主义诗歌》,详细介绍了法国象征主义诗歌的源流和特色,并明确指出"李金发、施蛰存、侯汝华、林英强、鸥外鸥、林庚为中国象征主义诗人"。

林英强(1913—1975),广东梅县人,是20世纪30年代较为活跃的诗人。先后就读于梅县东山中学、广州中山大学。在梅县时,林英强和侯汝华、廖宗灏、刘果因、杨青萍、陈廉观、黄伟强等友人创办了"七星灯"文学社,并在《梅县民国日报》副刊"七星灯"发表了不少新诗、散文、小说等文艺作品,在社会上产生了较大影响。其时,林英强还在《梅县日日新闻》担任副刊编辑。后在上海、北京、天津、香港等地报刊上发表大量诗作,曾在上海《现代》《新时代》,香港《红豆》《今日诗歌》,北平《小雅》、南京《橄榄》等刊物发表新诗和散文,出版《蝙蝠屋》《麦地谣》《骢马驱》等诗集。民族危难之际,林英强积极投身抗战宣传工作,创作了不少抗战散文诗,鼓舞士气,并与多位诗人如戴望舒、施蛰存、郁达夫等均有交往。1939年移居南洋,任职于马来西亚、新加坡报界,从事南洋民俗和艺术研究。1975年12月在马来西亚逝世。

李金发对林英强的诗作推崇备至,他在《序林英强的〈凄凉之街〉》中说:"诗之需要image,犹人身之需要血液。现实中,没有什么了不得的美,美的蕴藏在想象中,象征中,抽象的推敲中,明乎此,则诗自然铿锵可诵,不致'花呀月呀'了。林君的诗,似乎深知此道,有时且变本加厉,如创造出一些人所不常见的或康熙字典中的古字在诗

中,使人增加无形的神秘的概念。"①

林英强的《凄凉之街》是一组散文诗,曾在《东方文艺》1933年第4期发表,其中一首写道:"夜丑恶,肮脏,凄凉,在郊野,在街头。/街路上,路灯闪着无气力的光,悲惨正如垂死人的眼。/在街头溜过,人家楼上娇婉的歌喉,洋溢着琴音,舒适,和爱地,可作人们的安慰。"林英强的诗作,带有明显的李金发风格,抽象隐晦,"审丑"意识强烈,甚至在形式上也有明显的痕迹,"之"字使用频繁。此诗如同李金发《微雨》大量营造血污、寒夜、泥泞、死叶等丑恶的意象,带有明显的"以丑为美"的美学倾向。1934年1月,林英强在《现代》发表《生之重荷》一诗:"背负着一块石碑/踏上阴湿的路途/穿过了紫阳花丛/红罂粟挂于峻峭的壁上岂料昏暮殓了金阳/迷路困于黑暗之峡了/无巴蜀道之江州车/再能登涉崎岖的山径吗/石碑紧压老骨了/无须发劳顿的叹息/但望此地有毒蛇前来/为我营造满意的窠窟。"诗歌用石碑、紫阳花、红罂粟、昏暮、金阳、毒蛇、窠窟等纷繁复杂、明暗对比强烈的意象,以象征而非直抒胸臆的方式,揭示人生的坎坷艰辛和孤寂迷惘。《落叶》:"心之索寞/叶之落闲阶之萧索/残叶重压之于病弱之蔷薇/季节之车旋转之乱辙/蜘之网之网断了/残叶之剪之无情之赠。"这首诗句式和残叶意象,以及"之"字用法,有借鉴李金发诗歌《有感》的痕迹。

林英强在《作诗杂话》中阐明自己的诗学观:"新诗的制作,我个人在许多的派别里,尤爱刻琢、奥秘两方面的尝试……作诗若用俗意俗句而不加以刻琢,必成鄙俚之物","诗又须奥秘,使诗意境上的奥秘,字句上的奥秘,有如此,则诗的意味深长,不致一览而辞意皆尽。"林英强注重意象营造和遣词造句,但没有古奥不顺的现象,这既是继承,也是发展。

侯汝华(1910—1938),广东梅县人,是英年早逝的现代诗人,被称为"受李金发影响而加入象征派队伍的最有成就的青年诗人之一""李金发最杰出的弟子"。1933年6月,李金发为侯汝华诗集《单峰驼》作序:"回来中国七八年,比较差强人意的事,是渐渐的发觉我的诗风,在贫瘠的文坛上生些小影响。福州的林松青、云南的张家冀、漓渚的张载人、梅县的林英强等君,都是曾寄诗给我'指正'的神交,现在又知道在穷乡僻壤中,还有一个同志,多么高兴啦!在某杂志中《一九三二年中国文坛鸟瞰》文上说《现代》发表的是戴望舒、施蛰存和我的法国象征派的诗可为代表。我从来不曾打算认为自己为象征派,若是承认的话,则侯君和上述诸位,尽可追认为象征派。"②《单峰驼》没有出版,1936年另外出版了诗集《海上谣》。侯汝华曾在上海《现

---

① 李金发:《序林英强的〈凄凉之街〉》,《橄榄月刊》1933年8月第35期。
② 李金发:《序侯汝华的〈单峰驼〉》,《橄榄月刊》1933年8月第35期。

代》、香港《红豆》、南京《橄榄月刊》等杂志发表具有现代派风格的诗作近百篇,《单峰驼》《水手》等诗入选闻一多《现代诗抄》、艾青《中国新文学大系(1927—1937)·诗集》。

李金发在《序侯汝华的〈单峰驼〉》中称,侯汝华的诗"全充满我诗的气息"。翻阅侯汝华早期的诗作,不难发现其受李诗的影响痕迹明显,特别是文字形式的接近或模仿,充满"象征派"元素。其一,侯汝华诗中一些文白夹杂的句式,常用"之"字。如:《单峰驼》"我有一阕歌绿洲之奇丽""犹能回奏悦耳之音""而恢复你冷硬之昔年""请步单峰驼之后尘"。其二,侯汝华的不少诗篇有着晦涩的诗风,如《憔悴的眼》:"当年的消息/梦中的小径/忆恋的骸/在迢迢的烟与酒的草场/然而消息腐朽了/小径也荒芜了/月亮们阴郁的天/我看见大海洋的光的死"。《冬之寂寞》:"死亡的惨厄/便随掌大的梧叶/而阑珊闯入梦寐之中""狐兔闪眼以窥人/将亦有野鬼对空太息吗"。

或许由于李金发的赏识与鼓励,1933年成了侯汝华诗歌创作的丰产年。这一年,侯汝华在《橄榄》《新时代》《文艺月刊》《矛盾》等发表诗作数十首,10月19日还在广东陆丰写了《季候病呈李金发兄》一诗。最重要的是,这一年他在《现代》杂志发表诗作多首,其中包括为后世读者所激赏的《迷人的夜》《单峰驼》,奠定了成名的基础。

值得指出的是,1933年还是侯汝华诗歌创作风格改变的分水岭。这一年及以后的诗作,如《水手》《我的旧提琴》《晚霞》《良辰》《黎明》等,不再刻意扭曲经营感觉,而转为自然、率性呈现,有了现代派诗歌的意境美、诗情美与散文美。《水手》无疑是侯汝华的代表作,1943年被闻一多先生收入《现代诗抄》,其中一段写道:"桅樯上旋转着/七色的明灯/蔚蓝的海面上/白色的帆远了/许多人的梦/迷失于汪洋的波涛中/但没有一个人/知道你心中的大海。"

可以说,从追随李金发象征主义诗风开始的侯汝华,已经逐步参与30年代以上海为中心的现代派诗歌发展。但是,李金发的影响是深刻的、不容忽视的,诚如台湾著名诗人痖弦在《中国象征主义的先驱——"诗怪"李金发》中说:"如果没有李金发率先在作品上实践了象征主义的艺术观点和表现手法,以及稍后的戴望舒、王独清在理论、翻译、创作三方面的倡导,可能就不会有1932年在上海成立的,以戴望舒、杜衡、施蛰存、穆时英、刘呐鸥、侯汝华、徐迟、纪弦等为中坚的现代派的水到渠成。"

侯汝华在《红豆》发表的诗作,并不那么晦涩颓废,而是既具有象征意味,又有口语流畅、诗意明丽的特色。1935年6月24日《红豆》第4卷第5期发表《我们的高尔基》,歌颂左翼文学,于是现代派的重要转向。侯汝华不仅写过"现代"诗,还写过不少抗战诗歌,办过以抗战诗歌为主的诗刊,可称得上一位出色的革命诗人。

陈江帆(1910—1970)，广东梅县人，1932年就读中山大学。陈江帆与侯汝华、林英强、李育中、李心若、梁之盘等交往密切。1933年至1941年在上海《现代》《新诗》《文艺风景》和香港《红豆》《星岛日报》发表新诗。陈江帆在现代诗派的核心杂志《现代》上发表15首诗，曾与戴望舒、施蛰存、何其芳等并列为现代派诗歌的代表。1935年陈江帆出版诗集《南国风》。

陈江帆的诗歌内容丰富，多姿多彩，笔触伸向了现实、历史、自然、人生各个领地。那里有《恋女》《夏的园林》的恋爱情绪跳荡，有《端午》《南方的街》游子思乡心理的披露。但陈江帆诗歌最主要的是两个题材，即都市与田园。

对于都市，陈江帆有理性描写和辩证的认知，既书写都市的现代性一面，反映神奇、活力、文明的一面，也直面现实，揭示都市的罪恶、喧闹、异化的一面，"都会的版图是有无厌性的/昔时的海成了它的俘虏/起重机昼夜向海的腹部搜寻/纵有海的呼喊也是徒然的//现在，我们有崭新的百货店了/而帐幔筑成无数的尖端"（《都会的版图》）。都市的扩张在诗人笔下是美的，它对大海的挑战中表现出了无限的威力、摩登与人定胜天思想。而像这样的描写："林荫道，苦力的小市集/无表情的煤烟脸，睡着/果铺的呼唤已缺少魅感性了/纵然招牌上绘着新到的葡萄"（《海关钟》），已蛰伏着对工业化畸形都市文明的揭露批判，对疲惫不堪的劳动者的同情；《减价的不良症》也再现了经济萧条境遇下都市在"大减价"声中的病态痉挛。对都市文化的厌恶以及生存于都市的困惑在《麦酒》中表现得最为充分，它表明在中西文化碰撞的十里洋场上海，知识分子患上了严重的心理失衡症与精神衰弱症，他们在时尚与传统间被置于两难尴尬境地，左右摇摆。既怕"过时"为明日黄花被社会淘汰，又怕失去滋养之地失去传统，"浮空体"意象具体地外化了这种六神无主、没有归宿的茫然感、失落感与身心分裂造成的衰弱症。怎样抵制"香粉""时装"的氛围？怎样抗衡人类异化的都市流行症？诗人的形象回答是"让窗子将田舍的风景放进来"，以真正的自然替代调养十二月的"朱砂菊"的人工自然；而"麦酒"正可以促成从香粉时装组构的时尚中回归自然，显然这里的"麦酒"已成为自然、纯朴传统的象征，只要向自然与纯朴传统回归，即可治愈现代都市文明的衰弱症。在这首诗里，都市与田园自然已完全对立。

陈江帆以田园诗驰名，而田园则寄托情感，象征诗人的精神家园。陈江帆用富有地方色彩的意象呈现岭南风情。《荔园的主人》坐在篱下，更像坐在温煦宁谧的牧歌里，"五月的荔子园/晚风吹着圆熟的果鼻"，"一个牧羊的歌女/踱进了篱旁"。《百合桥》"月色浮上百合桥/今夜，是我村的社日//单纯调的二簧低唱着/有感冒性的忧悒开始了//是海色的鳗鱼阵吗/乌桕路只见少妇的市集//我遂有暗然的恋了/载着十年的心和老的心"。它以特定的声、物、色的集合与感情的渲染,以及集市所呈现的幻象,独出心裁而又真切异常地托出游子欲返归牧歌般乡土的复杂情思,它带给人的是情绪的波动、经验的复活。《窗眺》更具说服力:

> 丰富田园风的新村,
> 我安详地住下来。
> 那映在松林间修洁的庐舍,
> 备为牧群住的板屋,
> 不远的荫路与草陵,
> 屡屡引起我作晨昏的窗眺。
>
> 我竟疑虑要成为原始人了,
> 窗眺的心酿着荒诞的梦——
> 丛树簇列着星珠的凝眸,
> 星珠是天国的窗户,
> 幻想我沿丛树直下,
> 复倚凭窗户而歌。

窗眺的物象与其说是自然的毋宁说是心境的。前段描写的远离喧嚣倾轧的安详清静冲远的客居环境,是先代文人谢灵运、孟浩然、王维等住过的,诗人对自然田园风光的窗眺,其深层底蕴更是对先贤们精神世界的向往;下段"原始人"的幻想,则是审美意义上的生命感悟。

陈江帆的田园诗抒情性比较强,风格清新,意象生动。而都市诗歌由抒情性逐渐转向批判性,《红豆》上发表的诗歌则增加叙事性,由明晰转向含混,具有一定的苦涩。

第七章　梁宗岱:从岭南到西欧

梁宗岱是我国现代文学史上一位特立独行的诗人、理论家、批评家、翻译家。他学贯中西,才情盖世,诗词创作、诗学研究和文学翻译成就突出。梁宗岱最初是以诗扬名的。在上中学期间,奋发有为、才华横溢的梁宗岱就在著名的《东方杂志》《学生杂志》和《小说月报》上发表诗文。16岁时的梁宗岱便博得"南国诗人"称誉,后应郑振铎、茅盾邀请加入著名的"五四"文学社团——文学研究会,成为文学研究会的第四位广州会员。1925年3月,他的新诗集《晚祷》列为文学研究会丛书,由上海商务印书馆出版,是岭南第一本个人新诗集。1924年梁宗岱赴法国留学,在此期间,他以法文在著名的《欧罗巴》《欧洲评论》等杂志上发表诗作。归国后,年仅28岁的梁宗岱就被聘为北京大学法文系主任兼教授,并同时兼任清华大学讲师。后来担任南开大学、复旦大学和中山大学、广州外语学院教授。1940年代,写下爱情词集《芦笛风》。在白话诗盛行的年代,梁宗岱尝试"旧瓶装新酒",逆潮流而动,以旧体词表达"心中的悸动与晕眩"。梁宗岱的诗歌作品虽不多,但能"以质取胜,抵抗得住时间尘埃的侵蚀,保持其青春的鲜艳与活力"。他的《晚祷》时期(1919—1924)诗作具有深沉的哲思意味,诗意伤感忧郁,反映了爱的幻灭。《芦笛风》时期(1931—1944)作品为寻找最适合自己个性的表达方式而在形式和音律上有所突破,不失为情真意切之佳作,体现了爱的回归。

梁宗岱留学法国,与瓦雷里相识相知,深受罗曼·罗兰赞赏。既心怀学习西方先进文明的文化自觉,也深具弘扬中国优秀传统文化的文化自信,是中西文化双向交流的先驱,中国文化"走出去"成功的践行者和引领者。梁宗岱在中西文化交流和诗歌创作、诗学理论研究和文学翻译等方面贡献卓越,他既是现代诗坛的旗帜性人物,同时又是文学翻译界的大师和比较文学领域的先锋。梁宗岱的译作,论数量不算十分丰富,他的宗旨也是"以质取胜",他的译品能"抵得住时间尘埃的侵蚀"。

中国接受西方现代诗学的诗人为数甚多,传承象征主义诗学的论者不乏其人,但唯有梁宗岱领悟象征主义的精髓,论述深刻独到。他的"象征即兴"、纯诗论等较周作人、朱光潜或穆木天、王独清的相关论述是发展和突破。梁宗岱的象征诗学的贡献,不仅在于他受瓦雷里等象征主义大师亲炙,对象征主义浸淫颇透,阐释最精到,而且表现为他立足中国新诗实际,着眼新诗现代化发展,吸取西方象征主义有益东西,主动采撷传统诗学营养,将中西诗学融会贯通,显示民族现代象征诗学建构的自觉。

在现代中国还没有第二个人像梁宗岱那样走近并结识众多世界文学大师,产生深刻的交流。梁宗岱在学习、译介西方诗歌同时,进行着另外一种交流,译介中国古典诗歌给西方,梁宗岱是为中国译介西方诗歌新天地和向西方展现中国艺术新大陆的双向哥伦布。

第一节 双向哥伦布:梁宗岱的中西文化交流

梁宗岱(1903—1983),广东新会人,1903年出生于广西百色,1917年考入广州培正中学,1923年被保送入岭南大学文科。1924年秋天,已在国内文坛显露才华的青年诗人梁宗岱,听从李宝荣老师"真正有志于文学,就应该去欧洲文化中心——法国"的建议,为追逐更高的人生与艺术境界,从香港乘船去往欧洲,踏上向往已久的陌生天地。这一年暑期,梁宗岱还到上海拜访了郑振铎、茅盾等文艺界前辈。

梁宗岱先后就学于瑞士日内瓦大学、法国巴黎大学、德国柏林大学、海德堡大学等多所著名学府。年青的梁宗岱以其聪慧的才智和不懈的努力,转益多师,如饥似渴地大口吞噬着异域各方面的精神食粮。除去早在国内培正中学便已熟悉的英语外,他又学习了法语、德语、意大利语等,并能够用它们来自由地表达自己的思想。

"影响我最深彻最完全,使我亲炙他们后判若两人的,却是两个无论在思想或艺术上都几乎等于两极的作家:一个是保罗·梵乐希,一个是罗曼·罗兰。"梁宗岱如是说。1926年春,经巴黎大学的美国朋友引荐,他结识了法国后期象征派诗歌大师保尔·瓦雷里(Paul Valéry)并迅速成为好友。瓦雷里是法国象征派诗人,法兰西学院院士。他的诗耽于哲理,倾向于内心真实,往往以象征的意境表达生与死、永恒与变幻等哲理性主题,被誉为"20世纪法国最伟大的诗人"。主要诗作有《旧诗稿》(1890—1900)、《年轻的命运女神》(1917)、《幻美集》(1922)等,巅峰之作是晚年的《海滨墓园》。

"忽然在一道悠长的闪电中站住了,举目四顾,认定他旅途的方向:这样便是你和我的相遇。"[1]梁宗岱如此描绘在巴黎相遇瓦雷里时产生的精神感触。"瓦雷里为人极温雅纯朴,和善可亲,说话亦谆谆有度,娓娓动听。"瓦雷里的诗和为人在梁宗岱

---

[1] 梁宗岱:《保罗梵乐希评传》,《水仙辞》,上海:中华书局1931年版,第10—11页。该文最初发表于1929年《小说月报》,后收于1935年《诗与真》,改名《保罗梵乐希先生》。

"意识和情感的天边出现",吸引梁宗岱,使梁宗岱获得丰富的营养,"对于艺术的前途增添了无穷的勇气和力量"。当时梁宗岱才23岁,保尔·瓦雷里已50多岁,但瓦雷里对梁宗岱的欣赏,梁宗岱对瓦雷里的崇敬,使得双方的交往十分契合。

梁宗岱以一个孜孜不倦的异国求知者追随在瓦雷里左右,瓦雷里常常向梁宗岱讲述自己少年时的文艺活动,或带着深情赞美兰波、马拉美等大诗人的作品,甚至欣然告诉梁宗岱自己的诗作构想以及创作体会,并且蔼然鼓励梁宗岱在法国文坛上继续努力。

瓦雷里赏识这位年轻的中国诗人:"我第一个认识的中国人是梁宗岱先生。他年轻而且漂亮。他操一口很清楚的法国话……梁先生带着一种兴奋和我谈诗。一说到这崇高的问题,他便停止微笑了。他甚至透露出几分狂热。这罕见的热情很使我喜欢。不久,我的喜悦变为惊诧了,当我读了,立刻再读,梁君放在我眼前的几页纸后。"

梁宗岱当时创作不少英文或法文作品,都交瓦雷里评论指点,征求瓦雷里的意见。瓦雷里读了梁宗岱用法文和英文写的诗作后,大为赞叹。由诗、音乐、绘画这些艺术题目入手,如切如磋,长时间、深入探讨。瓦雷里全面升华了梁宗岱对诗歌的认识,他从仅凭一腔灵感作诗,转而开始深刻地思考和探索中国新诗的命运。借近水楼台之势,梁宗岱创作了很多象征诗歌,并分别写下《保罗梵乐希先生》《象征主义》《歌德与梵希》《韩波》等象征主义诗学论著。这些诗作和诗学理论,含英咀华,精到深刻,领会象征主义精髓。瓦雷里毫无保留的真诚议论和精辟见解,给梁宗岱思想以深刻启发和重要影响,改变了梁宗岱的诗学道路和人生选择。

瓦雷里告诉梁宗岱,求学要务求实学,看重博采;吸取西方文化,要从其精义入手,而不是也不必为虚名去钻某一门学科的牛角尖。这些深刻的见解给梁宗岱以启迪,使他豁然开朗。于是,梁宗岱决定放弃攻取任何学位,潜心到英国、法国、德国、意大利等国的著名学府听课,广泛吸取文化营养,认真阅读,同时进行翻译和写作。

受瓦雷里的指教和鼓励,梁宗岱开始将自己用法文或英文写的诗歌向一些著名杂志投寄。不久,法国著名的《欧罗巴》《欧洲诗论》等杂志刊登梁宗岱的诗作。大作家罗曼·罗兰读了十分赞许,由此还引发了梁宗岱与这位他崇敬的作家的一段交往。

秋天清晨,瓦雷里与梁宗岱在绿林苑散步。在木叶始脱、朝寒彻骨、萧萧金雨的情境中,瓦雷里向梁宗岱启示自己长篇名诗《水仙辞》的意境。那讲述深深感染了梁宗岱,他当天晚上便写信给瓦雷里,描述自己的领悟:

"水仙的水中丽影,在夜色昏暝时,给星空替代了,或者不如说,幻成了繁星闪烁的太空:实在惟妙惟肖地象征那冥想出神的刹那顷——'真寂的境界'——在那里心灵是这般宁静,连我们自身的存在也不自觉了。"

"在这恍惚非意识,近于空虚的境界,在这'圣灵的隐潜'里,我们消失而且和万物冥和了。我们在宇宙里:宇宙和我们的自我只合成一体。"

"这样,当水仙凝望他水中的秀颜,正形神两忘时,黑夜候临,影像隐灭了,天上的明星却一一燃起来,投影波心,照澈那黯淡无光的清泉。炫耀或迷惑于这光明的宇宙之骤现,他想像这千万的荧荧群生只是他的自我化身……"

激动之余,梁宗岱将这首长诗译成中文,同时选译保尔·瓦雷里年轻时发表的另一首《水仙辞》,寄回国内,刊登在《小说月报》上面。1930年,上海中华书局又出版长诗《水仙辞》的单行本。梁宗岱译本优雅传神,影响很大,第一次让中国人认识了瓦雷里。

为了使中国读者更深入地了解这位大诗人,梁宗岱于1928年6月初,在巴黎完成了一篇全面介绍瓦雷里生平、人格、艺术的长文《保尔·瓦雷里先生》[1],从中可以清楚地读出梁宗岱对保尔·瓦雷里的崇敬和精深见解,这是我国至今对这位大诗人评论的最精美文字之一。

除去向瓦雷里学习西方现代诗歌,自己创作法文、英文诗歌外,梁宗岱还将自己喜爱的中国优秀古典诗歌译成法文或英文,献给热爱诗歌的法国人民。瓦雷里读了这些译作,十分喜爱。瓦雷里认为:"无疑地,诗人们一经翻译,便差不多全失掉他们艺术的本质,但我信任梁宗岱先生那曾经屡次使我惊喜的文学意识,深信他必定已经在两国文字的大差异所允许的范围内尽量将原作传达给我们。""正因为他是中国人,梁君必然地比一个欧洲人,一个法国人,甚至比一个法国的文学士更善于推测、摘发,企图去袭取和变为己有这些优美的方法,这些宝贵的滥用:把粗劣的文字化为美妙的演习的材料,而从中提取那太纯洁太悦人的物品,把一个字做成一块难得的宝石;把一句诗做成一个确定的结构,它的固有的完美包含着一个不朽的愉乐的永久事件。"他劝梁宗岱将这些诗印成单行本,并且答应为该诗选作序。法国象征派大师瓦雷里因为梁宗岱的介绍,认识了中国古代大诗人陶渊明。瓦雷里在著名的《法译"陶潜诗选"序》里,除了表现出对梁宗岱的赞许外,还以自己的感悟、理解,洞悉中国传统文化有一个一脉相承的统系和结构,肯定中国的文统与政统的关系:"中国民族是或曾经是最富于文学天性的民族,唯一在从前敢将政事委托文人,而它的主人翁夸耀他们的笔胜于他们的权杖,并且把诗放在他们的宝藏里的民族。"

梁宗岱翻译的《陶潜诗选》经瓦雷里推荐,由法国勒马杰(Le Marger)出版社于1930年印行。梁宗岱成功地译介了中国文学史上这位以精致著称的诗人,内中蕴含

---

[1] 梁宗岱:《保尔·梵乐希先生》,《诗与真·诗与真二集》,北京:外国文学出版社1984年版,第17页;参阅陈希《西方象征主义的中国化》,广州:中山大学出版社2018年版。

的简朴美学在法国激起了一轮陶渊明热。

罗曼·罗兰(1866—1944)是二十世纪法国文学巨匠,1915年获得诺贝尔文学奖,是一位毕生追求和平与光明的人文主义者,中国读者最熟悉的外国作家之一。罗曼·罗兰十分关注东方文明,尤其中国的历史、文化和正在经历的巨变。从1920年开始,他对中国青年有信必复,拨冗晤面,激励和引导他们的志向,具体指点写作和翻译,慷慨地满足紧急的经济求援,前后持续了二十年,直至二战才中断。罗曼·罗兰与盛成、敬隐渔、梁宗岱、李又然、阎宗临、汪德耀、傅雷、高长虹、张昊九位中国青年有交往,其中梁宗岱交往最深入,时间和次数最多。

正是阅读了罗曼·罗兰的《约翰·克里斯朵夫》,梁宗岱产生了仰慕之情,当时他还是岭南大学学生。

梁宗岱《忆罗曼·罗兰》①回忆,留法期间他在法国的《欧罗巴》杂志上发表过几首法文诗和中国古诗的法译(包括陶渊明与王维的诗),引起了罗曼·罗兰的注意和赞许。当《欧罗巴》杂志编辑部的编辑将此信息告诉梁宗岱时,梁宗岱喜出望外,萌生了直接与罗曼·罗兰通信求教的念头。1928年寒假期间,梁宗岱将自己最喜爱的中国大诗人陶渊明的十几首诗和几篇散文译了出来。译毕之后,他将这些诗文寄给了罗曼·罗兰。罗曼·罗兰阅读后立即给梁宗岱回信,对他寄来的作品表示极大的赞赏,并推荐这些诗文在《欧罗巴》杂志发表。"你翻译的陶潜诗使我神往,不独由于你底稀有的法文知识,并且由于这些歌的清纯动人的美。它们底声调对于一个法国人是多么熟悉!从我们古老的土地上升上来的气味是同样的。"引起罗曼·罗兰对陶渊明诗歌兴趣的因素,并非单纯是翻译(翻译自然是成功的,它传递了原作的神韵),而主要是诗歌本身,是诗歌作品中内在的动人的美,打动了作为读者的罗曼·罗兰,有趣的是,这种打动,居然是出于"熟悉"——仿佛是从法兰西自己的古老土地上升起的气味。

罗曼·罗兰居住在瑞士日内瓦湖边,梁宗岱曾两次往访。两人平常以书信沟通,篇幅较长,讨论深入。罗曼·罗兰日记多次提到和记录梁宗岱,称为"东方诗人","最出众最有学问的中国青年之一"。罗曼·罗兰对梁宗岱另眼看待,青睐有加。1931年,罗曼·罗兰的父亲去世,自己亦大病一场,闭门谢客,但听说梁宗岱来访,立刻表示同意,还托梁宗岱将其新作《贝多芬》和《歌德与贝多芬》译成中文。

梁宗岱的《陶渊明诗选》1930年在法国出版,罗曼·罗兰收到梁宗岱的赠书后,激动中写下富有诗意的话:"那奇迹,对于我,在这样一部作品里,就是它和那最古典

---

① 梁宗岱:《忆罗曼·罗兰》,1936年6月17日《大公报·文艺版》,收入《诗与真二集》,上海:商务印书馆1936年版,第173页。

的地中海——特别是拉丁诗的真确的血统关系,贺拉思(贺拉斯)和维琪尔(维吉尔)都在这里面找着了他们的面目的反映者。而在一些和谐的沉思中,如'霭霭堂前林……'或'少无适俗韵……'里,我听见了亚尔班(阿尔卑斯)山上一座别墅里的泉水的庄严音乐。"中国诗歌艺术激发罗曼·罗兰这位大文豪的情感和热爱,使他情不自禁地发出这诗一般的感慨。法国的罗曼·罗兰在中国陶渊明的诗歌中发现了法中两国"心灵"的"酷肖"。

罗曼·罗兰告诉梁宗岱,东方民族他接触的不算少了,日本人、印度人,但他发觉他们没有像中国人那样与法国人情感接近,中国人头脑清晰,观察深刻,应对条理清晰,简直和法国的上层知识阶层人士一样。

梁宗岱翻译庄子、屈原、陶潜、李白、王维……并用一种比较文学和世界文学的眼光,去发现、去铺设中西文化对话可能的途径。罗曼·罗兰和瓦雷里通过梁宗岱,了解到中国文化的神秘和灵动,梁宗岱也通过他们学习了西方现代诗歌。很少有人像梁宗岱这样,既有学习西方现代文明的文化自觉,也有传播弘扬展示中华传统文化的文化自信,能同时做到中西文化双向交流。

第二节　梁宗岱的《晚祷》和《芦笛风》

梁宗岱最初以诗文扬名,他的文学天赋在少年时便已展露无遗。6岁起开始启蒙,自幼受父亲影响,聪颖好动,喜欢读书,尤喜读诗文和医药类的书。11岁前,他还常跟着大人到山里采药,山村形胜,花草树木,得天地之灵气,陶冶了梁宗岱性情。1917年梁宗岱考入广州培正中学,当时的培正中学属美国教会学校,用英文授课,梁宗岱原来没有学过英文,但文思畅通,经过补习和努力,很快成绩名列前茅。1919年,梁宗岱在广州参与了五四运动,慷慨激昂地上街游行示威,反对日本提出的"二十一条"。当时青年中流行读各种新思潮书籍,培正中学图书馆拥有不少藏书,为梁宗岱提供了丰富的阅读资源,他还常到岭南大学,与学生司徒乔和日本的寄读生草野心平交流读书心得和文学创作体会,在相互切磋中,梁宗岱开始了他的诗歌和文学创作。

梁宗岱用中英双语写作诗文,多次在校内获奖,还发表在广州的《群报》《越华报》等报刊上。其间,他主编《培正学报》《学生周刊》等,同时以"菩根"笔名在商务印书馆刊行的《东方杂志》《学艺》《太平洋》《学生杂志》等刊物上发表作品。年方16岁的梁宗岱,当时就被媒体誉为"南国诗人"。少年得志的他,成了当年广州的一面"文学旗帜",广州各报馆的记者闻讯纷至沓来,有次一位记者来访,梁宗岱出门迎接,问记者找谁,记者见他小小年纪,便信口道:"找你父亲梁宗岱。"梁宗岱骄傲地说:"我就是梁宗岱。"记者惊诧不已。

1921年冬,梁宗岱受郑振铎、茅盾的邀请加入文学研究会,成为第四位加入文学研究会的来自广州的会员。1923年夏天,梁宗岱与同学好友等九人发起成立了"广州文学研究会",后又以团体会员的身份加入文学研究会。1923年秋,梁宗岱被保送入岭南大学文科。在《小说月报》《诗》《絮语》《光流》上发表诗作和文章,共计70多首诗歌。这时的梁宗岱风华正茂,称得上是当地文学青年的领袖,参与《越华报》文艺副刊编辑工作,刊发广州文学青年的文学作品。广州惠爱东路的妙奇香酒楼,成了他们谈诗论文的主要场所。

梁宗岱中学和大学写作新诗近百首。1925年3月,他遴选其中代表性诗作,结集为《晚祷》,为"文学研究会丛书"之一,由上海商务印书馆出版。《晚祷》为48开的小版本,收录《晚祷》《星空》《苦心》等诗作19首,最初的诗是写于1921年7月的《失望》,最末的诗是1924年6月的《陌生的游客》。这是岭南第一本新诗集,朱自清《中国新文学大系·诗集》选录5首。

《晚祷》蕴涵深厚,特具抒情气息,诗行之间,总能使人寻味与低回,风格自成一家。诗集主要表现理想幻灭后精神的痛苦和痛苦的升华、沉潜,具有深度开掘的暗示美和力度美,幽婉显沉郁,隽永兼含蓄,具有暗示、神秘、梦幻等象征主义的诗美特征和基督教圣经文学色彩。这种诗美追求,构成梁宗岱后来留学法国,接受象征主义诗歌的主体内在动因。奇异的是,《晚祷》写于20年代初期,却完全没有初期白话新诗的平实黏滞、粗糙直露之弊端,显示了较高的诗美品格。

梁宗岱回忆自己创作《晚祷》时的心境:"那是二十余年前,当每个人都多少是诗人,每个人都多少感到写诗的冲动的年龄,在十五至二十岁之间。我那时在广州东山一间北瞰白云山南带珠江的教会学校读书。就是在那触目尽是花叶交荫,红楼掩映的南国首都的郊外,我初次邂逅我年轻时的大幸福,同时——这是自然底恶意和诡狯——也是我底大悲哀。"梁宗岱就读的培正中学,是一所教会学校,除了英文教学和外国书籍比较之外,宗教氛围也比较浓。当时梁宗岱不了解也没有接触象征主义诗潮,每一首诗几乎都是诗人真情实感的倾泻和流露,并无明确的象征主义诗学追求,"多踟蹰在无端的爱乐之间,浸淫浮沉于诗和爱里,我不独认识情调上每一个音阶,并且骤然似乎发见眼前每一件事物底神秘。我幼稚的心紧张到像一根风中的丝弦,即最轻微的震荡也足以使它铿然成音"。但《晚祷》有象征主义因子,一些诗歌写作运用象征主义的手法,如以翠竹上的晨露,象征悲苦的泪珠,以白莲在碧池中碎落,暗示爱情失意的痛苦等,显得既含蓄又自然,体现出一种新的美学追求。

《晚祷》笼罩在象征主义的光源之下。从形式上来看,梁宗岱《晚祷》没有明显的音乐性追求,不讲究声韵和体式,而音乐性正是梁宗岱后来学习和借鉴瓦雷里象征诗学的重要内容。但有些诗作潜藏的音乐因子和形式意识。例如,在《夜枭》一诗中,夜枭在每一小节都发出"呜唔,呜唔"的声音,以显示一种贯穿始终的结构,似乎也留有爱伦·坡的象征主义杰作《乌鸦》(*The Raven*)的影响的痕迹。在爱伦·坡的诗中,乌鸦以一种单调的、不断重复的"永不复还"的回应建构了全诗的格局。法国象征派诗人,从波德莱尔、马拉美到瓦雷里都曾对爱伦·坡的这段诗文以及由此而体现的调式理论做出过阐释,并进一步提出了自己的诗学主张。其他的一些诗学手段,诸如陌生化的生活场景的密集营造,抒情"我"的内在的声音,对不复存在的世界一体化感觉的诅咒、对超越一切范畴的秩序的渴望等等,都常见于象征派诗歌。此外,梁宗岱的语言流露出一种尚古的优雅,不乏画面灵动、色彩斑斓的暗示性。如《暮》:"像老尼一般,黄昏/又从苍古的修道院/暗淡地迟迟地行近了。"

"独自徜徉在夹道上/伊姗姗的走过来/竹影萧疏中/我们相互认识了……"《途遇》这首诗是写爱情的,爱的幻灭和沉思是《晚祷》的主题,其中《晚祷之二》是代表作之一。这首诗抒发了诗人对中学时期一段纯真爱情求而不得的愁思,不论是具有象征性和暗示性的意象形式,还是语言的节奏、美感,都显现出明显的象征主义色彩。

> 我独自地站在篱边。
> 主呵,在这暮霭底茫昧中。
> 温软的影儿恬静地来去,
> 牧羊儿正开始他野蔷薇底幽梦。
> 我独自地站在这里,
> 悔恨而沉思着我狂热的从前,
> 痴妄地采撷世界底花朵。
> 我只含泪地期待着——
> 祈望有幽微的片红
> 给春暮阑珊的东风
> 不轻意地吹到我底面前:
> 虔诚地,轻谧地,
> 在黄昏星忏悔底温光中
> 完成我感恩底晚祷。

这是组诗《晚祷》的第二首。全诗十四行,可分两个层次:沉思和期待。"我独自地站在篱边"这里的"篱",是一种隔离的象征。虽然有篱的阻挡,诗人与她仍然在寻求心灵的呼应。从"野蔷薇的梦"的幻想,到从前"痴妄地采撷世界的花朵"的失落,再到对"幽微的片红"的祈望,最终在"黄昏星忏悔的温光中"完成晚祷,意味着从对高尚情感求而不得的失意喟叹,回归到一种感悟真谛的宁静。诗歌采用祷告辞形式,但不是直白明朗地倾诉的,而是借助于相当巧妙、隐晦的比喻,富于暗示性的意象来传递和表达。迷蒙、恬静和虔诚的心境、气氛,以内心独白方式,抒发了对圣洁感情求而不得的愁思。"主"与"晚祷"只是一种宗教的外壳,以情理与思绪织成的失落的感喟才是此诗的真意。

梁宗岱认为,象征不仅仅是一种表现方法,象征所达到的那种意象契合、物我两忘的境界也是一种哲学境界。梁宗岱《晚祷》大多数诗旨在歌咏爱情、大自然、造物主的美,体现这种共同的哲理。即使像这首含着深深的伤感情绪的诗也被这种"和谐"所融化。另外,《晚祷之二》这首诗"黄昏星忏悔底温光""温软的影儿"属于视觉上的"星"与触觉上的"温"的转换,一方面既是一种象征诗人惯用的通感手法,另一方面这种通感同样在证明大自然的和谐的观念。

《芦笛风》则是梁宗岱旧体诗词的合集,1943年由广西华胥社出版,收录1941年冬至1944年春的词作39首。1944年再版时,附录1933年至1939年的商籁体诗6首。《芦笛风》是梁宗岱以白话填古典诗、步古典词韵来表达"切身的哀乐"的文学新尝试,与《晚祷》的现代自由诗体形成完全不同的风格。这一诗体创作风格的转向用梁宗岱自己的话说是"寻求符合自我个性的艺术表达","我自己在生活上最爱野朴与自然,在艺术上却极醉心于格律与谨严"。梁宗岱从现代诗转向白话词,追求不拘一格的创作体验,以此作为对艺术功利性的抵抗,在当时的中国文坛有着重要意义,也是其特立独行的一种表现。在自由体白话诗盛行的年代,对现代象征诗学浸淫颇透的梁宗岱却逆风而动,吟诵旧曲,以旧体词表达"心中的悸动与晕眩",走向传统,醉心格律与谨严以矫正新诗的"矫枉过正"。

梁宗岱受象征主义音乐性诗学影响,由自由抒写转向"发现新音节和创造新格律",但反对新月派为求押韵而割裂诗句,认为音乐性主要诉诸耳不是眼,最大的巧心就是要在极端的谨严中创造极端的自然,用他自己的话说是"寻求符合自我个性的艺术表达"。对于新诗迈向现代化的途径和可能,《芦笛风》提供了建设性的意义。

1942年3月,梁宗岱回百色处理父亲的后事,偶然被朋友拉去看粤剧《午夜盗香妃》,被花旦甘少苏现实悲惨遭遇所感动,遂起同情心和道义感,由戏及人,梁宗岱救助甘少苏,英雄救美,热心帮助"赎身",由道义演变为激情,后来两人成为伴侣。此期梁宗岱以白话写有词集《芦笛风》,记述心声:"世情我亦深尝惯,笑俗人吠声射影,频翻白眼。荣辱等闲事,但得心魂相伴。"

《芦笛风》尝试"旧瓶装新酒",以旧词写现代爱情,抒发的多是"情到深时词觉浅"(《玉楼春一》)、"高楼昨夜西风雨"(《菩萨蛮四》)的情怀和景色。《临江仙》写道:"记得舍欢花下立,双双笑语融融,风光滟滟共从容。白桥斜凭处,齐进步阳红。岂料见难容易别,云山聚隔千重? 如今心事两应同。当时盟约在,何必去西风?"词作上片叙欢聚,"花下立""双双笑语""共从容""齐进"都是描绘情侣携手漫步、相亲相拥的场景,下片则是分别,侧重相思。情景交融,款款深情,跃然纸上。词境清新俊逸,今昔对比,无限感喟。不言孤寂愁苦,而使人更难忘怀。

诗词集《芦笛风》倾诉了个人内心最隐秘的情感,但这种伤春悲秋和浅吟低唱,回避与现实的关联。在当时抗战的大背景下,这部作品在呈现异质风格的同时显得格局狭小、内容单薄。《芦笛风》化用古典意象,偏向比兴手法,并未推陈出新。

第三节　诗学理论和文学翻译

梁宗岱不仅是一位诗人,而且是理论家和翻译家,多有建树。梁宗岱的诗学著述主要见于1935年、1937年上海商务印书馆出版的《诗与真》《诗与真二集》。1984年,外国文学出版社将两部论著合并一册出版。《诗与真》《诗与真二集》是梁宗岱的诗论集,收录的18篇文章中,有一篇是单独题献给瓦雷里(《保罗梵乐希先生》);还有一篇是关于歌德与瓦雷里(《跋梵乐希"歌德论"》)。三篇译文,均译自瓦雷里的诗歌评论(评陶渊明、歌德和马拉美)。余下论文,一篇讲兰波,一篇忆罗曼·罗兰,一篇介绍象征主义,五篇谈诗,一篇论画,三篇评议中国古诗。所有的这些文章,中心题旨只有一个,就是要将象征主义作为一种诗学标杆树立起来,以期将一片混乱的中国新诗引出迷途。梁宗岱对象征主义诗学研究"含英咀华、生动传神、融会贯通"[①],具有独到的价值。

梁宗岱以其深厚的古典文学素养,对西方文学特别是德、法两国文学及其代表人物(如歌德、罗曼·罗兰、梵乐希、韩波等)的创作,进行了比较文学上的探讨。以文学手法论文艺理论,如蒙田以文学手法来谈哲学,里尔克以散文来论罗丹的石头,尽量着重艺术的感染力,使读者避免在理论上硬碰的乏味,融会中西,古今贯通,充满真知灼见。这得益于梁宗岱独特的禀赋,深厚的文艺涵养以及广博的学识。他对古今中外文学娓娓道来,不仅是如数家珍,且都深掘和揭示其珍异精微,或找出得失的端绪。论及古代的屈原、陶渊明、莎士比亚、雨果、歌德或近代的波德莱尔、韩波(今译蓝波),以及与他自己同时代的瓦雷里和罗曼·罗兰两位前辈,都首先从自己对他们

---

① 陈希:《天鹅绝唱:梁宗岱的文学史意义》,《文学评论》2005年第4期。

作品的深刻理解出发,用自己的心灵去感知他们的心灵,文笔生动优美,诗意葱茏,深入精到,闪烁着艺术光辉,没有隔膜之感。这是梁宗岱诗学理论的特色。

梁宗岱深谙象征主义精髓。《象征主义》《谈诗》等文,以诗的笔触去探析学理问题,思接千虑,纵横捭阖,行云流水,神游无极。其中象征说、纯诗论、契合论最为精到。

梁宗岱认为,象征主义不同于修辞学上的"比"。他批评朱光潜将象征泛化理解为"以甲为乙底符号""寓理于象"①,也不认同朱光潜将"理""象"内外拆分。梁宗岱指出,拟人或托物可以达到象征境界,但是大部分都只是寓言,够不上象征。而象征和《诗经》里的"兴"颇近似。此前周作人为刘半农的诗集《扬鞭集》作序时,把西方的"象征"与中国的"兴"互释②,但仅述相通,不辨差异。梁宗岱根据《文心雕龙·比兴》篇中对"兴"的解释,认为"象征底微妙,'依微拟义'这几个字颇能道出。"③梁宗岱进一步论述象征有两个基本特征:"(一)是融洽或无间;(二)是含蓄或无限"。梁宗岱指出:"所谓象征是藉有形寓无形,藉有限表无限,藉刹那抓住永恒,使我们只在梦中或出神底瞬间瞥见的遥遥的宇宙变成近在咫尺的现实世界,正如一颗蕴蓄着炫熳芳菲的春信,一张落叶预奏那弥天漫地的秋声一样。"梁宗岱的"兴"兼容"象"和"意"两种因子,并且他的象征说具有超验性(天地)和神秘性(刹那)。梁宗岱较周作人的说法更接近西方"象征"本义。

"纯诗"是现代主义诗学的重要范畴。瓦雷里阐发"纯诗"理论,提出了一个诗歌本体论的命题:诗的特质是什么?他沿袭马拉美的思路,认为诗歌之纯粹是自觉和特意地创造一种使语言像音乐那样自足存在、绝对的澄明。瓦雷里向往音乐奇妙的力量,认为音乐的纯粹性和感染力能使人达到艺术最高享受,但诗歌在音乐面前"感觉着自己的孱弱和而衰颓了","诗人们底财富与袭产,似乎未曾这样确切地感受威胁"。"纯诗"实际上追求把诗和其他非诗的东西分开,消除一切遮蔽而孑然独立,"从音乐中重新获取诗人们本有的一切"。

当时的中国论者对象征主义纯诗论,特别是关于音乐性问题的特殊而复杂含义有比较准确到位的理解的不多。作为瓦雷里的好友和信徒,梁宗岱对"纯诗"了然于胸,体认纯诗理论"滥觞于法国底波特莱尔,奠基于马拉美,到梵乐希而造极"。梁宗岱对"纯诗"的理解和阐释深入而独到:

  所谓纯诗,便是摒除一切客观的写景、叙事,说理以至感伤的情调,而纯粹凭

---

① 朱光潜:《谈美》,《朱光潜文集》第3卷,合肥:安徽教育出版社1987年版,第94页。
② 周作人:《〈扬鞭集〉序》,《语丝》1916年第82期。
③ 梁宗岱:《象征主义》,《诗与真》,上海:商务印书馆1935年版,第80页。

借那构成它底形体的原素——音乐和色彩——产生一种符咒式的暗示力,以唤起我们那感官与想象的感应,而超度我们底灵魂到一种神游物表的光明极乐的境域。像音乐一样,它自己成为一个绝对独立,绝对自由,比现世更纯粹,更不朽的宇宙;它本身底音韵和色彩底密切配合便是它底固有的存在理由。①

梁宗岱与穆木天诗论有不谋而合之处。梁宗岱同样注意到了诗对灵魂的超验世界的暗示力,指出"一切伟大的作品必定具有一种超越原作者底意旨和境界的弹性与暗示力"。穆木天比较早提出具有深度的暗示力的问题,但只将这个暗示中的超验世界定义为先验的存在、人的内意识以及形而上的哲学,因此它是玄秘、不可解释的;穆木天企图把诗歌引到"最高领域",梁宗岱则将其拉进了现实的科学,他所暗示的世界"穷源归根",归结为一种导致"情感与理智,科学与艺术,事业与思想"融会贯通的"基本的态度",因为"心灵活动底程序,无论表现于那方面,都是一致的"。综观梁宗岱的诗论,这个"基本态度""心灵活动的程序"就是存在于李白、歌德、莱布尼茨、波德莱尔、瓦雷里的诗歌中的真理——"宇宙意识"。梁宗岱赞同"宇宙间一切事物都是深深地互相联系着的",他在鉴赏孔子的一声浩叹"逝者如斯夫,不舍昼夜"时说,这句话从特殊现象中悟到了"宇宙间一种不息的动底普遍原则"②,莱布尼茨的"生存不过是一片大和谐",瓦雷里的"全宇宙在我底枝头颤动、飘摇",尤使他激赏。在他的反复论述中,他崇尚一种整体性的宇宙意识、宇宙的普遍原则:联系的、运动的、和谐的、"全"的、完整统一的。这个共通的法则支配着"物与我""内与外"之间的深切契合,反过来,也只有物与我密切合作才能够产生对于真理的真正认识。③ 因此,梁宗岱推崇在诗歌中体现宇宙意识,这是对普遍原则的认识的体现,也是认识真理过程的需要,一首好诗必定同时具有"最永久的普遍"和"最内在的亲切"。

梁宗岱整体性"纯诗"论,是对布拉德雷关于"诗的实质与形式在诗中互相包含且不可切分""音乐与意思只是一物"的整体性概念的拓展,又是对瓦雷里"纯粹的诗是整体的概念"的具体化和变异,更具实践意义;同时,他又把新月派、象征派孤立谈论的诗之要素一体化了,不再侧重其中任何一方面,其内涵包罗万象,有极大的容量和丰富性。纯诗中国化过程中,梁宗岱贡献卓著,切实推进了民族诗学创造性的建构。

但是,现实与理想存在差距,梁宗岱深刻意识到了诗歌创作实践的困窘:"一个真正的诗人永远是'绝对'与'纯粹'底追求者,企图去创造一些现世所未有或已有而

---

① 梁宗岱:《谈诗》,《人间世》1934 年 11 月第 15 期。
② 梁宗岱:《说"逝者如斯夫"》,《诗与真·诗与真二集》,北京:外国文学出版社 1984 年版,第 155 页。
③ 梁宗岱:《哥德与梵乐希》,《诗与真·诗与真二集》,北京:外国文学出版社 1984 年版,第 164 页。

未达到完美的东西",因此创造绝对或纯粹的诗,只是一种"痴妄"①。

梁宗岱的"纯诗"论摒除"一切客观的写景,叙事,说理以至感伤的情调",这既是受瓦雷里诗学的影响,也更多的是源于中国新诗的现实契机。梁的纯诗论不仅强调诗歌摒除散文因素,使诗歌获得完全的自足和自律,而且结合中国新诗的发展,倡导中国现代象征诗学。这种现代象征诗学的建构,不是完全移植西方,而是将诗学触角深入中国古典诗词,自觉寻找民族传统诗学资源的支持。《谈诗》是反映梁宗岱的"纯诗"理论的重要文章,梁宗岱在文中指出:"我国旧诗词中纯诗并不少(因为这是诗底最高境,是一般大诗人所必到的,无论有意与无意);姜白石底词可算是最代表中的一个。"梁宗岱具体分析了姜白石《暗香》《疏影》两首诗,说这些纯诗"引我们进一个冰清玉洁的世界","度给我们一种无名的美底颤栗"。更妙的是,梁宗岱自觉将中西诗学进行比较,以联系的观点、从中西诗学融合的角度阐发"纯诗"特征。他写道:

> 马拉美酷似我国底姜白石。他们底诗学,同是趋难就易(姜白石曾说,"难处见作者",马拉美也有"不难的就等于零"一语);他们底诗艺,同是注重格调和音乐;他们底诗境,同是空明澄澈,令人有"高处不胜寒"之感;尤奇的,连他们癖爱的字眼如"清"、"苦"、"寒"、"冷"等也相同。

梁宗岱学贯中西,领悟象征主义的精髓,又有深厚中国古典诗学修养。他立足新诗实际,着眼新诗现代化发展,吸取西方象征主义有益东西,主动采撷传统诗学营养,显示了民族现代象征诗学的自觉。穆木天的《谭诗》也有这种自觉,说李白的诗"到处是诗,是诗的世界,有一种纯粹的诗歌感"。与穆木天等的纯诗论来自对新诗流弊反思不同,梁宗岱的纯诗论更多的是对新诗自身发展的总结。梁宗岱认识到现代诗学音乐性的深刻而独特的含义,领悟到诗歌的纯粹性实质上是使语言像音乐那样自足存在,绝对的澄明,诗的"本身底音韵和色彩底密切混合便是它底固有的存在理由"。梁宗岱将诗歌语言从形式媒介上升到诗歌本体的地位,这在中国新诗史上具有突破性。

"契合"乃"象征之道",体现了象征主义诗学的核心内容,被称为"带来了近代美学的福音"②。"契合"有诗艺、审美方式和超验本体三层含义。"契合"是随象征主义诗风吹到中国的。最初,中国论者和诗人对"契合"这个舶来品的翻译是不统一

---

① 梁宗岱:《诗·诗人·批评家》,《诗与真·诗与真二集》,北京:外国文学出版社 1984 年版,第 204—205 页。

② 梁宗岱:《象征主义》,《文学季刊》1934 年 4 月第 1 卷第 2 期,收入《诗与真》,上海:商务印书馆 1935 年版,第 88 页。

的,田汉译为"交感",穆木天译为"交响",王独清阐释为"交错",卞之琳翻译为"应和",朱光潜理解为"感通",钱钟书译成"通感"。

与穆木天、王独清主要将契合理解为一种修辞手法和创作方式不同的是,梁宗岱从象征主义美学观念论上来阐释"契合",认为契合乃象征之道。梁宗岱翻译了波德莱尔的诗《契合》,评述这短短的十四行诗带来"近代美学的福音",并解释说:"这首小诗不独在我们灵魂底眼前展开了一片浩荡无边的景色——一片非人间的,却比我们所习见的都鲜明的景色;并且其实给我们一个玄学上的深沉的真理,由这真理波特莱尔与17世纪一位大哲学家莱宾尼兹遥遥握手,即是:生存不过是一片大和谐。"梁宗岱从主客交融、物我相契这样一种"生存和谐"的哲学维度来论述"契合",眼界宏阔,超越了诗学内涵,因此,他的契合论,不仅是象征主义的诗学特征,而且成为一种交感认知方式,一种生命哲学:宇宙万事万物相互响应、交融和"万化冥合"。①

梁宗岱对契合诗学进行了本土化、民族化的建构。情景交融、物我两忘的"契合"论,也正顺应了东方"天人合一"的精神法则。梁宗岱引用王国维《人间词话》的"有我之境"与"无我之境",认为"契合"不仅仅是"景中有景,情中有景",而且"景即是情,情即是景",认为"心凝形释,物我两忘",才算是象征的"最高境"。梁宗岱还用"形神两忘""真寂""万化冥合"等老哲学思想来解释波德莱尔的"契合"。宗白华《略论文艺与象征》②,借用中国古代"情""景""境""象"理论来阐释"象征",认为"象征境界"是一种契合,一种"醉"的境界,以"有尽的艺术形象",映照出"无尽"和"永恒"。这与梁宗岱的见解近似。

梁宗岱的契合论更多的是对新诗自身发展的总结,论述深中肯綮,融会贯通,阐发精到,并且立足审美体验,开始民族象征诗学的思考和建构。当时有论者评述他的象征主义著述"不能在'空间'流行却能在'时间'上站得住"③。

梁宗岱精通英、法、德等多种语言,是重要的翻译家。梁宗岱既将优秀的中国古典诗文译介到西方,又将西方现代文化译介到中国。他自如地穿行于西语和中文之间,翻译的陶渊明、歌德、瓦雷里、里尔克都成为经典,是法国象征主义在中国的最早传播者之一。

卞之琳曾经说过,在中国介绍法国文学最早影响比较大的是李金发,但是看李金发的翻译觉得很隔,阅读梁宗岱发表在1929年《小说月报》上的瓦雷里的《水仙辞》

---

① 梁宗岱:《象征主义》,《文学季刊》1934年4月第1卷第2期,收入《诗与真》,上海:商务印书馆1935年版,第92页。
② 宗白华:《略论文艺与象征》,《宗白华全集》第2卷,合肥:安徽教育出版社1994年出版,第407—409页。
③ 朱紫:《读〈诗与真〉》,《大公报·文艺·诗特刊》1937年7月25日。

的时候,耳目一新,第一次对法国文学感到很震撼,他自己后来走上诗歌写作的道路受到了梁宗岱的影响。

1931年,梁宗岱翻译出版了著名的译诗集《一切的峰顶》,收入世界著名诗人歌德、勃莱克莱、雨果、波德莱尔、尼采、魏尔伦、里尔克和泰戈尔等人的37首杰作,被誉为"五四"以来优秀译作。其中歌德的一首《流浪者之夜歌》为他的最爱:

> 一切的峰顶,沉静,
> 一切的树尖全不见一丝儿风影。
> 小鸟们在林间无声。
> 等着吧:俄顷你也要安静。

梁宗岱选用诗中一句"一切的峰顶"作为译诗集的书名。这也许是为了怀念他在欧洲和日本的那段自由快乐的游学时光。因为他和他的夫人沉樱在日本叶山完成他们的蜜月旅行。也正是在日本叶山这安静的海滨,他才得以沉浸在酷爱的世界文学中,翻译完成了这本著名的《一切的峰顶》。

1936年,他还翻译了欧洲近代散文创始人、法国人文主义作家蒙田的著名散文集《蒙田试笔》(后被编入郑振铎主编的《世界文库》)。1941年,翻译了罗曼·罗兰的《罗丹》。同年,出版了梁氏于1923年至1936年间翻译的小说和剧本,取名《交错集》(收入里尔克的小说《上帝的故事》、霍夫曼的《圣史威斯特之夜的奇遇》、泰戈尔的剧作《隐士》等)。后又翻译出版了罗曼·罗兰的《歌德与贝多芬》等。1943年翻译了莎士比亚的30首十四行诗,并撰文《莎士比亚的商籁》,为我国翻译莎氏十四行诗的第一人。

> 他只一刻是我的荣耀,
> 下界的乌云已把他和我遮隔。
> 我的爱却并不因此把他鄙践,
> 天上的太阳有瑕疵,何况人间!

这是梁宗岱翻译莎士比亚十四行诗的一个小小片段,不仅翻译出莎士比亚原诗的意义,而且形神兼备,译出了韵味,意象生动,西方诗歌译出中国诗的味道。曾翻译过莎士比亚著作的台湾著名诗人、翻译家余光中说,这是莎士比亚十四行诗的最佳翻译。

梁宗岱的译作,论数量不算十分丰富,他的宗旨是"以质取胜",他的译品能"抵得住时间尘埃的侵蚀",永远"保持其青春的鲜艳与活力"。

"以质取胜"还体现在他严谨认真的翻译态度上,这里有一个著名的例子:朱光潜先生在《文艺心理学》里,曾将美学中一个范畴"sublime"译为"雄伟"。梁宗岱似觉译得失之妥当,便从字源、文学、音乐、美术等各方面考证研究,写成数万言的长篇论文《论崇高》,以论证此译不妥,应译"崇高"为宜。此例虽小,这种一丝不苟的精神为译史所广为传颂。

梁宗岱的译文以诗情诗意见长。他的翻译不仅取得突出成就,而且形成自己独特的翻译理论。梁宗岱30年代提出,诗歌翻译,不论是西文译中诗还是中文译西诗,要以直译为主:"不独一字一字地译,……有时连节奏和用韵也极力摹仿原作";同时认为,译诗与作诗一样,要取得成功,首先必须心灵唤起或涌动诗感,译者"自己深信能够体会个中奥义,领略个中韵味",方能译好诗。这种翻译理论强调才情,注重艺术创造和感悟,独树一帜。

梁宗岱在译集《一切的峰顶》的序言中,谈及了他所认为的诗歌的可译之处和不可译之处。他的翻译风格一直在变化,从瓦雷里《水仙辞》充满活力的彩图般翻译,中经"连节奏和用韵也极力模仿原作"的魏尔伦《白色的月》,到最后收放自如的莎士比亚十四行诗,他是在不断前进的。梁宗岱翻译在实践中精益求精,翻译时千锤百炼,质量高。

梁宗岱著译质量高,且有自己的鲜明学术个性,其独特的治学方法和学术风格值得认真总结和承续。

"幼好斗,性倔强,文武全,少成名,喜争辩,多情种,轻权贵,求真理",梁宗岱就是这样一个特立独行、学贯中西、生性乐观的智者、名士,一位放荡不羁、率性真诚、爱与人争辩的诗人、翻译家,梁宗岱以自己的独特个性和极高天赋,在中国文学界成为一位明星,他与世界著名作家、诗人的交往,为中西方文化交流和传播作出了重要贡献。曾任清华大学教授的温源宁曾评价说,"我整个一辈子也没见过宗岱那样的人,那么朝气蓬蓬,生气勃勃,对这个色、声、香、味、触的荣华世界那么充满了激情。"

诗如人生,人生如诗。梁宗岱的一生就是一首大写的诗。总体来说,他是一个有才能,有理想,有气节,志存高远,高风亮节的人。他不断求新求变;从年少成名到游学欧陆,从写新诗到写旧体诗,再到晚年弃文从医。执着倔强、永不服输、敢于抗争、不断求新的"浮士德精神"在他的身上有着深度体现。他高远的胸怀和眼界,更值得现在的我们学习。

他的诗学主张和创作实践具有建设性和积极意义。梁宗岱杰出的诗歌才华和创造力不让同侪,《晚祷》和《芦笛风》两部诗集分别在诗艺和诗体上具有代表性,显示很高的文学史价值。梁宗岱对象征诗学的研究和对中国新诗的批评,显示了他们的开放姿态和现代审美立场。这种诗学视点不仅仅是一种理性的痕迹,更融入文化追求和生命体验,饱含人生感悟,具有重要文学史意义。

梁宗岱在中西文化交流上的意义是一个重要论题,在现代中国还没有第二个人像他那样走近并结识众多世界文学大师,产生深刻的交流。实际上,20世纪之所以不同,不仅在于文化交流的前所未有的深度和广度,而且在于文化交流的对话性和多向度。梁宗岱在学习、译介西方诗歌同时,进行着另外一种交流,译介中国古典诗歌给西方,瓦雷里、罗曼·罗兰等不正是通过对梁宗岱的倾听,思索东方文化的灵动和神秘性么?

不必夸大这种交流和影响,但梁宗岱在向西方学习过程中向西方输送了中华文明,确实是对西方文化传播中国的一种"回报",这种回报意义深远。梁宗岱是为中国译介西方诗歌新天地和向西方展现中国艺术新大陆的双向哥伦布。如何深刻认识、理解梁宗岱在中西文化交流方面的意义和独特贡献,亟待进一步探究。

第八章 小说创作的收获

1918年鲁迅《狂人日记》发表，以"表现的深切"和"格式的特别"，成为中国现代文学史上第一篇白话小说，开辟了文学发展的一个新的时代。鲁迅之后，问题小说、人生派写实小说、为艺术派抒情小说，构成1920年代小说的创作倾向。岭南新文学诞生稍微晚一些，但与时俱进，发展迅速。在广东文坛，具有岭南地方特色的张资平的"恋爱小说"、许地山的"宗教小说"、欧阳山的"革命小说"，在1920年代初期纷纷涌现，他们直面现实，或抒情，或写意，或写实以各自卓越的艺术风格给读者展示了广东现代小说世界的多姿多彩。

第一节　张资平小说与客家文化

张资平（1893—1959），原名张星仪、张秉声，广东梅县人。祖父是一名廪生，父亲是一名秀才、私塾老师，母亲在他出生两个月后便去世了。张资平少时聪慧，刻苦勤学，跟随父亲饱读诗书，13岁时便读完了《红楼梦》《水浒》《今古奇观》《再生缘弹词》《天雨花》等小说，并尝试写作。1914年赴日留学，1922年5月毕业于东京帝国大学理学部地质科，获取理学学士学位。

1913年张资平开始创作，1920年在日本发表以自己留学生活为素材的小说处女作《约檀河之水》，笔调哀伤，情感真切，引人注目，从此走进现代中国文坛。1922年6月张资平毕业后回国在矿山工作，根据自己的所见所闻创作了《白滨的灯塔》《百事哀》《冰河时代》《小兄妹》《爱之焦点》《双曲线与渐近线》《澄清村》《梅岭之春》等小说。1924年张资平担任家乡梅县"学艺中学"校长，不久他投身北伐，担任北伐军政治部的少校。1927年"四一二"事变后，张资平加入了邓演达发起的国民党临时行动委员会，也就是"农工党"，成为领导人之一。

一、三角恋爱与个性解放

张资平的一生仿佛"一颗脱离轨道的星球",在中国现代文学史上占据着重要的地位,被李长之称为"是开始用流利国语写作新小说的人"①。张资平是"五四"一代文人中最多产的小说家,一生创作过24部长篇小说,5部短篇小说集,共计40多部短篇小说,还有数种译著。在当时的上海滩,无论是十里洋场的贵妇人,还是石库门的小家碧玉,在闲聊时大都以张资平的恋爱小说和张爱玲的反映市民生活的散文为时髦。用今天的眼光看,张资平是畅销书作家,曾红透大半个中国,在当时的社会,街头巷尾的市民以手持张资平的小说当成生活消遣的方式之一,影响力远远大于鲁迅。而鲁迅并不认可张资平,称他为"三角多角恋爱小说家"②。其实,这些恋爱小说是建立在人性彻底解放的基础上,对爱情自由的呼喊,对封建礼教的控诉,一定程度上呈现了人性觉醒的自然美。

1935年,郑伯奇选编的《中国新文学大系·小说三集》有19名创造社作家的小说入选,其中郁达夫和张资平分别入选5篇、郭沫若入选4篇,三人被收录进书的小说数量在19名作家中名列前茅。郑伯奇认为:"在这几个人中,张资平最富于写实主义的倾向","在他的初期作品还带着人道主义的色彩"。③

张资平是前期创造社中仅次于郁达夫的重要小说家,也是创造社最多产的作家。《创造》创刊号上,他就发表了短篇小说《她怅望着祖国的天野》,长篇小说《上帝的儿女们》(连载)、散文《写给谁的信》,还有评论文章《出版物道德》与《创作》等5篇作品,可见他创作激情蓬勃,积极活跃。这一时期张资平已经在日本留学多年,创作受日本自然主义的影响。在小说内容上,他突出"暗面描写"和"日常琐事",在写作方法上,提出"科学的描写"和"精细及准确"两条标准,认为:"自然派之人物描写决不是依据随便的想象,粗略的描写人情就算了事,要更进而深究其心理,既取心理学者般的态度,描写要达到可以据心理学证明的确实的境地,更进一步,单描写心理仍未满足,要加强描写生理。人类是一种生物,其思想行为多受生理状态支配。所以观察人类先要由生理的方面描写。"④黄修己认为:"张资平小说的内容多为表现人的性的欲望,尤其是女性的性

---

① 李长之:《张资平恋爱小说的考察:〈最后的幸福〉之新评价》,《清华周刊》1933年第41卷第3期。
② 鲁迅:《张资平氏的"小说学"》,《鲁迅全集》第4卷,北京:人民文学出版社1981年版,第145页。
③ 郑伯奇:《中国新文学大系·小说三集·导言(影印本)》,上海:上海文艺出版社2003年版,第15、16页。
④ 张资平:《文艺史概要》,武昌:时中书社1925年版,第73页。

欲。情节多因性而引起,或为性所决定,不仅有多角恋爱,更有在世俗的眼里是反伦理的男女关系。他的作品实际上很接近弗洛伊德的性心理学,即把性欲视为人的行为的终极动力。出现这种文学现象的原因在于,长期封建观念统治下,把人的正当的性要求视为肮脏,污秽之事,以此作为十分虚伪的禁欲主义的思想根据。"①当时有论者肯定这种生理描写,认为"从生理方面去刻画性的态度和描写人性中的丑恶,是颇值得赞许的。"②"'人的文学'承认人的自然性(兽性)是正常的、正当的,这在当时是一种思想的解放,使文学创作获得一片可以真实地写人的欲望的领域。"③

这段异国他乡求学和生活经历为他的写作提供了一定的经验积累。五四新文化运动鼓舞张资平的创作激情,呼应个性解放的时代主题。张资平的早期作品大多以日本现实社会为背景,呈现了一个个发生在陌生而新奇的国度里的故事,反映中国留学生在邻国日本的求学和生活遭际及体验。《约檀河之水》述说的是留日学生和日本少女凄美的恋爱故事,情调悱恻;《她怅望着祖国的天野》描述华侨姑娘被日本家族与社会歧视的悲惨遭遇,以及对祖国的思念,这是他这时期小说的代表作;《木马》讲述留日学生与被遗弃的一对日本贫穷母女的交往,饱含着对母女悲惨命运的深切同情,小说具有人道主义精神;《一班冗员的生活》《银踯躅》则述说留日青年在异邦蒙受的"弱国子民"的屈辱和对祖国的无比眷念的赤子之心,以及对腐败的军阀政府的愤懑和鞭策。这些作品或控诉封建宗教的虚伪,或描写日本底层人民的生活,体现了"五四"时代精神的某些侧面。茅盾读了《她怅望着祖国的天野》后说:"肯费笔墨为这一个平常的不幸女子鸣不平,""我是对于作者表敬意的"。④

张资平的文学天赋和个性特质显现在他的恋爱小说中。据钱杏邨统计,他的早期小说数量最多的就是恋爱小说,"三十六篇短篇小说,关于恋爱的竟占了十六篇","而他的恋爱小说。大都是描写三角以上的两性的关系的。"⑤郑伯奇认为,张资平擅长"描写两性间的纠葛"⑥。陈平原认为张资平小说中"三角模式"是单向且机械僵化的:"作家着眼点始终在选择的困惑,面对作为两种文化符号的新、旧女性的选择的困惑,因此,不是两男争夺一女(或两女争夺一男),而是一男选择两女(或者一女选择两男)。不是不能得到,如何得到,而是要哪一个,不要哪一个。在这种单向的

---

① 黄修己:《中国现代文学发展史》,北京:中国青年出版社2008年版,第118页。
② 史秉慧:《张资平评传·序》,《张资平评传》,上海:现代书局1934年版,第2页。
③ 黄修己:《中国现代文学发展史》,北京:中国青年出版社2008年版,第118页。
④ 茅盾:《〈创造〉给我的印象》,《文学旬刊》1921年5月21日。
⑤ 钱杏邨:《评张资平的恋爱小说》,《现代中国文学作家》第二卷,上海:泰东图书局1931年版,第45页。
⑥ 郑伯奇:《中国新文学大系·小说三集·导言(影印本)》,上海:上海文艺出版社2003年版,第16页。

选择中,被选择的另外两方实际上没有真正介入冲突中,故小说中冲突意识和动作性都不大强,主要是静止的心理描述和价值评判。作为故事读,这个三角仍然没有充分发挥其结构功能"①。

张资平自称早期从事文学创作的动力就是源自"声誉欲、智识欲和性欲"②的三合一。张资平的恋爱小说涉及妇女、家庭、婚姻以及性心理问题,描述的大都是"五四"时期青年男女在封建礼教的压迫下,自由恋爱的心声被扼杀的悲剧,反映青年男女对恋爱自由、婚姻自主的热烈追求,以及因此而遭遇到的封建社会伦理道德的束缚和迫害。作品高调宣扬恋爱自由、婚姻自由,喊出个性解放的时代怒吼,直面男女情欲,关心妇女命运,抨击腐朽落后的封建礼教,对封建伦理道德和金钱势力进行了有力的控诉。遗憾的是,张资平没有注意到经济独立对于妇女解放的重要意义。同时,张资平的小说中也流露出一些封建意识和低级趣味,钱杏邨指出:"张笔下的男性对于女性的兴味,完全是漂亮的选择,肉感的冲动。我们找不到一个男性是因着女性人格的崇高而有了爱念的。"《梅岭之春》中的吉叔父对段保瑛就是原始的泄欲,并不是真正的爱情。张资平笔下的男子对女性的"处女宝"比较计较和在意,而失去"处女宝"的女性往往产生卑怯心理,觉得自己低人一等,迷失了自我,对男人产生一种"性臣服",这些女性往往缺乏独立意识,企图把男人当作终生依靠,依附男人。当然,极少数男人仍有"处女情结",这种心理现象是传统道德贞操观在人们心里形成的刻板印象。张资平远赴东洋接受西方的民主平等理念之后,潜意识中还残留着"男尊女卑""从一而终"的观念,以肯定的态度反复宣扬这些观点,显示其思想的局限性,削减了其作品反封建的力度。

张资平恋爱小说的故事大都以"五四"新文化运动为背景,主题是追求个性解放,自由恋爱,主人公都是青年女性知识分子,心态复杂细腻,精神困顿迷茫,人性的欲望萌萌悦动。钱杏邨认为:"张资平先生的恋爱小说的产生是与他的时代有密切的关系,他的创作的确是时代的产儿。我们只要了然于五四运动以后的情况,我们就可以不加思索地指将出来,张资平先生的恋爱小说完全是五四期间女子解放运动兴起后必然地要产生出来的创作。张资平先生的创作的内容完全是五四时期两性解放运动的事件对于文学上的反映。因此,张资平先生的恋爱小说里的人物,也完全是五四运动初期的人物。"③这些作品无论是反映身边的故事,抑或是专门描写婚恋故事,

---

① 陈平原:《20世纪中国小说史》(第1卷 1897—1916),北京:北京大学出版社1989年版,第222页。
② 宋彬玉、张傲卉:《创造社16家评论》,重庆:重庆出版社1998年版,第103页。
③ 钱杏邨:《评张资平的恋爱小说》,《现代中国文学作家》第二卷,上海:泰东图书局1931年版,第45页。

都隐含着作者的生活体验和思想情感,体现出时代的风貌。

张资平小说的情爱观在《最后的幸福》中通过美瑛这个角色有所表露:

> 知道了所谓幸福并没有绝对的,只看她的欲望能否满足。一部分的希望达了目的,一部分的欲望达了满足;但还有一部分的希望或欲望受了道德律的限制或受了夫妻名义的束缚;那个女子就不能算幸福了。总之不受社会的惯例的支配,不受道德律的制限,不受任何种名义的束缚;各向其心之所安的方面进行,在彼此不相妨害的范围内男女各有充分的自由。要能达到这样的田地,各人才算有真正的幸福。①

"这段话不仅表达书中人物的意愿,也表现了作家自己的思想矛盾,他既图放手写性的欲望的满足,又有所顾忌,便不时打打'擦边球'。"②张资平强调性爱和谐对人生幸福的重要意义,追求人性解放,反抗封建礼教对人性的压制。

《最后的幸福》是张资平写得比较好的一部小说,讲述"剩女"美瑛追求"灵与肉"交融的恋爱故事,历经曲折,几多期盼,美瑛伤痕累累的心灵渴望获得"爱"的滋润,祈望获得思想精神的抚慰,期盼男女在性爱中相互慰藉,相互肯定,由此升华。美瑛因为自身性格等原因错过了一次次婚恋机会,成为了"剩女",后来身不由己,只好嫁给年长自己许多岁的赵士雄做填房。可是这个老男人却是个鸦片烟鬼,体弱多病,美瑛性爱的需求根本无法得到满足。婚后,之前向美瑛求婚的几个男子陆续和她交往,在不同的境遇下与她发生了性关系,美瑛似乎得到了短暂的"性"的幸福,却没有得到真正的"爱"的幸福,最后,悲惨地死去。美瑛的悲剧虽然与她自身的性格有关,但本质上与封建家庭包办婚姻有一定的关系,可惜张资平却没有由此深挖造成这一悲剧的原因,小说在强调"性爱"的重要性的时候,却忽视了"思想情感的因素","在灵肉之间的徘徊,最终并无多大犹豫便倒向了肉的方面,以肉的满足为幸福的首要条件。""作品重肉轻灵,只讲她对性的不满足,好像只要赵身体健壮就万事大吉了。后来那一个个男子未能给美瑛以幸福,因为他们实际上只是在欺凌女性,张资平也不予揭示和批判。这就限制了他的作品在表现个性解放思想上的价值,这种情况在张资平的小说中是很有代表性的。"③

在时代的大潮中,小说中的青年女性被启蒙渐渐觉醒,民主自由的思想开始萌芽,追求妇女解放,男女平等,人格独立,不再把自己的命运交给父母家庭的安排做旧

---

① 张资平:《张资平经典必读:梅岭之春》,吴义勤主编,北京:文化文艺出版社2003年版,第261—262页。
② 黄修己:《中国现代文学发展史》,北京:中国青年出版社2008年版,第119页。
③ 黄修己:《中国现代文学发展史》,北京:中国青年出版社2008年版,第118—119页。

式的"贤妻良母"从一而终,而是听从内心的呼唤,勇敢地做自己,走自己选择的道路,追求志趣相投心灵契合的人生伴侣,践行"自由恋爱",追求属于自己的幸福人生。《苔莉》中的苔莉、《梅岭之春》中的保瑛、《最后的幸福》中的美瑛等女性,均源自当时的现实社会,正是"五四"新文化运动的产物,这些女主人公走在时代的前列,克服女性的羞涩和胆小,主动热情地追求爱情,她们的嬉笑怒骂言行举止,无不引动读者的心扉,代表着当时青年女性的心声;她们的悲惨遭遇,恰恰凸显了"五四"时期女性在现实生活中的困境和不幸,无不引起读者的共鸣和反思。李长之赞赏:"张资平是抓住艺术上的时代的,因为:像","他握住了现代的一面,却有着相当的成功,也就是因为这,才有了他广大的读者。这一面是什么呢?这就是中国现代青年的婚姻问题。他抓住了这一方面的时代,适合了一般读者的口味。"①

有一定心理学功底的张资平描写小说人物时,擅于察言观色揣摩人心进行心理分析,微妙复杂的心理现象和变化多端的情感世界,通过细致入微、缠绵蕴藉的刻画,纤毫毕现。他不再像传统小说那样主要依靠细节和行动塑造人物性格,而是通过运用多种艺术手段,比如,自我分析、内心独白、书信日记、梦境揭秘,以及诗文创作等等,临摹人物的内心世界,刻画人物的心理活动,捕捉人物的心灵颤动,抒写人物的思想情感,解析人物的内心冲突。作品中的人物关系往往错综复杂,故事情节曲折跌宕,"用笔简洁,笔端无滞气,措词无累语"②,有时还特意穿插一些方言俚语,通俗易懂,使人物显得更加亲切自然,有地方风采。这些作品显现心理小说的特色,具有强大的吸引力,很容易唤醒读者的同理心,浸染读者身心,产生共情,从而赢得读者的喜爱。张资平的写作态度客观平实、从容淡定,笔调婉致细腻、甜润优雅,将故事内容娓娓道来徐徐展开,曲径通幽引人入胜,从而使得作品成为畅销书刊,一纸风行,常常是一本书刚刚出版便被抢购一空。1926年写作的《苔莉》就着力于描写主人公复杂纠结的性心理活动,唤起大众好奇心和窥视欲,一睹为快,《苔莉》共印九版之多,《飞絮》《最后的幸福》的发行更是高达十一版。

五四时期以青年男女恋爱为主题创作小说非常普遍。据调查,"一百二十几篇小说在题材上的分野——关于男女恋爱关系的,最多,共得七十余篇";"一般社会生活的(小市民生活)的二十篇","实际上大多数还是把恋爱作为中心,而'描写家庭生活的九篇,实在仍是描写了男女关系'——恋爱,所以,'竟可说描写男女恋爱的小说占了全数百分之九十八'了"③。其中主要是两种创作格式:一是因为家庭关系不能

---

① 李长之:《李长之批评文集》,珠海:珠海出版社1998年版,第25、230页。
② 默之:《张资平氏的恋爱小说》,史秉慧主编《张资平评传》,上海:现代书局1934年版,第31页。
③ 茅盾:《中国新文学大系·小说一集·导言(影印本)》,上海:上海文艺出版社2003年版,第9页。

自由恋爱,二是可以自由恋爱却"发生了三角式的恋爱关系"①,由此可见,这个时期创作的倾向就是写婚恋题材,讲三角多角恋爱故事。其中,张资平是最多产,最复杂的一位,曾经风骚30年代文坛,也是最被诟病的一位作家。他的作品可以一分为二,早期的恋爱小说虽然喜欢从"肉欲"(原始本能力比多)的观点解释人类的爱情,注重人的生物性和社会性,不过,早期"他描写两性关系的小说,提供了一些社会问题。或者写义理与性爱的冲突,或者写因社会地位而引起的恋爱悲剧"②。这都是对当时社会封建礼教的揭露和批判,追求个性的彻底解放,有一定的积极意义。可是,性生活的观察渐渐吸引他走入迷途,促使他越来越沉迷"肉欲"写作,变本加厉,后来他完全堕落专门描写人的性欲本能,写了不少恋爱游戏,甚至变态性欲的小说,作品质量明显滑坡,成为"五四"新文学最早下"海"写作的作家。到了抗战时期,他的创作愈加飘忽不定,让人迷惑不解。

二、客家文化因子

张资平早期小说的创作与客家文化有着深刻的联系。客家人深受中原儒家文化的熏染,重视文化教育,耕读传家,崇文重教,遵循"男主外女主内"的生活模式。张资平在客家文化里出生长大,客家文化在他身上打上了深深的烙印,提供了丰沛的创作资源,潜移默化地影响着他的人生旅程并制约着他的文学创作。他自觉地抒写客家的风俗民情,传播客家的传统理念,展现客家价值观和生活方式。"男人在外乡,女人在故乡"的家庭生存方式基本体现在张资平小说的人物关系的安排和命运发展的趋势上,交织着复杂的"乡土情感"和浓郁的"恋乡情结"。从某种意义上来说,张资平的成长经历体现了客家人的理想人生,张资平的人格气质蕴含着梅县客家人的文化底蕴。客家人的敢为天下先、积极进取的开拓精神,促使他的创作"开风气之先",在恋爱小说创作上打破传统爱情小说流行的"男求女"模式,改变为"女追男",女性大胆主动,且突破禁区,坦率描写性爱;而客家人的民情风俗常常成为他取之不尽用之不竭的素材,变成他小说重要的背景和情节组成。张资平的早期小说就是一部难能可贵的客家文化风俗史,由此可以加深对客家文化的认识和理解。受到"五四"新文化运动的启蒙,张资平在早期小说中,揭露和鞭笞了客家文化中的落后思想和残酷陋习,表现了广东客家妇女的苦难人生。

---

① 茅盾:《评四五六月的创作》,《小说月报》1921年第12卷第8号。
② 郑伯奇:《中国新文学大系·小说三集·导言(影印本)》,上海:上海文艺出版社2003年版,第16页。

1919年秋冬,张资平开始创作《我的生涯》自传体小说,后易名为《冲击期化石》,1922年5月由上海泰东图书局出版发行。主人公是一名从日本归国的留学生,他的家乡梅州是客家侨乡。小说共计65章,语言与形式上发生了从文言章回体到现代形态的嬗变,深刻地反映了在"五四"新文化运动的启蒙下,社会生活和国民生存状态发生的改变,小说内容和形式都呈现新特质、新视野,成为中国现代文学史上第一部长篇小说,是张资平的成名作。

小说的题目很奇特,是一个地质学的名词。张资平解释"人类死后,他们的遗骸便是冲击期的化石"[①],以此寄寓作者对故人的缅怀,对往事的追忆。这部小说以两个客家青年朋友从小一起玩耍、学习,长大后又一同赴日留学这一期间的友谊和生活经历为中心,广泛描写了国内外社会生活,在一定程度上勾画出了辛亥革命前后中日社会的侧影,真实地反映了留日学生艰难辛苦的生活状态和苦闷迷茫的思想情感,体现了一定的爱国主义和人道主义思想,尤其对广东客家的生活方式和民俗风情有细腻生动的描述,充满思乡忧民之情。

作品的叙事角度采用第一人称,对"我"所见所闻的社会现实进行不断审视和反思,充满主体意识,对周遭的众多青年男女人权被剥夺被侵害的残酷事实给予深刻地揭露,字里行间凸显了悲天悯人的情怀,充满了对人类命运的深切同情和关怀。作品的叙事结构改变了传统的按情节发展顺序的结构形态,而是以倒叙开始的方式,运用夹叙夹议的写法,语言朴实流畅自如,尤其是个性化的人物语言和形象化的景物描写很有地方特色。不足的是,作品主线不突出,内容较庞杂,有些人物形象模糊,甚至有的人物一闪而过,不知所踪。茅盾、成仿吾曾批评《冲积期化石》在艺术上最大的缺陷就是结构上不匀称,中间回忆部分分量过多使得整部作品失去平衡,不太紧凑。这些遗憾导致这部长篇小说的可读性远远不如张资平后来的其他作品。

出生不到三个月就失去母爱的张资平,是含辛茹苦的父亲又当爹又当妈地把他哺育成人的,这在客家地区被称为"鸡公带鸡仔"。父子间的深情激励并推动着他前行和奋进。《冲积期化石》是客家学子血泪的结晶,主要反映20世纪广东客家人的奋斗历史,在中国现代小说史和客家文学史上具有开拓意义。《冲积期化石》除了扉页的醒目声明此书为纪念自己的父亲而作,在正文的前面,还有一段感人的文字:

> 爸爸,我不是受孔子孝悌的束缚,也不是受摩西十诫中第五条的支配,不自然的思念你。我思念你基于你对我的"爱"!
>
> 你的"爱"在我胸里,比你生前还要强烈,你死了3年余,你的影子在我脑中,比你生前还要深刻!

---

① 张资平:《曙新期的创造社(二十四)》,《中华日报》1943年11月11日。

> 我真不能再思念你了！也不能哭你了！这几年因为思念你、哭你,我自己应做的事一件都不能做。我今把思念你的责任交给《冲积期化石》!

张资平的父亲中年丧偶,对儿子的培养可谓用心良苦,呕心沥血。《冲积期化石》中韦天厂的原型就是其父亲,主人公"韦鹤鸣"就是作者的化身,主人公出生长大的村落,就是作者的客家故乡。张资平用质朴流畅的语言,真切的心理描写述说了20世纪初客家侨乡的青年知识分子谋求出路的坎坷历程。主人公鹤鸣幼时在父亲办的私塾读书,后进入教会学校学习。辛亥革命爆发后,与同学一起考取赴日留学官费生。父亲要他回家订婚,他违抗父命坚不顺从,但又牵挂父亲。苦闷困扰中,传来父亲去世的噩耗,鹤鸣心扉痛彻。主人公不幸的实质就是作者的不幸,家道中落,幼失慈母,飘零异乡,冷暖自知。小说以主人公这位客家弟子为主线,围绕"我"求学成长之路,呈现了20世纪初广东梅县、汕头、广州和日本东京等地的社会场景和时代风貌。小说中的一个个故事情节,仿佛一座座化石雕塑作品,看似无声但却蔚然有序,匠心独运,立体生动,有力地雕刻了韦鹤鸣、凌君、天厂、申牧师、璋儿等一系列人物形象。这部带有自传体性质的小说把张资平青年时期情感的孤寂和性欲的苦闷以及经济的压迫调和起来展露在读者面前,强烈地震撼着读者的心灵。《冲积期化石》还有对广东客家地区的社会生活风土习俗的描写,有关祭祖和葬礼等等,尤其是对客家妇女劳动场景的描述具体生动形象,这些都展示了作者对自己家乡的另一个角度的洞察和自省。这部小说是作者追求人性解放和人生幸福的呐喊,更是对黑暗社会的强烈控诉,是反映留学生生活的一部有进步意义的作品。

1924年张资平的恋爱小说《梅岭之春》在《东方杂志》上发表,后收入同名小说集。这篇小说无论思想内容还是艺术风格都获得业内业外的广泛推崇。1932年,被上海文心社收入《现代中国小说乙选》,作为《中等学校文艺参考书》推荐。在该书序言中,张资平与鲁迅、郁达夫、叶绍钧、茅盾、冰心、沈从文这六位作家并列为当代小说界最负盛名的七位作家。

在张资平早期的创作中,作品素材多选自异国他乡的留日生活,而《梅岭之春》则取材于中国岭南农村的民间故事,小说以作者熟悉的家乡梅县为背景,讲述了吉叔父与侄女段保瑛之间的"爱"的悲剧,控诉了宗法制度、封建伦理和风俗陋习对年轻人的迫害,折射出爱与欲、灵与肉、善与恶、进步与落后、个体与社会的多重矛盾冲突。

《梅岭之春》真实地记录了客家文化风俗史,呈现了作者作为客家人的别样的"恋乡情结"。作者复杂的"乡土情感"糅合在"五四"新文化的滚滚潮流中,客家文化中的落后腐朽的消极因素和残酷野蛮的陋习恶俗显得分外突兀,作者给予大胆地揭露和批判。小说的女主人公童养媳段保瑛勤俭善良,忠于爱情的形象及其悲惨的命运,不仅是柔弱个体与强悍社会间的悲剧性冲突的缩影,也是客家妇女苦难一生的写照,更是现代人内心情欲冲突的折射。这部小说反封建的思想主题格外分明,但男主人公旧式文人吉叔父的形象有点猥琐,他没有责任感,轻薄好色,懦弱自私,让人深为女主人公扼腕痛惜,使得这部作品的美感有所下降。

张资平大部分作品的特色之一就是采用现实主义的艺术风格,具有一定的"平民思想",写作态度客观平实,强调作品的真实感。这部小说在人物形象的刻画上,绘声绘色的写实性和精细入微的心理剖析,体现了其独到的艺术魅力。作者选用自己熟悉的岭南家乡为背景,呈现岭南特有的客家乡土文化,采用"写实"手法,将自己的生活经验和情绪情感融进故事中去,让人感同身受。比如,小说开篇就描绘了一幅广东农村宁静和谐的风俗画卷,洋溢着生机盎然的岭南特色,那高耸的梅岭,青绿的原野,缠绵的山歌,充满了岭南地方元素,这是保瑛生活的广东客家山村,有别于北方农村和江南水乡的自然景观,让人过目不忘。客家山歌是客家文化的一大精华,作者将其穿插文中,并夹杂着一些方言土语,熏染诗意化的恋爱氛围,烘托客家本土气氛。

20世纪初期,梅县客家民俗依旧保持着童养媳的陋习,有关童养媳的悲剧时有发生,《梅岭之春》围绕这一现象着笔,叙述关于童养媳段保瑛的"爱欲和文明"的故事,将城镇和乡村相比照,显示文明和落后两种不同的景象。保瑛的父亲是梅县的老秀才,遵从惯例,刚满周岁的保瑛被送给乡下3岁的表兄弟做童养媳。7岁时,保瑛回城读书,开阔了眼界,但约定16岁就要回乡嫁人,为躲婚,保瑛来到了远亲堂叔家,以便在堂叔任职的教会中学免费就读,由此一段乱伦之恋发生了。保瑛在城镇接受过"五四"新文化运动的洗礼,民主自由的思想已经萌芽,自我意识觉醒,开始抗拒自己童养媳的身份,厌恶乡村目不识丁、粗陋木讷的丈夫,反对封建包办婚姻,大胆热烈地追求爱情,做自己命运的主人。

客家地区奉行儒家文化,男尊女卑夫唱妇随,客家男人可以"一夫多妻",客家女人必须恪守贞操,从一而终。而保瑛却认为,在现实社会和传统礼教面前,"她对他肉体的贞操虽不能保全,但对他精神的贞操是永久存在的"①,这样的思想惊世骇俗,非常前卫。但男主人公吉叔父的骨子里深受封建枷锁的桎梏,虽然也被时代潮流冲洗,但只是被裹挟着,没有如保瑛那般觉醒。他只是一时贪图保瑛年轻美貌的身体带来的新鲜感,满足旺盛的欲望,毫无责任感,自私自利,虚伪懦弱,以至于临阵逃脱。如果说保瑛是自由恋爱勇敢的"追求者",那么吉叔父则是封建礼教和社会陋习的卑怯的"屈从者",并不值得保瑛去真诚地爱、去勇敢地追求。

在小说中,张资平还运用遗传学等知识,对保瑛童养媳的婚姻关系予以解析,揭

---

① 张资平:《梅岭之春》,孙志军选编,《张资平作品精选》,武汉:长江文艺出版社2003年版,第102页。

示两个有血缘关系表兄妹的结合是非理性的,不科学的。这和"五四"新文化运动提倡"德先生和赛先生"的理念相一致,小说在充满人道主义关怀的同时,对客家婚俗进行理性的审视,有别于其他客籍作家的写法。

民情风俗的写实反映客家文化的特色,客家山歌体现了民情风俗的风采。在粤东盛行的一些优美的客家山歌,被张资平信手拈来,穿插在《梅岭之春》中,不仅为塑造保瑛的人物形象做了铺垫,而且给小说增加了浓厚的客家文化氛围:

（男声）不怕天寒路远长,因有情妹挂心肠。妹心不解郎心苦,只在家中不睬郎。

（女声）行过松林路渐平,送郎时节近三更。花丛应有鸳鸯睡,郎去莫撑红烛行。①

保瑛深夜等待吉叔父回家,"侧耳细听"情歌,"追忆过往,思念吉叔父回来之心愈切。"保瑛的痴情,对纯真爱情的向往,因这些山歌而显得格外生动真切。山歌让读者领略了客家地区的民情风俗,深入刻画了人物心理,推动了情节发展。

张资平用细致婉约的心理描写,刻画了保瑛从情窦初开,怀春迷恋到被无情抛弃的心路历程,展现了保瑛丰富复杂的内心世界,引起读者强烈的共鸣和同情。保瑛这个人物形象栩栩如生,具有典型意义,代表着千千万万客家妇女勤劳朴实,忍辱负重,不屈不挠的形象,反映了五四时期客家知识青年追求婚姻自主,对封建社会礼教进行了深刻的控诉和批判。

三、由人及文

张资平早期是创造社的骨干,从 1925 年发表《飞絮》开始,转为"三角恋爱小说家",去迎合市民口味,受到读者热捧。在写出《苔莉》后,与创造社分道扬镳。1928年,创造社已经开始了革命文学,并发起"革命文学论争",而 9 月,张资平却在上海办起了乐群书店,并在创办《乐群》半月刊(后改为月刊)后,迅速以每年四部长篇小说的节奏进入了高产期,以至于被人怀疑找人代笔。他完全转入世俗路线,逐利媚俗,赚得盆满钵满。不久,他又成为"海派"小说的先导。

张资平《乐群月刊·编后并答辩》为自己的写作意图辩解:"我的作品截至 1926年冬止写《最后的幸福》后就没有再写那一类的作品了。无论从前发表过如何浪漫的作品,只要今后能够转换方向向前进。"他明确宣布自己要开辟新的方向,不再写

---

① 张资平:《张资平经典必读:梅岭之春》,吴义勤主编,北京:文化文艺出版社 2003 年版,第 96 页。

婚恋题材的浪漫作品。然而,实际上他还在写婚恋题材迎合市场的需要,只不过"巧妙伪装""双管齐下",创作新的作品时,将故事背景涂抹上"革命"的底色。从1927年起,他开始创作"革命题材"的长篇小说,有表现广州沙基惨案的《长途》;有控诉日本侵略军的暴行,赞扬民众奋勇反抗的《欢喜陀与马桶》;有涉及辛亥革命的《上帝的儿女们》;以及描绘大革命时期黑暗社会的《石榴花》《黑恋》;还有反映"一·二八"淞沪战争的《无灵魂的人们》等。但张资平调整创作方向,似乎只是"见风使舵",为了更好地融入20年代中期北伐战争的革命氛围,迎合读者更加狂热的追捧,可能他内心对革命并没有任何思想准备,他的"革命题材"的文学创作只是一种"赶时髦",逐渐形成的"三角模式"让他"旧习难忘",他后期作品的主要内容还是充溢"肉欲"的气息,渲染感官的享乐,越来越低俗平庸。鲁迅在《上海文艺之一瞥》一文中指出:"倘没有应具的条件的,那就是即使自说已变,实际上却并没有变。"也许说的就是张资平之类的作家。

张资平早期创作了反对日本侵略者题材的长篇小说《天孙之女》和短篇小说《红海棠》等作品揭露日寇的罪行。《天孙之女》围绕日本军人铃木牛三郎的女儿花子被遗弃骗卖,沦为妓女的故事展开,揭穿了日本人自吹自擂是"天孙之族"的神话。花子原以为自己是高傲的"天孙之女",异常歧视"支那人",但是,因为父亲受贿案发受到牵累,前后嫁给六个男人,三次堕落为妓女,何谈高贵?!该书1930年7月出版后,9月再版,1931年2月三版,8月四版,1932年6月五版,总共印行一万一千册。然而,乐极生悲,因此,张资平招惹了日本人,被日本人"围剿",赢得一片恶骂,吓得他再不敢路过日租界。1931年4月10日出版的第1期卷一的《现代文学评论》中"现代中国文坛逸话"一栏里,刊登了《张资平怕走北四川路》的一则消息:

> 张资平自写了《天孙之女》后,被日人译成和文,在和文的《上海日报》上按日发表,而引起了日本人剧烈的反感。现在,张资平竟因此而不敢走上那北四川路了。

张资平坦诚"最痛心的是在自己的国土内,居然任日人如此蛮横的不讲道理。这真是我们的耻辱。我之所以不去走北四川路,并非真正怕日本人,但他们酗酒滋闹的水兵,一向视中国人如鱼肉,倘使一旦狭路相逢,给你一个伤害,或竟把你一刀结果,那又有什么办法呢!"

短篇小说《红海棠》是张资平1933年初夏创作的,描述了1932年上海闸北被日机轰炸的悲惨情景,揭露了日本侵略者的野蛮罪行,控诉了侵略战争的邪恶。小说的女主人公是被称为"红海棠"的吉弟,在上海先后给多个日本人当仆人、做情妇。"一·二八"淞沪战争的战火使吉弟的孩子下落不明,吉弟的父母也被炸死,吉弟从此家破人亡、颠沛流离。

1949年10月后,张资平因"汉奸文人"身份谋生困难,他找到当时上海市副市长潘汉年(潘曾是创造社成员),由潘汉年介绍到上海市振民补习学校(上海市成都二中前身)教书,同时为商务印书馆编译、审订《化工大全》11种。1955年6月,因潘汉年的"反革命事件"牵连,被捕判处有期徒刑20年。1959年12月2日病死于安徽南部劳改农场,终年66岁。

张资平是一位颇有争议的作家,关于汉奸问题近年有不同看法①。作为新文学发轫期的重要作家,他早期有写得较好的作品,批判封建腐朽制度和旧风俗,同情社会底层民众,主要写"灵"和"爱",合乎"五四"时代精神,体现了一定的社会责任感和历史使命感,被读者追捧,广为流传。可是,他的后期作品沉湎于"肉"和"欲"的纠缠,表明他的创作态度和艺术追求都明显走了下坡路,越来越脱离"五四"新文学运动,思想品位较低,一味贪图牟利,粗糙低劣。他作品体现的思想政治倾向也摇摆不定,"或左或右",鲁迅曾批评他"忽而普罗,忽而民主,忽而民族"。在伪政府张资平担任的是个虚职,在此期间,他写了少量批评日本军国主义的文章,揭露日军侵略的罪行,引起日方和伪政府的不满,"几酿成文字狱",一直未被重用,甚至他在伪报纸上连载的小说《青磷屑》,因为男主名叫王兆麟,也被疑心是影射汪精卫,导致该小说被汪精卫亲自下令停刊。

第二节　许地山小说的岭南情结

许地山(1893—1941),名赞堃,字地山,笔名落华生(落花生)。广东揭阳人,1893年2月出生于台湾台南,但青少年时期主要在广东生活。中国现代小说家、散文家、印度文学专家,是五四时期新文学运动先驱者之一,文学研究会发起人之一,较早在全国取得声誉的岭南小说家。

许地山的主要著作有《空山灵雨》《落花生》《缀网劳蛛》《危巢坠简》《道学史》《达衷集》《印度文学》等,译著有《二十夜问》《太阳底下降》《孟加拉民间故事》等。

---

① 张资平因为出任"兴亚建国运动本部"文化委员会主任而被指认为汉奸。但在这些表面事件之下,还另有秘密。当时的潘汉年、袁殊是受共产党之命建立"兴建",利用"兴建"从日本内部取得情报。袁殊与张资平都曾留学日本,由袁殊推荐,时任梧州广西大学教授的张资平出任"兴建"的文化委员会主任。参阅孙志军:《张资平及其作品》,《张资平作品精选》,武汉:长江文艺出版社2003年版,第3页。

一、岭南生活长大

许地山祖籍广东揭阳，1895年甲午战争大清战败，日本占领台湾，年幼的许地山跟随父母来到广东潮汕。许地山的散文集《空山灵雨》有两篇文章：《窥园先生诗传》《我的童年》专门讲述自己家世。《窥园先生诗传》记述："嘉靖中从广东揭阳移到赤嵌（台南）居住底许超便是窥园先生底入台一世祖。这家底职业，因为旧家谱于清道光年间毁掉，新谱并未载明，故不得而知。"①《我的童年》写道："我家原是从揭阳移居台湾底。因为年代久远，族谱里底世系对不上，一时不能归宗。爹底行止还没一定，所以暂时寄住在本家底祠堂里。……祠堂在桃都底围村，地方很宏敞。"②《窥园先生诗传》特地提到不能"归宗"问题："不幸一夜底大火把那几间店子烧得精光，连家谱地契都毁掉。"窥园先生系许地山的父亲许南英。台南被日本人占领后，许南英"到厦门少住，便转向汕头，投宗人子荣、子明二位先生底乡里，距鮀浦不远底桃都。子荣先生劝先生（指许南英，下同）归宗，可惜旧家谱不存，入台一世祖与揭阳宗祠底关系都不得而知，这事只得罢论。……他们又把先生全家从台湾接到桃都，安置在宗祠边底别庄里。"这两篇文章中多次提到的"桃都"，即民国时的揭阳县桃山都，后来行政区划属于揭阳市揭东县炮台镇与登岗镇的地域。揭阳属于潮汕地区，当地方言属于闽南语系。

《我的童年》回忆儿时潮汕生活："先坐牛车到南门外自己的田庄上过一宿，第二天才出安平乘竹筏上轮船到汕头。姐说我当时只穿着一套夏天衣服。家里底人穿底都是夏天衣服，所以一到汕头不久，很费了事为大家做衣服。我到现在还仿佛记忆着我是被人抱着在街上走，看见满街上人拥挤得很。"

来到揭阳后，许地山一家暂居在"桃都围村"的本家祠堂："祠堂前头有一条溪，溪边有蔗园一大区，我们几个小弟兄常常跑到园里去捉迷藏；可是大人们怕里头有蛇，常常不许我们去。离蔗园不远的地方还有一区果园，我还记得柚子树很多。到开花底时候，一阵阵的清香教人闻到觉得非常愉快，这气味好像现在还有留着。那也许是我第一次自觉在树林里遨游。在花香与蜂闹底树下，在地上玩泥土，玩了大半天才被人叫回家去。"③

许地山在潮汕居留的时间不长。之后他跟随父亲的调动迁居广州、阳江、徐闻等地。许地山《窥园先生诗传》和《读〈芝兰和茉莉〉因而想及我的祖母》两篇文章记述

---

① 许地山：《许地山全集》（第二卷），长春：时代文艺出版社2000年版，第605页。
② 许地山：《许地山全集》（第二卷），长春：时代文艺出版社2000年版，第621页。
③ 许地山：《许地山全集》（第二卷），长春：时代文艺出版社2000年版，第622页。

了徐闻生活。许地山的父亲许南英是一位爱国诗人,曾担任台湾筹防局统领,当年率部奋力抵抗日本侵略,国恨家仇深深地铭刻在许地山的心中,家国情怀萦绕了许地山的一生。回大陆后其父担任广东县令,许南英选择到广东当地方官的原因,"一因是祖籍,二因朋友多。又因漳州与潮州比邻,语言风俗多半相同,于是寄籍为龙溪县人"。这里的龙溪,位于今天的福建省漳州市芗城区漳州古城。《我的童年》《窥园先生诗传》均提及因"旧家谱不存"而无法归宗,父亲退而求其次,寄籍龙溪(今漳州),除了"漳州与潮州比邻,语言风俗多半相同"的原因外,还有一个原因,就是当时许地山父亲任广东县令,理应回避,便借口说是福建人或者台湾人。由此可见,许氏父子自己承认是揭阳籍,而且还企图认祖归宗于揭阳,福建漳州只是寄籍。

许地山在广东度过了十多年的童年和少年时光,1905年入读广东韶舞讲习所,1906年入读广州随宦学堂,1910年毕业。19岁时家道衰落贫窘,开始自谋生活,到漳州第二师范教书,1913年赴缅甸仰光中学任教三年,1917年入燕京大学读书,先后得文学和神学两学士学位。

1919年五四运动爆发,唤醒了正在燕京大学读书的许地山的爱国热情。他积极参与、写文章、开会、演讲,不畏强暴走上街头,摇旗呐喊冲锋陷阵,带领队伍游行示威,成为反帝反封建的先锋战士。这时期,他曾与郑振铎、瞿秋白共同编辑《新社会旬刊》。1921年1月,许地山和沈雁冰、叶圣陶、郑振铎等12人,在北京发起成立我国最早的新文学团体文学研究会,创办《小说月报》。1923年赴美、英求学。1926年回国途经印度,对佛教作实地考察并进大学研修。1927年回燕京大学任教,同时致力于文学创作。

1935年因遭到燕大教务长司徒雷登排挤,许地山经胡适推荐,应聘为香港大学,遂举家迁往香港,曾兼任香港中英文化协会主席,新文学学会理事等职。后任中华全国文艺界抗敌协会香港会员通讯处常务理事兼总务。1941年8月4日因积累过度,在香港病逝,终年49岁。

二、爱的哲学:从宗教宿命到自强不息

许地山父亲许南英在广东任职多年,之后又到印尼谋生,许地山始终伴其左右,父子情深。长大后,他又多次赴缅甸、印度等佛教圣地任教、生活,再之后留学美、英等国,可谓"屡遭变难,四方流离"。早年居无定所的生活经历让许地山有更多机会去观察社会各阶层的生活状况,走近社会底层,体察人间疾苦,生活磨炼了许地山的生存意志,造就了超强的语言能力:国语、粤语、闽南语、英语等样样精通,成为他取得卓越文化成就重要的生活体验和学识积累。

许地山的小说在文学研究会乃至整个"五四"小说中别具一格,他的作品着力于全方位地表现苦难和不幸,他认为苦难是人最基本的生存状态。《空山灵雨·弁言》开篇写道:

> 生本不乐,能够使人觉得稍微安适的,只有躺在床上那几小时,但要在那短促的时间中希冀极乐,也是不可能的事。自入世以来,屡遭变难,四方流离,未尝宽怀就枕。①

他把异域风情、宗教气息和曲折离奇的情节巧妙构思,糅合铺展,反映社会现实,探索人生哲理,使他的小说充满浪漫传奇的色彩,轻盈飘逸,扑朔迷离,纯真朴实,委婉细腻,追求真善美,鞭策假恶丑,富有独特的艺术魅力,是现代文学史上的一朵瑰丽的艺术奇葩。

许地山非常擅长营构小说意境,一些传统意象常常信手拈来,妙笔生花。秋月残阳、梨花带雨、春风化蝶、茅舍黄昏等古典意境一一被他重塑而展现,与人物故事相互映照,互增光彩。小说取材于闽、台、粤以及东南亚和印度等地,以华侨生活为主,充满异域的神秘色彩和南国浪漫情调,把异域文学意象和民俗生活景观巧妙地融合起来,形成许地山小说的重要特色。比如缅甸的命命鸟、仰光的涅槃节,以及马来西亚的棕榈林、银的浪、金的塔尖等,无不给人新颖别致、空灵清丽的感受,让读者闻之即醉,产生似曾相识又耳目一新的阅读快感。许地山小说第二个特色是充满宗教哲理,在娓娓道来的诉说中,寻求自我存在的意义,将人生的智慧推举到极致。他本人是基督徒,对佛教、道教也很有研究,他的小说不仅宣扬爱的哲学,而且带有明显的宿命论。茅盾说许地山,"他在他的每一篇作品里,都试要放进一个他所认为合理的人生观,他并不建造了什么理想的象牙塔,他有点怀疑人生的终极的意义,然而他不悲观,也不赞成空想,他以一种脚踏实地的态度进行着创作。"②沈从文认为:"许地山作品的情绪是'近代文明'与'古旧情绪'的糅合,他用的是中国的乐器,奏出了异国的调子,就是那调子,那声音,那永远是东方的、静的,微带厌世倾向的,柔软忧郁的调子。"③

许地山的小说从生存困顿的角度来反思人生的真谛和生命的意义,小说主题大多和爱情婚姻有关,涉及老中青三个阶段的爱情表现形式。在这些作品中他用及淡然宁静的笔调,勾勒出滚滚红尘中的善男信女的烟火冷暖,呈现他们花前月下的纠缠

---

① 许地山:《许地山全集》(第一卷),长春:时代文艺出版社2000年版,第1页。
② 茅盾:《中国新文学大系·小说一集·导言(影印本)》,上海:上海文艺出版社2003年版,第25页。
③ 茅盾:《论地山的小说》,《大公报》1941年9月21日(文艺综合版)。

和破镜重圆的忧愁,文字不温不火,哀而不伤,空灵飘逸,隐藏节制的美感。他在《无法投递之邮件》一文中写道:

> 爱情就是生活,若是一个作家不会描写,或不敢描写,他便不配写其余的文艺。我自信我是有情人,虽不能知道爱情底神秘,却愿多多地描写爱情生活。我立愿尽此生,能写一篇爱情生活,便写一篇;能写十篇,便写十篇;能写百、千、亿、万篇,便写百、千、亿、万篇。①

许地山的早期小说中,多以爱情为主线讲述女性的生活状态,女性形象缺乏对自我性别和社会身份的认知,她们本质上是被动的,依靠男权来界定她们的身份。这些女性大多纠缠在两性关系中,痛苦挣扎,女性行为的重要表现形式是"出走",无论是处女作《命命鸟》,还是代表作《商人妇》和《缀网劳蛛》,女主人公都有"出走"的现象。她们的一生通常飘忽不定、"四方流离",带有偶然性,她们似乎认同了命运是不可控的,似乎也无力掌控命运的走向,而是"随波逐流""忍受"命运的安排,接纳人生的一切遭遇,不哀怨不沮丧也不仇恨,当然更不会去审视深刻的社会根源。

许地山多年从事宗教研究,他的文学创作深受宗教文化的影响。1921年1月,他的处女作在《小说月报》上正式发表,许地山用极具佛教色彩的《命命鸟》作为小说篇名,可谓别具匠心。在《阿弥陀经》中,命命鸟是共命之鸟,一体两头,一荣俱荣,一死皆亡。命命鸟也是启迪人心智、指引人向佛的鸟。佛教元素贯穿小说始终,一因缅甸是"佛国",故事发生在这里,二与许地山自身的宗教气质有关。小说叙述了一个凄美动人的爱情故事,世家子弟和俳优之女身为同窗好友,日久生情自由恋爱,但是受到属相不合观念的困扰,又被家长阻挠,两人无法跨越爱情的鸿沟,双双投湖殉"情"。作者借助这对缅甸男女在封建礼教束缚下自杀的悲剧,申讨腐朽落后观念对人们的迫害,批判封建社会婚姻制度的残酷。作者以虔诚的宗教情感描述了这对青年男女因爱情受阻而绝望厌世,企图转世投胎去往"极乐国土",以求脱离苦海的心路历程。小说隐喻他们的"以身殉情"只是表象,是一种"出走",从红尘俗世走向宗教圣地,实质上他们是"以身殉道",是一种向死而生的思想境界。小说通过"命命鸟"的不同状态表达了作者对爱情和人生的深刻体悟,探讨生命的本真和高度,熏染着浓郁的佛教气息和苦难意识。命命鸟本从极乐世界而来,再重返极乐世界,从佛教的角度来说,这是迷途知返,从此岸误入彼岸再回此岸,此岸,也即佛教中的极乐世界,是由种种美好事物组成,所以文章结尾的描写暗含隐隐的喜悦,许地山佛教涅槃归真的思想在此得以隐现。这篇小说神秘的宗教色彩和奇特的艺术风格引起读者关

---

① 许地山:《许地山全集》(第一卷),长春:时代文艺出版社2000年版,第353页。

注,许地山开始在文坛上崭露头角。

1921年4月,许地山的小说《商人妇》发表于《小说月报》第12卷第4号上,描写早期福建一带男人因为生活所迫勇闯南洋,夫妻两地分居,日久情变的故事。作者采用第一人称叙事,以对话的形式展开,简练流畅地娓娓叙述一个颇具异域风采的传奇故事:"商人妇"经历了"别夫、探夫、被卖、出走、寻夫"等种种痛苦,一生坎坷,自强不息。赞许了女主人公勤劳善良、坚韧勇敢的美好心灵,鞭笞了男主人公抛妻忘本、见异思迁的丑陋嘴脸。全文自述的是主人公的所见所闻,这种内聚焦视角的叙事方式,有力地增加了故事的真实性,让小说的情感更加丰厚充沛,亲切自然,使读者身临其境,产生共鸣。

主人公惜官是一个恪守妇道的良家妇女,从未出过远门,与丈夫林荫乔夫妻感情极好,"从不曾拌过嘴,或闹过什么意见"。丈夫赌博输得精光,为了东山再起,决定去南洋再打拼,但是"商人重利轻别离","去来江口守空船",分别十年,丈夫一年只例行公事写两封信件报报平安,惜官铭记丈夫临别的誓言:"若是五六年后我不能回来,你就到那边找我",为爱克服一切,决定漂洋过海和丈夫团圆。然而重逢之际,丈夫已经再婚,连敷衍的话也懒得多说,粗暴卑鄙地把她贩卖到遥远的印度给人做妾。惜官流落异国他乡因为语言不通备受欺辱,经历了一系列悲惨的遭遇,克服了种种磨难,仍然坚守宽厚的良心,不断坚强地与命运抗衡,竟有了机会读书,读书改变了命运,惜官发愤图强,见识和学问有所增长,终于从"商人妇"演变为自食其力的村中女"教习",从此过上了安逸的生活。许地山塑造的这位商人妇从对丈夫言听计从的家庭妇女,转变成为富有顽强生命力的时代新女性,让人敬佩。

同是"弃"妇,商人妇被丈夫主动抛弃,鲁迅笔下《祝福》里的祥林嫂被丈夫被动抛弃,祥林嫂活成了"怨妇",整天喋喋不休向别人唠叨自己的不幸遭遇,企图唤起别人的同情和怜悯,却沦落到因为两次嫁人,不能再触碰祭祀所有的物事,还被人揶揄"你最后怎么就从了呢?"最终悲惨死去。祥林嫂是当时大多数深受封建礼教残害的女性群体的代表。而许地山笔下的商人妇却不再是传统妇女叙事模式中的弃妇,她四处飘零,忍辱负重,不甘沦落,历经磨难最终成为一位经济独立、精神自由的"五四"新女性,她是时代独立自主的女性群体的代表,给人焕然一新的感觉。虽然最初商人妇也是传统意义上的家庭妇女,善良勤劳,温顺柔弱,但经过一系列打击,她慢慢觉悟了,不再依靠男人,勇敢地"出走",一如"娜拉出走",且她不仅走出了家庭,走进了社会,更立足社会,服务社会,"人的尊严高于一切"由商人妇的嬗变彰显出来。这个形象具有一定的典型意义,在"五四"新文化运动时期,许地山贡献了这个"由弱变强"的女性榜样,鼓舞了许多女性读者反思自己的处境,挑战命运的安排。

但是,商人妇毕竟没有深受"五四"新文化运动的启蒙,没有彻底地觉醒,她的骨子里面还残留"愚忠"的封建思想,在经过命运跌宕转折后,千方百计谋得了人身自由,生活开始安宁,她却不计前嫌,要重新踏上寻夫之路,她看不清丈夫的丑恶面目,始终不相信是丈夫阴谋策划拐卖了自己,依然相信丈夫尚存善念,对未来充满乐观和信心。正如其言:"人间一切的事情本来没有什么苦乐底分别:你造作时是苦,希望时是乐;临事时是苦,回想时是乐。"①商人妇的身上有着宗教语境里"圣女"的情怀,她始终柔软善良,通过体验种种艰辛和磨难,实现自我道德形象的完美;通过宽恕罪孽,化身为现实世界中道德的救赎者;她接纳了一切的悲哀和伤痛,宽容了一切,慈悲为怀。其中不乏宿命和玄虚宗教的意味,许地山认为,"人生免不了有理想、欲望、病害,故此要向上寻求安康,宗教的感情,于是乎起。可以见宗教的本体,是人生普遍的需要。"②他小说中的人物,似乎都有一定的宗教情怀,身处逆境,万般柔韧。同时,许地山对底层人民顽强生存意志的描写和歌颂,温暖人心,升腾起人性向上飞扬的精神力量。

1922年2月,许地山在《小说月报》第13卷第2号上发表的短篇小说《缀网劳蛛》,也是爱情婚姻的主题,探索爱情与婚姻两者之间的关系,提出人生的困境:自由恋爱走进婚姻就一定幸福吗?婚姻真的是爱情的坟墓吗?当自由婚姻也不幸福的时候,何去何从?小说弥漫着浓郁的宗教气息,是其宗教解脱与现实抗争结合最突出的作品之一。许地山运用西方现代主义文学叙事技巧和表现方法,实现了从全知到限知的现代叙事视角的转换,小说以主人公尚洁为视角人物,主要采用第三人称限知叙事,讲述发生在充满异域风情、浪漫多姿的马来西亚的一个传奇故事。主人公尚洁是童养媳出身,天性善良,沉静坚毅。从婆家出走后,为了感恩再婚嫁给了曾经帮助过自己的丈夫。一次出于怜悯之心她搭救了受伤的盗贼,却被粗鄙的丈夫训斥和妒忌,还用刀捅伤了她,剥夺了她的财产和女儿,并将她扫地出门。她只身逃离到马来岛上,开始了自食其力的生活,从容淡定、乐观沉稳,用基督徒的博爱,尽自己的能力去帮助众生。尚洁对周遭的一切并不感到多大的痛苦,她认为人对于自己命运的曲折和通达,不必过分懊恼和欢欣,只要顺其自然,知命达观即可。命运就像网一样,等到网被破坏时,"它还暂时安安然然地藏起来,等机会再缀一个好的。"③后来,她的丈夫受到牧师的启迪,来到海岛和她重归于好,但又忍受不了岛上艰苦生活想要离开,尚洁并不挽留,默默接受,她已经不再看重爱情,"自然,爱只是感觉,而生活是实质的。"④尚洁一如既往,平静坦然地活下去。

---

① 许地山:《许地山全集》(第一卷),长春:时代文艺出版社2000年版,第112页。
② 许地山:《我们要什么样的宗教》,《晨报副镌》1923年4月14日。
③ 许地山:《许地山全集》(第一卷),长春:时代文艺出版社2000年版,第171页。
④ 许地山:《许地山全集》(第一卷),长春:时代文艺出版社2000年版,第343页。

《缀网劳蛛》这个题目很有深意,蜘蛛和网相互依存,网就是蜘蛛的宿命。作者以织网的蜘蛛作比,塑造尚洁坚忍顽强、淡然平和的性格特征,既自尊自爱,又逆来顺受;既博爱众生,又看破红尘。尚洁承受了被丈夫嫉恨刺伤、残酷遗弃、霸占财产、剥夺女儿等种种痛苦,面对苦难挫折和流言蜚语,哪怕失去亲人,她也选择宽恕,不怨恨不辩解,顺应自然,忍辱负重,原谅一切,从容向前。"我像蜘蛛,命运就是我底网。蜘蛛把一切有毒无毒的昆虫吃入肚里,回头把网组织起来。……人和他底命运,又何尝不是这样?所有的网,都是自己组织得来,或完或缺,只能听其自然罢了。"①"蜘蛛"这个意象贯穿了全文,颇有宗教色彩,尚洁用"蜘蛛"自喻,把"蜘蛛织网"看作自己的命运,"显示安于命运以及在心理上战胜命运的人生态度",这是尚洁的蛛网哲学,面对磨难平和达观。"我把网结好,还住在中央。"尚洁认为自己的人生意义似乎就是像蜘蛛那样不停地补缀破旧的网,但结果如何,只能听天由命。黄修己认为:"许地山在描写客观生活的同时,也在作品中宣扬了容忍、宽恕的思想,其背后则由宿命论支撑着。许地山对造成人物苦难的原因有所揭示和批判,对受害者怀有强烈的同情;同时宣扬在宽恕、感化中化解人世苦难,用这样的故事给不完美的人生以慰藉,从这些方面表现了他的作品的宗教人道主义精神。"②

这样的人生观既有消极悲观的宿命论色彩,被动地接纳生活的磨难,也暗藏坚韧超然的积极意义。生活有时候就是一张巨大的网,纷纷扰扰纠缠不清,我们努力按照自己的人生理想来编织,却无法先知先觉"明天和意外哪一个先来"。我们只能直视惨淡的现实,承受生活的苦难,适当地妥协并不意味着屈服,而是不畏惧不纠结不抱怨,放下包袱轻装上阵,努力做好力所能及的事情——补救我们的命运之网,面向明天,随遇而安。这样的人,表面上看似乎是"逆来受顺""低眉顺眼",实际上是在"承认苦难"的基础上,"包容苦难",从而"化解苦难""脚踏实地""荣辱不惊",是真正的生活强者,也许继续修炼下去尚洁就升华到了"不以物喜不以己悲"的人生境界。尚洁这个基督徒一生都在践行着自己的宗教信仰,是一名知行合一的人。

《缀网劳蛛》故事情节跌宕曲折,富有传奇色彩,字里行间强烈抨击了吃人的封建礼教,充分显示了"五四"新文学反帝反封建的民主主义精神。有学者认为:"从结构上,佛教的姻缘、报应观念往往成为小说结构发展的动因,中国小说传统的'善有善报、恶有恶报'的大团圆结构,与佛教业报观念是相一致的"。这篇小说的结构正体现了佛教大团圆和业报的理念。

1922年5月,许地山在《小说月报》第13卷第5号上发表了叙事散文《落花生》

---

① 许地山:《许地山全集》(第一卷),长春:时代文艺出版社2000年版,第171—172页。
② 黄修己:《中国现代文学发展史》,北京:中国青年出版社2008年版,第80页。

引起轰动,他自此用"落华生"作为笔名,并逐渐闻名于世。《落花生》是许地山早期的代表作之一,文字短小凝练,语言清新优美。全文围绕"种花生、收花生、吃花生、议花生"来写,真实地记录了作者小时候的一次家庭活动情景,以及从中所受到的教育,可见原生家庭深刻地影响着他的成长。作者从一粒花生开始审问生命的意义和人生的价值,借物喻人,赞美花生朴实无华,不图虚名、默默奉献的品格。揭示"落花生精神"就是"以平和的出世态度积极的入世生活",既培养锐意进取顽强不息的意志,也保持平和豁达随遇而安的心态,表达了作者不为名利,只求有益于社会的人生理想和价值观。努力做一个对社会大有作为的有用之才,也接纳命运的局限人生的遗憾,尽人力尊天命。许地山终其一生都在不断地探索自己与世界的关系,用赤子之心寻求人生的终极目的。许地山奉行的平民主义和人道主义,在此文中有所体现。正所谓"文如其人,人如其文","要做有用的人"的教诲是许地山的父亲对家中孩子们的殷切希望和谆谆教导,许地山一生铭记使命,牢牢坚守写实主义的风格。茅盾认为许地山的小说:"在'五四'初期的作家中,是顶不'回避现实'的一个人。"①

许地山的早期小说取材独特,情节奇特,想象丰富,充满浪漫气息,呈现出浓郁的南国风味和异域情调。他执着地探索人生的意义,却又表现出玄想成分和宗教色彩。抗日战争爆发后,许地山积极参加抗战爱国救亡运动,宣传抗日,反对投降,以笔为枪,声讨日寇,唤醒民众。其作品结合社会现实问题日益紧密,主题鲜明。他的后期创作收入《危巢坠简》,保持着清新的格调,宗教色彩淡化,转向对黑暗现实的批判,写得苍劲而坚实,《春桃》和《铁鱼底鳃》便是这一倾向的代表作。

小说《春桃》,是区分许地山前后期文学创作的标识之一,也是当时现实主义小说的力作,更"是许地山小说中极有光彩的一篇"②。《春桃》出自许地山1935年同名作品集,发表于《文学》第3卷第1期。许地山由此逐步淡化了早期的宗教色彩,走近了苦难的现实世界。《春桃》以战火纷乱的30年代为背景,塑造了一个追求自由而叛逆的底层劳动妇女形象,她所构建的"一女二夫"的家庭模式,是对传统的夫权和父权社会"一夫一妻多妾"式家庭模式的颠覆和反叛,这种强烈的反抗精神实质是源于自我意识的觉醒。主人公春桃以一家之主的身份和地位与两个男人同居生活,这离经叛道之举,勇敢地挑战着男尊女卑的封建夫权和父权思想,是对封建礼教的宣战。小说呈现一个富有伦理意义的人生难题,一个女人与两个男人间的情感选择何去何从?春桃不再像惜官和尚洁那样逆来受顺,而是自作主张,不断地与命运搏斗,积极乐观地在困境中求生存,是新式的劳动妇女,叛逆而勇敢,泼辣而善良,自尊而独

---

① 茅盾:《落华生论》,《文学月刊》1934年10月1日第3卷第4期。
② 黄修己:《中国现代文学发展史》,北京:中国青年出版社2008年版,第80页。

立。她一直处于战争和命运的双重折磨中,新婚当日传来敌军临近的消息,在逃难中与丈夫李茂失散,三四年之后,她与另一个相依为命的落难者刘向高建立起了真正的感情,同居生活。但就在此时,她的丈夫出现了,而且失去了双腿,沦为乞丐。面临着新的局面,春桃怎么办?在这难解的矛盾面前,几经波折,三人终于重新过起了朴陋而和乐的生活,促使他们结合在一起的是在共同的悲惨命运面前的相互体谅和依存。这也是一篇不纠缠爱情的爱情小说,作者对于三个人物,既没有写其情欲冲动的爱情意识,也没有写其爱情行为,而是着力描写他们如何相互携手,在生活中挣扎,拼命向前,他们"只理会生活,而不理会爱情"。

  她上了炕,把衣服脱光了,顺手揪一张被单盖着,躺在一边。向高照例是给她按按背,捶捶腿。她每天的疲劳就是这样含着一点微笑,在小油灯底闪烁下,渐次得到苏息。在半睡的状态中,她喃喃地说,"向哥,你也睡罢。别开夜工了,明天还要早起咧。"

  妇人渐次发出一点微细的鼾声,向高便把灯灭了。①

这段描写,对人物做了去性别化的处理,语言洁净而有分寸感。

  爱情具有排他性,强调彼此忠诚不贰,可是在这篇小说中,春桃却把爱分给两个男人,对李茂充满了仁爱、怜爱,对向高洋溢着情爱、友爱,让春桃不忍心放弃他们中任何一个人,而这两个男人也同时爱着春桃一个女人。在春桃的身上既蕴含传统女性的温顺和淳朴,也凸显现代女性的侠义和担当。这样的思想和行为在当时可谓惊世骇俗,许地山对此却给予深切的理解和接纳,更是由衷地肯定和赞赏。经过一番磨合,两男一女竟然建立了融洽亲密的三角关系。这是古今奇观,可是作者对环境、人物、情节和细节的描写又具有充分的艺术说服力,使读者丝毫不会怀疑它的真实性。那样内忧外患的时代,那样善良而不幸的男女,相互之间发生那样的悲欢离合是完全合乎逻辑的,构成那样畸形而又合情合理的关系可以说是唯一的选择。

  春桃具有独立精神,不再像鲁迅笔下的祥林嫂一样的传统女性那般,时刻活在别人的眼光中,人生被别人操控,不知道发出自己的声音。春桃拥有自己的话语权,她对向高讲:"噢,你到底是念过两天书,怕人骂,怕人笑话。""若是人笑话你,你不会揍他?你露什么怯?咱们底事,谁也管不了。"春桃拥有自己独特的生活经验和人生哲学,人格独立经济自立。她收留双腿残废的李茂,是对他人生命的尊重,体现出仁爱的思想,尽管这样做会给她带来更大的经济压力和道德非议,但春桃毅然决然地选择了"生命至上",彰显了博大的人道主义的胸怀,这一切让春桃这个人物形象具有了

---

① 许地山:《许地山全集》(第1卷),长春:时代文艺出版社2000年版,第330页。

强大的文学生命力。

春桃经历了失散、战乱、逃难、离聚等种种苦难,身上刚与柔有机地协调统一起来,许地山赋予春桃高昂的风貌,去迎接来自各方面的压迫和挑战,将对现实人生的观照揉进角色中来。春桃的形象有别于许地山早期作品中的女性形象,更扎实而饱满,更富有底层劳动人民的气息,她的处境是难堪的,她的遭遇是凄苦的,但是,春桃已经不安于接受命运的摆布,她勇敢地冲破传统伦理与封建旧环境的压迫,撕掉社会生活虚假的伪装,解放人性,返璞归真,她"简直是要用自己的意志去支配'命运'了"①。在春桃的身上彰显了"一个人的尊严和价值,她在中国现代文学的妇女形象中有着重要的地位,是独特的'这一个'"②。

在许地山的众多小说中,唯有《春桃》这部小说是用女主人公名字命名的,春桃在中国的传统文化中,带有喜庆的意味,由此可见,在春桃身上,许地山寄托了对中国女性的希望和期待,把对中国底层妇女的赞美发挥到极致,热情歌颂底层人民在危难之际相互救助的坚强意志和乐观豁达的生活态度,以及敢于追求自我理想的决心,深刻地讽刺和批判了封建礼教对人性的迫害。

许地山的小说揭示了生存的荒诞性,直面惨淡的人生,凸显人性的尊严,呼唤自我意识的苏醒,肯定自我存在的价值,鼓励走向自我实现。许地山的小说创作是"为了人生而艺术","唤醒国民求生底法螺","是指导群众一条而牺牲底道路"。他的小说充满浓厚的悲天悯人的人道主义思想,也交织着人生无常的佛教思想、逍遥自怡的道教思想和宽恕博爱的基督情怀,让他的作品独树一帜,引人注目。

1941年2月许地山在《大风》半月刊发表的小说《铁鱼底鳃》,是一部昂扬着爱国主义思想的小说,也是他人生中的最后一篇小说,新加坡《华侨周报》转载了这篇小说,同时刊登了主编郁达夫对这篇小说的评论——是"苍劲坚实的写实主义"作品,郁达夫认为,"像这样坚实细致的小说,不但是在中国小说界不可多得,就是求之于1940年的英美短篇小说界,也很少可以和他比肩的作品"③。这篇小说表现的抗战主题极具"当下性",不再有他早期作品中的宗教气息和浪漫氛围。小说讲述一位70多岁的、有点迂腐固执的老科学家雷先生理想无法实现的痛苦,热情地歌颂了老科学家忠于祖国,忠于科学的高尚品质,对国民党当局的官僚作风给予深刻的批判。小说具有一定的科幻色彩,对潜艇设计的畅想富有预见性、超前性、科学性和先进性。许地山于科学幻想中展现出的忧国忧民,保家卫国的爱国情怀让人敬仰,其"师夷长技以制夷"的求真务实态度值得推崇。

---

① 茅盾:《落华生论》,《文学月刊》1934年10月1日第3卷第4期。
② 张振金:《岭南现代文学史》,广州:广东高等教育出版社1989年版,第292页。
③ 郁达夫:香港:《星岛日报·星座》1941年11月8日。

三、许地山的岭南情怀

　　许地山祖籍广东揭阳,幼时随父许南英从台湾返回大陆,因为其父长期在广东各地做官履职,许地山常常随家迁徙,先后辗转广州、徐闻、钦州、阳江、三水等地,在流离颠沛中完成了初、中级教育,度过了青少年时期,这是人格塑造的关键时期,滋养灵魂的岭南文化,丰润底蕴的民俗民风,烙印心底的社会生活,成了许地山挥之不去的"乡情愁绪",与其产生千丝万缕的链接,在其一生的成长生涯中,他不时回望,并从妙笔生花之笔端流淌出来。比如,他的小说《女儿心》讲述的因为"愚忠"引发的家庭惨案,就发生在广州。武昌起义后,在广州城里驻防的旗人个个心惊胆战,女主人公的父亲在镇粤将军衙门里当差,因为"表忠心"全家惨遭灭门,只有女主人公侥幸逃脱成为孤女,一路流浪,寻仙寻亲,历经坎坷,从不放弃。

　　1921年《小说月报》第12卷第5号发表的短篇小说《换巢鸾凤》,也是他以岭南文化为背景创作的,讲述的是广东阳江知事的女儿和府上下人(囚犯)冲破门第等级的桎梏,自由恋爱受阻私奔逃入山林的传奇故事。这部小说具有浓郁的中国传统文学风韵,题材和叙事方式类似传统小说,共分六个小节,每小节各自命名。《换巢鸾凤》原是一个词牌名,本是歌咏妇女嫁得其所,许地山在此借用,隐喻女主人公和鸾本应嫁给明媒正娶的启桢,却为了爱情不惜与她心中的凤凰——祖凤远飞,谱写了一曲争取女性自由婚恋的时代之歌。

　　和鸾本是一个宦官之家的知书达礼的千金小姐,追求婚恋自由,具有反抗封建礼教的叛逆精神,但天真烂漫,幼稚冲动,缺乏理性思维,是个"恋爱脑",春心萌芽激情荡漾,被祖凤哄骗,不管不顾地跟其私奔,却落草为寇,跳崖身亡,终以悲剧落幕,让人垂泪叹息!试想,假如和鸾遵从父母之命选择和启桢结婚,她的命运又会如何?

　　许地山借《换巢鸾凤》表达了对爱情本质的探索:"爱本来没有等第、没有贵贱、没有贫富的分别。和鸾和祖凤虽有主仆的名分,然而在他们的心识里,这种阶级的成见早已消灭无余。"①许地山赞赏和鸾与祖凤的纯洁感情,他们的爱情萌芽起源于和鸾在雨后的花园中,偷听到祖凤清唱粤讴名曲《多情雁》:

　　　　日日望到夕阳,我就愁倍起,只见一围衰柳锁往长堤。
　　　　又见人影一鞭残照里,几回错认是我郎归。②

　　一曲寓未来,一听误终身,由此和鸾产生对粤讴的兴趣,主动寻找机会向祖凤学

---

① 许地山:《许地山全集》(第一卷),长春:时代文艺出版社2000年版,第118页。
② 许地山:《许地山全集》(第一卷),长春:时代文艺出版社2000年版,第115页。

习粤讴,从而日久生情,相知相恋,最终冲破阻拦为爱私奔。

许地山对岭南文化有所了解,非常熟悉广东的民间歌谣,尤其欣赏粤讴,粤讴也是传统的"粤语情歌",《换巢鸾凤》主要的故事情节都是围绕"粤讴"展开的,由和鸾偷听祖凤清唱粤讴——自学填词演唱粤讴——跟祖凤学唱粤讴,层层铺垫,步步深入,粤讴是男女主人公爱情产生的媒介,也是维系他们爱情的纽带和桥梁,更是他们爱情的见证。

从和鸾所作的一首粤讴,可见和鸾的个性多愁善感,善良纯真,充满浪漫主义的情怀:

> 萧疏雨,问你要落几天?
> 你有天宫晤住,偏要在地上流连,
> 你为饶益众生,舍得将自己作践;
> ……
> 一点一滴润透三千大千。
> 劝君休自塞,要把愁眉展。
> 但愿人间一切血泪和汗点,
> 一洒出来就同雨点一样化作甘泉。①

许地山创作《换巢鸾凤》时正在北平,他对故乡方言的推广使用乐此不疲。这篇短篇小说只有不到六千字,但他在此篇小说中引用了三段粤讴唱词,而北方的读者对粤讴不甚了解,为此他引用粤讴时不惜加了许多注解,促使小说具有浓郁的岭南地方色彩。

许地山是现代文学史上,最早认识粤讴文学价值并潜心研究将之推介全国的著名作家,他撰写的《粤讴在文学上底地位》一文,在《民铎杂志》1922年第3卷第3号上发表。在文中,他比较广东各类民间歌谣,充分肯定粤讴的艺术价值,分析粤讴的表现内容和艺术特色,介绍粤讴产生、发展的历程。许地山认为,广东"最好的那一种"诗歌的地位及价值是粤讴:"(我)在广东住得最久,对于那省诗歌很有特别的兴趣,所以要把个人以为最好的那一种介绍出来。广东底民众诗歌底种类很多,如南音、龙舟歌、粤讴、山歌,等,都是很通行底。这些歌全用本地方言写成,各有他底特别性质;现在单要说底,就是粤讴。"许地山还在本文中提出倡议,希望"广东人能够把这种地方文学保存起来,发扬广大,使它能在文学上占有更重要的位置"②。

---

① 许地山:《许地山全集》(第一卷),长春:时代文艺出版社2000年版,第117页。
② 许地山:《粤讴在文学上底地位》,方锡德编《许地山作品新编》,北京:人民文学出版社2012年版,第449页。

郑振铎是许地山的好友，撰写《中国俗文学史》时曾委托正在英国留学的许地山在大英博物馆查阅敦煌经卷。郑振铎这部专著也写到了粤讴，可能与许地山的推介有关。

1936年许地山担任香港大学中文系主任，曾改编粤语话剧《西施》①，这是许地山唯一一部方言作品。陈君葆1936年10月17日的日记记载："许先生改编过《西施》一剧二、三、四幕都印好了，全用广东话，比头作好多了。我说若果连第一幕也改写过，那末粤语文学不愁没资料了。许先生也想译成英文，这意与我暗合。"陈君葆是许地山在港大时的同事兼好友，并担任此剧导演。2013年港大历史系教授徐国琦在发表的论文《空谷灵雨许地山》一文也提到"1936年撰写剧本《西施》并由陈君葆导演在港大大礼堂公演。"②2013年《空山灵雨落华生：许地山教授手稿珍藏特展》由港大档案馆及港大中文系共同主办，许地山生前好友马鉴教授的家人提供了这份四幕粤语话剧的手稿，手稿从第二幕始，至第四幕结束（结局部分遗失），共存20页，大致八千字。

许地山的这部《西施》粤语话剧是改编自顾一樵1933年创作的同名话剧《西施》③，叙述的是春秋战国时期的一段历史故事，越国美女西施带有使命嫁给吴国国君夫差，却渐渐与其产生感情，在国家大义和个人情感之间，西施产生了痛苦和彷徨。主要人物包括西施、范蠡、夫差、冬施等。许地山在形式和内容上都有新的创新和突破，许版的西施比顾版更勇敢直爽、淡然坦荡，一如许地山《商人妇》《缀网劳蛛》等小说中的女主人公的性格特征，带有一定的宗教色彩。许地山在香港期间，十分重视文艺大众化工作，充分利用自己的语言优势，以国语、英语、粤语三语演讲和创作，粤语《西施》话剧就是一个重要证据。

第三节　欧阳山：从至情到写实

欧阳山（1908—2000），原名杨凤岐，笔名凡鸟、罗西等。1908年12月出生在湖北荆州一个城市贫民家庭里，因家境贫寒几个月时被卖给姓杨的人家，从小便随养父四处奔波，在外流浪，接触过很多底层社会的穷苦人。16岁时他的第一篇短篇小说《那一夜》在上海《学生杂志》上发表，从此开始了文学创作。1959年发表了长篇巨著《一代风流》第1卷《三家巷》，轰动文坛，2019年，该部小说入选"新中国70年70

---

① 陈君葆：《陈君葆日记全集（卷一：1932—1940）》，香港：商务出版社2004年版，第285页。
② 徐国琦：《空谷灵雨许地山》，《中华读书报》2013年6月5日。
③ 胡文曦：《许地山改编的粤语剧〈西施〉残稿初探》，《现代中文学刊》2018年第5期。

部长篇小说典藏"。新中国成立后,欧阳山长期担任文艺界的领导工作,历任中国作协广东分会主席、广东省文联主席、中国作协副主席等职。欧阳山76年的文学生涯中,有61年是在广州(广东)度过,十分熟悉广州的平民生活,他一生所创作出来的最为成功的典型形象和典型性格,也大部分源自岭南地区的生活经历。

1915年欧阳山跟随养母定居广州读书学习。1922年9月,欧阳山以全市第一名的优异成绩,考上了广东省高等师范学校初中一年级,开始大量阅读古今中外文学名著,胡适在《新青年》上发表的《文学改良刍议》和陈独秀的《文学革命论》,让他耳目一新,发现了新文学运动的大趋势和强烈的生命力;俄国作家高尔基的生平经历和创作道路、作品思想和艺术风格,深深地影响了欧阳山,开始尝试结合自己的切身体验,用"自己的语调"写出许多短小的故事,一篇一篇地读给周围人听,欧阳山这些随性创作的小故事,虽然不太成熟甚至稚嫩粗糙,却是他模拟"文学创作"最早的练习。

《白话文与新文学》是欧阳山发表的第一篇文章,他认为,"作品思想内容的性质"是新旧文学最根本的区别和界限,必须提防一些腐朽文人,将旧思想旧文学利用"白话文的形式"去推销,去贩卖。

欧阳山是"左联"时期涌现出来的优秀的作家之一,也是中国左联作家的一面大旗,高高飘扬在岭南大地上。1926年他在广州创办油印期刊《广州文学》时,才18岁,书生意气风华正茂,正是人生观价值观世界观形成的关键时期,可塑性极强。《广州文学》得到郭沫若的肯定和鼓励,并帮助他进入中大预科二年级做旁听生。鲁迅担任中大文学系主任时,他常去请教并旁听鲁迅的讲学。还担任鲁迅《魏晋风度及文章与药与酒之关系》讲演的记录者,鲁迅的思想、胆识、学识、为人再次深刻地震撼了他,激励着他。

在广州中山大学旁听学习的日子,对于他思想觉悟的日益成熟产生重要影响,形成他文学生涯的第一个转折点。郭沫若帮助他走进了"文学圣坛",鲁迅成为他人生道路的第一位重要的导师,促使他面向社会,观察社会,思考社会现实问题。1928年欧阳山来到上海,开始成为职业作家,在鲁迅主编的《奔流》等刊物上发表作品,与鲁迅的交往越加深入,并加入了左联。在1936年两个口号的论争中,28岁的欧阳山坚定地站在鲁迅一边,拥护"民族革命战争的大众文学"口号。1936年10月鲁迅病逝,文坛震动,举国哀悼。在鲁迅的出殡队伍中,作为"鲁迅的学生",欧阳山身着长衫,与蒋牧良一道,高举"鲁迅先生殡仪"的巨幅横额悲痛地走在队伍的最前面。

1938年广州沦陷后,欧阳山一路风尘穿越多省于次年抵达重庆,在周恩来的教诲与培养下加入了中国共产党。1941年皖南事变后,周恩来安排欧阳山等人转移到了延安。在延安欧阳山参加了毛泽东召开的"延安文艺座谈会",深受启发,他的生活与创作发生了根本性的变化,创作了著名长篇小说《高干大》。1944年,欧阳山参加了边区合作社模范工作者会议,撰写了一篇人物速写《活在新社会里》,发表于当年6月30日的《解放日报》上,毛泽东看后大加称赞并写信邀请他在庆祝党的生日那天,到住处细谈。所以欧阳山对人说:"鲁迅、毛泽东、周恩来、郭沫若是我的老师。"他们引领欧阳山积极投入组织和创作革命文学和大众文学的火热斗争中去,让他逐渐脱胎换骨,锻造成为拥有坚定信仰的广为人知的无产阶级革命文学战士。他从原先的"为艺术而艺术",逐步转变为"为人生而艺术""为革命而艺术",他要用自己手中的笔描述这个社会,抨击这个社会,改变这个社会,以至于赞美这个社会。

欧阳山的早期作品在艺术风格上不是以情节取胜,而是擅长塑造人物形象,尤其注重典型人物的创作,通过描写地方风土人情的场景来勾画出故事的概况。

针对文学创作中的人物多样化问题,他认为"各种各样的人物都是可以写的,英雄人物,正面人物,成长中的人物,改造过程中的人物,被批判、打击的人物,都可以写,都应该写,都必须写。"①欧阳山强调人物形象多样化的塑造要切合社会现实和生活环境,反映出人物所处的具体的现实关系。作品中的故事场景常常也是欧阳山巧妙构思精心设计的,具有典型的生活意义,周围的景物往往也被赋予性格化,鲜明有特色,具有一定的象征意义。阅读他的作品,犹如品赏小说连环画,人物形象比较真实饱满,丰富多彩,生动有趣。有些人物语言中还夹杂市井阶层中常出现的方言俚语粗话,诙谐风趣。欧阳山"希望自己能够成为一个忠于生活的诚实的人"②,他的文学作品体现了他的思想观点。

欧阳山的小说生活场景片段之间的链接有时不够流畅自然,结构有点松散,缺乏"中心聚焦",情节跳跃过分,造成一定的阅读困难。欧阳山前期作品的复杂性正是体现在"难懂"上,他的语言句式比较"欧化",读起来稍嫌晦涩拗口。欧阳山对此有过辩解,承认自己作品里的"文字是相当欧化了的",但其原因是"要补救中国文字底空疏浮泛,以及在运用上的科学性质缺乏,文法上的颠倒简陋"③。他认为用欧化手法来表现生活和塑造性格,更为真实和准确。但对如何解决这个矛盾,既保持自己独特的语言风格,又方便读者理解阅读,他没有找到更好的途径。欧阳山后期的作品基本克服了这些不足,艺术上更加炉火纯青,创作出《三家巷》等经典粤味作品。

一、青春和爱情,如同盛开的玫瑰

欧阳山早期作品的风格是"至情的",大多以青年男女爱情婚姻为题材,反映小

---

① 欧阳山:《剥去假"左"的外衣》,《欧阳山文集》第10卷,广州:花城出版社1988年版,第3916页。
② 欧阳山:《欧阳山文集·自序》,《欧阳山文选》第4卷,广州:花城出版社2008年版,第522页。
③ 欧阳山:《"生底烦扰"序》,上海:文化生活出版社1936年版,第2页。

资产阶级知识分子的思想苦闷、情感纠葛,呼喊个性解放,探寻人生出路。他的创作最初受到郭沫若和创造社的影响,追求"为艺术而艺术",多采用第一人称的叙事角度,形成身临其境情景交融的氛围,增加作品的写实性和抒情气息。小说故事发生的背景多是大革命前后的广州生活,人物个性鲜明,充满知识分子的小资浪漫情怀和自然主义艺术倾向。

1924年11月,欧阳山以凡鸟为笔名在上海《学生杂志》第11卷第11号上发表第一篇短篇小说《那一夜》,小说关注妇女问题,提倡个性解放。通过描述女主人公密斯李积极从事妇女运动而遭遇封建宗法势力的打压,最终抑郁而死的悲惨经历,揭露黑暗旧势力的丑恶嘴脸,控诉封建思想对青年人的残害,歌颂五四青年的反抗斗争精神,反映出五四青年深感旧势力的压迫,力图改变现实社会的强烈愿望。

1926年,欧阳山在自己主编的《广州文学》上,连载第一部中篇小说《玫瑰残了》,这是岭南新文学的第一部篇幅较长的小说,首次使用"罗西"这个笔名(来自"玫瑰"rose的英文音译),由此可见年轻时他的浪漫情怀。接着他的诗集《坟歌》、诗与小说集《仙宫》等作品也在香港出版。这些作品大都采用第一人称叙事,运用象征主义的手法,营造情景融合的浪漫意境,倾吐小资产阶级知识分子的忧郁与哀怨,愤懑与渴望,幻想与失望,充满对底层民众的同情和怜悯,抨击社会的黑暗,呼唤个性的解放,追求光明的未来。

"《玫瑰残了》是欧阳山提出'至情文学论'之前的最早实践,来上海后二、三年的多数作品,则是'至情文学论'的继续发展。"①1928年欧阳山到了上海,开始成为职业作家,在鲁迅主编的《奔流》等刊物上发表作品,有中篇小说《桃君的情人》《莲蓉月》《蜜丝红》《你去吧》《爱之奔流》以及短篇小说集《再会吧黑猫》等,这些作品充满小资产阶级的浓郁情调和自然主义艺术的某些倾向,大都是反映底层民众在城市的穷困生活,围绕青年男女婚姻恋爱为主题,诉说小资产阶级知识分子思想的苦闷和彷徨、对理想的寻找和追求,以及爱情的忧愁和哀伤,试图探索人生道路的选择。

欧阳山清贫悲苦的出生背景,早期颠沛流离的生活经历,以及窘迫无奈的现实处境,给他提供了关于贫困交加、愚昧无知、痛苦屈辱和反击抗争的创作情感,让他的作品创作深深扎根于社会底层,同情底层人民的遭遇。他早期作品题材很多都是围绕广东人民的社会生活展开的,写出劳苦大众的凄苦和屈辱、反抗和斗争,力图描绘底层社会民众吃苦耐劳、坚强不屈的意志品质和抗争精神,反映出广东一定历史时期的社会面貌和精神状态。比如,中短篇小说集《青年男女》诅咒封建专制和旧习俗对民众的迫害和桎梏;短篇小说集《梦一样的自由》《生底烦扰》《失败的失败者》描述旧

---

① 张振金:《岭南现代文学史》,广州:广东高等教育出版社1989年版,第97页。

社会劳苦大众悲惨的生活和对残酷命运的抗争;短篇小说集《七年忌》是为了纪念沙基惨案七周年,反映中国人民反帝斗争的历史;中篇小说《鬼巢》控诉统治者屠杀广州民众的暴行。中篇小说《崩决》和短篇小说《七年忌》是欧阳山早期作品的代表作。《崩决》颇具宗教意境,描述水灾给广东造成的灾难,老百姓流离失所的惨状,赞美劳苦民众自我救赎的精神。"虽然在人物和事件上遇到什么就写什么,缺乏严格的选择和提炼,但仍是一部丰满、扎实、富有地方色彩的作品。"①《七年忌》反映烈士母亲的心路历程。这些早期作品体现了革命现实主义倾向,坚持写实性,以小见大,从某个侧面描写重大的现实题材,深刻揭露旧社会黑暗腐朽残酷的社会现实。"小说以现实与历史、景象与梦幻的交叉描写,有如一幅立体的图画,语言流畅,手法娴熟,标志欧阳山小说的新突破。"②欧阳山将自己的文学创作和国家的兴衰荣辱密切联系起来,引导、号召广大民众去反抗去斗争,具有一定的战斗力和革命性。这些作品也具有鲜明的岭南地方特色,以人为本,以人为中心,塑造的人物形象生动别致,栩栩如生。

《玫瑰残了》采用书信体的形式写作,描述男主人公 V 在现实生活中悲催的处境和心路历程,侧重点是恋爱情感困惑。小说运用象征主义的手法,隐喻男主人公的"爱情和青春",仿佛曾经盛开的玫瑰一般娇艳迷人,但是现实社会是如此的黑暗和残酷,让人哀怨愤懑又窘迫无奈,即使美丽的"玫瑰"热情地开放,可惜也无人真诚地欣赏和怜爱,随着岁月的消耗,世俗的摧残,鲜艳芬芳的花朵也不可能永葆青春的色彩,也会无情地干瘪飘落。29 岁的男主人公 V 君有个癖好"喜欢收集珍藏凋谢的玫瑰",他爱上了年轻美貌的女学生倩伦,可又嫌弃她灵魂粗陋庸俗。一次偶遇,又对绍兰产生了炽烈的感情,无奈阴差阳错,失之交臂。在给绍兰表白的信的末尾,写了一首题名"谩骂"的小诗,对旧势力发出怒吼,奋力抗争。不久 V 君又收到旧恋人蓉君企图重叙旧缘的信,引起新的幻想,执笔回信,但信未写完就病倒了。在病中他依旧顽强执拗地倾吐爱情,一直写了 71 张信纸,最后写到"玫瑰残了"时,早已心力交瘁,摔倒地上,悲惨死去。男主人公 V 是个普普通通的小知识分子,并不是"五四"热潮中的革命者或新式人物,小说呈现了他在爱情和现实的纠缠中,逐渐迷失了自己,找不到自己的定位,无处藏身无法安息的窘迫状态。

这部小说所表现的视野比较狭窄,思想尚不成熟,艺术上也还稚嫩。只局限于描述青年男女的情感纠葛,花前月下的恩恩怨怨,这只是小家情怀的缠绵悱恻,而缺乏家国情怀的引领升华,对"五四"时期轰轰烈烈的时代背景没有具体展示,更没有深

---

① 张振金:《岭南现代文学史》,广州:广东高等教育出版社 1989 年版,第 100 页。
② 张振金:《岭南现代文学史》,广州:广东高等教育出版社 1989 年版,第 101 页。

刻的反思,仅从一个侧面反映了小知识分子的迷茫和彷徨,人物单一简单,不够丰富多彩,对于小知识分子思想情感问题的根源和出路都没有给予充分的揭露和探索,"但它吸收了西方现代小说的某些新的表现手法,开始突破中国古典白话小说的体式,作家叙事不再是像说书人那样在作旁观的解说,而是把自己主观的感情渗透到故事人物中去,扩大了小说的表现力,把情节小说转化为性格小说。《玫瑰残了》作为岭南第一部中篇小说,在这些方面的开拓意义是不能否定的。"①

二、关注工人运动

1928年前后,在辗转上海、南京期间,经过学习和探索,欧阳山"想做中国的高尔基",接受了马克思主义理论后,思想逐渐成熟,开始创作普罗文学,写作主题和风格与早期相比,有了很大的转变,由主情转向写实,开始描写社会底层人民生活的苦难,有意识地开拓自己的创作题材,主动关注工人运动,将广府文化揉进作品中,增加了广州底层民众的生活状态和粤语方言的描写,使得作品的岭南文化特色越加显著,初步形成独特的广东乡土风格,作品的质量也有所提高。

中篇小说《竹尺和铁锤》就是这个时期创作的,折射了广大工人阶级独立自主意识的觉醒。小说表现了规模宏大的广州工人罢工运动,揭露了帝国主义和国民党反动派的丑恶嘴脸,对底层民众的悲惨遭遇深表同情,展示了劳苦大众团结抗争的强大力量,赞美广大工人阶级为了自身的生存和安危,与工厂主所进行的艰苦卓绝的斗争。这部小说是"中国20世纪30年代左翼文学描写工人运动的早期作品之一",标志着欧阳山的文学创作开始转型,创作思想和创作题材都发生新的变化。

《竹尺和铁锤》主要内容是描写广东某城振华工厂贫苦女工菊妹等人在《告工人书》教育启发下逐渐觉悟,不再胆小懦弱,不再忍受欺压,而是积极主动地投身工人运动的故事。"竹尺"和"铁锤"既是工人们劳动和生活的工具,更是工人们罢工斗争的武器,作为小说命名并贯穿全篇,使得文章更具有写实性和逼真感。小说主人公寡妇九姑及全家是当时广大社会底层劳苦大众的缩影。女儿阿菊在织布厂做女工,在纺织工会组织领导和教育帮助下,从一名底层受人摆布的工人,一步步成长起来,成为"觉醒的一代工人"的代表,不再畏惧工厂主资本家的威胁利诱,勇敢地走到工人阶级队伍的前头,参与纺织厂的工人罢工运动,带领广大工人挫败了工厂主资本家的阴谋。虽然阿菊不幸被捕坐牢,但工人罢工斗争获得了胜利。因为生活所迫,王九姑不得不做娼妓养活孩子们,后来儿子阿华也失业了,女儿阿菊也被工厂开除,但这些

---

① 张振金:《岭南现代文学史》,广州:广东高等教育出版社1989年版,第96—97页。

卑微的处境,苦难的生活,并没有压垮他们,他们顽强坚韧地活着。王九姑拖着病体在许多意想不到的晚上"卖肉"(卖淫),实质是在不得已地出卖自己的生命,是在和命运作顽强地抗衡。他们一家面临生存危机,走投无路,陷入绝境的时候,女儿阿菊和爱人阿樵,相约离家出走,但是,在出走半途,他们身上的激情又被唤醒,重新返回参与罢工运动。女儿阿菊的觉醒,代表着工人阶级新形象的诞生,具有强烈的反叛意识和抗争精神。

这部作品的主要人物虽然生活在广东的底层社会,出身弱势群体,但他们的精神世界却是在革命的话语之下,在暗夜的中国四处游走,传播火种。广州的沙基惨案、工人罢工运动等事件,与全国各地风起云涌的类似事件一起,汇聚成浩浩荡荡的革命洪流,展示了轰轰烈烈的革命景象,让人热血沸腾。但作品人物的性格还不够丰满,形象不够生动,有些细节显得粗疏和简单,不够细致流畅。可喜的是,欧阳山的思想更加成熟了,眼界更加提升了,敢于直面残酷的现实,直面凛冽的鲜血,勇敢揭露帝国主义和国民党反动派的罪恶,赞美无产阶级维权抗争的罢工运动,这些改变,标志着欧阳山的创作水平走上了新的台阶。

《竹尺和铁锤》与《玫瑰残了》艺术风格迥然不同。作者发表这部小说的时候,已经启用了"欧阳山"这个笔名,"山"显然不同于"玫瑰"的柔情蜜意,"山"显得伟岸厚重,似乎也意味着作者从"浪漫的小资"走向"沉稳的战士"。用工人罢工的武器"竹尺"和"铁锤"命名小说,也体现了现实主义色彩。"为艺术而艺术"和"为人生而艺术"这两种创作理念的影响对欧阳山来说,并不是"完全割开来的,而是混合在一起经常反复的"。"有时两种艺术观在自己脑子里互相搅缠和斗争","有时喜欢写追求个性解放,自我表现的东西,有时也客观地写些反映社会上贫苦人民的生活和命运的作品,当然这种描写也只能是站在同情他们悲惨命运的立场上去写,这种作品,只是对旧社会的一种愤怒的控诉,一种不平则鸣的呐喊,但如何改变这种贫穷的生活,出路何在,我是看不清楚的,也是指不出来的。"[①]这部小说是欧阳山第一次采用工人生活的题材,并且"思想明确地倾向于无产阶级革命事业"。他的思想转变了,视野开阔了,直面更加广阔的复杂的社会,关注底层民众的苦难生活,倾听民众愤怒的呼叫,揭露社会的黑暗和腐败,唤醒民众团结起来,鼓励民众不甘被奴役,为维权而抗争,他要"为革命而艺术"。

欧阳山对粤语一贯情有所钟,在一开始文学创作的时候,他就有意识地使用粤语方言写作,后来主编《广州文艺》周刊,发表了大量粤语小说。他还主张粤语方言文学运动,提倡创作通俗易懂的大众文艺。《玫瑰残了》之外,欧阳山还用粤语创作了

---

① 欧阳山:《光明的探索》,《欧阳山文集》第10卷,广州:花城出版社1988年版,第134页。

短篇小说《跛老鼠》《懒理》,中篇小说《单眼虎》(笔名胡依依)和诗歌《唔算出奇》(笔名吉星)以及根据草明的"国语"小说《缫丝女失身记》改成的粤语小说《甦妹点样杀死佢嘅大佬》等颇有影响力的作品。《竹尺和铁锤》《桃君的情人》《莲蓉月》《蜜丝红》等作品也出现了粤语方言,有时还用拉丁字母注音。欧阳山也注重吸取广东民间文学的艺术养分,运用俗话俚语,通俗易懂地传播革命理念。小说注意穿插岭南风物,比如西关小吃、白云山、大榕树、黄皮果、水烟、咸水歌、山歌、粤讴等,向读者展现了岭南的风俗风貌,具有强烈的地方色彩。

第九章　传统文学的新生

　　岭南旧学根基深厚,俗文学源远流长。五四新文化运动以来,岭南文学一面连接传统文脉,一面经历欧风美雨,可谓古典与现代交织并存,雅俗互动。1920年代以来,新文学兴起,影响逐渐扩大,但是广东传统文学创作数量仍很多,成绩突出,其中黄节、陈洵、詹安泰、廖恩焘的诗词创作以旧含新,气象高华,较为突出。《新青年》开辟专栏讨论戏曲,胡适、刘半农、钱玄同、傅斯年、陈独秀等主将对传统戏曲的思想性、文学性、艺术性进行了抨击,但粤剧等岭南地方旧戏曲在新形势下并未受到否定和批判,而是进行改良,题材和形式有新的变化,产生不少反映新思想的新剧佳作;岭南民间说唱文学宣传革命,鼓舞抗战,得到新的发展,成为这一时期岭南传统文学新生的生动写照。

第一节　以诗鸣志:黄节的诗歌

　　陈澧、朱次琦以降,岭南陆续涌现一批引领时代潮流、影响遍及全国的学者、诗人。黄节以诗鸣志,成就卓越,但长期湮没,近年声誉渐起。

　　黄节(1873—1935),初名纯熙,字佩文,后更名节,字晦闻,别署晦翁、黄史氏,笔名蒹葭楼主。出生于广州,原籍顺德。黄节家境殷实,生活富足,但出生十个月父亲去世,从此家道中落。

　　黄节是一位满腔赤诚、正直的爱国志士。早年受业于朱次琦大弟子简朝亮,青年时期就树立救国救民、重安社稷的远大志向,慨然以天下为己任,不遗余力投身反清革命事业,创立国学保存会,创办《政艺通报》《国粹学报》和国学保存会藏书楼,鼓吹民族革命。他反对袁世凯称帝,曾被孙中山任命为大元帅府秘书长,后来出任广东省教育厅长,励精图治,施行教育改革,卓有成效。黄节还是一位脚踏实地、有所作为的教育家和学识渊博、成就显著的学者。他创办广州南武学校,任两广优级师范讲席和广东高等学堂监督,编写乡土教材,后居故都,长期执教北大,主授诗学。黄节独撰《黄史》,代表近代新史学的崛起;他的岭南学术史研究和诗学研究具有开创性,《诗学》是中国第一部诗歌史,学术价值很高,影响深远。

黄节是晚清国粹中坚,首倡"国学",多有建树。晚清国粹思潮本质不是近代化进程中"欧化"的调谐与校正,而是从民族历史文化中,寻找颠覆清廷的依据和资源,借经史为革命酿造激情。近代"国学"最初是黄节1903年撰《〈国学报〉叙》提出来的,该文发表于翌年《政艺通报》11号。黄节率先从民族主义立场出发,将保存国粹与保国求存联系在一起,企图通过复兴"国学"来救国;"国粹"为国学之精粹,体现"国家之特别精神"。

晚清国粹派兴起与今古文经学之争相连。国粹派对康有为等今文经学发难始于黄节的《春秋攘夷大义发微》,率先指摘董仲舒倡"春秋进吴楚"大违春秋大义;康有为站在清廷立场,提出圣人不薄四夷,"进夷狄"是春秋大义,这是偷换概念。黄节批驳说,"春秋进吴楚则有之,未闻进夷狄也"。吴楚为荆蛮之地,"春秋进吴楚"是用夏变夷。随后,刘师培、章太炎等接连撰文,形成浩大的全面驳难攻势。

晚清国粹派不仅有排满革命的政治诉求,而且有共同的古文经学渊源,继承清代汉学绪余。清初顾炎武开其先河,乾嘉蔚为大观,渐成惠栋为首的吴派,以戴震为首的皖派。吴学最专,徽学最精。戴震之后,衍成各派,以扬州学派、浙江学派、岭南学派最具影响。刘师培、章太炎、黄节分别源自三派。

岭南学派杂糅汉宋,以务实致用为归,黄节的学术意趣取向与刘师培、章太炎有异。譬如,刘师培的《清儒得失论》指出,"求是与致用,其道固异。"章太炎的《与人论〈朴学报〉书》反思"通经致用"思想,认为"学者在辨名实、知情伪,虽致用不足尚,虽无用不足卑","通经"的价值是"存古",提出"学以求真,不以致用",这与黄节相左。

黄节创办《国粹学报》,并任"史篇"主撰,迅速使之成为新史学的大本营。通史致用和倡新史学,是黄节治史的最大特色和历史价值。1905年,黄节开始撰写《黄史》。取名《黄史》,显然是受王夫之《黄书》的启发。强烈的革命功利主义有力地推动了他突破旧史学的窠臼,踔厉风发。《黄史总叙》指出:尽管有数千年的历史传承和记载,但是中国有"君史",而无"民史","吾四千年史氏有一人之传记,而无社会之历史,虽使种界常清,而群治不进。"

《黄史》具有严重的革命情结和较强的政治诉求,但是就立论本身而言,则是寓褒贬于曲折文笔之中,讲究春秋笔法,而且取材宏富,考证详审。黄节明确强调作史须具备"独断之学、比次之业也",显示了严谨、创新之治史理念。

黄节对西方史学理论有了解和借鉴。黄节撰《黄史》,不仅依赖古籍、野史,而且"驰心域外",参考西书,但并没有采用西式分期和史学体例建构中国新史学,而是重传统的纪传体,因袭司马迁较多。但《黄史》超越旧史书的散漫凌乱,以独特见解和思路一以贯之,构成完整统一史学体系,为新史学的代表。

黄节重视学术源流考镜,首创岭学研究。《岭学源流》主要论述了岭南"学贵知疑"和"务求自得"的学术传统的流变。梳理岭南理学流变具体翔实;对经学仅介绍汉朝的陈元和唐朝的刘轲。黄节推崇宋朝理学家、东莞人翟杰。岭南理学门派肇始翟杰,开白沙之先,故对明朝陈献章的评价没有时人那么高。黄节不宥俗见,对世人推崇阮元不以为然。黄节对晚清"名节道德扫地而尽",岭学缺乏创新的沉闷局势担忧。岭南较早接触西学并受其影响,然学者怵于万有新奇之论,"结舌不敢言其言者,不出于锢蔽即出于附会",黄节呼唤岭学新崛起。

黄节身兼儒林、文苑之长,学者而能诗,诗人而治学。黄节撰有《诗学》《诗律》《诗旨纂辞》《诗旨变雅》等多部论著,其中《诗学》(初名《诗学源流》)是第一部中国诗歌史。《诗学》初成于1910年,主要内容涉及叙源流、品高第、言作法三个方面,论述自先秦到明季,历代诗歌及发展历程,脉络分明。《诗学》不仅叙述历代诗作和作诗之变化,而且自成依历史进程的逻辑体系,有点、线、面的结合和展现,与现代西方学术体系接近。这较此前刘熙载的《诗概》大有进步,而且比同时代的梁启超的《饮冰室诗话》、陈衍的《石遗室诗话》等结构严谨。梁、陈的诗话,都是论述晚清到民初的诗作,采用断想式、点评式批评,而黄节《诗学》是系统的论述方式,内容贯穿整个诗歌发展历程。

黄节还作了大量诗歌笺注,具有明显的汉学传统因子。取材宏博而取舍谨严,结合作者生平和时代背景,知人论世,实事求是进行研究,融会贯通而不穿凿附会,是黄节治学的突出特点。

黄节以《汉魏乐府风笺》《曹子建诗注》《阮步兵咏怀诗注》等经典注释,考镜源流,论证详审,既含英咀华,融会贯通,准确精当,又深思明辨,生动传神,珠玉纷陈。在总结前人成果的基础上,将古典诗歌注释学提高到一个新的水平,也为现代的诗学研究开辟了一种由注释入手进行研究的良好学风。

黄节"以诗鸣世",是近代著名诗人。黄节的人生,以辛亥革命为界,分为前后两个时期,诗歌创作也如此。前期诗歌比较清壮激越,后期渐趋凄怆沉郁。尽管前后风格有所变化,但身处逆境,耿介刚正,坚持操守,修身明志,关切民生疾苦、民族命运和国家未来的情怀始终不坠。"吟诗且遣平生志",黄节诗歌的审美触角深深扎根于现实土壤,直视社会矛盾,表现时代情感。

直接抒写反清革命思想,是黄节诗歌的重要内容之一。1906年,黄节踯躅江畔,思索时局发展,创作《与潘若海步月归作》,以幽淡的笔调抒写激昂的感情。"回首朔风殊污我,呕心来日复如斯",诗中借"朔风"喻清朝政府,以《晋书》王导的典故表达对清朝统治的强烈反感;又化用《文心雕龙》"呕心吐胆",表达民族革命的决心。《深秋得宪庵香江寄诗,还答一首》鲜明地表现了反清的民族革命思想。"北风瑟瑟黄花晚,尚有枝头未落英",诗人以傲霜的秋菊自许,表达与清朝政权斗争的意志。①

最令人感动的,是他那亦痴亦凄的情怀。如《岁暮示秋枚》云:"来日云何亦大难,文章尔我各心酸。强年岂分心先死,倦客相依岁又寒。试挈壶觞饮江水,不辞风露入脾肝。何如且复看花去,簑笠人归雪未残。"诗写得如此凄婉,如此真切。诗人对国家命运和个人前途感到迷惘,一种深深的惆怅和失落,从诗中隐现。"倦客相依岁又寒",这般诗句,如此痴情,如此动人,直教人生死相许。

黄节曾被孙中山任命为大元帅府秘书长,但千里迢迢,从北京南下广州,未上任即去职。个中原因多元复杂,然从事秘书长之职位,整天面对无数戒律和棘手琐事,恐怕此等性情中人难以适应和胜任,"不就"为必然。在高官厚禄面前,自尊、率性的黄节绝不委曲求全,压抑自由、扭曲个性。

1927年北伐胜利,南北统一,国运本有转机。但污浊凶恶的旧军阀被推翻,冒出的新军阀更残暴贪婪,令黄节震惊。《病起》一诗写道:

病起已过三月三,客来初为说江南。
一身何日生知死?众乱相寻暴易贪!
迤岸万花盘马队,被兵群友断书函。
愁肠欲与春俱去,归路回头更不堪。

这首诗写于1927年4月4日(农历三月三),真实地揭示了"四一二"反革命大屠杀前,南京国民党政权开始准备"清党""分共",江南地区腥风血雨的景象和白色恐怖气氛。

1931年"九一八"事变,举国痛愤。黄节义愤填膺,拍案而起,接连写下《书愤》《重关篇》《残蝉》等慷慨激昂、忧国忧民的诗篇,痛斥侵略者"虾夷入国门"的无耻行径,并借孔子过陈不仕等典故来抨击当时的政府对日不抵抗政策。② 黄节在北大课堂上讲顾亭林诗,念到"名王白马江东去,故国降幡海上来"句,慨叹不已,竟失声痛哭。

黄节诗歌的特质,主要表现在以下三方面:

一是注意意象的营造和色彩的敷设,颇有唐人风采。黄节是热血志士,对人生,对社会,一直抱有炽热的肝肠,冷涩枯淡的风格与他无缘。他的诗注重意象营造,意警象丰,感情充沛,词句清丽,色彩繁复而不俗艳,这就是所谓的"唐面"。"袅袅春幡原囊见,深深红烛又宵来"(《春夜同栽甫过素梅阁听曲》),"花后长莲才寸寸,萍生与柳共漫漫"(《春尽前一日园榭中作》),这些诗句以重笔作丽语。唐朝诗人中,他取法李商隐、

---

① 陈希:《岭南诗宗·黄节》,广州:广东人民出版社2008年版,第177页。
② 陈希:《岭南诗宗·黄节》,广州:广东人民出版社2008年版,第96页。

杜甫比较多。李商隐的凄婉缠绵、杜甫的沉郁顿挫,他都潜心品味、吸收。黄节诗歌有高亢雄浑,激越奔放,也有沉潜顿挫,凝重苍劲,但都情深意切,且立象尽意、情景交融,不平实、少直白。再如《白菊花》:"重语当年事已难,相逢篱落叹无端。欲持旧句题新意,终惜残英减夕餐。霜晚尚容秋后见,岁暄宁抵客中寒。憪然为汝低回久,斜日枝头细细看。"写得如此凄婉,如此旖旎。"终惜残英减夕餐"用的是屈原《离骚》"夕餐秋菊之落英"句意,而芳洁凄婉倍现。最是令人惊喜的,则是末二句"憪然为汝低回久,斜日枝头细细看",对花"忘形到尔汝"的诗人,徘徊吟咏于斜阳花下的风流,境如再现。

二是造意铸语,自然工妙,特别擅长对偶句和虚字运用,深得宋人真传。黄节七律成就最高,最见功底。七律诗体,贵于声谐语俪中见纵横变化。唐诗的偶句,上下句意思大抵相近。黄节的七律偶句师承宋法,把句子散文化,"寓单行之气于排偶之中",注重上下句子的变化。单看一句,平淡无奇,但上下联合,则"夺胎换骨、点铁成金",精警生动,气骨劲健,语意飞升。譬如《生朝》"歌哭且留他日泪,死生齐逬此时情",《七夕》"不殊儿女灯前语,独有悲欢老去知"。黄节在虚字运用上亦深谙宋诗玄机奥妙,善于寻取恰当虚字作关键语,使句意拗折顿挫矫正浮滑,诗意振起,通篇生辉。《沪江重晤秋枚》,诗中"如斯""坐致""不反""每闻""莫作""正为"几个虚词,奇正相生,开阖自如,沉郁中有顿挫之势。《偶成》中用"岂堪""未遑""何待""尚雅""宁与""不似"数词,裹挟浓重的感情色彩,钩锁转承,一气直下。黄节诗作,可以说虚字的运用,已经到了得心应手、转掉自如的境界。

三是善于用典,合学人诗人之诗二而一。善于使事用典,是黄节诗歌"宋骨"特色之一。用典可以使诗歌内涵更深刻丰富,表达更凝练有力;而且化用典故,推陈出新,以一胜多,是一种机智和创造。黄节博闻强识,熟谙事典,操觚为诗,用典自如,不故作艰深,显才逞能。《与潘若海步月归作》首、颔、颈、尾四联俱包含典故:"燕雀""蓬莱异昔时""朔风""江边琵琶响";《偶成》化用"食恒三叹""梁鸿五噫""嵇康""李陵""刘琨""卢谌"等诸多典故。巧妙用典,并与情景有机融合,可以拓展诗歌蕴涵,提升品格。这与"掉书袋"的古奥晦涩是有区别的。

晚清至民国的岭南诗歌创作繁荣,诗人辈出,佳作如云,甚至领导全国诗歌主潮。黄节一生以诗名世,与梁文忠(鼎芬)、曾刚甫(习经)、罗掞东(惇曧)合称"近代岭南四大家"。黄节是一位以诗歌抒写救国救民的志士、诗人。因而他忧愤深广,始终以良知和热血弹奏时代的强音。无论是在内容、境界还是诗艺上,黄节列岭南近代四大诗人之首,成就最高。

以黄节为最高成就的近代岭南四大家都或多或少受到当时宋诗运动影响,又因"久居京国,与闽赣派诗人投分较深,思深旨远,质有其文,与岭南派风格、迥乎异趣"。近代岭南诗歌特点为"雄直",体现这种风格特征的主要诗人有朱次琦、康有为、黄遵宪、丘逢甲等。近代诗研究最著名的学者汪辟疆先生别具慧眼指出:"岭南诗学,雄直之外,亦有清苍幽峭近于闽赣派者。"黄节即是以"深婉"为特征在岭南近代诗歌中独树一帜,自成一家。

黄节是近现代岭南诗坛的一代宗师,但又不仅仅属于岭南,而是影响全国的著名诗人。近世岭南雄奇诗风与他无涉,而且他也没有追乡风、随大潮,走"新派诗"的路子。他不随波逐流、与时俯仰,而是有自己的追求和创造,可以说是岭南诗坛奇异的存在,也是南北文化交汇的产物。

黄节参加南社,诗歌在思想和内容上,譬如反对满清、主张革命、救国救民等,与南社接近,但在诗学宗趣、诗艺追求和艺术风格上,有别于南社宗唐诗学主流。黄节"身在南社,诗亲同光",其人其诗,思想、组织上属于南社,但是诗术、风格上出唐入宋,与同光体相亲。

黄节之诗,重在学宋,于宋代陈师道用功更专用力最劬,但是也浸淫唐朝杜甫、韩愈、李商隐诸家,不落窠臼,能入能出,转益多师,博采众长,并濡染曹植、阮籍、谢灵运、鲍照各家,形成自己的诗学特点。学宋而能参唐,因此没有同光体的隐晦诘倔和枯淡;宋意入唐格,作品兼有唐诗的风采风华与宋词的骨ն峭健,刚柔相济,人称"唐面宋骨"。黄节生前编定《兼葭楼诗》两卷,收录诗365题423首,后来不断有人做补遗工作,编成《黄节诗集》,共收录黄诗609首,为比较完备的版本。

第二节　气象高华:陈洵、詹安泰、廖恩焘

一、陈　洵

陈洵(1870—1942),字述叔,别号海绡,广东新会人。少年早慧,擅长填词。师从吴道镕读书,补南海县学生员。1890年左右去江西做私塾先生,1909年左右在广州西关设馆为童子师,生活窘迫。1911年加入广州南国诗社。1929年由朱祖谋推荐,任教国立中山大学,支持组织"风余词社"。陈洵教授词学时,"专主清真、梦窗,分析不厌求详。金针暗度,其聪颖特殊弟子,能领悟而以填词自见者,颇不乏人。所谓'岭表宗风',自半塘老人倡导于前,海绡翁振起于后,一时影响所及,殆驾常州词派而上之。"① 著有词作《海绡词》三卷,补遗一卷,词学理论著作《海绡说词》一卷、

---

① 龙榆生:《陈海绡先生之词学》,《龙榆生词学论文集》,上海:上海古籍出版社1997年版,第481页。

《词学》等。

陈洵的词被与黄节的诗相提并论,称为"陈词黄诗"①。梁鼎芬每为扬誉,朱祖谋欣赏并极力推举:"朱见述叔词学梦窗与己同调,击节叹赏。"② 1925 年,朱祖谋将陈洵与况周颐相提并论:"并世两雄,无与抗手",在校印《海绡词》时题句云:"雕虫手,千古亦才难。新拜海南为上将,试要临桂角中原,来者孰登坛?"③"自斯论一出,而海绡词名遂震耀海内。"《当代词综》曾收录陈洵写作 1903 年到 1941 年之间的 11 首佳作。

陈洵生性孤僻,"亦颇落落寡合耳"。④但和朱祖谋交往甚密,互有唱和与书信往来,两人皆是因为学梦窗"得髓"而扬名天下。朱祖谋云:"海绡词神骨俱静。此真能火传梦窗者。"又云:"善用逆笔,故处处见腾踏之势,清真法乳也。"⑤黄节称陈洵为"伤心人",曾题句"述叔伤心人也,其词伤心词也"在"海绡"匾额之侧。

陈洵作词注重比兴寄托,以"留"为特色:"即含蓄甚深而不出一浅露之笔,故虽千言万语而无穷尽也。"⑥陈洵自言:

> 词笔莫妙于留,盖能留则不尽而有余味。离合顺逆,皆可随意指挥,而沉深浑厚,皆由此得。虽以稼轩之纵横,而不流于悍疾,则能留故也。以涩求梦窗,不如以留求梦窗。见为涩者,以用事下语处求之。见为留者,以命意运笔中得之也。以涩求梦窗,即免于晦,亦不过极意研练丽密止矣,是学梦窗,适得草窗。以留求梦窗,则穷高极深,一步一境。沈伯时谓梦窗深得清真之妙,盖于此得之。⑦

陈洵以《海绡词》抒发自己从晚清到民国的辛酸历程,忧生念乱,充满"伤心"意蕴和社会关怀,他的词刻有时代痕迹,故国乡愁、佗傺失意、相思情怨,直达人心,引人共鸣。

陈洵的词大致可以分为三类:言志,抒情,咏物。写于 1928 年除夕夜的《水龙吟·丁卯除夕》属于第一类,彼时正是国家多难之秋,广州起义失败之际,花城弥漫着恐怖气氛:

---

① 1911 年秋,梁鼎芬和黄节等在广州重开南园诗社,陈洵应邀出席。梁氏现场把陈洵和黄节的诗相提并论。
② 乐生:《一代词家陈洵词笺》,《书谱》1987 年第 5 期。
③ 钟贤培、汪松涛主编:《广东近代文学史》,广州:广东人民出版社 1996 年版,第 424—425 页。
④ 龙榆生:《陈海绡先生之词学》,《龙榆生词学论文集》,上海:上海古籍出版社 1997 年版,第 481 页。
⑤ 钟贤培、汪松涛主编:《广东近代文学史》,广州:广东人民出版社 1996 年版,第 422 页。
⑥ 刘永济:《微睇室说词》,上海:上海古籍出版社 1987 年版,第 51 页。
⑦ 陈洵:《海绡说词》,唐圭璋编《词话丛编》第 5 册,北京:中华书局 1986 年版,第 4840、4841 页。

春来准拟开怀,是谁不放残年去。寒更灯火,断魂依在,严城戍鼓。天北天南,一声归雁,有人愁苦。算寻常经过,今年事了,都休向,明朝语。

　　光景花前冉冉,倚东风、从头还数。因循却怕,登临无地,夕阳如故。烂醉生涯,颓然自卧,懒歌慵舞,待鸣鸡唤起,白头簪胜,尽平生度。①

　　这首词直抒心声,开头两句就定了词的基调:凝重而悲怆。本是辞旧迎新阖家欢乐的除夕之夜,却依旧笼罩着战乱的阴影。动荡的时局,凋敝的社会,作者怅然而悲伤,心系苍生,担忧"有人愁苦",而自身穷困潦倒,只能付与"烂醉"。字里行间,透露作者"报国无门、怀才不遇、虚度时光的忧愤"。这首词表现手法显示了"留"的特色,将"忧生念乱之情"含蓄委婉地隐现在词中,尤其是开头的反问,引人深思。

　　粤剧女演员李雪芳(雪娘)与梅兰芳齐名,并称"北梅南雪",陈洵极赏雪娘,且与之有交往,写了十多首怀雪娘的词,都非常着力。《无闷·岁暮,风雨怀人》这首词就是写给雪娘的,语言极其精丽,声调凄绮,情意哀绵:

　　梅怯新箫,兰润旧屏,年色匆匆烛转。唤冷蝶幽衾,障天愁满。不恨红楼望阻,恨响乱荒鸡无人馆。问甚情、欲向钿车径绝,素书云断。　　深缱。镜尘泫。想晕粉窄蛾,此时妆面。漫着破宫衣,暗翻铃怨。谁瘴辞年泪点,第一是、无端南来雁。料未掩、端正风流,待稳两欢重见。②

　　首句以岁时寻常物事起兴,极其自然,却又蕴藉哀愁。"冷蝶幽衾""暗用庄周梦蝶事"。③ 此情此境下,联想雪娘已远行,所居荒寒,消息断绝,真是愁闷至极! 然而心魂缱绻,仍不能不思之念之。下阕则想象雪娘此时一面上妆,一面怀乡,珠泪点点,可怜可爱,教人不得不为其哀叹、替其伤心。此处描写逼真,不仅活脱脱画出一伤心美人,更画出一痴心词客。词之作结强遣愁绪,自我安慰道美人风采未减,将来仍有重睹芳容之期。

　　这首词基本全是情语,郁重浓烈,虚实相掩,似梦非梦,似实非实。词的基调是"伤心"。这种伤心带有一种无力感,同时带有一种自持感。雪娘虽然无奈离乡别井,然而"未掩""端正风流";词人虽然与雪娘被迫别离,情意未减半点,反而日见浓厚。虽说这词的题材是怀人,然而联系到陈洵身世,则未尝不是其怀抱的反映和抒发。

　　《风入松·重九》写于1930年代前后,也是陈洵代表词,体现了陈洵词风的转变,叶恭绰《广箧中词》评道:"沉厚转为高浑此境最不易到"。彼时陈洵已到晚年,正

---

① 陈洵著,刘斯翰笺注:《海绡词笺注》,上海:上海古籍出版社2002年版,第332页。
② 陈洵著,刘斯翰笺注:《海绡词笺注》,上海:上海古籍出版社2002年版,第58—59页。
③ 陈洵著,刘斯翰笺注:《海绡词笺注》,上海:上海古籍出版社2002年版,第59页。

与朱祖谋相互切磋词学,颇受朱氏苍劲沉着词风的影响,故芝园《陈述叔与海绡词》评此词云:"此词于述叔词中为异体,亦足见述叔未尝不能放步而出者。"①

> 人生重九且为欢,除酒欲何言?佳辰惯是闲居觉,悠然想、今古无端。几处登临多事,吾庐俯仰常宽。
> 菊花全不厌衰颜,一岁一回看。白头亲友垂垂尽,尊前问、心素应难。败壁哀蛩休诉,雁声无限江山。②

词上阕开头两句疑是化用陶渊明的诗句"浊酒且自陶",表达自己自斟自酌,聊且为欢。一个"且"字,写尽"得过且过"的心态,而"欲何言"又是反问,欲言又止,欲说还休,说与谁人听,写尽了"寂寞无主开"的隐痛。"古今无端",由词开头两句可知,这里的古,是指古人陶渊明,陶渊明也曾说"余闲居,爱重九之名。"今人,指作者本人。陈洵写词爱用"逆笔","悠然想"应在"佳辰惯是闲居觉"句之前才符合语序,"逆笔"更突出古今"同感"。下阕首句用菊花自喻,感慨自己一生孤傲落落寡欢,如今衰老处境悲凉,亲友凋零不敢相问。最后两句一笔宕开,用"哀蛩""雁声"作结,越来越悲壮,把情感从眼前的"败壁哀蛩",引向高远的秋雁悲鸣,古人闻雁思乡怀人,而作者此刻心里惦念的恰是"无限江山"。作者以恢宏的气势,营造更为苍凉沉郁的意境,隐含着忧国忧民之情。这首词表现手法也显示了"留"的特色,耐人寻味。

1941年春天,陈洵写信给龙榆生,随函寄赠《玉楼春·酒边偶赋寄榆生》一词,竟成了他的绝笔之作:

> 新愁又逐流年转。今岁愁深前岁浅。良辰乐事苦相寻,每到会时肠暗断。
> 山河雁去空怀远。花树莺飞仍念乱。黄昏晴雨总关人,恼恨东风无计遣。③

抗日战争期间,广州沦陷,陈洵从澳门避难返回广州,所住的海绡楼不幸被焚毁,不得不携家带口借住别处。该词结构自然,平实流畅,毫无斧凿痕迹,将压抑内心的忧国忧民之情,用朴实的语言白描出来,哀而不怯,怒而不躁,沉稳坚定。"山河雁去空怀远,花树莺飞仍念乱"两句尽管是用的典故,但非生僻。本词"逆笔"只有"今岁愁深前岁浅"一句。这首词显示陈洵已经从"学梦窗词"中走了出来,形成了自己独特的艺术风格,这首词"借离合之情,写兴亡之感",思想性和艺术性都上升了新的高度,陈洵终于成了他自己,而不再是"梦窗之影"。

---

① 钟贤培、汪松涛主编:《广东近代文学史》,广州:广东人民出版社1996年版,第424页。
② 陈洵著,刘斯翰笺注:《海绡词笺注》,上海:上海古籍出版社2002年版,第329页。
③ 陈洵著,刘斯翰笺注:《海绡词笺注》,上海:上海古籍出版社2002年版,第410—411页。

二、詹安泰

詹安泰(1902—1967),古典文学家,文学史家,字祝南,号无盦,广东饶平人。12岁学词,20到25岁研习6年,先后求学于广东高等师范和广东大学中国文学系。1926年起任教于广东韩山师范,并兼任金山中学教师。1938年因陈中凡教授推荐,以名士身份,被中山大学破格聘为中文系教授,接任陈洵主讲诗词。著有《鹪鹩巢诗集》(九卷)、《无盦词》(五卷),和《花外集笺注》《无盦说词》《宋词散论》《词学研究》等,被誉为"南中国士""岭海词宗"。①

詹安泰擅长诗词,踵承清季同光诗人"宗宋"之风,挹其芳润,而自成新境,独具一格。且秉承朱祖谋、陈洵之风,"词史"意识浓郁。他"好诗如好色,多得不自满。诗亦如美人,晨夕知冷暖。"(《偶成三首》之一)。其"平生喜读东坡诗"(《东坡书陶诗小楷墨迹,丹师命题》),欣赏韩愈,曾写过多首诗歌表达对他俩的心之向往,比如《郁郁四首》之四:

    韩公当年谪潮州,道固坎坷声名留。东坡当年迁岭表,胜事遗芬今皎皎。
    我生随地开五年,百无一遂羞古贤。剥摘斓斑徒尔苦,会看髻鬣飞翀天。②

这首诗流露出其追随苏轼和韩愈的志向,实现儒家"立德立功立言"的人生理想。

詹安泰早期诗歌的创作深受梅尧臣的影响,以梅尧臣为榜样,常化用梅尧臣的诗意。尤其是人到中年后随中山大学迁移云南,颠沛流离的生活经历让他更加理解了梅尧臣诗意中隐藏的情怀,感同身受,曾在自己的诗作中引用或化用梅尧臣"似蚕作茧诚有之""良冶无顽矿"等诗句言志抒怀咏物。

詹安泰诗风由"绮思"到"矜持"的变化从《鹪鹩巢诗集》中可以显现。鹪鹩虽为小鸟,"巢于深林,不过一枝"(庄子《逍遥游》),但却无忧无虑自由自在,不鸣则已一鸣惊人。陈中凡在为《鹪鹩巢诗》所作的"题词"中概括其诗风变化说:"当其淬厉初,绮思粲芳菲。流泉不择地,珠玉倍毫挥。泽古既已久,落笔转矜持。"最后以"情词兼雅怨,文质穷高卑"而自成一家。③

1935年后,詹安泰由侧重填词研究词学,转向注重写诗。《鹪鹩巢诗集》是民国

---

① "南中国士"见于唐圭璋《浣溪沙·题无盦词》"国士南中世尽知"语。"岭南词宗"见赖少其《题词》,载《詹安泰全集》(六),上海:上海古籍出版社2011年版,第359、365页。
② 詹安泰:《郁郁四首》,《韩师周刊》1937年5月3日第3卷第25期。
③ 彭玉平:《詹安泰旧体诗词初探》,《湖南社会科学》2005年第1期,第150页。

"宋诗派"一大家,第一篇《韩山韩水歌寄邵潭秋》是其早期诗歌的代表作之一,被陈沉盛赞为"气韵沉雄""矫健盘旋"。这首诗歌三十二韵,将人物和风景揉为一体,情景互融,结构"绮思",语言"清丽",韩山韩水的宏伟气势和辽阔意蕴,一览无穷。客船炊烟、撒网掌灯、月驱星落、山歌曼舞,天上人间相呼应,好一派大好山河。

詹安泰又被称为"民国四大词人",与夏承焘、龙榆生、唐圭璋并列,且有30首词作被施议对选入《当代词综》①。1937年《无庵词》的出版奠定了詹安泰作为一流词人的地位,后来陆续增版共收录273首词作,数量多品质高,风格独特。他早期"取径一石二窗",即追慕姜夔、吴文英、周密的清丽,笔调清浅,《声声慢·江亭重到,景物都非,感赋此阕》是这一时期的代表作之一,接近姜夔风格。后期"试取詹氏词与两宋及清词细较,可见其摘辞瑰异奇崛之处特多,韩昌黎诗'横空盘硬语,妥帖力排奡',堪为无注脚也。"②"其长篇古风,往往在千言以上,浩瀚峥嵘,极文笔之宏肆;近体雅炼,不避僻涩艰深,意欲历幽险以成孤诣也。而入滇之后,所作尤多。其中纪乱之篇,与杜陵《三吏》《三别》同其悲慨,又可作诗史读焉。"何耀光在至乐楼本《鹪鹩巢诗无庵词》卷首《序》(1982)中,给予詹安泰所作的反映战乱离愁、凄苦人生的诗词与杜甫同质词并列,可谓评价甚高,不枉詹安泰学习杜甫之苦心。

詹安泰在致刘景堂的信中自述:"拟别出生辣一路,由生辣以寻重拙大之义,倘或才力不胜,当再向苍质处走耳。"可见其追求"生辣、苍质"的审美风格。"何谓生辣?生新老辣、迥不犹人之谓也。何谓苍质?苍凉质朴、天然淳厚之谓也。"③黄坤尧认为,"生辣加强了时代感,反映现实,而苍质则保留一种古朴典雅的神韵,也就是跟时代又要有距离了。"④马大勇认为,"生辣"与"苍质"的共同指向是"奇横",因为"最苍质处最奇横。"而"苍质"也是"生辣"的高级阶段。而"奇横"是一种"巧妙而不尖纤"的"气象",它虽然没有完全达到"拙重"的境界,但也去之未远。

《无庵词》初版创作于"兵火满天,举家避难"(《无庵词序》)之际,世态炎凉哀怨离愁——记录在册,具有"史词"意识,有些词深藏家国情怀,忧国忧民之心让人动容。比如:

齐 天 乐

序:国难日深,客愁如织,孤愤酸情,盖有长言之而犹不足者,香港作。

---

① 施以对:《当代词宗·前言》,福州:海峡文艺出版社2003年版,第30页。
② 刘梦芙:《五四以来词坛点将录》,张伯伟等《中国诗学》第十辑,北京:人民文学出版社2005年版,第162页。
③ 马大勇:《南中国士,岭南词宗:论詹安泰词》,《求是学刊》2015年3月第2期(第42卷),第144页。
④ 刘梦芙:《二十世纪中华词选》,合肥:黄山书社2008年版,第699页。

海天风日波涛壮,凭将劫灰磨洗。去国陈辞,横戈跃马,眼底英豪余几。风怀老矣。听商女琵琶,隔江犹是。杯酒长空,望深到处腾光气。

　　东华事随逝水,梦骄天路远,愁恨谁寄?红雨迷春,娇花拥月,多少前游佳丽。消残痛泪。忍重觅秋魂,鬼歌声里。怅断关河,倚楼中夜起。①

这首词写于客居香港"国难"逼迫之际,作者忧心如焚,遥望大陆,"听商女琵琶,隔江犹是。"化用杜牧的"商女不知亡国恨,隔江犹唱后庭花",讽刺官僚权贵醉生梦死无所作为,"孤愤酸情"宣泄纸中,"鬼歌声里"拍案而起。"每将家国身世之感寄寓其间有著深邃的命意……在当代词坛独树一帜。"②这是詹安泰后期词作的特色之一。

詹安泰的《定风波》写于1945年前后,以词明志:

　　百叠词心不可磨,当前消息却无何。痴待灯期成一顾,辛苦,短长言语总娇讹。

　　偎鬓吹香成独念,谁见?梦云深处筑行窝。花影自寻凉月抱,翻恼,十年清泪枉江河。③

这首词第一句"百叠词心不可磨"成了他的自我画像和坚定信仰,无论世事艰辛,无论强权当道,无论贫穷安乐,都不可磨灭他的赤忱"词心"。袁枚在《随园诗话》中云:"人必先有芬芳悱恻之怀,而后有沉郁顿挫之作",詹安泰的这首词恰恰如此,体现了这样的情致。

詹安泰学梦窗和陈洵,亦善于"逆笔",如《踏莎行二首》(其一):"嫩绿簪山晚,莺啼树小楼"语序应为"山晚嫩绿簪,小楼莺啼树",但作者将"山晚"和"小楼"后置,突出了动宾结构词的意象,更有诗意。

詹安泰是20世纪我国古典诗词的坚守者和传承人,是从五四新文化运动中走过来的传统文人,经历了诗歌文体的渐变,见证了新旧文体的交替,在白话诗歌逐渐以主流形态占领诗坛核心位置的过程中,他坚守古典诗词的情怀,在困境中探索新的出路,他认为:"我们处理古典文学,其目的,不仅仅是发扬过去的优秀传统,对古人负责,更有意义的是因为这一工作是有利于创造新文化,要对今天和明天的人民负责。"他"将旧体诗歌的创作、研究与传承结合起来,确保了大变革时期传统文体的有效延续,也确定了他们在20世纪诗学史中的独特地位与价值。"④

---

① 詹安泰:《詹安泰全集》第4卷,上海:上海古籍出版社2011年版,第257页。
② 施以对:《当代词宗·前言》,福州:海峡文艺出版社2003年版,第39页。
③ 詹安泰:《詹安泰全集》第4卷,上海:上海古籍出版社2011年版,第291页。
④ 聂欣晗:《社会大变革时期的文体抗争》,《贵州文史丛刊》2013年第3期,第96页。

三、廖恩焘

廖恩焘(1864—1954),字凤舒,号忏庵,亦号半舫翁,常用笔名有珠海梦余生与忏绮盦主人,廖仲恺之胞兄。广东惠阳人,年幼即随父赴美国读书,1879年回国后,师从陈伯陶,研习国学,后中秀才。1887年起担任北洋政府外交官,曾在古巴、巴拿马、马尼拉等地任职,抗战胜利后隐居香港,后在香港逝世。

廖恩焘工诗词,好倚声,爱调侃,以粤方言写七言诗,辑录成册命名《嬉笑集》。这些诗歌深受粤讴和打油诗的影响,通俗易懂,诙谐风趣,且"遣词造句用典对仗造诣极高、完全符合近体诗格律"①,与传统古典诗词相比,貌似另类,风格迥然,被誉为滑稽咏史诗。他还著有《忏庵词》《新粤讴解心》《扪虱谈室词》《半舫斋诗余》等诗文集多卷。

廖恩焘一生创作的诗词多达600余首,风格接近周邦彦。朱祖谋评价:"胎息梦窗,潜气内转,专于顺逆伸缩处求索消息,故非貌似七宝楼台者所可同日而语。至其惊彩奇艳,则又得于寻常听睹之外,江山文藻,助其纵横,几为倚声家别开世界矣。"②朱氏认为廖恩焘在效仿周邦彦和吴文英的同时,更有传承和创新,诗词品质有所提升。

《西河·游马丹萨钟乳石岩次梦窗陪鹤林先生登袁园均》:

烟景霁,钩藤瘦杖融洩。闲寻禹穴下瑶梯,洞岩渗水。素妆仙女散花回,千灯猿鸟娟丽。绕危槛,看堕蕊,袜罗剪露层碎。　晶虬细甲近娜媚,洞天似閟。有人击壤按商歌,鸾箫吹又何世。　秉成鹤氅半委地。沁残云、雕粉屏绮。壶里沽春尚无计,向冰泉、试约长房一醉,青玉簪,宜寒光洗。③

这首词写古巴景色,如仙似幻,不着纤尘,非同寻常。其景色之空丽清邈,情怀之欲隐无由,确有"七宝楼台"之妙、沉郁深厚之致。且造语精巧工细,绮贵富美。洞天异景,令人神往,却又在在虚实难定,云烟满纸。结尾写到作者虽然身已入仙境,无奈俗务缠身,终难久留,徒增惆怅。此一转折之力度,足可翻起万丈波澜。这首词大开大合,大起大落,如南柯梦,气度非凡,乐景悲情,非有大经历者当难写出,有"虽信美非吾土兮"之叹。此景虽好,却不在故园,且故园风雨飘摇,前途未卜,实足忧心。此

---

① 卜永坚:《廖恩焘和粤语文学》,《省港澳大众文化与都市变迁》学术会议论文,2019年9月28—29日中山大学历史人类中心举办。
② 朱祖谋:《忏庵词·序》,廖恩焘:《忏庵词》,第1页,上海图书馆藏书,编号:线普长63917。
③ 卜永坚、钱念民主编:《廖恩焘词笺注》,广州:广东人民出版社2016年版,第144页。

情此境已超越了个人的悲喜,而化入时代背景之中。这首词从表至里,从景到情,从实到虚,均能做到张弛自如、出入无痕、余韵无穷,更有大喜大悲在焉,让人读时叹服,掩卷沉思。

廖恩焘的作品中最具特色、也最具时代感的部分是粤语方言诗词,愤世嫉俗,大胆泼辣,常常以咏史之名或即兴之词,借古讽今,针砭时弊,让人耳目一新,不失"痛快淋漓"。此处摘取《嬉笑集》两首诗和序言,以窥其妙。《孟浩然夜归鹿门》:

> 诗翁乜咁夜番归,想必吟诗要揾题。
> 几笪梅庄都到过,呢间茅屋早闩埋。
> 白茫茫就成身雪,黑墨墨真满脚泥。
> 门口狗啱唔认得,依牙吠起主人嚟。①

这首七律的风格近"打油诗",以市井语言把外出寻找灵感的诗人写得非常狼狈,其中蕴藏的人生的荒诞和悲哀。这首诗影射作者落魄的情景,势利之徒对其"依牙吠",这是其真实的生活写照,由此可见,廖恩焘不是一个遮遮掩掩的酸腐文人,而是一个乐于调侃、活色生香的人。再看《楚项羽》:

> 声大条腰又咁粗,杀人放火乱糟糟。
> 恶爷点怂嚟丢架,病佬唔啱就捉煲。
> 两只公婆流出尿,八千人马剩揸毛。
> 吟诗睇白吟唔甩,跑到乌江就一刀。②

这首诗用典对仗娴熟高妙,粤语字句俚俗滑稽。首联出典《史记·项羽本纪》"籍长八尺余,力能扛鼎,才气过人,虽吴中子弟皆已惮籍。矣""于是楚军夜击坑秦卒二十余万人新安城南"等,还有《史记·高祖本纪》"项羽为人剽悍猾贼。项羽尝攻襄城,襄城无遗类,皆坑之,诸所过无不残灭"等。颔联对仗工整,堪称一绝。指出项羽遭遇"十面埋伏,四面楚歌",不堪受辱的原因就是听信谗言,驱逐谋士范增。粤语方言"捉煲"是拆伙、分手之意。最后四句出典《史记·项羽本纪》"霸王别姬"和"乌江自刎"的故事,"流马尿",是粤语方言的粗鄙口语,指"流眼泪"。这首诗体现了廖恩焘一贯的咏史诗风格,把中国历史上"楚汉争雄"的悲壮的结局采用后现代主义的形式表现出来,充满荒诞的喜剧效果。

1949年《嬉笑集》在香港重印,廖恩焘用粤语写了《重印嬉笑集自序》:

> 作者珠海梦余生,住近柳波涌畔路,见过泮塘皇帝,微臣足领尿褒。充埋大

---

① 廖恩焘:《嬉笑集》(校正本),曾清校正,影抄本,香港:出版社不详,无页码。
② 廖恩焘:《嬉笑集》,澳门日报出版社1995年版,第5页。

良斗官,老友惯打牙咬,排啱广嗓,谛成律诗。一片婆心,唔算踄西游怪记。几番公认,就算补北梦琐言。有摩罗拍栅肉酸,比亚运洗镬干净。能闻能武,非屎桶中关帝把刀;或掘或尖,任脑袋里董狐枝笔。①

这是一篇骈文,从中可见《嬉笑集》实为伤时之作,充满现实主义色彩,具有写实性。世态炎凉社会百态、宦官骄横民不聊生,以及侵略军的残暴等等,无不在《嬉笑集》中,以轻松诙谐幽默风趣的形式呈现。曾清《嬉笑集》跋曰:"廖恩焘以粤语撰成的分咏史诗,取民间习用成语衬托,并借古讽旧社会,生动有力,能启人深思。"廖恩焘的老友罗忼烈对其所心领神会:"此老皮里阳秋,借古讽今,笑骂的都是当时的政坛人物。"②《嬉笑集》勇敢直面惨淡的人生和冷酷的现实,嬉笑怒骂皆成诗,预示了一种新的可能,无怪乎梁启超激赏之。

第三节 薛马争雄:粤剧的现代转换

新文化运动发动之初,《新青年》即开辟专栏讨论戏曲,胡适、刘半农、钱玄同、傅斯年、陈独秀等主将对传统戏曲的思想性、文学性、艺术性进行了抨击,认为中国旧戏必须按照西方戏剧进行改造,甚至彻底否定传统戏曲、否定民族和文化,如将戏曲编制概括为"一人独唱,二人对唱,二人对打,多人乱打"③,说中国戏曲在文学上没有什么价值,只是"脸谱派";认为戏曲表现的内容"是中国人思想薄弱的铁证",提出"真戏自然是西方近代以来形成的话剧"④,只有西方戏剧才是"医治我们中国那种说谎作伪思想浅薄的绝妙圣药"⑤;认为旧戏乃至国人是"野蛮"的,"与美感的技术立于绝对相反之地位"⑥。其中改良戏曲的意见可以参考,但一些断语过于偏激,而要求中国戏曲全盘照搬西方话剧也未必可行。

粤剧的改革当时已经开始。辛亥革命时期及以后出现了许多新的题材和形式,优天影、振天声等"志士班"还把戏棚官话(中原音韵,即桂林官话)改用"白话"(广府方言),其后一些大老倌如朱次伯、金山炳、白驹荣等在某些戏或某些唱段中用白

---

① 廖恩焘:《嬉笑集》,澳门日报出版社1995年版,第1页。
② 罗忼烈:《忆廖恩焘·谈〈嬉笑集〉》,《诗词曲论文集》,广州:广东人民出版社1982年版,第143页。
③ 刘半农:《我之文学改良观》,《新青年》1917年第3卷第3号。
④ 钱玄同:《随感录》,《新青年》1918年第5卷第1号。
⑤ 胡适:《文学进化观念与戏剧改良》,《新青年》1918年第5卷第4号。
⑥ 周月峰编:《新青年通信集》,福州:福建教育出版社2016年版,第297页。

话演唱。但经过二十多年,粤剧演出仍停留在"半官半白"的状态,同时,因为社会生活、文化潮流已经有了诸多新变,传统粤剧与时代发展和观众需求有了更大的距离:一是剧目和表演多陈陈相因,不乏恐怖迷信、低级趣味、博人耳目的内容;一是部分艺人伶德失修,为人诟病;加上旧戏院环境嘈杂污浊,也令不少观众望而却步。20世纪20年代后期,在美国有声电影的冲击下,粤剧严重不景,很多戏班解散,艺人失业,戏院关门。据统计,从1930年至1934年,广州电影院已达21个,总座位2万个,还有3家电影院在兴建中,各影院一般每天放映4场,而粤剧仅10个演出场地,一般每天只有2场,且总座位只有影院的一半。进入30年代,戏院常因营业不佳而歇业,海珠、河南、太平戏院开始兼放电影①。此时"戏班衰落,为数十年来所未有,伶人失业者共四千余名之多,其中女优及未正式加入八和会者尚未计算在内。无职伶人为生活所驱,沦为乞丐盗窃者,报章常有记载。"②

粤剧面临的形势十分严峻。此际,在新文化运动的影响下,广东的文化和教育事业都有了很大的发展,进步报刊、文艺团体不断出现,广东音乐、岭南画派等大胆创新,粤剧在南北交流、中西碰撞中开阔了眼界,自身也出现城市化的倾向。部分艺人求新思变,以提高自身、争取观众,从内容到形式进行了一系列革新,出现了蓬勃发展的局面。领导这场改革的就是薛觉先和马师曾。

一、薛觉先"融汇南北,综合中西"

1927年,薛觉先从上海回到广州,应广州协和公司总经理刘荫荪邀请加入新组成的"天外天"班,从此开始进行从剧场到舞台艺术的改革。1929年自组"觉先声"剧团后,更大刀阔斧进行改革和创新。

薛觉先注重编剧,废弃"总纲戏""提纲戏",杜绝"爆肚"(即兴表演)、"吞生蛇"(不熟悉剧本台词,临时瞎编),要求排演忠于剧本,唱、做、念、打,不得随意更动,极大地保证了演出质量,促进了粤剧思想性、艺术性的提高。他博采众长,向靓元亨、新珠学习粤剧传统的武功把子和文戏艺术,同时吸收其他艺术形式服装、化妆、布景和音乐伴奏的优点,将京剧架子、排场、行头尽量移于粤剧;采用小提琴及中、低音乐器伴奏,引进京剧武打技艺,由尹自重领导"西乐棚面",麦啸霞为宣传主任。他开男女

---

① 张方卫:《三十年代广州粤剧盛衰记》,广州市政协文史资料研究委员会、粤剧研究中心:《粤剧春秋》,广州:广东人民出版社1990年版,第75页。
② 崩伯:《新声乐组班内容》,《越华报》1934年6月1日。

同班风气之先,破除"红船"陋习,收徒时废除师约制,又整顿台风,维持剧场秩序①。在唱腔上,薛觉先借鉴京剧唱腔,吸收江浙小调、流行曲的轻快流畅,创出字正腔圆、韵味十足的"薛腔",同时融合京剧的武功、身段,结合电影表演艺术、现代舞美技术,开创了"北派"场风,观众耳目一新。薛觉先技艺精湛,有"万能老倌"称号。

薛觉先的戏剧思想,集中体现在1930年出版的《觉先集》自序。1936年重新刊载,题为《南游旨趣》,表述了他的戏曲改革观点,包括对粤剧表演、剧目建设的主张和态度。

薛觉先首先阐明,戏剧的意义重大。他认为,戏剧有教育功能。"国家强盛之道,不在坚甲利兵而在教育普及;人类进化之机,不贵物质进步而贵风俗文明,此中外哲者之所公认也。戏剧虽云小道,实能易俗移风,为社会教育之利器,功莫大焉。"他提出,提高戏剧地位,首先要提升艺人的学识、修养、人格,提高艺人和戏剧的水平,之后才能提升戏剧的地位、发挥教育作用:"觉先不敏,幼研乐歌,即欲改革戏剧,破除陋习,灌输剧员之学识,修养剧员之人格,提高剧员之地位,以兴起国人注重戏剧教育之观念。"

薛觉先介绍了自己十余年的努力和改革实践:"年来融会南北剧之精华,综合中西音乐而制曲,凡演一剧必有一剧的宗旨,每饰一角必尽一角之个性。以言发抒革命真理,则《爱情非罪》颇能阐微;以言改革锣鼓喧呶,则《还花债》实称创作;《可怜秋后扇》儆自杀之颓风,《三五鲁难记》写国耻之痛史。凡此种种,聊尽寸心,用奋艺术之精神,敢负观众之期望哉。"

薛觉先进而表明,传统戏曲改革的目的,是贡献于世界文化之林:"觉先之志,不独欲合南北剧为一家,尤欲综中西剧为全体,截长补短,去粕存精,使吾国戏剧成为世界公共之戏剧,使吾国艺术成为世界最高之艺术,国家因以富强,人类藉以进化,斯为美矣。用是乘风破浪,博采广探,以增益其所弗能;游览山川,进展阅历,以成就其所未逮。跋涉之劳,讵敢辞耶。"②

《南游旨趣》既是薛觉先粤剧改革的理论宣言,也是实践总结。他重视剧目的思想性和人物形象的个性化,认为戏剧应表现具有社会现实意义的主题,进行社会教育。他"合南北剧为一家""综中西剧为全体"的努力,推动了粤剧的创新和发展。

---

① 赖伯疆:《薛觉先艺苑春秋》,上海:上海文艺出版社1993年版,第43—90页;刘绍唐主编:《民国人物小传》第5册,上海:上海三联书店2015年版,第413—414页。
② 薛觉先:《南游旨趣》,《南国红豆》2009年第4期。

二、马师曾"新派剧"主张

与薛觉先相似,马师曾粤剧改革的思想基础是"爱国",是"自葆其国有之道德文化"。他自信地说,中国戏曲是历史悠久的文化,可以"补教育之不逮",可以"改造社会"。他力图纠正当时一些对传统道德文化全盘否定的倾向,批评他们"只知事事步武泰西""莫不唯欧美是效",认为可以取长补短,但是不能将自身精华丢弃:"夫取他人之长,以补吾所短,此固谦受益之义也;奈何嗜新忘旧,至于糟粕道德,稗秕仁义……举我国数千年特有之道德文化,几于摧残净尽,不独不能化人,且将被化于人,此则有心人不胜为之浩叹者矣。"①

马师曾同时认为,戏曲在道德文化内核上需要坚持,但在形式上需要与时俱进、需要为观众了解和欣赏。他说:"戏剧的对象是人生;其工具是文字,文字就是戏剧的词曲;其体裁是动作,动作就是戏剧的表演。所以凡是新编一剧,就要顺着现代的人生编排。"1931年出版的《千里壮游集》中有他对当时粤剧的弊端和危机的描述:"近年以来,中外的交通,多么利便,生活的变迁,多么剧烈,我们的伶人,依然死守着什么场口步武的成法,什么靶子演唱的老例,纯粹用图案做脊椎,决不能站起来自称艺术,在此电影戏和舞台戏竞争剧烈当中,哪有不一败涂地的道理呢!"②

马师曾有深厚的传统文学功底,亲自参与撰写的剧本达九十多个。他的上述论述,既有承接诗教余韵而来的戏曲的教化作用的认识,也继承了传统文学理论中"趋时""参伍因革""酌于新声"的"通变"③观。他提出的"艺术虽不是为人生,人生却正是为艺术"口号,是对新文化运动倡导的新文艺,包括"为人生"与"为艺术"论争的一个呼应。他更将粤剧作为艺术,认为需要深度的探索,需要从生活中吸取营养,表现现实人生的热忱、活力和奋斗。

马师曾明确说,自己的艺术改革是新文化影响下的"革命",新的剧目是"新文化的簇新作品":"师曾自从南洋归来,在大罗天剧团,眼见粤剧万分寂寞,感觉得艺术虽不是为人生,人生却正是为艺术,便本着革命的精神,努力奋斗,探讨人心的深邃,表现生活的原力,放着胆子,打倒千百年的老例,先后编演《贼王子》《子母碑》《欲魔》《冷月孤坟》《飞将军》等新文化的簇新作品,差幸备受了社会热烈的欢迎;现在还不敢自满,从新又新编了一出《秘密之夜》,迸出一朵从来没有开放过的艺术鲜花;更

---

① 赖伯疆主编,广东粤剧院编:《粤剧艺术大师马师曾》,北京:中国戏剧出版社2000年版,第81、77—78页。
② 赖伯疆主编,广东粤剧院编:《粤剧艺术大师马师曾》,北京:中国戏剧出版社2000年版,第79页。
③ 刘勰著,范文澜注:《文心雕龙注》,北京:人民文学出版社1962年版,第519—521页。

给香港钟声慈善社剧部,饰阿露佛伯爵,拍演《璇宫艳史》,准备和有声影片,争一回胜利哩!"①

马师曾1933年在《伶星杂志两周年纪念专刊》具体说明他变革粤剧的主张是"一方固须效他方之长,一方仍须保存粤剧之精华,从而发扬之","将舞台原有粤剧加以一度之变革"而成为"新派剧"。他阐明了对音乐、舞台、排场的改革要求,并提出:"(2)一剧分幕,不宜过多,多则易使剧情流于松弛。每一本剧最高限度,由八幕至十幕足矣。(3)剧情为戏剧之灵魂,表演为戏剧之骨干。剧情固属重要,而剧员表演之技巧,则尤须特别注重也。表演之技巧深刻老到,虽平凡之剧本,成绩仍有可观;若对技巧衍敷,则虽有名剧,上演后无有不失败者。"②这其中凝聚了马师曾的编剧经验和舞台积累。

1925年至1929年,马师曾主持大罗天剧团时,即打破过去一个戏班只有一名"开戏师爷"(编剧)的惯例,特设"编剧部",聘请多名编剧合作,大量推出新戏,新编词曲,使用广府方言,并大量吸收木鱼、龙舟等民间文艺形式。欧阳予倩在1929年的《戏剧》第2期发表《书〈粤剧论〉后》予以支持:"马师曾唱平喉,许多人骂他。平喉吐字容易清楚,也未尝不是一个好法子。再者,师曾用的词句,的确有很粗俗的地方,不过能运用俗语却是很好。"马师曾勇往直前,带动了许多人参与,到20世纪30年代初,粤剧"广府班"除了传统戏中的某些专腔仍需用"官话"唱外,其余都可以用广府方言演唱,基本完成了从"官话"改唱"白话"的变革。③

马师曾在《苦凤莺怜》一剧扮演义丐余侠魂时,吸收卖柠檬小贩沙哑而咬字清晰的特点,创造出独特的"柠檬腔",又称乞儿喉,悠远动听,人称"马腔"。他将导演、排练制度引进粤剧,把背景、灯光等舞美技术用到粤剧舞台,领导男女同台演出的"男女班",推出新编剧目、引进西洋乐器,极大地丰富了粤剧的舞台表现力。

三、"薛马争雄"的影响

从20世纪20年代中到30年代中的十年间④,薛觉先、马师曾在"天外天""觉先声班""大罗天""太平剧团"等进行了一系列的改革。他们在艺术上并驾齐驱,引领

---

① 赖伯疆主编,广东粤剧院编:《粤剧艺术大师马师曾》,北京:中国戏剧出版社2000年版,第79—80页。
② 赖伯疆主编,广东粤剧院编:《粤剧艺术大师马师曾》,北京:中国戏剧出版社2000年版,第85—86页。
③ 莫汝城:《我对马师曾戏曲艺术的认识》,赖伯疆主编,广东粤剧院编:《粤剧艺术大师马师曾》,北京:中国戏剧出版社2000年版,第3页。
④ 赖伯疆:《广东戏曲简史》,广州:广东人民出版社2001年版,第240页。

潮流,开创了粤剧史上的新局面,被称为"薛马争雄"时期。

薛觉先、马师曾两人都是知识分子,文化素养比较高。他们并非从小科班出身的"红裤仔",但是勤学苦练,粤剧素养扎实丰厚。他们高瞻远瞩,善于学习其他剧种精华,并借鉴外国戏剧和电影的表现手法,对粤剧进行了编、导、演、音、美等各个方面的改革,成为粤剧改革的旗帜。

薛觉先、马师曾在艺术上的良性竞争和创新实践,推动了粤剧艺术的发展,粤剧编剧在这个时期得到空前的重视。薛觉先、马师曾都分别有四五个编剧人员组成的班子,负责编写新戏、策划演出。马师曾的太平剧团,大约一周就推出一套新戏。他们密切关注观众和市场反馈,随时修正戏路和经营方针。薛马二人都直接介入一线创作,以演员的角度去要求剧本,令剧本更适合舞台、适合观众,出现了许多好戏,有宣传新思想、批评时弊的《爱情非罪》《可怜秋后扇》《毒玫瑰》(薛觉先);《苦凤莺怜》《子母碑》(马师曾);有改编外国作品的《白金龙》《胡不归》(薛觉先);《贼王子》《蝴蝶夫人》(马师曾)。到抗战期间,他们都以粤剧为武器,宣传抗日,奋起救国。薛觉先编演四大美人戏《西施》《貂蝉》《王昭君》《杨玉环》,赋予她们强烈的爱国思想,马师曾以《爱国是侬夫》《还我汉河山》《洪承畴》等剧号召抗日救亡。

在薛觉先、马师曾的带动下,粤剧界积极进行创新改革,切磋砥砺,不断提高,剧坛风貌大为改观,编剧、表演、舞台不断完善。许多优秀艺人努力探索,使各自的表演艺术趋于个性化,形成了粤剧五大唱腔艺术流派,即薛觉先的"薛腔"、马师曾的"马腔"、廖侠怀的"廖腔"、桂名扬的"桂腔"、白驹荣的"白腔"。他们的风格各有特点,极大地丰富了粤剧的表现力感染力。此外还有白玉堂、陈非侬、靓少华、靓少凤、新靓就、靓少佳、靓荣、新珠、曾三多、嫦娥英、谭兰卿、上海妹等一大批著名艺人,群星熠熠。

薛觉先、马师曾在艺术上的"争雄",推动了粤剧的现代转换,促进了粤剧创作的繁荣、声腔流派的形成,带动了粤剧界的新风,这个时期因此成为粤剧发展史上最为生气蓬勃的年代,新剧频出,异彩纷呈。1938年出版的徐慕云《中国戏剧史》赞曰:"粤人富于革命思想,戏剧虽小道,但粤伶亦每能日新月异,力谋改进。二十年前苏州妹、李雪芳等所演之戏,即与近年薛觉先、马师曾、白驹荣、肖丽章诸人所表作者,大相悬殊。"①

---

① 徐慕云:《中国戏剧史》,上海:上海古籍出版社2001年版,第103页。

第四节　呦呦鹿鸣：民间文艺的活力

民间文艺是现代广东文学的重要组成，在新时代激发新的活力。说唱是广东民间文艺有代表性的形式之一，历史悠久、种类多样、遍及广东各地，是民众喜爱的文艺活动。这些说唱的创作者一般是稍有文化的民间艺人，也有不少中下层文人参与其中。例如清嘉庆年间，广东海康学者陈昌齐将戏曲《三元记》中的一折《断机教子》移植为姑娘歌的"劝世歌"唱本；南海叶瑞伯写成南音曲目《客途秋恨》上下卷；道光年间，顺德何惠群创作南音《叹五更》唱本，南海招子庸编著《粤讴》、叶茗生创作粤讴《除却了阿九》。这些民间说唱文学多以传统题材为主，包括讲史、言情、劝善、世情、诙谐、吉庆等内容。从鸦片战争到辛亥革命时期，伴随着社会矛盾的不断激化，出现了抨击社会现象、抵制外国侵略乃至具有民主思想的题材，一些作者借通俗易懂的说唱形式，大量创作鼓吹革命的作品，或传唱民间，或发表报刊，起到很好的宣传和动员作用。

民国时期的说唱文学创作既有传统题材，也有在新文化运动影响下的作品，具有鲜明的时代气息。一直到抗战前，说唱文学在广东风靡一时，刻印的书坊书局、刊载的报刊很多。这些方言创作的说唱文学接地气、贴人情、雅俗共赏、流传广泛，成为传统文学和史学有益的补充。

一、新闻出版业的推动

由于说唱文艺在城乡广泛流行、深受喜爱，听众有赏读、跟唱的需要，因此，曲文的刊印很早就开始出现。比如流行在三角洲一带的木鱼歌，使用广府方言，唱词一般是七言韵文体，腔调朴素简单，歌体自由，没有严格的节拍约束，一般不需从师学艺即能按唱词文字的自然声调诵唱，因此唱本非常流行，民间妇女随口徒歌清唱，间有用木鱼或两片竹板随手敲击以取节拍。清末佛山人吴趼人曾记载："弹词曲本之类，粤人谓之木鱼书……要其大旨，无一非陈说忠孝节义者……妇人女子习看此等书，遂暗受其教育。"[①]

木鱼书的刊刻在明万历年间已经出现，《广州大典》收录的即有清康熙五十二年

[①] 吴趼人著，刘敬圻主编：《吴趼人全集　诗·戏曲·杂文》，哈尔滨：北方文艺出版社2019年版，第191页。

(1713)刊刻的木鱼书《静净斋第八才子书花笺记》、清乾隆四十三年(1778)东莞明秀堂刻《万宿梁萧》等等。清代以后,木鱼歌的创作和出版极为兴盛。不少文人参与木鱼歌创作,涌现了大量木鱼歌新作,题材内容有了很大发展。除了关于佛教故事、"劝世文"之类外,或来自小说、戏曲、民间故事,或取材于社会生活,或反映历史事件。其中优秀作品如《花笺记》于清道光年间先后被译为英文和德文本,在西方国家出版发行。欧、美、日许多国家的图书馆、博物馆和研究机构都有藏本。

随着木鱼歌的盛行,创作繁荣,刊刻木鱼书的书肆如雨后春笋般开设,在广东的广州、佛山、东莞、台山、中山、赤坎、福建长汀、上海达数十家。十九世纪二三十年代进入广州的铅活字印刷(凸版印刷)、石印(平版印刷)技术流行后,"工精价廉,异常快捷"①,出现了大批石印、铅印的木鱼书,销售量巨大,不仅发行至省内广大城乡地区,还远销至东南亚及北美粤籍华人聚居地,影响广泛。广州书坊以文堂、五桂堂,佛山芹香阁等书坊经营时间很长,从清末至民国从未间断刊印木鱼书。

海外华埠如新加坡、美国旧金山也都有刊印广东说唱文学的书肆。旧金山1911年出版粤歌集《金山歌集》(808首),1915年出版《金山歌二集》(832首),1917年有《最新金山歌集联集合刻》(716首),采用浅近的"四十六字歌","能便妇人孺子冲口讽诵",专用广府土音、参用俗语,平仄混用,内容"道俗感人"②,主要反映华侨生活。1925年出版的铅印本木鱼歌《金山婆拜张王》,由玄虚我生编辑、江东遗恨校订,是广东四邑侨乡社会状况、跨国联系的真实描述。

晚清以来,报业的发展提供了更多的发表场所,促进了俗文学的创作。进步文人在香港的《华宇日报》《南越报》、广州《有所谓报》《广东画报》乃至加拿大温哥华《大汉公报》等海内外报章刊物上,都发表过许多宣传社会运动和民族革命的粤讴、龙舟、木鱼歌、粤剧班本。此外,报馆印刷设备较为先进齐全,发行报纸外往往同时出版图书,多为报刊上连载小说的单行本,如广州东华报馆的《羊城园演义》、广东岭南报馆的《瀛寰胜录》、广州羊城日报社的《见闻杂录》《张保仔》等。

二、艺术形式的变化和创作的提高

民国以后,传统曲艺都进行了相当程度的变革。如粤曲经历了八音班(职业乐工、外江曲调)、瞽姬师娘阶段,到民国初年,在广州市十五甫出现了专供"师娘"(瞽姬)演唱的茶楼,很受欢迎,以后省港茶楼多设曲坛。1918年,明目女艺人登上曲坛,

---

① 《广东唯一印刷部》,《农工商报》1907年第9期。
② 梁寿民编:《金山歌集》序言,旧金山:大光书林1911年版。

称作"女伶"。"女伶"摆脱了过去艺人应邀登门唱堂局或走街串巷沿门卖唱的状态，粤曲演唱形式也从此有了很大的改变。

首先是将原来的"戏棚官话"演唱改为广州方言演唱；改假嗓演唱为真嗓演唱；把原十个行当唱腔归并为大喉、平喉、子喉三大类别。在唱腔音乐方面，除在原有的梆子、二黄腔基础上创出许多新曲牌、板式及乙反调式配套唱腔外，还把木鱼、龙舟、南音、粤讴几个粤语曲种全部吸收作为曲牌或板腔使用。在曲词上，大量吸收小曲小调填词演唱，从本地的粤乐（广东音乐）、外省的民歌民谣、民间器乐曲、时代歌曲流行歌曲以及外国民歌、电影插曲中借用了不少曲调来填词演唱。粤曲的音乐结构因此从基本属板腔体改变为板腔与曲牌、小曲相结合的混合体，唱腔音乐变得丰富多彩，而曲词创作空间也更为广阔。

"女伶"重视唱腔创造，竞唱新曲，促进了粤曲创作的繁荣，形成了一支专业与业余相结合的创作队伍，为演员源源不断提供新曲目。当时的每一位著名唱家，都有自己的优秀保留曲或代表作，如熊飞影的《岳武穆班师》《夜战马超》，小明星的《风流梦》《知音何处》，徐柳仙的《再折长亭柳》《梦觉红楼》，张琼仙的《燕子楼》《潇湘夜雨》等。这些曲目都被当时活跃在广州、香港的唱片公司如"物克多""壁架""高亭""新月""百代"等争相灌录，广为发行。

"女伶"时期是粤曲的成熟期。一直到1938年的二十年间，是粤曲史的鼎盛时期，并传播至海外粤籍华人聚居地区。这个时期人才辈出，名家、名曲、名腔不断涌现，除了熊飞影、小明星、张月儿、徐柳仙、张琼仙等众多艺人，还出现了王心帆、吴一啸、曾浦生等一批撰曲作家，以及吕文成、尹自重、何大傻等著名乐师，开创了曲艺演出加插广东音乐演奏的先河，逐渐形成为固定的演出程序。①

三、文人对说唱文学的关注参与

当时许多知识分子对民间说唱十分喜爱。20世纪30年代，番禺人张采庵《紫坭竹枝词》记述："家住村南第五桥，松风如浪月如潮。隔涌时有蚕桑女，一曲南音百啭娇。""绣床相对一灯明，吉贝车摇夜有声。姊妹如花满闲屋，木鱼低唱不胜情。"

文人对传统说唱的关注整理很早就开始。清末冯询认为木鱼歌语多俚鄙，变其调为讴使歌。道光八年（1828），招子庸以《粤讴》为书名出版了曲集，包括120首作品，并附有曲引和方言凡例。光绪二十七年（1901）后有署名香迷子编撰的《再粤

---

① 中国曲艺志全国编辑委员会、《中国曲艺志·广东卷》编辑委员会：《中国曲艺志·广东卷》，北京：中国ISBN中心出版社2008年版，第10页。

讴》,收入68首作品。

1919年、1920年,香港报人劳纬孟、叶茗孙等人记录广州艺人钟德演唱的南音,编成《今梦曲》和《增刻今梦曲》两本专集,交由香港聚珍书楼出版。劳纬孟曾说:"吾以广州民间歌曲,足以久传于世者,除……叶瑞伯先生之《客途秋恨》、何惠群先生之《叹五更》等南音外,钟德所唱之《红楼梦》曲,均为可传之作。"①两集共收入南音14篇,均为《红楼梦》故事。前集收有《黛玉焚稿》《宝黛谈禅》《潇湘听雨》《潇湘琴怨》《晴雯别园》《尤二姐辞世》;增刻本又编入《芦亭赏雪》《黛玉葬花》《夜访怡红》《潇湘泣玉》《宝玉逃禅》《颦卿绝粒》《黛玉辞世》《怡红祝寿》。

1924年,《新粤讴解心》出版,署名珠海梦余生。其形式仿招子庸《粤讴》,题材更为广阔,多针砭时弊、开启民智之作。作者廖恩焘为外交官,清朝及民国任职古巴二十余年。他学贯中西,受"五四"新文化运动和资产阶级民主主义思潮的熏陶,倡导白话文学和方言文学,作品注入新思想新内容。其中部分最初于1903—1905年发表在《新小说》上,梁启超称其"芳馨悱恻,有《离骚》之意,吾绝爱诵之。其《新解心》有《自由钟》《自由车》《呆佬祝寿》《中秋饼》《学界风潮》《唔好守旧》《天有眼》《地无皮》《趁早乘机》等篇,皆绝世妙文,视子庸原作有过之无不及,实文界革命一骁将也。"②

四、反映社会和时事的艺术作品

鸦片战争以后,出现了许多带有革命色彩的民间说唱。革命党人用龙舟歌作宣传,时称"社会龙舟""政治龙舟",龙舟艺人也常把一些社会新闻随编随唱。辛亥革命前后到北伐战争时期,一些具有民主主义思想的文化人和新闻记者,如黄鲁逸、郑贯公、陈诗仲、黄轩胄等人,纷纷以粤讴、班本、龙舟、南音、木鱼等歌谣戏曲形式,结合时事,创作出大量的具有反帝反封建思想内容的作品,有些直接刊登在当时省港两地的报刊上,有些在茶楼酒馆、码头车站弹唱宣传,内容新鲜,形式活泼。比如粤讴有《黄花颂》歌颂黄花岗烈士,《真正系苦》写在美华工苦况,《女英雄》热情鼓动广大妇女投身北伐的斗争行列。在1905年的反美拒约、1911年的辛亥革命、1925年省港大罢工等时期,都出现了大量佳作。冼玉清研究认为,粤讴具有艺术价值和社会价值,以"生动活泼的语言,浅显形象的比喻,跌宕悠扬的声调",直接参与了政治宣传和社会革命,"反映当时现实的生活和斗争,成为时代的史诗"。③

---

① 梁培炽:《瞽师钟德与〈今梦曲〉》,《榕荫论稿》,北京:作家出版社1999年版,第93页。
② 梁启超:《饮冰室诗话》六十七,北京:人民文学出版社1959年版,第53页。
③ 冼玉清:《粤讴与晚清政治》,《岭南文史》1983年第1期。

1925年6月24日,中华全国总工会省港罢工委员会创办机关报《工人之路特号》,由中华全国总工会宣传部长邓中夏主编。该报在罢工文告、时事要闻、政策指导之外,刊登了许多工人用方言创作的时歌小调。该报刊登有粤讴《致祭沙基烈士》《前车可鉴》《打倒帝国主义》《罢工妇女欢送北伐运输队》《你唔好乱指》《仇与恨》《封锁珠江口》《段祺瑞末日到了的自叹》等;南音有《红毛鬼叹五更》《工人爱国歌》《罢工周年叹国事》《罢工妇女叹五更》《香港金属总工会里的青工声》等;龙舟有《解下愁》《英帝国主义之自叹》《龙舟歌》《唤醒同胞》;班本《苦家庭》《沙基走难》《总司令出师北伐》等,均有强烈的现实针对性。如1925年8月19日的第56期发表署名"一位罢工工人"的《新新五更调》:"一更天气月东升,唱个歌儿你且听,近日世事太不平,英日无故杀我们。二更天气月渐高,工界同胞义气豪,大家摇班来抵抗,牺牲一切把仇报。三更天气月正中,帝国主义势甚汹,罢起工来虽挨饿,宁可饿死不上工。四更天气月偏西,英日齐把我们欺,杀了上海又汉口,最可惨的是沙基。五更天气月将没,提起精神来徒搏,月虽没了日又升,帝国主义无踪影。"①此歌以传统的南音《叹五更》形式,控诉英日帝国主义暴行,显示了早期工人阶级的民族意识觉醒和斗争意志。

抗日战争时期,粤曲编创者和女伶出于民族义愤,编演了一批抗战救亡题材的曲目,如小明星演唱《人类公敌》《恨锁五羊城》、徐柳仙演唱《热血忠魂》、李少芳演唱《烽火危关》《鸡鸣起舞》等。顺德的民间艺人龙舟九(游九)自编"抗战龙舟",到处演唱。

在潮汕地区,潮州方言的歌册歌谣也直接参与了社会政治。民主革命时期,潮州歌册也出现了《中华革命军缘起》《缓婚配歌》《中国历史歌》等政治性的歌文。大革命时期有《彭湃歌》,抗日战争时期有《保卫大潮汕》《鲁南会战》《南澳光复记》,解放战争时期出现了《乌狗曲》等印刷本或传抄本。抗日战争时期流传的潮州歌谣有《奴仔歌》《卖油炸果歌》;解放战争时期在国统区流行《老鼠做官》《老爷歌》《纸票》、在游击区有《敲仔(穷人)苦》《刺仔花》等等。

国内革命战争和抗日战争时期,梅州地区出现了一些反映现实的竹板歌。如大革命时期,兴宁县刘梓榆创作的《大革命歌谣》、五华县左宜权创作《告白军士兵歌》、梅县佚名作者创作的《参加革命有奔头》等,起到了宣传革命、唤起民众的积极作用。抗日战争时期,五华县的陈景文不仅自创自唱了《五更叹》《劝戒赌》《劝戒烟》等许多竹板歌,还编印了《客家救亡歌谣》两辑共200首,发至全县各中小学。大埔县的

---

① 中华全国总工会省港罢工委员会主编:《红藏:进步期刊总汇(1915—1949)工人之路》(1),湘潭:湘潭大学出版社2014年版,第180页。

黄佐汉走村串户,以竹板歌向群众宣传抗日救亡道理。当地的民间社团,如"新运剧社""乡村服务团""民众歌咏团"等,也在演出的同时演唱竹板歌,如《感慨悲歌——十劝郎》《抗日歌》《抗日救国歌》《敬劝各界抗日歌》等,宣传抗日救亡。①

---

① 中国曲艺志全国编辑委员会、《中国曲艺志·广东卷》编辑委员会:《中国曲艺志·广东卷》,北京:中国ISBN中心出版社2008年版,第43—62页。

第三编 左翼文学的崛起

(1927—1937)

概　　述

1927—1937年,在中国现代文学史上是左翼文学崛起的时期。

此前作为中国现代革命策源地的广东,经过1927年"四一五"大屠杀、广州起义失败和海陆丰农民运动被残酷镇压,从大革命时期的中心变成了白色恐怖的南粤堡垒,许多文化人纷纷避难上海或流亡海外。但是,革命的低潮并不意味着文艺的低潮,无论是流亡在外的革命者,还是留守广东的文化人,他们都以自己的作品,以超乎我们想象的创造力(在数量上和质量上),充实并丰富了这一个历史时期的文艺创作,生动地记录和呈现了这动荡的、残酷的十年。大革命时期,由郭沫若、郁达夫、成仿吾等创造社诸君以及鲁迅、茅盾等文化人的南下给岭南新文学播下的革命火种,在这十年中熊熊燃烧了起来。

流亡抵沪的广东革命青年,林伯修、洪灵菲、戴平万和冯宪章等到达上海后于1928年初与蒋光慈、钱杏邨、孟超和楼适夷等人在上海成立了"太阳社",出版《太阳》月刊;同年5月,又成立了"我们社",出版《我们》月刊。在革命的低潮期,在白色恐怖的笼罩下,他们发表了大量的翻译、评论和创作。

广东作家与1930年3月2日成立于上海的"左联"有深厚的渊源。参加"左联"第一次筹备会议的八人中,广东籍作家有三人。出席"左联"成立大会的四十几名代表中,广东籍近十人。"左联"七常委,广东籍占了两名。根据《左联词典》,"左联"的盟员共288位,广东籍有31人(按省籍统计居前三,浙江47人,江苏31人)。其中较为著名的广东作家有冯乃超、冯铿、洪灵菲、丘东平、杜国庠(林伯修)、戴平万、杨邨人、蒲风、冯宪章、任钧、许峨、欧阳山、草明等。

洪灵菲所创作的三部长篇小说被统称为"《流亡》三部曲"。他是第一位以长篇小说的艺术形式来反映广州"四一五"政变及其后形势的作家,以历史见证人的身份记录了叛变革命的新军阀的暴戾与凶残,用化名记载了著名共产党人萧楚女、学生运动的党员毕磊、工人运动的领袖邓培和李启汉等烈士的遇难,同时也通过主人公具有"广东特色"的流亡——"过番",呈现出同一历史时期整个南洋的革命情境。冯铿是左联五烈士中唯一的广东人,且是唯一的女性。她所创作的短篇小说《红的日记》和《小阿强》,与柔石的通讯《一个伟大的印象》和诗歌《血在沸》,以及胡也频的短篇小说《同居》,一起成为中国现代文学史上最早最直接反映和热烈讴歌红军的战斗及革命根据地的文学作品。戴平万的代表作是两部短篇小说集《都市之夜》和《陆阿六》,他的短篇小说题材较为丰富,但最主要描写的有两种人物:"其一是革命儿童和流氓无产阶级儿童,其二是革命的农民",是草创期的普罗文学中较有成就的。

在诗歌方面,蒲风与任钧、穆木天和杨骚等人在"左联"的领导下,发起组织了作为"左联"外围团体的中国诗歌会,后蒲风又前往广州,参加了中国诗歌会广州分会的成立大会。蒲风、任钧和温流等广东诗人都积极实践中国诗歌会的创作主张。蒲风的诗集《六月流火》是一首长达2400多行的现代长篇叙事诗,也是中国新诗史上最早直接歌颂长征壮举的作品。任钧的《冷热集》被誉为中国新诗坛上第一部讽刺诗集,是政治讽刺诗,具有鲜明的时代性和犀利的战斗性,有意要与"新月派"和"现代派"的诗风相对立。温流的诗保持着一些民间歌谣,即他的家乡梅县的客家山歌的风格,明净、质朴,也很适合朗诵与歌唱,聂耳就曾为他的《打砖歌》和《卖菜的孩子》谱曲。

在戏剧方面,戏剧家欧阳予倩1928年冬南下广州,创办了广东戏剧研究所。欧阳予倩在广州三年间,研究所话剧公演不下十次,演出了创作和翻译的剧本约三十个;并以先进的、不同于旧式科班的方法培养了大批新型的戏剧和音乐人才;《戏剧》杂志和周刊介绍了大量西洋的话剧理论和著述,并对广东的戏剧运动进行理论的总结和研究。1929年春,欧阳予倩还邀请在上海的田汉和洪深率"南国社"同人到广州来公演,为大革命失败后的广东吹来一股热风,使现代话剧从江南向岭南开拓,在广州打开了一个新局面。

散文与游记也是三十年代岭南文坛的一大收获。杜埃的散文和报告文学是兼具地域色彩和个人特性的佳作。刘思慕的《欧游漫忆》和《樱花和梅雨》两本国外游记自出版后多次再版,可见两书当时的社会影响和受欢迎程度,并得到文学史家王瑶的高度评价,称其游记"是风俗画而不仅是风景画"。此外,广东还出了一个独特的"新感觉派"作家黑婴,黑婴的文学创作从一开始就深受新感觉派,尤其是穆时英的影响,但他青少年时期生活于南洋的经验和记忆,构成了他独特的乡愁,另一方面,他也受叶紫的影响,在"新感觉派"之外又汲取了左翼文学的思想资源。

在这十年中,广东还出现了一批有全国影响的青年作家,他们用现实主义的笔触,写出了在帝国主义和封建主义的双重压迫之下,岭南城乡进一步的破产和贫困。其中有草明关于底层工人的叙事,主要描写广东顺德一带城乡的百姓,特别是当地因缫丝业发达而产生的缫丝女工群体;有萧殷对社会小人物群像的描画,从农村到乡镇到城市,有农民、小市民和小业主,"一个个凄惨的人物形象,无不因被那个社会、时代的受虐而变形",这些是岭南现代文学中珍贵的小人物群像;还有杜埃对城市贫民的书写和廖子东、厉厂樵对城市知识分子的观照,正如杨义后来所指出的"华南作家把南中国特殊的社会形态、日常生活方式甚至人种气质带进小说领域"。

另一值得关注的是,大革命时期,作为革命策源地的广东发生了一连串的革命战争,国民革命军的两次东征、北伐、海陆丰农民运动、广州起义等等,因而也随之产生了一系列以这些革命战争为题材的小说,例如黑炎的《战线》,茅盾对这部独具特色的战争小说评价很高,甚至在其评论文章中感慨:"这位作者像彗星似的在文坛上一瞥,后来就不见了!然而这'一瞥'的光芒可就叫人目眩!"此外,中国现代文学史上,还有三部描写广东海陆丰农民运动的中长篇小说,黎锦明的《尘影》,阳翰笙(华汉)的《深入》和马宁的《铁恋》。这些作家都力图在文艺作品中反映和宣扬大革命时期发生在南中国的蓬勃的土地革命和激烈残酷的革命战争。

在岭南现代文学的第二个十年中,比起"五四"时期,在各个方面都有了新的发展,一边是汇入全国左翼文学崛起的大潮,一边是立足于本土进行探索和创新。

第十章　左翼文学的岭南血脉

左翼文学萌芽于1920年代中后期,至30年代,随着"中国左翼作家联盟"的成立及其活动,而进入新的发展阶段,以致蔚为大波于整个文坛。广东是现代革命策源地,大革命时期,由郭沫若、郁达夫、成仿吾等创造社诸君以及鲁迅、茅盾等人的南下给岭南新文学播下了革命的火种。从太阳社革命文学倡导到左联的革命文学活动、文学创作,广东作家都激情澎湃,积极参与。参加左联第一次筹备会议的八人中,广东籍作家有三人,为冯乃超、洪灵菲和戴平万。出席左联成立大会的四十余名代表中,广东籍代表近十人。洪灵菲参加过两次左联筹备会议,为左联七常委之一;左联七常委,广东籍人士占了两名,冯乃超和洪灵菲。冯铿是左联五烈士中唯一的广东人,且为唯一的女性。戴平万是上海孤岛时期共产党的领导者之一,他接替周扬的位置,成为左联最后一任党团书记。冯乃超参与左联筹建,被推举为《理论纲领》的起草人,并任左联第一任党团书记兼宣传部长。欧阳山、丘东平、戴平万、蒲风,都是鲁迅先生名单上最有代表性的左翼作家。草明参与创立广东文学界救亡协会,为较早关注和表现工人生活的左翼作家。丘东平、欧阳山与鲁迅等二十三人共同发表《中国文艺工作者宣言》。杜国庠(林伯修)以中国共产党中央文化工作委员会委员的身份,参与左联、社联和左翼文化总同盟的领导工作。茅盾在晚年的回忆录中曾说,无视左联的作用,就无法理解中国的现代和当代文学史。据此我们或许可以说,左翼文学有丰盈的岭南血脉,无视岭南作家的作用,就无法走近和理解中国左翼文学。

第一节　岭南作家的革命情怀

广东是中国现代革命的策源地,第一次国共合作和北伐都在此轰轰烈烈地展开。但1927年大革命失败后,从"四一五"大屠杀到广州起义失败,广州从大革命时期的革命中心变成了反革命残暴统治的南粤堡垒。许多文化人纷纷避难上海或流亡海外,这也为后来左翼联盟在上海的成立创造了条件。

早在1926年初,郭沫若、郁达夫、王独清及其他创造社成员的陆续到来就已促进了左翼文化在广州的发展。他们在广东大学执教,在广州建立创造社出版部的分部,出版和销售相关书籍,以及郭沫若的话剧在广州公演,这些都受到了广州学生群体和进步人士的欢迎和追捧。① 在此期间,郭沫若在他的讲演《文艺家的觉悟》和《革命与文学》中,明确地提出了"革命文学"的口号,他指出"文学是革命的前驱,而革命的时期中永会有一个文学的黄金时代出现",纵观欧洲文艺思潮的进展,革命文学在史实上是随着时代的精神而转换的,"至于现世,为我们所要求的革命文学,其内容与形式是很明瞭的。凡是表同情于无产阶级而且同时是反抗浪漫主义的便是革命文学。革命文学倒不一定要描写革命,赞扬革命,或仅仅在文学上多用些炸弹,手枪,干干干等花样。无产阶级的理想要望革命文学家早点觉醒出来,无产阶级的苦闷要望革命文学家实写出了。"最后他还呼吁青年:"青年!青年!……你们要把自己的生活坚实起来,你们要把文艺的主潮认定!你们应该到兵间去,民间去,工厂间去,革命的漩涡中去,你们要晓得我们所要求的文学是表同情于无产阶级的社会主义的写实主义文学"。

1927年1月鲁迅的到来,虽然时间短促、任务繁重以及情势复杂,但仍为岭南新文学播下了革命的火种。鲁迅在广州和香港做的多场演讲,《读书与革命》《无声的中国》《老调子已经唱完》《革命时代的文学》《魏晋风度及文章与药及酒之关系》等都着重在谈政治与文学,或更具体而言是革命与文学之关系。鲁迅还应南中国文学会的邀请,与欧阳山等二十几位文学青年举行座谈会;中共广东区委也通过毕磊等青年共产党员经常与之联系;此外,鲁迅还帮助北新书局在广州建了一个销售点北新书屋,把北新、未名社出版的书籍刊物介绍给广州的文学青年。在这政治激变的当口,鲁迅的短暂到来,给了广东的文学青年以极大的鼓舞和深远的影响。

在革命由高潮转入低潮之后,革命的火种并没有熄灭。许多文化人和革命青年辗转流亡抵沪,有的甚至先流亡至香港、南洋和日本等地,最终才到了上海。1929年6月,中国共产党召开了中共六届二中全会,决定在武装暴动之外同时展开文化方面的斗争。经过充分的酝酿和筹备,1930年3月2日,中国左翼作家联盟(简称"左联")在上海成立了。

广东作家与"左联"有着深厚的渊源。参加"左联"第一次筹备会议的八人中,广东籍作家有三人。出席"左联"成立大会的四十几名代表中,广东籍近十人。"左联"七常委,广东籍占了两名。根据《左联词典》,"左联"的盟员共288位,广东籍有31人。其中较为著名的作家有冯铿、洪灵菲、丘东平、杜国庠(林伯修)、戴平万、冯乃超、杨邨人、冯宪章、任钧、许峨、欧阳山、草明、蒲风等。

---

① 石天强:《希望与恐怖——左翼文化在广州的短暂时光》,《书城》2017年第1期。

在"左联"成立之前,由广东逃亡至日本或南洋的林伯修、洪灵菲、戴平万和冯宪章等辗转抵达上海后,于1928年初与蒋光慈、钱杏邨、孟超和楼适夷等人在上海成立了"太阳社",出版《太阳》月刊。同年5月,他们又成立了"我们社",出版《我们》月刊。他们与创造社一起,要在革命的低潮中,倡导革命文学,以便掀起新的革命高潮。正如鲁迅所指出的,二十年代后期中国的革命文学运动狂飙突起的原因,是"从广东开始北伐的时候,一般积极的青年都跑到实际工作去了,那时还没有什么显著的革命文学运动,到了政治环境突然改变,革命遭了挫折,阶级的分化非常显明,国民党以'清党'之名,大戮共产党及革命群众,而死剩的青年们再入于被压迫的境遇,于是革命文学在上海这才有了强烈的活动。所以这革命文学的旺盛起来,在表面上和别国不同,并非由于革命的高扬,而是因为革命的挫折"①。

在这革命遭受重挫的时期,在严重的白色恐怖的笼罩之下,林伯修、洪灵菲和戴平万等人坚持编辑和出版刊物,发表了大量的翻译、评论和创作的作品。1928年至1929年间,林伯修先后在《太阳》月刊、《我们》月刊、《海风》周报和《新流》月报等刊物上译介了日本田口宪、藏原惟人和苏联卢那察尔斯基、普列汉诺夫等人的理论文章,主要是关于无产阶级的文艺理论;翻译了当时日本的进步作家林房雄的作品,苏联塞甫琳娜等人的小说和德国米尔顿的剧本等;还有他根据藏原惟人的"新写实主义"理论所写出来的具有代表性的文章《1929年急待解决的几个关于文艺的问题》,提倡中国的左翼文艺在创作上要走日本无产阶级文学发展的道路,得到了中国左翼文坛的众多呼应。洪灵菲亦是一方面参加党的实际工作,一方面搞创作,写小说、写诗和翻译,并写了如《普罗列塔利亚小说论》等重要的革命文艺理论文章。戴平万主要是创作,在"太阳社"和"我们社"先后创办的几份刊物上发表了二十多篇小说和译作,还撰写介绍外国革命作家的论文,出版了短篇小说集《出路》《都市之夜》和《陆阿六》,中篇小说《前夜》和《荔清》,被当时的评论界誉为新兴文学的花蕊。虽然在此期间,他们因受苏联"拉普"和日本"纳普"的影响而犯有"左倾幼稚病",以致后来酿成与鲁迅和茅盾等人的革命文学论争("我们社"的林伯修、洪灵菲和戴平万几位成员基本没参与过攻击鲁迅),但他们在这黑暗而艰苦的岁月中,旗帜鲜明地提出无产阶级的革命文学,热情地宣传马列主义的文艺理论,不仅将五四后的文学革命推向革命文学的新阶段,并且为后来"左联"的成立以及实际的革命斗争的发展,都作出了积极且重要的贡献。

---

① 鲁迅:《上海文艺之一瞥》,《二心集》,《鲁迅全集·第四卷》,北京:人民文学出版社2005年版,第303—304页。

第二节　广州的左翼文学运动

1930年代,以上海为中心的左翼文化运动,时刻影响着广东。"在广州'左联'成立之前,鲁迅的旗帜早在广州青年心坎上飘扬,上海'左联'通过各种文艺刊物特别是鲁迅那叱咤风云的战斗杂文,就像茫茫黑夜的明灯,对广州左倾青年文艺爱好者起了哺育、鼓舞、进军的强有力的作用。"①虽然广州起义失败后,由于国民党反动派的残酷镇压,中共广州组织屡遭破坏,从基层组织至市委机关被全部摧毁,组织活动中断四年之久,但广州是大革命的策源地,革命的烈火仍在地下燃烧着。

1931年"九一八事变",蒋介石政府采取不抵抗政策,使东北三省在短短三个月便完全陷入日本侵略者的铁蹄之下。在这民族危亡的紧急关头,中国共产党多次发表宣言,号召全国人民"以革命战争驱逐日本帝国主义出中国"。"九一八事变"的炮声激起了一度沉寂的广州的学生运动。中山大学的学生率先行动,9月22日,中山大学全校师生2000多人在学校大礼堂召开反日运动大会。随后,广州大学、国民大学、岭南大学等高等院校和全市中等学校相继成立了各种名义的抗日组织。9月24日广州全市中等以上学校学生自治会干事召开紧急联席会议,决定组织广州全市学生抗日运动联合会。辽宁、吉林陷落之后,9月26日,广州全市学生抗日运动联合会举行"广州学生抗日救国运动大会",到会者2万多人。在学生抗日救国怒潮的推动下,工商界、妇女界、法学界、新闻界等抗日救国组织纷纷成立,并在此基础上成立了广东各界抗日救国大会。接着,在10月10日,永汉路的新世界洋货店因仍大批购进日货公开拍卖激起民愤,与民众和学生起了冲突,警察开枪镇压抵制日货的群众和学生,死伤一百多人,成了骇人听闻的"双十惨案",震惊全市,激起了各界更大的抗日反蒋怒涛。② 由此,以中国"左联"为旗帜,以"九一八事变"为起点,广东的左翼文艺运动,由死寂到活跃,1933年达到了高潮。

大约在1929年,广州一些热爱文艺的青年就已冲破重重阻力,组织"荔社",在《民国日报》上办了"荔枝文艺周刊",刊登小说、散文和诗歌。受其影响,地下读书会、自发的地下刊物开始如雨后春笋在各地涌现。③ 但由于国民党广东当局文网森

---

① 杜埃:《广东左翼文化运动的遭遇》,《南天岁月——陈济棠主粤时期见闻实录》(广州文史资料第37辑),广州市政协文史资料研究委员会编,广州:广东人民文学出版社1987年版,第407页。
② 《广州学生运动史(1919—1949)》,广州青年运动史研究委员会编,广州:华南理工大学出版社2002年版,第151—195页。
③ 肖承罡:《30年代广东救亡歌咏运动述略》,《广东党史》2006年第3期。

严，各种文艺刊物出了被禁，禁了又出。尽管如此，仍旧涌现了一批影响较大的、有进步倾向的文学社团和刊物，如：1930年"万人社"欧阳予倩、袁文殊、胡春冰等主编的《万人杂志》；1931年广东艺术院"新艺术社"主编的《新艺术》；1932年"一般艺术社"陈黄光、潘皮凡、李莜峰主编的《一般艺术》；1932年"广州文艺社"欧阳山、龚明、易巩、草明主编的《广州文艺》周刊；1933年"绿天社"宋亦非、温流主编的《绿天》文艺半月刊；1933年"力社"杜襟南、李行健主编《诗歌》。①

中山大学是当时革命文艺的重要活动阵地，许多校外文学青年寄住其中，出版了许多文艺刊物，主要有江穆、杜埃主编的《火花》和饶彰风、杜埃、楼栖等主编的大型文艺月刊《天王星》。还有《广州民国日报》从1928年起，先后办有文艺副刊《晨钟》《黄花》《东西南北》。到1936年以后，《广州民国日报》改为《中山日报》，文学副刊这种活跃的局面随之结束。此外还有其他刊物如《新诗歌》《现代艺术》《青野》《艺术春秋》《红棉》《东方文艺》《新文艺评论》等，共一百多种。②

香港与内地关系较为密切的刊物也不少，如1933年由梁之盘主编的《红豆》，1934年由张任涛、易椿年主编的《时代风景》，戴郎隐、刘火子、温涛、张弓、李育中主编的《今日诗歌》《诗页》，还有1937年由李育中、鲁衡主编的《南风》。这几份刊物罗致了当时香港、广州一批重要的青年作家，如陈灵谷、陈芦荻、李育中、侯汝华、林英强、李励文、楼栖、陈江帆、陈泵、易椿年、侣伦、柳木下、鸥外鸥等。但这些刊物大都"年轻夭折"，其主要原因是缺乏了容许它们生存的社会环境和经济条件，唯有《红豆》的寿命最长，从1933年创刊，一直出版到1937年，它以每六期为一卷，一共出了四卷五期。

此期还涌现了许多青年作家，打破了当时岭南文坛沉寂的氛围。1932年底成立的"广州作者俱乐部"，成员就有四百多人；1936年12月，在广州艺术工作者协会成立宣言上签名的，也有150多人。这支文学队伍，有一些是"五四"时期最先举起新文学旗帜，得新文学风气之先的"老兵"，像梁宗岱、钟敬文、黄药眠、刘思慕、欧阳山等；有一些是在倡导无产阶级革命文艺中突起的异军，像洪灵菲、戴平万、冯铿、林伯修、冯宪章等；有一些是"九一八"事变之后出现的初露头角的新人，像草明、肖殷、杜埃、楼栖、华嘉、芦荻、陈残云、黄宁婴、蒲风、温流、李育中、于逢、易巩、廖子东、丘东平、黑炎、鸥外鸥等。不少今天在文学史上较为重要的作家就是那个时候起步的。

此时期，作品的数量也大大增多，艺术水平有了较大提高。但由于岭南印刷业的落后，许多青年作家发表了大量的文艺作品都难以结集出版；有的虽然出版了，都是

---

① 张振金：《岭南现代文学史》，广州：广东高等教育出版社1989年版，第77—78页。
② 张振金：《岭南现代文学史》，广州：广东高等教育出版社1989年版，第78—79页。

作者多经周折,最后由上海出版,在广州出版的甚少。但是比起第一个十年,仍然是一个很大的突进。作品的质量有了很大的提高,有的成为中国现代文学史上的优秀之作,如洪灵菲的《在洪流中》、戴平万的《村中的早晨》。1934年由傅东华主编的《创作文库》,被选入的有欧阳山、草明、洪灵菲、戴平万等人的作品,是我国无产阶级革命文学的最早篇章。①

1933年3月,广州一些文艺组织和联合性的团体,有:以何干之、谭国标、温盛刚为主的一般文化社,包括了中山大学、省立女师、国民大学、省立一中等许多秘密读书会和革命文艺的爱好者;以欧阳山、草明、易巩、龚明为主的广州文艺社,包括了稍后的大家新闻社和秘密的广州普罗作家同盟;以胡春冰、袁文殊为主的广州前卫戏剧同盟,组合成立了"广州文化界大同盟"。1933年4月,在与上海"左联"和中国共产党中央文化工作委员会取得联系之后,"广州文化界大同盟"再联合其他一些组织,正式改组为"中国左翼文化总同盟广州分盟"(简称"广州文总")②,选出了何干之(谭秀峰)、温盛刚、谭国标、欧阳山、周行、胡春冰、袁文殊7人为常务理事,何干之担任总书记,温盛刚负责宣传,谭国标负责组织。广州文总下设"中国左翼作家联盟广州分盟"(简称"左联")、"中国社会科学家联盟广州分盟"(简称"社联")和"中国戏剧家联盟广州分盟"(简称"剧联")。"左联"由欧阳山、龚明、周行负责,"社联"由何干之、谭国标、温盛刚负责,"剧联"由胡春冰、袁文殊负责。

广州文总成立之后,于1934年1月15日秘密出版了《新路线》作为文总的机关刊物,由凌伯骥、江穆、楼栖负责编辑出版的工作。刊物出版了四期,即遭查禁,随后经常变换名目继续出版,甚至利用国民党机关办的报纸发表自己的文章,尤其是《广州民国日报》的文艺副刊《黄花》《东西南北》,成了文总青年作家的重要阵地。③

岭南的左翼文艺运动就此蓬勃地发展起来。"左联"以组织抗日剧社作为另一种宣传活动的方式。广州各大众学校都成立了抗日剧社,而以中山大学抗日剧社最为出色。中山大学抗日剧社成立于1932年1月,由李克笃、吴华、肖希明、黄植等人发起,由国民党元老邓铿之侄邓克强(丁克)担任社长,他思想倾向进步,后来加入了共产党,在抗战中牺牲了。他写过一个剧本《打回老家去》,在广州印成小册子后,曾在上海剧联的刊物发表,后来被选入张庚主编的《国际戏剧集》。中山大学抗日剧社演出了许多进步的话剧,如田汉的《乱钟》、洪深的《五奎桥》、日本左翼作家村山以鸦片战争为题材的《最初欧罗巴之旗》、苏联作家揭露英帝国主义的炮舰在我国四川制

---

① 张振金:《岭南现代文学史》,广州:广东高等教育出版社1989年版,第79—81页。
② 1930年10月,在中央文委推动下,"左联""社联""美联"和"剧联"等各联盟联合成立了中国左翼文化总同盟,简称"文总"。
③ 张振金:《岭南现代文学史》,广州:广东高等教育出版社1989年版,第83页。

造万县惨案的《怒吼吧,中国》等。

组织读书小组也是"左联"的一项重要工作。从1932年到1934年间,广州学生当中成立了一大批有名称或没有正式名称的秘密读书会,如中大学生组织的中大文艺研究会、火花社和天王星社,此外还有踏绿社、新文字协会、中日问题研究会、勇进社等。30年代初期,邹韬奋的《大众生活》、艾思奇的《大众哲学》,以及鲁迅、高尔基等人的作品已在各学生左翼文化社团和读书会中广泛流传,同学们互相秘密传阅。在此期间,广州市面还公开出售周谷成的《中国社会之过去》《中国社会的现状》和《中国社会的未来》,以及《历史唯物论浅说》、《生活》周刊、《马克思传》等进步书刊。一批共产党员、进步教授积极地指导这众多的学生秘密组织,学习革命理论。

1932年夏,中国"左联"的刊物《文学月报》《北斗》等连续发表了瞿秋白、茅盾、周扬、郑伯奇等的文章,开展文艺大众化问题的讨论,广州"左联"读了上述问题的相关文章,也开展了类似的讨论。欧阳山和龚明、草明、易巩等都认为"文艺工作大众化的问题最先而且最主要的是语言问题——文学用语的问题。如果我们用一种广东人民所不懂的语言来写作,无论我们为了什么人,企图怎样,写些什么东西,广东人民大众还是觉得非常膈膜。"于是他们创办了以提倡方言土语文学为旗帜的《广州文艺》周刊,努力做到"能识几个字,约略相当于小学三四年级程度的读者直接阅读它","完全不认识字的能听懂它"。《广州文艺》出版了20多期,发表的大都是粤语小说,还出版了两个中篇小说单行本,就是欧阳山的《单眼虎》和草明的《缫丝女失身记》。①

与此同时,国民党当局以更加血腥的手段,加紧对进步文艺的扼杀。1933年2月,国民党广东省政府秘密下令侦缉《天王星》编辑绕彰风、杜埃等人,同年八月又秘密下令通缉何干之、陈黄光、潘皮凡、欧阳山、草明等人,因他们及早察觉,逃离广州而幸免。但由于特务秘密跟踪,首先逮捕了龚明、易巩。1933年12月,龚明惨遭杀害,易巩被判处十年徒刑,到1938年第二次国共合作,才由郭沫若出面保释。文总的主要骨干温盛刚、谭国标、凌伯骥、赖寅仿、郑挺秀、何仁棠,也被逮捕了。他们在狱中受尽酷刑,坚贞不屈,于1934年8月1日,被反动派集体杀害。他们就是著名的广州文总六烈士。抗日剧社主要成员李克筠也在这个时候被捕。1934年11月,反动派又逮捕了陈黄光,并在第二年一月把他杀害。这是反动当局对广东左翼文化运动的一次镇压,广州文总遭到破坏,"左联"、"社联"和"剧联"均被迫停止了活动。

---

① 张振金:《岭南现代文学史》,广州:广东高等教育出版社1989年版,第83—85页。

第三节 "万人文学论"论争

在 20 世纪 30 年代初的左翼文艺运动中有一场著名的论争,那就是左翼与"自由人""第三种人"之争。概括地讲,争论的焦点实则是关于文艺与政治的关系、文学的阶级性和文学的价值功能几个方面。自称为"自由人"的胡秋原和"第三种人"的苏汶,虽不否认文学与政治的关系,但认为艺术是独立的,是不依附于政治的,反对以政治来代替文学,否定左翼文学,否认艺术的阶级性,指责左翼文坛只将文艺作为一种斗争的武器。

相关问题的论争亦在岭南文坛中出现。早在 1928 年 12 月 1 日,如西就在《广州民国日报》上发表了《报纸副刊与文坛》,12 月 7 日又发表了《论茅盾的小说并及国内文坛》,他认为,"文学的国土里是真正自由平等的,决不是给一部分人独占了去,拿阶级斗争、无产阶级专政应用到自由平等的文学的国土上来,更是我极力反对的"。1930 年 1 月,毛一波在《万人月报》(厉厂樵主编)的创刊号上发表了《文学集论》,提出"不必去创立什么无产阶级文艺",因为这种文艺按马克思主义的文艺论去做,"有陷于文艺上的无产阶级独裁的危险"。①

1930 年 4 月 1 日,胡春冰等人创办了《万人杂志》,创刊号上的第一篇长文,就是胡春冰以春英红雨的笔名写的名为《文丐阶级论》的宏文,分了十个章节,其中一个章节刊载于第 2 期。胡春冰将倡导无产阶级文学的人统统蔑称为"文丐阶级",该文自称是论文,也貌似以阶级分析的方式在探讨问题,但实则多为道德上的攻击:"文丐决不是无产阶级中的无产者,虽然他的袋子里常是一个钱也没有。虽然有的文丐,常常为了面包的原故,大喊暴动式的无产阶级的口号,以掠取鸳新的青年的几毛钱,但是无产阶级者的生活同他的距离是很远的。他喊口号的同情,正是无产阶级认为是虚与委蛇,居心不善而不肯接受的小资产阶级的小贿一样。至少在无产阶级的本身看起来,他们是要把文丐摒逐到他们的营垒以外的。"②在该刊第 2 期,胡春冰继续以春英红雨的笔名发表了另一篇宏文《万人文学论》,分五个章节,明确地宣称"社会的生活应当是万人所共有。社会上层建筑的艺术文学也应当是万人的所有","万人文学的本体,便是人类生活的最上层。万人文学的媒介要万人都能读,万人都能作"。③ 虽然在该期《编辑后记》中编者特别指出:"第一期出版以后,广州的文艺界

---

① 张振金:《岭南现代文学史》,广州:广东高等教育出版社 1989 年版,第 87 页。
② 春英红雨:《文丐阶级论》,《万人杂志》1930 年 4 月 1 日第 1 卷第 1 期,第 2—3 页。
③ 春英红雨:《万人文学论》,《万人杂志》1930 年 5 月 1 日第 1 卷第 2 期,第 8 页。

似乎起了小小的波动,赞誉我们的固有其人,反对我们,甚至谩骂我们的也很不少……本期特开'万人之声'这一栏,就将这类批评'万人'的文章编印在里面",但细读《万人之声》中所谓的读者来信,实则都是倾向于编者己方观点立场的或者是非常孱弱的"批评",看不到真正广州文艺界对"文丐阶级论"的批评声音。同样,在该刊第3期的《万人之声》中刊登了两篇关于"万人文学论"的讨论文章,其实也只是对胡春冰观点的大大小小的修补,如:何厌人的《略略检讨一下春英红雨的〈万人文学论〉》,虽然为无产阶级文学、农工文学的出现作了辩护,认为"作者没有理会到历史的文化进展的轨迹,目前应该是必然地产生着无产阶级文学,因为这个时代应该轮到无产阶级抬头的时代,他们要求自己阶级的文化(文学不用说是文化一个重要的分野),正如封建时代有封建时代的文学,有产阶级也有他们自己的文学一样。虽然这只是历史中的一个过渡时期,但过渡时期还未定结之前,则春英红雨先生则主张的'万人文学论'未免飞跃太过了"①,由此也可见,何厌之并不是否定胡春冰"万人文学论"的观点,只是觉得其过于超前,无产阶级文学不能一味否决,它的出现有其历史性和时间性。在《万人杂志》第5期上,李陶况发表了《万人文学运动的任务》一文,给这一话题作了总结。与何厌之将无产阶级文学(新兴文学)与万人文学作一个时间线上的区分不同,李陶况将两者视为两个并存的范畴,并认为万人文学"更加广大""更加进展":"万人文学运动与新兴文学运动,永远是站在一条战线努力的,两者是一个不可分离的整体。而且万人文学比之所谓新兴文学的范畴更加广大,也更加进展。"②综上所述,万人社所谓的"万人文学论"实则跟"自由人"和"第三种人"的论调是一致的,而且他们事实上也并没有引起真正的或有效的论争,他们的刊物仅仅发表了自己的一家之言而已。至于他们所推崇的同人的文学创作,如大赞厉厂樵的《我们的王冲》"在文艺方面,也可算是文坛中的拔山举鼎之作",艺术水平并没有比所谓的新兴文学高,某种程度上是更概念化的写作。

1933年7月,赵成城在《论衡》月刊上发表了《广州新兴文学运动的当前任务》,初步运用了阶级斗争的观点和唯物辩证主义的方法,分析了自"九一八事变"以来广州文艺的形势,认为广州是一个商人资本活动的地方,反动的机器较强,劳动大众的力量较弱,"从事文学活动的人大都出身于小资产阶级的知识分子",许多人的"艺术理论是二元的","作品还剩留着十分浓厚的个人主义的情绪","还不曾有意的对马克思列宁主义作深入研究",他们还应该和群众的斗争结合。文章指出,主张"万人文学论"的人与上海的"第三种人"一样,"他们事实上或帮助地主资产阶级,或对于

---

① 何厌之:《略略检讨一下春英红雨的〈万人文学论〉》,《万人杂志》1930年6月1日第1卷第3期,第117—118页。
② 李陶况:《万人文学运动的任务》,《万人杂志》1930年8月1日第1卷第5期,第3页。

革命有利。他们有可能成为我们将来的战友",目前"批评的任务",是一方面要指出"万人文学论"者的错误,同时还要做好同路人的争取工作,使他们"逐步倾向到革命阵营这边来"。① 这种主张也与发生在上海的论争相同,在阶级斗争异常尖锐、异常激烈的年代,强烈反击这些错误的观点是必须的,但以瞿秋白和冯雪峰为代表的左翼文学批评家也意识到在文学的统一战线上"左"的危害性,主张对非革命的各类作家取兼容团结的态度。

  1935年,随着日本帝国主义的步步紧逼,"华北事变"后平津也到了万分危急的关头,北平的爱国学生举行了震惊中外的"一二·九运动"。北平学生举行抗日示威大游行的消息传到广州,立即在广州青年学生中产生了强烈的反响。广州学生一浪接一浪的抗日示威游行,使得广东国民党当局大为震惊,在1936年1月13日袭击和镇压学生的游行队伍,造成了"荔湾惨案"。但文艺活动在全国抗日救亡运动的推动下却又逐渐活跃,掀起新的高潮。1936年10月,广东文学青年成立了广州艺术工作者协会(简称广州"艺协"),下设理论、小说、诗歌、翻译、新文字、形象艺术、戏剧等七个组。11月8日,在广东文化界追悼鲁迅大会的当天,由中山大学肖隽英教授主办的《群声报》出版了《群声追悼鲁迅先生特刊》,发表了蒲特(饶彰风)的《我们要战斗到底》和杜埃的《高尔基与鲁迅》等文章。12月,广州"艺协"在上海《小说家》第一卷第二期上发表《广州艺术工作者协会成立宣言》:"无论汉奸怎样在粉饰、投降、欺骗和屠杀,中华民族只有一条心和一条出路——就是民族解放战争!""在神圣的民族战争面前,一切不愿做奴隶的人们合流了,不分信仰、年龄、职业、性别的界限汇成了一条中国历史空前未有的洪流——统一战线。"在这个宣言上签名的有杜埃、温流、李门、芦荻、楼栖等157人,这是岭南文艺界一次空前广泛的大团结。

---

① 张振金:《岭南现代文学史》,广州:广东高等教育出版社1989年版,第89页。

第十一章　浪漫化的革命小说

　　1928—1937年被认为是中国现代文学的"第二个十年",其发端即由一场无产阶级文学的倡导运动开始,由此,从"五四"所开启的现代文学也从文学革命转入了革命文学。提倡无产阶级革命文学运动的文学社团主要是太阳社、后期创造社和我们社等。1928年1月,太阳社创办了《太阳》月刊,由蒋光慈、钱杏邨主持,被查禁后又相继改名为《时代文艺》《新流月报》和《拓荒者》(后来成为左联的机关刊物);同时期,创造社创办了新刊物《文化批判》,由刚从日本回国的创造社新成员李初梨、冯乃超、彭康等主持,同时还有创造社的另一刊物《创造月刊》;以及1928年我们社创办的《我们》月刊,这些刊物都旗帜鲜明地提出要对"五四"新文学展开"文化批判",要在中国建立"无产阶级的文学"。

　　革命文学运动的发生既是马克思主义传播的结果,但更主要也是国内政治形势的突变所推动的。这些革命文学的倡导者们深受当时苏联和日本等国的无产阶级文学运动的影响,即苏联"拉普"和日本"纳普"的文学思潮,强调文学的阶级性,强调文学的政治宣传作用。虽然这些思潮本身带有左倾机械论的问题,但更重要的是资产阶级背叛革命之后的严重危机,使这些激进的倡导者们认为中国革命已经转变为无产阶级同资产阶级的最后斗争。所以深究革命文学运动的起因,是1927年在国民革命的高潮中,蒋介石和国民党分裂和背叛了革命,中国社会力量发生了急剧的分化,中国革命的性质发生了深刻的变化,中国共产党从此独立地承担起了领导中国革命的历史使命。①

　　广东籍的左翼作家就都是"以血打稿子,以墨写在纸上"。1934年夏,洪灵菲被秘密枪杀于南京雨花台,是唯一被杀害的左联常委,牺牲的时候年仅31岁;1931年月,冯铿被杀害于上海龙华,是左联五烈士中唯一的广东人且女性作家,牺牲时年仅23岁;戴平万在上海孤岛时期接替周扬,成为左联最后一任党团书记,1945年在苏北根据地去世,年42岁;冯宪章1930年在参加左联成立大会不久后,在一次示威行动中被捕入狱,1931年死于牢里,年仅20岁出头。

---

①　旷新年:《1928革命文学》,济南:山东教育出版社1998年版,第58页。

第一节 洪灵菲:"革命加恋爱"叙事

洪灵菲(1902—1934),广东潮安人,原名洪伦修,辈序名树森,曾用名洪素佛、李铁郎、林曼青和林荫南等。祖上世代务农,父亲是落第秀才,后来弃学从医,在潮州城里开了家药材店。洪灵菲在弟兄中排行第三,因为家境贫困,幼年生活十分艰苦。1915 年 13 岁的洪灵菲从乡间的私塾转学至潮州城的城南小学,这是潮州城最早开办的新式小学之一,在这里对洪灵菲影响最大的是国文教师戴贞素老师,戴老师的儿子戴平万与洪灵菲同班兼好友,日后又一起上中学,一起到广州上大学,一起干革命,一起流亡南洋,一起回到上海。1918 年洪灵菲以优异的成绩考入金山中学,并接受了五四运动的洗礼。1922 年中学毕业后,上了广东高等师范学校(中山大学的前身)英语部,入学后开始读莎士比亚和易卜生的作品,以及拜伦和雪莱的诗,尤其喜欢拜伦,在书籍上或给朋友们的回信里都署名"拜伦·阿洪"。郁达夫到广州任教时,洪灵菲成为郁达夫最爱的一个高材生。

这一时期正是南中国革命洪流汹涌的年代,在鱼龙混杂的大革命洪流里,学生运动中的派别对立也愈来愈严重,所幸在这十字路口洪灵菲遇到了一位引路人,共产党员许甦魂同志。在他的引导下,洪灵菲和戴平万等组织了潮州旅穗学生革命同志会。1926 年,洪灵菲被选为广州市学联执委,并和戴平万一起加入了中国共产党,成为国民党中央执行委员会海外部的工作人员。1927 年"四一五"广州事变,洪灵菲开始流亡,一路经过香港、新加坡等地,在泰国与戴平万重逢,两人商议回国继续革命,几多波折到达上海,并加入了太阳社。太阳社的成员全部都是党员,社内有自己的党组织。洪灵菲后又与戴平万和林伯修等组织了我们社,他们与后期创造社一起倡导无产阶级革命文学。

洪灵菲是左联筹备小组成员 12 个人之一,在左联成立大会之前还召开了两次鲜为人知的筹备会议,第一次是 1929 年 10 月中旬,第二次是 1930 年 2 月 16 日,这 12 人除了洪灵菲还有鲁迅、郑伯奇、冯乃超、彭康、阳翰笙、沈端先(夏衍)、钱杏邨、蒋光慈、戴平万、柔石和冯雪峰。1930 年左联成立,洪灵菲为左联七常委之一。从 1930 年下半年起,洪灵菲把全部精力投入到党的工作中去,还短期担任过左翼文化总同盟的领导。1933 年 2 月,洪灵菲举家搬至北平,担任中共中央驻平全权代表秘书处秘书,7 月 26 日不幸被捕。洪灵菲被捕后,宋庆龄和一些爱国进步人士都曾向国民党当局提出抗议,要求释放这位著名作家,但国民党当局置之不理。面对敌人的严刑拷打和威逼利诱,洪灵菲英勇不屈,最后被枪杀于南京雨花台。

洪灵菲文学创作的高峰期是 1927 年冬至 1930 年春。这期间他在上海,创作了七部长篇小说:《流亡》(现代书局,1928 年 4 月 15 日初版)、《前线》("我们社丛书"第一种,上海晓山书店,1928 年 5 月 22 日初版)、《转变》(上海亚东图书馆,1928 年 9 月初版)、《明朝》(上海亚东图书馆,1929 年 1 月初版)、《家信》(载《拓荒者》第 1 卷第 1 期与第 2 期,未完成)、《新的集团》(载《拓荒者》第 1 卷第 4、5 期合刊,未完成)、《长征》(已佚);三部中篇小说:《大海》(上海乐华图书公司,1930 年 11 月 1 日初版)《两部失恋的故事》(上海亚东图书馆,1930 年 4 月初版);两部短篇小说集:《归家》(现代书局,1929 年 8 月初版)、《力气出卖者》(上海乐华图书公司,1930 年 3 月 1 日初版);还有四种译作:《我的童年》(高尔基著,上海亚东图书馆,1930 年 12 月初版)、《地下室手记》(陀思妥耶夫斯基著,上海湖风书局,1931 年 11 月 1 日初版)、《赌徒》(陀思妥耶夫斯基著,上海湖风书局,1933 年 3 月 20 日初版)、《山城》(辛克莱著,南强书局刊有广告,后似未出版);编选评注一种:《模范小品文读本》(上海光华书局,1933 年初版);此外还有散见于各刊物上的大量诗文,总计约二百万字。①

《流亡》《前线》和《转变》这三部长篇小说被统称为洪灵菲的"《流亡》三部曲"。这三部曲的创作和出版时间与其所反映的历史时期正好是相反的。三位主人公沈之菲、霍之远和李初燕的原型都是洪灵菲自己。《流亡》展现的是 1927 年广州"四一五"反革命政变之后,原先以共产党员身份在国民党党部工作的沈之菲在香港、新加坡、泰国和家乡等地历尽艰辛的逃亡。《前线》描写的是 1926—1927 年第一次国共合作时期,在国民党党部工作的霍之远一边为革命日夜奔忙,一边陷于各种情感纠纷之中,最后在反动派的大屠杀中英勇牺牲。《转变》呈现的是 1923—1926 年"五四"落潮至北伐战争之间,乡间的中学生李初燕与家中的二嫂相恋又与城里同学的妹妹相爱,之后又被父亲逼迫娶了一个不识字的农女,最后离家出走,投入革命。

《流亡》是洪灵菲的代表作,这部长篇他正式使用"洪灵菲"这个笔名。《流亡》属于左翼小说"革命加恋爱"叙事模式,选取知识青年沈之菲的日常生活场景和经历:逃亡、饥饿、居无定所、身无分文,被通缉、监禁、驱逐和辱骂,实现了由小布尔乔亚、普列塔利亚转向革命者的心灵蜕变和青春成长。虽然小说松散,小资产阶级的情调较明显,但人物和内容比较真切,一定程度上弥补了革命加恋爱小说的模式化缺陷。

洪灵菲是第一位以长篇小说的艺术形式来反映广州"四一五"政变及其后的形势的。他以历史见证人的身份记录了叛变革命的新军阀的暴戾与凶残,用化名记载

---

① 胡从经:《拓荒者的粗迹与犁痕——左联烈士洪灵菲及其创作》,《上海社会科学院学术季刊》1987 年第 4 期。

了著名共产党人萧楚女、学生运动的党员毕磊、工人运动的领袖邓培和李启汉等烈士的遇难,借凄恻流亡中的沈之菲之口喊出了:"这次在 C 城死难者据说确数在千人以上!啊!好个空前未有的浩劫!比专制皇帝凶狠十倍,比军阀凶狠百倍,比帝国主义者凶狠千倍的'所谓忠实的同志们'啊,我佩服你们的手真真高明!"①《流亡》不仅是对血腥的"四一五"的迅疾实录,同时也通过沈之菲具有"广东特色"的流亡——"过番",呈现出同一历史时期整个南洋的革命情境。在殖民地香港和南洋的新加坡、泰国,社会都是畸形且暗无天日的,人有时甚至要裸身接受检查,"像猪狗一样的给人家糟蹋"!在香港,"满街上都是俘虏!都是罪人!都是弱者!他们永远不希望光明!永远不渴求光明!他们在监狱里住惯了,他们厌恶光明!"而新加坡,"帝国主义者盘踞着的新嘉坡!资本家私有品的新嘉坡!反动份子四布稍一不慎即被网获的新嘉坡!"泰国,"M 党部的特派员林步青,陈子泰都在最近给当地政府拿去监禁!已经被逐出境的也很多!全暹罗国都在反动派的势力之下!"但在这历尽艰辛的逃亡中,沈之菲也得到了诸如港英当局的监牢里一个杂役头目的华人和一个司号的印度人的同情。所以洪灵菲在作品中不断地强调,沈之菲们所追求的革命,是"全世界被压逼的阶级和被压逼的民族的解放",这也体现了中国的民族革命从一开始就具有国际主义的性质。此外,洪灵菲作品中的另一"广东特色"是语言,除了粤语、潮汕话等方言,还有大量英文,呈现出南洋一带华洋杂处以及有大量"过番"的潮汕人的真实历史情境。

"革命的浪漫谛克"是《流亡》三部曲的显著特征。一来洪灵菲读书时深受拜伦、雪莱等英国浪漫派和老师郁达夫的影响,早期他也创作了大量的古体诗,气质上是个浪漫派诗人。《流亡》三部曲中有大量主观情感的直接表达或者说宣泄,也有较多的心理描写,在《流亡》中,沈之菲对于残酷血腥的屠杀的震惊和激愤,以至于在梦境中冲上街头与敌人血拼,在《转变》中描写李初燕与嫂子的不伦之恋,也同样用到梦境来突出其性心理和潜意识,在风格上更接近郁达夫的作品。《流亡》三部曲中还有大量带抒情色彩的景色描写,这些"文字间充满了不屈的革命者的豪迈与自信"②。其二,"革命的浪漫谛克"也是当时流行的主题,即过去被概括为"革命加恋爱"的公式,《流亡》三部曲都不同程度地存在着三角甚至四角的男女感情纠葛。但是正如赵园所指出,当时文学中的"革命加恋爱"的结构,实则是时代生活的产物,"由'五四'浪漫时代跨入铁与血的大革命,人们不可能一下子摆脱'昨天'。而中国青年知识者中相当一部分,是由反抗家庭专制、争取恋爱自由为起点,走入革命的",洪灵菲的人生

---

① 洪灵菲:《流亡》,上海:现代书局 1928 年版,第 142 页。
② 赵园:《大革命后小说关于知识者"个人与革命"关系的思考及"新人"形象的降生——兼谈现代文学中有关"恋爱和革命的冲突"的描写》,《中国现代文学研究丛刊》1984 年第 2 期。

轨迹即是如此。因此，孟超在回忆洪灵菲的时候写道："曾经度过二七年代的革命浪潮的人，谁也会知道那时革命青年中是有不少的人存在着两种互相矛盾的感情生活，一面是严肃的工作，坚韧的精神；另一面就是浪漫谛克的气质和行动。"①《流亡》三部曲既是那个时代的产物与写照，也带有那个时代文学作品的缺陷与不足，但从这三部曲在当时的出版情况看（《流亡》自1928年4月至1933年2月销行了五版，《前线》于1928年5月初版，翌年9月就已再版，后被国民党当局查禁，《转变》自1928年9月至1940年销行了7版）②，可见它们与同时期蒋光慈、茅盾等作家的作品一样，在大革命失败的低潮期所具有的强大的感召力。

自1929年开始，洪灵菲的创作有一个自觉的转向，描写的对象由小资产阶级知识分子转变为农民、工人和革命者，突破了"革命加恋爱"的公式，带有更多现实主义的因素，正如他在作品《蛋壳》中借人物P之口所宣告的，要"投到无产者们中间去"。

短篇集《归家》中有六个作品。《在木筏上》和《在俱乐部里面》仍取材于他流亡南洋时的经历。《在木筏上》讲述的是他在泰国时期，和他一同在木筏上"卖死力"的贫苦老乡，这些潮州老乡为了躲水旱和匪乱，为了生存来"过番"，以为来掘金矿，过的却是矿坑下的生活，同样《在俱乐部里面》，讲述新加坡的俱乐部也是上流人和下流人两个世界。《归家》写农民百禄叔"过番"多年最后穷苦归来，有家不敢进，进家门后又与在家苦熬多年把孩子拉扯大的妻子大打一通的酸楚情境。《女孩》写的是他寓居上海期间二房东所买下的一个九岁的小婢女。《路上》以日记的形式写的是参加北伐的一群女兵。《在洪流中》讲述的是村中发了大水，正逃避追捕的农协会员阿进躲在家里的房梁上，家中只剩一个寡母，老母亲劝说阿进趁大水官兵无法来剿乡就不要再出门冒险了，但听了阿进一番"穷人唯一的生路只是向前"的话，老母亲终是支持儿子继续去革命。短篇集《气力出卖者》亦是六个作品。《考试》、《柿园》和《里巷》都取材于作家自己的童年经历，是对自己的成长、家人和乡里的回忆。《爱情》则从爱人的角度描写了自己与爱人在上海的生活和转变。比较独特的是《金章老姆》和《气力出卖者（一封信）》，这两个作品皆以"独语"的方式来讲述，前者是儿子过番三十多年音信全无的金章老姆，沦落成祥林嫂一类的可怜人，见人就拉住絮絮叨叨起她的儿子；后者是一个"过番"到暹罗的制盐公司当火夫的青年农民劳累过度病死前写给母亲的一封信。

中篇小说《大海》是洪灵菲以自己的家乡华南地区的滨海农村为背景，反映土地革命在中国农村掀起巨变的优秀之作。作品分上下两部，既以土地革命为时间轴，分

---

① 孟超：《我所知道的灵菲》，《洪灵菲选集》，北京：人民文学出版社1982年版，第25页。
② 胡从经：《拓荒者的耙迹与犁痕——左联烈士洪灵菲及其创作》，《上海社会科学院学术季刊》1987年第4期。

成前后两段,又呈现出一个对比结构。上部写村中三个贫苦农民锦成叔、裕喜叔和鸡卵兄,他们性格迥异,原本各有一身好力气或从小聪慧过人,但在农村残酷的剥削下最后都过上卖儿鬻女的悲惨生活,最终他们一把火烧了地主清闲爷的房子,只好出逃到南洋去谋生。下部写这三位从异邦归来的老农,正赶上村里已进行了土地革命,正在轰轰烈烈建设苏维埃政权,三人在此中经受了不同程度的革命的洗礼,自己、家人和整个农村都产生了极大的转变——不再是农民个人的、自发式的反抗,而是"广大的农村像大海一般地在咆哮着,叫喊着,震怒着,这不是沉默时的农村了。这是在革命中生长起来的农村,这是被压迫的人群自己建立起来的农村"。①

洪灵菲的这些作品属于当时无产阶级革命文学的草创期,自然有着艺术上的幼稚和粗率,但它们在当时以及当下仍不失为优秀的作品。洪灵菲在这些作品中仍保有其前期作品的浪漫主义因素,譬如《在木筏上》,当他写到流亡的革命者与饱经风霜的农人一同在南洋的木筏上艰难求生,当他们在雨中跃入河里的时候,"景象是美丽极了":"急激的波浪把我们的躯体冲击着,剥夺着,压制着,但我们却时时刻刻地保持着把我们的头颅伸出水面之外。河流不能淹没我们,也正如悲哀不能淹没我们一样。"②

第二节 冯铿:有点罗曼蒂克

冯铿(1907—1931),原名冯岭梅。出身于书香门第,先居潮州后迁至汕头。父亲冯孝骞,浙江杭州人,出身官家子弟,是一位典型的旧知识分子。母亲卢椿,浙江绍兴人,幼年从学于揭阳著名藏书家丁日昌,也曾在汕头友联中学任教。冯铿的三姐冯素秋对她影响最深,教她读过不少旧诗词还给她讲过许多古代英雄美人的故事,但姐姐20岁时闹自由恋爱轰动了整个潮州城,不久就悒悒而死。冯铿青年时期先就读于汕头礜石女校,后转读汕头友联中学高中部,不久就成为该校"友中月刊社"的主将。1923年,徐美勋(许峨)和冯铿的哥哥冯瘦菊发起组织了潮汕地区最早的新文学团体"火焰社",主要社员有洪灵菲、戴平万、丘玉麟、曾曼尼、罗吟甫等,冯铿虽不是该社的正式成员,但经常为《火焰周刊》撰稿。1925年,广东革命形式迅猛发展,革命军进行了两次东征。在第二次东征中,她参加了庆祝十月革命暨军民联合大会,见到了周恩来,兴奋得把一方手帕都撕成了碎片。以周恩来为主任的东江各属行政公署,接管

---

① 洪灵菲:《大海》,上海:乐华图书公司1930年版,第42页。
② 洪灵菲:《在木筏上》,《归家》,上海:现代书局1929年版,第18页。

了反动的《平报》,更名为《岭东民国日报》,社长为李春涛。冯铿在该报的文艺副刊上连续发表了约100首总题为《深意》的抒情诗。

1927年春,冯铿与爱人徐美勋离开汕头到乡间一所小学当教员,并为农会办夜校识字班,课余抓紧时间学习和写作,立志要成为一名作家。广州"四一五"反革命大屠杀开始,李春涛等革命同志被反动派残杀,冯铿女扮男装与徐美勋一起流亡乡间。1928年春,他们到澄海县县立小学当教员,冯铿同时在县立女校兼职,后因被告"赤化"而被当局开除。冯铿与徐美勋回到汕头,寄居在朋友家废弃的书斋楼上,在这里创作了几部作品。

1929年春冯铿到上海读书,先进持志大学后转入复旦大学,不久又因为工作需要和经济拮据而辍学。1929年5月冯铿和徐美勋加入了中国共产党,1930年3月2日,左联成立,他俩参加左联并出席了成立大会。1930年5月,由上海总工会发起的全国苏维埃区域代表大会在上海召开,冯铿与柔石、胡也频三人以"左联"代表的资格参加了这次大会,在此次会上他们通过与苏区代表的广泛接触了解了苏区的生活和战斗,会议结束后,他们都迅速地将听到的一切用文学形式反映出来。1931年1月17日晚,冯铿、柔石、胡也频、殷夫与党内二十多名重要干部在上海公共租界三马路东方旅社举行秘密会议,由于叛徒告密,与会者全部被捕,1931年2月7日午夜,被国民党反动派秘密枪杀于上海龙华警备司令部。冯铿是左联五烈士中唯一的女性,牺牲时年仅23岁。

冯铿的创作带有很鲜明的时代色彩。她早期主要写白话小诗和散文,有两篇短篇小说《一个可怜的女子》和《月下》,这些作品,无论诗歌的抒情性还是小说的反封建,皆有很强烈的五四印记,赞颂青春和爱情,追求恋爱婚姻自由,反抗封建礼教和宗法思想。《一个可怜的女子》写乡间一个叫香姑的童养媳,忍受不了婆婆的虐待和折磨,最终跳河自杀。《月下》则写一个刚嫁入"世家大户"的新媳妇,在封建礼教的重重束缚下,过着"和奴隶,囚犯,木偶……一样的"生活,想自杀又舍不得母亲,只能独自在月下哭泣。冯铿此时的创作,仍带有逃避现实,向往自然和乡村的隐逸生活的基调。她在《默思》中借人物之口写道:"她的希望是:受完中等教育以后,稍有自立的能力,到乡间去教几个幼童,或者做她所会做的工作,同时沉醉于'自然'和'文学';不要人知,也不知人。"中学毕业后,冯铿确实和爱人一起去乡村当小学教员,后被迫害不得不流亡,使她有更多的机会了解到农村的真实面貌,并接触到更多的农民群众。

1928年冯铿创作了中篇小说《最后的出路》,原名《女学生的苦闷》。小说以大革命时期广东潮汕地区为背景,描写出身于封建大家庭的闺门小姐郑若莲如何冲破封建家庭和黑暗社会的种种束缚,最后走向革命的人生经历。郑若莲家是在南洋发家致富的大富户,父亲是家中长子,母亲是年轻的填房,郑若莲幼年时父亲就撒手人寰。作为没有财产继承权的女孩在这样的大家庭中长大,郑若莲与母亲一样都性格脆弱,多愁善感。十六岁时,郑若莲结识了家庭女教师吴先生的外甥女许慕鸥,许是当时 A 市(汕头)有名的新女性,并进了教会办的女子中学学习,改名为芷青。芷青虽然也参加一些学生的革命活动,但作为一个青春萌动的少女,更多地沉溺于"浪漫蒂克"之中,钟情同学白其宁,两人之间有暧昧情愫,又被浮夸少爷华如章追逐,一度沉沦堕落,最后与白其宁相恋不成,唯留感伤。母亲去世后,她停学回乡,受叔父管教,中间也曾出逃到乡村当家庭教师和一度复学,最后为了生计还是回到旧家庭,由叔婶给她订了婚,要嫁给一个俗不可耐的南洋商人,正在这绝望之际,许慕鸥的来信促使她振作了起来,与旧家庭彻底决裂,这是"最后的出路"。冯铿在各个时期各种体裁的创作中,都以青年女性为主人公,但从这一个时期,即反革命政变发生以后,她已不再孤立地看待妇女解放的问题,正如在《最后的出路》结尾处,郑若莲离家前流着泪对着母亲的遗像所哭喊的:"娘,娘!……你遗留世上的唯一的女儿,要为自己为群众努力奋斗去了!……你的一生都给现社会的一切制度压害,以致弃了你独生的女儿,饮恨而终的!……呀!你女儿此刻奋起了,起来和那坑害你、害他人的一切制度复仇了!"

冯铿的中篇小说《重新起来》相比于前期的作品带有强烈的"五四"风,从这一作品开始,冯铿的创作又具有强烈的"五卅"后的革命文学的特征。《重新起来》的女主人公小蘋,生于革命发源地 K 省一个贫农之家,父亲因反抗地主而死,后来农民革命兴起,她才有机会进平民学校读书识字。在大革命高潮中,她成为村农协的文书部长和妇协支部的领袖,后来还被选为县妇协常委。正是在县党部她认识了青年部长辛萍。辛萍是个大学还没毕业就跑回家乡当教员的青年,一是家里经济不再负担得起,一是厌倦了无聊的学生生活,现在又不满教师的灰色生活,开始干起革命的事业,他热烈地追求小蘋,他俩就恋爱了。当反革命政变突发的时候,小蘋的母亲和哥哥都惨遭杀害,小蘋与辛萍一起逃到乡间。之后辛萍去了上海投奔有钱的表叔,得到一份悠闲的职业,小蘋则转移到渔港去教书。两年后,辛萍邀小蘋到上海共同生活,小蘋到上海后发现辛萍已经革命意志消退,厌弃革命,他俩的思想和志趣已格格不入,最终小蘋不辞而别,去寻找党组织,投入到上海火热的工人运动之中。该作品的结构精巧,文笔也较为细腻,并且非常鲜明且深刻地反映出中国革命从高涨到低落又"重新起来"的时代激流。

冯铿的创作由此顺利地开启了一个转变和开拓,接下来她创作了一系列短篇小说,其中不乏优秀之作。例如《乐园的幻灭》,描写一位年轻的小学女教师,陶醉于乡间自然恬淡的生活,可是有一天学校被反动军阀的部队给强占了,军警不仅赶走了学生还无礼地侮辱了她,"乐园"幻灭了她才意识到:"我们要忍耐,要合力,要组织,然后才反抗,对一切丑恶的反抗"。《突变》描写女工阿娥,是一个虔诚的基督教徒,在圣诞节的前夜,因为孩子高烧不退,她着急赶去教堂的晚祷会,看能否问牧师娘要点药片。在这个寒风凛冽的冬夜,阿娥甚至没钱坐电车,只能饥寒交迫地跑着,一路跑过许多金碧辉煌的马路、商店和餐馆,一边又想着自己那些同样穷苦的工友们今晚也要开会,商讨如何为工作时被机器碾伤的阿二嫂向工厂要赔偿。在这样一种节日氛围里,在这样一种心境下,在如此强烈的贫富对比中,过去一直信仰着梦幻里的天国,对一切压迫都逆来顺受的阿娥好像一下子惊醒,满腔怒火地发问:"为什么呢?上帝不也是说:人类都属平等的吗?"最后她终于惊呼:"我们的天国在哪里呢?……我给骗了,给他们欺骗了!我,我们已经忍受的痛苦委实太多了,我们要找求现实的地上的平等慈爱……我们要吃得饱,穿得暖!"阿娥这一突变虽然在艺术表现上还不能处理得足够自然,但真切地反映了旧社会那些饱受压迫、同时也受着宗教的欺骗和毒害而尚未觉醒的工人们。《贩卖婴儿的妇女》是冯铿在思想上和艺术上都达到较高水平的作品,小说描写刚死了丈夫的李细妹,抱着出生只有两个月的婴儿到荐头店,希望能找到份工作以维持生计。面临绝境,苦等了几天才有雇主愿意雇她去当奶妈,但条件是不准她带自己的孩子,使得她不得不忍痛送孩子去育婴堂。在路上遇到从前的邻人,告知她婴儿进了育婴堂都备受摧残,每天要死好几个,不如把孩子卖给愿意收养的人家。于是李细妹又流着眼泪抱着婴儿到市场上去,有一买主想用一块钱买这孩子,李细妹正踌躇答应时,这时维持菜场治安的印度巡捕和中国包探都过来了,以"贩卖人口"的名义就将李细妹拖走,在不尽的寒雨之中只有李细妹撕心裂肺的哭喊声。这个作品只有短短三千来字,但结构紧凑,情节的设置和人物的塑造都非常成功,使冯铿确实称得上"中国新诞生的最出色的和最有希望的女作家之一"。

  1930年5月全国苏维埃区域代表大会在上海召开之后,冯铿创作的短篇小说《红的日记》和《小阿强》,与柔石的通讯《一个伟大的印象》和诗歌《血在沸》,以及胡也频的短篇小说《同居》,一起成为中国现代文学史上最早最直接反映和热烈讴歌红军的战斗和革命根据地的文学作品。这些作品基本都是听了来参会的苏区红军、赤卫队和工农代表的发言和讲述。《红的日记》最初发表时名为《女同志马英的日记》,小说通过一位红军女战士马英六天的日记,记叙了红军和赤卫队从攻占T城开始,到再出发去围攻G城的六天中,红军如何战斗、宣传和发动群众。女红军马英的形象十分鲜明,有高涨的革命热情、战斗勇敢、对革命乐观且充满信心。马英把枪杆子当成自己的"铁情人",把缴获的日记本当作自己的"小宝宝",要"暂时把自己是女人这一回事忘掉干净",因为红军是"铁和火的集团,我们红军的脑袋、眼睛里面只有一件东西:溅着鲜红的热血,和一切榨取阶级、统治阶级拼个你死我活!"正如有研究者所指出:马英"显示了她独特的女性意识。这种意识深印着革命斗争时代站在阶级斗争前列,坚持以独立的人格和男人一道投身革命,进行血的斗争的新女性的精神特征。"①如果说《红的日记》描绘了文学中第一位女红军战士,《小阿强》则描绘了文学中第一位苏区的少年先锋队队长。阿强是一个贫农家的孩子,从小就是地主家的小奴隶,平常受尽雇主还有父亲的毒打,但他的父亲也要受地主的狗腿子的毒打。有一次他不忍父亲再被凌虐,拿起木棒来帮不敢还手的父亲,结果更被那些人打得死去活来。后来,在红军攻打他们村之前,阿强冒险去给红军送信,机智地完成了任务,在红军顺利打败乡团开进村的时候,阿强成为一个"真正的小布尔什维克"。

而冯铿最终也以自己的牺牲证明了她不仅是一位革命女作家,而且是一位女革命家,一位真正的布尔什维克。鲁迅在《为了忘却的记念》中回忆冯铿:"我对于她终于很隔膜,我疑心她有点罗曼蒂克,急于事功"。冯铿的性格与柔石那种"颇有点迂"的台州式硬气形成鲜明对照,有些"罗曼蒂克、急于事功"的年轻革命女性冯铿对柔石产生了巨大的影响,甚至因此转变长期以来的创作风格。文如其人,冯铿早期诗歌小说,抒情性很强,赞颂青春和爱情,关怀女性命运,争取女性解放,最后以笔为戈,献身革命,令人敬仰、永垂青史。

第三节　戴平万:新兴文学的"花蕊"

戴平万(1903—1945),广东潮安人,原名戴均,笔名有:戴萬葉、平万、庄错、岳昭和君博等。出身于书香门第,曾祖父是清朝举人,祖父是潮州有名的"三布衣"之一,著有《归来堂诗稿》,父亲是清朝末科秀才,一生从事教育事业,在潮汕一带颇有文名。戴平万八岁进私塾,三年后到县城进学堂。1918年小学毕业,与洪灵菲一同考入广东省立潮州中学。中学时期正值"五四"运动的浪潮席卷全国,戴平万积极参加爱国宣传活动、阅读进步书刊、接受新思想的洗礼,为后来走上革命道路奠定了思想基础。1922年中学毕业,又与洪灵菲一同考上了广东高等师范学校英语系,入学后戴平万研读了许多中外文学名著,特别崇拜英国诗人雪莱和拜伦,尤其是雪莱,郁达夫的处女作《沉沦》也在他的思想上留下了深刻的印象。在此期间,徐美勋在《大岭东报》上倡议组织潮汕地区的新文学团体,他和洪灵菲马上写信表示赞同和支持,不久便成立了"火焰社",创办《火焰周刊》,并经常在该刊发表文章和作品。1924年,

---

① 乔以钢:《从"乐园"幻梦到"红"的女人的讴歌——"左联"女作家冯铿的创作轨迹》,《河南教育学院学报(哲学社会科学版)》1994年第3期。

国民党一大在广州召开后,戴平万和洪灵菲先参加国民党左派组织,随即又加入中国共产党。1925年6月23日戴平万参加了广州工人、学生、市民、军人十万人举行的援助"五卅"运动的示威游行,目睹了帝国主义制造的沙基大惨案,从而更坚定地走上了革命的道路。

1926年夏,戴平万大学毕业,由海外部派往暹罗(泰国)开展工作。1927年"四一二"反革命政变之后,戴平万在暹罗也经常遭到特务跟踪盯梢,过着流亡生活,后来恰好遇到流亡至此地的洪灵菲,于是两人结伴辗转回国,最终到达上海。戴平万与蒋光慈、钱杏邨(阿英)、杜国庠(林伯修)和洪灵菲等一起成立"太阳社",创办春野书店,出版《太阳月刊》;与杜国庠和洪灵菲等一起成立"我们社",创办晓山书店,出版《我们月刊》。他参加积极"左联"的筹备、成立工作,投身左翼文艺运动。先后在《太阳月刊》《我们月刊》《新流月报》《拓荒者》和《海风周报》上发表了二十多篇小说和译作,并撰写介绍外国革命作家的论文,还出版了短篇小说集《出路》《都市之夜》《陆阿六》,中篇小说《前夜》和《荔清》。刊登在"左联"机关刊物《拓荒者》上的短篇小说《陆阿六》还被作为左联时期的优秀作品译成日文介绍到日本去。1930年,钱杏邨在《关于〈都市之夜〉及其他》一文中,充分肯定了戴平万这一时期的创作,将其作品称为"新兴文学的花蕊",直言"若果根据社会的条件以及作家的本身的两方面来考察,我敢说戴平万的短篇,在目前,是比较能令我们满意的了"。① 1933年,王哲甫在《中国新文学运动史》一书中写道:"戴氏为新进的,新写实主义的作家,虽然他的作品并不很多,然只就他现在的作品而论,谁也不能否认他在普罗作家中所占的重要位置。"②

1930年9月之后,白色恐怖日益严重,戴平万按党组织的指示,把主要精力集中在开展党的地下工作,基本上停止创作。1932年"一·二八"事变后,上海反帝大同盟成立,戴平万参加了反帝大同盟工作,发动和组织码头工人、青年学生抗日。1933年4月,戴平万翻译的长篇小说《求真者》(辛克莱著)和他编著的《俄罗斯的文学》一书,先后由上海东亚图书馆出版。不久,戴平万被党派往东北满洲省委工作。据林淡秋同志生前对王元化同志说:戴平万在满洲期间,曾一度在刘少奇同志身边工作。后来,戴平万在哈尔滨遭日本人驱逐,返回上海,处境十分困难。他以自己在满洲时的生活经历,写了一些散文和短篇小说:《霜花》《在海上》《万泉河》《亲爱的先生》《沈阳之旅》和《满洲琐记》等,反映东北同胞在敌人铁蹄蹂躏下的痛苦生活。1936年,上海文艺界展开了关于"两个口号"的论争,戴平万在《文学界》上发表短文《关于国防

---

① 钱杏邨:《关于〈都市之夜〉及其他》,《拓荒者》,1930年2月20日第1卷第2期。
② 王哲甫:《中国新文学运动史》,北京:北京景山书社1933年版,第242页。

文学的我见》;同年6月7日,中国文艺家协会成立,戴平万是该协会的发起人之一;6月18日,高尔基逝世,戴平万在《文学界》"高尔基逝世纪念特辑"上发表短文《我们的唁词》;10月19日,鲁迅先生在上海逝世,戴平万在《光明》半月刊发表《他的精神还活着》,赞颂鲁迅先生的战斗精神和他在文学史上的不朽地位。①

抗日战争爆发以后,戴平万留在"孤岛"坚持斗争,参加"文委",是"孤岛"文学界党的主要负责人之一。他从事《新中国文艺丛刊》和《文艺新闻》的编辑工作,还负责《每日译报》的本埠消息版。此外,他和王任叔(巴人)、林淡秋等一起参加文艺通讯员运动的组织发动工作;和梅益、林淡秋、钱塑等同志一起编辑《上海一日》一书;支持《戏剧与文学》《文艺》和《文艺长城》等进步文艺刊物,为它们撰稿;还经常外出给工人和爱国青年学生讲课,作有关文艺问题的专题报告。这一时期,他写了不少论文和文艺短论,有时也翻译外国通讯社有进步意义的文章,还出版了短篇小说集《苦菜》。他以"岳昭"的笔名在由于伶、林淡秋主编的、戏剧界和文学界合办的《戏剧与文学》上发表的长篇文章《一年来的上海文艺界》,在当时有较大的影响,是一篇有一定历史意义的文章。②

1940年冬,戴平万从上海到苏北根据地,先在鲁迅艺术学院华中分院任文学系教授,并当选为苏北"文协"第一届理事。后调苏中区党委主持《抗敌报》。一九四三年调任苏中区党校任副校长兼教务主任,并讲授《中国革命与中国共产党》等理论课程。1945年春戴平万在党校所在地的水塘里溺死,终年42岁。

戴平万的创作多取材于自身的经历和见闻,但自传性没洪灵菲那么强,可看出其刻意要将作品与作者/自我拉开距离的用心,在叙事上也较为克制,没有洪灵菲那么多主观化、浪漫化的表达,就这点而言,他确实如当时的批评家们所评价的,是一位"新进的、新写实主义作家"。一直以来,戴平万属于较少受到研究界关注的作家,既有的零星的研究也并没有脱离1930年钱杏邨对他的分析和评价,多集中探讨其对农民运动和农民形象(包括儿童与妇女)的书写。纵观戴平万的创作,实则是与他的革命生涯紧密相关的,他参加过家乡潮汕地区的农民革命,在上海和东北进行过地下斗争,在南洋开展过革命工作又经历了反革命政变后的流亡,因此他的作品如以空间地域划分可分为农村、以广州上海和哈尔滨为代表的都市、南洋。

1928年戴平万在上海泰东图书馆出版了第一个短篇小说集《出路》。第一篇《出路》即以自己从南洋流亡至上海,又从上海赶回潮汕参加革命未果,藏匿在乡下,母亲赶来见自己一面的辛酸经历为蓝本。这是戴平万最具自传性色彩的作品,但小说

---

① 饶芃子、黄仲文:《戴平万的生平和创作》,《学术研究》1983年第2期。
② 饶芃子、黄仲文:《戴平万传略》,《新文学史料》1984年第2期。

采用了书信体,以友人杜君的来信向叙述者万君陈述自己的经历,结局没浪漫化和乐观化,而是两个月后,万君即从另一友人处得知,泪别了母亲和妻子去寻找出路的杜君已经被枪决了,家也被封了,家人也不知逃散到哪里了。

  戴平万的代表作是 1930 年他在上海亚东图书馆出的两个短篇小说集《都市之夜》和《陆阿六》,也是基于这些作品,钱杏邨指出戴平万所描写的两种最主要的人物:"其一是革命儿童和流氓无产阶级儿童,其二是革命的农民"。儿童题材是戴平万的创作成就之一,除了儿童形象的塑造,还有不少故事是以儿童的视角来呈现。《小丰》取材于 1925 年 6 月 23 日发生在广州的"沙基惨案",描写一个铁路工人的儿子、工人夜校的学生小丰,参加广州纪念"五卅"惨案的群众大会和示威游行,遭到帝国主义的血腥镇压,目睹朋友阿明惨死在自己身边,过去在学校墙上看到的代表帝国主义的"黑巨人",一下子从抽象变成了残酷的现实。夜里,从惊吓中恢复过来的小丰,"那惨无人道的残杀,帝国主义的强横,被压迫民族的痛苦",既"扰动他的天真的心儿",又"助长了他的反抗的精神",最后,父亲看着睡着的小丰对母亲说:"这孩子也可以做打倒帝国主义的后备队呢!"《献给伟大的革命》以一个稚气未脱的少年阿辉之口,讲述革命高潮过后,女孩侠姑在白色恐怖弥漫的严峻情况下坚持革命,她会抽烟会生气,会流泪也会紧张而镇定地工作,最后她也不为母亲的慈爱所软化,毅然上了革命的前线。《母亲》是一个特殊的作品,讲述儿子因参加农会被军队枪杀的李老姆收养了一个流浪儿阿幸,乡里人都告诉李老姆阿幸不是一个安分的孩子,但她都不愿意相信。一天晚上李老姆尾随阿幸,发现他真的去赌钱,但赢了之后又被一流氓抢了并打晕了。李老姆又把阿幸救回家,阿幸向李老姆坦言是他偷了她的积蓄去赌的,并誓要把她的血汗钱讨要回来。结果阿幸出门遇到剿乡的军队,被军队拉去当挑夫,实则是要家人拿钱来赎,阿幸誓死不从,被当街打死了。正如钱杏邨所评价的:"流氓无产阶级儿童的一般性格,从这一篇里,我们不曾把握到一幅鸟瞰图。其间,最能表现阿幸的生命力的地方,是他不为强者所屈的一种宁死不屈的强固的个性,无论如何,他要向压迫了他的强者去对抗,他一再反抗他母亲忍辱的意见……阿幸始终坚持着他的主张。无产阶级的革命的性格,'赤贫可以建设罗马'的预言,于此可以得到一个明证。"[①]此外,戴平万还有一些作品是以儿童作为叙事者,如《三弦》写"我"小学时的三弦老师的恋爱悲剧,《疑惑》写卖报童阿狗不明白姐姐为何不去工厂上班了,要穿着旗袍到街上找陌生的男人,回家又悲苦地垂泪。以儿童的视角来看待这个世界,确乎与成人的叙事风格很不同,可见戴平万在创作上是较为注重"技术形式"的。

---

  ① 钱杏邨:《关于〈都市之夜〉及其他》,《拓荒者》,1930 年 2 月 20 日第 1 卷第 2 期。

在普罗文学的草创期，戴平万贡献的另一类型人物是"革命的农民"，这些作品一定程度上反映了那个动荡的年代海陆丰地区农民的苦难和挣扎、觉醒与斗争。《激怒》写放牛娃文生只因牵牛到池塘饮水，自己也下水玩了一下，就被地主以偷鱼为由毒打致死，终于激起了村人压抑了长久的愤怒，跟着革命者喊起来："我们组织起来罢！"《山中》写村民们在官兵剿乡的时候躲在山中避难，一边痛斥劣绅三老爷如何伙同县长抓了农会的人，一边焦急地等着几个去打探消息的村人回来，结果有的逃回来了，有的被抓到枪毙了，村人们悲痛之中看到村里的火光，是官兵把他们的家园都烧毁了，整个山谷充满了嘈杂的、愤怒的、反抗的声音。《春泉》讲述躲在山里坚持斗争的农民，发现一个跌进坑里的老婆婆，原来这位老婆婆的独生子被官兵和民团捉走了，她就哭喊着在这荒山野岭中寻找自己的儿子。这些本已身处困境的农民，救起了老婆婆，还把身上仅有的钱都凑起来给她，劝慰她。送走了老婆婆，戴平万并没有给这作品一个光明的尾巴，他在结尾处写道："于是哭声消失了，春泉幽幽地响着了，山谷间的春天又来了。但是农民们自己的春天呢？他们正在艰难困苦地创造着。"①《陆阿六》和《村中的早晨》，成功地塑造了两个已经觉醒并走上自觉革命道路的青年农民。陆阿六出身贫农，从小就对这个"不平的社会"充满了"不平"，在大革命浪潮到来的时候，他积极投身农民运动，晚上还上夜校，不仅渐渐影响了顽固的父亲，还与打过架的另一贫苦的青年农民阿牛结成了同志，逐渐成长为一个有明确意识的勇敢的革命战士。陆阿六代表着新兴的农民形象，冯乃超在评价刊于同期《拓荒者》上的作品时指出："戴平万的'陆阿六'是本期中最优秀的作品。作者已经脱离了抽象的革命描写，而以朴素的农家生活构成土地革命的形象。这样，我们才可以从艺术中理解革命，更可以理解革命之必然。"②《村中的早晨》没有正面描写阿荣这位农会的领袖，而是通过他的父亲老魏的回忆和观察，讲述了一个农家卖了家中唯一一头牛供儿子读书，儿子毕业后却回乡组织农会领导农民进行武装斗争。老魏因为儿子，被抄了家还银铛入狱，靠老婆卖了仅有的一块园地才被赎出来。出狱后听说儿子阿荣在山头村，"他想向儿子诉苦，向儿子发气"，赶到山头村的时候，正巧城里派了侦缉队要剿乡，阿荣忙着战斗无暇接待父亲。老魏看着儿子和同志们忙碌的情景，听到同志们对儿子的称赞，他好像终于理解他的儿子了，同时他也知道了这个"他所日夜想念着的亲儿子，而这个儿子可不是他所有的了。"③

觉醒的革命妇女也是戴平万给普罗文学贡献的一类人物形象。《新生》写农村的年轻寡妇阿花和她从地主家逃回来的妹妹婢女阿叶，姐妹俩在女革命者玉同志的

---

① 戴平万：《陆阿六》，上海：现代书局1930年版，第101页。
② 冯乃超：《作品与生活》，《拓荒者》1930年2月第1卷第2期。
③ 戴平万：《村中的早晨》，《陆阿六》，上海：现代书局1930年版，第83页。

启发引导下，从传统观念的束缚中挣脱出来，勇敢地站到群众大会的演讲台上参加妇女节和祝捷会的活动。《哈尔滨的一夜》写有"满洲的马柳特加"之称的抗日义勇军女战士佟桂英，但作品不是描写战场上英勇善战的佟桂英，而是写"我"刚到哈尔滨的当夜，接头的同志就被捕了，在同志处刚认识的佟桂英如何机智勇敢地帮助"我"安全撤离。作品篇幅虽短，但却把这个危险的雨夜写得真实细腻又充满诗意。《佩佩》同样取材于戴平万在东北的经历，写一个跟着母亲流落东北的高丽小姑娘佩佩，从艰难的生存中最后跟着两位同是女工的中国姐姐勇敢地参加了游击队，成为"没有国界的女战士"。

作为一个潮汕人，而且在大革命时期浪迹于南洋，"番客"也是戴平万作品中较为突出的一类人物形象。《流氓馆》描写一群因各种原因流浪到南洋"过番"的青年人，但在这里他们所遭遇的也是监禁、驱逐、失业、疾病和欺凌，最终流氓馆的人也四散了。《树胶园》描写一群被"卖猪仔"到南洋的中国割胶工人的非人生活。而他们中还有个更不幸的"鬼"，这个现在活像鬼一样的"猪仔"阿宝三十多年前来到南洋，妻子被工头红毛鬼强奸，他拿起刀欲追赶反而被吊起来毒打了一天，愤怒的工人们为此罢了工，结果都被开除了，阿宝的妻子也失踪了。此后阿宝就人不人鬼不鬼地流浪，最后被火车轧死。《流浪人》写的是"一个青年，一个为他的祖国争自由的压在日本帝国主义铁蹄下的高丽人"，这个流浪的革命者，几度在南洋病得九死一生，最终还是被日本统治者秘密枪杀于F岛的牢狱之中。

戴平万的创作确如钱杏邨的评价："大多数的作品所表现的意识，在新兴文艺创作里，确实是比较健全的……从他的技术的一面看去，他受了不少的西洋文艺的影响；从他所表现的意识看去，可以证明他是若何的了解革命。"戴平万的革命文学，主要是他最擅长的对农民运动和农民艰苦生活的抒写。他在农村长大，又亲身参加过海陆丰的农民运动，对农民革命的描写避免了当时左翼文学容易出现的概念化的毛病。小说富于生活实感，对人物性格和心理变化的描写深刻而细腻。创作的《陆阿六》《村中的早晨》等小说，可以说是当时左翼文学表现农民革命的代表作，是新兴文学的"花蕊"。

但同时他的作品也深具普罗文学刚起步时的印迹，如中篇小说《前夜》就是革命加恋爱的典型之作，全书222页几乎都在写青年的三角恋，最后十来页才写到革命。相比之下，他的短篇小说题材较为丰富，是比较有成就的。

第四节　杨邨人:革命场中的一位小贩

杨邨人(1901—1955),广东潮安人,谱名启源,学名望甦,化名其苏,笔名:柳丝、文坛小卒、巴人、曼之等。父亲是破落的工商地主,有四房妻妾二十多个子女。但继母田新华却在潮汕地区早期共产党人许甦魂的启蒙和教育下毅然参加了革命活动,并成为中共党员,在大革命失败时壮烈牺牲。妹妹杨础坚在继母熏陶下也投身革命,成为中共党员。1916年,杨邨人在汕头市华英中学读书,两年后因家庭经济破产而辍学;1919年五四运动爆发,他受新文化运动影响,在庵埠镇组织了爱国同志会;1920年担任教员,兼任汕头《尾声日报》记者;1921年转赴厦门,在华侨领袖陈嘉庚创办的集美学校中学部继续学业;1922年考入湖北省武昌高等师范学校(武汉大学前身)国文系。1925年加入中国共产党,董必武担任了该次入党仪式的监誓人。①

大学毕业后,由党组织介绍到广州,先后担任广东省立第一中学和第二中学的教导主任,"四一五"反革命政变爆发,受到通缉逃往武汉,担任全国总工会宣传部编辑科干事,与阿英、孟超同事,并一起参加了在武汉召开的第四次全国劳动大会;他们与蒋光慈决定创办一种以提倡无产阶级革命文学为中心的文艺刊物,命名为《太阳》杂志,但在编稿期间,武汉政局大变,宁汉合流,不得不离开武汉逃亡上海。杨邨人后东渡日本,成为明治大学政治经济科的留学生,几个月后又回到上海,与陆续到达的蒋光慈、孟超和阿英继续武汉的计划,开办春野书店,出版《太阳月刊》,组织太阳社。②蒋光慈是《太阳月刊》的主编,但实际的编辑工作由阿英和杨邨人两人负责。《太阳月刊》出版了七期之后被迫停刊,更名为《时代文艺》出版一期又停刊,春野书店也被查封。杨邨人在《太阳月刊》停刊后,自办了一份半月刊文艺杂志《新星》,承继《太阳月刊》的编辑宗旨和方针,宣称要继续为无产阶级革命文学事业作贡献。《新星》虽仅出一期,但阵容和内容都比《太阳月刊》更广,其中有潘汉年的《"警告胡适之"》和卢那察尔斯基的《苏维埃联盟的十一年》《文化革命的成果》等译文。太阳社还出版了"太阳小丛书",有钱杏邨的《革命的故事》、蒋光慈的《罪人》、杨邨人的《战线上》和王艺钟的《玫瑰花》等。虽然后来"脱党"并成为"第三种人",但在这段时间杨邨人还是为左翼文艺运动做了大量的工作,并与钱杏邨一道,经中共党组织推荐,列名

---

① 陈梦熊:《杨邨人》,《三十年代在上海的"左联"作家》,上海社会科学院文学研究所编,上海:上海社会科学院出版社1988年版。
② 陈梦熊:《杨邨人》,《三十年代在上海的"左联"作家》,上海社会科学院文学研究所编,上海:上海社会科学院出版社1988年版。

于莫斯科《国际文学》的编辑委员。还介绍了一批潮籍作家加入"太阳社"及左翼文艺队伍,如洪灵菲、戴平万和林伯修等人;对早期左翼戏剧运动的兴起和发展也有积极的推动作用。1929年秋,上海艺术剧社成立,这是共产党领导的第一个话剧团体,也是第一个提出"普罗列塔利亚戏剧"(无产阶级戏剧)口号的话剧团体,杨邨人是该团体的发起人之一,任组织部负责人并担任教务工作。1931年1月,中国左翼戏剧家联盟成立,杨邨人是"剧联"成立后的第一任党团书记。还介绍考入上海艺术大学的同乡陈波儿加入进步的上海艺术剧社,陈波儿后来成长为左翼剧坛明星。①

但也是在"左联"期间,杨邨人一面参加由"左联"同人筹划组织的庆祝鲁迅五十寿辰的活动,一面又以"文坛小卒"的笔名在自己主编的《白话小报》上发表《鲁迅大开汤饼会》的文章,造谣污蔑鲁迅。1932年2月,杨邨人自己请求组织派往洪湖苏区工作,接替谢觉哉的职务,主编《工农日报》,同年9月因根据地失陷逃往汉口,1933年2月在《读书杂志》三卷一期发表《离开政党生活的战壕》,公开脱党变节。

杨邨人脱党后通过《读书杂志》结识了胡秋原、杜衡和韩侍桁等,把矛头指向"左联",写了《论"第三种人"的文学》要"与'左联'诸同志讨论",后该文发表在《现代》杂志,改题目为《揭起小资产阶级革命文学之旗》,他提出:"左联不是共产党,不应该以政党的立场为文坛的立场而对于'第三种人'的作家加以攻击和非难。"此外,杨邨人更是不遗余力地污蔑和攻击鲁迅,1933年12月3日,杨邨人又在《文化列车》上发表了《给鲁迅先生的公开信》。鲁迅在12月28日发表了《答杨邨人先生公开信的公开信》,袒露了自己之前不回击的原因:"革命者为达目的,可用任何手段的话,我是以为不错的,所以即使因我罪孽深重,革命文学的第一步,必须拿我来开刀,我也敢于咬着牙关忍受。"但现在杨邨人"从革命阵线上退回来,为自己辩护,做稳'第三种人'"是鲁迅所不齿的,鲁迅给了他一个形象生动的定义"革命场中的一位小贩"。杨邨人脱党后没有出卖同志也没有曲意攻击苏区,所以总的来说鲁迅对他的评价还是非常客观公允的:"我以为先生虽是革命场中的一位小贩,却不是奸商。我所谓奸商者,一种是国共合作时代的阔人,那时颂苏联,赞共产,无所不至,一到'清党'时候,就用共产青年,共产嫌疑青年的血来洗自己的手……一种是革命的骁将,杀土豪,倒劣绅,激烈得很,一有蹉跌,便称为'弃邪归正',骂'土匪',杀'同人'……"杨邨人脱党后,主要以写作为生,文章多发表在《现代》《矛盾》和《申报》等报刊上,1934年至1936年担任《社会月报》编辑,1935年《星火》杂志创刊,他担任该刊编辑工作。抗战时期,杨邨人担任第四战区政治部组员,兼任过广东省文化界抗敌协会委员、广州《民族日报》副刊编辑,参加过中华全国文艺界抗敌协会。解放战争期间,先后任四川省松潘、绵阳、剑阁县政府秘书。解放后曾担任南充

---

① 黄景忠:《论战中的"革命"与"文学"——杨邨人研究三题》,《文艺争鸣》2016年第7期。

的川北大学文学院教授和四川师范学院中文系教授。1955年肃反运动中,因历史上有叛党变节行为,政治上面目不清,被列为重点审查对象,在审查期间,杨邨人跳楼自杀。①

1925年到1930年这五年是杨邨人的创作高峰期,出版了一部中篇《失踪》,三部短篇小说集《战线上》《狂澜》和《苦闷》,并创作有三四个独幕剧,以及其他的散文、小品。1928年由上海亚东图书馆出版的中篇小说《失踪》,主要还是延续了"五四"青年知识分子反抗封建礼教的恋爱悲剧的主题,也是"五四"新文学开始盛行的自传体小说。作品讲述"我"与表姨之雯之间的"不伦之恋",两人虽受新思潮的影响,也勇于表白和追求自己的爱情,但最终还是屈服于家庭和礼教的压力,在1927年反革命政变之后,之雯回到家乡嫁给一富家子弟,而"我"则受通缉"去国漂泊"。

短篇小说集《战线上》是作为"太阳小丛书"之三,1928年由春野书店出版的。该集收录五个短篇:《女俘虏》《田子明之死》《自焚》《她的脚下》和《死刑》,虽然只是五个短篇,但反映了这个时期社会的各个阶层(主要是城市的)如参军的革命女青年、流亡城市中的农村破落的富家子弟、参加工会奋起抗争的革命工人、为了家庭和生活而嫁给工头的女工,还有与军阀争女人的富商公子……这形形色色的人在这样一个时代和社会里,最终都落得惨死的结局。郁达夫在他当时的日记中(1928年2月13日)曾这样评价这部作品:"回来把杨邨人的小说集《战线上》读了。虽系幼稚得很的作品,但一种新的革命气氛,却很有力的逼上读者的心来,和钱杏邨的《革命故事》一样,有时代的价值的。总之他们的这一代 Younger generation 里,这两本可以算是代表的作品,幼稚病不足为他们的病,至少他们已经摸着了革命文学及内部暴露的路了。"②

第二部短篇小说集《狂澜》1929年由上海泰东图书局出版,收录前言《书前》,五个短篇《藤鞭下》《剿匪》《三妹》《狱囚》和《董老大》,以及附集四篇杂记《母亲》《红灯》《政变的一幕》和《到民间去》。《藤鞭下》描写了老实本分的渔民老八,因缴不上"爱民清X捐",被地主六爷绑在祠堂的柱子上用藤鞭活抽死。杨邨人在《书前》中写道:"土豪劣绅在乡村间,本来已是土皇帝了,何况又是'革命'起来变成'忠实同志',生杀予夺任所欲为更不待说了。现在乡村间的世界,就是这样的'光明'!藤鞭下的背景,以客观的观察采取的,没有一点是杜撰;读者如曾看报纸以及听从乡村间来的朋友的说及,一定没有误会那是空想"。《三妹》描写一对从乡下到省城纱厂打工的姐妹,姐姐大妹性情温和,被工头赵大奎强奸之后投河自尽,妹妹三妹一改过去

---

① 陈梦熊:《杨邨人》,《三十年代在上海的"左联"作家》,上海社会科学院文学研究所编,上海:上海社会科学院出版社1988年版。
② 郁达夫:《郁达夫日记集》,杭州:浙江文艺出版社1986年版,第206—207页。

刚烈的脾气,诱惑赵大奎喝酒,灌醉后将其刺死,为姐姐报仇。杨邨人对该作品也有一段自述:"三妹的背景就是去年在清党时期的武汉的某工厂的一件新闻。那篇小说也是在当时起稿的。现在看来,那篇小说有犯了个人行动的英雄色彩的表现的毛病;但在当时那种政治环境底下,三妹的沉毅勇敢的精神,确实有人赞同。这和光慈的菊芬的后段竟使主人翁菊芬变成了安那其党人,一样的是当时政治环境底下的人们的愤激的变态的心理的表现。"①

第三部短篇小说集《苦闷》,1929年7月由启智书局(上海四马路)出版发行,收录有《自序》和六个短篇《残忍》《博爱》《卖稿》《人生的阴影》《惊喜》和《等待》。全书如书名所示,写的皆是苦闷与彷徨的青年,恋爱的苦闷、经济的苦闷、生存的苦闷、出路的苦闷……杨邨人在《自序》中写道:"在这年头儿谁不会苦闷呢?多么苦闷的时代呵!……感觉得只是苦闷苦闷而已的青年,大多数是思想并不落伍,——最少是并不愿意落伍——;那末他的苦闷,大部分便是由于现时代的政治的好像在长夜漫漫的状态中给他的;或者是由于个人自身的经济的压迫,生活很难维持给他的;或者是由于政治的曙光期的虽然是乐观但是十分盼煞,而且一方面又是生活的铁鞭打得他挣扎无力给他的。这种青年,现在到处都有;尤其是那一班流亡异乡如漂泊的浮萍的青年。"②其中比较有意思的是《博爱》这个作品,讲"我"的好友倪子麟临终前恨恨地告诉"我"他是被他新近的爱人、交际明星密司魏黛云害死的,如何害死呢?就是魏每次在发生关系之后都给他喝一大杯冷水。"我"愤怒地冲去找魏黛云,无意间找到她藏起来的日记,魏黛云在日记中写道:"以前要改造社会的志气,到现在竟无从做起,社会是这样的黑暗,感觉灵敏的我,一天比一天的难受!人!人是什么东西?被杀的是人、杀人的也是人!人?畜生!我要把全人类都杀尽!人生既然这样的痛苦,都杀了岂不是一点痛苦都没有?杀杀杀,个个都杀尽!"③原来魏黛云抱着这样的念头,偶然一次与一位追求者发生关系后给他喝了一大杯冷水,对方第二天肚子痛,几次后就死了,于是她就如法炮制地对待其他的追求者,每一个男人因此而死她都要在心里头庆祝"我的主义成功万岁!"跟《三妹》一样,无论是女工还是交际花,最终都是采取个人行动去刺杀或谋杀。

虽然杨邨人后来"脱党"并成为"第三种人",但"他毕竟对初期的左翼文艺运动的推进有过贡献"④。正如有研究者所总结,"纵观杨邨人的小说创作,它留下了国内

---

① 杨邨人:《书前》,《狂澜》,上海:泰东图书局1929年版,第2—4页。
② 杨邨人:《自序》,《苦闷》,上海:启智书局1929年版,第1页。
③ 杨邨人:《博爱》,《苦闷》,上海:启智书局1929年版,第41—42页。
④ 黄景忠:《论战中的"革命"与"文学"——杨邨人研究三题》,《文艺争鸣》2016年第7期。

白色恐怖最严重年代里的某些人物的痕迹"①,为革命文学提供了部分书写规范,"在他的作品中,敌对双方常常被设置于激烈对峙的场景中","注重以两类互为镜像的人物来阐明革命道路"。②

---

① 陈梦熊:《杨邨人》,《三十年代在上海的"左联"作家》,上海:上海社会科学院出版社1988年版,第70页。
② 赵新顺:《太阳社研究》,北京:中国社会科学出版社2010年版,第195—197页。

第十二章　时代的前哨:激昂的左翼诗歌

　　抗战爆发前夕,在广州艺协诗歌组的基础之上,于1937年2月成立了广州诗坛社,同年7月1日出版了大型诗刊《广州诗坛》。这时诗坛社的主要成员有黄宁婴、陈残云、陈芦荻、鸥外鸥、郑树荣、黄鲁、叶春、李磊、荷子、李又华、陈雄子等。在《广州诗坛》的创刊辞中,首先明确地分析了抗战形势:"中华民族经过九一八以来的六年长血腥的教训,已经醒悟过来了,大家都知道只有集中力量武装抗争才足以图存,中华民族解放的成功是要以鲜血去争取的。配合着这客观的要求,诗歌必须服务于民族解放运动是毫无疑义的了。"最后庄严地宣告自己的宗旨:"我们南中国的一群新诗歌的虔诚爱好者,为了加深我们对于新诗歌的修养,为了更广泛地开展新诗歌建立运动的工作,为了集中力量去唤起中华民族的自由解放,我们便建立了广州诗坛社。今后,希望追随着先驱们,努力把新诗歌坚强地建立起来,努力以新诗歌当作武器,争取我们民族最后的胜利!"

　　抗战爆发之后,蒲风、雷石榆这两位广东籍的诗人回到了广州。为了面向全国,壮大组织,在蒲风的倡议下,广州诗坛社改名为中国诗坛社,刊物自1937年11月15日出版的第4期起,亦随之改名为《中国诗坛》,由蒲风、雷石榆主编。诗坛社的成员,除原有的以外,增加了林林、童晴岚、蒋锡金、施征军、林焕平、史轮、克锋、李育中、洁泯、高泳等,共有100多人,其中有不少是全国知名的诗人。诗坛社还设立出版社,出版诗歌丛书,先后出版了温流、蒲风、王亚平、雷石榆、黄宁婴、陈残云、陈芦荻、克锋、征军、零零、雄子、黄鲁等人的诗集,共有20多种。他们的诗歌,充满激情,洋溢着刚健激越之声。

第一节　蒲风的《茫茫夜》《六月流火》

　　蒲风(1911—1942)原名黄日华,学名飘霞,曾署名黄浦芳、黄风。蒲风出生于广东省梅县一个贫农家庭,由于子女多、田地少,父亲被迫到南洋谋生,在蒲风4岁时,父亲病逝于印尼。此后,全家靠母亲勤俭操持和在印尼经营小本生意的长兄接济,生活困顿。蒲风谈及自己的幼年时说:"我却也一半吃番薯长大的,番薯、芋头简直就是我的好朋友……我骨髓里有的到底是农民的本质。"①这也是后来蒲风的作品始终关注和抒写农民的苦难以及他们的反抗斗争的根源。

1926年蒲风考进梅县学艺中学的第一年,国民革命军东征,当时周恩来担任东征军政治部主任,他和邓颖超都在梅县东教场的群众大会上发表了演说,使当地的学生们深受教育和鼓舞,蒲风随后参加了进步学生团体"新学生社"和共青团。1927年反革命政变后,梅县人民的武装起义失败,蒲风被迫逃亡至印尼长兄处,他与一些进步青年一起从事革命宣传活动,出版油印的不定期刊物《狂风》,他一边从事革命活动一边创作了不少诗作,发表在当地的中文报纸上,如《爪哇小报》《天声日报》《大公商报》和《侨声日报》等。1930年春,他们的秘密联络点相继被荷兰帝国主义特务发现,许多同志遭到逮捕,4月蒲风回到祖国,后到上海入读浦江中学,又考入中国公学大学部中文系,与洪灵菲、戴平万、杨骚和穆木天等人认识。②

1932年初,蒲风参加了"左联"。9月,蒲风与任钧、穆木天和杨骚等人发起组织了作为"左联"外围团体的中国诗歌会。中国诗歌会的成立,是为了廓清新月派、现代派在诗坛造成的某些迷雾,推进和发展革命的诗歌运动。在几位发起人中,蒲风最年轻,刚满二十岁,但正如唐弢在《中国现代文学史》中所评价的,蒲风是"中国诗歌会中最热心、最活跃的诗人"③,任钧亦回忆道:"我们不谈到中国诗歌会则已,一谈到则谁都可以被漏掉,而蒲风绝对不能。因为在事实上我们不妨说,他乃是该会的'总干事',他过问一切,推进一切。假如说中国诗歌会的确曾经对中国的新诗运动发生过多少推进作用的话,则蒲风之力,显然是最大的。"④

1933年2月,中国诗歌会创办机关刊物《新诗歌》旬刊(后改半月刊、月刊)。同年夏天,蒲风参加了中国诗歌会广州分会的成立大会。其后,中国诗歌会在北平、青岛等地先后成立了分会,蒲风担任组织联络,对外通信。1934年4月,蒲风的第一部诗集《茫茫夜》作为"新诗歌丛书"之一由上海国际编译馆出版。同年,因为国民党在上海更加疯狂地进行"文化围剿",好些"左联"和中国诗歌会的人陆续被捕,蒲风于是赴日本东京留学。留日期间,积极参加"左联"东京分盟的活动,跟留日进步诗人林林、雷石榆等经常召开诗歌座谈会,并先后创办《诗歌》和《诗歌生活》等刊物。

---

① 任钧:《忆诗人蒲风——〈蒲风选集〉代序》,黄安榕、陈松溪编选《蒲风选集》,福州:海峡文艺出版社1985年版。
② 潘颂德:《蒲风》,《三十年代在上海的"左联"作家》(下卷),上海社会科学院文学研究所编,上海:上海社会科学院出版社1988年版。
③ 唐弢:《中国现代文学史(二)》,北京:人民文学出版社1979年版,第255—256页。
④ 任钧:《关于中国诗歌会》,《新诗话》,上海:新中国出版社1946年版,第131—132页。

1935年初,蒲风还前往千叶县拜访当时流亡日本的郭沫若,与郭沫若畅谈了许多有关诗歌创作方面的问题,之后他将访问时的谈话内容整理成《郭沫若诗作谈》,发表在1936年8月出版的《现世界》半月刊的创刊号上。① 1935年12月,蒲风的长篇叙事诗《六月流火》以黄飘霞的名义自费由东京渡边印刷所出版。该诗集出版前,蒲风曾将初稿送请郭沫若指正,又将诗稿寄到上海请鲁迅审阅,两位前辈都给予了好评。② 1936年,蒲风回国后将自己1934—1935年发表的三十二首抒情短诗编成第三本诗集《生活》,由上海诗人俱乐部出版。如果以抗战前后将蒲风的诗歌创作分为前后两个时期,《茫茫夜》《六月流火》和《生活》这三部诗集就是他前期的代表作。

中国诗歌会诗人在《新诗歌》的《发刊诗》中表达了他们共同的创作主张:一是主张"捉住现实",要继承和发扬"五四"以来由郭沫若等所代表的新诗的战斗传统,从事反帝反封建的斗争;二是提倡"大众歌调",要创作大众化的诗歌,使诗歌普及到群众当中去。③ 蒲风积极实践中国诗歌会的创作主张。《茫茫夜》是他的奠基之作,收录了诗人1928—1933年间的25首诗作,该诗集以农村题材为中心,作品大部分都取材于战火之中的华南农民的生活和斗争。《动荡的故乡》以"回到多年不曾见面的故乡"的"我",询问父老们"近来原乡又怎么样?"

  原乡太不像样!
  灶头,人丁都要抽捐,
  别说什么婚姻嫁娶。
  治安会晓得的
  只是刮民脂,铲地皮;
  土匪来了,躲在山窝里;
  回头来抓住几个好百姓示威。
  没钱时不是匪来也是匪,
  谁管你什么正义同公理!
  最近还有什么
  "防空公债","国防公债",
  既不曾抗日,
  眼见得奉送了东三省,

---

① 任钧:《忆诗人蒲风——〈蒲风选集〉代序》,黄安榕、陈松溪编选《蒲风选集》,福州:海峡文艺出版社,1985年6月第1版。
② 潘颂德:《蒲风》,《三十年代在上海的"左联"作家》(下卷),上海:上海社会科学院出版社1988年版。
③ 唐弢:《中国现代文学史(二)》,北京:人民文学出版社1979年版,第255页。

还要派队下乡

一个一个的把良民拘。

唉！真是世道日非。

这组对谈,非常形象地勾勒了一幅旧中国农村的缩影,揭露了国民党政府对内残酷剥削人民、对外屈膝投降的反动本质。①《茫茫夜》也采用对话体的形式,在一个狂风怒号的黑夜里,母亲惦念着去当了"穷人军"的儿子,在风雨声中,母亲呼唤着儿子归家,把一切苦难都归结于命运和风水,而这时狂风送来了儿子的答歌:"母亲,母亲,母亲,/再不能屈服此生!我们有的是力,有的是热血,/我们有的是万众一心的团结;/我们将用我们的手/建造一切,建造一切!"可以看到,这首在中国新诗史上较早反映农民的革命斗争的诗中,已经出现了农村新一代觉醒的农民革命者的形象。《农夫阿三》《地心的火》和《咆哮》等,都既描绘了农民被压迫、被剥削的生活与痛苦,又反映了青年农民的觉醒与抗争。唐弢曾总结蒲风的诗作"紧紧抓住现实生活中两类迫切的主题:农村从苦难到觉醒的革命变革,人民争相抗日以图存的强烈要求。"该诗集也有控诉日寇的侵略行径的,如《真理》,揭露日本浪人的野蛮和强暴,但因为他们有"领事馆,陆战队,/军舰,飞机……/——太阳旗!",巡捕最后放走了日本浪人反而抓住几个中国青年,诗人在末尾讽刺地写道:"抗议——双方抗议。/军舰——示威。/——弱者道歉!/太阳旗显示了'真理'。"

蒲风的第二本诗集《六月流火》是一首长达2400多行的长篇叙事诗,由二十四节组成。诗人自述"我于去年回到乡下,我听取了这个作为《六月流火》的底子的悲惨的故事","之所以写此长篇故事诗","决不是学时髦","也决不是我个人的癖性固执,向我们作了客观的要求的是时代,动乱多难中万千的光怪陆离而又总归于一的时代"。②《六月流火》写王家庄的农民们正在六月酷暑的旱灾中挣扎,希求能多抢救几根黄秧,可是国民党的反动军队为了"剿匪"要赶筑公路,限令农民三天之内割光青禾,觉醒的农民与反动军队进行了拼死的战斗,最后在红军的支援下,终于取得了胜利。该长诗不仅成功地塑造了青年农民王挺山这一形象,而且展示了老年农民逐步觉醒的过程,相当成功地反映了三十年代华南农村星火燎原的斗争情景。

正如蒲风在自序中所说,现代长篇叙事诗"在中国它尚未有足供前车的姊妹",所以创作《六月流火》时他非常认真、刻苦,定稿前这部长诗"根本的翻造都已有了三

---

① 潘颂德:《蒲风》,《三十年代在上海的"左联"作家》(下卷),上海:上海社会科学院出版社1988年版。

② 蒲风:《关于〈六月流火〉》,《六月流火》,上海:内山书店1935年版,第126—128页。

次","容纳大批的朋友们的意见"。从分章,到给每章加上章题;从叙事多过表现,到歌唱、加上大众合唱,注意适当地表现紧张情绪;从表现农民的旧的根性过于浓厚,到最后附上《怒潮》一章,充分表现大时代下农村动乱的主题……可见蒲风在长篇叙事诗的艺术形式上是作了辛勤的探索的。尤其他创造性地运用了自己家乡流行的客家山歌的形式,广泛采集了岭南农民群众中活的口语,利用"对唱""轮唱""会唱"等民间歌谣的传统手法,创造了"大众合唱诗"这一旨在抒发"大众心声"的新形式,①得到了郭沫若的肯定。郭沫若认为:"'大众合唱'这个名目和抒情诗并不对立。只是大众能接近的抒情诗,有音乐结伴,使大众能够歌唱,便是最好的'大众合唱诗'。抒情不限于抒个人的情,它要抒时代的情,抒大众的情,要诗人和时代合拍,与大众同流。"谈及《六月流火》出版后被人指摘诗中没有主角,郭沫若答道:"主角的有无并不关紧要。高尔基的剧本《夜店》(*The Rower Depth*, 1902)描写一群男女二十余人之聚在地下室小旅店中的情形,也没有主角。凡是不用主角的大都是比较新的形态,以情调、思想或故事去做中心的发展。至于《六月流火》虽无主角,但也有革命情调作焦点。其咏铁流一节可以把全篇振作统率起来。结尾轻轻地用对照法作结,是相当成功的。"②

"咏铁流一节"在《六月流火》第十九章《怒潮》中:

> 铁流哟,到头人们压迫你滚滚西吐,
> 铁流哟,如今,翻过高山,流过大地的胸脯,
> 铁的旋风卷起了塞北沙土!
> 铁流哟,逆暑披风,
> 无限的艰难,无限的险阻!
> 咽下更多量数的苦楚里的愤怒,
> 铁流的到处哟,建造起铁的基础!③

诗人在自序中说要"歌咏铁流群的西征北伐"④,很显然指的就是中国工农红军的两万五千里长征,当时红军刚胜利到达陕北不久,这是中国新诗史上最早直接歌颂长征壮举的作品。唐弢总结蒲风的诗作,"大多思想健康,感情充沛,诗风朴实,语言通俗,在摧毁旧世界、迎来新社会的斗争中,发挥了积极的作用。"这也与蒲风自己对诗人所负的历史使命的认知和期待是一致的:"诗人,诗人! / 你是时代的前哨, / 你

---

① 胡从经:《奔突的地下火之歌(蒲风的〈六月流火〉)》,《读书》1979年第3期。
② 胡一声:《郭沫若与蒲风谈作诗》,《新文学史料》1982年第4期。
③ 蒲风:《六月流火》,上海:内山书店1935年版,第97页。
④ 蒲风:《六月流火》,上海:内山书店1935年版,第126页。

是大众的良朋,／你是自由幸福的追求者,／你也是悲哀、苦痛的代言人。"

第二节　冯宪章、任钧和温流的诗歌创作

　　冯宪章(1910—1931),广东兴宁人,太阳社的诗人之一。在梅县东山中学读书时,他已对"五四"新文学,尤其是新诗,产生了浓厚的兴趣,并在东山中学学生会出版的《东山学生》上发表了不少作品。① 冯宪章在 1925 年就参加了共青团,1926 年出任中国共产主义青年团梅县委员会出版的机关杂志《少年旗帜》半月刊的主编。② 1927 年下半年辗转到了上海,考进了上海艺术大学,认识了蒋光慈和钱杏邨等人,后加入太阳社。③ 蒋光慈在《太阳月刊》创刊号的"编后记"中这样写道:"宪章是我们的小兄弟,他今年只有十七岁,他的革命歌里流动的情绪比火还要热烈,前途是极有希望的"。④ 1928 年冯宪章东渡日本留学,积极从事革命文学活动,着手翻译日本无产阶级革命作家的创作与论著。译有《叶山嘉树选集》("拓荒丛书",上海现代书局,1930 年 5 月)和《新兴艺术概论》(上海现代书局,1930 年 7 月),其中辑译了藏原惟人、青野季吉、小林多喜二、片冈铁兵等的文艺论著十二篇。1929 年与其他太阳社东京支部的成员被日本警察逮捕入狱,出狱后即被遣送回国。1930 年 3 月加入"左联",5 月,参加"五卅"示威被捕,被判处三年徒刑;1931 年死于牢中,年仅 20 岁出头。

　　冯宪章短暂的创作生涯,留下一本诗集《梦后》("火焰丛书",上海紫藤出版部,1928 年),以及散见于当时的文艺刊物《太阳月刊》《海风周报》和《思想月刊》等刊物上的近百首诗歌,达数千行以上。⑤

　　《梦后》辑录了冯宪章 1926—1928 年间所创作的 29 首诗作。诗人在《梦后的宣言——代序》中写道:

　　　　梦前我也曾歌咏过清风明月,
　　　　梦前我也曾赞美过芳花皎雪;

---

① 吴泰昌:《冯宪章和〈东山学生〉》,《中国现代文学研究丛刊》1985 年第 3 期。
② 胡从经:《冯宪章》,《三十年代在上海的"左联"作家》(上卷),上海:上海社会科学院出版社 1988 年版。
③ 任钧:《关于太阳社》,《新文学史料》1979 年第 2 期。
④ 蒋光慈:《编后》,《太阳月刊》(一月号),上海:春野书店 1928 年版。
⑤ 胡从经:《冯宪章》,《三十年代在上海的"左联"作家》(上卷),上海:上海社会科学院出版社 1988 年版。

>也曾崇拜过英雄豪杰,
>也曾羡慕过贞操节烈;
>然现在我所把持的是工农的意识,
>现在为我所景仰的是血染的旗帜;
>我所要歌颂的是争斗场中的鲜血,
>我所要赞美的是视死如归的先烈;
>我所要表现的是工农胜利的喜悦,
>我所要欢欣的是资本主义的消灭①

钱杏邨《介绍一部革命的歌集——读了冯宪章的"梦后"以后》认为:"技巧是没有成熟的,但是你有很健全的比谁都热烈的革命情绪。里面流动的热情,有如一把烈火。丝毫不带病态……奔进的,热烈的情绪如一束不可抵抗的炬火,在全集各处跳动着。这就是你的诗歌里面所有的潜在的力。这种力是极可宝贵的,因为技巧的进展,只要写得多,慢慢的自然能够好将起来。"蒲风也曾肯定冯宪章的"热情"和"力":"像殉难了的殷夫,病死了的冯宪章,及蒋光慈,也莫不都有势若悬河骤降的奔波情感;而这些情感之波也莫能否认都是由于他们之曾置身于群众社会里陶炼于生活里而得来的吧!"②但钱杏邨同时也一针见血地指出冯宪章诗歌的缺陷:"总之,作者的诗,读多了,使人感到'单调',这是事实。在 Propaganda 一方面说,这种单调是无碍的,从无产阶级艺术的观点看来,是要纠正的。这是作者诗歌所以然口号,标语化的原因。"

但冯宪章的诗歌,虽然技巧不成熟,可在标语口号之外仍有些闪光之作,真诚地、激烈地抒发了如他一般浴血奋战过的革命青年在这革命低潮期可贵的长啸和抗争。钱杏邨亦深刻地指出:"'梦后'确实是一部过渡时代,革命的现阶段的一部歌集,还不是健全的无产者之歌。全书所表现的心理,只是代表了革命青年在新旧生活的思想的冲突中的一个最后阶段……说简单些,这部诗集所表现的精神,就是青年从徘徊的最后阶段,走上革命的路","现在我们所提的口号,都是我们所要求的解放自己口号,这些口号就足以代表现代革命青年的苦闷"。③ 正如《梦后》中的《怎么干》所表达的:

>萧索的残冬如经悄悄地惊逃,
>美丽的阳春业既热闹地来了;
>别一个革命的崭新的时代,
>也随着阳春在我们面前展开。

---

① 冯宪章:《梦后》,上海:紫藤出版社部 1928 版。
② 蒲风:《抗战诗歌讲话》,诗歌出版社 1938 年版,第 16 页。
③ 钱杏邨:《麦穗集》,上海:落叶书店 1928 年版,第 34—38 页。

> 我们不独是五卅时代以后的青年，
> 而且是广州屠杀时代以后的一员；
> 固然在整个历史进程的意义，
> 我们的工作是继续而不是开始；
> 但是，今后的工作究竟应该怎样？
> 那却要下一番深刻的计较与思量！①

在革命的大摇篮中成长起来的诗人和革命文艺战士还有任钧。任钧（1909—2003），原名卢嘉文、卢奇新，笔名卢森堡、森堡等，广东梅县人，因父亲在南洋经商，1909年出生于荷属西里伯斯，出生后不久母亲病逝，由祖母带回故乡抚养。1926年参加共青团；1927年转为中共党员，参加梅县暴动；1928年由中学同学冯宪章帮助到了上海，同年秋考入复旦大学，不久加入太阳社。1929年暑期到日本留学，翌年考入早稻田大学文学部。在日期间，与蒋光慈、冯宪章和楼适夷等人成立了太阳社东京支部；"左联"成立后，参加了"左联"东京分盟。1932年上半年，回到上海参加"左联"的工作，下半年与杨骚、穆木天和蒲风等发起组织"中国诗歌会"，并创办了机关刊物《新诗歌》。任钧是中国诗歌会的倡议者和重要成员，在作品中力图继承和发扬"五四"以来新诗的战斗传统，积极提倡"大众歌调"，探索诗歌大众化的途径和方法。他也是最早提倡诗歌朗诵的诗人之一，在《新诗歌》第二期上发表了《关于诗的朗诵问题》。②

任钧还著有小说、戏剧和诗论，也从事翻译，但他最主要的成就和影响还是诗歌。有两部诗歌集，《冷热集》（诗人俱乐部，1936年）和《战歌》（乐华图书公司，1937年）。《冷热集》被誉为中国新诗坛上第一部讽刺诗集，《冷热集》之前新诗也不乏讽刺诗的创作，但专门以新诗的形式描绘讽刺对象，并成集出版的，《冷热集》是第一部。③ 所以一出版就受到当时诗坛乃至文学界的极大关注，阿英"非常欣慰"地评论道："我敢于预言：中国的新讽刺诗，将因此书的产生，而广泛地得到开展。这部诗集，将实际地成为中国新讽刺诗的奠基石。"④蒲风也赞扬这"第一册的中国的讽刺诗集"："作为中国新诗界的讽刺诗的尝试，任钧的《冷热集》无疑已为中国讽刺诗造了

---

① 冯宪章：《梦后》，上海紫藤出版部1928年版。
② 艾以：《任钧》，《三十年代在上海的"左联"作家》（上卷），上海：上海社会科学院出版社1988年版。
③ 王祖铮、王建华：《新诗坛的第一部讽刺诗集——评任钧的〈冷热集〉》，《上海师范大学学报》1991年第1期。
④ 阿英：《评任钧的讽刺诗——介绍中国第一本讽刺新诗〈冷热集〉》，《诗笔丹心——任钧诗歌文学创作之路》，卢莹辉编，上海：文汇出版社2006年版，第292页。

基础……只是包含了廿五首诗的薄薄的一册集子,他的功绩,已永不磨灭。"①诗人雷石榆亦撰文:"说到现在中国的讽刺诗,我以为应该最先把'任钧'这位诗人提出……目前中国的诗人们之中,倾向于写讽刺诗的似数不出两三个,而专写讽刺诗的,除任钧之外,似无一人了……任钧不愧为中国的一个有力的讽刺诗人。"②

《冷热集》是一部政治讽刺诗集,具有鲜明的时代性和犀利的战斗性,有意要与"新月派"和"现代派"的诗风相对立。任钧在《冷热集》的《不是诗(算是序诗)》开宗明义:这不是诗,是"在歌吟'卑俗的'时事和政治","想替时代和人物描下一点真姿"。《冷热集》一个重要的主题是反对帝国主义的侵略,任钧很善于将国际上重大的政治事件作为讽刺题材。《导演赞》《感谢慕沙里尼!》《黑衣宰相的焦躁》和《他们不是强盗》诸篇揭露了日本、意大利和德国等帝国主义为转嫁本国的经济和政治危机,以"教导野蛮民族"的名义侵略他国,让他国人民"现在总算见识了飞机,炸弹,毒气!/总算见识了文明人所矜夸的一切杀人利器!"在《欢迎!一九三六!》一诗中,任钧尖锐地指出帝国主义军火商就是战争最终的获益者,他们迫不及待地盼望战争早日到来。诗人将即将到来的1936与第一次世界大战的开端1914相联系,之后第二次世界大战的爆发证实了诗人敏锐的历史洞察力。《麦克唐纳的悲愤》和《"和平的白鸽"——麦克唐纳》讽刺麦克唐纳这个"老牌政治家"、"社会主义者"、曾经的"第二国际的干部"和"英工党的领袖",实则是"大骗子""资本家的奴隶",他以"和平的白鸽"的面目飞罗马、飞巴黎去谋"和平",实则是帝国主义之间的争权夺利与"合作",妄图重新瓜分世界。被阿英推举为《冷热集》的代表作《李顿爵士微笑着……》,该诗尖锐地、辛辣地讽刺了"九一八"事变后由英国人李顿爵士所带领的调查团"所干的究竟是什么'把戏'"③:"正如他所预期着的一般——/胡佛在赏识他的高明,/麦克在钦佩他的巧妙;/一切帝国主义者都想狂叫:/听听!共管中国的好计划!/听听,进攻苏联的好参考!"

任钧的政治讽刺诗的另一个重要主题是揭露国民党的投降卖国政策和镇压屠杀爱国人民的真面目及罪行。如《大刀的记忆》,讲述"大刀渐渐地老了",它只知道自己过去的唯一任务就是屠杀同胞,"直到长城外发生了抗敌战争,/在暗黑的迷茫中:/它才认清了坦道一条",然而当"它的心头正感到无限欢欣,/满以为杀敌的机缘已经再度来到",睁眼一看吓了一大跳:"这那里是什么敌人?/还不是些自己的同

---

① 蒲风:《蒲风选集》(上册),黄安榕、陈松溪编选,福建:海峡文艺出版社1985年版,第712页。
② 雷石榆:《任钧的讽刺诗——读了〈冷热集〉的感想》,《一代诗风——中国诗歌会作品及评论选》,王训昭编选,上海:华东师范大学出版社1996年版。
③ 阿英:《评任钧的讽刺诗——介绍中国第一本讽刺新诗〈冷热集〉》,上海大同出版公司文学月刊《笔》1946年创刊号。

胞!/这那里是什么敌兵?/还不(是)些学生和民众所形成的人潮!/看呀,他们一个个还擎着抗敌旗帜!/听呀,他们一个个还喊着抗敌口号!……"除了揭示国民党假抗日真反共,还讽刺了那些自诩为"古国"的"伟大的学者和名家":"他们能够在轰隆轰隆的大炮声里,/能够在敌国的飞机底下:/照常标点古书,照常写作幽默小品,/照常吟咏花呀,月呀,我的小亲亲呀……/照常悠然地游山玩水,/照常在书斋里喝苦茶……/一句话,他们能够在尸城血海里面:/照常恬静闲适,照常飘逸风雅!"总体而言,《冷热集》是一部优秀的讽刺诗集,正如有研究者言,"《冷热集》某些篇章也存在着因过分追求大众化、通俗化而使诗意不够含蓄的缺陷。作为新诗坛的新生儿,《冷热集》毕竟是跨出了它坚实的第一步","其后不久,中国新诗坛上,蒲风、袁水拍(马凡陀)和臧克家等不少诗人也陆续'走向这一块新的草原'"。①

温流(1912—1937),原名梁惜芳,广东梅县人,七八岁时随父亲到南洋经商,14岁回故乡松口中学念初中,1931年到广州念高中,后考入中山大学。1932年经蒲风介绍加入了中国诗歌会,后任中国诗歌会广州分会的主要负责人;1936年冬,广州艺术工作者协会成立,温流被选为诗歌组组长。温流主编过《诗歌》和《诗歌生活》,对推动华南的诗歌运动起了很大作用。1937年,温流因鱼骨鲠喉去世。

著有《我们的堡》和《最后的吼声》两部诗集。《我们的堡》(诗歌出版社,青岛)1936年5月出版,由郭沫若题字,蒲风写序。正如蒲风在序中所指出的,这个诗集是温流对"奔溃中的农村及一切封建的手工业工人""作了凄惨记录上的极大的收获"。其中《我们的堡》一诗,以诗人的故乡松口堡为原型,展现了南方乡镇在几十年间的兴衰,揭示了在外国资本的入侵、反动军阀的到来,以及买办阶级和封建地主的剥削下,农村经济迅速破产,古老的民风民俗也一同败落的残酷现实:曾经过年过节充满喜气祥和的堡,现在"不幸的事来了一件又一件":"孩子没书念了","贼多了,叫化多了","过节的人少了","南洋回来的人更多,寄钱回来的只有几个"……然而,难能可贵的是诗人并没有简单化现实,而是把这复杂、矛盾的现实通过诗歌的形式更形象地呈现出来。唐弢在《中国现代文学史》中很准确地总结出温流诗歌创作的特点:"温流的诗大都反映城乡劳动人民的生活,素朴流畅,不在一句一节里追求诗意,而使全篇构成一个较为完整的意境"。温流的诗追求完整的意境,或者也可以说注重诗的整体结构,尤善于用对比的手法。如《醒》一诗中,诗人以自己人生经验的转变呈现出两个尖锐对立的世界,以往"我当世界是水晶的杯/美妙,圆满,找不到罅隙",而当他走出自己的天地时,"我看清了世界忧郁的脸":"一方面是淫荡,快乐,/一方面是

---

① 王祖铮、王建华:《新诗坛的第一部讽刺诗集——评任钧的〈冷热集〉》,《上海师范大学学报》1991年第1期。

痛苦,饥寒;/一个笑埋了千万个笑,/一个快乐造成整万整千的不幸,/一群的死为了少数人的生,/甜歌建筑在呻吟和哭上面"。①

温流25岁的短促人生虽然留下的诗作不多,但有许许多多关于手工业者生活的诗:《打砖歌》《马来路工歌》《搭棚工人歌》《打金工人歌》《凿石碑工人歌》《船夫》和《削竹签的人》等等。他不仅坚决贯彻中国诗歌会"捉住现实"的主张,并且"把对现实关注转化到对现实生活中人的心灵的关注上"②,如蒲风赞赏他的诗作《管公厕的人》:被现社会当作职务上最卑贱的管公厕的人,背驼了,头发白了,夜里躺着却也还是惊慌"没工做的后生人一行一行,在他眼前现出愁的脸像;'也许他们会管不了许多,跟咱抢这口粮。'"③温流对劳苦大众的抒写,确如蒲风所指出的,他"决不是拿一种高贵的眼光去怜恤他们,而是自己本身作为上述诸种人之一分子而抒唱出自己的苦痛及前途来的",因而他的诗让人"读过后是不能笑也不敢哭"。

温流的第二部诗集《最后的吼声》是"抗日战争前夜时代特色的描画,是鼓舞人们战斗的革命诗篇"。④《永久的口供》写被俘的东北战士,数次面对酷刑都不出卖自己的同志,只有"永久的口供"。《第四个儿子》写四个儿子都因抗日而牺牲的老父亲,最后叫上老伴"把孩子丢下的枪背起"。《血祭》写在北平因为高喊"打倒日本帝国主义"而被敌人用坦克碾死的十一岁女孩。《青纱帐》是其中一首有代表性的优秀战歌,既"活灵活现地描写了我们的战士利用高粱地这'青纱帐'的天然屏障,机智而勇猛地打击敌人",又以"坚定的信心,钢铁的意志,极大地鼓舞着人们团结战斗"。⑤

温流的诗保持着一些民间歌谣的风格,他的家乡梅县就是客家山歌的故乡,温流既注重提炼明净的口语,也注重诗句的音韵节奏,因而他的作品很适合朗诵与歌唱,聂耳就曾为他的《打砖歌》和《卖菜的孩子》谱曲。在他逝世一周年,《中国诗坛》出了纪念特辑,郭沫若高度评价道:"你的早逝,不仅是中国诗坛的损失,同时是中国抗敌战线上的损失。抗战的军号,缺少了你这位优秀的吹手,使我们感觉着寂寞。"

在蒲风和中国诗歌会的影响下,以及温流等华南新诗歌运动拓荒者的出现,使得岭南一批青年诗人,如黄宁婴、陈芦荻、李育中和鸥外鸥等,迅速摆脱了现代派诗风的影响,加入了现实主义新诗的大潮。

---

① 温流:《我们的堡》,青岛:诗歌出版社1936年版,第6页。
② 李丽:《温流及其诗歌》,《广州研究》1986年第12期。
③ 蒲风:《序》,温流:《我们的堡》,青岛:诗歌出版社1936年版,第2页。
④ 唐弢:《中国现代文学史(二)》,北京:人民文学出版社1979年版,第260页。
⑤ 黄善芳:《论温流诗歌创作的特色》,《广东青年干部学院学报》1996年第3期。

第十三章　戏剧、散文和小说

新文学第二个十年的广东文坛,各类文体和体裁都有所发展变化,在每个不同领域皆有独特的收获。在戏剧方面,欧阳予倩南下广州,创办了广东戏剧研究所。广东戏剧研究所不仅促进了话剧的创作和演出,并且为广东文艺界培养了大批新型的戏剧人才。同时,作为戏剧研究所所长的欧阳予倩,在该时期也写了大量的戏剧理论文章(后结集为《予倩论剧》),体现了他思想和创作上的重要转变;1929年,欧阳予倩邀请在上海的田汉和洪深率"南国社"同人到广州来公演,使现代话剧从江南向岭南开拓,在广州打开了一个新局面。

散文与游记也是三十年代岭南文坛的一大收获。杜埃的散文和报告文学是兼具地域色彩和个人特性的佳作。刘思慕的《欧游漫忆》和《樱花和梅雨》两本国外游记自出版后多次再版,可见两书当时的社会影响和受欢迎程度,并得到文学史家王瑶的高度评价,称其游记"是风俗画而不仅是风景画"。

此外,广东还出了一个独特的"新感觉派"作家黑婴,黑婴的文学创作从一开始就深受新感觉派,尤其是穆时英的影响,但他青少年时期生活于南洋的经验和记忆,构成了他独特的乡愁,另外,他也受叶紫的影响,在"新感觉派"之外又汲取了左翼文学的思想资源。

第一节　欧阳予倩与广州戏剧

1928年冬,应当时广东国民政府李济深、陈铭枢之邀,戏剧家欧阳予倩(1889—1962)南下广州,筹建广东戏剧研究所。经过两个多月的调查、筹措,于次年2月16日宣告成立,欧阳予倩任所长。所内附设戏剧学校(洪深任校长,后洪回沪,由欧阳予倩代理校长,由胡春冰主任其事)、音乐学校和大、小剧场各一所。研究所还办有《戏剧》杂志和《戏剧》周刊,刊登创作、理论、翻译、消息、动态等文字。欧阳予倩在广州三年间,研究所话剧公演不下十次,演出了创作和翻译的剧本约三十个;并以先进的、不同于旧式科班的方法培养了大批新型的戏剧和音乐人才;《戏剧》杂志共出版了两卷十二期,《戏剧》周刊出版了一百一十一期,介绍了大量西洋的话剧理论和著述,并对广东的戏剧运动进行理论的总结和研究。此外,欧阳予倩还深入大中学校,为中山大学学生讲授《戏剧概论》,为学校的业余演剧活动做了热情的辅导。①

欧阳予倩办此戏剧研究所曾被诟病是到广东投靠国民政府,这种说法后被事实证明是不公允的。广东戏剧研究所是一个挂着"官办"招牌干着革命戏剧事业的革命团体,它在中国革命戏剧史上应占一席之地;对欧阳予倩本人而言,在广东这三年也是他思想和创作上发生转变的重要阶段。②过去主要作为演员的他在这一时期写了大量的戏剧理论文章,后结集为《予倩论剧》(1931年广州,泰山书店,广东戏剧研究所丛书),重要的文章有《戏剧改革之理论与实际》《民众剧之研究》《演〈怒吼罢中国〉谈到民众剧》《戏剧运动之今后》和《怎样完成戏剧运动》等。这些文章大都涉及"民众剧"或"平民剧",有研究者认为,欧阳予倩从"问题剧"到"民众剧"的转变,1929—1931年是一个关键时期,此时期的他一直在思考和不断修正这个问题。③

在《民众剧之研究》中,欧阳予倩开宗明义:"自从罗曼·罗兰的民众艺术论出世以来,民众剧的建设便为许多人所注意。中国自革命军到了长江下游,许多人如梦初醒,也发现了民众的势力,才晓得民众不可侮,才晓得国家的命脉在全民众身上;于是文艺家都决定革命后的艺术,应当是民众的,渐渐地就把它从特殊阶级解放出来。"④在《演〈怒吼罢中国〉谈到民众剧》中,欧阳予倩更是指出:"如今的时代,是革命的时代。革命的对象是帝国主义。革命的主体,是被压迫的民族和被压迫的民众。所以说现在是被压迫阶级求解放的时代,就是被压迫者与压迫者拼死斗争的时代……被压迫的大众正在要求解放和自由。大众是这样要求着,现在艺术的重心就在这里……处在这种悲惨的环境之下,什么绮罗香泽雪月风花虚无缥缈的艺术至上主义,用不着什么唯心唯物的论辩已经就可以证明其不成立。"⑤在此基础上,欧阳予倩反对有关戏剧的社会功能的"消遣"说和"工具"说,指出:"戏剧是社会的反映……能很鲜明的使人们认识人生,认识自己,能给人类新力量而助其发展,这才是戏剧的真使命","戏剧是艺术,不是宗教也不是哲学,艺术中应当有思想,但是万不能为思想而艺术","戏剧是综合艺术,而所谓综合不是生吞活剥随便拼凑"。他更进一步指出

---

① 苏关鑫:《欧阳予倩》,《中国现代作家评传》第1卷,徐愗翔主编,陆荣椿、蓝棣之编,济南:山东教育出版社1986年版,第673页。
② 苏关鑫:《欧阳予倩》,《中国现代作家评传》第1卷,第673—674页。
③ 陈珂:《舞古今长袖 演中外剧诗:欧阳予倩评传》,谢柏梁编,上海:上海古籍出版社2012年版,第161页。
④ 欧阳予倩:《民众剧之研究》,《予倩论剧》,广州:泰山书店1931年版,第77页。
⑤ 欧阳予倩:《演〈怒吼罢中国〉谈到民众剧》,《予倩论剧》,广州:泰山书店1931年版,第95—97页。

"现代戏剧重心之所在":"我们决不能离开社会,社会也是我们造成的","中国不革命则已,要革命就非有写实主义来算一算思想方面社会方面的账不可。写实主义戏曲的对社会是直接的,革命的中国用不着藏头露尾虚与委蛇的说话,应当痛痛快快处理一下社会的各种问题"。① 欧阳予倩上述观点,出现在反革命政变后空虚苦闷的广州文坛是很难能可贵的。他甚至在文中直接向广东剧坛喊话:"我愿沥血掬诚向广东伶界同人进一句忠告,就是:千万莫蹈上海的覆辙,要打开一条新路才好。"②

在广州时期,欧阳予倩在剧本创作上也有新的突破,以社会底层生活为题材的作品开始多了起来,除了反映下层人民的苦难生活,还有讽刺国民党腐败凶横,揭露帝国主义以及买办阶级的罪行。1959年欧阳予倩将此时期的作品编入由人民文学出版社出版的《欧阳予倩选集》,并在序言中作了详细的说明。③

1929年春,欧阳予倩还邀请了在上海的田汉和洪深率"南国社"同人到广州来公演。这是田汉、洪深、欧阳予倩三位中国现代话剧的奠基者,为了使现代话剧从江南向广东开拓,在广州打开一个新局面的重要举动。④ 洪深事后在上海的《民国日报》发表报道:"1929年3月7日至12日,'南国社'在广州假国民体育会大礼堂公演了六天,剧目分创作话剧、翻译话剧及歌剧三种。创作话剧有田汉的《古潭的声音》《湖上的悲剧》《苏州夜话》《颤栗》《名优之死》及欧阳予倩的《车夫之家》(用粤语由业余演员演出);翻译话剧有《未完成的杰作》([英]菲利浦作)、《强盗》([日]前田河广一郎作)、《色与空》([日]谷崎一郎作);歌剧有欧阳予倩的《人面桃花》。结果大为成功……唐叔明、左明、万籁天、艾霞等人的表演出色,唐槐秋的一举一动更震动观众心弦……"而洪深本人在此次演出中也扮演了四个不同性格的角色:《未完成的杰作》中的意大利画家唐那达,《人面桃花》中的小生,《颤栗》中的患神经病的儿子和《名优之死》中的刘振声。当时广州的《民国日报》对他的演技评价甚高,认为他与唐槐秋难分伯仲。⑤ "南国社"还同广州的话剧工作者举行座谈,解答了有关戏剧运动的一些问题,介绍了有关舞台装置、灯光、化妆等方面的知识。"南国社"来穗演出,为大革命失败后的广东吹来一股热风,播下了现代话剧的种子,其意义不可低估。

1931年,广东省政府停发了广东戏剧研究所经费,欧阳予倩自行筹款,仅维持了4个月,到11月因省政府收回院址,广东戏剧研究所宣告停办,欧阳予倩的戏剧改革随之夭折。但正是欧阳予倩主办的广东戏剧研究所以及南国社到广州的演出,促成

---

① 欧阳予倩:《戏剧改革之理论与实际》,《予倩论剧》,广州:泰山书店1931年版,第1—76页。
② 欧阳予倩:《戏剧改革之理论与实际》,《予倩论剧》,广州:泰山书店1931年版,第16页。
③ 欧阳予倩:《欧阳予倩选集·前言》,北京:人民文学出版社1959年版,第1—2页。
④ 谢彬筹:《广东话剧简述》,《岭南戏剧思辨录》,北京:中国戏剧出版社2000年版,第305页。
⑤ 何芷:《洪深在广州》,《鸣镝篇》,姜芳,石家庄:花山文艺出版社1996年版,第97—98页。

广东的话剧运动发生了划时代的变化,标志着广东的现代话剧开始真正建立起来。此间,欧阳予倩还针对能不能用粤语演话剧的争论写了《用粤语演话剧》一文,提出"提倡国语是一回事,演戏又是一回事,非国语不能演戏是错误的";让戏剧学校排的戏几乎都用粤语演出,贯彻了理论与实践相结合的精神。1930年夏,为了纪念沙基惨案,研究所上演了《怒吼罢中国》,这个剧本是苏联剧作家崔捷可夫根据1926年的万县惨案写的,广东研究所上演此剧,是这个剧本第一次在中国演出,连演一个月,并到黄埔军校和国民党广东省党部礼堂演出。从该戏剧学校毕业的学生,如袁文殊、章彦、吴光华、罗品超、陈酉名、邓丹平、胡影尘、刘丹青、卢敦、李晨风、王铿等,都分别成为国内、广东和香港的影剧活动的中坚分子。①

第二节 散文的发展与困顿

经过大革命时期的锻炼,三十年代的散文,以抒情叙事为主的散文小品在思想、语言和技巧上臻于成熟,报告文学和杂文也迅速成长,新人不断涌现,题材领域也大为扩展。有不少青年作家,在主要从事小说、诗歌的创作之外,也积极撰写散文,数量虽不算很多,但影响是不小的。但由于注重真情实感,在缺少创作自由的社会环境,散文创作收到牵制和压抑,甚至作家遭受迫害,刊物被查封,散文无法充分发展,趋于成熟中充满郁抑困顿之气。②

杜埃(1914—1993),广东大埔县人,原名曹传美。家贫,初中只读了三个月便辍学,同原村侨办小学当义务教师,后来在学校旁一老妇停放在阁楼上的备用棺材里发现一批红色书籍,这些书籍是"清党"后进步教师逃亡时藏下来的违禁书,有《共产主义A、B、C》《创造月刊》《太阳月刊》《洪水》《拓荒者》以及郭沫若、沈雁冰和蒋光慈等人的小说。1930年杜埃受《少年飘泊者》触动,从乡间漂泊到广州,当过短期的抄写员和图书管理员,1933年考上中山大学,在亲朋好友的帮助和资助下读完大学。1933年夏参加了"左联"广州分盟和社会科学工作者联盟广州分盟,为《新路线》写稿,并参加秘密的学生救亡运动。1935年"一二·九"运动后为"突进社"发起人之一,为《突进》刊写稿。1936年12月参加筹备鲁迅逝世追悼会,为追悼特刊写作并作大会记录。③

杜埃的散文"具有反映现实,积极参与现实斗争的思想倾向,充溢着浓烈的时代

---

① 谢彬筹:《广东话剧简述》,《岭南戏剧思辨录》,第301—305页。
② 张振金:《岭南现代文学史》,广州:广东高等教育出版社1989年版,第157—162页。
③ 陈衡、袁广达主编:《广东当代作家传略》,广州:中山大学出版社1991年版,第71页。

气息和历史责任感",他早期的散文创作主要是"无情地批判和辛辣嘲讽黑暗统治,深切同情底层民众的悲惨遭际"。① 如《都市,动乱的天堂》,描绘了三十年中期广州这个南方大都市,"都市的繁华区,行走着威风凛凛的官僚、政客,硬挺挺的大腹贾,反共内战中嗜杀的军官,蛇头鼠眼的密探和杀气腾腾的警察与宪兵,还有贵族的公子、小姐妖媚的眼睛",然而"处处街头,条条巷角",还有"无数的饥饿人群","他们是从破败的农村而来,地主豪绅的齿迹,在他们每一个人身上留下了恶毒的血痕",还有"日本帝国主义的炮弹送来的难民",还有"从军阀互相厮杀的战区而来的难民",他们都"在绝望的惊怖中拾回了残余的性命,来到了这狞恶的都市,徘徊在街头,饿毙在巷边"。这一切现实,击碎了人道主义者们的幻梦。《六月的统舱》描写一艘由广州开往上海的轮船,三等舱"宛如一幅地狱的活景。贫穷剥夺了人的一切,也阻塞了人的呼吸",三等舱的"腌肉"们爬上甲板"放风"没多久就要被赶回去,因为"你知道,空气的阶级性在这里得到了多么严格的区别,头等和三等,就是天和地的区别",而这三等舱中还有几个衣衫破烂的人,他们"仿佛深知自己是这个世界上最下贱的人——三等舱里的第四等人"。这三等舱里所特有的一切,"于餐楼上开着无线电收音机作乐的高等客人,是一种难堪的压迫,他们连从楼梯口望下来的勇气也没有。多不相称的生活,在这华丽的洋船底层却附属着这样一个破烂的世界啊!"由这两个作品可看出,杜埃的散文"基调是客观的记述或白描",而且他善于用对比的形式,将美与丑交错地呈现,"以率直的语言来叙事写人,却具有散文诗的韵味"②。

《菜市》讲述三十年代的香港"这南方的殖民地",阿歹仔的妈妈因为失业了只能做无牌菜贩,几次被印度警察和英国帮办抓住了鞭打和罚做苦工,最后一次竟被两个警察挟起来重重摔在地,晕倒被人背回家后再也起不来。阿歹仔是个机灵的小孩,"生活的遭遇使他变得多聪明能干",为了照顾妈妈,他也成了菜市的无牌菜贩,跟一群小伙伴互相关照地一边卖菜一边躲着警察,可最终还是被警察一只手就扼住他的喉咙,用皮鞋尖猛踢,"'带回差馆去!'警察咆哮着,拖住歹仔的两手。可是,小孩的两条膝盖骨弯了下来,周身瘫痪,口吐白沫……"杜埃的散文也体现了他作为一个小说家的特点,虽然作品篇幅都不长且多是白描,却极富表现力,正如有研究者所总结:"他善于选择富于表现力的叙述角度和具有说服力的细节反映生活,往往起着以一当十的艺术效果"。《星火》就是如此,讲述自己幼年时乡镇上一个恶霸,在一年的迎神赛会上狠命踩了我堂兄一脚,还打了我堂兄一巴掌"浑蛋,谁叫你的脚垫我的鞋呀!";就是这个人,大革命来了,在欢迎北伐军东征的大会上他成了国民党代表;到

---

① 王子威:《论杜埃的散文》,《广东社会科学》1988年第4期。
② 王祚庆:《杜埃散文的美学追求》,《开放时代》1992年第2期。

"清党"的时候,他又成了清党老爷;县立中学的教员学生被杀的杀、逃的逃,他又当起来了临时校长;但在乡村开始暴动之后,有一天他被埋伏在草丛的农民,也就是我堂兄和几个青年杀了,动手前我堂兄大喝一声:"好狠毒的蛇!你怎么也垫住我的草鞋呀!白匪!"

杜埃的散文比之其他散文大家,语言和意境都比较朴实而不恢宏,但他的散文仍是兼具地域色彩和个人特性的佳作。前期的散文创作"将笔端伸入现实生活的土壤",展现了抗战之前南中国的侨乡、商埠的各个侧面和各种小人物。后来在菲律宾从事地下工作及打游击的七年中,他也写下了许多散文和报告文学,结集为《在吕宋平原》,即《丛林曲》。

王瑶在《中国新文学史稿》中指出,在1928—1937年这个时期"由于作家们生活和职业上的需要和不安定,总难免到处跑来跑去的,因此这时期'游记'一类的作品非常多",除了朱自清的《欧游杂记》和《伦敦杂记》,"写国外的还有小默(刘思慕)的《欧游漫忆》等书",李健吾的《意大利游简》,郑振铎的《欧行日记》,邹韬奋的《萍踪寄语》和《萍踪寄语续集》,胡愈之的《莫斯科印象记》,林克多的《苏联闻见录》,许杰的《椰子与榴莲》等等。① 刘思慕在1935年《欧游漫忆》的自序中也戏称"近来游记一类的货色在文学市场售出不少,单是欧洲游记,也有好几种,恐怕快可以上'游记年'的封号了。"②

刘思慕(1904—1985),广东新会人,笔名刘穆、小默等,是我国著名的国际问题专家、杰出的新闻工作者和史学工作者,"但他在文学事业上的贡献却往往被人们所忽略"。1923年,刘思慕以优异的成绩考入广州岭南大学,"在老师、同学中结识了陈受颐、梁宗岱、叶启芳、陈荣捷等对中外文学有同好的共八人,便以上海的'文学研究会'作为榜样,发起组织'广州文学研究会',编辑《文学旬刊》,作为会刊,附在当地的《越华报》出版……不久,我们这个小团体又同上海的文学研究会挂上钩,成为它的分会。我们同沈雁冰、郑振铎、王统照等名作家也互通声气,他们主编的文艺刊物(如《小说月报》《文学旬刊》)有时也刊出我们的作品。这样,广州'文研'在全国新文艺界中也占得一席地。"③1925年初,刘思慕参加国民党,追随廖仲恺成为国民党左派;同年参加廖承志等领导的岭南大学职工罢工运动和广州"六二三"沙基反帝示威游行,受到革命的洗礼。经鲍罗廷推荐,刘思慕于1926年11月到莫斯科中山大学就读,1927年蒋介石发动反革命政变,刘思慕回国途中扔掉了国民党党证,毅然脱离国民党,之后到北平与潘梓年、吕振羽等一起从事进步的文化宣传和教育工作。1932

---

① 王瑶:《中国新文学史稿》,上海:上海文艺出版社1982年版,第339—343页。
② 小默(刘思慕):《欧游漫忆·自序》,上海:生活书店1937年版。
③ 刘思慕:《野菊集·后记》,上海:上海文艺出版社1984年版,第241页。

年春,为了寻求真理,探索中国革命的道路,刘思慕只身到了马克思的故乡德国学习和考察,后赴奥地利。①

1933年秋,刘思慕从德奥游学归国,革命正处于低潮,他在上海遇到留苏同班同学顾淑型(陈翰笙夫人),介绍他加入了第三国际远东情报局。后应组织要求,利用他与内政部次长甘乃光的老同学关系,打进国民党南京政府任职,搜集蒋介石的"剿共"计划和南京政府的外交政策(特别是对日、对苏政策)等机密情报。② 1935年四月下旬,因情报局两名工作人员被捕,刘思慕夫妇在同志们的帮助下逃至泰山,结识了当时隐居于泰山的冯玉祥将军,经冯玉祥将军竭力相助,东渡日本。1937年"七七事变"后回国。

刘思慕的文学创作基本集中在二十世纪三四十年代,代表作是他的两本国外游记,《欧游漫忆》1935年4月由上海生活书店初版,1937年5月再版,《樱花和梅雨》1940年5月初版,1942年在重庆、桂林、香港、上海三版,可见两书当时的社会影响和受欢迎程度。王瑶曾中肯地指出:"作者(刘思慕)的文笔优美固然是一个原因,但更重要的是它的内容富有时代感和现实感,符合了当时读者的要求和社会的需要。他写的游记的内容无论是谈欧洲或谈日本,都属于异域风光,文中也不乏景物风貌的速写或勾勒,但这并不是它吸引读者的主要原因;更重要的是他写出了时代风云笼罩下的社会风貌,是风俗画而不仅是风景画。"③

刘思慕在德奥游学期间,正是希特勒建立法西斯政权的时期,他去听了戈培尔在露天酒馆拉选票、痛骂共产党和社民党的演讲;也看了德共领袖台尔曼的最后一次竞选演说……他把当时欧洲的风云变幻,以自己独特的文字和感受,形象地记录了下来。《欧游漫忆》中的《暴风雨前夜的柏林》,记述了希特勒所领导的国社党即将上台之前"我"日渐丰富的生活和德国"一天比一天紧急"的政局和社会现状。《神秘之街》和《十字街头的风景》,记述作者转到奥国求学,中欧的名都维也纳,是纯粹消费和享乐的大都市,但"在深重的世界经济恐慌的氛围中,维城的大剧场如歌剧院和市剧院已有点阑珊,音乐会也不常演奏","街头卖歌的风雅叫化子多如过江之鲫,卖淫和变相卖淫的女人也像四月处处的蔷薇","欧洲是沸腾着的釜,维也纳更是泡沫的核心"。

《樱花和梅雨》由《东游漫忆》和《东京随笔》两部分组成。"七七事变"发生时刘思慕正在东京,"目睹了这场侵华战争在日本国内所引起的社会动荡和人们的反应",王瑶认为刘思慕"写出了日本在战云笼罩下一般市民的窒闷忧郁的生活气

---

① 樊斌:《刘思慕打入国民党南京政府内政部始末》,《红岩春秋》2014年第7期。
② 曾苑:《只身入虎穴——记刘思慕从事革命地下工作的一段经历》,《群言》1985年第3期。
③ 王瑶:《〈野菊集〉序》,《野菊集》,上海:上海文艺出版社1984年版,第2页。

氛……能够敏锐地抓住事物的特征,用动人的笔调娓娓叙述,而有强烈的时代感和现实感"。

刘思慕将自己所亲历的时代的重大事件,以个人敏锐的观察和感受,将之以游记的形式生动且具体地记录下来。在创作上自觉地与当时流行的"闲适小品"区别开来,他在《欧游漫忆》自序中嘲讽道:"所忆的人物由维也纳的臭虫,到'我们的领袖'希特勒,两者在《齐物论》者的眼中虽然是平等齐观,不过也尽'漫'之极致,由苍蝇谈到宇宙的语堂大师当引我为同调"。但实则他的游记在严肃的创作态度之外,既"融注了敏锐而炽热的政治意识",又"并不乏'风月'谈和幽默感",这使得他的作品不同于其他作家的同类作品,"不仅是现代文学史上理应诊视的文献,而且今天仍然有它的现实意义和美学价值"。

第三节　黑婴的小说:独特的"新感觉"

20世纪30年代在上海都市读者群中风靡一时的"新感觉派",往往是指施蛰存、刘呐鸥和穆时英三人,还有一些被称为"新感觉派的边缘作家",如叶灵凤、杜衡和黑婴等人。黑婴(1915—1992),广东梅县人,原名张炳文,又名张又君,笔名有伐扬、天马、高子里等,出生于荷属印度(今印度尼西亚)棉兰,7岁回家乡梅县读书,13岁又回棉兰,读英文学校,同时在一家华侨报馆《新中华报》半工半读。1932年,17岁的黑婴考入上海暨南大学外语系,并开始文学创作,1934年出版短篇小说集《帝国的女儿》,1935年出版散文集《异邦与故国》。

黑婴的文学创作从一开始就深受新感觉派的影响,尤其受"新感觉派圣手"穆时英的影响。他曾自述在未到上海之前,在苏门答腊时他就读到穆时英的《公墓》,"很喜欢它那抒情的、带着淡淡哀愁的情调。也很喜欢《现代》这本刊物";到上海后,他登门拜访了穆时英,"穆时英是我见到的第一个作家","这是一个作家同一个爱读他的作品的读者的会面",之后两人一直关系密切;1940年穆时英遇刺后,黑婴写了一篇论穆时英之死的文章,发表在郁达夫主编的《星洲日报》副刊《晨星》。①

黑婴30年代在上海创作的诸多作品,无论人物、情节、主题或风格情调,都与穆时英的作品很接近,不仅是模仿,甚至直接借鉴或移用其文本的写作技巧。首先,"与穆时英一样,在作品中黑婴总爱设置一个失去根柢、被社会所遗弃的漂泊无依者形象,他们被无常的命运东抛西掷,满世界流浪,回家家不在,渴想母亲,母亲已死,追

---

① 黑婴:《我见到的穆时英》,《新文学史料》1989年第3期。

求异性的温热替代母亲的位置,她们又大多投入别个男子的怀抱,于是被忧郁和孤独浸透着,自暴自弃,甘愿沉沦"。①《牢狱外》写漂泊在上海的青年方吉秋无端被投入监狱,女友嫁给别人了,出狱回乡发现母亲也死了,再度回到上海又再度入狱。《春光曲》写在上海求学的青年小希,整日与同学流连舞场,一边过着狂浪的生活,一边在妹妹的来信、在母亲的慈爱和父亲的期盼所带来的罪恶感中挣扎,最后在舞女茵子的鼓励下,离开上海回去南国的故乡。上海的生活在黑婴笔下与其他新感觉派作家一致,是"醉在爵士音乐的旋律上,醉在娇艳女人的怀里,醉在红灯绿酒之中",是"金钱与肉体的交织成的王国哪,虽说背后埋隐着许多的泪水,许多的罪恶!"在这个"十里洋场"的现代都市里,"风景"就是舞厅、旅馆、咖啡屋等公共场所,而青年所接触的女性就是舞女、咖啡店侍女或娼妓,她们都是这个罪恶的世界里无根的漂泊者:《五月的支那》中的白俄咖啡馆侍女,《帝国的女儿》中的日本女郎,《新加坡之夜》中的海南妓女,《春光曲》中曾逃婚离家又参加过革命北伐最后又沦落的舞女……此外,为了塑造"失去根柢、被社会所遗弃的漂泊无依者",黑婴更是写了一群不同国籍的水手:《没有爸爸》中的外国水手查利,《五月的支那》中的英国水手佐治,《新加坡之夜》中的中国水手杨中……这些迷茫、孤独的"地球流浪者",正符合现代主义所要表达的虚无和无常。

但黑婴的作品有其独特性,"不像刘呐鸥那样一派荒原,不像施蛰存的作品总充满阴郁压抑的调子,更没有穆时英作品中浸透骨髓的存在主义的虚无感,相反倒不时透出若干甜柔的亮色"。② 这亮色的来源,一是他青少年时期生活于南洋的经验和记忆,这构成了他独特的乡愁。他的故乡,是有"椰子林"、"榴莲"和"黑妮子"的南国,南国的"太阳是炎热的。风是带着盐味的",更重要的是,南国是"罪恶的都市"的对立面,那里有母亲,有能治好病的太阳。到上海之前,无论在南洋还是梅县,黑婴都生活在客家族群之中,这是与上海这种"可怕的都市"完全异质性的环境,也因此黑婴的作品中少有幻灭和绝望,总有故乡和亲情作为游子的救赎地。亮色的第二个来源在于黑婴当时的年龄,他创作这些作品的时候才是十多岁的孩子,第一部短篇小说集《帝国的女儿》出版时才18岁。他在该集的《自序》中说道:"我是年轻的孩子。我有一颗热情的心,我又害怕寂寞!在大学里本来是不应该喊寂寞的:那么多的青年男女在一块儿生活着。但是我是寂寞的。寂寞的时候我远远地跑到上海去逛;也许在马路上跑半天,瞧那来来往往的各色各样的人;也许在爵士风里跟顽皮的女孩子唠叨。"③因此,他的作品及作品中的主人公,皆带有他这个年龄所有的年轻稚嫩的心

---

① 黄献文:《论新感觉派》,武汉:武汉出版社2000年版,第166页。
② 黄献文:《论新感觉派》,武汉:武汉出版社2000年版,第167页。
③ 黑婴:《帝国的女儿·自序》,上海:开华书局1934年版

态,在表达寂寞和沉沦之时仍有单纯和希望的亮色。

  黑婴作品的另一独特性,是他在"新感觉派"之外又汲取了左翼文学的思想资源。在后来的回忆文章中,黑婴自述:"我受穆时英《公墓》的影响,写过《五月的支那》那样的作品,忝列新感觉派的骥尾,其实我不断在探索,作品的风格也不尽相同,例如发表在 1934 年 7 月号《现代》上的《小伙伴》(选入《中国新文学大系·小说二卷》,1927—1937)就不是新感觉派小说。"①早在 1933 年的夏天,黑婴就应叶紫之邀,加入了叶紫组织的"无名文艺社",并参与筹备文学杂志《无名文艺》月刊(此前已出版两期旬刊)。叶紫和陈企霞"他们听了我的情况:千里迢迢从南洋回国求学,有一些殖民地生活经历,身受过殖民主义的压迫,就鼓励我写这方面的小说",正是在叶紫的鼓励下,黑婴写了《没有爸爸》,"写印度尼西亚橡胶园工人家庭的悲惨生活",与叶紫的《丰收》一起刊登在《无名文艺》月刊的创刊号上。② 叶紫在《编辑日记》中评价《没有爸爸》:"全篇的技巧新颖,写来尽是些南国风味",还提到:"读完黑婴的长篇创作《赤道上》,我觉得这是一篇很有意思的作品,作品是部分的抓住了时代的核心"。《帝国的女儿》中的《深秋》和《破灭》等篇皆描写了工人和城市贫民的悲惨生活,属于普罗文学作品,更难能可贵的是黑婴将祖国的劳工阶级与热带殖民地的华人劳工联系起来,"正是南洋与祖国的深层互动显著增加了黑婴文本的现实深度"③。

---

① 黑婴:《我见到的穆时英》,《新文学史料》1989 年第 3 期。
② 黑婴:《叶紫与〈无名文艺〉》,《新文学史料》1979 年第 4 期。
③ 杨慧:《穿越"摩登"的家国书写——重读黑婴的南洋叙事(1932—1937)》,《中国现代文学研究丛刊》2016 年第 5 期。

第十四章　转向写实的左翼小说

新文学的第二个十年,岭南小说出现了一批有全国影响的青年作家,而且与第一个十年不同,他们大多"从狭窄的小资产阶级男女青年爱情纠葛中转向社会下层工农劳苦大众,转向广阔的社会现实",他们"目睹了在帝国主义和封建主义的双重压迫之下,岭南城乡进一步的破产和贫困,用现实主义的笔触,在作品里表现了'真的社会与人生'"。①

较为突出的有草明关于底层工人的叙事,主要描写广东顺德一带城乡的百姓,特别是当地因缫丝业发达而产生的缫丝女工群体;萧殷对社会小人物群像的描画,从农村到乡镇到城市,有农民、小市民和小业主,"一个个凄惨的人物形象,无不因被那个社会、时代的受虐而变形",这些是岭南现代文学中珍贵的小人物群像;还有杜埃对城市贫民的书写和廖子东、厉厂樵对城市知识分子的观照,正如杨义后来所指出的"华南作家把南中国特殊的社会形态、日常生活方式甚至人种气质带进小说领域"。

第一节　草明的底层工人叙事

草明(1913—2002),广东顺德桂洲乡人,原名吴绚文,出身于晚清一个破落的官吏家庭,全靠母亲给人家做女红手工赚钱维持,当时的顺德素有"缫丝之乡"的称誉,但草明家里甚至连拜师学缫丝的钱都拿不出来,无法去当女红,更没有钱上学,母亲也因操劳过度而病逝。十四岁时,被父亲接到广州念书;十七岁时"九一八"事变,草明随学校下乡宣传抗日救国,被国民党赶回学校,这时开始写一些小说并参加秘密的读书会。1932年,草明、欧阳山与龚明、易巩、伍翠云等人共同组织"广州普罗作家同盟",编辑进步文艺刊物《广州文艺》等,遭到国民党反动当局的迫害镇压,杂志遭禁,战友们被逮捕关押枪杀,草明和欧阳山遭通缉追捕,两人逃亡上海,转入"左联"。草明的许多作品,经鲁迅和茅盾的介绍发表在上海的《申报・自由谈》和当时国内最大

---

① 张振金:《岭南现代文学史》,广州:广东高等教育出版社1989年版,第106页。

的文学期刊《文学》上。1934年鲁迅和茅盾应美国记者伊罗生的委托,选编了一本中国现代作家小说选集《草鞋脚》,就收录了草明的《倾跌》。①

草明早期的作品,主要描写广东顺德一带城乡的百姓,尤其是当地因缫丝业发达而产生的缫丝女红群体。草明晚年自述:"我没有钱去上学,又拿不出拜师钱去学缫丝,那只好成天在厂内外转悠、玩耍,听她们随编随唱的怒骂、怨恨、讥诮的动人的木鱼歌调。我喜欢她们,我爱她们豪迈、勇敢与坦荡的风格。我从小就种下同情工人阶级、爱工人阶级的根子","我开始创作就一脚踩到现实生活上,顺德缫丝女工的形象、失业后的灾难与她们的反抗斗争在我脑子里源源出现,成为我写作的素材我热情地写她们,有时甚至流着泪写我那些不幸的姊妹们。"②20世纪30年代,受帝国主义的经济压迫以及世界经济危机的影响,中国的民族工业受到巨大冲击,乡镇的手工业更是纷纷破产,草明早期大量的短篇小说都是以此为背景,讲述顺德乡里的丝厂接连倒闭,无路可走的丝厂女红大都涌入广州,而城市的产业工人和底层百姓的生活处境也没比乡下好,都是"在地狱里生活的人"。

《倾跌》以第一人称讲述"我"和屈群英、苏七三人,"和许多女工一样地被乡里的丝厂挤了出来",只能到城里找活路。但"我"只勉强找了份女佣的活,而苏七和阿屈最后都走投无路先后沦为私娼。原本"苏七悲哀地嚷着要回乡去,说宁愿回去做饿鬼",但从乡下出来找活干的表妹劝她说:"万万不要回去,我们乡下,就是饿鬼也不许你做呵。人没有坐着等饿死的,两餐总得弄来吃,就算抢吧,偷吧,做坏人也得在城里……","我"从母亲来要钱的信里也得知了故乡各种"倒霉的新消息":"丝厂时常停闭一月半月,复工的时候工钱可要减一半;资本小的工厂简直被大厂把生意夺了去,站不住脚就停闭下来,在厂门口转的女工更一天比一天多了。我记得在乡里的时候,每担桑还可以卖四五角钱,现在母亲信里说两角钱也卖不到,种桑的人,有些简直把桑连根拔起来丢掉了"。成为私娼的苏七,"从前活跳跳的苏七……变得忧郁,过了又变成羞怯,现在却变成暴躁起来",有天半夜呜呜地哭了之后,"像疯狗样紧紧地抱着我,嘶着声音说:'谁把我的心灵撕碎了?谁把我的血肉吃掉了?谁呀!告诉我,我定要把他生生地吞掉,告诉我——'",而一向倔强的阿屈,也"深思的摇起脑袋来":"为什么呢,我们愿意拿双手来劳动,却没有人给我们饭吃!谁抢了我们的饭?"《魅惑》中回乡的四妹,当上过学堂的"我"跟她谈到"人格"的时候,她强硬地回复道:"当我在丝厂做工的时候,也没有谁看得起我……哦,人格,对了,我在省城的时候也听见过这个名词……但是一个人终归要吃饭的,在世上,只要拿出自己的胆

---

① 欧阳代娜:《草明文集·前言》,北京:中国青年出版社2011年版,第9—19页。
② 草明:《草明文集·作者自序》,北京:中国青年出版社2011年版,第5—6页。

量,拿出自己的力气,拿出自己的主意,那么他不是有人格么?……无非都是为了吃饭问题罢了,有什么分别呢?"草明不仅写出这些年轻的女工在艰难的生存处境中和在传统的道德观念中苦苦地挣扎,同时也写出了她们在痛苦挣扎中的觉醒和抗争。在《倾跌》的结尾处,跟阿屈一样被开除的旧工友正在寻找阿屈,想联合起来去跟东家斗争,"我"看见阿屈和苏七一群姑娘正从旅馆被警察带走,望着阿屈那倔强的脸孔,"我""出神地想:看她那股什么也不怕,不在乎的神气,难道她已经知道了她的勇敢的伙伴们在热烈地等着她么?"

  这种觉醒和抗争同样存在于中篇小说《绝地》之中。作品讲述卖粥妇人真嫂,丈夫大牛跟着所在部队去东江剿匪,后反而加入东江游击队当了革命军,真嫂一个人带着儿子细牛,在广州华兴制胶厂门前一块叫烂塌地的空地上守着一间破草棚开设粥摊。在穷困的生活中,她与华兴厂的工人们关系特别好,平常还常帮工人们洗衣服和缝补衣裳。后来工人们举行罢工,工厂停工了,真嫂的粥铺没了生意,她和细牛几乎饿死,还好最后罢工胜利,工人们复工了,真嫂由衷为他们感到高兴,可是这高兴转瞬就消失了,因为政府当局要收回这块烂塌地盖大楼,要求真嫂马上搬出这间要被拆除的破草棚,一下子把真嫂推到了绝望的境地。最后,求告无门但顽强乐观的真嫂,把能变卖的东西都变卖了,把所有钱打了一坛酒,买了一些卤肉和长生果,请她相好的工人们作了一次痛快的聚会。第二天一早,真嫂悄悄地带着儿子坐上了开往东江的渡轮,决心去寻找她的丈夫大牛。该作品不仅真实地描绘出当时的产业工人沉重的、艰难的生存处境,塑造了一个顽强、乐观的底层劳动妇女真嫂,同时还细腻地呈现了那个畸形的社会里人与人之间令人窒息的仇视与加害。作品中几次写到当真嫂挣扎于饥饿与绝望的边缘时,周围的底层妇女许多将她视为桃花星和不祥之人,因为她与工人们相好,就排挤和辱骂她。正如有研究者所指出:"草明以悲悯的情怀真挚地书写底层工人的辛酸,尽管带有'五四'文学同情弱者的启蒙主题的痕迹,但超越了'五四'……作为左翼作家,草明的小说在城市叙述中又关注工人作为生命个体的人的存在状态,那种为最基本生存而忙碌的工人们肉体与灵魂的存在/毁灭、坚守/陷落、高尚/卑微的问题,见出洞悉人性的深度……草明把城市叙事和启蒙的底层叙事进行了融合统一。"[①]

[①] 张鸿声、胡洪春:《左翼视角下的城市现代性书写——论 20 世纪 30—40 年代草明的城市叙述》,《文艺理论与批评》,2013 年第 5 期。

第二节 萧殷笔下的小人物群像

萧殷(1915—1983),原名郑文生,笔名萧英(肖英)、鲁德、郑心吾、黎政、何远等,广东河源人。幼年丧父,家境贫寒,靠当店员的哥哥和学校老师的资助,才读完初中;后考上广州市立美术学校,一年后因经济拮据辍学,开始在《广州民国日报》的副刊《东西南北》和《岭东民国日报》上发表作品;1936年参加进步文学团体"广州艺术协会",同年10月为了躲避反动当局的搜捕而逃亡上海。抗日开始,参加了党领导的"上海防护团"任战地记者,与范长江一起编《新闻记者》月刊。① 1938年8月加入中国共产党,曾受党中央组织部派遣担任李公仆私人秘书;曾任《新中华报》等报编委,《石家庄日报》副总编辑。新中国成立后,历任《文艺报》主编,《人民文学》执行编辑,暨南大学中文系主任,广东省文联、中国作协广东分会副主席,《作品》杂志主编等职。②

一直以来,萧殷都以文学评论家闻名于世,早期的文学创作,尤其是小说,却常为人所忽略,事实上这些作品无论是现实性还是艺术性都是比较高的,有研究者认为:"刚刚步出少年之乡时,萧殷便获得了不低的创作起点。处女作《乌龟》及其后的《疯子》都创作于1932年。给人突出印象的是,十七岁时的萧殷便已经不仅知道'讲故事',而且注意到'如何讲'故事。"③萧殷的创作起点是他在市美时期,他后来回忆:"整天坐在课室里呆板地描摹几千年前的古美人,离现实生活何止十万八千里。可是目前的现实却不能让人宁静,整个社会面对着农村破产的悲惨情景和风起云涌的革命斗争,面对着日本帝国主义的侵略,我再也抑止不住自己炽热的心。我觉得,我应该从'古美人'的圈子里冲出来,勇敢地去反映现实,去诉说我内心的不平,急不可耐希望采用别的武器去参加如火如荼的救亡运动和现实斗争。于是我饥不择食地拿起笔来写小说。《乌龟》《疯子》等,就是在这种心情下写出来的小说。"④这两篇作品基本奠定了萧殷早期创作的基调,那就是对小人物的悲剧人生的呈现。

《乌龟》是以一个小孩子"我",来呈现码头苦力工人陆伯悲惨的一生。陆伯是孤身一人在码头扛行李的苦力,"我见了他这样可怜,却不曾有过怜恤",常常跟着在码头一起玩耍的小孩喊他"乌龟、乌龟",虽然不晓得"乌龟"是什么意思,但一喊他就会

---

① 陈衡、袁广达主编:《广东当代作家传略》,广州:中山大学出版社1991年版,第371页。
② 《萧殷》,《粤港澳大湾区文学评论》2022年第1期。
③ 程文超:《谈萧殷的文学创作》,《中山大学学报(社会科学版)》1994年第3期。
④ 萧殷:《附录:我怎样走上文学道路》,《萧殷自选集》,广州:花城出版社1984年版,第960页。

发怒,但又无可奈何。有一次"我"溺水了,是陆伯救了"我",渐渐地"我"才知道了陆伯为何会成为"乌龟"。原来辛亥革命的时候,陆伯投了革命军,几次在广州、惠州起事都失败了,陆伯年轻的妻子在广州一个富商家当女佣,被那个富商强奸了,含冤自杀。陆伯回到广州,就到法庭去状告富商,没想反而被冤屈入狱,被关了两年出狱后,身体已差到无能力复仇了,还被污蔑为"老婆偷汉子"的"乌龟",最终,陆伯在贫困之中含恨而死,葬于乱坟岗。《疯子》同样是以一个孩子"我",来呈现一个疯子的苦难史。原来这个衣衫褴褛、肮脏且悲伤的疯子,这个在街上看见绅士就抓着不放,被绅士的皮靴踢到额门稀烂、鲜血流了满脸的疯子,是一个可怜的农人,因为年关还不起债,乡长硬把他的独女玉姐拖走了,并且就在当晚,玉姐因为不愿受辱而大骂乡长,最后竟被杀害了,第二天她父亲听到消息就疯了,而"我"目睹了疯子坠入深谷惨死。写小人物的悲剧是萧殷小说创作的一大特色。《狗运的一生》中的狗运是农村里无娘的孩子,从小受尽叔母的虐待,上学时被教员污蔑偷了手表开除,打工时被主人冤枉偷了钻戒,最后他奋起反抗富农的欺压,可结果就是得了两年囚禁的重罪,拖着一身重病出狱的狗运最终悬梁自尽了。《生路》中的阿荣是统捐局的卫兵,失了业,祸不单行,儿子又摔伤了没钱送医院死了,他最后想到车站去当挑夫卖苦力,可这时候日本鬼子来了,占领了车站,镇上的车站再也没有挑夫的影子了,阿荣只能跟着了魔似的跳起来窜到房子里大叫,连卖苦力的生路都没有了。《芋圆》中的梅姐是乡下的少妇,因为不喜欢自己又老又丑的丈夫,与村中的小伙子林子产生了感情,两人常在芋圆中幽会,最后被村人和丈夫抓住,结局只有淡淡的一句话:"就在这一天夜里,小河里浮着两个尸首,那是牢牢地捆在一起的"。

    萧殷还有几个短篇,与当时文坛上"丰收成灾"的一系列作品是一致的。《灾》讲七月禾苗丰收在望,阿赤满怀希望这次收获能有余利可还债,但没想这时妻子因劳作过度而流产,无诊医费,天气干旱田禾快死了,没钱请人车水,只好用田契作押向富翁借钱,富翁趁机要了很高的利息,不承想最后米价竟一跌再跌,"听说城里、镇里,都用鬼子米了,人都说鬼子米都很平,我们就减到成本,也减不到像它那末平呀!",农民们最终只能仰天长叹"老天爷应该知道我们的苦处"啊!就在这绝境之中,雨终于下起来了,可是洪水竟冲毁了河堤,阿赤的弟弟在河堤抢险的时候被洪水冲走了,而他卧床不起的妻子也在屋子里被淹没了。《倒闭》讲兴和米铺的老板何侃,因为火轮载来洋米越来越多,市面的米价一再降低,农民的生活越来越困苦,他赊给农民的米一再收不回账,一方面是米铺入不敷出,一方面是为维系经营所借的债却越滚越多,债主们纷纷上门逼债,又因为拖欠米谷捐被关进监狱两天,最后何侃走投无路只能逃走了。《沉落》是《倒闭》的续篇,讲何侃到了广州流落街头,想去求告朋友寻不到人,最后沦为乞丐,作品的结尾,写他坐在街边回忆过去,忽被女子的高跟鞋一踩,原本破裂而含血的脚胫,流出了淋淋的鲜血,他的身体只能在冷风中发麻地抽动着,无声地流出更多的热泪。

萧殷笔下的这些小人物,从农村到乡镇到城市,有农民、小市民和小业主,给我们呈现了一幅"中国大革命前夜农村与城市的凄惨画面",这"也是广袤的神州大地百业凋零、饿殍遍野的现实写照","一个个凄惨的人物形象,无不因被那个社会、时代的受虐而变形"①,这些是岭南现代文学中珍贵的小人物群像。

第三节　杜埃的城市贫民书写

杨义指出"杜埃是和整个华南作家群一道在拓荒中成长起来的,不充分肯定杜埃的文学活动和文学创作的成就,就很难说清楚华南作家群的形成和发展过程"。②杜埃早期的短篇小说,主要是描写城市贫民的苦难以及地下革命者的艰苦斗争。《园》讲述一个乡下的铁匠老铁,从小跟着师傅游乡串村给人打农具过活,大革命失败后,他的师傅被反动派抓去,罪名是为"奸匪"铸造梭镖和匕首,被没收了全副工具,而他自己则被痛打了一顿,还定他一生不准再打铁,老铁只好回家耕田。可是这年头,耕田的乡下人几乎都没活路了,这时有个省城的老园主请他去当园丁,老铁欢喜得几乎发抖。他为省火车票钱一路走到省城,到了城里,看着老园主马上打发走原先的园丁,他才发现原以为一个月十多块钱工资,没想到只有三块钱,而且老园主三年没发过工资,最后只用一块钱打发走人。老铁在园子里累死累活干了三个多月,因为环境特别差最后得了脚气病,脚肿胀没法起身,老园主马上打发他走,又找了个新园丁替代他,连多一块钱给他搭火车回去都不肯。作品以老铁满怀希望、兴冲冲地往城里走开始,自以为跟老园主是同乡,又有点亲戚关系,但最终结局只有失望、痛苦和一双肿胀的脚。《园》非常生动、细腻地刻画出城里的园丁们这些底层老百姓的凄苦与辛酸,而与他们的处境和命运形成鲜明对比的,是老园主的刻薄和残忍,以及园子里供给上流人欣赏和购买的艳丽的鲜花。

杜埃的另一个代表性作品《婴儿》,讲述城里的搬运工人水妹,丈夫被国民党拉去当兵打内战了,为了生存,她快临盆了还得干着推车的重力活,一日不幸被撞倒了,被女工们抬到医院,生了一个男婴。产后的水妹痛苦不堪,一是无力偿还医院的费用,一是无力抚养刚出生的孩子。最后,一位好心的医生帮她付了医院的医药费,还

---

① 王学海:《历史脉络里的寒冷与温暖——萧殷小说分析》,《武陵学刊》2012年9月第37卷第5期。
② 杨义:《杜埃在中国现代小说史上的地位》,《开放时代》1992年第2期。

帮她把孩子托付给人抚养。出院半个多月后,水妹听到一个晴天霹雳,医生被逮捕了,原来他是地下革命者,是共产党。该作品真实地再现了大革命失败后的广州,一方面是底层人民的苦苦挣扎,一方面是反动派的残酷统治。作品的结尾处,写特务到医院调查医生的情况:"妇产科的医务人员暗暗叹惜,'他是个好人呀。'但账房先生却暴跳如雷:'好人有限!他老为穷人求情,拿医院药物周济病人。哼,同情穷人就是共产党。我看他与众不同,就是共产党!'"这一细节,形象生动地反映了那个黑暗的年代和黑暗的社会现实。

正如有研究者所总结,因为杜埃"对反映生活求真求实的文学主张,使他的作品常能摄下时代的面影,揭示社会某些本质方面,有一种朴实厚重的历史感"。[1]

第四节　廖子东、厉厂樵对知识者的观照

不同于草明主要描写产业工人,尤其是女工;也不同于萧殷专注描写底层小人物的悲剧和杜埃着重反映城市贫民的苦难生活,20世纪20年代和30年代的广东文坛还有一些作家主要写作城市知识分子题材的作品,其中比较突出的是廖子东和厉厂樵。

廖子东(1909—1993),广东兴宁人,笔名浏心、大孤、归燕等,1925年到梅县县立师范初中部就读,1930年流浪到广州,在广州南堤新闻学院学习,攻读编辑学和报业史;1932年回梅县,任《梅县民报》的新闻和副刊编辑;1935年夏赴日本东京中央大学学习,翌年回国;1940年起,先后在《湘潮日报》和《国民日报》任总编辑;1945年到广东省文理学院中文系任讲师;1950年后,在华南师范学院中文系任教。

廖子东自述"在梅县乡间教读期间,喜读新文学书籍,特别爱读鲁迅散文杂感,也耽读郁达夫的自传体小说。这些从书刊里得来的知识、理念、感情,化成了我的创作欲"。处女作《羊子冈上》发表于1928年梅县的《华侨日报》上,1930年在广州结识了萧殷、杜埃、楼栖等青年文友,开始在《广州民国日报》副刊上发表作品。中篇小说《流霞盏》,写城市里一对青年小夫妻的遭遇,妻子从乡间来到城市与丈夫一起生活,丈夫是报社的小编辑,收入很低微而且工作也不稳固,最终丈夫还是被解雇了,被迫独自出国去谋生,而妻子则回去乡下。《从孤岛上来》同样写城市知识者的苦闷与没有出路。《黎明期的船》则写城市的富家小姐要摆脱舒适的家庭与父母的束缚,决定乘坐"黎明期的船"去寻找新的生活。这些作品由于描写的是都市里的各类小知识

---

[1] 张振金:《岭南现代文学史》,广州:广东高等教育出版社1989年版,第114页。

分子,所以多注重写人物的心理和情感,但也从侧面反映了时代的黑暗。①

描写知识者题材的作品,还有厉厂樵1930年出版的长篇小说《我们的王冲》(泰山书局)。厉厂樵毕业于上海大学中国文学系,1929年到广州,担任《广州民国日报》文艺副刊编辑。厉厂樵是国民党人,在30年代初的广州文坛是比较活跃和多产的。他和胡春冰创办过"万人书店",合编过《万人杂志》《万人丛书》和《细雨杂志》。②1932年,由他、胡春冰和欧阳山三人联名发起"作者俱乐部",目的是动员广州市的作者推动南中国的文化运动,主张进步的、大众的反帝反封建文艺。

《我们的王冲》是厉厂樵代表作,在当时产生了一些影响。该作品描写知识青年王冲,出身于乡间富家,从小学时代就"虽无雄才,却有大志",一会儿跟风学古文,一会儿跟风学英语,一会儿跟风学作白话诗,都只是一心想成为"惊天动地的大人物",并且他一再地追求漂亮女性,却一再地"情场失意",甚至结婚后仍嫌弃妻子貌丑土气,欲强暴村中的年轻寡妇,追求一同教书的女同事……因为在乡里声名狼藉混不下去,为了出人头地,跑到上海,上了大学还加入革命党,而他之所以参加革命就是为了日后升官发财,五卅的时候他意外中了枪,却没能成为英雄,失落至极不想再革命就回乡了;因为乡里传言要抓革命党,只好逃亡南京,这次花重金买了一张"江苏省督军署参议"的委任状,并兴高采烈地登报发申明,没想是遇到骗子,买的是假的委任状,结果被孙督军(孙传芳)发现并下了通缉令,只好再次逃亡;作为被军阀通缉的青年,王冲逃到革命的广东自然被视为革命的人才,可是眼看北伐即将开拔,贪生怕死的他又脱离了革命只身逃往上海;没想北伐军一路势如破竹,马上要攻克上海,王冲又悔不当初,当他在租界走投无路打算去黄浦江自杀的时候,在路上遇到散发传单的工人队伍,被巡捕误当散发传单者逮捕,之后作为政治犯被引渡给国民党政府,被国民党政府以"共匪"名义砍了头。

厉厂樵在作品的《自序》中说道:"近十年来,像王冲这样的青年,我是时常遇到的。""像王冲这样的青年"在大革命时期,投机革命,最后又被革命所毁灭,是那个时代某些青年的典型,具有一定的现实性,但作者在作品中的主观色彩太过强烈,所谓对革命青年的"讽刺",反而让人觉得有过度丑化和失真之感,艺术性并不高。

---

① 张振金:《岭南现代文学史》,广州:广东高等教育出版社1989年版,第114—115页。
② 温梓川:《文人的另一面》,桂林:广西师范大学出版社2004年版。

第十五章 北伐和广东农民运动叙事

大革命时期,作为革命策源地的广东发生了一连串的革命战争,国民革命军的两次东征、北伐、海陆丰农民运动、广州起义等等,因而也随之产生了一系列以这些革命战争为题材的小说,如出生于广东陆丰的丘东平就是中国现代文学史上以反映农村土地革命及战争较为成功和有影响的作家,到抗战时期更是成为重要的作家。

此外,还有多位作家在广东亲身经历了北伐战争或海陆丰农民运动,他们都力图在文艺作品中反映和宣扬大革命时期发生在南中国的蓬勃的土地革命和激烈残酷的革命战争。

第一节 反英雄叙事:黑炎的《战线》

黑炎的中篇小说《战线》,描写的就是1926年至1927年的北伐战争,1931年开始在《小说月报》上连载,1933年6月上海现代书局将之编入"现代创作丛刊"出版了单行本。作者在单行本中加了一篇序,《序》中写道:"上次世界大战过后,世界的劳苦者群早已认定这次战争的特性,是资本主义为竞争市场挽救经济衰落的侵略战争;而中国二十多年底军阀混战,使中国的劳苦者群,认识了这是帝国主义者为欲加速其对中国的经济侵略,争着利用军阀以为侵略的工具,使军阀为地盘与少数人利益而混战。所以在上次世界大战后,已产出不少反战的作品;而在我们这饥馑的中国,二十多年底军阀混战,无可避免的也反映到文学上来了。《战线》所描述的全部,是以一九二六至一九二七年间的战争为描写背景,书中所述的一切,都是那个时代中多面的真实,作者不敢虚构和掩饰……拙作除了描述当时一部分战争的惨剧外,极想把这用武的兄弟们所过的是什么生活,坦白地告诉大众:这世界底劳苦者群中,还有这一类型的生活,以及我们为土地的农民,为馒头的工人……"①

茅盾在1934年4月1日的《文学》第2卷第4号上同时发表了两篇评论文章,评

---

① 黑炎:《战线·序》,上海:现代书局1933年版,第2—3页。

价两部战争小说,他在《"一·二八"的小说〈战烟〉》一文中(署名:丙申)认为黎锦明的中篇《战烟》"不能不说是失败了";而在《黑炎的〈战线〉》一文中(署名:陶然)则认为这本《战线》"将要永久被人激赏的罢?"茅盾概括《战线》的两个特点,一是书中仅有两处描写火线上的厮杀,并且一处还是虚写,"读者要是存了'看厮杀'的希望去读这本书,那他大概要失望的";二是书中没有一个"英雄气概"的人物,连"我"(严阿保)也绝对不是英雄,"所以读者要是想看看战争中的英雄,那么,他对于这本书又要失望的"。

茅盾的概括非常准确。第一,正如黑炎自述,他并未想描写北伐战争的全部,在时空上,他仅选取了从北伐军攻克南昌之后到"四一二"反革命政变这一段;并且从自身经历出发,他所在的是北伐军的一个炮兵连,所以虽然经历了多次残酷的战斗,但步兵在前面与敌人激烈交战的场面他们炮兵是看不太到的,有距离和时间差。作品是以"我"和其他几位炮兵为中心,描写了北伐军中拉夫、打仗、行军种种过程中的困顿和残酷。第二,作品描述北伐军中战士们的日常,挨饿、受冻,动不动就被军官鞭打,拼死拼活地打了一仗又一仗,好不容易发了军饷就喝酒、赌钱、打架;军官们贪婪又残忍,不仅克扣士兵和民夫的粮饷,甚至随意地鞭打和枪毙……这里面看不到任何一个英雄,相反,士兵和民夫都挣扎着想逃离这刑场般的生活。黑炎在1957年再版这部作品时也提到,"曾有人提问:'战线'里写的那样腐朽的部队,为什么北伐军会节节胜利呢?可是,这个人却不知道,如果北伐军没有革命因素的领导和工农群众的支持,恐怕它不但推进不到长江流域,长久地也不会越出广东的大庾岭吧?"

《战线》一书貌似没有主线或主题,完全是军旅生涯方方面面的拼凑,但胜在各种细节描写非常出彩,正如茅盾所言"内容的充实和逼真",让人读的时候不感到文字上的毛病,因而这本书确实是"宝贵的材料",也值得"永久被人激赏"的。

作品中几次写到军队拉来的伕子,他们在战火中忍饥挨饿,一个伕子爬了起来,带着恳求的声调问:"排长老爷!今天还有饭吃吗?"被咆哮了一通之后,伕子悄悄重新躺下,双手掩住脸庞,忍不住像牛吼般地哭起来,排长又咆哮他哭什么,伕子说:"我哭我的女儿,怕她们等着我带米回去,她们也一样饿着肚子的!"结果,"排长似乎惊异了,挺起他的胸膛,'你这个也不是好家伙,一定要逃的……'",命令士兵脱下了这伕子的裤子,抽了他的赤腿三十鞭。

军官们除了克扣和苦待这些伕子,对俘虏也一样,有好几处关于俘虏的场景描写也都非常细致、生动。但作品也写出,从战士们的口中,仍可知道军阀的军队对待北伐军的俘虏要残忍得多,黑炎既没丑化也没拔高这些底层的士兵,包括军阀军队中的士兵,而是把他们的心态很细腻地刻画出来。

作品的尾声,在攻克上海之前,"我"的好弟兄炳生和其他好多弟兄都被炸死。

进了上海后,作者对上海的武装工人的描写非常地朴素但又真挚,令人感动。虽然工人在此中基本是以群像的面目出现,但每一个时刻出现的某一个无名的工人都刻画得很好。当"我"看到工人们都拿着破旧的、像许久没用过的老枪时,不敢相信他们就是用这些旧武器帮助北伐军攻克难以攻克的上海,"我"非常好奇地向旁边的工人询问,通过简短的对话,一个革命中的武装工人,那种豪情和自信,溢于言表。当工人们逗留在他们阵地的时候,也会很亲热地跟他们躺在一块儿东讲西说地谈论这次的战事。"他们说:从前像他们那样的工人不仅没有打仗的勇气,反而常常担心着自己做工的厂里会发生什么事情……他们很恨那种像班长一样的工头,他们也恨像十八摸那样的小鬼;他们撞着了那些倨傲的老板,正像我们撞着了那些官长一样的不快意。他们的生活与我们的并不两样,也常挨着鞭子、咆哮和打骂;只是我们是流动的,而他们永远呆板地处在那煤烟熏炙的工厂里;我们大半是流尽了一泡殷红的鲜血死了,他们却大半是脸黄肌瘦地患了痨伤症死的!"①因而最后,当"四一二"政变猝不及防地发生的时候,"我"的另一个好弟兄汉东因放走了已经缴械的工人被抓,"他永远没有生命再活着回来了",就在这个晚上,"我"千方百计地做了逃兵,可是第二天,就被别的军队又抓住,做了一个再入伍的士兵。

有研究者指出:"同是描写战争,他(黑炎)不以描写血与火的生死厮杀称著,却以描写哭与笑和平凡生活见长。它没有金鼓齐鸣的声势,却有战地烽烟的气息。你可以责怪它不够恢宏,不够亢奋,但你无法否认它的坚实。他和丘东平在描写前线战争的题材上,各自有不同的开拓。可惜作者在这部《战线》之后,就没有第二部作品了。"②茅盾也曾在上述的评论文章中感慨:"这位作者像彗星似的在文坛上一瞥,后来就不见了!然而这'一瞥'的光芒可就叫人目眩!"但其实黑炎其后还有两部作品《炭店》和《铸物工场》,新中国成立后,他将《战线》与这两篇小说,1957年由作家出版社结集出版,书名仍是《战线》。这三篇作品创作于1929年至1949年这二十年间,虽然《炭店》和《铸物工场》这两篇作品艺术水准也不低也写于战争期间,但真正可称为战争小说的,确实只有《战线》。

第二节 黎锦明、阳翰笙、马宁的革命叙事

中国现代文学史上,有三部描写广东海陆丰农民运动的中长篇小说,一是黎锦明

---

① 黑炎:《战线》,上海:现代书局1933年版,第136—137页。
② 张振金:《岭南现代文学史》,广州:广东高等教育出版社1989年版,第106页。

的《尘影》(上海开明书店,1927年12月初版),一是阳翰笙(华汉)的《深入》(上海创造社出版部,1928年10月版),一是马宁的《铁恋》(上海南强书局,1930年版)。

黎锦明(1905—1999),湖南湘潭人,是在"五四"新思潮哺育之下成长起来的作家,30年代曾参加中国左翼作家联盟,是现代文学史上的著名作家。1926年10月初,黎锦明受胡愈之推荐到广东海丰中学任教,当时彭湃领导的海陆丰地区农民运动正在兴起。1927年1月下旬,黎锦明与同事招勉之到广州买书,并拜访鲁迅。在广州的半个月中,黎锦明4次拜访鲁迅,谈得最多的也是鲁迅很感兴趣的海丰农民运动的情况,鲁迅要他注意从现实生活中收集创作素材。回到海丰中学后,黎锦明给鲁迅写信,还谈到当地农民协会打击土豪劣绅的一些新事。1927年"四一二"反革命政变后,海陆丰地区农民起义失败,很多革命者和进步师生被捕牺牲,黎锦明在战乱中逃亡上海。①

1927年10月,黎锦明将所亲历的广东海陆丰农民运动为背景,以现实主义的手法,创作出中国现代文学史上第一部反映现代农民运动的中篇小说《尘影》。描写了大革命时期,南方一个小县城明清县错综复杂的势力与形势骤变的时局。明清县虽然在大革命中打倒了土豪劣绅,建立了县党部、农会和纠察队等,但革命阵营内部本身就鱼龙混杂、泥沙俱下,县党部的委员有投机革命的前县署财政科长及其弟弟,还有他介绍来的抽大烟的"宿学"、孔教会的会长、旅店的小老板、织袜厂的监工等组成的所谓温和派,他们不仅与地主土豪相勾结,还巴结上层的反动头目和国民党新军阀,武装镇压了农民运动,最后在反革命政变中对工农群众和革命者进行了血腥大屠杀。该作品非常成功地呈现了农民运动从轰轰烈烈到烟消云散的全过程,也一定程度上揭示了早期革命的复杂、艰辛、幼稚及其必然失败的缘由。该作品也较成功地刻画出一个早期农民运动领袖、革命的知识分子熊履堂的人物形象。熊履堂作风正派、立场坚定,不受土豪劣绅的贿赂和求情,并且不辞辛劳去翻查和抄录县府档案,试图有理有据地审判土豪劣绅们的种种罪行,但这些努力在反革命势力及其军队的武装镇压之下不堪一击。作品一方面塑造了熊履堂作为一个革命者的正面形象,一方面也没有神化、拔高其眼界与能力,从中更突出以其为代表的革命者的悲剧性。作品的结尾处尤其令人动容,熊履堂面对敌人的屠刀没一声求饶,从容就义,被敌人砍了三刀才砍下了头颅。

但与此同时,就像鲁迅在《药》中给夏瑜的坟头添了一只花环一样,就在熊履堂被害之时,在轰轰烈烈的农民运动失败之际,结尾是熊履堂的儿子小宝,正从幼稚园放学出来,孩子们在老师的手风琴声中,拍手唱着:"打倒列强,打倒列强,除军阀,除

---

① 黎风:《黎锦明和鲁迅》,《湖南党史》1994年第6期。

军阀！国民革命成功,国民革命成功,齐欢唱,齐欢唱。"但黎锦明也并没有简单地平添一抹亮色或希望,作品最后一句意味深长:"至于明清县以后的情形若何,无他:太平了"。

《尘影》完稿之后,在当时的白色恐怖中出书困难,最后在叶圣陶和鲁迅的支持下才得以出版。鲁迅为该书作序:"中国现在是一个进向大时代的时代。但这所谓大,并不一定指可以由此得生,而也可以由此得死。许多为爱的献身者,已经由此得死……在异性中看见爱,在白百合花中看见天堂,在拾煤渣的老妇人的魂灵中看见拜金主义,世界现在常为受机关枪拥护的仁义所统治……谁更为仁义和钞票写照,为三道血的'难看'传神呢? 我看见一席尘影,他将愉快和重压留予各色的人们。然而在结末的'尘影'中,却也给我喝了一口好酒……"①

阳翰笙(1902—1993),四川高县人,原名欧阳继修,笔名华汉,1925年入党,1926年到广州黄埔军校当政治教官,在北伐军中做政治工作,大革命失败后,参加"八一"南昌起义后,辗转到了海陆丰一带,后因重病被送到香港,再转赴上海,受党组织委派,参加了创造社,后参加左联,从此开始了文学生涯。②

阳翰笙后来自述:"南昌起义、秋收起义、广州起义之后,在全国许多地方爆发农民起义,土地革命运动蓬蓬勃勃地发展起来,这对我的思想产生了强烈的影响。早在大革命时期我就一直注意和研究彭湃同志领导的海陆丰农民运动,接触过一些从事农运的同志。后来在广东又目睹组织起来了的农民手持梭镖、鸟枪、大刀、木棒,参加各种群众活动的高昂气概。特别是在海陆丰,当时我住在一户半农半渔的农民同志家里,接触到周围的一切农民群众,听他们讲述在澎湃同志领导下所进行的各种斗争的具体情况,了解到农民所受的残酷剥削和他们对地主豪绅的刻骨仇恨,深深感受到他们对土地的迫切要求。这些所见所闻促使我在一九二八年写了《暗夜》这部小说,力图在文艺作品中反映和宣扬土地革命的斗争。"③《暗夜》就是后来被称为"华汉三部曲"的《地泉》的第一部《深入》。《地泉》是由三部中篇组成的长篇小说,第二、三部是《转换》和《复兴》。其中《暗夜》是1928年12月15日由创造社出版部初版,收入《地泉》时改名为《深入》。

《深入》以海陆丰的农民运动为基础,讲述替地主耕了三十几年地的农民老罗伯,最后走投无路,与儿子罗大一起参加了由农民领袖汪森领导的农民运动。虽然《地泉》重版时,前面几篇序言(由瞿秋白、郑伯奇、茅盾和钱杏邨所撰写)皆把《地泉》作为"革命的浪漫谛克"的代表,但实则是以此为靶子在批评、总结早期革命文学

---

① 鲁迅:《尘影序言》,《尘影》,上海:开明书店1927年版,第1—2页。
② 张大明:《阳翰笙文学创作漫评》,《社会科学研究》1981年第2期。
③ 阳翰笙:《阳翰笙选集第一卷·序》,成都:四川人民出版社1982年版,第2—3页。

("新兴文学")创作的经验教训,就这三部曲而言,也着重批评的是后两部,因此阳翰笙在八十年代出版《阳翰笙选集》时,只收录了三部曲中的《暗夜》,即《深入》。今日看来,仍要肯定《深入》在文学史上的价值,不仅因为它是在革命惨遭失败的低潮期,在白色恐怖中,坚持为革命披荆斩棘,振奋斗志,而且在艺术上它也是一部较成功的革命文学,阳翰笙在从事文艺创作之前丰富的生活基础和革命实践,在这部作品中得到很好的体现。

首先,它把旧社会对农民的剥削和压迫非常形象生动地揭示出来,如老罗伯这般辛苦劳作几十年的老实农人,不是一下子就能走土地革命的道路的,其中的迟疑、挣扎、无奈到悲愤,作品皆刻画得很出色,包括中间老罗伯甚至寄希望于同宗的小田主罗九叔叔,希企得到他的谋助,因为小田主也受大田主的摊派和欺压,但终是失望而归。当老罗伯听到儿子罗大传达大家密谋欲杀田主分田地的消息时,他并不像儿子那样单纯地兴奋,作品描绘出老农此刻复杂的心理状态:

> 他那嘴巴上那几根不长不短的花白须也都不住的颤抖起来了!这时候,突的,他觉得他的心里轻松了好一块,仿佛那块沉重而又坚固的,压了他整整有卅年的铅石,忽然飞在他头上的半空中悬起去了。他觉得异常的轻快,异常的舒展,而且像这样的轻快和舒展,是他过去卅余年的苦斗生活中,所未曾感到过的,他今天还算是第一次啊!可是,他的疑惧和惊恐也在同时挤进他心里来了。那块飞在半空去了的铅石,分明并没有粉碎,也分明还有落下来打破他的头颅的危险。所以,他的心里充满了矛盾之感,快乐到了极度,同时惊恐也到了极度了!他呆望着门外那片灰白色的迷迷茫茫的秋空。一瞬间竟然像变成了一片涛澜汹涌的血海。那可怕的头颅,那可怕的尸骸,那血淋淋的可怕的断骨残肢,都像在这可怕的血海中浮荡了起来!……他心里不住的这样的疑问:要这样才能扑灭所有的田主的存在吗!也要这样,才能够使一般与他同地位的人有翻身之一日吗!未免太可怕了吧!未免太可怕了吧!——然而,不这样,又怎能够掩埋一般田主?不这样又怎能够使一般穷农生存呢?老罗伯终于陷在又惊又喜又疑又惧的状态中不能爽然自适了。①

另外,虽然同为早期革命文学的代表,阳翰笙的作品与蒋光慈的不同,较少写到个体的激烈反抗和个人英雄主义,更多地表现集体的反抗和斗争,也彰显了党的领导的重要性。例如在《深入》中,写到当团结起来的农民们群情激愤,有人怒吼着:"为什么不组织杀人队呢?我主张把那些王八蛋杀一个干干净净!杀一个痛痛快快!"有人怒吼

---

① 华汉(阳翰笙):《深入》,上海:上海湖风书局1932年版,第21—22页。

着:"又为什么不组织放火队呀?我主张把那些王八蛋的高楼大屋都烧他妈一个精光,烧他妈一个痛快!"农会会长汪森"迫切而又紧急的要想每个人都应深刻的了解这一个问题的重大的意义",那就土地革命不是单纯的、简单的"杀人放火"。

可见,阳翰笙的作品,尤其是《深入》,在革命文学中还是独具特色的,因为有阳翰笙自己在海陆丰地区对农民运动的"亲见、亲闻、亲身的经历"为基础。这种特色的来源,正如有研究者所指出:"这得从作家自身的经历和认识来寻求答案。阳翰笙曾投身于无产阶级的武装斗争,在革命战争中,任何个人的报复行动都是无济于事的;阳翰笙作为地下党的负责人,更深知个人的拼命行为会给无产阶级的革命事业带来多大的危害。这样,在大革命失败后,在创作中幻灭情绪和愤激情绪纷纷表现的时候,阳翰笙却能把握住正确的创作方向。"①

马宁(1909—2001),福建龙岩人,原名黄振椿,1925年到厦门集美师范部读书,1926年初被选为学生代表,因参加地下党领导的学潮,被学校开除,流亡到广东汕头,参加国民革命军"学运"的宣传工作。1927年2月前往上海,考入上海大学中文系,参加了周恩来领导的上海工人第三次武装起义,"四一二"反革命政变后,上海大学被查封,先后进入新华艺术大学音乐系和南国艺术学院戏剧系学习,都因缴不起学费而中途辍学,于是他开始拿起笔走上文学创作道路。②

1930年由上海南强书局出版的中篇小说《铁恋》,以海陆丰的农民暴动和广州起义为背景,讲述一对来自农民革命的策源地L县姐妹的故事。姐姐,21岁,叫芝眠,在C州一间医院做看护;妹妹,18岁,叫苴茵,因为父亲和两个哥哥在暴动中牺牲了,到C州投奔姐姐,也成为一名看护。姐姐早已淡忘了家乡和父兄,沉浸在与医生的恋爱中,妹妹则一直不忘农村苦难的生活和残酷的斗争,逐渐变得坚强和坚定起来。因为看护一位同乡L县籍的重病军人危静,妹妹逐渐与之产生了感情,后来姐姐被医生玩弄了感情,自杀未遂后,在照顾危静的过程中也与之产生感情。最后危静决定"把铁一般的热情,来结束我的恋爱",这也是作品题目的来源,他与姐妹俩三人以"兄妹"、"同胞"和"同志"相称,要"为了整个的中国急需要解放的缘故",要努力生活下去,奔赴革命。

这部作品明显带有瞿秋白、茅盾和钱杏邨等人批评的"革命的浪漫谛克"的问题。首先是把大量笔墨用在男女主人公的三角恋上,对于农民暴动和广州起义则议论多于叙述,只出现在妹妹片段式的想法中或直接就由叙事者大段大段地抒发出来。因此也造成第二个问题,不仅作品故事内容单薄,而且人物形象也非常概念化,不丰

---

① 凌受勋:《试论阳翰笙的小说创作》,《宜宾师专学报》1988年第1期。
② 符维健:《马宁:一生坎坷写传奇》,《福建党史月刊》2002年第6期。

满,性格的发展也非常突兀,尤其是结局,姐姐手刃邀请她一起逃往澳门过安稳日子的医生,就地成为一位革命者。

这三部作品皆源自于现实广东海陆丰地区的农民运动,为中国现代史上这一轰轰烈烈的农民运动留下了鲜活的文学记录,在中国现代文学史上自有其不可磨灭的价值。

第三节　民间叙事里的革命情怀

广东的工农运动声势浩大、影响深远。广东是我国第一代产业工人诞生地之一,工人反侵略反压迫斗争、工会组织活动都很早开展。广东也是土地革命战争时期全国最大的革命根据地,是全国苏维埃运动的大本营和中心区域,1924年,彭湃提议的第一届农民运动讲习所在广州举办,此后全国各地陆续开办农民运动讲习班,为大革命培养了数百万的农民力量。到1926年6月,据不完全统计,广东全省已有农民协会会员64.7万人、农民自卫军5万人。广东各地工农群众对广东革命政府和东征、北伐都给予有力的支持和配合,推动了全国革命形势的发展。1927年大革命失败后,共产党领导的革命运动并未止息。

民间文学反映时代和社会,是历史记忆、民间情感鲜活而具体的表现。发端于广东的东征北伐,壮怀激烈的革命斗争,发生在广东人民身边,普通民众直接参与。在面对这些历史事实时,他们的语言和立场带有鲜明的身份特征,体现出现场感、群体性、倾向性。这是民间文学在宏大历史叙事中独特的价值所在。

大革命时期广东的民间叙事主要包括民间歌谣、民间故事。前者主要直接反映时事,后者以相关英雄人物故事为主,通过对历史事件和本地发生的人物事迹的评述,真实记录平民视角下的历史,体现他们的社会关注和革命热情。

一、东征北伐战斗故事

东征、北伐是当时发生在广东的重大事件。广州地区流传的粤讴《北伐曲》咏唱一个青年女子送郎上战场,表达了人民群众对革命政府的支持:"君你北伐,做一个革命先锋,男儿为国,系第一英雄。大军出发,你睇几多人欢送,军乐悠扬,唱出马上逞功。君呀,你好枕戈待旦,记紧打倒奸仇,务要中华成一统。歌谣来相送,祝你长驱直进,日早捣黄龙。"①韶关仁化县客家民歌《广东革命军》自豪地唱道:"身上挂驳壳

---

① 萧卓光主编:《广州民间歌谣》,北京:中国文联出版社2007年版,第238页。

枪子,手上拿起驳壳枪,倷郎去打仗……四十八军都唔调,单调广东革命军。"①

在历史事实的民间传述过程中,事件和人物经常被赋予传奇色彩。五华县民间故事《周恩来计败陈炯明》讲述:1925年春,周恩来带领的东征军在揭西县棉湖镇将军阀陈炯明的精锐部队打退,逃往五华县。官兵本待乘胜追击,可是誓师大会后周恩来却按兵不动。原来,誓师大会只是虚张声势,就在大会结束的当晚,周恩来暗派奇兵,直插敌巢,缴获了大批陈炯明部的军备,把其残兵吓得溃逃而去。②

这个故事表现了东征军青年将士的骁勇善战,颂扬周恩来卓越的军事才能。据资料记载,最早提出建议的是随军做战地政治宣传的古大存。当时进击五华的东征军观察地形不利己方,便接受古大存的意见,决计避实就虚,速攻敌军驻地力量较薄弱的五华城。东征军政治部主任周恩来率领教导第一团,由当地农会干部作向导,凌晨绕道夜袭五华城,缴获大批枪支弹药。③ 当时参战的将星不少,这个传说集众多英雄人物、传奇故事于一身,将周恩来作为革命军将士的代表,用"抖包袱"的方法,创造了出人意表的喜剧效果,显示了周恩来和革命军指挥若定、大智大勇的特点,表现了民众对革命军的拥护和对周恩来的热爱。

当地民间对周恩来的情感其来有自。陈炯明军盘踞五华县时,土豪劣绅、军阀官僚沆瀣一气,百姓恨之入骨。东征军来了,他们的口号是"不怕死,不拉夫,不筹饷,不住民房",所到之处,备受欢迎。周恩来除了率领战士歼灭陈炯明军外,还深入群众,严惩土豪劣绅。五华中学组织联合会,与工人农民共同控告土豪劣绅、官僚地主张谷山、陈卓人、张柱孙等二十三人欺压人民的种种罪行。周恩来核实后即亲自传审,责成他向五华中学学生认罪悔过,又把侵占老县衙旧址公地的劣绅陈卓人当场扣押,勒令他交出伪造数据,将公地还给五华中学,狠狠打击了当地作威作福的封建势力。④ 由于周恩来曾经驻扎,因此百姓熟悉他;由于周恩来带领革命军爱护民众、为民除害,因此百姓热爱他,乐于不断讲述他的故事。

惠州市三栋镇流传的《邓演达治军》,也记录了当时革命军纪律严明的情况。故事说,邓演达治军严谨,奖罚分明。他率领黄埔军校的学生军东征时,堂兄弟邓添在他的部队当传达。有一次,部队离开广州,邓演达派邓添去送信。邓添因赶路辛苦,

---

① 中国民间文学集成全国编辑委员会、中国歌谣集成广东卷编辑委员会编:《中国歌谣集成·广东卷》,北京:中国ISBN中心2007年版,第194页。
② 《中国民间文学集成》全国编辑委员会、《中国民间故事集成·广东卷》编辑委员会编:《中国民间故事集成·广东卷》,北京:中国ISBN中心2006年版,第244页。
③ 中共惠州市委统战部、中共惠州市委党史办公室编:《东征史料选编》,广州:广东人民出版社1992年版,第924—925页。
④ 中共惠州市委统战部、中共惠州市委党史办公室编:《东征史料选编》,广州:广东人民出版社1992年版,第925—926页。

便在路旁树下睡了一觉,耽误了送信时间。归队后,邓演达不顾周围劝阻,立即开除他,让他回家了。① 民国时期军阀林立,匪兵肆虐,百姓传颂的东征军故事,也有现实批判的意义。

二、农民运动歌谣故事

广东人民有光荣的革命传统。广州花县人民抗清、三元里抗英、雷州半岛抗法等斗争,也反映在《花县谣》(官有万兵,我有万山)、《三元里抗英》(一声炮响,义律埋城)、《洋人不足畏》(西风起,洋人跨海来)、《七月初四上战地》(义勇写明在军衣)等方言歌谣里面,广泛流传,成为近代革命的史诗。大革命前后许多民间歌谣、故事在当时播撒革命种子、激发革命斗志,为最终的胜利建立了伟大的功勋。它们反映了人民的心声情感,记录下他们血与火的奋斗历程。

当时底层劳动人民苦难深重,许多民间歌谣如《渔工苦》《叹五更》《过番歌》等都有描述。大革命时期广东农民运动歌谣的创作者包括革命的领导者和普通参与者。它们超越了这些歌谣乃至自《诗经》中《伐檀》《硕鼠》等以来农民歌谣的哀怨,出现了全新的战斗呼唤,号召推翻旧制度,争取个人和国家的解放。

广州花县农军集体创作的《农军歌》探讨了农民问题的根源,表达了农民对地主、豪绅、列强及卖国洋奴的愤恨、对振兴国家的希望。农军每天在出操及开饭前,都集体唱这首歌:"想起我地农民螺声响呀,真想呀共你悲歌;想起我地中华农界,咁就涕水滂沱……个的为富不仁佢重唔肯原谅我,连埋官府把我尽地抽科。重借官威我拿锁,恰到我地农界几乎尽变阿傻。我估亚驼呀绅衿来解祸,唔估到近米都系蛇鼠同窝,弄到我们农民无法可躲。更有一种再重同洋奴来合伙,层层压迫欲打烂我地大好山河。讲到此时激起我心头火,点能杀尽妖怪邪魔? 所望我地农民齐起来互助,唔使怕险阻,但得同心协力,都可以改造我支那。"1924年,花县农会针对田主会制造的诽谤谣言,创作了《讽田主会》,说明革命的愿景:"打倒平山大地主,唔忧无米煮。打倒洛场地主楼,唔忧无地求。拆平龙口霸主屋,农友分米又担谷。"②

民歌接地气、通俗易懂,担负起宣传的任务,指明了成立农会、武装革命的道路。海丰民歌《饿死不如暴动好》唱道:"放落镰刀无米煮,农民兄弟苦惨凄;一年辛苦为了谁? 收成总归大地主。夏收季节就要来,大家兄弟要先知;若是谷子被抢去,父母妻儿就饿死。饿死不如暴动好,打倒豪绅和地主;稻谷割了收藏起,免愁锅头无米

---

① 《中国民间文学集成》全国编辑委员会、《中国民间故事集成·广东卷》编辑委员会编:《中国民间故事集成·广东卷》,北京:中国ISBN中心2006年版,第230页。
② 萧卓光主编:《广州民间歌谣》,北京:中国文联出版社2007年版,第240—242页。

煮!"《农民革命歌》陈述农民"丰年唔够食,荒年爱(要)饿死"的酸辛,热切呼唤起来抗争:"亲爱的农友,革命是生路,农工共携手,推翻旧制度;建立工农团,去掉铁链子;残酷个世界,变成极乐土。"《成立俺个农协会》唱道:"衰!衰!衰!身负千捐共万税;做生磨死有乜用? 饥寒交迫又受罪……农民有协会,行路免再头垂垂;地主恶霸若猖狂,喊伊食俺扁担槌!"①这首歌谣告诉农民有了自己的组织,就可以挺起腰杆,扬眉吐气,不再受压迫。蕉岭山歌《努力组织农协会》描述了农民"衫烂裤烂膝头穿""锅头水滚冇米煮"的困苦生活,召唤:"穷人需要救穷人,大家团结打敌人。勇敢组织农协会,革命成功享太平。"②

"山歌唔唱肚内沉,大路唔走变成林;锁链唔断永受苦,革命唔干难翻身。"③民歌用浅近的语言告诉群众"为什么革命""怎么革命""革命的目标是什么"。在共产党的领导下,各地农民热情洋溢地加入农会、加入革命武装(当时称为农军、赤卫队或统称"红军"④)。湛江遂溪县的雷州歌唱道:"入了农会真过瘾,不怕土豪和劣绅。一切权力归农会,百姓扬眉掌政权。""农民兄弟要翻身,赶快加入赤卫军,打倒豪绅和恶霸,实行耕者有其田。"⑤

农民武装来自农民,也得到农民的拥护。海陆丰群众以歌声赞颂农军和彭湃:"农军智勇又精忠,战胜豪绅年又丰;人民男女相亲爱,敲锣打鼓迎彭公。"⑥这首歌在普宁县流传时略有不同:"农会建立好威风,战胜敌人年有丰。男女农民同欢庆,起舞奏乐迎彭公。"⑦《放牛山歌》生动地描述了老百姓用黄牛驮着红心粿、番薯和米向农军拜年的情景:"正月放牛正月正,赶起黄牛过山坪;黄牛驮个红心粿,要向农军拜个年。正月放牛百草新,再赶黄牛登路程;黄牛驮个番薯米,农军吃了好革命。"1927年11月,彭湃领导海陆丰农民武装起义,建立起苏维埃政权,大量红色歌谣随之响起。《建设苏维埃》如同口号,言简意赅:"来!来!来!工农兵快起来;消灭反动派,建设苏维埃!"⑧《红场烈火冲天烧》描述了新政权诞生时的场面:"东风吹,红日照。红旗舞,战鼓敲。党代表,红台读文告,传音台,声音动地吼。苏维埃政权诞生了,海

---

① 魏伟新:《海丰歌谣全本评注》,广州:广东人民出版社2017年版,第145、127、124页。
② 中国民间文学集成全国编辑委员会、中国歌谣集成广东卷编辑委员会编:《中国歌谣集成·广东卷》,北京:中国ISBN中心2007年版,第180页。
③ 魏伟新:《海丰歌谣全本评注》,广州:广东人民出版社2017年版,第153页。
④ 孟红:《〈海丰出了彭湃公〉与〈歌唱三雄〉》,《世纪风采》2017年第4期。
⑤ 《中国民间歌曲集成》全国编辑委员会、《中国民间歌曲集成·广东卷》编辑委员会编:《中国民间歌曲集成·广东卷》,北京:中国ISBN中心2005年版,第750页。
⑥ 魏伟新:《海丰歌谣全本评注》,广州:广东人民出版社2017年版,第129页。
⑦ 中国民间文学集成全国编辑委员会、中国歌谣集成广东卷编辑委员会编:《中国歌谣集成·广东卷》,北京:中国ISBN中心2007年版,第181页。
⑧ 魏伟新:《海丰歌谣全本评注》,广州:广东人民出版社2017年版,第137—139页。

丰大地卷狂飚。红色的汪洋金光的海,钢枪闪闪映梭镖。地契斗盖化烟尘,红场烈火冲天烧。火光千丈伴笑语,翻身作主在今朝。掌权穷人威更壮,封建统治正飘摇。啊!红流滚滚红台过,解放路上阔步跑!"①另一首《彭湃做事有主张》则细说革命的道理,记述海陆丰革命运动轰轰烈烈的历程。

1928年3月1日,国民党反动派重兵攻陷海丰县城。1929年,陈仕民所作歌谣《恢复苏维埃》,回顾了全国第一个苏维埃政权在海丰诞生又被国民党反动派破坏的经过,激励大家继续战斗:

  建立苏维埃政权,到今二周年;工农兵士们,从此就实现;选代表,执政权,全国破天荒;政权虽四月,建设真优良;工厂归工友,土地归农兵;工农联盟,劳农专政,从此就实现。可恨国民党,破坏佢政权,"三一"后,一切个建设,尽被敌破坏;工农个痛苦,每日更厉害。大家团结紧,努力战斗,恢复苏维埃。②

残酷的斗争中不断有同志牺牲。坚强的革命者以大无畏的气魄,在生命的最后还要以山歌宣传革命。1925年夏,农民运动处于低潮,安岗农会谭东芹被反动派抓往仁化县伪区政府,途中高唱:"安岗捉佢到董塘,今日打靶也唔慌。敢进农会唔怕死,生死都系好无妨。莫拿打靶来吓佢,风流死来风流埋。怕死就唔进农会,神仙过来就系佢。"紫金县李素娇烈士也在临刑前宣传鼓动农民争取地权:"土地改革好主张,分田分地分岭岗,焚烧田契废债约,免债免税免租粮。唔怕死来唔怕生,唔怕血水淋脚踭,唔敌人贼兵到,杀敌就要争先行。要打要杀由在你,为了革命有问题,等到红军到下转,你颈也无铁包皮。"虽然无惧生死,但革命者一样有血有肉、有儿女情长。他们的歌声,显示了坚定的信念和对未来的期盼。梅县吕进娣烈士以胜利的美好安慰亲朋:"佢今打靶冇相干,兄弟姊妹心放宽,十八年后又好汉,到回梅县杀狗官。白纸拿来糊光窗,唔怕雨来唔怕风,唔怕头颅跌落地,只望革命早成功。"兴宁张二嫲深情地与父母决别,告诉他们自己为正义而死,死得其所:"一声告别佢爷娘,饱饭加餐心放开,佢系救民救国死,天下穷人会跟来。"五华县曾国华的歌声里是铮铮铁骨、浩然正气:"自家做事自家当,铁打锁链佢敢扛,红军系只硬骨汉,唔怕杀头上刑场。共产党来杀唔尽,乌云遮日一时辰,十八年后又好汉,把你白贼都杀尽。挺起胸向前,正气凛凛然。生死冇要紧,日后红旗飘满天。"五华烈士魏嫌甚至幽默地唱:"又吹号筒又拿枪,咁多士兵来送丧,咁多官员做孝子,死到阴间心也凉"③,显示了对

---

① 《海陆丰历史文化丛书》编纂委员会编:《海陆丰历史文化丛书·卷2·红色文化》,广州:广东人民出版社2013年版,第51—52页。
② 魏伟新:《海丰歌谣全本评注》,广州:广东人民出版社2017年版,第151、142页。
③ 中国民间文学集成全国编辑委员会、中国歌谣集成广东卷编辑委员会编:《中国歌谣集成·广东卷》,北京:中国ISBN中心2007年版,第198—199页。

敌人的高度蔑视。

面对白匪反扑、疯狂屠杀,"中国共产党和中国人民并没有被吓倒、被征服、被杀绝。他们从地上爬起来,揩干净身上的血迹,掩埋好同伴的尸首,他们又继续战斗了。他们高举起革命的大旗,举行了武装的抵抗……"①革命群众"心像蒸笼气呛呛,揭支尖串上山岗;为杀白派来报仇,唔畏牺牲唔畏难。"②歌谣简单直白,表现了英勇无畏的战斗气概。遂溪县乐民一带流传的雷州歌《台风横南看来年》选择当地人熟悉的台风转向和耐旱植物日涛为题材,表现革命低潮时坚定的信念:"火烧日涛心不死,露水回湿青又鲜。潮有落呀必有涨,风台横南看来年。"③海丰民歌唱道:"满天乌暗满天云,艰苦担炭苦不论,相信有日天眼开,阿湃回头来拨云。""农民兄弟唔使愁,紧跟彭湃农民头,茅屋烧掉唔打紧,革命成功盖高楼。"④

民间叙事中不少围绕着革命者展开。海丰民歌《歌唱三雄》颂赞三位农民运动领袖彭湃、李劳工、林道文:"正月梅花开,海丰出了阿彭湃,彭湃深知农民苦,带了共产红军来。二月起东风,彭湃战友李劳工,劳工做事真对板,为赤农民赶走穷。三月出彩云,彭湃战友林道文,道文能文又善武,埔仔出兵歼白军。"⑤海陆丰群众所唱的"彭湃农民头"、丰顺县客家山歌里的"革命失败唔使愁,还有章丙(古大存的别名)做引头"等等,反映了人民群众对他们的拥戴和深情。

彭湃是广东乃至全国农民运动的先导和杰出领袖。他从小就勇于反抗,在家乡无人不知。流传民间的《彭湃剪娘伞》故事说:清末海丰知县冯汝梅贪赃枉法,反清组织同盟会把他的罪恶写成状子,告到了省都督府。彭湃正在海丰第一高等小学读书,立即串连同学在街巷贴上红红绿绿的墙红(标语)。过了几天,冯汝梅真被调走了,海丰城内万民欢腾。却有一班商号店主在头盔店特制了一架"娘伞",准备给冯汝梅送行。彭湃和小伙伴趁店员打盹睡,将娘伞剪破。他们无可奈何,只好不送了。⑥ 彭湃深入群众、发动革命的精彩故事,也在民间记忆里保存下来,"处处可以听见"⑦。民歌《海丰出了彭湃公》记述了彭湃烧掉自家田契、解放农民的经过:

---

① 毛泽东:《毛泽东选集》第3卷,北京:人民出版社1953年版,第1036页。
② 魏伟新:《海丰歌谣全本评注》,广州:广东人民出版社2017年版,第144页。
③ 《中国民间歌曲集成》全国编辑委员会、《中国民间歌曲集成·广东卷》编辑委员会编:《中国民间歌曲集成·广东卷》,北京:中国ISBN中心2005年版,第749—750页。
④ 中国民间文学集成全国编辑委员会、中国歌谣集成广东卷编辑委员会编:《中国歌谣集成·广东卷》,北京:中国ISBN中心2007年版,第181页。
⑤ 《中国民间歌曲集成》全国编辑委员会、《中国民间歌曲集成·广东卷》编辑委员会编:《中国民间歌曲集成·广东卷》,北京:中国ISBN中心2005年版,第181—182页。
⑥ 《中国民间文学集成》全国编辑委员会、《中国民间故事集成·广东卷》编辑委员会编:《中国民间故事集成·广东卷》,北京:中国ISBN中心2006年版,第238—239页。
⑦ 筱林:《现代史料:彭湃印象记》,《社会新闻》1934年第6期。

咚咚咚!骑马过海丰,咚咚咚!海丰出了个彭湃公,就像南海出金龙!咚咚咚!海丰出了个彭湃公,少爷唔做做田仔,慨死伊个财主老祖宗!咚咚咚!海丰出了个彭湃公,局长唔做做会长,分田烧契人骂疯。咚咚咚!彭湃唔是疯,田地本是田仔个,要叫田仔变田公!①

三、民间叙事里的民间情感

在长期残酷和激烈的斗争中,共产党人的战斗经历被老百姓不断述说,尤其在故事发生地,或英雄人物的家乡广为流传,如记述1928年罗屏汉领导奇袭大坪警察所夺取武器弹药的《奇袭》;讲述罗屏汉带领赤卫队员到兴宁大坪双头山开展农运,被反动武装团防队包围,施展妙计,将银元抛出屋外,乘机金蝉脱壳、打跑敌人的故事《诱敌突围》;叙述1931年罗屏汉指挥端掉寻邬丹竹楼炮楼的《"诱蛇出洞"智取炮楼》;描述1934年蔡梅祥与兴龙县游击队员伪装送柴,火烧岑峰圩炮楼的《巧记捣敌巢》。再如兴宁人刘广夏就读在黄埔军校第六期时加入中国共产党,1927年奉命回乡发动兴宁第二次农民武装暴动,后来成为广东工农红军第十二团团长。他的家乡流传的,则是他带领队伍北上时集体装扮,顺利通过敌人围堵搜查的事迹,成为脍炙人口的《刘光夏妙计过险关》故事②。民间还有中国工农红军第十一军军长古大存装扮挑炭佬过敌人岗哨的故事《古大存山中赋诗》、大南山游击队领导人陈龙患病回家时机智斗敌并从容脱身的故事《陈龙带敌搜"陈龙"》等。它们往往立场鲜明,不作宏观的历史叙述,而抓住引人入胜的具体片段,渲染革命者的机智勇敢,歌颂他们的胜利,嘲笑敌人的愚蠢笨拙,故事结构接近民间文学里"聪明人"的类型,令人会心而笑,印象深刻。

由于朴素的民间情感,人们乐于分享、传播他们爱戴的领袖的故事。在不断的复述中,这些故事不断被艺术加工,越来越传奇化甚至神化。

百姓对工农革命领袖非常信任和拥戴。瞿秋白在《纪念彭湃》一书前言说:彭湃"是中国劳苦的农民群众顶爱的、顶尊重的领袖"。他在当地底层民众心目中是救苦救难的"彭菩萨",仿如"海陆丰数十万农民一致崇拜的上帝"。筱林曾记录:"当我们到达离海丰城有三十五里的一个叫做陈村的乡村,看到一位乡下老婆婆在路上哀泣,手里拿着一面小白旗,上面写着'请彭湃同志伸冤'。我们问她是什么事,原来她有一个儿子——唯一的儿子——在汕头做工,被东家打死了。她曾告到县衙门里,但县

---

① 魏伟新:《海丰歌谣全本评注》,广州:广东人民出版社2017年版,第147页。
② 广东省文学艺术界联合会、广东省民间文艺家协会编:《广东民间故事全书·梅州兴宁卷》,广州:岭南美术出版社2010年版,第123—135页。

衙门不理,所以她要'请彭湃同志伸冤'了。从这件小事上,我们可以知道彭湃在海陆丰农民的心灵上,占了怎样重要的地位。"①

在革命队伍经行地,流传着许多领袖的故事:1927年9月,贺龙在揭阳潭岭山战斗中保护送饭上山的老百姓萧大伯的故事《贺总指挥不怕炮弹》、松源百姓传颂的红军领袖朱德军长将战马让给患病的通讯员骑,自己代挑船灯的故事《骑黑马的人》、1929年8月在丰顺马图给打翻了盐的小香送盐的故事《"老兵"送盐》、10月在梅南轩坑老乡家付钱喝粥的《在农民家里吃粥》等故事,都表现了人民群众对共产党及其队伍的感情。《"老兵"送盐》故事结尾说明了这一主旨:

"你是昨晚军民大会上讲话的朱德军长吧?"朱军长笑着点头说:"是我,叫我老朱就行了。"何大叔万分感激,热泪盈眶,高兴得走下门坪高喊:"乡亲们快出来,朱军长为我家送盐来了!"话音刚落,村内男女老少纷纷前来观看。一位头发苍白的老大娘,上前拉着朱军长的手说:"我活到了六、七十岁,还没见过象你这样体贴我们穷人的军长呀!"

何大叔百感交集,双手端起朱军长送来的一碗雪白的食盐,激动地说:"共产党、红军好呵!"②

毛泽东同志曾经带领一支红军在广东大埔钟坑村驻扎一夜,民间传说《仙桃树》记述他将自己棉被给红军战士盖上、请卫生员给农民运松伯的孩子看病,并送一颗蜜桃。孩子吃后病就好了,运松伯将桃核栽种,结果后分给全村人吃,竟然还治好了不少人的疾病,"后来就说毛委员带来的是颗仙桃,用仙桃培植出来的桃树,就是仙桃树了。"

这么一传开,有人就编了一首歌儿,小孩们天天唱起来:

毛委员来真正好,带给俚大家仙人桃。食了仙桃百病除,健健壮壮活到老。

后来,这件事传到白军里,白军派人要来抢仙桃……谁知他食了仙桃,整整吐泻了一夜,连黑心肝都呕出来了,大肠细肠也泻了一大摊,无药可治,就一命呜呼了。其他的白匪均也吐的吐,泻的泻,东歪西倒,从此再也不敢来吃仙桃了。穷苦兄弟听了心里很高兴,又编了一支歌儿:

仙桃好,好仙桃,穷兄弟吃了添福寿,白鬼食了屙又吐。

民间故事讲述者通过主观加工,将革命领袖神化,赋予一棵普通的桃树救治疾病、惩恶扬善的功能,是山区群众在缺医少药的困苦环境中的现实需要,同时也是强

---

① 筱林:《现代史料:彭湃印象记》,《社会新闻》1934年第6期。
② 关汉、韦轩编:《广东民间故事选》,广州:花城出版社1982年版,第8—16页。

烈的是非观念、美好愿景的凝结。这种情况并不偶然。1925年10月,周恩来随东征军进入揭阳城,染病住进河婆医院。他将珍贵的牛奶送给缺奶的孩子,治好病又题词捐款。民间传说,他睡过的病床,竟然成了"宝病床","睡在周主任睡过的病床的病人,患的病真的很快就好了,也许是周恩来同志的革命精神鼓舞伤病员战胜疾病吧。"①

民间文艺来自民间,面向民间,反映的是大众的情感和喜好。比如民间故事描述进剿丰顺八乡山革命根据地的敌人指挥官曾吉的形象是"好人不学学狗样,三下爬来两下跳,张牙舞爪入八乡",而百姓爱戴的叶挺则被塑造为身怀百步穿杨绝技,"红旗白马、左袍右甲"的传奇英雄。

1925年6月,高要县岭村的农民联合附近的乡民在共产党的领导下成立农会。1926年1月,地主劣绅带着民团、"神功团"来烧杀劫掠。农民去找革命军讨救兵。民间传说:"整整盼了七天。救兵来了!在刚割完禾的田野上,一支迎风招展的红旗,一匹跑得尘土飞扬的白马,带领着二三百龙马精神的队伍,直奔山上",打退了二千多人的民团和"神功团"。"有一位老人家说,那天晚上枪响的时候,他亲眼看见叶挺团长在山洞里坐着,一动不动地借着烛光看兵书。另外一位老人说,这是叶团长的诱敌之计,看书的不过是草人,其实,叶团长早已骑起白马,舞着红旗,冲入敌阵,亲手开了一排火,把敌人打退了。"②

这些民间传说,带着关公夜读、诸葛亮草船借箭、绿林好汉行侠仗义等演义故事的痕迹,甚至还有"唱白话歌打败'神功团'""白马红旗神出鬼没"等亦真亦幻的细节,反映了百姓对革命将领文韬武略的颂赞、对革命队伍的拥护。传说叶挺是"像赵子龙一样"的"白马将军",抬手一枪就打中禾秆棚上的草结 。《红旗白马,左袍右甲》故事的结尾也非常浪漫:"叶挺和革命军离开的时候,成千上万的人来送行,因为人太多了,许多人只看见白马红旗,没看清楚叶挺团长。后来,你问我,我问你,都说叶挺骑着白马,舞着红旗;左边身穿袍,左手拿着一本共产党的书;右边身披甲,右手拿着一支枪——'红旗白马,左袍右甲'。他,就是大革命年代人民心中的叶团长。"③革命者英明神武,"白马红旗""龙马精神",而同一个故事里国民党高要县长带的队伍却是"黑马蓝旗","像鸭麻过滩般"涌动,百姓爱憎、民心向背卓然可见。

---

① 关汉、韦轩编:《广东民间故事选》,广州:花城出版社1982年版,第1—7页。
② 关汉、韦轩编:《广东民间故事选》,广州:花城出版社1982年版,第31页。
③ 关汉、韦轩编:《广东民间故事选》,广州:花城出版社1982年版,第34页。

第四编　炮火中的成长

（1937—1945）

概　　述

"七七事变"后,抗日战争全面爆发。雪落在中国的土地上,侵略者的铁蹄践踏中华大地,震醒整个民族的灵魂,冰封的土地发出暴风一样的怒吼,抗战文艺的烽火在硝烟弥漫的战场上熊熊燃起。

岭南吹响抗战文学的号角,建构起中华民族保家卫国的一座座文学雕像。在文艺创作上,岭南抗战初期出现了大量的小型作品,及时反映了中国人民的抗日斗争。报告文学是当时广泛运用的文学形式,从多方面反映了抗日战争的真实情况,描绘了中国人民的英勇面貌。当时从事报告文学创作的人很多,成绩较为显著的有丘东平、巴金、司马文森、华嘉等。初期的戏剧也以灵活多样的短剧为多,如街头剧、活报剧等。诗歌创作上出现了许多短诗,并开展了具有广泛群众性的朗诵诗、街头诗运动,收到了良好的效果。

抒情放逐,先锋转向。1939年6月,先锋诗人徐迟提出"抒情的放逐"的观点,认为日本帝国主义的炮火"轰炸已炸死了许多人,又炸死了抒情",抒情已经不再需要①。同年,穆木天在广州《文艺阵地》撰文,号召作家"彻底地去抛弃自己,打进大众里边去","彻底地去克服我们个人主义抒情的感伤"②。广东作家诗人以笔为武器,走出艺术象牙塔,直面现实,塑造了一个个有血有肉的角色,也绘出一幅幅生动感人的画卷,发出抗日救亡的高亢呐喊,为抗战时期的中国现代文学创造了一批代表当时艺术高度的典范性诗作,留下浓墨重彩、不可磨灭的一笔。

现实主义是抗战文学的主潮,文学的大众化、民族化深入人心,但浪漫派文学和现代派文学仍存。抗战文学是近代经世致用思潮和俗文化运动的体现,实现了启蒙立场向救亡立场的转变,精英立场向民间立场的转变,高雅文学向通俗文学的转变。先锋文学出现转向和分流,这是时代趋势和普遍现象,但在广东文坛诗界表现得格外突出和明显。

---

① 徐迟:《抒情的放逐》,《顶点》1939年6月第1期。
② 穆木天:《关于抗战诗歌运动——对于抗战诗歌否定论者的常识的解答》,《文艺阵地》1939年12月第4卷第3期。

第十六章　广州的抗战文艺运动

1937年抗日战争的爆发,使中国的社会生活和文艺运动发生很大变化。战争初期,广州文艺界出现热烈而广泛的抗战文艺运动。1938年10月广州沦陷,由于时局的变化,广州的文化界、文化人呈现出两种趋势、两种状况。一方面,由于日机轰炸的威胁,出现了当时人们所批评的"教育逃难""文化的沉寂"。大中学校"停办的停办,逃避的逃避","因为大多数教育者或大多数学生离开城市的结果,造成了广州文化界的荒凉"。人数减少了,一般意义上的文化活动受到了影响和冲击。但另一方面,则是救亡文化的勃兴。由于中共广东党组织积极贯彻抗日民族统一战线政策,促进了抗战文化活动的开展;由于民族矛盾上升,国民党广东当局在一定程度上放松对言论的限制;也由于上海沦陷后,进步文化人郭沫若、茅盾、夏衍、巴金等汇集广州,一些过去被当局迫害逃离广州的进步人士也重新活跃。上述情况,为广州抗战文化的开展提供了条件。

出版业进入繁荣时期。为适应救亡运动的要求,让读者及时了解国内外大事和抗战动态,各报刊加快出版周期,除出版日报外,还出版周刊、旬刊等。双月刊、月刊一类期刊,均采取求快的措施,由双月刊改为月刊,旬刊改为周刊。出版机构猛增:除已有的出版机构外,许多机关、团体、部队纷纷成立出版机构,或以机关、团体、部队名义出版各种读物。战时广州出版机构共有71家。出版物丰富多彩:主要报刊有七八十种,出版书籍先后达160多种,包括国共两党领导人和知名文化人的著作。

文学创作生机勃勃。蒲风主编的《中国诗坛》、巴金主编的《烽火》、靳以主编的《文丛》、欧阳山主编的《光荣》等几十种文学刊物,在广州出版;茅盾、夏衍、巴金、沙汀、钟敬文、何思敬、林焕平、陈残云、草明、郁风、欧阳山、黄宁婴、雷石榆、蒲风、司马文森等,在广州发表了不少作品,蒲风的《抗战三部曲》、黄宁婴的《九月的太阳》、陈残云的《铁蹄下的歌手》等诗集;司马文森的《粤北散记》、丘东平的《第七连》《我们在那里打了败仗》,夏衍的《广州在轰炸中》等报告文学;欧阳山的《一个广州的谜底》(小说),都是这一时期岭南文学的代表作,岭南新文学进入了一个短暂的繁荣时期。

话剧活动空前活跃。抗战爆发前后,广州话剧活动已十分活跃,成立了锋社、蓝白、艺协三大剧社;各学校戏剧团体纷纷成立,主要有春雷剧团、奔风剧团、前锋剧团、邮局剧团、炬流剧团等;演出的剧目主要有《走私》《汉奸的子孙》《放下你的鞭子》《黑地狱》《雷雨》《日出》《飞将军》《保卫卢沟桥》等。1938年3月历史剧《黄花岗》的公演,标志着广州剧坛的繁荣。

第一节 广州艺协与广州诗坛社

抗日战争的到来,迎来岭南文学继五四新文学、左翼文学之后的第三个高潮——抗战文艺。这一高潮的初期,可追溯至抗战前夕,即1936年秋"广州艺协"的成立,到1938年10月广州沦陷,此一时期为广州抗战文艺的第一个阶段。这个时期,全民抗战热情高涨,在文艺上表现出蓬勃奋进的景象,涌现出大量短小、通俗的作品,诗歌、通讯、速写、报告文学,还有绘画、木刻、戏剧和歌曲等,各个文艺领域都活跃了起来。

1935年,中共中央已在"八一宣言"中号召建立抗日民族统一战线;同年北平"一二·九"学生运动,有力地推动了全国的抗日民主运动;广东的学生也立即响应,组织了多次示威大游行,但因反动派的镇压,1936年发生了"一·一三"荔湾惨案;1936年夏,陈济棠发动"六一"事变失败,被迫下野,国民党各派势力顺势渗入广东,政治形势发生了很大变化,在他们立足未稳的情况下,文化界中的共产党人和进步人士力图把左翼秘密组织和进步文化团体组成公开或半公开的团体,以便进一步开展抗日救亡工作,此一倡议得到了中共地下组织的支持,于是由地下党员杜埃、杨康华(骆蹄)、陈增(陈道),联合叶春等共同发起组织"广州艺术工作者协会",简称"艺协"。①

1936年8月的一天,一批进步的青年男女,从四面八方汇集到白云山麓的黄婆洞开会,会议由中山大学的罗哲明、杜埃主持,他们阐明了这次会议的目的意义,说明当前形势和组织"广州艺术工作者协会"的迫切性,继而宣读了《艺协成立宣言》。②《广州艺术工作者协会成立宣言》全文发表于1936年12月上海《小说家》的第1卷第2期上,宣言书庄严地宣告:中国民众是只有一条心和一条出路——就是民众解放战争:

> 事实是铁一样存在!无论汉奸怎样在粉饰,投降,欺骗和屠杀,中国民众是只有一条心和一条出路——就是民众解放战争!

---

① 谢炎:《落红护花——苏伯的故事》,北京:群言出版社2006年版,第19页。
② 梅日新:《宣传抗日救亡的广州艺术工作者协会》,《广州文史资料》1996年2月第49辑,第91页。

无疑的,作为文化的领域下有力武器的艺术被课予最严重的使命的了……广州艺术青年立刻以行动答复一切无耻的汉奸,从浓厚封建底反动底文化界和复古运动氛围下跑出来,先后我们见到《文学生活》,《文学前哨》,《文化战线》,《国防文学》,《一三杂志》,《突进》,《木刻界》,《艺术导报》,《无名文学》,《风》,《活路》,《星光》,《诗歌生活》,《新文字》和一切小型刊物,蓬勃地滋长起来,这证明了民族危机推动了广州发展上更新的阶段,广州文艺界更有着质的改变,在这突跃的进程中,应该有一个新的估价和新的要求,这要求对文化斗争和救亡运动有着统一的步伐!①

宣言书上附有157个签名,这是岭南文艺界一次空前广泛的大团结。广州"艺协"成立了理论、小说、诗歌、翻译、新文字、形象艺术、戏剧等七个组,各人按照自己的志愿和特长参加有关小组的活动。"艺协"的成立对抗日救亡的文艺热潮的涌现起了积极作用。一是1936年10月鲁迅逝世的消息传到广州,"艺协"发起组织"广州文化界追悼鲁迅先生大会筹备组"的建议,很快得到16个团体的赞成,于11月8日在旧中大礼堂举行了隆重的追悼会。二是戏剧组在各种困难的条件下,由演独幕剧开始,到自编自导一些短剧、广场剧,以至演出大型剧、长剧。1936年10月举行了第一次公演,演出《烙痕》《狂欢之夜》两出独幕剧;1937年2月公演四幕长剧《黑地狱》;后改名"艺协剧团",公演长剧《春风秋雨》和夏衍导演的《飞将军》;"七七"卢沟桥事变后,他们经常下乡宣传演出。1938年3月29日,以"艺协"为主与广州"锋社""蓝白"等剧团联合举行了一次规模盛大的戏剧、歌咏大公演,演出了四幕六场的革命历史剧《黄花岗》。三是诗歌组,组长是温流,成员有黄宁婴、陈芦荻、夏子(叶春)、楼栖、陈残云和李育中等。1936年暮秋,"艺协"诗歌组在广州开展了一场新诗派与象征派的大论战,出版《今日诗歌》作为诗歌组主办的月刊,在创刊号上发表了《对中国象征诗派的批判》,引起各地诗人的关注,把中国的新诗运动推上一个新台阶。四是由广州市立美术学校的师生李桦、赖少其、唐英伟、刘仑等为主体组成的形象艺术组,他们以现代版画为活动中心,工作多而活跃,宣传面广而效果大。除了在报纸杂志上发表作品外,还出版《广州漫画》,并举办以抗日救亡为题材的配诗画和漫画展,使得版画、漫画成为抗日救亡工作有力的战斗工具。②

华南的新诗歌运动,在抗战初期特别活跃,发展迅猛,诗歌刊物也不断涌现。1937年2月,在"艺协"诗歌组的基础上,成立了广州诗坛社。《今日诗歌》前后只出

---

① 《广州艺术工作者协会成立宣言》,《小说家》,1936年12月第2卷第1期,第153页。
② 梅日新:《宣传抗日救亡的广州艺术工作者协会》,《广州文史资料》1996年2月第49辑,第92—97页。

了两期,1937年5月15日,由黄宁婴、陈芦荻、陈残云、黄鲁、鸥外鸥五人,合办的《诗场》第1期出版,每月一期,共计四期。《诗场》的封面由木刻家李桦设计,是"一个活泼、精巧的小型刊物","它所发表的诗作大多短小精悍,生动活泼,深得青年诗歌爱好者的欢迎"。① 广州诗场社等青年诗友还与木刻家黄新波、赖少其、梁永泰等一起,搞街头诗画展览,编印《抗战诗画》,这是抗战中诗与木刻的最早结合。② 1937年7月1日,《广州诗坛》创刊号问世,其组织核心和基本队伍大致上与上述两个诗刊相同。③

广州诗坛社在《广州诗坛》创刊词中庄严地宣告了自己的宗旨:"我们南中国的一群新诗歌的虔诚爱好者,为了加深我们对于新诗歌的修养,为了更广泛地开展新诗歌建立运动的工作,为了集中力量去唤起中华民族的自由解放,我们便建立了广州诗坛社。今后,希望追随着先驱们,努力把新诗歌坚强地建立起来,努力以新诗歌当作武器,争取我们民族最后的胜利!"

第二节 作家南下与转战桂林、香港

抗战爆发以后,特别是天津、北平和上海沦陷之后,大批文化人南下广州,更促进了岭南文学的蓬勃发展。这些文化人包括了郭沫若、夏衍、茅盾、萨空了、巴金、楼适夷、靳以、穆木天、林撼庐、司马文森、林林、蒋锡金、周钢鸣、郁风等人,他们在广州出版刊物、扶植新人、积极开展各项救亡活动,同时也留下了许多创作,成为宝贵的记录,使得这一时期,即到1938年10月沦陷之时,广州一度成为全国战时的文化中心。

首先是《救亡日报》在广州复刊。《救亡日报》是上海市文化界救亡协会于1937年8月24日在上海创办的机关报,社长郭沫若,总编辑夏衍,这份报刊曾在抗战初期的宣传工作上起过很大作用,但上海沦陷后被迫停刊。郭沫若南下时决定把《救亡日报》恢复的根据地设在广州,使之成为华南的一座文化抗战的精神堡垒。1938年元旦《救亡日报》正式复刊,社址在广州长寿东路50号,郭沫若在复刊词中重申:"救亡就是我们的旗帜,抗战到底就是我们的决心,民族复兴就是我们的信念。"郭沫若在广州还应救亡协会之邀到电台作《武装民众之必要》的播音演讲,并多次参加文艺界的座谈会和群众集会等各种文化活动。郭沫若离开广州去武汉时,将《救亡日报》

---

① 黄宁婴:《〈中国诗坛〉杂忆》,《新文学史料》1980年第2期。
② 张振金:《岭南现代文学史》,广州:广东高教出版社1989年版,第170—171页。
③ 陈颂声、邓国伟:《广州的诗场社及其〈诗场〉》,《中山大学学报(哲学社会科学版)》1983年第4期。

的办刊工作全权委托给夏衍。夏衍等编辑人员一直坚持到1938年10月21日日寇已经攻进广州时,看完最后一天报纸的清样才匆匆撤离广州。

《救亡日报》当时的日发行量为5000—12000份,是抗战初期广州各报刊销量之首。该报还通过吸纳组建广州本地青年知识分子采编群体,进一步为广州文学界培养了新生力量。报纸的编辑记者中有多位广东人士,如叶文津、华嘉、陈子秋、谢加因、蔡冷枫等。广东当时有名望的教授,如尚仲衣、钟敬文、石辟澜、姜君宸、孙大光等均为报纸撰写过评论和文艺作品。一批本土作家如欧阳山、草明、于逢、司马文森、黄新波等人纷纷加入报纸的撰稿团队,担任义务记者。夏衍到广州后,除主编《救亡日报》外,还负责筹备成立中华全国文艺界抗敌协会广州分会的工作,并参与创作了大型革命历史剧《黄花岗》,举办了广州抗战史上规模最大的演出活动。①

1938年4月16日由茅盾主编的《文艺阵地》在香港创刊,编辑中心虽然僻处南国一隅,但广州起到了重要的中介作用,有时刊物在广州付印,有时稿件从广州中转。茅盾时常穿行省港,以他非凡的组织能力和号召力,罗致了当时广州和全国最广大的作家群,使之成为抗战时期影响最大、存续时间最长的文学刊物之一。茅盾日后回忆:

> 到香港不久,投到《文艺阵地》的稿件就源源从广州生活书店转来,有远在四川的叶圣陶的杂感《从疏忽转到谨严》和周文的通信《文艺活动在成都》,有武汉老舍的新京剧《忠烈图》,有广州草明的小说《梁五底烦恼》和林林的短诗,有从临汾寄来的刘白羽的速写《疯人》和肖红的散文《记鹿地夫妇》,有日本作家鹿地亘写于广州的论文《日本军事法西主义与文学》这是夏衍翻译的,有在津浦前线滇军中的张天虚的报告文学《雪山道中》,有郑振铎从上海寄来的鲁迅的书简,有刚从苏联回国的戈宝权的文章《苏联剧坛近讯》,有在长沙的丰子恺写的歌词《我们四百兆人》,还有董老推荐来的陆定一的报告文学《一件并不轰轰烈烈的故事》,等等。总之,朋友们都大力支持我办这个刊物。加上已经在手头的张天翼的小说《华威先生》,楼适夷的报告文学《福州有福》,叶以群的短论《深入生活的核心》,编第一期已经绰绰有余了。值得提一笔的是也有自由投稿者,其中有两个青年,一个是广东人叫杜埃,另一个就是在长沙见过一面的李南桌,这两位青年都是研究文艺理论的,而他们写的文章甚至超过了某些知名的文艺理论家。②

---

① 单昕:《抗战初期广州的文学场域与文学生产——兼论抗战文学的地域性和流动性》,《南昌大学学报(人文社会科学版)》2021年2月第1期。
② 茅盾:《在香港编〈文艺阵地〉——回忆录(二十二)》,《新文学史料》1984年第1期。

由此可见,茅盾也十分重视对岭南本土青年作家的培养。于逢的报告文学《溃退》、丘东平的小说《第七连》、司马文森的《死难者》、陈残云的《清晨小曲》和黄谷柳的处女作《干妈》等等,都是发表在《文艺阵地》上的。与此同时,茅盾还兼编辑在香港复刊的《立报》的副刊《言林》,当他谈到1938年的香港,即太平洋战争爆发前的香港时,直言香港"是一个畸形儿","萨空了的《立报》在香港的一年苦斗,就是企图把这些黄色小报的读者夺取一部分过来。但是收效甚微。它只做到了在香港的知识阶层——学生群中注入了一股清新的空气,而对于那广大的醉生梦死的小市民阶层毫无办法。用'醉生梦死'来形容抗战初期的香港小市民的精神状态,并不过分。几十年的殖民统治,英帝国主义所希望于香港民众的,就是这种精神状态"。茅盾一开始就有意识地把《言林》纳入抗日救国的行列,使它肩负起文艺的重责,但为了适应香港地区的特殊环境,他又尽量使它形式显得活泼生动。① 他在复刊号《言林献词》中写道:

> 今日我中华民族正在和侵略的恶魔作殊死战,《言林》虽小,不敢自处于战线之外汉;《言林》虽说不上是什么重兵器,然亦不甘自谓在文化战线上它的火力是无足轻重的。它将守着它的岗位,沉着射击。《言林》不拘于一种战术:阵地战、运动战、游击战,凡属拿手好戏,都请来表演。但《言林》并不就此化为单纯的"剑林";它有时也许是一支七弦琴,一支笛,奏出了大时代中民族内心的蕴积;它有时也许是一架显微镜,检视着社会人生的毒疮脓汁。②

很快,围绕《言林》也形成一个稳定的写作的"核心队伍","这一群青年有十来个人,个个思路敏捷,文笔流畅,而且有较深的理论素养,他们都能根据我的提示写出我所需要的文章来。这一群青年中,现在还能记起名字的有杜埃、林焕平、李南桌、黄绳、袁水拍等"③。此外,茅盾读了蒲风、黄宁婴、陈芦荻等七八部诗集之后,立即写了《这时代的诗歌》在《救亡日报》上发表,热情地肯定了他们的成绩。④ 1938年底,茅盾离开香港去了新疆,《文艺阵地》交由楼适夷负责,并辞了《言林》的编辑工作,因为萨空了也去了新疆,《立报》停刊了。

这一时期在广州复刊和创刊的重要文学刊物还有巴金主编的《烽火》、靳以主编的《文丛》、欧阳山主编的《光荣》、林撼庐主编的《宇宙风》、鸥外鸥主编的《诗群众》和罗海沙、赵如琳主编的《抗战戏剧》等等。

---

① 刘小清、刘晓滇:《茅盾在香港》,《文史春秋》2013年第2期。
② 茅盾:《在香港编〈文艺阵地〉——回忆录(二十二)》,《新文学史料》1984年第1期。
③ 茅盾:《在香港编〈文艺阵地〉——回忆录(二十二)》,《新文学史料》1984年第1期。
④ 张振金:《岭南现代文学史》,广州:广东高等教育出版社1989年版,第172页。

巴金1938年3月从上海转移到广州,建立了文化生活出版社广州分社,以烽火社的名义陆续出版了《烽火小丛书》《烽火文丛》《呐喊小丛书》和《呐喊文丛》等一大批以宣传抗日救国为内容的小册子,并写下抗战三部曲《火》第一部和《旅途通讯》系列的《广州二月记》《广州在轰炸》《从广州出发》等作品。① 不仅是巴金,还有当时在广州的夏衍、靳以、冯沅君和林撼庐等文人,他们的作品真实地记录了日军的残暴行径和广州人民的反抗精神。从1937年8月至1938年10月间,日军为了切断华南战略物资运输入口,对"我国南方的大都市,国际贸易的出入口,民主革命的策源地"广州,进行了长达14个月的恐怖轰炸。巴金在《广州在轰炸中》精确地记载了:"五月二十八日起,敌机大规模地向广州市区轰炸了,来的飞机最少是十二架,最多的时候是五十二架,掷的炸弹都是三百磅至五百磅的巨弹,每次投下的弹数最多的日子是一百二十个,每天来袭最少三次……五月二十八,二十九,每天死伤的人数是一千人以上,六月六日,死者一千二百,伤者简直无法统计。"但轰炸所造成的种种惨状并不能让广州人民屈服,巴金同时记载下轰炸中的广州人民"宣传、募捐、参加救护工作、扶助难民……还有许多许多。年轻人,中年人甚至老年人都伸出手交出自己所有的东西",有人"自动地将自己的家屋用具献出作为一些老弱同胞的避难处",有人"甘冒危险去挖掘炸毁的房屋,救出受伤的同胞"。巴金、夏衍和靳以等南下的文人皆从广州人民身上看到了抗战的希望:"满街都是些被南国的太阳映赪了颜面的壮健的青年,歌声,欢笑,褴褛的衣服,灼亮的眼睛,胜利的心情"!

1938年10月21日广州沦陷了,大批文化人纷纷撤向了桂林。已有不少研究者指出,抗战时期桂林成为名重一时的文化城,与广东的渊源很深。首先是广东党组织所领导的文化大营救将众多文化人抢救到桂林:

> 桂林文化城的形成,是中国共产党利用桂林在战时的重要战略地位,利用蒋桂矛盾在广西大力开展统战工作的结果,也是共产党与文化人患难与共的结果。中共对桂系李宗仁、白崇禧以及驻广西的国民党元老李济深、张发奎等人开展的统战工作,与广东有不解之缘;太平洋战争爆发后,日军对香港发动进攻,在港的进步文化人士处于险境,中共领导下的广东党组织开展了营救在港文化人士的秘密行动,并将许多文化人安全转移到了桂林,这对桂林文化城的再度活跃具有决定作用。②

其次,广东是连接桂林与中共领导的另一个文化重地香港的重要通道,撤退到桂林后,仍有一些文化人经过广东奔波于两地。最后,许多广东籍进步文化人士、广东

---

① 张丽红:《广东与桂林文化城渊源史论》,《红广角》2016年第1期。
② 张丽红:《广东与桂林文化城渊源史论》,《红广角》2016年第1期。

的文化团体来到桂林,从事新闻、美术、音乐、戏剧、足球等文化体育活动,为桂林文化城的创建贡献力量。如黄宁婴1940年从香港转到桂林,与陈残云、陈芦荻、征军、周钢鸣、李育中等复刊《中国诗坛》;司马文森创办了《文艺生活》;陈芦荻主编《广西日报》的文艺副刊《漓水》,楼栖、紫风也在《广西日报》当编辑和记者;随夏衍撤退到桂林复刊《救亡日报》的有华嘉、谢加因、林林、于逢、易巩、周钢鸣等;黄药眠与胡愈之、范长江一起参与组织国际新闻社,任总编辑;林林主编《救亡日报》副刊《文化岗位》;广东籍的木刻家李桦、赖少其、陈烟桥、黄新波、廖冰兄编办《救亡木刻》《漫画与木刻》等刊物,举办"战地素描展""战地写生展",在当时都产生了较大的社会影响。

第三节 广东抗战的南洋叙事

南洋恬静而浪漫,原始、野蛮而神秘,主要指亚洲东南部国家和地区。南洋民族生态复杂,地理构造相异,文化风俗和宗教信仰绚丽多姿。汪兆铭的《致南洋同志书》曾激励无数仁人志士。中国现代作家如徐志摩、许地山、郁达夫等都曾置身南洋这个文化场域并书写了不少相关的南洋文本,但是大多浮光掠影,缺少经典性。在西学东渐的大潮中,相对西洋和东洋情结,中国文学对南洋认知还是比较片面,缺少深入了解和体察南洋殖民地人民生活苦难,南洋是一个尚未被完全发掘与正确对待的空间。

抗战改变了中国作家对南洋的认知,中国与南洋的距离因外敌入侵而被拉近。广东作家因为地缘上与南洋亲近,且不少有南洋生活经历,很自然地将视野投射到这一独特领域之中,笔下的南洋因为抗战成为另一个家园,凝聚了浓烈的民族意识和战斗精神,而不再是异域风情。1937年"七七事变"抗战全面爆发波及南洋,广东作家有的远赴南洋开展抗日宣传工作,有的从南洋万里艰辛辗转回国参加战斗。杜埃、黑婴、司马文森、陈残云等往来南洋与岭南,从事抗战文化活动和文学创作。他们以"南洋抗战"为主题,书写了很多优秀的文学作品,描绘波澜壮阔的抗日战争时期,南洋民众和当地华人并肩作战奋勇抗日的英雄事迹和革命友情,感人肺腑;控诉黑暗腐朽的殖民统治对人民的残酷压榨。不同于西洋、东洋叙事,这些作家的南洋写作,具有体验性和纪实性特征,凝聚了强烈的民族国家意识,奏响救亡强音。

"南洋抗战"文学作品视野开阔,激情似火,饱含国际主义精神,充满人道主义关爱,洋溢爱国主义情怀,创作小说、诗歌、散文、报告文学等脍炙人口的抗战篇章,运用现实主义的表现手法,多采用第一人称叙事,记述"自己的所见所闻和亲身感受",以小见大,从细微处反映抗日救亡运动的滚滚洪流,带有自传体的性质。在塑造人物形象时"提取精华,画龙点睛",个性鲜明、生动逼真。语言风格通俗质朴,柔和明快,注重民族化大众化,口语方言穿插其中。在烽火硝烟的战争情景下,绚丽的热带风光,奇特的异域风情,传奇的经验故事,让严酷的"南洋抗战"的战争情境,增添了诗意浪漫和自然亲切的阅读体验,形成了广东"南洋抗战"文学作品独特的艺术价值。

一、杜埃:细致的描写与热烈的抒情

杜埃笔名杜洛、T·A,与杨应彬、欧阳山、吴有恒被誉为广东"四大才子"。第一次国内大革命战争爆发,深深影响着少年杜埃,他开始接触革命文学,对革命产生朦胧的感觉。杜埃在《我的母亲》一文中写道:"看了老师逃亡前秘密藏下来的大批革命小说……引起极大共鸣,决心离开破落而死寂的山村"。1930年15岁的他和两个同学流浪到广州,一起创办《晨曦》《天王星》等进步文艺刊物,在《民国日报》文艺副刊发表第一篇小说《私娼》。1933年考入中山大学社会科学系,同年先后参加"左翼社会科学工作者联盟""左翼作家联盟"广州分盟,在"左联"和"社联"的地下机关刊物《新路线》上,发表《客厅主义文学》一文,开始使用笔名"杜埃"。担任过《火花》等地下刊物的编辑。

杜埃1936年加入中国共产党,抗日战争爆发后,积极投身抗日救亡运动。1937他被派任中共香港工委代理宣传部长,兼任港九文化支部书记,公开职业是南方书院教师,为《大众日报》撰写社论和主编文艺副刊。后调任八路军驻香港办事处做文学艺术界的统一战线工作,同时主编《大众日报》文艺副刊。"皖南事变"前后,为了扩大华侨爱国宣传以及为新四军和八路军募捐,正值25岁的杜埃远赴菲律宾创建抗日宣传基地,任建国中学教员。与菲律宾华侨团体"劳联会"一起创办了《建国周报》,担任主编,主要负责撰写政论。1941年12月太平洋战争爆发,日本侵略军占领菲律宾,"劳联会"撤退到农村,得到菲律宾人民的支持,建立了"华侨抗日游击支队"("华支"),在敌占城市华侨区组建了"抗日反奸大同盟"("抗反"),并出版地下刊物《华侨导报》。杜埃担任"抗反"宣传部长,以笔代枪撰写文章,揭露反动派的丑恶嘴脸,宣传进步思想。他在这时期创作的追忆东纵抗日史实的长诗《红棉花栗色马》和怀念祖国的散文《远方》,马尼拉光复后发表在《华侨导报》上,引起强烈反响,赞誉不断。《华侨导报》有副刊《笔部队》,杜埃是主要的作者之一,杜埃还担任"华侨青年文艺工作者协会"的顾问,"青年文协"有两次在《笔部队》上举办文艺作品写作比赛,杜埃担任评委之一。离开菲律宾返回祖国之际,杜埃曾赠诗《菲岛留忆》给文艺青年,发表在《华商报》上。

1941年杜埃应蔡景程的邀请为文艺界作过几次抗战文艺报告,马尼拉光复后演讲稿汇编成册命名为《文学谈片》刊登在《华侨导报》上。洪门团体创办的大型晚报《侨商公报》文艺副刊,也连载过杜埃(曹家裕)《新文学基础教程》的讲稿。杜埃还为牺牲在战场上的"华支"参谋长陈村生撰写悼文。1945年任《华侨导报》《现代文化》主编。

杜埃作为"抗反"的"上级领导",曾以《华侨导报》记者、主编的身份深入"华支"与当地人民朝夕相处并肩战斗整整三年,直到抗战胜利。"抗反"领导下的"华支"是在"二战"中,独一无二的与日本侵略军独立作战的华侨游击队,这支队伍初期只有52人,经历了260多次大大小小的战斗,歼灭日本侵略者2000多人,发展壮大到700多人。直到最后取得抗战胜利,有华侨155人血洒疆场,为"国"捐躯。"华支"坚持三年艰苦卓绝的抗日斗争中,涌现了许许多多可歌可泣的英雄事迹①,这支队伍由小到大茁壮成长的历史进程和难忘的战斗岁月让杜埃刻骨铭心,成了他后来创作长篇小说《风雨太平洋》的重要动因,并为他的文学创作积累了丰富的素材。

在海外抗战的戎马倥偬中,"为了纪念那艰苦的反法西斯战争,为了介绍这个至今仍为世人知道得不多的可爱的菲律宾民族,为了那些已经倒下去的熟悉的脸孔和至今仍在苦斗着的异国朋友"②,杜埃根据自己曾经在吕宋平原的战斗经历和亲身感受,撰写了大量的政论和报告文学以及散文,陆续在《华侨导报》《文艺生活》等刊物上发表,后来结集为《在吕宋平原》,由茅盾作序,1949年由香港人间书屋出版。

"杜埃是和整个华南作家群一道在拓荒中成长起来的。"③《在吕宋平原》代表着40年代华南作家群最出色的短篇小说创作成就,以充满激情然而又不失客观的笔触,描述了发生在吕宋平原上的那场你死我活的战斗,语言质朴,情节舒展自如,吸收了作者过去在小说创作中的一些笔法,人物形象丰满而富于立体感。茅盾在为该书作的序言中称,这本书是杜埃的"经验的产物",具有"情绪真挚而行文质朴"和"细致的描写与热烈的抒情"的艺术特点。④ 杜埃把对吕宋平原的情感认同,融化在乡土风情的描述中,充溢着特定的"恋地情结",在这片被战火燃烧的土地上,依旧呈现出自然诗意化的生活图景。他笔下的菲律宾人勤劳善良、热情坦荡,字里行间充盈着中菲战士的血肉深情,饱含"战斗到最后一个人"的坚强信念。后来在此书的基础上,杜埃创作了气势恢宏的巨作《风雨太平洋》。

---

① 1987年,庆祝"华侨抗日游击队"创立50周年大会在马尼拉举行,时任总统科拉松·阿基诺亲临现场,发表热情洋溢的讲话,称赞"华支"队员是"为了菲律宾的自由理想作过长期辛苦战斗的好战士"。
② 杜埃:《在吕宋平原·后记》,广州:人间书屋1950年版,第156页。
③ 杨义:《杜埃在中国小说史上的地位》,《开放时代》1992年第2期,第44页。
④ 茅盾:《在吕宋平原·序》,杜埃:《在吕宋平原》,广州:人间书屋1950年版,第2页。

《在吕宋平原》中的散文《俘虏审问记》记述的是"华支"队员审问一名被俘虏的日军军医的故事,这位军医被"华支"队友的人道精神所感动,深刻忏悔日本侵略菲律宾的滔天罪行。这篇散文写于1945年2月,是杜埃较早表现菲律宾华侨抗日题材的作品,在菲律宾《华侨导报》上发表。另一篇散文《丛林狂想曲》记述的是有一次在丛林宿营地,在战斗的空隙,在宁静的月光下,中菲两国抗日游击队员们一起放声高歌,思念故乡怀念亲人,向往美好的明天,反映了他们在战火中凝结的革命情友情。

　　早期的"南洋叙事"写作,大多是以华人为中心讲述故事,南洋原住民的身影往往是陪衬,缺乏具体生动的人物形象。但在杜埃的南洋抗战写作中,他们有时候却成了主角,华人成了配角。《在吕宋平原》就注重描写了菲律宾人民的抗日英雄,讴歌了菲律宾人民的顽强抗战精神。比如,杜埃根据自己"太平洋战争中在菲律宾游击区当记者时的所见所闻而加上一些构想写出的①"短篇小说《番娜》和《萨克林田庄》,其中的主人公就是南洋原住民,这两部小说也是其"南洋写作"的代表作之一。

　　《番娜》表达了中菲人民在战火中亲如一家、生死不渝的情谊。番娜这位菲律宾妇女部长的形象塑造得有血有肉,鲜活生动,她积极投身革命活动,为此献出了宝贵的生命。她也是一个不折不扣的山地农民,一只"会啼的母鸡",长得身材高大壮实,有只狮子头的鼻子,粗犷率直,热情勇敢的性格特征让人过目不忘。原来她只是普通的妇女,敢于领着同乡妇女与地主做斗争,抗日爆发后,她就不顾丈夫的反对,做了妇女队长,领导村民一起抗日。《萨克林田庄》展现了菲律宾抗日军民的英勇反抗精神,描述了1943年11月7日这一天发生的事情,菲律宾萨克林田庄的村长兼农会主席等人,组织农民举办纪念"十月革命16周年"晚会活动的情况。侧重表现残酷战争的形势下,人们依旧唱歌跳舞,欢快热烈地参加晚会的情景,通过战争与晚会的相互对比与映衬,赞美岛国民众对战争充满必胜之信念,对和平充满强烈之渴望。这篇小说写于1946年,村长的形象刻画得比较成功,他时刻铭记抗日的使命,把民族利益置于至高无上的地位,时刻和人民站在一起,绝不徇私舞弊,哪怕是他的妻弟做了奸细,也毫不手软,坚决杀掉,因此他深得民心,他的游击队活动的地域,"不管敌人怎么'扫荡',根据地还是根据地。"

　　《在吕宋平原》还穿插着菲律宾风土人情的记述,比如:

　　　　真的!菲律宾的风俗,刚和我们相反。她们在家庭中占有管理权,丈夫是要受到不少限制的。男孩子长大了,便离开家庭出去另外成家立业。而女孩子长大了却留在家里,把女婿接过来,一家生活到老。②

---

① 杜埃:《杜埃自选集·我的创作历程》,广州:花城出版社1983年版,第14页。
② 杜埃:《在吕宋平原》,广州:人间书屋1950年版,第48页。

从这段描述可以看出菲律宾传承母系文化的民情风俗,与中国"男尊女卑"观念反向比照,菲律宾的女性地位较高。

《在吕宋平原》充满了神秘绮丽的异国生活场景:穿着彩色衣裙的姑娘,满载西瓜、芒果、香蕉的牛车,热烈的舞会和古老的歌声……"这一切多姿多彩和人情风俗和铁马金戈的流血战争交融起来,使作品生动而风趣,丰厚而开阔,吸引了读者的阅读兴趣,增强了作品的艺术感染力。"①

南洋战斗生活的七年,深深地印刻在杜埃的心上,让他深刻体悟到了生活的真谛,从一个稚气未脱的年轻人历练成为沉稳睿智的革命者,具有崇高的信仰,坚定的理念,忠肝义胆,不惧危难。面对各种复杂现象和纷乱的战争局势,头脑冷静,思想敏锐。他从中采集"活的现实经验",积累了丰富多彩的生活素材,化在笔端,源源流淌。他所有小说题材中写得最精彩最具有艺术魅力的就是他的"南洋小说",质朴的现实主义手法,"介于小说与散文之间的诗化的文体形式",素雅平实,纯朴清新,凸显了他的创作特色和艺术风格。杜埃的"南洋写作"是战争情景下的南洋浪漫,主要以菲律宾这个热带岛国为背景讲述故事。当时的菲律宾历尽帝国主义的侵略和压榨,加上日本军国主义的入侵更是"雪上加霜"。菲律宾历史上长时间采取"排华政策",导致屠杀华侨同胞的惨案时有发生,华侨在菲律宾的生活充满血泪史。杜埃把这悲惨黑暗的社会现实当作写作背景,不断挖掘苦难生活中的闪光点,汲取温暖的力量,营造"快乐和希望"。他讴歌岛国普通民众和华侨结下的深情厚谊,唤醒人性的善和温柔,他的"南洋写作"呈现出别样的风情,隐含着浓郁的中国风韵,更具有诗情画意,犹如暗夜里的小油灯,盈盈地发着光,呼唤黎明,直扣心灵,温润人心。

二、黑婴:由新感觉转向写实

黑婴(1915—1992),印度尼西亚华侨,中国民主同盟会会员,中国致公党党员。祖籍广东梅县,1915年出生于印度尼西亚棉兰市,家境贫寒,父亲是当地华侨商店的职员。7岁时被带回家乡梅县上学,母亲靠为人缝补衣物勉强养家,13岁又回到棉兰,多亏姑妈帮助就读英文学校,并在华侨报馆《新中华报》半工半读。1932年靠民国政府为华侨青年提供的助学金,入上海暨南大学外文系读书,毕业后留沪居住5年,从事文学创作。1932年在《新时代》第2卷第1期(无名作家专号)上发表了处女作诗歌《使你的生活充实吧》,1933年在《申报月刊》第2卷第3期上发表小说《帝国的女儿》首次使用"黑婴"笔名,随后,又在茅盾主编的《文学》创刊号上发表小说《五

---

① 张振金:《岭南现代文学史》,广州:广东高等教育出版社1989年版,第240页。

月的支那》,以一个地球流浪者水手的眼睛和跳跃的感觉审视世界,直抒胸臆;这期间他发表了《没有爸爸》《黑色的命运》《初秋的风》等多部作品,引起关注,《茅盾月刊》第 2 卷第 4 期发表的《一九三三年文坛新人》一文,就有关于黑婴的推介。从此黑婴闪耀文坛,被称为"新感觉派作家,追随穆时英而来",擅长写"椰子林""水手""黑妮子"等南洋风情①。

因为特殊的个人经历,黑婴常常借用小说人物之口,宣称自己是"地球的流浪者"。他在上海期间创作的"南洋小说"已经隐藏"海外游子对破败故地的忆念"②,伤感的乡愁和贪婪的欲望相互纠缠,成了黑婴挥之不去的心绪,让他的作品逐渐倾向写实主义的风格。

"一·二八"淞沪战争爆发,日本帝国主义的残暴行径,激发了黑婴的民族认同感,他回望故乡,重审南洋,"我的家乡"也是"没有自由的国土"③。黑婴的"南洋小说"的思想性有所上升,开始反省自己以书写"南洋情调"为主的作家身份,不再局限猎奇南洋异域风情,不再局限于新感觉派沉迷于"摩登"时尚,抒发小资情怀,而是将自己的个人遭遇与中华民族的共同命运链接起来,站在新的高度,用新的视角,深入思考华侨的苦难史,南洋与祖国的命运相互依存,让黑婴的写作具有了历史使命感,慢慢成为偏向左翼的南洋华侨作家。

1937 年"七七事变"爆发后,黑婴全力投入抗日救亡运动宣传。同年 9 月重返印尼棉兰市,担任《新中华报》(原《南洋日报》)的总编辑,一边编报一边写作,短篇小说集《时代的感动》1947 年 7 月由雅加达鲛人书屋出版,这部小说集初步体现了现实主义风格,收录了《时代的感动》《平凡的故事》等 10 篇小说,其中《嫂嫂》《美丽的头》《淡淡的血痕》《饭田大尉》这四篇的主题是抗日救亡运动,从不同的角度(英国侨民、日本战俘)表现抗日战争的残酷和血腥,赞美华侨女性献身革命的大无畏精神。《时代的感动》一文记述中产阶级老华侨为了支持危难中的祖国,持续捐款,赞助辛亥革命和北伐,救助难民支援抗战。这篇短篇小说集,也毫不回避华侨社会内部的分裂和斗争,比如,《平凡的故事》一文描述了一对亲姐妹因为思想觉悟的不同而产生的矛盾冲突,甚至导致感情分裂。黑婴借此阐明了自己的"中国观",文笔朴实流畅,政治意识敏锐。

中篇小说《红白旗下》以华侨生活为题材,1950 年 12 月由香港赤道出版社出版。这部小说的创作风格一改新感觉流派的艺术风格和写作技巧,显现了向现实主义皈

---

① 郑康伯:《帝国的女儿》,《现代出版界》1934 年第 26、27、28 期合刊。
② 钱理群、温儒敏、吴福辉:《中国现代文学三十年》(修订本),北京:北京大学出版社 1998 年版,第 329 页。
③ 黑婴:《咖啡座的忧郁》,《文艺月刊》1935 年 4 月第 7 卷第 4 期。

依的显著特征,黑婴华丽地转身为现实主义的作家。红白旗子是印尼独立后使用的国旗,小说主要描述了中印两国建交过程中华侨内部两股势力角逐的故事,最终进步华侨力量终于战胜了倒退势力,中印两国成功建交。1949 年 12 月 27 日印尼赶走了荷兰殖民者,恢复了国家主权,1950 年 5 月 1 日,中印两国正式建交,《红白旗下》见证了这段历史事件,真正的华侨知识分子从狭隘的民族利己主义和排外主义的困境中走了出来,洋溢着国际主义精神。小说一经问世,在海外华侨中产生巨大反响。遗憾的是,当年殖民地统治者采取了残酷的"排华政策",印尼发生过很多屠杀华侨的惨案,黑婴在此书中很少提及,这削弱了此书的历史凝重感和批评黑暗现实的力度。

  黑婴敏锐聪慧,细腻独特。在南洋生活十几年,经历了荷兰殖民管控和日本侵略战争,他的"南洋小说"具有另类的视角,注重关注妇女问题。西方殖民者的种族殖民政策,让南洋岛国民众和广大华侨在经济政治文化生活等方面,承受着多重的压迫和欺凌,而当地土著和华侨之间也因狭隘的种族观念,时有摩擦,相互敌对。黑婴站在历史的新高度,饱含人道主义立场,满怀愤怒之情揭露黑暗的殖民统治,讽刺邪恶反动势力,直面民族矛盾冲突,用国际主义的视野,描绘反殖民反侵略的胜利愿景。"那些包含着独特生命体验和丰富历史痛感的文化乡愁,正是南侨作家黑婴带给中国现代文学真正而独特的'新感觉'。"[1]这时期黑婴的小说开始转入揭露和批判现实社会,文学观念和写作手法发生了显著变化,由现代主义转向写实主义的风格。1940 年黑婴到爪哇岛在《雅加达朝报》工作,1941 年 7 月到董寅初夫妻创办的《晨报》任记者和编辑,继续致力于抗日宣传。印尼沦陷后,1942 年 3 月日军占领爪哇岛,由于汉奸告密,日军以"抗日分子"的罪名将黑婴关进雅加达市的监狱一年,后又拘禁在华侨集中营长达三年,这里关押 8 万欧美侨民和 800 多名华侨。黑婴彼时 27 岁,正值青壮年期,被迫每天下地干活,或去车站卸货,稍有不慎,就被恶声辱骂和皮鞭抽打,这段非人的折磨让黑婴终生难忘。抗战胜利后,黑婴出狱,1945 年 9 月 15 日回到雅加达,与印尼进步华侨一起创办《生活报》,任总编辑。随后五年,黑婴在该报发表了很多文章,有些收录在《黑婴文选》中。他还在新、马华文报章发表作品。[2]

  晚年的黑婴回首往事,始终无法忘怀在南洋抗战的革命体验,他将自己的亲身经历和独特感受,揉进中篇小说《漂流异国的女性》的创作中,该小说的主要人物英子健负责左翼华文《晨光报》的工作,因为支持印尼人民的独立运动,激怒了荷印殖民统治者,被捕入狱。最后,英子健被当局驱逐出境,他坚信"祖国,新生的祖国,会像母亲一样,张开双臂,拥抱海外归来的儿女。"[3]英子健就是黑婴的化身,他坚定的革

---

[1] 朱放原:《咖啡杂考》,《乐观》1941 年第 1 期。
[2] 萧村:《悼黑婴》,萧村:《马来恋歌》,成都:四川民族出版社 1996 年版,第 114 页。
[3] 黑婴:《漂流异国的女性》,哈尔滨:黑龙江人民出版社 1983 年版,第 192 页。

命信仰,对祖国的热爱和对家乡的眷恋充分地宣泄在自己的作品中,这是黑婴一生中最后的一部小说,1983年4月,由黑龙江人民出版社出版,是以20世纪三四十年代南洋华侨为主题的作品,重现了"大时代"洪流中,投身于南洋岛国华侨文教事业的内地青年的风采,充满高昂的爱国主义情怀和国际主义精神。

黑婴由一名海外华侨成长为祖国民主革命的文化战士,历经磨难,大起大落,他的人生充满传奇色彩。他的写作风格由新感觉流派转向现实主义,写作题材由都市小资转向面向社会的重大题材,凸显其成长的轨迹,思想的成熟,信仰的坚定。他用自己的个性化创作,为新文学的发展注入了新鲜的血液,丰富了中国现代文学本土化的创作,可惜至今对黑婴的文学研究甚少,这块"黑土地"的价值有待进一步挖掘和开发。

三、司马文森:时代的真实写照

司马文森(1916—1968),原名何应泉,学名何章平,笔名司马梵霖、林娜、林曦、耶戈、马霖、宋芝等。出身于福建泉州一个小贩家庭。自幼家境贫苦,9岁时即跟随"水客"漂洋过海,到菲律宾的马尼拉当童工,备尝艰辛,12岁回到泉州乡下念书,品学兼优。因为闯荡过南洋,他见多识广,思想早熟,16岁加入了共青团,17岁入党,开始从事革命工作,主编党的地下刊物《农民报》,1934年在上海加入中国左翼作家联盟,成为"左翼"最年轻的战士,在上海文坛初露锋芒。他的处女作发表于菲律宾马尼拉的《全闽日报》。

司马文森是位多产作家,据不完全统计,他短暂的一生先后发表600多篇作品,文学专著36部。体裁包括小说、散文、通俗故事、儿童文学作品、报告文学、剧本(含电影剧本)、论文等,作品字数超过千万字,且佳作频频。仅仅抗战期间,他就发表了大量反映南中国抗战的纪实文学。较有影响的有《粤北散记》《尚仲衣教授》《转形》《一个英雄的经历》《雨季》《人的希望》《大时代的小人物》《危城记》《南线》等,其中以广州为背景的就有《粤北散记》《尚仲衣教授》《南线》《一个英雄的经历》等。

司马文森对广州感情很深,抗战胜利后,他希望定居广州而不是回去故乡泉州。曾说过:"我在国统区和香港工作那么多年,回到我心爱的广州,原希望能从此定居下来,谁料党又要我漂洋过海去!"①他的长篇小说《人的希望》的主人公朱可期的成长轨迹就和他本人相似,朱可期在广州成长,后返回香港工作,又辗转去了南洋,显然,激情燃烧的岁月的抗战成长经历深刻地刻印在司马文森的心上。他也非常熟悉

---

① 韩萌:《悼念司马文森同志》,《广州文艺》1979年第9期。

岭南风土人情和政治文化生态,1949年5月15日他就提出"大华南"(即包括广东、广西、福建在内的南方地区)概念,在《文艺工作者怎样迎接华南解放?》一文中,司马文森强调"以广州为中心"同时包括"福建的福州、厦门、广东的汕头、广州湾、广西的桂林、梧州、柳州、南宁"的"华南文化区"应该有"和东北区华北区不同的特点"。

在我国现代文学史上,司马文森是一位颇有影响力的归侨作家,也是一位刻苦勤奋的无产阶级作家,抗战期间,他的创作激情爆发,多部佳作出台,豪情万丈地书写抗战宏篇,讴歌中国人民伟大的抗日战争,鼓舞士气,他的作品曾风靡一时,深受广东海外侨胞尤其是南洋读者的喜爱。新加坡华文文学著名学者骆明认为,司马文森是中华文化海外传播的点灯人,他对东南亚华文文学的扶植,影响深远。

司马文森亦文亦武,拿起笔能写,拿起枪能打,始终冲锋在前。1937年"七七事变"爆发后,司马文森积极投入到抗日救亡宣传工作和组织工农文艺活动中,是党领导的文艺界抗战救亡协会的核心成员之一,在抗战文艺中心上海、广州、桂林三地开展活动。1937年12月8日,21岁的司马文森随救亡日报社同人转战广州,12月9日与郭沫若、郁风等左翼文人一起参加广州举办的"一二·九"三周年纪念大会。12月25日,用笔名林娜在广州《新战线》第2期上发表题为《抗战文艺的路》,他指出:抗战文艺"内容应该是抗敌,反汉奸的。它的形式,应该是通俗的,为大众所能接受的。唯有大众听得懂,读得懂的作品,才能算是真正抗战文艺,才能算是大众文艺"。司马文森主张抗战文艺工作者要深入群众,"不要看轻自己的武器",不要轻视街头戏剧演出,强调:"戏剧与歌咏,在动员民众、鼓动民众、组织民众的效能上,是最为直接、最为有力的。每一个戏剧工作者的任务也特别来得重大,每一个戏剧工作者应该把自己看成一位民族革命战争中的战斗员,成千成万的人呢,要在我们手中组织起来、动员起来。"①司马文森还与文艺界同人一起创办抗战《壁报》总站和文艺通讯员总站,发起文艺通讯员运动,组织、倡导通讯员撰写抗战报告文学。

1938年司马文森担任广东文学会理事,《救亡日报》是司马文森在广州宣传抗日救亡运动的主战场。7月,司马文森根据中共广东省委指示,投笔从戎到抗日战争第四战区政治部,在宣传组挂少校军衔。他积极参加"保卫大广东""保卫大广州"的宣传周活动,参与创办战区《小战报》,宣传共产党的抗战主张,兼任《救亡日报》战地记者。在茅盾主编的《文艺阵地》上,司马文森发表文章,控诉广州在日本侵略者的狂轰滥炸下,生灵涂炭,民不聊生,揭露日本侵略者残害中国人民的滔天恶行。司马文森还参与四幕六场历史剧《黄花岗》的创作,1938年黄花岗纪念日在广州上演,轰动一时。

---

① 司马文森:《不要看轻自己的武器》,广州《救亡日报》1938年1月11日。

1939年到1940年日本侵略者先后发起两次粤北战役,司马文森深入粤北战场,根据自己战地生活的所见所闻,进行报告文学创作。《粤北散记》收录的文章主题一致,但独立成篇,以粤北战事发展为主线,用宽阔的视野,比较全面地记录了战区前线和后方的战争局势以及社会风貌。通过社会各阶层典型人物的特写,多角度地呈现复杂艰巨的粤北战争。这些人物群像既有勇敢抗战的知识分子,也有逐渐觉悟的农村民众,还有社会最底层的弱势群体,他们的形象被塑造得鲜活灵动,栩栩如生。司马文森从知识分子的角度调研战时的中国社会状况,在《粤北散记·题记》中写道:"我们这次的抗战,意义非常重大,每一片段、每一细节的记录,只要它是真实的,都足以作为历史纪念碑的珍贵材料。自己既生活、呼吸在这动荡的气息中,且又是力所能及的,替历史留一点痕迹,供今后抗战史家参考,似乎也很必要。"①

这期间司马文森根据当时著名教育家和抗日民主人士尚仲衣教授的生平事迹,创作了报告文学《尚仲衣教授》(又名《天才的悲剧》),引起热议,茅盾认为这篇报告文学,"展示了报告人物志的新的类系,把一个大家都熟悉的人物,从他的发展过程中刻画出一个真实的性格,而同时也是一种典型"。这部作品是反映抗战时期进步文人坎坷人生的代表作,被誉为"这个时代的珍贵的、真实的、可喜的记录。"②尚仲衣教授是司马文森的同事兼好友,原是中山大学的教授,投笔从戎担任四战区政治部第三组上校组长,负责抗战政治教育和文化宣传工作,任劳任怨,无私付出,为人坦诚,清高正直,秉公办事,不屑苟且,因此遭到国民党顽固派的排挤和打压,被迫离职返乡,在途中却遭遇车祸不幸身亡。司马文森悲愤交加,奋笔疾书,揭露国民党顽固派的丑陋行径,申讨官僚机构对知识分子的狭隘偏见,为逝者讨说公道!"我从他身上看出了整个时代的悲剧,他的命运代表着这个时代进步的文化工作者的命运,他的悲剧,代表了大多数文化人遭遇的悲剧。"③

司马文森的报告文学深深地扎根在热血沸腾的抗日战场上,采集的往往是第一手的素材,是他冒着生命的危险参与战斗的亲身经历,具有现实性和真实性,尤其史诗般描绘侨乡农村武装革命斗争的书写,在中国现代文学史上独领风骚。陈残云《司马文森和他的散文》分析,"每一篇都有鲜明的主旨,明朗的思想倾向,美丑分明,绝不含糊、朦胧。在文风上娓娓而谈,畅顺如流,朴素无华,平易近人,每在不知不觉的细谈中,隐示着发人深省的深意。作者善于以平铺直叙的艺术手法来表现人物,以人带事,以事描人,写得自然亲切,很少标语口号式的说教,政治性却很强。"司马文

---

① 司马文森:《粤北散记·题记》,上海:大路出版公司1940年版,第1页。
② 周扬:《周扬文集》,北京:人民文学出版社1984年版,第251页。
③ 司马文森:《我是怎样写〈尚仲衣教授〉》,杨益群等编:《司马文森研究资料汇编》,北京:北京十月文艺出版社1998年版,第243页。

森认为报告文学"通过文学手段表达自己的社会见闻、理解、和意志的一种途径,是表现社会和表现自我的舞台。"①同时,在广东部队的生活锻炼,也让司马文森"懂得更多世故,学会做人,使自己从狭隘的世界摆脱出来,使自己成长了!"②他的视野更加开阔,思想境界得到提升,求真意识和人文关怀精神深入骨髓。

1941年1月1日《国民公论》第4卷第11期发表了司马文森的中篇小说《南线》,是以广州为背景创作、"正面表现南线战史最有系统的一部小说"③。司马文森说:"在这儿,我企图写下南战场在战争发动初期可悲的溃败原因,它的军事的和政治的原因。写下一支内部复杂、纷扰、腐败,但却曾建有革命的传统精神的旧军队,他们怎样在优越的敌人进攻下溃退了,怎样深省着,实行大胆而公正的改造,因此得以不被敌人消灭,甚而至于能阻止他们的进攻,彻底地把他们打击粉碎!我要写着这一个'从溃败到反击'的完全过程,虽然这复杂的内容,绝不是一点点篇幅所能容纳得了的。"④

1941年9月,《文艺生活》(月刊)于桂林创刊,这是抗战时期重要的文艺期刊,是抗战进步文艺的一面大旗迎风飞扬在国统区。两年间,销量从创刊的4000册,激增近20000册,然而,树大招风,1943年7月被迫停刊。1946年1月,司马文森得到岳父的支持,《文艺生活》在广州复刊,7个月后转到香港出版。光复版《文艺生活》(1946.1.1—1948.1)共计17期。

1944年湘桂撤退,根据南方局指示,司马文森领导同人组建抗日青年挺进队,整编抗日别动纵队,协同《柳州日报》自卫队,共同抗击日本侵略者,直到抗日战争取得胜利。

抗日战争期间,司马文森撰写了400万字的抗战特写和报告文学,对抗战时期的报告文学的发展做出了重要的贡献,他是报告文学运动的倡导者和组织者之一,采用的是"散文形式"的写法,以小见大,选取"细微的事件",描绘风云变化的大时代。2011年团结出版社从中精选出反映我国南方国统区军民抗战图景的篇章,辑录成册,名为《南线:司马文森抗战纪实文学选》出版发行,这本书具有极高的抗战史料价值。同时,司马文森还创作了以广州为背景的短篇小说集《一个英雄的经历》。

1943年司马文森发表以菲律宾小镇生活为题材的短篇小说《妖妇》,透过宁静的眼光,欣赏表象的异域风俗展现的奇特的美,深刻剖析黑暗的社会现实,直达民族深

---

① 李炳银:《中国报告文学的凝思》,北京:作家出版社2009年版,第11页。
② 司马文森:《粤北散记·题记》,上海:大路出版公司1940年版,第1页。
③ 《南线·编者按》,《国民公论》1941年1月1日第4卷第11期。
④ 司马文森:《南线·后记》,杨益群等编:《司马文森研究资料汇编》,北京:北京十月文艺出版社1998年版,第220页。

层文化心理,审视南洋土著文化的种种弊端,以及给人造成的心理创伤。故事发生在1903年马尼拉附近的一个小镇,主人公是一位菲律宾女子,她的中国丈夫卷走了全部家产后销声匿迹,为了探寻丈夫的踪迹,她遵从巫术神灵的指引前去麻那地小镇寻找抛弃自己的丈夫,却惨遭愚昧无知的土著人一次次地奸淫和侮辱,而美其名曰这是当地的"民俗风情",后来,她又被诅咒为"妖妇"强行赶出小镇。司马文森在文中深刻地揭露"具有奇异风俗的南洋小镇"的封闭与黑暗,批判"南洋小镇奇异风俗"的野蛮与落后,揭示当地民众对传统民俗"斗鸡"这一带有赌博性质的娱乐活动的疯狂追捧,本质上就是对权力和暴力的跪拜。主人公菲律宾女子信封巫术,膜拜神灵,无论遭遇任何困苦和凌辱,都默默承受,不做反抗,自认为是因为自己前世作恶多端,今生必须"赎罪",这一心理现象本质上如同鲁迅笔下的"祥林嫂"一样,深受封建迷信思想的蛊惑,中毒太深,自贱懦弱,没有开化,愚昧无知。司马文森把南洋民众当作与自己一起患难与共的兄弟姐妹一般,"哀其不幸怒其不争"。

1948年9月9日香港《文汇报》创刊之际,开始连载司马文森创作的《南洋淘金记》,总共连载了8个月。《南洋淘金记》是新章回体长篇小说,也是司马文森的代表作之一,被誉为"开创了华侨社会文学的先河",书中60幅插图由画家黄永玉所绘。描写的是南洋华侨生活和斗争的故事,记录了华侨祖先背井离乡辛苦拓荒的血泪史,从种族、婚恋、社党和阶级等多种角度,揭露并批判了中国人"你争我斗、一盘散沙"的国民劣根性。司马文森的"国民性批判"传承了"五四"新文学运动以来左翼启蒙文学的传统,企图构建一个崭新的南洋世界,表现出开阔的国际视野和深切的国际主义情怀。在这部小说中,司马文森塑造的大学生王彬这一形象非常成功,代表着当年千千万万的启蒙知识分子的处境,他们既是民众觉醒与成长的"启蒙者"和重要推动力,同时自身也不断经受生活的考验,面临着"被启蒙"的尴尬处境,需要"把自己放在被审视、被批判的被观察者的位置",压榨出自己"皮袍下藏着的小来",才能彻底放下包袱,投身革命的大风大雨中。侨乡少年章平在小说的开头就闪亮登场了,他怀揣"淘金梦",远征南洋,在船上遇到了大学生王彬,在王彬的启蒙和引导下,少年章平慢慢觉醒了,终于走出了在南洋"淘金的美梦",成为革命队伍中新鲜的血液,后来他追随王彬一起返回祖国,从事革命工作。从少年章平的身上我们看到了司马文森的影子,这部小说真实地呈现了他漂泊南洋的心路历程,见证了他思想成熟和意志坚定的过程。南洋是司马文森的文学故乡,是他文学创作取之不尽用之不竭的源泉。

四、陈残云:热带惊涛

陈残云(1914—2002),新加坡归国华侨,原名陈福财,笔名方远、准风月客。广东广州人,父亲早亡家道贫苦,靠亲属资助读了几年书,后来到香港做了4年店员,1935年进广州大学读书。19岁时,他的处女作《一个青年的苦恼》在香港《大光报》上发表。陈残云创作文学艺术形式极为多样,几乎使用了每一种主流的文学体裁,并且都写出了有影响力的作品,反映历史和现实中珠江流域多姿多彩的生活。抗战时期,时代需要诗歌作为战斗檄文,陈残云便出版了诗集《铁蹄下的歌手》,需要报告文学鼓舞精神,他便写出了轰动一时的《今日马来亚》;20世纪40年代后期,他在香港顺应进步电影运动的发展趋势,写出了电影剧本《珠江泪》,反映人民群众渴望推翻压迫、获得解放的急切呼声;新中国成立后,他又凭借敏锐的艺术嗅觉,将"羊城第一案"改编为"粤派"谍战片开山之作《羊城暗哨》[1];60年代创作反映珠三角水乡人民建设新农村的长篇小说《香飘四季》;80年代,陈残云创作自传体性质的长篇小说《热带惊涛录》,反映日寇占领下新加坡、马来西亚、泰国等国人民的悲惨遭遇,通过描述在战争中青年华侨坎坷的命运,描绘了一幅南洋广大民众奋起反抗侵略者的恢宏画卷。小说带有自传体性质,主人公青年知识分子杜青松就是作者的化身,他远赴马来西亚探望兄长一家人,适逢太平洋战争爆发,目睹战争的罪恶深受震撼,不堪被凌辱,有心报国,毅然决然冒着生命危险风雨兼程返回祖国,一路穿越马来西亚、泰国,绕道老挝、越南终于到达广西边境,回到祖国怀抱。主人公在烽火硝烟中历经磨难悲喜交集,冒险历程悬念迭起,山穷水尽绝处逢生,加上炫丽的自然风景和奇特的异域风情的描写,让小说具有极强的趣味性和可读性,一经发表就引起轰动,深得赞扬。这部小说的素材主要来源于他本人海外的所见所闻和亲身感受。比如:

> 颈项上挂着大金链,又戴上钻石耳环的女人,也不会装模作样,象香港女人那样动不动就给人轻蔑的眼色。因而陈登觉得蛮舒服,觉得自己并不渺小。杜青松和他有相同的感觉,他赞赏这平静而淳朴的生活。[2]

这一段文字对比马拉西亚和香港的民风发出的感慨,正是陈残云的心声。陈残云运用现实主义写作手法再现了当时的社会现实,凝聚历史的厚重感和时代的新鲜气息,塑造的人物形象真实可信,个性突出,生动饱满,充满了人性的光辉和高尚的爱国情操。

"七七事变"爆发后,陈残云以巨大的热情投入到抗日救亡的宣传活动中,历经磨难。1941年11月,经夏衍介绍,陈残云流亡到新加坡在南侨师范任教。这期间得到胡愈之、沈慈九等文化前辈的帮助,积极参加进步文化活动。陈残云创作了一些诗

---

[1] 黄楚旋:《陈残云与〈香飘四季〉:广东红色文学"南国风格"的开拓者》,《南方日报》2021年5月20日。
[2] 陈残云:《热带惊涛录》,广州:花城出版社1983年版,第33页。

文在《南洋商报》上发表,也有寄回国内报刊发表,其中当以抒情诗《母亲底歌》为代表作。12月太平洋战争爆发,日本侵略者逼近新加坡,陈残云被迫流亡到马来西亚投奔兄长,在店铺做店员2年。颠沛流离居无定所的流亡生活让陈残云目睹了劳苦大众在日军铁蹄蹂躏下饱受折磨,胸中聚集了对日本侵略者的满腔仇恨,深感文人书写对抗暴力用武之地很少,他要投笔从戎参加马拉西亚人民游击队,可惜苦于找不到组织,于是决定返回祖国,开始了漫长的海外历险生涯,从马来西亚进入泰国,绕道老挝、越南,直至1944年1月脱离险境,偷渡进入广西桂林积极宣传抗日,险被特务用计抓捕。陈残云后来担任桂林文化界抗敌工作队队长,东奔西走营救同志。"1944年底至次年春,陈残云接受党组织的派遣,绕道黔滇边境,越过日寇敌伪的封锁线,加入著名将领李济深在广西苍梧县大坡山组织的抗日武装队伍,协助其建立抗日民主根据地。尔后,陈残云又辗转于粤桂两地,在东江纵队司令部和李济深部队之间传递信息"①,并于1945年夏,在罗浮山东纵司令部经李嘉人介绍下加入了中国共产党。

1944年2月5—8日,陈残云在桂林《大公报》上发表了一万多字的长篇报告文学《今日马来亚》。这是他《走出马来亚》系列(10万字)中的第一篇,揭露日本侵略者在马拉西亚疯狂窃掠的残酷行径。作品一经发表引起社会的巨大反响,连美国驻桂机构也将该文译成英文发回美国转载。美国人甚至请求陈残云带路,重返马来西亚,给马来西亚游击队输送援助武器和医药,后来因故没有成行。

1947年1月27日,由香港南侨编译社出版的中篇小说《南洋伯还乡》(后改名《还乡记》),讲述抗战胜利后,携带女儿从马来西亚回到广州家乡的南洋伯罗润田原想"落叶归根",但是返乡的所见所闻和亲身体验却让他大失所望,美梦破灭,"国家胜利了而比十年前还纷乱",家乡破落,乡亲破产,国民党老爷依旧迫害和压榨民众,最后,失落而伤心的南洋伯决意带女儿返回南洋。小说描写了在贫穷的乡村发生的一系列令人愤慨又悲伤的故事,抨击旧社会的黑暗和腐败,揭露和鞭挞血腥残暴的殖民统治给人民带来的巨大的身心创伤,呼喊人性解放,反抗压榨和剥削。小说充满强烈的"恋土情结",眷念故乡,南洋伯认为"水有水源,树有根藤,人有祖宗",渴望认祖归宗。虽然不得已"去国",但其内心却是"爱国",他的"去国"是用实际行动抗议抗战胜利后国统区的黑暗和腐败,渴望家乡真正地获得新生,改革现状。"爱之深"才会"责之切",南阳伯这一形象刻画得生动传神,真实客观,具有一定的代表性,反映了广大民众和华侨的心愿。

---

① 黄楚旋:《陈残云与〈香飘四季〉:广东红色文学"南国风格"的开拓者》,《南方日报》2021年5月20日。

第四节　冼星海与抗战歌谣

冼星海(1905—1945)祖籍广东番禺,生在澳门,是疍民的遗腹子,7岁时祖父去世,跟着母亲到新加坡谋生,1918年从新加坡回到广州,在岭南大学附中半工半读,1925年北上求学。

一、"顶硬上"的顽强抗争

冼星海早年在粤语环境中成长。据冼妮娜回忆,祖母黄苏英曾教他唱歌谣,如《月光光》《顶硬上》等等。《顶硬上》原是珠江口一带苦力的劳动号子,黄苏英做搬运工人时经常和工友唱①,冼星海后来在广州天字码头也听到苦力们哼唱。黄苏英从小以《顶硬上》教导冼星海如何做人,让他记住"铁打心肝铜打肺,立实心肠去捱世",以顽强的精神与命运抗争②。

1935年冼星海从巴黎回到祖国,即投身抗日救亡运动,积极进行抗战音乐创作,组织和参加各种救亡工作,用歌声唤醒民众。同年,他将黄苏英口述的词写下来,合作二部合唱曲《顶硬上》,又名《广东劳工歌》,反映底层苦力的辛酸无奈和顽强抗争。

孟波记述说:"冼星海事母至孝,他多次谈到自己从小是依靠母亲艰苦劳动所获得的微薄收入,抚养成长的,因此对母亲有着特别深厚的感情。他把母亲做搬运工人时唱劳动号子的词句,填在《顶硬上》这首合唱曲上,并署上母亲黄苏英的名字。"一烟回忆,"他曾经对我讲他创作《顶硬上》的情形。他说:'这个歌子是和我的妈妈合作的!'他告诉我:他小时候在家乡常和工人在一起——星海先生是广东人,家境很贫苦——工人的被压榨的生活,使他如亲受一般的痛苦!那时候他就发誓要一生为劳苦大众的解放而奋斗!他说一直到他从法国回来,一直到他到了上海,广东工人的痛苦情形还是深印在他的脑子里,时刻不能忘记,于是就和他母亲一起回忆着写出了这个广东语的歌子《顶硬上》。"③

《顶硬上》主要歌词如下:"顶硬上,鬼叫你穷。哎呵唷呵,哎呵唷呵。铁打心肝铜打肺,立实心肠去捱世。哎呵唷呵,哎呵唷呵。捱得好发达早,老来叹翻好。血啊,

---

① 孟波:《不尽的思念:纪念冼星海诞辰90周年》,《音乐研究》1995年第4期。
② 冼妮娜:《我的父亲冼星海》,《人民音乐》2005年第8期。
③ 一烟:《忆伟大音乐家冼星海先生》,中国艺术研究院音乐研究所、广州音乐学院:《冼星海专辑》4,广州:广东高等教育出版社1983年版,第39页。

汗啊,穷啊,饿啊。转弯,抹角。撞吓呢! 留神呢! 借光呢! 哎呵唷呵,哎呵唷呵。"其中有大量的粤语方言。"顶硬上"意指"挺直腰杆往前冲、拼命上";"鬼叫你穷"意指"不拼命又有什么办法呢?""铁打心肝铜打肺,立实心肠去捱世"意为"铁打铜铸的身躯,能承受一切苦痛和困难"。其实哪里是铁打铜铸,不过表明了与命运抗争的决心罢了! 通过"哎呵唷呵"的节奏变换,"血啊、汉啊、穷啊、饿啊、撞吓呢、留神呢、借光呢"的喘息、前行,他塑造了码头搬运工人脚步沉重的劳动形象,"捱得好发达早,老来叹翻好"的劝勉,则显示了与命运苦斗的决心和心中不灭的希望。

冼星海深爱这歌,曾带着救亡演剧队在各地教唱,以这首歌鼓舞抗战。马可盛赞《顶硬上》的"顽强乐观",说:"《顶硬上》所吸收的音调在《搬夫曲》和其他一些劳动歌曲中都得到了发展,特别后来在《黄河船夫曲》中运用得更有创造性。他把那种绵延不断但又斩钉截铁似的节奏,那种高亢、质朴的旋律发展到令人惊心动魄的程度。"他认为冼星海以高度的艺术概括力表现了"勤劳、勇敢、坚强、自信的浑厚气魄和战斗精神",反映了"我们这个新生的民族形象"①。

二、活泼勇敢的广东歌谣

冼星海在岭南大学附中时很爱参加基督教青年会主办的乡村活动,"把假日都消磨在学校附近的伍村、凤凰村。他们教孩子们认字、唱歌……冼星海捎带着搜集一些村子里的童谣、山歌。"②冼星海自述,当时经常接近学校里面饭堂的伙夫、工人和学校外的蛋民,并且担任过村童的工作。"在广州时,我又教了不少工农,尤其是工人夜校及蛋民、村童学校,并举行了很多的音乐会。"③

1936年夏季,冼星海以广东民间歌谣为基础,创作了《鸡公仔》《月光光》《蛋民歌》(又名《渔民歌》)等④。广东儿歌音乐《团团坐》(团团坐,吃果果)成为电影《小孤女》主题歌。粤籍影人黎民伟作词的《团团转》(团团转,地球圆;好兄弟,结成团。储了钱,造战船;铸大炮,几百门)成为一首抗战歌曲。曲尾原注:"这是广东民歌的曲调,倘能用广州话唱最好。"

冼星海创作过《广东歌》(今佚),并为《蛋民歌》谱曲。此曲音乐优美,曲词动听,表现了蛋家人逐浪的生活和水上情怀:"头帆推起尾正正啰,中帆推起船要行啰。

---

① 马可:《冼星海是我国杰出的社会主义现实主义音乐家》,聂耳、冼星海学会编:《永生的海燕:聂耳、冼星海纪念文集》,第354页。
② 冯伊湄:《未完成的画》,北京:人民文学出版社1978年版,第19—20页。
③ 冼星海:《冼星海全集》第1卷,广州:广东高等教育出版社1990年版,第379、381页。
④ 秦启明:《冼星海著作年表》(上),《天津音乐学院学报》1990年第1期。

大船细船去到了啰,放掉俺妹无心情啰……"冼星海称:"《疍民歌》是描写广州的疍民,是一首抒情曲,女声独唱,钢琴和管弦乐伴奏,作风是在中国从来没有听过的,作曲家阿夫夏洛穆夫说'这是我的作风'。他很爱这曲。伴奏是水声,风声,令人呼吸到广州珠江的气息……"这首歌得到广大群众的喜欢,寄托了冼星海对家乡的无限情感,唤起了民众爱国爱乡之情,激发了民众同仇敌忾之愤。

除了直接改编民间歌谣,冼星海还将家乡文化结合进他的创作。在《民族解放交响乐》"保卫祖国"一章,他分别以南方"龙船舞""狮子舞"紧张的旋律、激昂的大鼓,象征保护祖国的海、陆军力量奋起,全国动员,"使她永远不再受敌人侵略,使敌人永远不能踏进我们的国土来进行侵略和抢掠"①。创作的源泉就来自他熟悉的生活。"在五月的时候,中国南方常举行龙船竞赛。这含有竞赛的巨大意义,而且人民都乐于观看。用这舞曲形式写,不外是想激发他们爱护领海而竞争的意义。"以"急鼓千捶船竞发,万桡齐举浪低头"②的龙舟竞渡场面,表现激烈的战斗场景,是冼星海将岭南文化转化到音乐创作上的成功尝试。第一组曲《后方》中,第一段采用广东音乐《饿马摇铃》,"曲的变化与内容已不是古歌,而是新内容的曲,描写后方养马练兵的情形,坚忍、耐劳的生活";第四段采用广东调《双飞蝴蝶》,"特别利用木管乐器,中国打击乐器,节奏愉快,以示胜利、解放的前途……"③

三、民族音乐的创新发展

冼星海认为,"民族形式是一种反映民族生活传统,生活的方式,形成民族特有的风格与气派的一种东西。"冼星海认识到民族音乐贴近人民、亲切自然、富有感染力。他深知民族音乐的重要性,著文《论中国音乐的民族形式》提出应该重视民歌,认为"民歌有它的地方性、民族性,因而就有它的独特形式和内容,这也就是我们比世界任何一国的歌曲的内容形式都更丰富的地方。""中国民歌的丰富,可以比世界上任何一国为多,而且复杂,如果能用科学方法去整理,我们无疑地可以贡献给世界作为音乐的形式和内容的参考,说不定还会影响世界,尤其是对于弱小民族的国家。"

他对民歌进行了深入的研究。比如曲调的特性,认为中国的民歌曲调,"大部分是优美和平的,节拍方面大部分是中板及慢板,表情方面大都没有激烈雄壮的情调。中国民间的打击乐器,是独立的,如大锣,大鼓,板鼓,钹,木鱼,铃等等。我们只要一

---

① 冼星海:《冼星海全集》第1卷,广州:广东高等教育出版社1990年版,第130、152页。
② 朱光:《广州好》第二十八,《朱光文集》,广州:广东人民出版社1989年版,第49页。
③ 冼星海:《冼星海全集》第1卷,广州:广东高等教育出版社1990年版,第152、153、159页。

敲一打,没有一个人不知道,这是中国的东西。……许多人讲这是民族落后的表征,但中国人都会受到它的感动。现在世界新的音乐作风,假如能加进中国打击乐器的方法,或者把它用到舞蹈方面,那末一定会出现一种特殊的风格,世界的特殊风格。旋律方法,中国的民歌是最丰富而热情的,比世界任何一国都有趣味,因为没有科学方法,所以成了单调平面而不是立体的"①。

冼星海认真研究了我国各地民歌的特点:"全国的民歌小调,各省不同""京调方面包含许多有意思的东西""广东因为近海(接近外洋),人比较聪明,在音调旋律方面受到外国一点影响,但有爽直流利热情很甜的气味""江浙的民歌的特色,华丽,明朗,潇洒,甜滑""四川的山地很多,特别好的歌都是农民工人们的歌,尤以嘉陵江一带"。

留学经历给予冼星海广阔的国际视野。冼星海音乐创作的成熟阶段是从去法国留学后开始的。冼星海一方面对我国传统民歌的民族性进行发掘,另一方面,对世界各民族音乐富于民族性的优秀成分进行大胆吸收。在民族、民间音乐的基础上,吸收外国音乐长处,发展创立新的、中国特色的音乐形式,是冼星海一直追求的目标。在《创作杂记》中,他说:"许久以前我就立意以民间音乐做基础,参考西洋音乐进步成果,创造一个新的中国音乐形式。""我还坚持这样的作风,这就是吸取欧美进步技巧,利用中国固有喜见乐闻的旋律,用简单和声配以中国和西洋乐器,尤其多用打击乐器,使作品本身成为大众化、民族化、艺术化的统一艺术。"冼星海认为现在作曲家表现了三种不同的姿态:第一种,死硬地模仿着西洋音乐,第二种则顽强地固执着中国音乐作法,第三种是尽力想使中国音乐与西洋音乐作法适当的结合。我非常赞成最后一种。冼星海还在《论中国音乐的民族形式》《民歌研究》等文章中进一步分析了中国传统音乐应保存、发展的好东西,以及西方音乐的可取之处。

冼星海并不是一成不变地照搬传统民乐,而是以合乎规范的音乐规律和先进积极的思想来比照、改造传统民乐。一方面使改造后的民族音乐更符合规范,增强其音乐性也便于传诵,另一方面合乎一般音乐规律就意味着民族音乐也带上了国际性,音乐的传播和欣赏不仅仅局限于某个民族。如《中国狂想曲》,其中包含五部分中国民间流行的歌曲,加以变化,遂成了狂想曲的形式。《中国生活》第一段"在河上"即冼星海的旧作《疍民歌》,第三段"青年苦力们进行着"即冼星海的旧作《顶硬上》。苏联作曲家波波夫对此高度评价说:"《中国生活》画音写得富有自己的特色,他在其中把当代西欧管弦乐技巧——主要为法国印象派技巧——与中国民间调式的音调相结

---

① 冼星海:《冼星海全集》第1卷,广州:广东高等教育出版社1990年版,第68页。

合","它无疑会引起苏联音乐界的注意"①。这证明冼星海音乐作曲技巧与中国传统民族音乐的结合的成功,同时也印证了"民族的也是世界的"。

冼星海认为,民族音乐来源于民众,亦可以成为时代和民族的代表。这其中,需要音乐家的提炼、升华。他说:"民歌不一定是伟大的音乐,但它一定是人情的音乐。……民歌是从民众中产生的,但要使它发生力量,一定要加以洗炼,使它真正能代表时代,代表民族。"②冼星海的创作积极呼应了那个时代的主旋律,那就是奋战救国。在他的作品集中,与抗战、军事题材相关的音乐作品时常出现,如《抗战歌集》《军民进行曲》《黄河大合唱》《民族解放交响乐》《九一八大合唱》《牺盟大合唱》等,表现了军民保卫国家、英勇抗战的决心。

出于艺术家的时代责任感,冼星海对救亡音乐提出:要建立全国音乐界的统一战线,努力加强音乐界的团结;要使歌咏能够深入大众;要以音乐为斗争武器;要培养人才,提高水平,以音乐为民族争取自由独立之先声。这个时期,许多作曲家热情地创作救亡歌曲,冼星海也创作了不少激发人们斗志的歌曲,有《救国军歌》《青年进行曲》《保卫卢沟桥》《赴战曲》《流民三千万》等。

四、"黄河号手"的怒吼

"为抗战发出怒吼!为大众谱出呼声!"《黄河大合唱》就是在中华民族生死存亡的危急时刻诞生的音乐。

1938年10月21日,冼星海在日记写下:"广州失陷,心里很难过!"10月25日:"武汉也告失陷,心里更觉难过!这样更可增强我的抗战决心!"③山河破碎,生灵涂炭。怎么办?唯有"顶硬上"!他以"顶硬上"的口号,呼唤同胞精诚团结、挣扎求存,又用音符,塑造了黄河"战斗者的姿态,像巨人般出现在世界的东方",让人们"听到了黄河的脚步,经过迂回曲折而勇往直前地奔向大海"。

据冼星海创作《黄河大合唱》的见证人田冲回忆,"记得星海同志拿到(光未然)这份定稿时,他迸发出来的第一句话:'我有把握把它谱好,这是我渴望很久的呀!'"他也曾向田冲等人了解他们此前渡过黄河的经过:黄河上的船夫如何绕过激流险滩,如何与漩涡搏斗,如何呼号,如何划桨,他们向他描述了老船工"祖露着赤铜的脊背","庄严而自若""紧张而协调"的动作,描述了船工号子的激越悠长。"星海同志

---

① 冼星海:《冼星海全集》第1卷,广州:广东高等教育出版社1990年版,第177、167页。
② 冼星海:《冼星海全集》第1卷,广州:广东高等教育出版社1990年版,第75页。
③ 冼星海:《冼星海全集》第1卷,广州:广东高等教育出版社1990年版,第233页。

只是默默地听,但他那高度集中的神情里,却显示出在他的心里已经跳动着歌词《黄河船夫曲》中的旋律和节奏,已经准备着要用音符来说话了。"①

冼星海称赞光未然的诗作"它有伟大的气魄,有技巧,有热情和真实,尤其是有光明的前途。而且它直接配合现阶段的环境,指出'保卫黄河'的重要意义。它还充满美,充满写实、愤恨、悲壮的情绪。"② 1939年3月26日,冼星海开始创作此曲,3月31日完成。他在短短六天之内,就谱完了全部《黄河大合唱》的歌词、朗诵诗和乐队的配曲。4月8日写关于《黄河》的文章。4月13日《黄河大合唱》公演,是"延安空前的音乐晚会,也就是全国从没有的音乐晚会"。

从岭南音乐中生长起来的冼星海,深受中国传统民族文化影响。他重视音乐的民族性和民族音乐,善于把民族文化和音乐创作技法结合起来,使得作品贴近民众,富有感染力,并成为世界的音乐。

《黄河大合唱》里"咳哟!划哟……伙伴啊,睁开眼!舵手啊,把住腕!当心啊,别偷懒!拼命啊,莫胆寒!咳!划哟!咳!划哟!咳!划哟!不怕那千丈波浪高如山!不怕那千丈波浪高如山!行船好比上火线,团结一心冲上前!"仿如就是南方龙舟竞渡的场面的描绘。《黄河之水天上来》一曲采用三弦伴奏,调子里除了黄河的波浪澎湃声外,还蕴藏着《满江红》和《义勇军进行曲》。《黄河对口曲》是用山西音调写就,三弦和二胡代表甲乙的对唱和合唱。过门轻松而有趣,唱的人用动作去帮助歌曲的传达,更觉生动。这吸收了民歌对唱的特点,同时由借鉴了欧洲曲作者沃尔夫(Wolf)提出的歌词与伴奏独立的歌曲形式。"但中国歌曲用三弦来伴奏而表达歌词的内容,又可独立成一曲的,恐怕是第一次尝试。"《黄水谣》是齐唱的民谣式歌曲,带着痛苦和呻吟,内中充满着希望。《保卫黄河》是一首轮唱曲,全用中国旋律写的。到三部至四部轮唱时,内中有"龙格龙格龙",是轮唱的伴唱。整个是非常有力和雄伟,一起一伏,如同黄河的涛声,变化无穷。③

冼星海用《黄河船夫曲》塑造奋勇抗争的抗战军民形象。通过《黄河颂》,热情颂赞黄河的奔流,黄河的力量。《保卫黄河》全部采用中国的旋律,显示中华民族的信心和力量。四部合唱《怒吼吧,黄河!》曲调诚恳雄厚,充满热血和鼓励,并以"向着全中国受难的大众,发出战斗的警号!向着全世界劳动的人们,发出战斗的警号!"发出怒吼,呼唤民众,其中的军号、战鼓,激励人们向前,夺取战斗的胜利。"他要你听

---

① 田冲:《时代的颂歌·忆星海同志写〈黄河颂〉》,《人民音乐》1981年第3期。
② 冼星海:《我怎样写〈黄河〉》,《冼星海全集》第1卷,广州:广东高等教育出版社1990年版,第37页。
③ 冼星海:《我怎样写〈黄河〉》,《冼星海全集》第1卷,广州:广东高等教育出版社1990年版,第37—38页。

到松花江、黑龙江、珠江、扬子江都在呼号。这音乐充满着新时代的战斗的精神,排山倒海,雷霆万钧,用江河的怒吼奔腾,形象地表现了新时代民众伟大的力量。"①亲临冼星海演出现场的萧三为冼星海音乐的力量、宏伟的气魄所感动。他说:"这是一部巨大的作品,分八部,很有气魄。""一时作船夫的挣扎,一时作河上父老的哀鸣……最后作黄河的怒吼。歌声时而呜咽,如泣如诉,继而悠悠然如读悠闲的田园诗,最后真感到黄河之水天上来,滚滚浊浪滔天,万丈波涛汹涌。"

  国难当头,需要以音乐激励大众,救亡图存。《黄河大合唱》唱出了珠江的声音,唱出了松花江的声音,扬子江的声音,唱出了黄河的声音。这是一个民族的声音、一个时代的怒吼,是被逼到绝境时愤怒的迸发,是无穷的勇气和巨大的精神力量。它不仅激励了一群人、一代人,而且将为生存和发展奋斗不息的人类、面临着同样命运的人类点亮前程。

---

① 周畅:《形象化音乐艺术的杰作:评〈黄河大合唱〉兼论冼星海的创作道路(之二)》,《星海音乐学院学报》1984年第4期。

第十七章　血与火的呐喊:"中国诗坛"派

1936年秋,广州艺术工作者协会成立,温流担任诗歌组组长,编辑出版《今日诗歌》;抗战爆发前夕,参加诗歌组的成员越来越多,于是1937年初诗歌组改组为广州诗坛社,刊物《今日诗歌》也改为《广州诗坛》;抗战爆发后,蒲风和雷石榆回到了广州,根据形势变化的要求,蒲风倡议面向全国,大力发展组织,将广州诗坛社改名为中国诗坛社,刊物随之改为《中国诗坛》,由蒲风、雷石榆主编,原先由黄宁婴、陈残云、陈芦荻、鸥外鸥和黄鲁几人经办的小型诗刊《诗场》也合并过来。

从1936年的初创期,到新中国成立前夕,中国诗坛社一直奋斗了十三年,断断续续出版了二十五期诗刊,"在我国新文学史上,中国诗坛社称得上是我国有数的最大的诗歌团体之一,它不仅对华南的诗歌运动有深远的影响,而且在全国也占有一席重要的位置。"①

陈残云后来在80年代也指出:"原来中国的文化中心是上海和北平,自从遭受日寇铁蹄践踏之后,这两个文化中心已转移到武汉和广州了,因而《中国诗坛》的出现,是和抗战形势相适应的。它把我们的诗歌运动,与会员的发展都推前一大步。郭沫若同志和许多从上海来的诗人,都热情支持我们的刊物,有些人还加进我们的行列,成了骨干人物。社员增至近百人,这是《中国诗坛》的黄金时代。"②至1938年9月,中国诗坛社社员已发展到100多人,广东梅县和兴宁等地的分社社员尚未计算在内。

《中国诗坛》增设各种栏目,扩展诗歌的题材,加强翻译介绍,提倡理论探讨。还定期召开诗歌座谈会,开展形式多样的诗歌朗诵活动,设立诗歌大众化工作委员会,举办别开生面的街头诗画展览,加强诗歌与群众的联系。同时开设诗歌出版社,出版了温流、蒲风、王亚平、雷石榆、史轮、黄宁婴、陈残云、芦荻等人的诗集达二十多种。③茅盾特意在《救亡日报》上撰文评价中国诗坛的这些作品:"在广州,最近出现了不少

---

① 陈颂声、邓国伟:《论中国诗坛社及其〈中国诗坛〉》,《中山大学学报(哲学社会科学版)》1984年第4期。
② 陈残云:《风云时代的颂歌——〈中国诗坛诗选〉序》,《新文学史料》1985年第3期。
③ 陈颂声、邓国伟:《论中国诗坛社及其〈中国诗坛〉》,《中山大学学报(哲学社会科学版)》1984年第4期。

歌咏这大时代的诗歌。单举我所读过的,已有蒲风的《抗战三部曲》,黄宁婴的《九月的太阳》,青鸟的《奴隶的歌》,雷石榆的《国际纵队》,零零的《时代进行曲》,温流的《最后的吼声》,克锋的《赴战壮歌》,都凡七种,而散见于各报各定期刊尚未结集单行者,或已结集而未出版如雷石榆之近作《华南我保卫你》,尚不能计数。"

1938年初,蒲风参加了军队,《中国诗坛》由雷石榆主持;1938年夏,雷石榆也离开广州,奔赴西北战场,诗社和诗刊就主要交由黄宁婴负责;广州沦陷后,黄宁婴撤退到香港,在香港复刊了《中国诗坛》,蒲风也离开了军队,回到家乡梅县教书,与野曼、烨火、管火陵等人出版了《中国诗坛岭东刊》;1940年,黄宁婴转移到桂林,与陈芦荻、胡危舟、李育中、征军和陈残云等又复刊了《中国诗坛》,但皖南事变后与许多进步刊物一样,被国民党查禁了;抗战胜利后,《中国诗坛》重新在广州复刊,出刊两期后再被查禁,被迫转移至香港,《中国诗坛》以丛刊的形式出现,其装帧和诗中的插画,都由漫画家丁聪精心设计,直到新中国成立,《中国诗坛》才结束了它的征途。

已有研究者总结归纳了中国诗坛社与华南的新诗歌运动之关系,及其创作理论和作品成就。(一)中国诗坛社比较重视诗歌的理论建设,每期刊物均以相当的篇幅发表理论文章。总体而言,坚持倡导的是旗帜鲜明的现实主义诗歌理论体系。如蒲风在《现阶段的诗人任务》中指出,诗歌必须"活跃在指导现实、讴歌或鼓荡现实,诅咒或愤恨现实,鞭打或毁灭现实里"。穆木天在《现阶段的中国诗歌运动》中也明确指出:"在这个时期的诗歌里,小市民式的呻吟,渐渐地敛迹消形了,伟大的现实的镜子前边,照死了一切的虚伪,一切的雕虫小技"。(二)中国诗坛社强调诗人必须成为战士,成为人民忠实的代言人。雷石榆在《诗歌作者总动员》中指出,诗人应"直接地鼓舞民众,组织民众,深入到民众的里层去,诗人可以时为兵士,时为喇叭手,时为剧员,时为漫画家,时为街头卖唱者"。1937—1938年间,中国诗坛社曾开展过颇为吸引人的街头诗朗诵活动,诗人参与社会各种政治活动,有力地推动了华南诗歌运动的开展。(三)中国诗坛社坚持诗歌大众化的方向,积极倡导通俗诗歌和方言诗歌的创作。《中国诗坛》专门开辟"大众化诗歌特辑""方言诗特辑""儿童诗歌特辑""民歌研究"等专栏,并且很重视诗歌与图画、与音乐的关系,要求诗歌谱曲能唱。(四)中国诗坛社重视国外诗歌理论和作品的翻译和介绍。他们特别注意翻译苏联、日本和欧洲一些弱小国家的作家作品,其中介绍较多的诗人是马雅可夫斯基。(五)中国诗坛社在艺术上不断有所追求,如夏梁的《内容形式多样化》和蒲风的《抗战的内容,艺术的煽动》都提出了思想内容和艺术技巧完美结合的命题。因为他们强调诗体解放,对新诗的各种形式采取比较宽容的态度,因而使刊物呈现了自由发展、兼收并蓄、形式多样的局面。但对新诗艺术上的诸多问题,可惜在战争的条件下他们都未能及时作出深入的探讨。总体而言,中国诗坛社是一个具有自己的思想特色和艺术特色的新诗歌团体。它有雄厚的阵容和丰富多彩的创作成果；它既与中国诗歌会一脉相承，同时又具有南国的地方性特点，在我国新诗歌历史上，做出了应有的贡献。①

第一节　蒲风、雷石榆与《中国诗坛》

1937年8月，抗战爆发之后，蒲风辗转回到了广州。其实在1936年蒲风已响应"国防诗歌"的号召，创作并出版了直接歌唱抗日的、慷慨激昂的诗集《钢铁的歌唱》。诗集中的《满洲，我的爱人》《青年九·一八》《美丽的林英》等绝大多数诗篇都是在揭露和批判日本帝国主义的凶残无耻，同时也在抒发诗人自己和民众的悲愤以及奋起反抗的激情，如《钢铁的歌唱》和《我迎着风狂和雨暴》等。难能可贵的是，蒲风在诗集的附录《怎样写"国防诗歌"》中还特别指出，不能仅凭"热情"去呼喊一些"架空"的"歌颂祖国"口号，诗人必须在"现实里找寻题材"，更要参加到"凄惨的现实"里去：

热情虽然是最为必要，然而不经过艺术手法，你的艺术作品不会有长久的生命力。纵使我们要求粗暴，要求"力"，只把肚里的所有倾怀倒出，不经过艺术手法的剪裁去表现，你的作品不见得会有多大的收效。

说到"国防"，好像只有怒吼，没有守卫，没有炮垒，没有江防。我们的诗人的生活经验，国防知识的贫乏，这里表现了严重的问题。

国防决不是空话。土地不会咆哮，虽然真正要咆哮的是我们的心，而我们得用工作来表示我们的怒吼。我们面对着凄惨的现实，我们不光是叫喊，歌唱，我们得去参加，计划怎样去团结老百姓，怎样训练老百姓，怎样用我们自己的武装来充实力量，建立国防，巩固国防。由是，我们才不会老是在一个圈子内架空呐喊或歌唱。②

于是，1938年蒲风投笔从戎。几年之内他陆续出版了《摇篮歌》《抗战三部曲》《黑陋的角落里》《真理的光泽》《儿童赤卫队》和第二部长篇叙事诗《可怜虫》等诗集。《抗战三部曲》是抗战正式爆发后蒲风出版的第一部诗集。尽管蒲风在诗集的自序中说道："题材方面，虽然同是有关国防的东西，比起钢铁的歌唱来总觉得有点不同；其中显然的分界线是：生活已逐渐跟我的歌唱打成一片，再不像以前的不十分

---

① 陈颂声、邓国伟：《中国诗坛社与华南的新诗歌运动》，《学术研究》1984年第3期。
② 蒲风：《怎样写"国防诗歌"》，《钢铁的歌唱》，广州：诗歌出版社1936年版，第80—81页。

贴近生活的真实",但其实两部诗集无论内容还是风格都是非常接近的,除了因抗战的全面爆发而使得《抗战三部曲》中所涉及的地域较广而已。在艺术上,《抗战三部曲》倒是有另一个相较于《钢铁的歌唱》更鲜明的不同之处,那就是它更倾向于"歌唱",蒲风在自序中也有提及:"今年二月,《摇篮歌》的出版,使我更明了由通俗的调子趋向于'歌'的必要",《抗战三部曲》里的许多诗作直接就是"战歌",有的甚至还分声部。

壮丁队歌

(大街市上
通过了
壮丁队的洪流)

一、二、三——四!
一二、一二、三——四!
起来,
不愿做奴隶的人们!
我们团结得像铁的洪流,
我们都预备向前线冲。
冲!冲!冲!
冲出山海关,
跨过大海东;
我们,我们是
民族解放的先锋!
一、二、三——四!
一二、一二、三——四!①

战斗救亡歌
——大众合唱——
(甲)铁的马蹄
将踏过我们的身上;
(乙)锐利的刀尖
已对准了我们的胸膛。

---

① 蒲风:《壮丁队歌》,《抗战三部曲》,广州:诗歌出版社1937年版,第12页。

(丙白)同胞们,

惊醒了没有?

(丁白)预备起来战斗了没有?

(合唱)团结就是力量,

战斗就是救亡!

(甲,乙)我们赶快起来,

伸开我们的大脚,

东邻强盗的头颅

会滚得像皮球一样。

(合唱)团结就是力量,

战斗就是救亡!①

蒲风在自序中还言"属于讽刺一部门的,多已移编于另一册随后待出的诗集内",那就是《黑陋的角落里》,这是一部讽刺诗集。蒲风在诗集的后记中表示:"讽刺诗之建立,任钧已有《冷热集》在先,这一本集子如能再对于讽刺诗形式之建设稍为有点帮助,则已属意外……我以为以后讽刺诗不仅不应被人冷视,而且理应能够更进一步,以冀有成了!"②《蚤子跟臭虫的把戏》讽刺所谓的"亲善",是"跳蚤跟臭虫讲亲善,/标语是:在人身上共存共荣"。③《牌照》极尽讽刺地写道:"我爱国,你爱国,他也爱国;/三岁孩子也来学唱'尽力中华'——/可是,为了爱国,/老李被灌了辣椒水,/阿梁被上了老虎凳,/整千整万的爱国犯/被钉在黑暗的牢狱里。/而老潘呢——/初次爱国做什么'员',/再次爱国做什么'长',/三次爱国呢……/一句话:官运亨通!",此中的"枢纽"就是"有些人没有登记过没有爱国牌照啦!"④《不吃牛肉的绅士》讽刺时常标榜自己不吃牛肉是比别人讲人道的绅士,赶走了来家门口求乞的难民和来募捐的学生,还自诩"制止他们嚷救国,吓百姓,瞎闹/这总还是出于仁心善意的",之后还逼死了婢女。⑤

在中国新诗发展史上,蒲风是第一个创作长篇叙事诗的诗人,继《六月流火》之后,蒲风在抗战初期出版了第二部长篇叙事诗《可怜虫》(1937年12月15日,广州诗歌出版社),全诗除《序诗》和《尾声》之外,分为四章,分别是《现实的梦》《魔鬼的跳舞》《可怜虫》和《悲剧》,从结构上看明显是在模仿郭沫若的《凤凰涅槃》。《可怜虫》

---

① 蒲风:《战斗救亡歌》,《抗战三部曲》,广州:诗歌出版社1937年版,第17页。
② 蒲风:《黑陋的角落里·后记》,广州:诗歌出版社1938年版,第62页。
③ 蒲风:《蚤子跟臭虫的把戏》,《黑陋的角落里》,广州:诗歌出版社1938年版,第16页。
④ 蒲风:《牌照》,《黑陋的角落里》,广州:诗歌出版社1938年版,第15页。
⑤ 蒲风:《不吃牛肉的绅士》,《黑陋的角落里》,广州:诗歌出版社1938年版,第50页。

讲述一个台湾诗人林伟辛与一位日本姑娘静子之间的婚恋悲剧。林伟辛在日本留学时与静子相识相恋，静子不顾父母的反对与林伟辛结婚并回到台湾，婚后他们还有了女儿惠子，但静子回访故乡东京之后，受了父母与姨母的挑拨和摆布，"如今的教科书上／不是说明了老鼠只嫁老鼠不能他嫁异类吗？／我们大和民族是神的子民，神的百姓，／台湾人，黑黑的颜色，简直是贱东西"，静子此后便与丈夫和女儿断了音讯。惠子因白血病夭折后，林伟辛得知静子另结新欢，他去东京寻妻，不料被妻子拒绝还遭受了辱骂"生成的奴隶、贱种"，林伟辛愤而刺杀了静子，之后自己也在牢狱中自杀。显然，蒲风只是借这个婚恋悲剧来表现当时中日的民族矛盾，《可怜虫》里委婉动人的故事和情感，实则是蒲风对于沦为日本殖民地的台湾，甚至是整个中华民族，在近代以来被日本侵略和歧视所郁积的悲哀、痛楚与悲愤的宣泄和象征，正如诗集的扉页上所写的："台湾岛／台湾岛／黑夜茫茫／何旦旦？"黄宁婴称赞《可怜虫》是1937年叙事诗"仅有的硕果"。

蒲风从军之后，与诗界的友人以"明信片诗"的形式进行交流，之后他将在军中写在明信片上寄给各友人的30首明信片诗结集出版为《真理的光泽》（1938年7月，诗歌出版社）。他在诗集的后记中自述："这些东西，多是即兴的，报告的，对话的，抒情的；为了我已脚踏着抗战的队伍，其所呼吸的气息，所发出的呼声，或是细语，也许不无被一般注意现实情况的同志们一注意之价值吧了。"① 这些明信片诗，仍以现实主义的手法，洋溢着革命乐观主义的热情，生动地反映了诗人的抗战生活。

此外，蒲风还出版了中国新诗史上第一部儿童诗歌集《儿童亲卫队》（1939年7月15日，诗歌出版社）。蒲风认为，抗战时期虽然纸张大涨价，但"儿童方面精神食粮的重要"也不容忽视，"如果我们不推行大众化则已；不然儿童占识字中之最大部分，他们之被摈弃在文艺的享受范围之外，确实是一种损失。而当我们明白认识了今日的儿童即是异日的新世界的主人翁，他们竟因得不到优美的粮食，缺乏了适当的精神营养，沦于后天的不足，表演不出簇新的姿态于未来的社会时，我们又该当怎样追认荒疏于今日的罪过"②，所以他在《儿童亲卫队》的后记中提出两点：一是"童谣，童歌应当多写。惟其是童子话，童子的意趣，因之成为最有力的武器。除了童谣，在大众化方面，没有第二样适当的形态"；二是"童话诗，寓言诗很可以写。没有一点趣味便打不起儿童的精神，优良的童话，常能更加引他们走向前进的方面"。③ 蒲风的儿童诗写得既生动有趣，又励志昂扬，如这首《小蜻蜓》："恨你像架敌飞机／飞在空中得意洋洋，／如今抓在手里／也发不出大疯狂。／——去！去！／放你走，／放你飞！／你去宣扬我们的旨意：／我们酷爱和

---

① 蒲风：《〈真理的光泽〉后记》，《蒲风选集（上）》，福州：海峡文艺出版社1985年版，第591页。
② 蒲风：《关于儿童诗歌》，《蒲风选集（上）》，福州：海峡文艺出版社1985年版，第736页。
③ 蒲风：《〈儿童亲卫队〉后记》，《蒲风选集（上）》，福州：海峡文艺出版社1985年版，第597页。

平,/我们紧执武器;暴虐的铁鹰呀,/你将有路来无处去!"①我们从中也可见蒲风一如既往地在实践诗歌大众化和歌谣化的探索,但他的每一部诗集同时也都是一种新的尝试和努力。

1940年8月,蒲风通过党的地下组织的介绍,穿过重重封锁,到达皖南新四军军部,开始了他"是战士又是诗人"生活的新的一页。1942年8月,因积劳过甚,肺病恶化,不幸病逝。②

雷石榆(1911—1996),广东台山人,原名雷社稳,曾用笔名纱雨、杜拉、非我、牛车等。在台山县立中学毕业后,任台山民国日报副刊编辑,出版第一本文艺评论集《在文化斗争的旗帜下》,因有进步思想倾向,1932年春被解职。1933年春赴日本留学,翌年参加中国左翼作家联盟东京分盟,先后主编盟刊《东流》《诗歌》等,并用日文进行诗歌创作,被日本左翼诗歌团体《诗精神》杂志社吸收为同人。他不仅将中国现代诗歌作品译成日文,还用日文直接进行诗歌创作,接连不断在《文化集团》《诗精神》《文艺》等刊物上发表,一时蜚声诗坛,被誉为中日现代诗歌交流史上的先驱者。1935年日文诗集《沙漠之歌》出版,受到日本文学界一致好评,成为日本文学史上罕见的收有中国人创作的独特现象。同时,他与日本左翼诗人小熊秀雄共同创作往复"明信片诗",分别在东京和上海报刊上发表,这种由两国诗人以独特的创作方式所进行的文学合作,被视为"中日文化交流史上值得纪念的里程碑"。之后雷石榆因诗作的反战爱国思想,曾多次受到日本当局传讯、拘捕,1935年冬被驱逐出境。③

归国后雷石榆在上海写作并出版了中篇小说《惨别》,在两个口号论争之时发表了《国防诗歌应走的道路》和《在诗歌的联合战线上》等论文,之后又潜返日本,1936年底应蒲风邀约到福州,任教员和《福建民报》副刊《艺术座》主编。1937年,雷石榆南归广州,参加中国诗坛社,和蒲风一起主编《中国诗坛》,还参加了"中华全国文艺界抗敌协会"。1938年夏,雷石榆奔赴晋南第二战区和豫洛第一战区参加抗战,发表了大量战地报告、随笔和诗歌。1939年,南下昆明,作为第三届中华全国文艺界抗敌协会理事主持昆明分会的工作,主编分会会刊《西南文艺》,创办文学综合刊物《文学评论》,与罗铁鹰编大型诗刊《战歌》,并创作了大量的简短有力的战斗诗篇。抗战胜利,1946年雷石榆到光复后的台湾,任《国声报》主笔兼副刊主编,1947—1948年转任台湾大学法学院副教授,积极参加台湾的进步文艺活动,发表评论文字,对台湾的新文学建设做出了自己的贡献。1949年被台湾当局逮捕,旋即被驱逐出台湾岛。流落香港,先后任南方学院副

---

① 蒲风:《小蜻蜓(童谣)》,《蒲风选集(上)》,福州:海峡文艺出版社1985年版,第292—293页。
② 陈松溪:《关于"蒲风之死"》,《新文学史料》1981年第1期。
③ 《雷石榆先生生平》,《新文学史料》1997年第1期。

教授、中业学院教授,在《大公报》《文汇报》《星岛日报》副刊发表诗歌、散文讴歌新中国的诞生,撰写杂文参加香港各报笔墨风云的斗争。1952年到天津津沽大学任教授。

抗战期间,是雷石榆文艺创作的高峰期。抗战初期,他就在广州诗歌出版社出版了三本诗集:《国际纵队》(1937年11月15日)、《1937.7.7—1938.1.1》(1938年1月25日)、《新生的中国》(1938年5月30日)。三本诗集共同特点:皆以国内外现实斗争为题材,语言通俗,基调昂奋,充满抗敌的怒吼、救亡的呐喊和胜利的信心,及时反映国内外的感人事迹和正反面人物。① 雷石榆在《新生的中国·序》中写道:"在愤恨与愉快的交流下,在残酷与悲壮的互拼中,那许许多多的活生生的脚色和场面,使我燃烧的血液不断地从笔尖进出,为中华民族喊出正义的呼声,为这伟大的时代留写凭吊的痕迹。"如该诗集中的《兽行兽欲满京中》,创作于1938年2月22日,就及时地记录和谴责了1937年12月13日日军攻陷了南京之后的南京大屠杀,这或许是新诗史上第一首关于南京大屠杀的诗:

兽行兽欲满京中

说南京,
道南京,
南京已作日兽营:
城外到处埋人坑,
城内昼夜哭泣声;
杀尽街头无行人,
难民区内也搜寻,
凡是少壮好男儿,
无一免做枪下鬼,
枪下鬼,无完尸,
头颅戏诱野狗吃,
两月残杀还未已,
惨死同胞八万余!

说南京,
道南京,
南京已作日兽营:
可怜妇女被奸淫,

---

① 张丽敏:《雷石榆人生之路》,保定:河北大学出版社2002年版,第140页。

裸尸还浴街头雨；
　　家家妇女已拉尽，
　　难民区内也搜寻；
　　卡车载满哭声走，
　　深夜又送呜咽还，
　　兽性尤感未满足，
　　攀墙闯进随地奸，
　　区区此地女同胞，
　　被污已上一万余！①

　　雷石榆的诗中，还洋溢着强烈的国际主义精神。如《殖民地的野火》，写在日本帝国主义长期奴役下的朝鲜人民和台湾人民的斗争："殖民的野火/在朝鲜/在台湾/吐着壮烈的火剑了/看暴风挟着火剑飞舞起来吧！"《赠加藤勘十》，写反对出兵侵华的日本工人运动家："我早知道你是劳工党的首领，/你为着无产阶级的利益而斗争，/你就当在斗争中坐牢，出狱，/出狱，坐牢……/你不仅为着日本无产者的利益而斗争！你也为着中华民族的自由独立而斗争！为着拥护世界人类的和平而斗争！……自从卢沟桥的战火延烧了开来，/你也加紧领导反战的活动，/在那当中，/曾是左翼骄子的林房雄，/已作了'指挥刀下呐喊的狗'，而你是被捕的三百七十名中的一个，/于去年十二月下狱了……今天我看了香港某报载着你的照像，/我几次想给你狂热的一吻，/但你严肃的面容却像向我表示：/'请你珍重诗人的热情吧！/我的真颜是深锁在铁窗里呵！'"《赠给邓南遮吧》讽刺拥护法西斯主义的意大利作家邓南遮，同时表达对反战作家奥西哀兹基的崇敬之情。

　　1946年雷石榆在台湾高雄出版了自选诗集《八年诗选集》，收录了自抗战初期的1938年至战后的1946年这八年间所创作的中文诗和日文诗共70首。虽然诗人在诗集的序言中也提及"我的诗过多地表现个人的情絮吗？在我的短篇抒情诗中确有着这种倾向"，但纵观该诗集的全貌，虽然确是"直面着战斗而高扬着的激情的呐喊"，但雷石榆总体的创作还是偏写实的，叙事性比较强。他的诗作，描摹刻画了战争中形形色色的人，甚至是些常被我们忽略的，如他在部队中负责审问俘虏时遇到了日本的知识分子，以此为素材写了《侵略的猎犬》，该诗非常形象地描摹了这一类打着经济调查、科学研究的旗号的侵略猎犬，平日里享用着中国人民的血泪，现已经是当了"俘虏的命运"却还保持着"狡猾的修养"，回忆着太原的澡堂，抱怨当俘虏身上长了虱子，却不会想到中国俘虏所受的罪！这种"顽固的脑袋"、可恶的嘴脸，跃然于纸

---

① 雷石榆：《新生的中国》，广州：诗歌出版社1938年版，第24—25页。

上。从该集的许多作品可以看出,雷石榆的诗在叙事和抒情上、在现实生活与个人情绪上,确实能做到较好的融合,正如他自己在序言中指出的:"作为人民的诗人,他是战斗在现实之中,但同时又在精神的境界拥抱着理想而生活。没有现实生活内容的诗固然是贫乏的,抽象的;但没有诗人的自我的影子的渗透,那更是枯燥的,死板的,令人读了感觉厌烦的矫揉造作的形式的玩弄。"①

雷石榆也创作了一部儿童诗集《小蛮牛》,1943年由桂林的文化供应社出版发行,作为"少年文库"之一种。"小蛮牛,年纪小,/今年十三还不够。/两年前,他是陈超的孩子,/但现在他是民族的小英雄。"该诗讲述小蛮牛在十一岁时,父母惨死于日军之手,小蛮牛投奔抗日的队伍成为一名"小鬼",在后来的战争中逐渐锻炼成长为一位小英雄。在该诗集前面刊有《少年文库看行旨趣》:"中国已在抗战中成长,并且已表现出它底惊人的力量,中国的少年们,在这样瞬息万变的环境中,成长之速尤其令人吃惊;他们不仅和大人一样的在动员着,且能像一个大人一样地担负着艰巨的抗战工作。四年来,我们已看见从他们做出许多可歌可泣的事情了,但是这批新中国的主人,却正共同的感到精神食粮的饥饿!"②

雷石榆一直在理论和创作两个方面探索和实践诗歌的大众化,如抗战期间,他就创作了不少诗作被音乐家谱曲传唱。现能查到已谱曲的有:《一日贡献国家歌》(丁珰谱曲)、《保卫台山》(李树连,又名李凌、李永添谱曲)、《冲上去呀》(丁珰谱曲)、《新相思曲》(甄伯蔚谱曲),这些歌曲不管在前线或后方,都激发了民众和士兵的抗战热情,为抗日救亡做出贡献。③

第二节　黄宁婴、陈芦荻、李育中的诗歌创作

黄宁婴(1915—1979),广东台山人,1924年移居广州。生长在一个宽裕的家庭,父亲是中山大学会计主任,工资较高,一家子过得很安适。从幼儿园到大学,都是一步步按着学制升级,平静而愉快地过着读书生活,养成了一个循规蹈矩的较为软弱的性格。但他开朗而爽直,由于热爱新诗,又多和贫困正直的进步诗友接触,受到了影响。④黄宁婴在高中和大学期间便参加进步文艺团体,1936年成为广州"艺协"诗歌

---

① 雷石榆:《八年诗选集·序》,高雄:台湾粤光印刷公司1946年8月出版,第2页。
② 雷石榆:《小蛮牛》,桂林:文化供应出版社1943年版,第3、5页。
③ 张丽敏:《雷石榆人生之路》,保定:河北大学出版社2002年版,第252页。
④ 陈残云:《黄宁婴的生活道路和他的诗——代序》,《黄宁婴诗选》,广州:广东人民出版社1980年版,第2页。

组的主要成员,并与温流等主持《今日诗歌》和《广州诗坛》,又与陈芦荻、黄鲁、陈残云和鸥外鸥自费办了一个诗刊《诗场》。抗战初期,在中国诗坛社的两位主力蒲风和雷石榆先后参加军队或奔赴战区工作之后,黄宁婴留守广州继续主持《中国诗坛》;1938年冬广州沦陷,黄宁婴撤退到香港并复刊了《中国诗坛》;1940年太平洋战争爆发前夕,他转到桂林,与同在桂林的陈芦荻、陈残云等共同复刊了《中国诗坛》,皖南事变后被迫停刊;抗战胜利后,《中国诗坛》在广州仅复刊了两期又被封禁,黄宁婴再次撤退到香港,《中国诗坛》以丛刊形式复刊,一直到新中国诞生,《中国诗坛》作出了"没有必要继续出版"的决定而终刊。正如有研究者所指出:"黄宁婴是中国诗坛社自始至终的组织者,是华南新诗歌运动中一位杰出的热情而纯真的歌手"。

黄宁婴最初写诗的时候,主要学象征派,崇拜戴望舒,后来学新月派,崇拜徐志摩、陈梦家;抗战前参加了左翼的文艺活动,文艺思想产生了转变,诗集《九月的太阳》(1938年1月,广州诗歌出版社)是他一个新的起点,标志着他摆脱了唯美主义的束缚。诗人在《再生》中宣告:"从前(如今说起来当真惭愧)/这儿也曾是一个小小的工场,/也曾制造过玲珑精致的玩具,/也曾制造过上流人的美粮","我觉醒了,从恶梦里挺身而起!/迈开铁步,我践碎了可卑的工场,/我昂起头,眼盯着天和地,/向太阳喊出新生的歌唱。"促成诗人对过去唯美主义诗风的决绝否定的,更多是当时抗日形势的高涨,"现实斗争粉碎了他美丽的梦",在写于"九一八"事变五周年之际的《九月的太阳》中,诗人悲愤地质问着:

> 九月的太阳,
> 射不出一线金光,
> 咱们要撕开胸膛叫嚷:
> 谁的地方,谁的边疆?
> 万里的长城,万顷的牧场!
> 谁的美粮,谁的宝藏?
> 遍野的高粱,遍山的金矿!

于是在《咱们要直扑大庙》中诗人直接呼吁人民奋起反抗:"用死劲去战斗/用肉搏去痛剿!/今晚,咱们要/杀掉敌人!/明朝,咱们要/把红旗插在大庙!/兄弟们,记住:/咱们活在一起,/咱们要死在一处!"但正如蒲风在《〈九月的太阳〉序》中所直率地指出的:"就宁婴的诗作全部来说,初期是颇有唯美的色彩,即对于烟火气味浓厚的尤其是铁的现实的歌唱不十分足够,而且,即今'再生'以后的他虽然已有了决心的觉醒,也还得十分注意,非得亲自在实践生活中多作磨炼不可",邵荃麟也认为《九月的太阳》"还是作为一个从旧的诗歌世界中走向新生的一个诗人的抒情歌唱","是一个革命小资产阶级知识分子刚刚走上新生道路时很自然的表现,即是热情、勇敢、激昂,然而还缺乏对人民现实生活和斗争更深入的认识与结合,因此在诗的思想与感情内容上,还不能有更大的天地和更坚实的力量"。

1943年,黄宁婴在桂林出版了诗集《荔枝红》,包括《荔枝红》《草色的歌》《山居集》《秋之献》《长沙行》几辑。邵荃麟作了很中肯的分析和评价:"《荔枝红》是比《九月的太阳》更洗练更凝聚了,它显出一种很亲切很优美的情调,词句上也很工整清新。如果《九月的太阳》中生活实感不够,那末《荔枝红》却是一本浓郁的生活抒情诗集。抗战初期的激昂情绪已经过去了。表现在这个诗集中主要是对故乡的怀念和再漂泊生活中的抒情"。因为抗战使诗人"漂泊到海外,到农村,到深山,他的家被敌人侵占了,和平的家庭生活也摧毁了,这一切使他多方面接触了现实世界,也增强了他对现实的认识",但这在创作中带来两个方面的后果,一是诗中的感情从抗战初期的"浮动的激昂的状态趋向于沉淀的状态",二是"在大风暴过去以后知识分子那种感伤的情绪也流露出来"。但就艺术上而言,《荔枝红》确实更臻于成熟。

还有《路》:"无云的日子/为什么路也特别悠长呢/我必须孤独地/孤独地走着/而且/穿过了秃立的林野/穿过了空漠的荒丘/我必须孤独地/孤独地走完/这漫漫的长路呵","因为通过它/我将到达/一个大家所盼望的地方"。由此也可见,在孤寂苦闷的日子里,黄宁婴的诗歌在感伤中仍坚持着"走向光明"的信念。在《受难的人》《镜子》《鹿颈村》《彭三婆》等诗中,诗人一方面描绘了人民在战争中的悲惨境况,一方面也保有积极向上的乐观与清新的风格。

陈芦荻(1912—1994),原名陈培迪,广东省南海人。1935年开始发表诗歌、诗论和散文;1936—1937年,先后与陈残云、黄宁婴、鸥外鸥和黄鲁等人合编《今日诗歌》《广州诗坛》《诗场》和《中国诗坛》等刊物;1939—1942年,主编《广西日报》的副刊《漓水》;1949年解放前夕,进入东江解放区,广州解放后一直在文艺部门任职,并在暨南大学中文系任教。①

陈芦荻早期的诗作,"颇受冰心《春水》《繁星》的启迪,《志摩的诗》的诱发",在全国抗日救亡的浪潮的冲击之下,也受到进步诗歌的影响,如田间的《中国牧歌》《中国农村的故事》,蒲风的《茫茫夜》《六月流火》和艾青的《大堰河——我的保姆》等。陈芦荻在《今天》一诗中宣告了自己的蜕变:"今天,结算清过去的账,/灰黯的朦胧的让它躲藏。/把住一个健朗的心,/不再两脚茫茫踏着黑暗。/拨开云雾看一看青天,/新的日子不许幻想。/生活不是为了贪欲,颓唐,/赶掉怯懦的已往。/苦难中铸炼新

---

① 芦荻:《作者小传》,《芦荻诗选》,广州:花城出版社1986年版。

的信仰,/燃着真理的火把步步挺进,/东方突起了血红的太阳"。① 由此,诗人"唱起旧时代的终曲","走向新的年代,发出新的歌唱,踏上新诗歌的大路,学写民歌民谣",同时也"涉猎外国诗歌,特别喜欢拜伦、海涅、惠特曼等人的作品,他们的诗充满激情和力量,歌唱了他们自己的那个时代"。②

1937年5月陈芦荻出版了第一本诗集《桑野》,作为"诗场社丛书"的第一部诗集。该诗集由木刻家李桦插图作封面,诗人与李桦在诗与木刻上的结合,就是从《桑野》开始的;之后他们在广西,自费编通俗的刊物《抗战诗画》,即木刻画配诗,出版了三期并举行过展览,"这是在抗战中诗与木刻艺术相结合,作为对敌斗争的一种手段和一种新的艺术形式"。《桑野》这部诗集大多数的诗作,都唱出了诗人、家乡人的苦难,诗人在诗集的后记中说道:"提起'桑野'这个名词,就使我联想到我的故乡。几年来,我的故乡在极度的蚕桑衰落中而荒凉冷落了。我每一次返乡,总带回来沉重的忧郁和凄怆!"同名诗作《桑野》是一首长篇抒情叙事诗,通过今昔对比,表现在内忧外患之中,农村越发贫困破产,人民的痛苦和民族的灾难也越发深重:

> 隔壁的老三,卖去了三岁的小女,
> 对门的阿七典押了祖传的房地。
> 一五一十把债项摊还,
> 光下自己一条身子;
> 日间在田埂边束着肚子,
> 夜间睡在庙门角落里。
> 村落黄昏袭不出炊烟,
> 桑野长满了青蒿和蔓草;
> 小孩儿哭着叫肚饿,
> 老婆像枯树般枯死。③

1939年5月,陈芦荻出版了第二部诗集《驰驱集》,收录了三首较长的抒情诗《中华民族解放的史诗》《我高歌着新生的中国——寄山西雷石榆》和《我们要创作世界第一的乐园》,还有若干首短诗《送友人赴陕北》《湘江吟》《夜过赣江》和《桑葚》等。诗人后来自述:"这些诗篇,是我在抗日救亡期间,感情达到沸腾的最高点产生出来的。"

1942年春,陈芦荻在桂林出版了他的第三部诗集《远讯》,这些诗作是他1939

---

① 芦荻:《芦荻诗选》,广州:花城出版社1986年版,第8页。
② 芦荻:《自序》,《芦荻诗选》,广州:花城出版社1986年版,第3页。
③ 芦荻:《桑野》,《芦荻诗选》,广州:花城出版社1986年版,第28—29页。

年到桂林之后写的,题材多是描写离乱与乡愁,诗人在诗集的后记中说道:"两三年来,由于家乡的陷落,朋友的离散,以及对于生的固执着光明的憧憬,许多日子在风雨萧萧的时候,在午夜森森的时候,自己总要低声歌唱"。同是抒情诗,但比起抗战之初的《我是海燕》那种激昂和豪迈,"我是海燕!/我当在暴雨中飞翔。/放下我的笔杆、书本,/跑上前方!/我要在血泊中孕育,/在炮火中成长。/我呼吸着火药的气味,/我翻腾着战争的巨浪!"《远讯》集里基本都是委婉、含蓄的浅吟低唱。如《风雨中的行旅》:"一个风雨的夜,/连接着一个风雨的夜,/雷电织成大地的火网,/我以沉痛的脚步,/踏破风雨中的山,/渡过风雨中的水。"《笛声》:"我想起陷落的家园,/又是白露霜降的时节。/篱落的菊花开了,鱼肥了,笋熟了。/归去呵,归去呵,/何日是行程?"《故乡别》:"是谁唱起一阕流亡曲呵,/我悱恻的旅心颤响了,/渡头的流水消瘦了,/村前的古庙炉烟飞散了,/且向晚空的白云挥手吧,/留作别后的记忆。"

这些抒情小诗,虽然都不免带着思乡和漂泊的忧郁,但芦荻的诗在忧郁之中还是带有些明亮、清新的色彩,且善于将写景与抒情相结合。如《秋之歌》:"我愿意西风赐我:/一曲无言的音乐;/我想:/对着廓然的长空,/摘朵银色的云朵。"《子夜曲》:"时候已子夜,/深沉的梦揭开了;/窗外纵然黑黝黝一片,/大地还未睡醒,/心,却点亮着一盏灯。"《唱一支温暖的歌》:"当春天还受寒潮侵蚀,/生命就冻结了么?/在冰雪的荒岛里,/好唱一支温暖的歌。"《草原上的牧者》:"当那天,/土地给敌蹄践踏,/人们流散四野,/我带着一支牧笛,/烽火中来,烽火中去,/在血腥的岁月里,/温柔的牧歌,/给粗犷的军号代替了。"可见,芦荻确实是典型的抒情诗人,且注重诗歌的意境。

李育中(1911—2013),广东新会人,出生于澳门,青少年时期在港澳和南洋度过。20年代末开始学写新诗和散文;1932年在香港的文学周刊上译介海明威的作品;1934年参加"深刻木刻社",拓印一些木刻,"这大概是香港木刻的新纪元了",他们同时出了两种诗杂志,《今日诗歌》和《诗页》,"这又成了香港新诗史一次空前的纪录了","这些诗,有着现代派和普罗文学的影响,在那民族危机日深时期,大家都不甘愿为艺术而艺术,总想从象牙之塔走向十字街头。我们这些人多是又穷又苦……情感上都又郁闷又愤慨"。1936年秋,李育中为救国会南方总部编一份会刊,后来还公开出一份《战鼓》杂志,并组织"香港中华艺术协进会",这是香港前所未有过的公开合法左翼文艺团体,同时办文艺杂志《南风》。1938年初,茅盾南下广州香港,李育中在茅盾主编的《文艺阵地》和《立报·言林》上发表过论文、报告文学、诗歌和散文。1938年春,李育中转到广州工作,主编过流行一时的《抗战大学》,并在《救亡日报》写短文,同时任《中国诗坛》编委。广州沦陷前西撤桂林,又转到粤北,再到桂林,此后在桂林印了诗集《凯旋的拱门》，报告文学集《缅甸远征记》，翻译中篇小说《拿破仑之死》。战后从贵阳回到广州，从事文艺活动和教学。①

诗集《凯旋的拱门》1941年由桂林新潮出版社出版，其中的诗作主要是抒发诗人在广州沦陷之后，辗转于香港、粤北和桂林等地的感受。《广州三唱》以三首诗《英雄的城市》《凝望》和《我们听到的》表达了对陷落的广州三种不同的情境和心态。《登桂林城》更是表达了故园沦落之痛，而《我是支那人》则表达了浓烈且激愤的爱国情感。李育中的诗，语言朴素，情感激昂，但诗风自然畅达不浮躁。②

第三节　鸥外鸥：“未来派的诗人”

鸥外鸥（1911—1995），广东虎门人，原名李宗大。1911—1917年，与母亲随父亲率领的讨袁护国军在潮汕一带转战各地，1918年移居香港，1922年父亲退役迁返广州；在广州读教会办的培英小学，读私塾（专攻国学），入育才书院（专习英语），后入南武中学；1924—1927年参与学生政治活动，1927年后赴上海拟入蔡元培办的"劳动大学"，因病返回广州，入院疗养，在疗养的两年中，自学欧洲各派社会主义经典著作；1930年开始发表文学作品，1934年任国光中学教师，抗战前参与《诗场》和《广州诗坛》的活动，1937年主编《诗群众》月刊；1938年广州沦陷前转移至香港，在港编《中学知识》月刊，在香江中学任教，后任国际印刷公司总经理，全力支持徐伯昕的生活书店出版工作及印刷邹韬奋主编的《大众生活》周刊、茅盾主编的《笔谈》月刊等进步书刊；1942年逃出香港至桂林，在桂林成立新大地出版社，编《诗》月刊；1943年在桂林出版《鸥外诗集》；桂林大撤退前转移至防城，1947年到台山；1948年重回香港，在《新儿童》发表了不少童诗和自传《亚当的照像册》及《续亚当》；③广州解放后重回广州，从事教学和编辑工作；1991年定居美国直至离世。

目前学界有将鸥外鸥及其诗歌称为"左翼现代主义"④的，也有称其为"另类的'现代'与另类的'左翼'"⑤的，要言之，即大家都认可鸥外鸥的诗歌创作"既'左翼'

---

① 陈衡、袁广达主编：《广东当代作家传略》，广州：中山大学出版社1991年版，第203—204页。
② 张振金：《岭南现代文学史》，广州：广东高等教育出版社1989年版，第202页。
③ 陈国球：《左翼诗学与感官世界：重读"失踪诗人"鸥外鸥的三四十年代诗作》，《汉语言文学研究》2018年第1期。
④ 解志熙：《现代及"现代派诗"的双重超克——鸥外鸥与"反抒情"诗派的另类现代性》，《文学与文化》2011年第4期。
⑤ 张静轩：《另类的"现代"与另类的"左翼"——鸥外鸥〈诗的制造〉所关涉的诗学争论》，《中国现代文学研究丛刊》2021年第3期。

又'现代'"①,"游走于现代主义与左翼交叉地带"②。30年代前期,鸥外鸥在上海曾与戴望舒、徐迟、叶灵凤和穆时英等现代派诗人和文人交往,他早期的诗作也带有现代派的唯美颓废风格和象征主义的影子,如《映树》:

> 明空下 幼年之映树之叶
> 八月之晨风轻漾
> 一联队 一联队的轻梦
>
> 梦的联队 一明一灭
> 软风中 明空下
>
> 映树的心映树的身
> 飘然的游泳
>
> 轻松松的
> 映树的身
> 映树的心的感觉③

但很快鸥外鸥就发展出一种与现代派诗人很不同的独特诗风,一方面是他的左翼立场,另一方面是他的形式和技法更趋近于未来主义,这也是构成他与其他左翼诗人的重要差别之处。1935年冬,因"国防文学"口号的提出,"国防诗歌"也随之而生,广州"艺协"诗歌组及其后的"中国诗坛"派,在文艺思想上是承接由"左联"领导的"中国诗歌会"的"反帝抗日"的战斗传统的,因而其先后创办《今日诗歌》和《广州诗坛》等刊物也成为"国防诗歌"重要的宣传阵地。④ 1937年4月戴望舒发表了《谈国防诗歌》一文,抨击"国防诗歌"及其提倡者:"现在有人主张,不需要这些纯诗,而提出了'国防诗歌'这口号了。在这些人的意思,一切东西都是一种工具,一切文学都是宣传,他们不了解艺术之崇高,不知道人性之深邃;他们本身就是一个盲目的工具,便以为新诗必然具有一个功利主义之目的了"。戴望舒将"国防诗歌"与所谓的

---

① 陈国球:《左翼诗学与感官世界:重读"失踪诗人"鸥外鸥的三四十年代诗作》,《汉语言文学研究》2018年第1期。
② 李朝平:《"中国的马里内蒂"——鸥外鸥1930年代的未来主义诗歌实践》,《中国现代文学研究丛刊》2022年第3期。
③ 鸥外鸥:《鸥外鸥之诗》,广州:花城出版社1985年版,第9页。
④ 陈国球:《左翼诗学与感官世界:重读"失踪诗人"鸥外鸥的三四十年代诗作》,《汉语言文学研究》2018年第1期。

"纯诗"对立起来加以贬斥,"现代派"诗人们所谓的"纯诗",即施蛰存曾概括的"纯然的现代的诗",戴望舒一文随即遭到左翼诗人们针锋相对的批评,鸥外鸥发表了措辞激烈的《搬戴望舒们进殓房》一文,与蒲风批评"现代派"诗人远离"现代"、脱离"现实"一致,鸥外鸥更进一步指出戴望舒们象征主义的手法和诗风根本不能表现"现代的情绪","象征派那已经是十九世纪末之一个诗派!殊不'现代'的了,更非'新'诗了":

> 他们这一群叶菜菱母牛的鼻一样的赞美农村空气的土臭草腥;而忽略了20世纪的空气的煤烟味汽油味对于社会政治经济机构的影响之重大。忽略了十九世纪末以来的社会经济变革、资本主义生产制度那广阔起来的社会事实。忽略了诗往往是经济的和社会的一幅描绘。①

鸥外鸥直言:"今日工业社会为产生现代文化之母,吾人又岂能否认……诗人与政治家并无轩轾之不同。我们所接触的环境已经是工业思潮的环境,我们要求的当然是与工业思潮并行的诗了。时间与空间乃产出人间的宇宙观念,诗的型与质当以不超出此法则为合理化;诗人所抱取的人生态度亦当以不超出此法则为合理化。伫对柳梢头的初升之月而感慨系之的怀了一肚腹世纪末的感情的诗人,与伫对兵工厂或战斗舰的烟突旁之落日而热血沸腾抱负了一肩社会责任的斗志的诗人,谁者为更尊重诗的时间效率的同存性空间效率的同存性?谁更伟大呢?吾人尽可想见的了。"鸥外鸥不仅抨击了以"纯诗"自我标榜的"现代派"的非现代,而且以自己的创作在回击他们关于国防诗歌的提倡者不仅将诗歌作为工具,而且他们本人就是盲目的工具的论调。鸥外鸥的创作一方面持续地积极地关注政治、介入现实,一方面持续地受未来主义等影响在进行先锋的、前卫的形式探索。

1938年1月,鸥外鸥与柳木下等主编的《诗群众》出版,在省港两地发行,"印刷者"及"发行所"为"少壮诗人会"。《诗群众》第1期出版后受到不少好评,但也遭到不少质疑和批评,譬如以蒲风为代表的左翼诗人:

> 少壮精神之振起,行动,在什么时候都是极可珍贵的。
> 可是,徒慕名词的新颖动辄以标新立异为鹄的人们却也不少。即是说,在那个场合,他不会把握住少壮精神之所在,满口满纸都是"老大"精粹时,西洋镜便会马上被观众所拆穿的。
> 现今的"少壮"自命者究竟有若何程度的少壮精神显现我不晓得,不过,少

---

① 鸥外鸥:《搬戴望舒们进殓房》,《广州诗坛》1937年第1期。

壮精神应该是非常现实的,非是预约券上的未来主义的……①

"少壮"诗人们马上在1938年3月《诗群众》第2期以《我们的态度》一文中作了回应:"我们并不标榜什么既成主义——如未来派之类……我们再三声明:我们绝不是什么未来派。对于抗战我们并不后人,'诗之国民责任是今日诗人之光荣的义务'。在宣言中我们郑重列举出了我们的责任,《响了,民族底炮》《中国的肚腹的蛔虫》《七十万人三千里路》等作之载出,皆系有目共睹的事实,不能任意抹杀。"在这自我辩护中,鸥外鸥们对"诗之国民责任"的承担是确切的,但蒲风等人所指出的鸥外鸥深受未来主义的影响也是确切的。

早有同时代的人将鸥外鸥称为"中国的马里内蒂(Marinetti)",而除了意大利的未来主义,鸥外鸥自己也反复提及和引用俄罗斯的未来主义诗人马雅可夫斯基,此外他还与日本的超现实主义诗人北园克卫交好,北园克卫的诗歌也被认为具有未来主义形式的一脉。最明显的一点,体现在鸥外鸥的表达路径深受未来主义运动的启发。"未来主义诗歌常采用不同字号、字体进行写作,以打破印刷的一般规律,追求独特的视觉效果,此技巧出自意大利诗人马里内蒂的首倡:'我发起的这场革命所径直反对的是书页上号称的印刷的和谐,这种和谐与贯穿书页自身的高潮起落、风格的跳跃与爆发相悖。因此我们在同一页中可以用三到四种颜色的墨水,以及按需使用多达二十种印刷字体'"②,这一"采用不同字号、字体进行写作"的特点基本贯串鸥外鸥创作的始终。

并且,与未来主义一样追求视觉和声音的形式,鸥外鸥还尝试了"地图诗"与"相片诗"等。如在《诗群众》第2期上以林木茂的笔名发表的《古巴的裸体》一诗,以中英文的"混语书写"配上古巴的英文地图,讲美国取代了西班牙成为古巴新的殖民统治者,控制了古巴的制糖业、烟草业和林木业等国民经济命脉,古巴并未能实现真正的独立。③

1944年鸥外鸥出版了《鸥外诗集》(桂林:新大地出版社),该诗集包含六辑:(一)地理诗·政治诗(7首);(二)香港的ALBUM("香港的照像册",5首);(三)被开垦的处女地(7首);(四)社会诗(9首);(五)抒情·恋诗(17首);(六)童话诗(6首)。其中的第二辑"香港的ALBUM"就是与左翼诗人所尝试的"漫画诗"和"木刻诗"等不同的"相片诗",是写在照片后面的诗,由此也可见未来主义对现代科学技术

---

① 蒲风:《"少壮"精神——谈〈诗群众〉创刊号》,《前夜》1938年2月第1卷第3期。
② 张静轩:《中国现代诗歌中的未来主义视觉表达——以鸥外鸥为例》,《中国现代文学研究丛刊》2021年第3期。
③ 李朝平:《"中国的马里内蒂"——鸥外鸥1930年代的未来主义诗歌实践》,《中国现代文学研究丛刊》2022年第3期。

和机械的崇拜意识,如上图《古巴的裸体》一诗的落款"1936年制造",同理是在强调诗歌在现代工业化社会不是"创作"而是"制造"。该诗集比较有代表性的作品是《被开垦的处女地(桂林的裸体画)》,该诗恰好用"不同字号、字体"的中国象形文字"山",直观地呈现了桂林"狼犬的齿的尖锐的山呵/这自然的墙/展开了环形之阵/绕住了未开垦的处女地/原始的城"。

  诗人自述该诗的写作背景:"1941年香港沦陷,大批香港的资本家及原香港住民涌入桂林,在桂林暂居,在桂林投资商业、食业、娱乐业,也把香港的生活方式带给这个淳朴的山城。那种香港人的风尚,对当时桂林人影响极大"[1],该题解一目了然,何谓"未开垦的处女地",就是作为战时大后方而面临着"现代文明"的"入侵"的桂林这一"原始的城"。诗歌以此作结:"无隙不入的外来的现代的文物/都在不知不觉的隙缝中闪身进来了……开垦这未开垦的处女地了/携带着黄得可爱的加州水果也有/携带着黑得可怕的印度植物的也有/注意呵/看彼等埋下来的是现代文明的善抑或恶吧"。由此可见,鸥外鸥既承认、推崇现代,也反思现代;既追求形式的极致、前卫,但观念上也有传统、保守的一面。总括而言,鸥外鸥的创作,确实以其独特的尝试,使得未来主义在中文的语境中有了难得的收获,为左翼诗歌和现代诗歌同时提供另一种可能。

---

[1] 鸥外鸥:《鸥外鸥之诗》,第54页。

第十八章　抒情的放逐:现代派的转向

抗日战争使整个社会生活发生了极大的变化,也改变了文学观念和审美方式。抗日战争爆发后,开始形成一种相对统一的战时文学观。现实主义是抗战文学的主潮,大众化民族化是审美追求,现实性、战斗性、宣教性是文学的主要功能,爱国主义、英雄主义为主题价值,以血性张扬、人性关怀为叙事伦理,以民族苦难、战斗精神为价值取向。

徐迟"抒情的放逐"引起了广泛的关注。岭南吹响抗战文学的号角,积极响应徐迟的文学主张。象征派先驱李金发转向现实,以笔为旗,投身抗战,审美方式和语言形式发生很大转变:突破个人内心世界的狭小天地,转而关注丰富悲壮、炮火弥漫的抗战现实,在基调上一扫过去的悲观阴郁,而出现了乐观、高亢的声调,语言也呈现通俗化趋向。"未来派"诗人鸥外鸥立足和关注抗战现实,借鉴现代主义形式技巧,表达生动有新意,做到了曲高和多,通俗易懂而深刻独到,彰显一种"新的抒情"。现代派诗人柳木下、李心若等,与时俱进,创作题材和风格也发生转向。

岭南先锋文学的转向,谱写了救亡图存的人民战争的光辉篇章。

第一节　先锋的转向与分流

抗战初期的广州是国统区乃至全国的抗战文学重镇。广州当时人口约120万,不仅是广东省省政府的所在地,也是华南政治、经济、军事、交通、文化的中心,地理位置十分重要。尤其是全面抗战爆发后,广州成了国民政府军与海外联络的要地,在输入战略物资、培养抗战力量方面占有重要地位。广州特定地域的地理空间和文化生产场域,南迁文化人与华南本土作家通过文学创作和办刊办报等多重文学实践共同进行广州抗战文学生产。作家在"抗日救亡"这个大目标下空前广泛地团结对敌,广州沦陷前的文艺活动呈现出盎然生机。一份份文艺刊物、一个个文艺团体、一部部文学作品,在战火中诞生。

山河破碎,骨肉离散,战火纷飞。由于时局的变化,广州的文化界、文化人呈现出两种趋势、两种状况。一方面,由于日机轰炸的威胁,出现了当时人们所批评的"教育逃难""文化的沉寂"。大中学校"停办的停办,逃避的逃避","因为大多数教育者或大多数学生离开城市的结果,造成了广州文化界的荒凉"。人数减少了,一般意义上的文化活动受到了影响和冲击。但另一方面,则是救亡文化的勃兴。由于中共广东党组织积极贯彻抗日民族统一战线政策,促进了抗战文化活动的开展;由于民族矛盾上升,国民党广东当局在一定程度上放松对言论的限制;也由于上海沦陷后,进步文化人郭沫若、茅盾、夏衍、巴金等汇集广州,一些过去被当局迫害逃离广州的进步人士也重新活跃。上述情况,为广州抗战文化的开展提供了条件。

出版业进入繁荣时期。为适应救亡运动的要求,让读者及时了解国内外大事和抗战动态,各报刊加快出版周期,除出版日报外,还出版周刊、旬刊等。双月刊、月刊一类期刊,均采取求快的措施,由双月刊改为月刊,旬刊改为周刊。战时广州出版机构共有71家,较前有很大增长。除已有的出版机构外,许多机关、团体、部队纷纷成立出版机构,或以机关、团体、部队名义出版各种读物。出版物丰富多彩:主要报刊有七八十种,出版书籍先后达160多种,包括国共两党领导人和知名文化人的著作。

文学创作生机勃勃。蒲风主编的《中国诗坛》、巴金主编的《烽火》、靳以主编的《文丛》、欧阳山主编的《光荣》等几十种文学刊物,在广东出版;茅盾、夏衍、巴金、沙汀、钟敬文、何思敬、林焕平、陈残云、草明、郁风、欧阳山、黄宁婴、雷石榆、蒲风、司马文森等,在广东发表了不少作品;蒲风的《抗战三部曲》、黄宁婴的《九月的太阳》、陈残云的《铁蹄下的歌手》等诗集,司马文森的《粤北散记》、钟敬文的《良口之战》、丘东平的《第七连》《我们在那里打了败仗》、夏衍的《广州在轰炸中》等报告文学,欧阳山的《一个广州的谜底》等小说,都是这一时期岭南文学的代表作。岭南新文学进入了一个短暂的繁荣时期。①

1932年7月至10月上海《申报月刊》第1卷第3号至第6号,连载淞沪战役参战旅长翁照垣的报告文学《淞沪血战回忆录》。翁照垣(1892—1972),广东惠来县人,曾留学日本和法国,十九路军七十八师一五六旅旅长,打响淞沪抗战第一枪。停战后,全国各地来函询问战事,翁请部属一五六旅政治部主任罗吟圃执笔,合作《淞沪血战回忆录》,1932年6月5日完成。同年11月1日,《申报月刊》社编印成书出版,封面书名右侧标明:"翁照垣述,罗吟圃记"。全书6万字,分前言、正文和跋。《申报》总经理史量才作千字"跋",文言风格,文笔优美;正文则是白话体,通俗生动。本书除文字叙述之外,还有12幅手绘图,其中包括不同时期在闸北、吴淞、大场、江湾等地的警备要图、防御要图、兵力配备图、出击准备图和战斗要图。《淞沪血战回忆录》

---

① 潘琦:《抗战期间中共领导下的省港文化活动》,《党史博览》2018年第3期。

是一部不可多得、图文并茂的战争题材纪实性文学,主要记录了十九路军一五六旅驻守上海经历淞沪抗战直到战事结束的全过程,也提到了十九路军其他参战部队的英勇战况,展现了民众劳军支援抗战的感人场面,描写了战事过程的心理感受和深入思考,使战事的发生、发展及结束完整地展现在人们面前。[①]

话剧活动空前活跃。抗战爆发前后,广州话剧活动已十分活跃,成立了锋社、蓝白、艺协三大剧社;各学校戏剧团体纷纷成立,主要有春雷剧团、奔风剧团、前锋剧团、邮局剧团、炬流剧团等;演出的剧目主要有《走私》《汉奸的子孙》《放下你的鞭子》《黑地狱》《雷雨》《日出》《飞将军》《保卫卢沟桥》等。1938年3月历史剧《黄花岗》的公演,标志广州剧坛的繁荣。

音乐界创作了脍炙人口的《全国总动员》《保卫华南》等歌曲,民众歌咏团演唱《义勇军进行曲》《五月的鲜花》《大刀进行曲》等著名的抗战歌曲,音乐家马思聪等举行筹款义演。省港地区为救亡而兴的新兴木刻和漫画创作异军突起,漫画、木刻等贴近大众的艺术作品,在报章杂志和街头壁报上大显神通,广州成为中国新兴木刻运动的一个中心。以李桦为会长的现代版画会出版了《木刻界》《现代版画》刊物。该会曾举办"抗战木刻展览",并由赖少其带到广西柳州、梧州、南宁和桂林等地展出。这是一个充满激情和奉献精神的年代。

日军入侵华南的决心由来已久。1938年10月12日,日军从惠州大亚湾登陆,开始入侵广东。仅九天之后,广州沦陷。担任《救亡日报》(广州版)主编的夏衍亲身经历了这一浩劫,曾写过一篇通讯《广州在轰炸中》(原载1938年6月的《新华日报》),是日机频繁轰炸的目击者。夏衍以极具震撼力的笔墨写作长篇小说《春寒》,记述广州沦陷过程。小说中的人名虽然出于虚拟,但情节也是有本事的,出现的地理环境、自然风貌、部队番号、团体名称(如"文抗会""动委会""战工队""抗先"等),以及许多事件都是真实存在的;书中所写那时国破家亡、难民蔽野的种种惨象,完全是真实的。《春寒》熔铸了大时代风云,拾掇、集中了在粤许多抗日救亡人士包括作者本人的亲历、见闻及思想情感,是一部有着厚重历史感、现场感的现实主义作品。

硝烟弥漫的抗日烽火,文学担负唤起民众,实现民族救亡的使命,诗歌掀起救亡图存为主题的诗潮。诗人徐迟撰写了一篇名为《抒情的放逐》的文章,大胆提出了"抒情的放逐"的口号。徐迟援引以艾略特为代表的二十世纪英美现代主义诗歌为例证,说明抒情放逐的合理性。徐迟此前创作如《开演之前》《小月亮》《寄》等,主题是"江南小镇"和"上海摩登",描写的场景多为咖啡馆、电影院、公园,而抗战后的诗歌取材于战场、工厂、山脉,个体抒情集体被集体呼唤、呐喊替代,自我的低吟浅唱变

[①] 翁奕波:《现当代潮人文学史稿》,北京:中国文史出版社2012年版,第221—227页。

成了时代的激越抗争。

徐迟"抒情的放逐"引起了广泛的关注,有人赞同,有人反驳,一时间沸沸扬扬。如胡风不赞同放逐抒情的说法,并为抒情的作品辩护,认为不能把"个人主义的"和对待现实生活的诗人个人的精神动态——个人的倾向混为一谈;把"感伤主义"和现实生活反映在诗人的主观的苦恼、仇恨、兴奋、感激等等的搏战精神混为一谈。胡风强调作者的主观与现实生活的联结作用,希望在作品里面看到这两者不是断裂而是联结。再如陈残云在《抒情的时代性》中不赞成徐迟"近于机械地否斥抒情",提出"新的时代是需要新的情感""我们的抒情诗是革命的,是一种斗争,而且比一切诗的形体,抒情诗是一种更有力的斗争工具"。徐迟是基于艺术因素而反抒情,陈残云则针对抗战的需要以诗为"投枪、匕首"而肯定抒情[1]。

诗以情生,情以诗传。"情动于衷,有感而发",这是诗歌艺术的宗旨和根本。无论浪漫主义、现实主义还是现代主义诗歌,不管主情诗抑或主智诗,不论古今还是中外,诗歌都关乎情感。诗人要用真情实感写诗,才能感动自己,才能让别人读了受到同样的感动。所谓放逐抒情,其实是强调情感与智性的结合,主观感情客观化。抗战诗歌,被放逐了抒情的诗歌便成为时代的号角,有时还成了"口号大全",如徐迟在1939年满腔热情地写出了所谓《最强音》:"听啊,最后这是最强的声音/中华民国人民一齐起来啊/打倒日本帝国主义! /中华民国万岁! 万岁! 万万岁!"

"抒情的放逐"成为当时一个颇为重要的命题,实际上抗战以来诗歌的抒情性非但没有减弱,反而高亢了起来,引向了时代的宏大抒情。这些都表明新诗的写作"范式"在抗战背景下发生巨大转变。

这种转变主要有两种路径。一是穆旦提出和呼唤的"新的抒情",一种经过战火淬炼的抒情,一种同新生的中国一样,凝聚着血与泪、痛苦与新生的抒情。一是穆木天提出的转向现实,以笔为旗,投身抗战,由象征派、意象派等先锋诗歌等转向现实主义和通俗化。

1940年3月和4月,一向很少写诗歌理论文章的穆旦,忍不住发表了两篇诗评,分别评论艾青的诗集《他死在第二次》和卞之琳的《慰劳信集》[2]。这两篇文章讨论内容和对象虽然有异,褒贬不一,但论题都是关于抗战抒情,提出"新的抒情"的理想。穆旦参照、吸纳了艾略特的智性诗学内涵,对抗战以来的诗歌表示不满,认为卞之琳《慰劳信集》沉浸于过去的智性抒写,失之生动,这种创作的转变并未灌溉出绚烂的果实。而艾青1939年出版的诗集《他死在第二次》是"新的抒情"的最好代表,

---

[1] 陈残云:《抒情的时代性》,《文艺阵地》1939年11月第4卷第2期。
[2] 穆旦:《他死在第二次》,香港《大公报·文艺综合》1940年3月3日第794期;《慰劳信集》——从〈鱼目集〉说起,香港《大公报·文艺综合》1940年4月28日第826期。

"消溶着牺牲和痛苦的经验,而维系着诗人的向上的力量",有着"情绪和意象的健美的糅合","充足地表现出了战斗的中国,充足地表现了她在新生中的蓬勃、痛苦和欢乐的激动"。

抗战期间,作家们蜂拥而上写抗战。尽管田间等人也写出了佳作,但由于政治功利性太强,作品不免粗糙了些。有感于此,梁实秋在其主编的《中央日报》副刊"平明"上刊登《编者的话》中云:"现在抗战高于一切,所以有人一下笔就忘不了抗战。我的意见稍微不同。与抗战有关的材料,我们最为欢迎,但是与抗战无关的材料,只要真是流畅也是好的,不必勉强把抗战截搭上去。至于空洞的抗战八股,那是对谁都没有益处的。"①几乎同时,孙毓棠在香港《大公报》发表的《谈抗战诗》其观点与梁实秋也大同小异②。

针对梁实秋、孙毓棠的看法,广州的《中国诗坛》《文艺阵地》刊发林焕平《诗到底是民众还是少数人的》和《"真正文学的诗"解析》,锡金《诗歌的技术偏至论者的困惑——读孙毓棠先生的〈谈抗战诗〉》和穆木天《关于抗战诗歌运动——对于抗战诗歌否定论的常识的解答》进行反驳和阐发。其中穆木天的文章比较有代表性。

穆木天是初期象征派重要诗人,后来思想发生革命性变化,成为左翼诗歌运动的骨干。左联时期著有《秋日风情画》《平凡集》《流亡者之歌》等。1932年,他与其他同志发起成立中国诗歌会。抗日战争爆发之后,他积极倡导诗歌的大众运动和抗战诗歌运动。针对徐迟"抒情的放逐"提法,穆木天《关于抗战诗歌运动》认为一篇抗战诗歌,必须是"时代"的表现,但必须是正确地去表现"时代",需要精良的技巧。一个诗歌工作者,没有正确地对于世界人生的认识的话,他就不会正确地认识时代;那么,一切的努力,都会落空的。伟大的革命诗歌的产生,并不是由于抑制热情的静观沉思的态度,也不是由于新技巧新辞藻的练习,而是由于作者对于现实的正确的把握和表现。决定一篇诗歌艺术真实性的,主要不是诗人的技巧,而是他的感情的真实性。感情的真实性,是有客观的基准的。一个诗人自认是正确地表现了时代,还是不行;必须是能够在他的作品中,以一种客观的正确,把现实表现出来。穆木天主张真实性才是评价抗战诗的首要标准,并反对唯技巧论。

第二节 李金发:象征风头已过

李金发1925年归国后,文学创作发生很大变化。过去我们主要从共时性、静止

---

① 梁实秋:《编者的话》,《中央日报》副刊,1938年12月1日。
② 孙毓棠:《谈抗战诗》,香港《大公报》,1939年6月14—15日。

态看李金发的诗,而从历时性、变化的角度看,有许多新的发现。时过境迁,时空背景和具体语境置换,象征主义风光不再,新的现实契机和审美体验,促成新的诗美出现。

首先,文学观念和审美方式发生变化。李金发是中国象征主义诗歌的先驱。1925年李金发在《学艺》发表《少年艺术家的态度》,谈论自己的创作主张,认为"艺术是作家心灵之一撮,心灵悲哀时,就表现出沉郁来,心灵狂喜时,就表现出微笑来"。李金发的艺术观交织着超现实和现实的矛盾,一方面主张艺术家的生活就是超脱现实的生活,艺术作品就是帮助人们超脱现实到理想世界去求安慰的;另一方面认为"所谓艺术家的思想,就是一个作家所在其作品里表现出时代的精神,或其个人的灵感"①。他的心中始终纠缠着出世和入世两种精神,这种矛盾的思想也贯穿在李金发的创作中:他的作品有时是直面现实,有时却是颓废和感伤。留学欧洲期间,李金发写的诗多数都是面向生活中的丑恶面,大量营造死尸、枯骨、血污、寒夜、泥泞、荒漠、死叶等意象,带有明显的"以丑为美""从恶中发掘美"的美学倾向。归国后,文学创作更多直面现实。女性一直是李金发诗歌的表现对象。尽管之前的诗中有对女子的同情和赞美,但多充斥异化和丑恶的意象,如弃妇、孀妇、拾骨灰者。归国后,勤劳、善良的女性,特别是家乡妇女的纯朴、可爱,这些美好的形象跃现诗中。象征主义诗学恶之美的发掘转为现实人生问题的思考。

其次,文体和语言发生变化。此前李金发创作体裁主要是诗文,在语言上呈现"欧化""古奥"的"调和"。回国后,新诗革命已经取得阶段性成功,"文言合一"成为共识,白话文深入人心,北洋政府颁布小学课本起用白话文之规定。李金发的诗歌创作再也不会出现文言初转白话时不知所措的烦恼,也克服了中文中镶嵌外文的"嗜好"。他归国后发表在《人间世》上的《春到人间》《时之蠕蝎》和《现代》上的《剩余的人类》《忆》等诗,基本上去掉了语言生涩拗口的缺失。

1925年6月,李金发回国,在上海加入文学研究会。译作《雕刻家米西盎则罗传》和诗集《为幸福而歌》均作为文学研究会丛书由上海商务印书馆出版,但第二部诗集《食客与凶年》则在印刷厂躺了两年多还没出版,这对李金发诗歌创作的热情有较大影响。他将精力放到雕塑、美术、写小说、翻译等方面去了。虽然仍有诗歌发表,但小说和翻译相对而言增多。

李金发开始在《小说月报》《新女性》等刊物上发表小说和译作。1928年回故乡梅县,收集客家山区民歌《岭东恋歌》,1929年4月由上海光华书局出版。李金发翻译了不少法国象征派诗人的作品。他在《小说月报》第17卷第2期发表的评法国诗人魏尔仑的诗《巴黎之夜景》后,有一段"译者注",其中写道:"有极多的朋友和读者

---

① 李金发:《是个人灵感的纪录表》,《文艺大路》1935年11月29日第2卷第1期。

说:我们诗之美中不足,是太多难解之处。这事我不同意。我的名誉老师是魏尔仑,好,现在就请他出来。这将是其集中最易读者之一,看诸君作何感想。现在正选择其全集,先发表这一首。"但李金发在1934年6月答杜灵格问:"你向来最爱读哪一些外国诗人的诗呢?"李金发却答道:"诗是一种观感灵敏的将所感到所想象用美丽或雄壮之字句将刹那间的意象抓住,使人人可传观的东西;它能言人之所不能言,或言人之所言而未言的事物。""我平日作诗,不曾存寻求或表现真理的观念,只当它是一种抒情的推敲,字句的玩意儿。"李金发进一步阐释:"我虽然是受鲍特莱尔与魏仑的影响而作诗,但我还是喜欢读拉马丁、缪塞、沙庞等的诗,这也许因为与我的性格合适些。我不喜欢读魏尔仑的诗咧。"李金发喜欢的似乎是一种浪漫诗学,与象征诗学的颓废和神秘无关。①

李金发的艺术人生其实不乏浪漫色彩。1927年北伐军到了武汉,受到这股强烈的大革命洪流的冲击,李金发也按捺不住了,竟从上海去武汉加入这个革命的行列,或许是他心中热切希望祖国强盛的愿望得以萌发,也可能是认为这是"攻打名利堡垒"的好时机,他要创一番事业。先在武昌大学美专任教,后又因懂几国外语而在武汉国民政府外交部工作。李金发的这一突兀的举动,并不是没有基础的。在前一年年底,田汉创办的南国影剧社准备拍摄一部叙述一群中国革命青年像俄国"民粹派"那样、发起一个"到民间去"的运动、去发动广大农民起来斗争的影片,片名叫《到民间去》,李金发也参加了拍摄,在影片中演"陪客乙"。后因经费发生困难,影片未能拍成。李金发这个自诩为艺术家的人,能在影片中自告奋勇当个群众角色,这也是异乎寻常的行为,然而这正由于影片的主题与他的理想有某种合拍之处,所以他才甘愿如此做。如今真正的革命起来了,这怎能不叫李金发心动呢?

1927年7月15日,汪精卫在武汉背叛革命,第一次国内革命战争遂告失败。李金发只得怏怏地从汉口回到南京,在那里遇见蔡元培。10月,国民政府成立大学院,管理全国学术及教育事宜,蔡元培为首任院长,聘任李金发为大学院秘书,"代表他会客,每逢星期三、六……常从三点钟到七点钟不断的静听那些国民诉苦……。"②当时与李金发同事的还有杨杏佛、许寿裳等人。第二年春,李金发被聘任杭州国立艺术院(后改名为西湖艺术专科学校)雕塑系主任。这年一月,他与夫人屐妲一起办《美育》杂志,在这本杂志中李金发的文章几乎要占一半篇幅,还刊登了他的许多绘画,他用肩阔、可夺、弹丸、兰蒂、瓶内蛟野三郎等许多笔名发表文章。在编《美育》期间,李金发曾写信向鲁迅约稿,但在鲁迅看来,李金发编的《美育》杂志是为学者、名流、

---

① 杜灵格、李金发:《诗问答》,《文艺画报》1935年2月第1卷第3期。
② 李金发:《记以美育代宗教的思想家》,《美育》1928年12月第2期。

官僚捧场的刊物,"虽有挂艺术招牌者,实则不清不白,倘去发表,反于艺术有伤。"①鲁迅拒绝所邀,不愿为该刊撰稿。

1930年秋冬之交,李金发妻子屐妲由于思乡心切和不适应在中国的生活,携带五岁的儿子明心由上海乘船返回德国,从此与李金发分手。李金发经多方挽回不成,遂于1932年正式与屐妲离婚。1931年冬,李金发辞去杭州艺专的教授之职,关闭了上海的罗马工程处,回到广州。回粤后,应孙科之请作了近代著名外交家伍廷芳的铜像,接着又应广东省主席陈济棠之请作了邓仲元将军的铜像。1932年9月,李金发与刚从执信学校毕业的小同乡梁智因女士结婚。梁乃是梅县大族了出身,其曾祖父在清朝任过礼部官员,母亲是黄遵宪的女儿。

这段时期李金发又开始写了不少诗和小说,发表在《小说月报》《现代》《世界》《东方文艺》《文艺月刊》等刊物上。1932年5月,《现代》杂志在上海创刊,应主编施蛰存的要求,李金发在1932年至1934年陆续写了《夜雨孤坐听乐》等十首诗在《现代》上发表,加入了"现代派"的行列。1931年至1937年间他还在《小说月报》《前途》月刊等多种刊物上发表了不少诗作。

在1926年到1937年期间,李金发发表诗作50多首。发表于《美育》杂志的诗歌,多写于与屐妲初婚时期,内容多为爱情吟唱和思念家乡,如《临风叩首》《小病——Ama Gerty Adorable》《假如》《新秋》《归来》《重见故乡》等。发表于《现代》杂志上的诗歌,大多写于屐妲回法国后,充满生离死别的痛苦和人生颠沛流离,如《夜雨孤坐听乐》《余剩的人类》《太息》《罗浮山》等。发表于《创作与批评》《矛盾》杂志上的诗歌,则与《美育》《现代》上的内容和风格差不多。李金发本时期的诗仍然渗透着一贯的对人生的悲观,只不过在巴黎时期的悲观绝望尚可带有一种少年狂生式的夸张和模仿法国象征派的明显痕迹,而回国后的感伤则掺进了一些饱经忧患后的真情实感,显得更加沉郁和凝重。同时诗歌语言也出现了由艰深晦涩向明白晓畅、朴素真切转变的一些迹象。总体来看,此期诗歌减少了一些象征主义色彩,而增加了一些现实主义成分,尽管情绪有起落,但感伤成分减弱。在语言上"欧化""古奥"的"调和"有所改变。在国内,新诗革命已经取得阶段性成功,"文言合一"成为共识,白话文深入人心,北洋政府颁布小学课本起用白话文之规定。他归国后发表在《人间世》上的《春到人间》《时之鞧鞳》和《现代》上的《剩余的人类》《忆》等诗,基本上去掉了语言生涩拗口的缺失。虽然也有关于人生的感悟和思索,但并不神秘和抽象。不过,他的诗和小说中仍是充满了个人郁闷的愁怀悲喜,与当时的时代风之依然格格不入。李金发对社会现实一直保持距离,甚至坚称"绝对不能跟人家一样,以诗来写革命思

---

① 鲁迅:致李桦函,《鲁迅书信集》下册,北京:人民文学出版社2006年版,第792页。

想,来煽动罢工流血……为什么中国的批评家,一定口口声声说要有'时代意义''暗示光明''革命人生'等等空调名词呢?"①。后来他的思想逐渐转变,1941年4月30日,李金发在《民族文化》月刊创刊号上发表论文《二十年艺术运动的探讨》,强调"艺术于抗战之功用",认为"艺术在战争上宣传的效能是伟大的,需要以艺术鼓起共同向前冲的勇气"。

李金发自1925年回国起,到1937年抗战爆发止,发表的诗歌少了神秘和晦涩,多了明晰和写实。"任何人类的动象,大自然的形表,都使他发生慨叹。"许多诗篇咏风叹雨,伤春悲秋,寄寓了自己的苦闷,但不再颓废,晦涩难懂,扑朔迷离。例如一首题为《雨》的诗是这样写的:"轻盈而亲密的颤响,/是雨点打着死叶的事实;/你从天涯逃向此处,/做点音乐在我耳鼓里。/这种连续的呻吟,/沉在我心头的哭泣。/我愿死向这连续的呻吟里,/不用诗笔再写神秘。"这从天外逃来的雨点,向人间发出呻吟和颤响,而心底正在哭泣的"我"与雨声发生共鸣,愿在呻吟着的雨声中死去。从这些抑郁悲凉的诗句中能依稀听到诗人临风长叹,向隅而泣的哭声。这就是他所说的:"诗人之所想象超人一等而为普通人不能追踪。"②

李金发1942年出版的《异国情调》卷首语明确表示"象征派诗出风头的时代已过去"。李金发回国后看到祖国满目疮痍,在残酷的现实面前,虽也有气愤、不满的表现,然而他毕竟没有抗争的勇气,只能躲进艺术的象牙之塔去寻求陶醉,"在乌烟瘴气中,过我们的艺术的生命"③。

一、抗战诗歌

抗战使李金发诗歌创作发生重要转折。日本侵略者的炮火震醒了许多仁人志士,彻底改变艺术之塔的李金发。1925年他在《学艺》发表《少年艺术家的态度》,谈论自己的创作主张,认为"少年艺术家的心是天真和纯洁的,只要环境一变换,他的人生观和信仰就可以迁移"。这正是李金发创作变化的写照。他关注社会现实和政治问题,创作出《亡国是可怕的》等诗歌,虽然数量不多,但是充分体现与前期诗歌有着明显差异的创作特点。

李金发是抗战时期诗风变化最大的诗人。他突破个人内心世界的狭小天地,转而关注丰富悲壮、炮火弥漫的抗战现实,在基调上一扫过去的悲观阴郁,而出现了乐观、高亢的声调。在艺术方法上,除了个别诗作富有象征痕迹之外,大多数已经是写

---

① 李金发:《是个人灵感的纪录表》,《文艺大路》1935年11月第2卷1期。
② 杜灵格、李金发:《诗问答》,《文艺画报》1935年2月第1卷第3期。
③ 《编辑后的话》,《美育》1927年1月第1期。

实风格,语言也呈现通俗化趋向。李金发批评粤剧在抗战最紧张的年头,"还表演中状元,打情骂俏,无关社会需要的玩意儿,实在太不认识时代"。呼吁"有推进文化责任的人,应该为他们编剧,以抗战建国为中心思想,从而改善其他缺点,使粤剧不致再成笑料。"他认识到:"一切艺术,若不经过真、善、美的天平称过,是无价值的。"①

李金发在抗战期间曾被国民党外交部派往越南工作,任中国驻越南使馆文化参赞,后来法国政府屈服于日本的淫威,李金发从河内回国,一路搭车逃难,历经半个月左右的艰辛,但他对抗战胜利仍充满信心,认定"抗战前途,无论遇到什么困难,始终是乐观的"。还说:"我们这样穷,也可以抗战三年,富有反不堪一击,抗战的岁月愈久,愈显得中国的伟大。"②不久他到广东战时省会韶关,主编《中山日报》副刊;与诗人卢森一起创办《文坛》月刊,"发扬民族精神。激发抗战情绪",推动抗战文学和韶关当地文艺青年的培养。1940年,李金发历尽艰险,携家人回到广东省战时省会韶关,被任命为广东省文化运动委员会委员、广东省革命博物馆馆长。

关注李金发诗歌并将其引入国内诗坛的是周作人。李金发成名得益于周作人的大力提携,但在抗战初期,听说周作人附逆,沦为汉奸,便写了《从周作人谈到"文人无行"》一文,说:"至于周作人,素以利为目的的,如向来在《宇宙风》《人间世》投稿,皆着重在抄引古书,连简累牍,以求稿费,这种人,见名利之所在,又加之东洋黄脸婆的诱惑,哪有不糊涂到底呢?"决不能将周作人当汉奸、"认贼作父","曲解为浮沉自如,比之陶潜退隐。"相反,他"在苦雨斋屋顶,悬起太阳旗来……贻羞吾国文化人,是铁一般的事实,用什么西江之水也洗不干净的。"李金发还痛斥汪精卫"认贼作父……枉食中国数十年的米谷。"这些都说明李金发在抗日战争中,思想倾向有了很大的转变③。在韶关,李金发将自己写作的斗室命名为"仰天堂",取民族英雄岳飞《满江红》词"抬望眼,仰天长啸,壮怀激烈"之意。而他从这里发出的第一声"长啸"就是写了一文,痛斥汉奸汪精卫和周作人。

神圣的抗日战争,改变了所有诗人的命运,也改变了他们的创作。同样,饱尝了颠沛流离的辛酸,感到祖国人民的苦难,对日本侵略者怀着满腔仇恨的李金发,此时再也不是那在荒野中与自己的手杖形影起吊的孤独的过客,也不是在十里洋场的大上海发掘"恶之花"的愤世者,而是一位满怀爱国激情的抗战诗人了。早在抗战之初,他从庐山受训回到广州不久就挥笔写下了《亡国是可怕的》一诗,这首诗就像田间的那首《假如我们不去打仗》的著名街头诗人一样启示人们如果不愿当亡国奴,就得与侵略者战斗。在韶关期间,他又创作了《无依的灵魂》《人道的毁灭》《轻骑队的

---

① 李金发:《粤剧的艺术》,《异国情调》,上海:商务印书馆1942年版,第35页。
② 李金发:《越南逃难归来》,《异国情调》,上海:商务印书馆1942年版,第29页。
③ 李金发:《从周作人谈到"文人无行"》,《异国情调》,上海:商务印书馆1942年版,第35页。

死》《可怜的青年》等不少诗篇,控诉了日寇毁灭和平与幸福的法西斯罪行,歌颂抗日战士的英勇斗争和牺牲精神。李金发写于广州和韶关的诗歌,在内容上走出了个人内心世界的狭小天地,转而关注炮灰纷飞的抗战现实,精神昂扬,一扫过去的颓废忧郁,呈现积极乐观的基调,审美方式由象征转向写实,语言也出现了通俗化的趋向。李金发成为抗战时期诗风变化最大的诗人之一。

选入1938年《抗战诗歌选》中李金发的诗《亡国是可怕的》,格调高亢,声韵铿锵有力,爱国情绪饱满。全诗如下:

几万万有血肉,有性灵的赤子啊!
你们难道不觉得,
一种死的恐怖,灭亡的威胁,
笼罩着扼制着我们?
没有一刻,我们能自由地呼吸,
没有一句话,能自由的宣说,
没有一年能愉快的度过,
好像我们是再不许在人间生存!
原来一个狠毒的恶魔,
正在吸收我们的血液,
无时不向我们张牙舞爪,
他吞食我们祖先遗留的福地,
屠杀走投无路的同胞,
驱使饥饿的兄弟作牛马;
不出百年这恶魔定使我们灭种,
祖先的田园庐墓,
便成为他的牧马草场,
几万方里的乐土,
将为他盘踞着,
自然地繁殖他的魔种!
遍地是魔足声相应和,
无数的人将在各处行其过度的鞠躬,
隆隆的飞机巨炮之音,
使地下冤死的人片刻不安,
不,那时我们的灵魂也被震碎,
骨屑也会给他作铺路的材料。

假如有少数生存华胄,
　　定被囚入动物园供其子孙凭吊,
　　或马戏场中献技作揖,
　　供他们欢笑,但鼻上必不忘
　　加上铁链,手脚必得加镣,
　　肌肤上必得文身,
　　到没有呼吸时候为止!

　　《亡国是可怕的》是李金发创作的第一首抗战诗歌。李金发一改过去晦涩的风格,而以明快的节奏,明白易懂的字句,直截了当地咒骂了侵略我国的"狠毒的恶魔",还以形象化的场面说明做亡国奴的耻辱。开篇直奔主题,描写战争的恐怖,带有警醒意义。诗的最初部分用反语的表现方法,表达对死亡的黑暗和对灭亡的威胁。诗歌更多的是抒写战争的感性景象和群体认知,"你们""我们"取代了"你""我"。后来经历逃难越南、敌机空袭、百姓死伤等惨状痛苦后,李金发的诗歌对战争理解更深刻、全面,从战争的表象触摸到战争的本质。

　　叙事长诗《无依的灵魂》歌颂英雄,思想更成熟,表达更立体和生动。1940年7月1日,文艺界抗敌协会曲江分会出版的《文坛》月刊创刊,李金发任主编。在《发刊小言》中李金发宣称他的办刊宗旨是:"发扬民族精神,激发抗战情绪,""我们有一日的力量,则尽一日的责任,求其在抗战文艺史上,印下一点痕迹。"《文坛》创刊号上李金发发表了叙事长诗《无依的灵魂》和短篇小说《一个女性的三部曲》。《无依的灵魂》是李金发所写的最长的一首诗,也是现实主义倾向极强的一首诗,通过异族少女赫尔泰和民族战士傅东明的恋爱悲剧,强烈控诉了日寇侵华的滔天罪行。在华外籍少女赫尔泰在幸福的牧师家庭成长,因战争逃难,双亲遭到杀害。在战乱中被抗日英雄傅东明救下,产生爱情。刚毅、勇敢的傅东明牺牲。父母和丈夫都被日寇打死,在血的事实面前,赫尔泰连上帝也不信了,她生活得更坚强,没有因为惨绝人寰的战争和悲惨遭遇而丧失信心,即使右臂被炸掉也勇往直前,赞美未来。"新民族就这样建树起来,渺小的矮奴,毁灭不了我们的自信心、图强心。"①

二、抗战小说

　　李金发还创作了《异国情调》《飞剪号带来的英勇》《一个少女的三部曲》等三篇短篇小说来描写海外华侨赞助抗战的故事和表现客家妇女的悲惨命运。此外还紧紧

---

① 李金发:《入蜀散记》,《文坛》1940年第2期。

围绕抗战的现实,写了不少论文、游记和置于《仰天堂随笔》总题下的散文随笔。这些作品后来收入散文、诗歌、小说合集《异国情调》,于1942年在重庆出版。

此前李金发写过20多篇小说,如《几段无系统的思想》《友谊》《华工的信》《过去的爱人》《成功的失败》等,多反映留学生的生活,语言欧化,晦涩难懂,基调悲伤而压抑,有些现代意识流小说写法,近似施蛰存、穆时英的新感觉派小说。而抗战初期所写的三篇小说,前两篇是通过华侨对抗战的关心和支持,反映人民同仇敌忾、抗日救国的热情;后一篇则是描写尚未沦陷的粤东山区的农村生活,控诉了封建习俗对妇女的残酷迫害,从一个侧面反映出抗战期间后方农村的落后与黑暗。这三篇小说与李金发前期的小说创作相比,无论是创作风格还是思想倾向都有较大的变化。李金发从"象征派"的象牙宝塔中走出来,突破"纯艺术"的樊笼,从他最熟悉的而与现实关系密切的生活中汲取素材的,把关注的目光转到饱受日寇蹂躏的下层人民身上。

《异国情调》中,出生于客家地区的男主人公俪棠,和他的兄弟离开故土,"过番"赴南洋谋生。在殖民主义者的统治下,俪棠兄弟受尽种族主义的歧视,尝遍被奴役的艰辛。《异国情调》女主人公霍森,原是一位美丽纯洁的英国姑娘,她摒弃种族的偏见,摆脱许多白种青年的纠缠,毅然与华侨俪棠结婚。十几年后,已是中年妇女的霍森女士,在丈夫的说服之下,随同丈夫回中国故乡——粤东客家的一个小山村。随着时间的推移和艰苦生活的磨炼,她终于"入乡随俗",完全被中华民族所"同化",并深深地爱上了这辽阔而又贫困的国土。晚年她回到非洲与她那经商的儿子协敦一块儿生活,仍念念不忘中国。抗日战争爆发,身在海外的霍森,把中国的命运和自己的命运紧紧地连在一起,无日不在挂念中国和客家农村的人民。她捐款资助中国抗日,"因为她太明瞭而且身受过中国人生活的惨状,再加以战争,那不是地狱的缩影吗?"为了切实支持抗日,她叫儿子回国去,"到家乡开办一个平民织布厂,以容纳流离失所的难民",并"办一间小学校"。她觉得,"现在是该救国的时候了。一个人衣食丰足以后,多余的钱是无意义的"。尤其是在小说的结尾,有一段霍森女士动员儿子协敦回国抗日的动人描写:

"在邮船将开的码头上,她拍着协敦的肩膀,流着泪在苍老的两颊。她呜咽地说:我不能再回去看中国,真是平生憾事,虽然我在那里度过了痛苦的岁月,但是中国太美了,她总有一日达到更文明的日子……你要娶一个美丽的客家女子回来,我才高兴,你不要忽视妈妈的心愿……"

这段饱蘸作者激情的文字,把拳拳的赤子心和殷殷的爱国情,淋漓尽致地表达出来,读来令人动情,催人下泪!《飞剪号带来的英勇》中,通过已故同盟会会员廖铁夫之女、美洲华侨富商罗丝小姐回国抗日遭到汉奸绑架后脱险的故事,揭露汉奸卖国贼助纣为虐的劣迹。小说还借罗丝小姐的心理活动,来表达华侨支持抗日的爱国热情。显而易见,在罗丝小姐与霍森女士的身上,寄托了李金发强烈的爱国主义热情。《一个少女的三部曲》直接选取家乡一个悲惨的故事,通过少女菊英由父母包办婚姻酿成的悲剧,控诉了封建旧礼俗对妇女的残酷迫害。小说对于黑暗社会毫不掩饰地揭露与抨击,显示了作者对于现实的触及和认识程度,更是展示出强烈的现实主义倾向。

李金发抗战时期小说具有浓郁的乡土气息。《异国情调》注重描写客家地区的环境和风俗,如梅县素有女人种田、男人读书做"先生"或出门经商,以及迷信风水等风俗,字里行间隐现着淡淡的乡愁和浓郁的故国情思。霍森融入中国生活,"完全被中国社会同化",她和自己子女说客家话,吃的也是中国饭。在《异国情调》等作品中,作者有意识较多运用客家群众口语,加强地方文化特色。

第三节　左翼现代主义:新的抒情

李金发在中国文坛产生很大影响,象征主义诗歌风格吸引不少追随者,包括前面论及的广东年青诗人侯汝华、林英强等。1934年9月,有论者撰文论述法国象征主义诗歌的源流和特色,明确指出"李金发、施蛰存、侯汝华、林英强、鸥外鸥、林庚为中国象征主义诗人"①。这些诗人,抗战发生转向,从象征派、现代派、未来主义转向现实主义和左翼文学。

鸥外鸥(1912—1995),原名李宗大。广东东莞虎门镇人,现代重要诗人。鸥外鸥是一位文学史上"失踪"的诗人,实际上其诗歌诗风前卫,形式大胆,既革命,又先锋,尤其是四十年代初在桂林创作的系列组诗更体现了其现代性的追求。他主张介入现实,角度新颖地揭示现代物质文明对传统山城的冲击,反思现代人生存状况,具有很高的艺术价值和历史意义。

鸥外鸥1925年就读广州南武中学,1928年与杜格灵、李浅野、杜冥尼等友好组织文艺活动,在广州开始新文学写作,随后赴上海致力于新诗创作。1930年代,鸥外鸥在《时代前》《新时代月刊》《矛盾》《现代》《东方文艺》《妇人画报》《诗志》等刊物发表很多诗作,引人关注,受到赏识。他结交叶灵凤、穆时英、戴望舒、徐迟、赵家璧、李青等。

---

① 戴隐郎:《论象征主义诗歌》,香港《今日诗歌》1934年第9期。

鸥外鸥诗歌显然具有先锋性。蒲风曾将"未来派"的标签加诸鸥外欧身上①。鸥外鸥特地在《诗群众》作出辩白,不愿意接受"未来派"的帽子。实际上,1936年鸥外鸥转向左翼。抗战初期奔赴广州、香港,积极开展抗战诗歌活动,太平洋战争爆发后赴桂林,成为独树一帜的左翼现代主义诗人。

鸥外鸥诗风与象征派、现代派近似。但抗战爆发,他转向现实主义。戴望舒在1937年4月《新中华杂志》发表《谈国防诗歌》,批评"国防诗歌"论者把诗"当作标语口号",以为"一切东西都是一种工具,一切文学都是宣传"。鸥外鸥《搬戴望舒们进殓房》以为"戴望舒们"根本不能表现"新情绪""现代的情绪",其诗风只是象征主义映照下的古典加浪漫,摆脱不了"神秘"与"看不懂"。鸥外鸥宣称今日的潮流已经是"现实主义"。

鸥外鸥《情绪的否斥》与徐迟《抒情的放逐》几乎同时发表,提出"反抒情主义"主张。当时也引起很大影响和争议,但得到柳木下、胡明树等诗友的支持和肯定。鸥外鸥主张为抗战而歌,强调抒情客观化,也就是知性抒情。反抒情主义并不是不要感情,而是用知性过滤感情和深化感情,"那感情是早就经过了极高温度的燃烧冷却下来了的利铁"②。这种转变,实际上超越了现代派戴望舒主情主义和卞之琳主智主义。

鸥外鸥和省港两地青年作家如柳木下、易椿年、侣伦等时相往来,曾在易椿年、张任涛、侣伦、卢敦等编的《时代风景》发表诗作,参与了《诗场》和《广州诗坛》的活动,又与柳木下合办《诗群众》。1938年10月,日军攻占广州,他与家人避难香港,编《中学知识》杂志,又在马国亮、丁聪、李青等编的《大地画报》发表作品。1941年12月,香港被日本占领,鸥外鸥离港到桂林住了三年,与胡明树合编《诗》杂志,与李青、马国亮合办大地出版社。

鸥外鸥等"热心地探求着新形式",从抗战初期到中后期,坚持不懈,进行反抒情的知性诗歌创作,包含着"政治底、社会底、科学观底、世界观底"指向,成为左翼诗潮中独特的一支。鸥外鸥走上"冷峻地解剖现代实存,知性地颠覆抒情诗意的现代诗路",成为中国诗歌史上,第一个敢于反抒情,不优美写诗的卓越诗人③。鸥外鸥《肠胃消化的原理》以反讽的知性抒情,表现食不果腹的穷人生活的艰辛和心酸:"我的胃肠内一无所有,/既无所入焉有所出,/既无存款即无款可提"。《用刷铜膏刷你们的名字》,以在租界为外国资本家住宅刷门牌的中国人口吻,斥责外国资本家是"一群贪婪可憎的苍蝇埋伏在中国"。写于1936年的诗《军港的星家坡的墙》《第三帝国

---

① 蒲风:《"少壮"精神——谈〈诗群众〉创刊号》,广州《前夜》半月刊1938年1月28日。
② 胡明树:《诗之创作上的诸问题》,《诗》1942年6月第3卷第2期。
③ 解志熙:《现代及现代派诗的双重超越》,《文学与文化》2011年第4期。

国防的牛油》,1937年的诗《欧罗巴的狼鼠窝》《第二回世界讣闻》,1938年的诗《和平的础石》,朱自清《新诗杂话》高度评价这些诗歌的语言形式和修辞艺术,认为《和平的础石》"'金属了的他''金属了的手''腮与指之间',生上了铜绿的苔藓了这三个新创的隐喻,可以注意。"另外,这些诗歌具有广阔的国际视野和敏感的政治洞见,准确而神奇判断与预测了抗战、欧战和太平洋战争的爆发。

1942年,在目睹了大批香港资本家和原来住民涌入桂林、破坏了桂林原初的淳朴风气后,鸥外鸥写下了《被开垦的处女地》《传染病乘了急列车》等系列作品。

《被开垦的处女地》可以看作是一首社会寓言诗。诗人通过比喻象征等方式暗示外来的现代商业文明对自然山城桂林的入侵,并展现了对这一社会现象的质疑和忧虑。鸥外鸥将现代文明的反思与社会现实的批判结合起来,但鸥外鸥所展现的并非战时一般左翼文学简单化的社会批判和阶级分析,而是着眼于现代文明和原始文明相遇后面临的难题:开放似乎是难以逃避的历史必然进程,然而在这个过程中,是否存在着现代文明对原始本土文明的倾轧,使得文明交流的结果导致的是一种文明对另一种文明的掠夺和吸血式的"建设"。诗人"站在群山高处"冷静观察着,用种种意象将这一过程生动地展现出来,使得整首诗既具有个人价值判断的倾向,又没有因为主观情感的过分介入沦为社会意识、政治意识的宣泄。这在以救亡为首要前提、文学性退居边缘的战时状态下,是一种相当难得的文学自觉。

> 狼犬的齿的尖锐的山呵
> 这自然的墙
> 展开了环形之阵
> 绕住了未开垦的处女地
> 原始的城
> 向外来的现代的一切陌生的来客
> 四方八面举起了一双双拒绝的手挡住

这首诗在形式技巧的新尝试值得注意。它借鉴了象征主义诗人马拉美《骰子一掷就成偶然》图像诗的创作技法,通过字体的大小和排版达到具象化的效果。"山"字大小不一、参差不齐的多字形排布,很容易激起读者山峦起伏、群山漫衍的想象,强化了群山的力量感。

左翼立场的鸥外鸥,关注社会现实,同时借鉴现代主义形式技巧,表达生动有新意,做到了曲高和多,通俗易懂而深刻独到。这种努力值得肯定。艾青赞誉鸥外鸥的诗歌"有创造性、有战斗性,有革命性"[①]。

---

① 艾青的评语参阅《鸥外鸥之诗·自序》,广州:花城出版社1985年版,第2页。

当时与鸥外鸥诗学观接近,发生创作题材和风格转向的,还有柳木下、李心若等广东诗人。

柳木下(1914—1998),原名刘孟,又名刘慕霞,广东兴宁人。1932年入上海大厦大学读书,1936年在《红豆》发表诗作,著有诗集《海天集》。他早年能诗善文,还会翻译一点外国文艺小品之类。柳木下曾写给艾青一首短诗:"静静地冥想罢/激昂地和着海的韵律高歌罢;/弱脆的、知性的/风中的芦苇"①。柳木下自己的诗就是这种融合激昂情绪和知性的思考的风格。柳木下诗歌特色有浅中见深,淡里裹浓,巧用暗喻,注重官能效果。诗风淡然朴实,语言冷静,带有现代诗歌的知性追求,表达科学精准,包含深刻的思考。1930年代中后期,他在广州与鸥外鸥等编辑《诗场》和《广州诗坛》,合办《诗群众》。《诗群众》,被胡明树视为类似《七月》的刊物,诗歌影响力大,成就突出。

李心若(1912—1982),广东梅县人,现代派诗人。在《现代》发表20首诗作,注重对现代都市风景眩奇式的展览,抒发都市生活的心理感受和体验。《音乐风》这首诗凭虚设象,写得相当空灵优美。而《夜泊感》自然美和社会丑两组意象平行并置,前两节写尽月湖之美,不在任何地方加入暗示;而后两节,则另开境界,写尽渔人痛苦。诗歌内涵丰厚,容量增大,自然的美和社会的丑都揭示无遗。

---

① 柳木下:《芦笛——遥赠吹芦笛的诗人》,胡明树编:《若干人集》,桂林:《诗》社1942年版。

第十九章　丘东平与岭南女作家的抗战叙事

1937年抗日战争爆发,岭南吹响抗战文学的号角。报告文学和小说是当时广泛运用的文学形式,从多方面反映了抗日战争的真实情况,描绘了中国人民的英勇面貌,在这方面成绩较为显著的有丘东平、巴金、司马文森、华嘉等。丘东平以其独特的题材、主题与艺术风格,开创了一种新的战争美学,在中国现代文学史上作出了独特的贡献。丘东平是一位有影响,有贡献的革命作家,是无产阶级文艺战线上最早的带枪的文艺战士。他的代表作《一个连长的战斗遭遇》《第七连》等近十篇小说和战地特写,充分体现了中华民族的抗战意志。作为战争的直接参与者,真实的战争体验使丘东平的战争描写既"防备单纯化"又"祛除浪漫化",取得了异常真实的艺术效果。丘东平的战争叙事溢出了左翼"现实主义"原则,作品主题不是鲜明的而是含混的,人物形象不是单面的而是多维的,修辞色彩不是纯洁的而是暧昧的。丘东平写战争,特别关注战争对人的心灵世界的影响,探索了一条展示人性、叩问灵魂的道路。因为关注人的精神状况,丘东平主张"拥抱战争,交出自己",为胡风"主观战斗精神"理论提供支援。

广东女性作家创作有特别的审美方式和表现题材,是文坛不可或缺的重要力量。抗战时期,以黄庆云、郁茹等为代表,岭南现代女性作家通过特有格调和细腻的言说方式,既有写景抒情,伤春悲秋的闺中之音,也有时局动荡体验,社会新变的观察,拓展题材内容,构成独特的文学景观。

第一节　丘东平的小说和报告文学

丘东平(1910—1941),广东海丰人。原名丘谭月,字席珍。海陆丰自古以来民风彪悍,素有"天上雷公,地上海陆丰"之称。丘东平自幼性格就倔强、硬气,少年时期又参与了海陆丰农民运动和国共合作推动的大革命。1924年夏,丘东平考进海丰五坡岭陆安师范学校。入校后受到了革命思想的熏陶,成为海丰学联的积极分子。1925年4月,中国共产主义青年团海丰特支成立,丘东平担任支部秘书。10月,丘东平参加了海丰党委干部训练班学习,之后在海丰、陆丰等地搞农运。1926年1月,共青团海丰特支扩编为共青团海陆丰地委,丘东平担任秘书长职务,主编《海丰青年》。在此期间,丘东平阅读了《向导》《中国青年》《少年先锋》《学生杂志》《小说月报》《创造月刊》以及鲁迅、郭沫若、茅盾、托尔斯泰、高尔基、易卜生、歌德、屠格涅夫、果戈理等中外文学家的著作,为后来从事文学创作打下了基础。

1927年,蒋介石发动发动"四·一二"政变,广东军阀发动"四·一五"政变,国共分裂。丘东平参与了海陆丰人民1927年5月和9月发动的两次武装起义,但两次武装起义均遭失败。1927年10月25日,彭湃领导发动了海陆丰第三次武装起义,一举取得成功,建立了中国历史上第一个苏维埃红色政权。之后,丘东平担任了彭湃同志的秘书。彭湃同志同时兼任东江特别委员会书记。东江特别委员会的文件使用"东平"作为暗号,经丘东平之手下发,因此后来他写作时使用"东平"这一笔名。

1928年上半年,粤军军阀纠集武装围剿海陆丰红色政权,丘东平和同志们一起参加了保卫红色政权的战斗。由于敌强我弱,海丰苏维埃政权在敌人围剿下失败。丘东平留在海丰山区和同志们坚持斗争,期间遭遇多次危险,徘徊在生死边缘。1928年9月,丘东平乘坐舢板冒险偷渡香港。

在香港流亡期间,丘东平做过鱼贩、水手,为生活所迫,加入了天主教堂的唱诗班,后在天主教会报纸《救世报》和《中和日报》做校对,期间阅读了大量高尔基的作品,"高尔基的正确、沉着的描写"给了他极大的启发。1929年,丘东平参与创建了香港第一个新文学团体"岛上社",开始在当地报刊发表作品。

1931年"九·一八"事变爆发后,丘东平响应中国共产党抗日救国的呼吁,利用其二哥丘国珍的关系,从香港奔赴南昌,任十九路军七十八师一五六旅旅长翁照垣的文书,从事党的地下工作。1931年底,十九路军被蒋介石从江西"剿共"前线调到淞沪一带布防,丘东平随军到达上海。1932年1月28日,他全程参与了淞沪抗战。3月1日,国民党当局与日寇签订了上海停战协定,十九路军被迫全线撤退,奉命调驻福建。丘东平也随军开往福建,之后从福建去香港宣传抗日救国,在香港参与创办综合性刊物《新亚细亚》,该刊连续出版三期后停刊。丘东平在创刊号发表了小说《梅岭之春》。为了给《新亚细亚》刊物组稿,丘东平还奔赴上海,其间结识了左翼作家联盟党团书记周扬。1932年11月,丘东平的小说《通讯员》在周扬主编的《文学月报》发表,在文坛一举成名。

1933年初,翁照垣受邀出任东北军第一一七师中将师长,率部与日军鏖战于长城古北口及滦河以东一带,丘东平作为翁照垣的副官,随军参加了热河抗战,并以热河抗战为背景创作了小说《滦河的桥梁》《中校副官》。1933年11月21日,十九路军在福建宣布成立中华人民共和国革命政府,主张反蒋、联共、抗日。十九路军试图和中共中央和苏区红军联系,丘东平受其委托,从福州到上海,寻找党组织。但"福建事变"最终在蒋介石的威胁和分化下平息。"福建事变"后,丘东平到上海,从事革命文学活动。1934年,丘东平在《春光》《当代文学》杂志上发表多篇作品。这一年丘东平曾以海陆丰农民运动为题材,创作了长篇小说《小莫斯科》,但未能发表和出版。

1935年春,丘东平前往日本,参加左联东京分盟的工作,参与《东流》《杂文》的编辑出版工作。在此期间,丘东平曾在翁照垣的引见下,拜访郭沫若。翁照垣向郭沫若介绍说:"这是中国新近作家,在茅盾、鲁迅之上。"丘东平呈上自己刚出版的短篇小说集《沉郁的梅冷城》求教,后来又给郭沫若写了一封长信,叙述了自己的创作过程,阐述自己的创作抱负。郭沫若则回赠《东平的眉目》一文,这样评价丘东平:"我在他的作品中发现了一个新的世代的先影,我觉得中国的作家中似乎还不曾有过这样的人。"①

1936年初,丘东平从日本回到香港,参加"民族解放革命同盟",在党的领导下继续从事争取十九路军的工作。1936年6月,广东军阀陈济棠,广西实力派李宗仁、白崇禧通电南京政府吁请抗日,丘东平也随着十九路军第一师师长翁照垣到广西南宁,参与了"两广事变"。1936年9月,两广事变失败,十九路军解散。丘东平后以此为素材创作了小说《白马的骑者》。两广事变失败后,丘东平到上海从事文艺工作,期间参加了鲁迅的葬礼。

丘东平左翼时期的创作,有短篇小说集《沉郁的梅冷城》(上海天马书店1935年9月)、《长夏城之战》(上海一般书店1937年6月)、短篇小说与剧本合集《将军的故事》(上海北新书局1937年6月)和中篇小说《火灾》(上海潮锋出版社1937年3月)。

石怀池在评论丘东平时曾说:"从底层爬出来的作家,他们往往是力的化身,给温文尔雅的文学圈子带来一颗粗犷的灵魂,一股逼人的锐气。"②丘东平是文坛"新的世代",又是"从底层爬出来的作家",他少年时代即参与革命运动,经受过血与火的考验,又爱好文学,有着文学天赋,在思想意识上自发地倾向左翼文学。少年天性和战斗经验,让他很少受理论教条的束缚,他抱着一腔热血从事文学创作,给当时的左翼文学带来了新鲜的空气和活力,在当时的左翼文学中独树一帜。

当时的左翼作家,大部分是小资产阶级知识分子,他们的所谓"参加革命",主要是参加一些革命会议,组织一些游行集会,很少拿起枪来投身血与火的武装斗争。他们写起革命来,往往只是喊几句革命口号,然后让革命者大谈恋爱。在丘东平之前,

---

① 郭沫若:《东平的眉目》,《东方文艺》1936年3月第1卷第1期。
② 石怀池:《东平小论》,《希望》1946年7月第2集第3期。

蒋光赤(蒋光慈)和丁玲相继引领革命文学的潮流。蒋光赤(蒋光慈)创立了"革命加恋爱"小说,丁玲也掉进了"光赤式的阱",丘东平则真正摆脱了"革命加恋爱"。丘东平没有一篇作品写到"恋爱",有些作品连一个女人都没有。在书写革命上,丘东平又戒除了"说大话,放空炮"的流行病和"标语口号"的风气,"丘东平最反对作者在自己的小说里跑出来说教或说话,而主张思想性要从艺术表现中自然而然地流露出来,使人潜移默化;也最不喜欢一写战争就非借助于'突突突突'、'轰隆轰隆'的枪炮声不可,而主张对战斗必须进行真正的描绘,才能使人信服。"①

左翼作家联盟对于当时"革命加恋爱"的写作风潮也是不满的。1931 年 11 月,中国左翼作家联盟执行委员会作出决议,要求作家"必须注意中国现实社会生活中广大的题材,尤其是那些最能完成目前新任务的题材",并列举了"反帝国主义""反对军阀地主资本家政权以及军阀混战""苏维埃运动,土地革命,苏维埃治下的民众生活,红军及工农群众的英勇的战斗""白色军队'剿共'的杀人放火,飞机轰炸,毒瓦斯,到处不留一鸡一犬的大屠杀""描写农村经济的动摇和变化,描写地主对于农民的剥削及地主阶级的崩溃,描写民族资产阶级的形成和没落,工人对于资本家的斗争,描写广大的失业,描写广大的贫民生活"等题材。② 在当时的左翼作家群中,丘东平对左联决议所倡导的题材都有涉及,可以说是题材上的全能冠军。这并非丘东平有意争这个冠军,只是因为他对这些题材都有"实生活"的体验,郁积于心,不得不发。

如中篇小说《火灾》展现了农村阶级压迫的残酷性。地主陈浩然俨然是一个慈善家,经常做一些放生之类的善行,但是,当灾民企图乞讨陈氏宗族祭祖宴会上的残羹剩饭时,陈浩然指示打手袭击手无寸铁的灾民,一个孩子被踩死,一个妇女被杖毙,几十个灾民被收容、监禁,陈浩然的亲家林昆湖授计以"特种人工供应所"的名义将灾民当作苦力出卖,灾民中一名妇女被奸杀后的尸体,也被出卖去做"人体骨骼标本"。最后,被关在"蓬厂子"中的灾民被纵火全部烧死,化成"一堆堆的焦黑的尸骸"。这篇小说剥去了当时地主乡绅阶级伪善的外衣,控诉了他们令人发指的暴行。还有一些作者反映了农民运动中阶级斗争的激烈性与复杂性。如《福罗斯基》描写反动分子伪装进步,窃取革命政权大开杀戒。《沉郁的梅冷城》描写"兄弟阋于墙"的悲剧。革命者克林堡与其胞兄华特洛夫斯基站在不同的阶级立场,华特洛夫斯基使用阴谋,贴出告示,栽赃诬陷弟弟克林堡自首并招供,这就造成克林堡生不如死的痛苦。《红花地之守御》描写保卫海陆丰红色政权的战斗。红军总指挥杨望率领不足

---

① 于逢:《忆东平同志》,许翼心、揭英丽编《丘东平研究资料》,上海:复旦大学出版社 2011 年版,第 53 页。
② 《中国无产阶级革命文学的新任务》,《文学导报》1931 年 11 月第 1 卷第 8 期。

二百人的队伍,埋伏在红花地山林里,击退了敌人两个团的进攻,俘虏了三百多名敌人。当敌人即将展开更大规模的进攻时,他下令将战俘全部枪决。作品中的"我",好几次想向杨望提出异议,但"一看到杨望一副钢铁般的黑而冷的面孔时,内心似乎又受了一阵强烈的警醒与启示,因此我的头脑也变得冰冷了"。《多嘴的赛娥》塑造了苏维埃运动中新的妇女形象。赛娥是一个备受欺凌的童养媳,经过梭飞岩(苏维埃的谐音)妇女部的教育,有一次接受任务去打探敌军的情报。途中歇脚在一个老太婆家里,老人热情的招待让赛娥感到莫大的温暖,她絮絮叨叨地讲述起了革命部队的情况,当赛娥告辞离去的时候,老太婆喃喃自语的关切竟被附近几个敌军听到。赛娥被敌军逮捕了,但是"伊坚决地闭着嘴,直到被处决之后,还不会毁掉了伊身上所携带的秘密"。《中校副官》以1933年的滦河抗战为背景,既歌颂了中国普通军人的反帝热情,也揭露了国民党军队上层消极抗战的真面目。中校副官对工作认真负责,既富有军事素养,又爱国爱民。在日本飞机的轰炸下,兵站工作仍然做得井井有条。他无法理解撤退的命令,去军部求见军长,阐述本军固守阵地的必要性,军长以所谓"战略"的名义来解释消极撤退的理由,中校副官忍不住与他平日所敬重的军长争辩,认为"为着战略""这是放屁!这是胡说!"结果被盛怒的军长当场击毙。丘东平的这些作品,题材大都来源于其亲身经历和见闻,读来现实感很强。

　　丘东平这时期的一些作品,也给人以外国小说的怪异印象,如丘东平常给自己小说中的村镇和人物冠以外国名字,如《沉郁的梅冷城》中的村镇梅冷城,人物马可勃、契米多里、克林堡、华特洛夫斯基等。《福罗斯基》中的村镇哥萨克村,人物福罗斯基、亚历山大、尼古拉等。这一方面是为了冲破国民党政府审查的文网,另一方面也与丘东平对外国文学的爱好与学习有关。丘东平在文学创作中并无师友指导,完全无师自通。他主要学习的是外国文学,丘东平曾这样陈述自己的创作抱负:"我的作品中应包含着尼采的强者,马克思的辩证,托尔斯泰和《圣经》的宗教,高尔基的正确沉着的描写,鲍特莱尔的暧昧,而最重要的是巴比塞的又正确又英勇的格调。"①从丘东平这段陈述中,又可以看出其文学观念的驳杂性,他试图将外国哲学、宗教、文学中的多种因素熔为一炉,并在创作中作出了自己的探索。

　　这些探索有技术方面的。丘东平特别不喜欢那种客观冷静、缺乏激情、调子冷淡的创作手法,他在叙述和描写中经常投入主观感情,如"一条小山溪,在那坚凝、峭厉的山谷里苦苦挣扎着,幸而打通了一条小小的门径,冷冷朗朗,发出悠闲轻逸的笑声。"(《沉郁的梅冷城》)"陀子头南面相距不远有一个小村庄,它像单靠着躲藏来维持自己的生命的鹌鹑一样,紧密地躲藏在一片黝绿的松林里面,对于长城一带的急急

---

① 郭沫若:《东平的眉目》,《东方文艺》1936年3月第1卷第1期。

惶惶的战事,似乎取着不闻不问的态度。"(《中校副官》)这种将主观融入客观的叙述和描写,充满了弹性和力度,同时将语言的暗示性、隐喻性、象征性发挥到极致,形成了一种独特的风格,显然是一种有益的尝试。也有思想主题方面的。如《通讯员》这篇小说表达的其实是基督教的"罪与罚"观念。《通讯员》中的主人公林吉是一名通讯员,是一个最有胆量的人,有一次接受任务护送一个少年通过敌占区,结果少年因缺乏走夜路经验而遭遇意外,少年被敌人抓获后牺牲,林吉则机警地逃脱敌人的魔掌。但此后林吉心中却产生了不能排解的痛苦,上级并没有因林吉未完成任务而责备他,并给予了恳切的安慰,林吉的邻居也来劝慰他,认为林吉对少年之死毫无责任,但心灵的磨难使林吉几欲发狂,最终拔枪自杀。对于这篇作品,当时左翼内部有不同的看法。周扬虽然赞扬"这阴郁、沉毅而富于热情的农民主人公,使人联想到苏俄小说中所反映着的卷入在'十月'的暴风雨里的 Muzhik 的性格",但也提出了异议:"作者大概极力想写出'顽固'而'野蛮'的农民是怎样地富于情感,可是在这里,作者竟忘记了,对于农民的不正确的观念,作者是应当取着严厉的批判的态度的。不过,这篇小说是以一九二七年的事件为题材的,无疑的,在一九三二年的现在,这种农民的典型,已经不是最进步而且最高的形态了。"[1]而胡风评说说:"我读到了新出的一期《文学月刊》上的他底《通讯员》,不禁吃惊了。作者用着质朴而遒劲的风格单刀直入地写出了在激烈的土地革命战争中的农民意识底变化和悲剧,这在笼罩着当时革命文学的庸俗的'现实主义'空气里面,几乎是出于意外的。"[2]林吉"出于意外的"自杀,很难用革命伦理中的同志情谊来解释,也很难用传统伦理中的长幼法则来解释,但与基督教中的原罪与良知、审判与赎罪观念密切相关。丘东平在香港时期曾接受过基督教(天主教)的影响,其创作抱负中也想涵盖"《圣经》的宗教"。但在描写革命战士的小说中,表达"宗教"的"罪与罚"主题确实有点离经叛道。

丘东平这一时期的创作,虽然践行了左翼文学的题材要求,但其作品的故事结局大都灰暗,不是死亡,就是失望;塑造的英雄人物,往往既不高大也不完美;作品的主题也很驳杂甚至离经叛道,并不完全符合左翼文学对光明性、典型性、先进性的追求,因此成为左翼文学中的一个另类。但丘东平的探索也有自己的价值,他的出现让当时的左翼文学更加具有丰富性和开放性。

1937年7月,全面抗战爆发,丘东平的创作也进入到一个新的阶段。丘东平早就鼓动新生代作家写战争,据聂绀弩回忆:"第一次在上海认识的时候,他就对奚如

---

[1] 周扬:《编辑后记》,《文学月报》1932年11月第4号。
[2] 胡风:《忆东平》,《希望》1946年7月第2集第3期。

和我说:'写战争吧,我们写战争吧。'"①全面抗战爆发后,丘东平在回答苏联塔斯社记者罗果夫的问题时说:"中国的青年作家们——我所以单独提出青年,是因为,我前次已经和你说过,除了死去的鲁迅之外,中国的老作家们看来似乎已经不能负起这个任务了,因为他们不能深切地了解这个炸弹满空,血肉横飞的现实,他们的语气中,'战士''勇士''冲锋',等等,是一些讽刺的,不能承认的,否定的名词,和敌人血肉相搏的场面,他们除了不了解,不承认之外,就不免要把它看作堂·吉诃德和风磨的决斗了,……中国的青年作家们,他们站在中国大众的前头,期待着抗日战争已经很久了。"②丘东平一手拿笔一手拿枪,创作了大量以战争为题材的小说、速写、报告,迅速而及时地反映了当时的战斗生活。

丘东平首先奉献出了中篇小说《给予者》。这篇小说署名由欧阳山、草明、东平、邵子南、于逢集体创作,但实际上由丘东平一人执笔。小说从1932年的"一·二八"抗战一直写到1937年的"八·一三"淞沪会战,描述了黄伯祥从一名普通的中国民众成长为一名无畏的战士的曲折经历。黄伯祥原是一名汽车司机,在一·二八抗战第二天,怀着对侵略者的满腔怒火,抛家别子,从戎抗敌,作为一名民工为国军开车,虽然饱受国军官兵的欺侮,但并没有动摇他从军的信念。但等到他正式当上兵了,部队却从抗日前线后撤,去福建打共产党。这让黄伯祥感到迷惘和痛苦。到了福建后,又被冤枉革除军职,他的思家之心虽然勃发,但他没有回上海而是在闽南流浪。后来因为意外的机缘,重新当兵,八·一三会战期间,随部队重返上海前线,并且升职为连长。在一场剧烈的战斗中,他忍痛下令炮兵击毁了自家的铺子,八个日本兵被炸死,可自己的家人也同归于尽。他在瓦砾堆中找到了自己六年不见的女儿,重伤的女儿还认识他,因为他"灰暗沉郁的面孔没有改变",他吻了将死的女儿的前额,提枪阔步向前。这篇小说由于及时地反映了"八·一三"淞沪会战,表现了中国人民大众的抗战意志,在当时引起较大反响。

上海沦陷后,丘东平北上济南,南到汉口、南昌等地。在汉口,丘东平完成了报告文学《第七连——记第七连连长丘俊谈话》《一个连长的战斗遭遇》等近十篇小说和战地特写,发表在胡风主编的《七月》杂志上。

《第七连》是一篇报告文学,素材来源于丘东平对其七弟丘俊的访谈。作品采取口述实录的第一人称方式,讲述了战斗的全过程:如何行军、构筑工事、后来断粮了只能吃炒米和野菜,战壕中积满了雨水,官兵们一个个全变成了泥人,如何睡觉,战斗开

---

① 聂绀弩:《东平琐忆》,许翼心、揭英丽编:《丘东平研究资料》,上海:复旦大学出版社2011年版,第5页。
② 丘东平:《在抗日民族革命高潮中为什么没有伟大的作品产生?——答塔斯社社长罗果夫统治的一封信》,《丘东平作品全集》,上海:复旦大学出版社2011版,第681页。

始之后,如何感到恐怖,恐怖感又是怎样消失的,敌人的斥候兵如何侦察,我方如何暴露自己的阵地,敌人的炮火如何凶猛,我方的伤亡如何惨重。这篇作品最大程度地呈现了战争的原貌,讴歌了国军将士慷慨赴国难的牺牲精神。

《一个连长的战斗遭遇》也是一篇报告文学。连长林青史在未得上级指令时率部出击,在孤军突进的情况下几乎全歼了日军一个营,但自身伤亡也大。他们后来找到国军三十六团,以为得救了,但反而被三十六团缴械,理由是他们来历不明。林青史逃出来,碰到第三营营部的特务长,林青史向他诉说了数日来在火线上战斗的情况,特务长大为感动,劝告他不要回营部,因为回去可能会被枪决,林青史"虽然知道自己的命运危险,但为成全自己底人格,他决不逃遁,——他坚决地回到营部去,在营长面前告了罪",结果被营长即刻枪决。林青史慷慨赴死的遭遇令人扼腕痛惜:明明立下战功,但得不到肯定,未死于敌手,却死于自己人之手。《友军的连长》中,国民党军队一营长在寡不敌众时主动撤退,突破了强敌的包围圈,保存了有生力量。但他自知违抗了军令,率部到新四军营地,希望新四军能收留他,但新四军的司令官出于对友军的友好态度未予收留(以防被人误解乘人之危截留友军部队),并给国民党军队的指挥部发电报,报告这个营长的战斗遭遇,并根据自己对战术的理解,指出这个营长撤退行动的胜利意义,但这一切都无济于事。国民党军指挥部执行僵硬的军纪,营长率部回归之后,即将其枪决。这两部作品塑造了悲剧性的英雄形象,具有一定的艺术感染力,同时也对国民党军队僵化的战略战术提出了批判。

1938年1月,丘东平加入新四军,在战地服务团工作。新四军先后派遣先遣队、一支队、二支队进入江南敌后,创建以茅山为中心的敌后抗日根据地。丘东平随先遣队出发,任新四军一支队政治部敌工科长兼司令员陈毅的对外秘书。1938年下半年,陈毅曾拍电报给新四军政治部主任袁国平说:"小说家丘东平在工作表现上有着非常的进步,他更加接近了人民和战士,他曾要求恢复布尔什维克的党籍,他原是在海陆丰起义时参加党组织的。"1939年,新四军军部印刷所出版了丘东平的《向敌人的腹背进军》一书,收入了丘东平深入江南敌后所写的作品。这些作品主要描写新四军在敌后战场的抗战。如《截击》报告了新四军先遣支队对日寇第一战所取得的胜利,鼓舞了中国人民抗战的信心。《向敌人的腹背进军》《武装的政治工作队》《东湾——敌人据点的毁灭》《把三八枪夺过来》《王凌岗的小战斗》等都如实记录了新四军英勇抗战的史实。

1940年7月,陈毅率新四军江南指挥部及其所属主力北渡长江,丘东平随军北上,新四军和八路军在苏北会师后,成立了华中新四军八路军总指挥部,丘东平任政治部敌工部部长。1941年1月"皖南事变"发生后,中共中央军委决定以陈毅为代军长、刘少奇为政治委员重建新四军。1941年2月,重建后的新四军军部决定创办鲁迅艺术学院华中分院,刘少奇兼任院长,丘东平为教导主任,同年苏北文艺界协会成立,丘东平任理事。丘东平在工作之暇,构思创作长篇小说《茅山下》。丘东平牺牲后,人们从他的遗物中发现了《茅山下》的前五章。这是丘东平未完成的遗作。

《茅山下》展示了以茅山地区为中心的苏南抗日根据地交织着民族矛盾和阶级矛盾的广阔的画面,反映了新四军在艰难困苦的险恶环境中生存、发展、壮大的战斗历程,是第一部以新四军抗战为题材的长篇小说。

知识分子出身的周俊参加了新四军,他害怕工农出身的参谋长郭元龙。郭元龙善于打仗,但他性情粗暴,不信任知识分子,把周俊当作通讯员一样使唤,为此受到司令员的批评。司令员命令郭元龙、周俊和林纪勋到九里镇,成立工作委员会,主持改选抗敌自卫会。郭元龙本来负责领导这项工作,但他完全放手不管。周俊和林纪勋虽然充满革命热情,工作积极,但欠缺敌后工作经验,缺少实际斗争的锻炼,结果九里镇抗敌自卫会的改选闹得一团混乱,最终失败。周俊要求郭元龙召集开会总结教训,但郭元龙置之不理,而沉迷于弄表、弄手枪、弄马。宝堰维持会长因为送的手表质量不好受到郭元龙恐吓威胁,后来就不再给新四军送情报,常备队被洗刷的分队长送给郭元龙一对黑皮鞋,郭元龙就让他做了自己的从属。九里抗敌自卫会仍旧被改选前的坏蛋把持着,借新四军的名义在街上乱抽捐税,但因为送了一支卜克手枪给郭元龙,郭元龙就庇护着他。在总支委书记召开的谈心会上,郭元龙当面指责周俊犯了右倾机会主义错误,并拒绝自我批评。在周俊揭发他收受手枪、皮鞋等贿赂后,他暴跳如雷,扬长而去。总支委调解失败后,司令员来信中对工委的三人都提出了批评,认为他们的斗争已经陷入无原则的纠纷泥坑中,要求他们停止斗争,重新开展工作。郭元龙传达了司令员的信件,仿佛善意地咨询周俊是欢喜打仗还是愿意到九里镇做敌后工作。受到郭元龙的奚落,周俊内心非常痛苦,他选择了打仗。在九里,新四军以一个连击退了日寇一个中队的进攻。周俊在战场上负责动员群众抬走伤兵,第二天新四军又击退了日寇的报复与反扑。周俊深深感到,战争开始后,迫切要求群众工作拿出成果来。但是九里镇的群众基础太薄弱了,一切工作都难以展开。周俊的工作始终一无成就。当他束手无策之时,司令员来信把周俊调回到部队里去。在部队里,周俊见到了林纪勋,他已经成长起来,在睚巷里的群众工作中建立了很高的威信。从与林纪勋的交流中,周俊鼓舞起自己的信心。周俊随军参加了丹阳铁路破坏战和麦溪河阻击战,直接指挥战斗的是郭元龙。周俊与郭元龙重逢。郭元龙承认周俊是一个饱经锻炼的同志,表示不会再小看他,并分配了一支小分队给周俊指挥。周俊和郭元龙两人互相认错,并向对方道歉。小说到此中断,没有完成。

《茅山下》以周俊为主角,试图表现知识分子在战争中的成长。抗战军兴之后,有大量知识分子投身军中,周俊"觉察到自己的低劣和无能",但又"怀着满腔的希望,希望自己在战斗中也锻炼成为一个有用的东西",战争对于周俊等人,"就好像一个革命者的灵魂所受的苦难","一种冷的洁净的苦难",周俊在成长中意识到"革命,它要拯救人,可是在某些问题上面有时也委屈人",并期待着"这深远、明哲的灼见有一天要和真理发生合抱,从而证明一个勇敢而有缺陷的青年怎样在斗争中成长起来,并且如同把手掌放进火中燃烧一般的证实;这是一个痛苦的过程"。《茅山下》虽然未写到周俊最后的成长与成熟,但将周俊成长过程中的痛苦心理展现得淋漓尽致、异常真实。

在表现知识分子成长的正主题之外,《茅山下》还表现了战争主题、群众工作主题,知识分子与工农干部的团结主题,这使得整部小说在思想上具有一定的广度。

《茅山下》因丘东平战死沙场未能完成,但从完稿的五章来看,作者的构思是宏大的,作品的气势是磅礴的,艺术表现的深度和广度相比以前有了很大的进展,全书有着"又正确又英勇的格调",已经显露出旭日初升前的绚丽霞光。

1941年7月,日军疯狂扫荡盐埠区,7月23日,丘东平率鲁艺师生突围,翌晨在北秦庄遭日军袭击,丘东平壮烈牺牲,年仅31岁。

1941年12月16日,延安《解放日报》报道了"延安文艺界悼作家邱(应为丘)东平"的消息,新闻称丘东平在文坛上曾被期许成为"最有希望的青年作家之一","他忠于生活,忠于艺术,忠于革命,他的死为抗战以来艺术文学上的最大损失"。

第二节 新的战争美学的创造

丘东平有着海陆丰人倔强、硬气、率直甚至莽撞、自负、傲慢的性格,他在时代的疾风暴雨中成长,参与了大革命和土地革命运动,跟随十九路军参加了一·二八抗战,热河抗战、福建事变、八·一三抗战、两广事变,后来又加入新四军,参加了在江南和苏北的多次战斗。其生活经历之丰富,特别是战争经验之深厚,在中国现代作家群中,确实"不曾有过这样的人"。丰富的生活经历和深厚的战争经验,赋予了丘东平的创作独特的题材、主题与艺术风格。在某种意义上说,丘东平是中国现代文学史上新的战争美学的创造者。

中国现代史上战争频发,但中国现代文学中一直欠缺战争小说。彭燕郊曾说:"我们这一代人是在战争环境里生活过来的,战争的火光和阴影总是交替着追逐我们。我们想更多了解战争,我们读《西线无战事》,读《日日夜夜》,读《战争风云》,但那不是我们的战争,不是发生在我们中国的战争,我们渴望读中国作家写的发生在中国的战争。我们终于有东平,我们东平写了发生在我们中国的战争。"①丘东平填补了第一次国内革命战争和抗日战争中的题材空白。同时,丘东平在"怎么写"上进行了有益的探索,建构了新的战争美学。

一是防备"单纯化"。丘东平1939年曾说:"战争使我们的生活单纯了,仿佛再没有多余的东西了,我不时的有一种奇异的感觉,以为最标本的战士应该是赤条条的一丝不挂,所谓战士就是意志与铁的坚凝的结合体。这显然是一种畸形的有缺憾的感觉,而我自己正在防备着这生命的单纯化,这过分的单纯化无疑的是从战争中传染到的疾病。"②丘东平并没有简单地将战争双方划归为光明或黑暗,正义与邪恶的阵营,在其作品中,光明与黑暗、正义与邪恶的界限通常是含混的,但在这种含混中,丘东平触及对战争的反思、对战争的残酷性和荒谬性的揭示。其人物形象不是单面的而是多面的,丘东平写出的不是单纯化的战士,而是性格复杂的人物,明暗交织的人物。其修辞色彩不是纯洁的而是暧昧的,丘东平经常运用褒贬不分的修辞,这固然模糊了好人坏人的界限,但却触摸到人性的复杂性,也探索了道德规范的弹性。

二是触及人的心灵世界。从《通讯员》开始,丘东平就特别关注人物的心灵世界。正如彭燕郊所说:"最先读到的《通讯员》,一下子就被抓住了:革命原来可以这样写,也应该这样写。革命是很人性的,崇高的人性只有在革命斗争中才有这样自然、完整的展现。"③在抗战时期,丘东平又创作了大量战争题材小说。以往的战争文学往往注重对战略决策、战场场景、英雄形象的展现,而不大注重挖掘战争中人物的深层心理与生命本能,不大关注战争造成的人的"心灵综合征"。丘东平则直面并呈现战争的残酷、血腥以及由此带给心灵的异化。如《第七连》等作品中,丘东平直面战争爆发前人物的恐惧、焦虑,战争爆发后杀红了眼之后的暴力冲动。在《茅山下》,丘东平着重描写主人公的心灵磨难。这就使得丘东平的作品具有别样的心理深度。

因为关注战争对人的心灵世界的影响,丘东平还触及了一个重大的文学理论问题,这就是文学创作中人的主观能动性问题。他曾给胡风写信,就生活、创作、主观问题发表了这样的意见:"中国的作家,直到今天还说没有认识生活,没有和生活发生关系,我觉得这将不免是一种嬉皮笑脸的态度。其实,中国作家(尤其是年青的)早就和生活紧紧配合着了,问题是缺少许多像磁石一般能够辩证法地去吸收的脑子。磁石和钢铁是两种对立条件的存在,人们要说是我是观念论者也不可能!"④丘东平提出的这个问题,在很大程度上启发了胡风关于"主观战斗精神"的理论思考。胡风

---

① 彭燕郊:《傲骨原来本赤心——悼念东平》,《随笔》2008年第2期。
② 丘东平致胡风书信,收入《丘东平作品全集》,上海:复旦大学出版社2011年版,第707页。
③ 彭燕郊:《傲骨原来本赤心——悼念东平》,《随笔》2008年第2期。
④ 东平:《并不是节外生枝》,《七月》1938年2月第1集第10期。

在评价丘东平的《第七连》时曾说:"这些其实是英雄的诗篇,不但那艺术力所开辟的方向,在中国新文学史上加进了一笔财产,而且,那宏大的思想力所提出的深刻的问题,也值得为新中国底诞生而战斗的人们反复地沉思罢。"①其实,这句话不仅适合评论《第七连》,也适合评论丘东平的所有作品,还适合评论丘东平的文学思考。丘东平以自己的创作为中国现代文学"加进了一笔财产",并且提出了"深刻的问题",值得人们"反复地沉思"。

丘东平战争文学作品的文字,锤炼得非常有力。丘东平经常将人与物融合在一起,将人的属性赋予物,将物的属性赋予人,打通了主观的人与客观的物,制造出隐喻与象征,其文字充满了丰富的内涵,积蓄着强大的动能。如《一个连长的战斗遭遇》这样描写炮弹落地:

> 密集的炮弹依据着错综复杂的线作着舞蹈,它们带来了一阵阵的威武的旋风,在迫临着地面的低空像有无数的鸥鸟在头上飞过似的发出令人颤抖的叫鸣,然后一齐地猛袭下来,使整个的地壳发出惊愕,徐徐地把深受的痛苦向着别处传播,却默默地遏制了沉重的叹息和呻吟。

这段描写赋予大地"人"的情感,说它在受到炮弹撞击后发出惊愕,"徐徐地把深受的痛苦向着别处传播,却默默地遏制了沉重的叹息和呻吟",隐喻地表达了一种反战的立场,具有一种震撼人心的力量。

又如《茅山下》描写郭元龙召集会议时的景象:

> 天委实很冷了,月亮的白色亮光凛然地照临在禾町上,屋顶上,以及南边池岸的白杨树上,高高的天体蕴蓄着深度的冷气,令人们望着它牙齿打战,浑身发抖。周俊花了很大的力气才挤进了郭元龙周围的圆圈里面,这个顽强的难以突破的圆圈表示了对郭元龙所怀抱着的一个新的高度的信念,周俊相信。

在这段描写中,"蕴蓄着深度的冷气"的"高高的天体",不仅指天上的月亮,也指地上的郭元龙,周俊不仅望着月亮牙齿打战,也望着"郭元龙周围的圆圈"牙齿打战。这段描写一语双关,具有丰富的内涵,耐人咀嚼。

当然,丘东平的战争文学创作,也有一些缺点,不少作品类似于速写,较为仓促,不够精致和从容,不是所有的创作都能挖掘到人物的灵魂深度,语言虽然很有力度,但也过于欧化,显得硬涩。不过瑕不掩瑜,丘东平以其独特的题材、主题与艺术风格,开创了一种新的战争美学,在中国现代文学史上做出了独特的贡献。

---

① 胡风:《东平著〈第七连〉小引》,《胡风评论集》(中),北京:人民文学出版社1984年版,第88页。

第三节　岭南女作家的抗战叙事

在瑰丽多姿的文学花园,女性文学以其别样芳华引人注目。随着女性政治、经济和社会地位的不断提高,书写女性意识和性别体验的女性文学愈来愈受到关注。英国的女性文学在西方文学史中发轫最早,尤其是19世纪、20世纪的英国女性文学的卓越成就令全世界瞩目。

女性是世界的花香与光亮。女性灵心慧口,独特的生命意识和体验产生相应的审美方式和话语方式,造就独特的文学风景。中国女性文学史上,出现卓文君、班婕妤、蔡文姬、李清照等杰出女作家,但女性文学真正的崛起,是在五四新文化运动之后。1922年梁启超《中国韵文里头所表现的情感》首次提出"女性文学"的概念。冰心、庐隐、丁玲、萧红、张爱玲等巾帼不让须眉,与男性作家共同谱写了中国现代文学史的华彩篇章。

广东女性作家创作有特别的审美方式和表现题材,是文坛不可或缺的重要力量。有清一代,才女辈出,女诗人大量涌现,留下的诗作蔚为大观。冼玉清《广东女子艺文考》收录,清代广东女作家64人。汉学家魏爱莲指出:"在十八世纪晚期,当江南女性的文学文化衰落之时,广美国东女性仍然保持充满活力的文学文化。"①民国以来,广东女作家的创作相当活跃,冼玉清、冯铿、草明、郁茹、黄庆云、吴紫风、郭茜菲等是其中的代表。抗战时期,不论是本土还是客居作家、关联作家,她们都通过特有格调和细腻的言说方式,既有写景抒情,伤春悲秋的闺中之音,也有时局动荡体验,社会新变的观察,拓展题材内容,构成独特的文学景观。

黄庆云(1920—2018),原籍广东澄海,1920年出生于广州。1939年毕业于中山大学中文系。1948年获美国哥伦比亚大学师范学院文学硕士学位。曾任香港《新儿童》主编。1949年后,历任广东文理学院、广西大学副教授,《少先队员》主编,中国作协广东分会副主席,国际笔会中国广州笔会中心副会长兼秘书。建国前,黄庆云出版了论文集《民族诗人屈大均》(1939年,广东文物社),儿童读物《中国小主人》(1942年,桂林进步教育社)、《国庆日》(同上)、《庆云儿童故事集》(1948年,香港进步教育出版社)、《云姐姐的信箱》(同上)、《地球的故事》(同上),儿童诗集《儿童诗歌集》(1947年,香港新儿童社)、《诗与画》(1948年,香港进步教育出版社);建国后著有诗

---

① 魏爱莲:《18世纪的广东才女》,赵颖之译,中山大学学报2009年第3期,第40—46页。

集《花儿朵朵开》，童话集《金色的童年》《奇异的红星》《七个哥哥和一个妹妹》，传记《不朽的向秀丽》、长篇小说《刑场上的婚礼》等，另有翻译作品多部。

黄庆云主要从事儿童文学创作，成就卓越，作品富有浓郁的岭南地域气息。1939年发表第一篇童话《跟着我们的月亮》，借善良的月亮对严苛的太阳的反抗，拼命鼓圆脸蛋，帮助人们夜间出行，肯定无私奉献、甘于牺牲的精神，《夜来香》《月亮的女儿》延续这种主题。黄庆云在创作中不断探索新的表现手法，就把童话与现实结合，带着现实主义情怀，书写苦难，表现作家对儿童的爱，并用第一人称为孩子写作，运用孩子喜闻乐见的文学元素。曾在《新儿童》半月刊设专栏与小读者笔谈，因而有"云姊姊"之称。此外，曾以诗配画的形式在街头推广儿童文学，为街上儿童讲故事。

1940年代黄庆云的儿童作品大都围绕抗日救亡的主题展开，作品自然而然地选择了贴近生活的现实题材。1941年和1942年，她发表抗日儿童剧《中国小主人》《国庆日》，前者写一个地下游击队的儿子的故事，后者写两个爱国的小孩子故事。田汉的女儿田玛莉、孟超的女儿孟健都担任小主角，她们只有十来岁，这些抗日剧连演20多场，非常受欢迎。1946年发表童话《埋藏了的阳光》，教会儿童辨别战争。作品借小松树的独白来控诉战争、祈求和平。经历过战争的小松树自豪地说："我的妈妈没有死，她曾为维护和平而斗争。如今，她不过是埋藏了的阳光就是了。"童话的宣传和教育意义，旨在为抗日救亡贡献力量。作为女性作家，她的作品还充满着独有的梦幻色彩，生动而轻盈，并处处透露女性的亲切、柔和温婉。

黄庆云创作的作品类型丰富，有儿歌、诗集、传记、童话、小说、儿童剧、通信、图画等，几乎涵盖了所有儿童文学门类。这是第一代、第二代儿童文学作家中少有的。黄庆云的儿童文学作品讲究语言之美，不但儿歌清新可诵，诗的意象之美与歌的音乐之美有机结合，而且童话幻想奇妙，充满诗情画意。她的文字是标准的范文，可以拿到语文课本里去。她写童话，根植于现实的创作手法，将现实与幻想有机结合，思想性强，在看似平静、轻柔的文字后面，给人以思索和美的回味。她写儿童故事，注重写实，也注重用第一人称来讲故事，让故事亲切，贴近孩子的心灵。

从创作之初受到鲁迅的"救救孩子"的感召，一直坚持"为了孩子"，这份爱心是黄庆云从五四儿童文学先驱那里继承的一份珍贵的精神遗产。她在不同的时期都坚持探索，不断创新，以孩子为本，追求儿童文学之美，这是一份珍贵的艺术遗产。

吴紫风(1919—2011)，原名吴月娟，笔名紫风、紫丁。广东台山人。1940年毕业于中山大学哲学系。抗战早期投身抗日救亡运动，后期参加民主革命斗争。吴紫风是秦牧的夫人，但少有人知道，吴紫风本人也深耕于文学创作，著有中篇小说《学士帽子》，散文集《团年夜》《写在泥土上的诗》《樱桃和茉莉》《渔歌飘荡的时候》《这里有一条爱河》《花神与雷神》《海姑娘》《紫风作品选萃》等。1931年九一八事变爆发，在省城读中学的吴紫风冲上街头，宣传抗日，发表散文《在黑夜里前奔的青年》《古井里的玻璃》，后来以激发民族精神和斗志的《灵魂的监狱》一文，参加《妇女生活》征文获奖。1942年桂林几家报纸举办《浮生如梦》影评征集时，担任记者和编辑的吴紫风获亚军，秦牧得季军。1944年随着湘桂大撤退，吴紫风和秦牧徒步千里，到达重庆。吴紫风创作很多反映现实，抒发民族危亡情怀的作品，主要以散文为主，抒情小品居多。前期散文秀丽，后期融入理性色彩。总体上呈现谨严纤细，文字细腻，抒情性较强的特点，但思想力度和境界气势不够宏大①。

郁茹(1921—)，原名钱玉如，笔名茹茹。祖籍浙江诸暨，1921年出生于浙江杭州。幼年家贫，在杭州西湖照相店当学徒，后回诸暨县随伯父学习国画。1938年为杭州艺术专科学校高中试读生，1939年以短篇小说《恒河》参加全国女青年抗日文学作品有奖征文获三等奖。后进重庆中国制片厂图书室当管理员，兼做茅盾主编的《文艺阵地》社助理编辑，发表短篇小说《鹰底梦》，出版中篇小说《遥远的爱》，并参加了中华全国文艺界抗敌协会。1946年先后任上海《新民晚报》，香港《华商报》记者。1948年出版短篇小说集《龙头山下》，从描写知识分子转向描写农村的生活和斗争。解放以后，主要从事儿童文学创作。

郁茹1940年代后期担任香港《华商报》记者时就开始在广州工作和生活，迄今70多年，是广东文坛健在的最高龄作家。《华商报》是抗日战争和解放战争时期，中国共产党在香港领导创办的统一战线性质的报社。1941年4月创刊于香港，1946年3月复刊后在广州汉民北路234号设立广州分社，郁茹奔波省港之间。1949年10月广州解放的翌日，《华商报》停刊，郁茹转任《南方日报》记者、编辑。1957年调广东省作协工作，从事专业创作，后担任广东文联委员、广东作协副主席。主要作品有短篇集《龙头山下》，儿童文学集《曾大惠和周小荔》《一只眼睛的风波》《好朋友》《西湖，你可记得我》，报告文学集《锦绣岭南》及《郁茹作品选》等。

中篇小说《遥远的爱》是郁茹的代表作。这部小说创作于1943年10月，1944年在茅盾主编的《文艺阵地》上发表，同年4月自强出版社出版单行本。《遥远的爱》写作和发表于重庆，但内容与岭南有关联。罗维娜与高原结婚，但高原沉溺狭隘自私的爱，追求个人幸福，远走香港。后来香港沦陷，他转战广州湾，从湛江到桂林，最后回到重庆。罗维娜厌倦一成不变的生活，毅然奔赴浙西，加入妇女工作队，领导游击队

---

① 张振金:《紫风及其创作》，《广东社会科学》1984年第2期；秦牧:《珠联璧合诗意淳》，《福建文学》1983年第12期。

积极抗日。

罗维娜的人生与郁茹本人颇有几分相似。郁茹曾在《红花绸棉袄》和《神笔的传说》两篇儿童文学作品中糅合自己的成长经历。郁茹年幼丧父，随即失学，无依无靠，"童年、少年是非常不幸的，完全没有孩童生活乐趣"①，此后历经奴役、流浪、漂泊等等不幸遭遇，受尽千辛万苦。1939年，郁茹抵达抗战后方重庆，一边从事图书管理员的工作，一边接触到鼓励抗日的进步文艺刊物。深重的民族苦难，残酷的阶级压迫，艰难的女性处境，促成自己投身革命。革命之于郁茹，不仅是民族国家的拯救与重生，更是自我命运的挣扎与解放。

女作家的自传体小说既包含其个人的成长经历，也包含其自我文学想象与文化身份定位，具有丰富的文学价值和社会意义。浙江是郁茹熟悉的家乡，成为小说主人公抗日的战场，而高原远走他乡岭南，则是另外一种选择。后来抗战结束，郁茹南下广东，似乎是小说岭南情结的一种探究和指引。

《遥远的爱》刻画了一位全身心奉献给民族解放斗争的时代新型女性。罗维娜的情爱经历，走出家庭，革绝私情，通过社会革命实现了自我的解放与拯救，映照知识分子对革命道路的选择。不过，《遥远的爱》满溢细微而热烈的心灵颤动，罗维娜的纠结和反抗并未被政治意识形态和革命话语消解，而是指向了个人细腻敏感的心灵挣扎和斗争，构成了"这篇小说的最有精彩的篇幅"②。这部直面抗战现实的小说，带给读者们的感受却不尽是昂扬宏大的叙事，而是浓郁的抒情风格③。细腻的勾勒，复杂而颤动的个体情感，使得这部小说在革命题材小说中别具一格。

首先，《遥远的爱》以柔软纤细的女性视角，书写革命女性深陷情爱难题时更为复杂细腻的精神世界。罗维娜与高原因真心相爱而结合，婚后趋于传统家庭妇女的生活使得年轻的小夫妻之间出现了裂痕，渴望自由天地的罗维娜和一味宠溺妻子的高原渐行渐远。然而，一对因自由恋爱结合的夫妻，一对曾真心憧憬幸福的夫妻，他们的矛盾绝非水火不容。相较赋予主人公处理矛盾的决绝姿态，郁茹选择为罗维娜留下许多犹疑彷徨的个人空间，让她丰沛而饱满的情感充盈整个文本，为个人之爱转向家国之爱，铺垫了细致而曲折的心路历程。

郁茹多次设置了罗维娜和高原二人几欲和好的情节，如一场电影便能让"两颗逐渐分离了的心，又得到暂时的胶合"④；分别时罗维娜承认自己很难摆脱丈夫的热爱；高原赶赴妇女工作队寻找罗维娜，罗维娜在那一刹不假思索投入了丈夫的怀抱，

---

① 郁茹：《后记》，《郁茹作品选》，广州：广东人民出版社1983年版，第322页。
② 茅盾：《关于〈遥远的爱〉》，参见郁茹著：《遥远的爱》，香港：山边社1982年香港新1版，第4页。
③ 陈希：《俊逸的格调及意义》，《粤港澳大湾区文学评论》2022年第2期。
④ 郁茹：《遥远的爱》，香港：山边社1982年版，第37页。

"她的理想,她的决心,她那无名的寂寞……暂时都褪落得远远的了……她失去了控制自己的力量";发现丈夫的来意只是为了将自己带回小家庭,罗维娜失望透顶,拒绝高原的请求。可夜深人静时,罗维娜那"痛苦的潜伏在灵魂深处的柔情又苏醒了!灼热烧红了她的面颊"①;收到高原的诀别信,罗维娜主动写信,试图挽回这段曾经无比真挚的爱情。如此种种反复、起起落落、曲折徘徊,证明放弃个人情爱的罗维娜并非一具割裂个人诉求的革命机器。她坠入爱河时的真挚与热烈、对丈夫的眷恋和期待、做出抉择时的痛苦和不舍,都十分契合个体陷入情欲和诉求幻灭时的真切心境。

郁茹使用了大量充满动感和颜色的词汇书写情爱难题带给罗维娜的具体感受。罗维娜对落后的丈夫的爱而产生羞耻,对日常生活的迷恋而痛苦;但得知自己被高原抛弃,心凉了半截,流出的泪和感受到的疼痛却是滚烫沸腾的。失恋后的罗维娜独自在风暴中行走,任由自然的风雨荡涤千疮百孔的心灵,用热辣的泪水和奔腾的血液刺激自己做出决断。当罗维娜下定决心舍弃私情、奔赴革命,犹如"鲜血淋漓"地将心按回了胸膛。数年之后日趋成熟、埋首工作的罗维娜,遇到少女时期的思想导师雷嘉求爱时,内心会触到一阵"温暖的电流",心跳依旧猛烈加速。这些直观又具象的感官书写,大起大落,大开大合,跃动着情感的温度与精神挣扎迸发的能量,生动呈现罗维娜心灵的撕扯与成长。罗维娜选择放弃个人情爱,可她内心深处仍流淌着对个人幸福的本能诉求;她那源自生命本能的原始欲望,被郁茹不加掩饰地袒露呈现在读者面前,宏大的历史背景烙下个人深刻鲜活的印记。

其次,郁茹借情爱的纠葛与悲剧推动罗维娜的自我诉求与内心质询,尽情书写个体欲求浸入革命神话之后的彷徨与困惑。罗维娜每一次自我意识的觉醒,乃至于钢铁般革命意志的锤炼,都与她遭遇的情爱难题紧密相关。困于日常经验日趋狭隘的婚姻,罗维娜反复质问自己:"我是弱者吗?"坚定追求自由的初衷,摆脱了沦为家庭妇女的无奈;妇女工作队期间,她反复审视自己的内心,试图寻找一条让个人情爱与理想追求共存的道路;收到高原的诀别信,她痛苦反问:"这是高原的错吗?""决意向谁报复呢?"意识到高原认同的爱不过是出自原始的身体需求和传统的男性支配欲,痛苦不已的罗维娜决定为人生寻求更积极的意义。教养院的工作让罗维娜重新拾获了生活的动力,可回首往事,她仍常感到深深的困惑:"我幸福吗?""这就是人生吗?"她坦然承认情爱难题带给女性的痛苦,咀嚼情爱遗留下的伤痕。在她的心"有时还会因着与另一颗心的割离而感到痛楚"②的前提下,罗维娜深刻意识到苦难现实与崇高使命面前,女性寻求自由与真理的道路多么艰难。这条路上,眼泪与乞求都没有

---

① 郁茹:《遥远的爱》,香港:山边社 1982 年版,第 79 页。
② 郁茹:《遥远的爱》,香港:山边社 1982 年版,第 96 页。

用,唯有选择搏斗的精神与勇气,与一切摧毁个人幸福的暴力斗争,方可令她砸碎镣铐,实现她追逐的解放与自由。

这些自我拷问与内心质询,推动罗维娜在革命实践中升华了认知,增强了斗志,逐渐由个人话语向阶级话语靠拢;但另一方面也揭露了罗维娜在革命道路前进之真实的精神状态。从个人的天地奔赴革命的熔炉,罗维娜付出了痛苦的代价。这代价不仅仅来自于她所舍弃的个人情爱,更来源于她面对个人欲求和革命需求之间的矛盾,内心时常陷入的困惑与彷徨。她甚至会发出这样的疑问——"这些时日以来,我以严酷的意志鞭策着自己,甚至连停留喘息的时间都没有。但是,我还是只能无止息地前进。我是在一步步驱近自己的坟墓吗?我所得到的是什么呢?"[1]投身于宏大的政治命题,罗维娜努力建构了一个独立自由的自我,但这并不能完全让她获得绝对的充实与满足。她每一次从工作和集体汲取到幸福,都伴随着内心的挣扎与阴影。即使作为成熟的革命工作者的她拒绝了雷嘉,也难免陷入短暂的迷茫,甚至痛苦。她曲折的情路带来复杂的体验,而这体验与宏大历史背景之间的缝隙,正是个体和国家、革命、民族之间复杂关系的映射。郁茹捕捉到了这些矛盾与缝隙,让罗维娜直面和迷茫。很大程度上,《遥远的爱》的精彩和个性是由矛盾和缝隙引发的。

20世纪20年代后期革命文学兴起,革命与恋爱宛若革命题材书写中的一对孪生儿。革命始于对既成社会秩序的不满与反叛,恋爱题材中所爆发的浪漫与激情,自由与独立,与革命底色不谋而合。然而,不同作家的言说诉求与革命观照,带来革命书写中的爱情故事多样的面貌。在茅盾、蒋光慈等男性作家笔下,爱情中流淌的个体意识便与高昂的革命激情息息相关;而在许多女作家的革命叙事里,个人私爱与革命意志纠葛冲突,甚至势不两立。革命与情爱婚恋,并不是琴瑟和鸣。她们杜绝狭小的私情欲望,肯定女性的情感牺牲,将个体解放的奋斗注入阶级解放与民族独立的战斗,让宏大的政治命题升华女性的生命价值。《遥远的爱》将罗维娜追寻的心灵解放与个体觉醒交付给轰轰烈烈的革命与战争。但当复杂的生命感受与恢宏的政治使命发生碰撞时,罗维娜没有否决过自己的犹疑和痛苦,也没有像同类题材书写中的革命女性那般封闭和切断个人话语的言说,始终坚持对自我的探询与拷问。

小说多次出现"女性的心"这一字眼。罗维娜有一颗革命者坚韧刚毅的心,她的眼睛也恰似革命者那般坚定明亮,甚至带着些许冷冽,但同时也有一颗"女性的心"。当她内心真正放下情爱,昂首奔赴战斗前线,她那颗"女性的心"既会惊喜,也会因即将袭来的急骤剧变感到战栗。投身民族解放伟大事业,昔日抛弃自己的丈夫复又现身,她洞悉高原情深之下的自私与怯弱,不再犹疑动摇,坚决弃绝,但"女性的心"仍

---

[1] 郁茹:《遥远的爱》,香港:山边社1982年版,第103页。

然"被那悲哀的挚诚激起了一丝温柔的怜悯"。①

弃绝情爱的罗维娜并不是一个无情的人。恰恰相反,她用情至深,待人诚挚,重情重义,女性的细腻、柔软、宽慈从未离开过她。纵然她弃绝情爱,她仍能平静地从情爱悲剧中透视黑暗的现实与沉重的责任,从而将个人的情爱置身于革命使命之后,把实现幸福的可能寄托在为之奋斗的下一代孩子们身上。女性的理想,情爱的热烈,母性的慈悲相继汇聚在她身上。正因如此,罗维娜最后坚定如磐石的革命心志,冷静沉着的革命姿态,沸腾不息的革命热情,才有血有肉,真实可信,生动可贵。多年之后,郁茹创作了一篇童话《桑叶和蚕》,抒写帮助蚕儿吐丝的桑叶和承受牺牲与战胜迷惘的蚕,讴歌在痛苦中不懈努力、在血泪中铸造伟业的革命精神。而这种咀嚼痛苦与冲破迷惘之中怒然绽放的抗争精神,正是罗维娜的成长写照。

《遥远的爱》以罗维娜的视角为主,与罗维娜相关联的柳蒨、高原、雷嘉等人视角为辅,前后串联展开叙事。每个视角都采用内聚焦的形式,着重展示人物的心理活动,并统一指向罗维娜的精神世界与奋斗历程。这种"第一人称的情绪下采用了第三人称的结构式样"②,能够最大限度深入罗维娜的心灵世界,多方面呈现罗维娜的成长与蜕变,增强了人物的丰满度。罗维娜不仅是《遥远的爱》的主人公,更是叙事结构的中心。

《遥远的爱》较为单纯的叙事结构,曾遭到不少诟病。茅盾曾直言,《遥远的爱》给予读者"女主角是有血有肉,光艳逼人的,然而满场戏文,只她一个人在做,其他人物不过是捐百脚旄的跑龙套,或甚至只是一些道具罢了"③。《遥远的爱》最吸睛之处当数罗维娜的人物塑造,但如若从性别叙事角度观照,或许会得到不一样的发现。

《遥远的爱》以罗维娜的人生经历为经,以每个阶段罗维娜的内心活动,以及她周边人物的心理活动为纬,架构起点线面结合的串联叙事。罗维娜毫无疑问是叙事的主要聚焦点,而以她周边人物的记叙,多是对罗维娜精神面貌的侧写或延伸。对罗维娜影响较大的人物,主要集中在四位男性:罗维娜的哥哥罗维特;罗维娜父亲的故友,亦是将罗维娜带出旧家庭的恩人,陆放伯父;罗维娜的丈夫高原;以及罗维特的好友、罗维娜少女时代的思想导师雷嘉。小说具体描绘了他们在与罗维娜产生交集时的心灵世界,与罗维娜主视角的抒写相互交替,如以陆放的革命记忆和寂寞现状,反衬抗战烽火下罗维娜熊熊燃烧的青春激情;以罗维特对妹妹的感慨,点明投身革命的罗维娜并非是行将熄灭的火焰,而是持续照亮自我和他人的灯塔;以高原和雷嘉不同

---

① 郁茹:《遥远的爱》,香港:山边社1982年版,第149页。
② 茅盾:《关于〈遥远的爱〉》,参见郁茹著:《遥远的爱》,香港:山边社1982年版,第6页。
③ 茅盾:《关于〈遥远的爱〉》,参见郁茹著:《遥远的爱》,香港:山边社1982年版,第7页。

视角下罗维娜的变化,来渲染罗维娜在情爱纠葛和革命工作中迸发的生命活力。

传统情爱叙事和早期革命叙事中,男性占据女性精神与身体双重主导,或占据叙事主导的情况屡见不鲜,即使到了社会主义改造时期的革命叙事,在女性作家的笔下,男性仍然可以成为女性的精神导师。他们不仅启蒙女性走入革命,还始终支撑女性完成革命,杨沫《青春之歌》中的林道静与卢嘉川便是如此。而《遥远的爱》中,启蒙和引导罗维娜进入革命的哥哥罗维特,基本没有自我内心的袒露;带罗维娜走出旧家庭的陆放,在将罗维娜交给高原之后献身抗日,甚至没有在罗维娜的回忆中占据笔墨;为罗维娜邮寄书籍、充当少女时期罗维娜指引者的雷嘉,当进入他的视角叙述时,立刻成为罗维娜情爱世界的臣服者与革命道路的依附者;而与罗维娜进行漫长情爱纠葛的高原,也是等到罗维娜完全投身于革命,才出现一些内心抒写。这些男性都是罗维娜人生不同阶段的启蒙者,也是她走上革命之路的助推器。男性指引女性开启广阔的世界,伴随女性人生的推进与精神的升华,他们却陆续退出了叙事,成为罗维娜回忆或思想斗争时的映照对象。直至罗维娜完成了自我的蜕变,高原和雷嘉才以被罗维娜抛弃的情爱对象身份,共同思念他们那份"遥远的爱",结束了这个故事。男性形象叙述在整个叙事文本中,始终处于被动的、逐渐被弱化或边缘化的位置,成为女性主体建构的他者。克里斯蒂娃《女性的时间》认为女性的写作要经历三个阶段:对男性词语世界的认同——对男性词语世界的反叛——回到词语本身,直面词语世界①。从这个角度来看,《遥远的爱》以男性的记叙补充罗维娜的心灵刻画,又通过罗维娜的中心视角不断将其颠覆,消融了男性视角在革命书写中的主导权与支配权,将主动权交还给女性。郁茹在叙述革命的过程中建构了女性人物的绝对主体地位。罗维娜主宰了《遥远的爱》的叙事,化传统性别认知中的被动为主动,取消或融解男性的精神导师资格,不失为革命书写中对权力话语的一种反叛。革命超越了性别,却又转化了全新的性别,女性亦可像男性那般获取宏大叙事的话语权。

新中国成立,郁茹转向儿童文学创作,却依旧延续女性叙事话语。她的多篇儿童文学作品,如《好朋友》《一只眼睛的风波》《曾大惠与周小荔》等,承担培育儿童、指导儿童职责的多半亦是女性——母亲、女班主任老师、女辅导员。革命时期,女性积极进取,消解男性的支配与权威;革命胜利后,女性又立即投身栽培教育下一代的光荣任务中去,从参与者进一步成长为引导者与启蒙者。

无论是高原还是雷嘉,之所以能够进入叙事文本,获得内聚焦叙述视角的权利,是因为与罗维娜的情爱联系。陆放与罗维特对罗维娜影响深远,可一个近乎于父亲,一个是哥哥,因而着墨较少。而刺激罗维娜自我觉醒和不断斗争的情爱对象,高原与

---

① *Women's Time*, Julia Kristeva, The Kristeva Reader, Columbia University Press, 1986, P187—213.

雷嘉,则着墨较多。在罗维娜的主视角里,爱之所以遥远,是因为个人的情爱与革命的需求之间产生了不可调和的冲突,更是因为高原与雷嘉都有自私、脆弱、怯懦、囿于传统男性权力的精神弱点,所以他们被边缘化了;而高原与雷嘉发觉爱已遥远,是因为罗维娜完成了自我挣扎与心灵成长,与始终畏缩不前者渐行渐远。

罗维娜奔赴抗日的战场之后,郁茹没有再让罗维娜出现,而是通过雷嘉的转述和高原的想象,来勾勒接替了哥哥位置的罗维娜,作为游击战士的新面目。在两位失恋男性的心目中,罗维娜丧失了男性视角下的女性特征,雷嘉高呼她"她是魔鬼,是神,而不是人!"①高原想到罗维娜穿着军呢大衣的样子便感到惶恐。罗维娜那颗细腻而热烈的女性的心,蓬勃昂扬的战士风貌,只因放弃了个人的情爱,就被两位追求者定义为非人。不过,借鉴与罗维娜失败的情爱,他们开始认清自我与时代的差距,也可以说收获了心灵的成长。

《遥远的爱》出现了两位女性人物:一位是罗维娜的母亲,和罗维特一样,都是革命背景下罗维娜忠实的支持者;一位便是罗维娜在前往妇女工作队分区途中遇到的小资产阶级女学生柳蒨。《遥远的爱》以两位青年女性的相遇为开篇,柳蒨的视角是全书第一个叙述视角,初步勾勒出第一次离开高原的罗维娜那坚韧冷静却又亲切友善的形象。而当罗维娜陷入与高原分分合合的情感纠葛时,作为罗维娜在妇女工作队的好友,柳蒨迎来了属于她自己的内心刻画。借她的同情、怜惜和困惑,读者得以看到罗维娜对高原的纠结和不舍,也可以看到柳蒨内心深处对罗曼蒂克的渴望甚于社会革命。随着罗维娜果敢利落斩断了个人私爱,柳蒨也在罗维娜的暗示下发现自己并未做好奔赴人类解放这一伟大事业的准备,退回安然的个人天地。与高原、雷嘉相似,借助柳蒨的视角,郁茹为罗维娜补充了身为女性的柔软情思,反衬她投身革命之时的英勇姿态;而柳蒨亦是通过罗维娜认识到真正的自己,书写了乱世中女性的另一种命运。

由此可见,《遥远的爱》叙事视角的交错不单单只是为了颠覆传统的男性书写。虽然罗维娜占据叙事的中心,可她仍需要与高原、雷嘉、柳蒨的相互映照来激发和完善自我;高原、雷嘉、柳蒨则从罗维娜的情爱关系中了解并认识自我,形成了"一对多"的叙事结构。这种以罗维娜为中心辐射开去的叙述,进一步释放了女性在革命与情爱当中的主体活力,也没有完全隐没次要人物话语的涌动与光芒。有趣的是,这些主要的人物叙述视角,都侧重于叙写情爱或个人情绪的挣扎,而非革命场景的描绘,作为一部革命题材的小说,《遥远的爱》着实突出了个性维度。

21岁的郁茹出手不凡,初登文坛创作《遥远的爱》,通过女主人公形象的塑造,

---

① 郁茹:《遥远的爱》,香港:山边社1982年版,第170页。

"给我们这个伟大的时代新型女性描述了一个明晰的面目来",显示"在思想认识方面的慑人的光芒",殊为难得。虽然《遥远的爱》作为女性革命小说具有历史局限性,但芳华别样,格调俊逸,显示现代女性革命叙事的独到艺术构成,在新文学女性自我建构和审美方式方面具有启发意义。

第二十章　战时戏剧创作

抗战期间,广东戏剧创作活跃,演出频繁。戏曲艺人素有革命的传统,许多剧目颂扬精忠报国、反抗侵略的英雄好汉,也经常以反帝反封建的时事近事入剧。1931年"九一八"事变,粤剧界群情激奋。薛觉先的觉先声班每有演出,必以白布大书"当娱中勿忘沈(阳)案耻辱"悬挂于舞台前。国风剧团演出《清宫冷艳》,骚韵兰饰演的玉牡丹在舞台上痛骂汉奸,酣畅淋漓①。1937年"七七事变"爆发,7月12日,广东省八和戏剧协进会(八和会馆)在广州海珠大戏院举行义演,筹款支援前线。1937—1940年,省港粤剧同人义演筹款达十五六次。粤剧编剧基于民族大义、爱国热情,创作讴歌爱国、呼唤抗敌的剧目,数不胜数。太平剧团编演《洪承畴》等剧,揭发无耻卖国投敌的嘴脸;万年青剧团编演《十万童尸》,用《赵氏孤儿》的故事,映射日寇惨无人道屠杀中国人民的罪行。他们不仅在国内演,还到国外演出。胜寿年男女剧团先后演出了《粉碎姑苏台》《火烧阿房宫》等剧,借古喻今,唤起民众众志成城,抵御外侮②。

广州的现代戏剧活动在全国属于开展得比较早和比较活跃的,许多受到共产党和左翼进步人士的影响。在抗战的烽火中,广东的进步剧社和戏剧家积极投身抗日救亡的宣传,服务大众、贴近大众,编演了大批爱国剧目。广州等地沦陷后,在东江抗日游击根据地和华南各个游击队都开展了抗日艺术宣传活动,话剧演出伴随着战斗的烽火,一直没有停息。广东南路的抗日救亡宣传工作也在共产党和爱国将领张炎的领导和影响下如火如荼。

第一节　话剧的创作和演出

关于抗日话剧的兴起,董每戡先生1949年1月发表的文章提到其动因来源于戏

---

① 黄兆汉:《二、三十年代的粤剧剧本》,《南国红豆》1994年第2期。
② 赖伯疆:《广东戏曲简史》,广州:广东人民出版社2009年版,第249页。

剧工作者对于"时代所赋予的使命"的认识和实践。他说:"剧人是一时代的公民,而且他是有文化修养的人,他的思想,他的行动,往往比一般人先走一步,他决不会透卸时代所赋予的使命。"他描述:1931年"'九一八'事变发生,剧人们勇敢地要求反帝抗日,狂喊出:'东北我们的!'"①

一、广东戏剧研究所及三十年代初学校剧运

1929年2月,由主持粤政的李济深、陈铭枢发起和支持、欧阳予倩主办的广东戏剧研究所在广州建立,以及随之而来的由田汉领导的南国社到广州演出,标志着广东现代话剧的出现。从此广东话剧演出的剧本和演出得以提高,有了较为完整的剧本,尽可能不作临时"爆肚";在排练期间,有导演按照剧本的规定来指导演员,同时有一定的舞台布景。②

广东戏剧研究所以"创造适时代为民众的新剧"为宗旨③,附设演剧学校,聘请洪深为校长,田汉为名誉校长,三年时间培养了一大批专业艺术人才,排演了许多优秀剧目,如纪念沙基惨案的反帝剧作《怒吼吧中国》,以及《扬子江暴风雨》《流亡曲》《乡愁》等话剧,还编导演出《李桂林之死》,控诉日寇入侵东北三省和蒋介石的不抵抗主义④。同时创办《戏剧》杂志,在广州《国民日报》副刊上每周出版《戏剧周刊》,发表理论文章,翻译外国戏剧,积极指导广东各学校剧团和其他剧社的戏剧活动,推动粤语演话剧,开创了广东戏剧新局面。

1931年广东政局变更,广东戏剧研究所停办,欧阳予倩离穗。但由于广东戏剧研究所和左翼文化运动的影响,加上日本入侵东三省,国难日深,三十年代初广东的话剧活动即以学校为中心展开,广州的中山大学、岭南大学、培正、培道、培英、真光、协和、广雅、执信、教忠、知用等学校都有剧社,女师、广雅和执信中学还设有戏剧课程,聘请钟启南等剧人教学。

当时进步剧社的活动艰难而活跃。中山大学抗日剧社1932年1月正式成立时发表宣言:"'团结同学''研究戏剧''致力抗日宣传',这便是我们的目标。"剧社在

---

① 董每戡:《话剧四十年》;黄天骥、陈寿楠编:《董每戡文集》(下),广州:广东高等教育出版社1999年版,第640—641页。
② 广东省地方史志编纂委员会编:《广东省志·文化艺术志》,广州:广东人民出版社2001年版,第298页。
③ 欧阳予倩:《广东戏剧研究所的经过情形》,《欧阳予倩全集》第6卷,上海:上海文艺出版社1990年版,第419页。
④ 梁绮:《回忆抗战前后广东党领导的戏剧工作》,广州话剧研究会、《鸣镝篇》编委会:《鸣镝篇》,石家庄:花山文艺出版社1994年版,第28页。

"一·二八"淞沪抗战爆发后不久开始公演,两年多的时间演出《五奎桥》《最初欧罗巴之旗》(即《鸦片战争》)《S.O.S.》《活路》《乱钟》等大型进步剧目十多次,开展抗日救亡宣传。上海左翼文艺刊物《文艺新闻》以《时代乱钟下的活路》为题报道:"他们自己筹款、设计、装置、排演……台上演出者和台下的观众的意识与感情都打成一片,演员的喊声与观众的喊声融在一起","真的戏剧大众化,在广东,将由这里开展下去。"①

中山大学抗日剧社的发起者为当时在高中部读书的李克筠。他是广州人,读小学时就以"讲故事"的形式,参加了共产党组织的宣传晚会。1932年,李克筠通过东北流亡学生了解到东北义勇军的英雄事迹,感愤于东北军民打回老家、收复失地的强烈愿望,遂以易扬为笔名,创作了剧本《打回老家去》。1933年,中国戏剧家联盟广州分盟以曙风书店的名义出版《脚本小丛书》,此剧为其中一种。此后又刊于《读书生活》杂志,并在张庚编辑《国防戏剧集》和王族牧编辑《国防戏剧选》时被收入。1935年,北平学生南下宣传团在河北省的宛平、固安、涿州一带演出该剧,此剧又先后在太原、南京等各地不断上演,所到之处反响强烈②,"打回老家去"成为一个响亮而有力的政治口号,对于鼓舞东北及全国军民万众一心、团结抗战起到积极的作用。后来,张庚在《1936年的戏剧——活时代的活记录》一文中评价该剧对"国防戏剧"运动的影响:"北平学生在乡村中上演《打回老家去》才是真正国防戏剧的第一次演出。从此之后,各地广泛地展开了救亡的戏剧公演。"③

1933年4月,中国左翼文化总同盟广州分盟(简称广州"文总")成立,下设中国戏剧家联盟广州分盟(简称"剧联"),对领导组织南粤大地的戏剧抗日救亡运动起到积极作用,李克筠为领导成员之一。1933年7月15日,为募捐支持英商太古公司海员罢工,中山大学抗日剧社举行了义演。事前,李克筠、肖宜越、吴永年、李五欢等剧社成员到太古码头与罢工工友交谈,根据他们的亲身遭遇,集体编写了多幕剧《我们不起货》,真实反映海员罢工的斗争,罢工工友也踊跃参加这次演出。演出收到了很好的效果。此外,李克筠还创作了《抢米》《空袭》和根据张天翼小说改编的《最后列车》等剧作。

1934年,广州文总及剧联李克筠等领导和60多名学生先后被捕入狱,谭国标、温盛刚、凌伯骥、赖寅仿、郑挺秀、何仁棠等惨遭杀害,中山大学抗日剧社等进步社团

---

① 书元等:《时代乱钟下的活路》,《文艺新闻》1932年5月第2版。
② 黄穗生:《李克筠与中山大学抗日剧社》,广东政协文史资料研究委员会编:《广东文史资料》第62辑,广州:广东人民出版社1990年版,第91～94页;陈嘉编:《抗日剧社和易扬》,广州:广州师范学校印刷厂,2001年印。
③ 张庚:《张庚文录》第1卷,长沙:湖南文艺出版社,2003年,第127页。

被查封,剧联被迫停止活动。①

广东其他地区的学校剧运和救亡宣传也发展起来。广东南路有钦州的青鸟剧团、北海的海燕剧团、高州的中山剧社、高州中学抗日剧社等,其中青鸟剧团影响比较大。

1931年夏天,钦县简易乡村师范部分师生赖天籁、李体团等人,与因广东戏剧研究所被迫停办而应聘前来的陈酉名成立"青鸟剧团",首先公演了欧阳予倩改编的萨都作品《最后的拥抱》,突出反侵略的主题。1932年"一·二八"事变后,剧团排演苏联作家特列恰柯夫反映1926年英国炮舰屠杀中国人民、制造四川万县惨案的《怒吼吧,中国》,引起群众很大的反响。此后剧团或演出宣传抗日的剧本,或临时改排活报剧,还编写了独幕剧《医生》,公演多场,后改剧名为《解脱》,1939年发表在文艺杂志《大地》创刊号。陈酉名又编写了一幕两场剧《矿坑之前》,取材于当时报纸报道的辽源"万人坑",描写矿工们群起反抗日本侵略者暴行以及死难家属要求抚恤的英勇斗争。

青鸟剧团1932年夏暂停。1933年2月,陈酉名在广州先后参加广州前卫戏剧作者同盟和中国左翼戏剧家联盟广州分盟的戏剧活动半年多,又回到钦州。青鸟剧团1933年重组后"仍站在大众前列,企图联合所有过去曾经参加青鸟活动的战友们同心协力,重整旗鼓,把钦州抗日救亡的革命剧运再次掀起高潮"。他们有步骤地发动县城范围内的"学校剧运动",不但推动了抗日宣传,还对当地话剧的发展产生较大的影响,由学校师生组织的话剧团(队)遍布各乡镇,对唤起民众,推动抗日起过积极的作用②。1933—1936年,青鸟剧团公演的长短剧目有《爱与死之角逐》《招认》《东北之家》《自由的范茜》《南归》等三十个以上,足迹遍及钦州、北海、南宁等地,许多观众是中小学的教师、学生。1938年秋,青鸟剧社被迫结束。③

二、"七七事变"后的抗战戏剧

1936年,中共北方局派人到广州恢复党的活动,成立中共广州市委员会和南方工作委员会。市委认为,戏剧形象易懂,为群众所喜闻乐见,是最生动、活泼的宣传武

---

① 方志钦、蒋祖缘主编:《广东通史·现代上册》,广州:广东高等教育出版社2014年版,第1037页。
② 周开日、李智主编,钦州市地方志编纂委员会编:《钦州市志》,南宁:广西人民出版社2000年版,第1119页。
③ 陈酉名、赖天籁、李体团:《"青鸟剧团"活动的始末》,中国戏剧家协会广东分会、广东话剧研究会编印:《广东话剧运动史料集》第2集,1987年,第68—75页;广西话剧志编委会编:《广西话剧志》,南宁:广西人民出版社2008年版,第180页。

器,在整个抗日救亡运动中是斗争的前哨。为了加强党对戏剧运动的领导,市委宣传部于1937年3月正式成立了戏剧支部。要求戏剧支部抓紧做好剧团工作,用抗日救亡、抗日民族统一战线这个中心把革命青年团结组织起来。①

1937年"七七事变"之后,抗战成为时代主题和全民政治,由于国共两党和社会大众的共同支持参与,迅速组织了大批抗日救亡演剧队,奔赴各地宣传演出,全国约有3万以上的"戏剧兵"②。在当时的各种文学体裁中,抗战戏剧异军突起,1937—1945年期间形成了前所未有的以"原创剧本的大量出现、记录剧运实践的图书及实用性戏剧理论书籍的兴起"为主要标志的"话剧图书出版潮"③。抗战戏剧选本也非常多,其中广东出版或主编的有《战时街头剧选》(广东中山县话剧协会编,广东中山县前锋书店,1937年)、《抗战报告剧》(尤兢编选,广州上海杂志公司,1937年)、《街头剧》(广州国防戏剧研究会,汉口星星出版社,1938年)、《抗战戏剧选(集体创作)》(胡春冰编,广州怒吼出版社,1938年)、《抗战戏剧选(学校农村适用)》(胡春冰编,广州怒吼出版社,1938年)、《最佳抗战戏剧选》(广州怒吼出版社,1938年)、《抗战独幕剧》(刘斐章编,广州上海杂志公司,1938年)、《战时儿童独幕剧选》(赵旭初编,广州北新书店,1938年)、《再上前线(国防戏剧选集)》(赵文光编,广州新群出版社,1938年)、《国防戏剧第一号》(马翎编,汕头益利书局,1938年)、《抗战剧本特辑》(广东省党政军联席会议宣传部印行,1938年)等等。据统计,"八年抗战期间所出版的小说、散文和诗歌选本,合起来也不如抗战戏剧选本数量多。可见戏剧界不仅成了抗战宣传的急先锋,而且成为抗战时期文艺宣传的主力军。"④

1937年8月8日,中共广州戏剧支部通过广东省文化界抗敌救亡协会的领导和推动,在广州正式成立了广东戏剧协会,有艺协、锋社、蓝白、前锋等剧社的275人参加。《广东戏剧协会成立大会宣言》提出了"切近时代""为人类求解放、为中华民族求生存,作为一支救世军"的目标,指出:"我们广东剧运的工作者联合起来,在千险万难之前直立,今日华北的炮声,渐渐的爆响到华中而华南了,这不可避免的大斗争将驾临到每个人头上,我们应当毫无疑义地举起'救亡戏剧'之旗,向敌人的腹地冲锋。因之今日的戏剧运动,应该比昨日更前进、更勇敢、更具体、更实际,那便是为民族的生存而斗争,为时代的使命而努力。"⑤广东戏剧协会旋即开展抗日宣传工作,出

---

① 谢彬筹:《岭南戏剧思辨录》,北京:中国戏剧出版社2000年版,第310页。
② 罗执廷:《民国社会场域中的新文学选本活动》,济南:山东文艺出版社2015年版,第180—181页。
③ 丁芳芳:《论抗战时期话剧图书出版潮》,《首都师范大学学报》2009年第6期。
④ 罗执廷:《民国社会场域中的新文学选本活动》,济南:山东文艺出版社2015年版,第167—181页。
⑤ 中国戏剧家协会广东分会、广东话剧研究会编印:《广东话剧运动史料集》第2集1987年版,第1页。

版《抗战戏剧》,并由各剧团分幕包干演出了大型话剧《保卫卢沟桥》。

党领导下的广州三个较大规模的话剧团——锋社、艺协、蓝白剧社,是业余剧团,也是专业救亡团体。在广州沦陷前后,他们积极组织参加各种救亡活动,工作还面向各学校、机关和社会团体组织的20多个剧社和广州儿童剧团等。剧团成员集体参加了由中共直接领导的广东青年抗日先锋队(简称"抗先")和社会局统辖成立的战时民众宣传队,并在其中组织演出组、歌咏组、演讲组等,配合形势上街头、下农村、到工厂进行演出。他们演出的街头剧、活报剧和短剧都是宣传抗日救亡的内容,如《放下你的鞭子》《张家店》《林中口哨》《别放跑他》《月亮上升》《没有祖国的孩子》《最后一课》等。他们还在舞台上演出大型话剧《回春之曲》《我们的故乡》《八百壮士》《扬子江暴风雨》《飞将军》《雷雨》《自由魂》等。在广州沦陷前夕,各剧团举行了第一届戏剧节的联合公演,锋社上演《自由魂》,蓝白剧社上演《泰山鸿毛》,前锋剧社上演《怒海余生》,艺协剧团上演《天下太平》等。剧团成员还在日寇飞机狂轰滥炸、难民蜂拥而来的情况下,组织担架救护、抢救伤员、维持治安、献金义演等活动。①

与此同时,广东省其他地区的文艺演出和宣传活动也空前热烈。"七七事变"后八个月内,潮安就成立了青年抗敌同志会("青抗会")"乡村巡回宣传队"、醒民剧社、金中剧社和八区区立中学的区中剧社、三区救亡剧团等。青抗会的"乡村巡回宣传队"二十多名队员跑遍了全潮安的各个大小乡村,演出的街头剧、舞台剧有《我们的故乡》《扬子江暴风雨》《曙光》《活路》《林中口哨》《伟大的日子》《咱们要反攻》《打日本鬼子》《公事公办》《走江湖》等多种。醒民剧社自编自演了《青纱帐里》《到前线去》《毒药》等剧目。金中剧社演出过《一颗炸弹》《皇军的伟绩》《在关内过年》《放下你的鞭子》。区中剧社演过《春风秋雨》《夜光杯》等节目。戏剧宣传给市民和乡民以"一种新的刺激,新的鼓动",在配合救亡宣传的意义上"可以说是相当成功的"。②

抗战期间,各省每年10月10日举办戏剧节一次。广州为了举行1938年戏剧节,曾由艺协剧团上演陈卓猷编的《天下太平》,锋社上演由赵慧琛改编的《自由魂》。戏剧节未完,广州告急,大批青年撤向农村。

---

① 广东省地方史志编纂委员会编:《广东省志·文化艺术志》,广州:广东人民出版社2001年版,第302页。
② 中共广东省委党史研究室编:《省港抗战文化》,广州:广东人民出版社1994年版,第107—109页。

三、广州沦陷后的戏剧活动

广州沦陷后,许多戏剧工作者根据党的指示,参加第四战区战时民众动员委员会属下的战时工作队,分别前往省内各地农村和战地开展战时宣传。1939年初,余汉谋的12集团军政工总队成立,中共广东省委得到长江局同意,从下乡的动员委员会战时工作队中安排800个青年(其中120名党员)参加,成立了政工总队,开展政工和艺术活动,举办轮回艺训班及在士兵中举行实验演出,进行政治鼓动、传达命令、转运伤兵、发动群众乃至握枪上阵。在两次粤北告捷中,政工总队都做出了贡献。两次粤北会战之后,由何芷创作的大型话剧《粤北丰碑》和何芷写词、黄友棣作曲的大合唱《良口烽烟曲》,演出都收到很好的效果。1940年初在曲江举行粤北大捷展览会,演出了《胜利的反攻》《陈列室》《我们的故乡》等反对汉奸卖国、宣扬抗击日寇的剧目。同时举行的全省戏剧工作者座谈会,研究讨论了进一步开展士兵剧运和推进抗战戏剧的问题。此后国民党广东部队的戏剧活动蓬勃开展,除有政工队、艺宣队的剧团演出外,还成立士兵演剧队、艺训班,进行士兵演剧组训和实验演出工作,演出剧目有《凤凰城》《流寇队长》《魔窟》《麒麟寨》《冲出重围》《国家至上》和自己创作的《胜利的反攻》《粤北丰碑》《李连长》等;出版过《前线艺术》《士兵戏剧通讯》等刊物,还开展了斯坦尼斯拉夫斯基体系的研究,并把斯氏演剧方法运用于演出实际之中。[①]

1941年皖南事变发生后,政治形势逆转。艺协、锋社、蓝白的同志从前线抽调回韶关。除较暴露的党员外,李门、游波等奉命坚持下来,组成第七战区政治大队(简称"七政大"),继续开展抗战宣传工作。当时活跃的戏剧团队还有抗敌演剧第七队(简称"演剧七队")、广东省艺专实验剧团、艺联剧团、复兴剧社、广东青年剧社、大地艺术营、广东省艺宣团等。七政大排练《忠王李秀成》《虎符》得到了欧阳予倩、田汉、郭沫若的指导,《忠王李秀成》先后演出100多场,场场满座,还演出了《天国春秋》《蜕变》《大明英烈传》《草木皆兵》《朱门怨》《金玉满堂》《祖国在召唤》等剧。演剧七队曾经演出话剧《家》、歌剧《军民进行曲》《农村进行曲》等,也很受欢迎。

由广东省立战时艺术馆演变而来的广东省立艺术专科学校既为抗战时期的戏剧活动做出贡献,也为广东的文艺事业培养了一批优秀人才。该校1942年5月正式定名,校内设戏剧、音乐、应用美术三个系,还有师范科和实验剧团,校长赵如琳兼任实验剧团团长。剧团以建立"民族的、现实的、新中国的演出体系"为宗旨,注重内容的

[①] 广东省地方史志编纂委员会编:《广东省志·文化艺术志》,广州:广东人民出版社2001年版,第303页。

积极性、艺术的实验性和学术的研究性,排演过《油漆未干》《面子问题》《百胜将军》《宝塔与牌坊》《饥火》等三十多个话剧、舞剧和舞蹈作品。

1944年2月,在桂林举行西南剧展,同时召开的西南戏剧工作者大会。广东参加剧展的有七政大的《天国春秋》《蜕变》,演剧七队的《法西斯细菌》《军民进行曲》,艺专实验剧团的《苏瓦洛夫元帅》《油漆未干》,艺联剧团的《茶花女》《水乡吟》,中大剧团演出英语话剧《皮革马林》。除演剧七队外,其余剧团的演出或用粤语或用英语。剧展期间举行了资料展览,广东仅七政大送展的资料,就说明他们曾经演过多幕剧175场,独幕剧504场,数量相当可观。①

除了前述的锋社、艺协、蓝白剧社之外,还有抗战前后成立的前锋剧社、广州抗日先锋队宣传队、广州儿童剧团、奔风剧社、春雷剧团、邮局剧团、中华海员抗敌后援会广州分会戏剧组等;学校剧团则有广雅中学剧社、市立一中剧社、省立一中戏剧组、明远中学宣传队等;外来的有八一三歌咏团、海关同人救亡长征团等,都在城乡开展了话剧、歌剧活动,呼吁奋起抗战,掀起了话剧艺术的新高潮。

四、编演实践中的群众路线

在抗战的烽火中,广东的进步剧社和戏剧家积极投身抗日救亡的宣传工作。服务大众、贴近大众的群众路线,成为卓有成效的经验。

锋社成员在广州和清远仁和、番禺大石、东莞厚街、中山翠亨等乡村以戏剧、歌咏、演讲、标语等形式开展活动。在敌机的轰炸声中,他们先行演讲,再呐喊歌唱:"听呵!飞机还在不断地掷炸弹,大炮还隆隆地在响,我们拼着最后一滴血,守住我们的家乡!"锋社演出的街头剧,除了通常演出的《放下你的鞭子》《九·一八以来》《张家店》等以外,还编排过粤曲戏《手榴弹》。当时在新文艺工作者中,还没有人运用唱粤曲这一形式来做宣传。李门觉得广州人民很喜爱粤曲,就学唱粤曲,然后在传统戏《化子拾金》的基础上改编成独角戏《手榴弹》,大意说一个农民拾到一颗能说话的手榴弹,听它讲述抗战的形势和抗战的道理,最后他和手榴弹一起奔赴前线。他说:"这个戏演出效果很好,也是我学习运用民间文艺形式的开端。"②

广州儿童剧团成立于1937年"九一八"事变之后。广州沦陷前,形势已很紧张,剧团仍坚持在以前的太平戏院公演多幕儿童剧《古庙钟声》,最后高唱"起来!不愿

---

① 广东省地方史志编纂委员会编:《广东省志·文化艺术志》,广州:广东人民出版社2001年版,第304页。
② 李门:《抗战洪流中的广州剧人——并谈广州锋社》,中国戏剧家协会广东分会、广东话剧研究会编印:《广东话剧运动史料集》第1集1984年版,第85页。

做奴隶的人们!""中国不会亡!"撤往广西梧州后,他们与当时从广州一起出发的"上海八·一三歌咏队""蓝白剧团"组成"战时工作队第五大队",每到一地都演出《放下你的鞭子》《捉汉奸》等街头剧,宣传抗日。到融县为当地的一间兵工厂演出时,针对汉奸特务在厂内散播的谣言,立即编演了《爸爸不要做汉奸》一剧,受到工人们的热烈欢迎。剧团还帮助工人组织剧社,开展抗日文艺活动①。广州儿童剧团在粤桂转战六年,1943年11月,全体被国民党反动派拘捕入狱,脱狱后投奔东纵北江支队。②

抗战救亡的话剧走群众路线,走现实主义的创作道路,也取得了突出的成果。

1937年初至1943年,陈卓猷一直担任广州艺协剧团、四路军民运工作团、十二集团军政治大队、艺宣大队、七战区政治大队的导演或队长。他认为,戏剧是劳动人民创造的,要使戏剧艺术得到发展,必须得到广大群众的爱好与支持。因此,一定要把戏剧活动深入到农村、部队、学生、市民当中去。艺宣大队成立,他就把开展士兵戏剧运动作为大队的任务之一。他精心磨炼出《流寇队长》和《魔窟》两个高质量的戏巡回演出,引起官兵对话剧的爱好。然后,组织士兵演剧训练班,以《反正》《叱咤风云》两个独幕剧作为训练剧目进行教学,同时宣传坚持抗日、抗战必胜的道理,并编写士兵演剧的小册子发到部队。

陈卓猷认真研究斯坦尼斯拉夫斯基表演体系,并与斗争实践结合。他编导剧目,避免"认识情感与角色生活脱节"③,其中既有热情的歌颂,又有大胆的暴露,更有辛辣的讽刺,表现了他对时代的敏感与政治的热情。"九一八"事变前后,国土沦丧,抗战呼声高涨,他编写了《越狱》,并组织排演凌鹤的《黑地狱》《飞将军》等国防戏剧。1938年,针对大发国难财、危害抗战的不法丑行,他编导四幕讽刺喜剧《天下太平》,艺术上、内容上都很突出,演出后,广州戏剧界的老前辈都上台祝贺。1940年春,陈卓猷在十二集团军政治大队工作时,日寇侵犯粤北被击退,于是编导了四幕剧《胜利的反攻》,在祝捷大会上演出;全国掀起声讨汪精卫集团的斗争,又编导了四幕讽刺喜剧《陈列室》,揭露其卖国罪行和反共本性,社会反响强烈,深受观众欢迎。④

在海南岛,抗日战争前后,琼山、文昌、琼海、海口、儋县、昌江等地的中小学校,多数都开展了进步的、抗战的话剧活动。日寇侵占海南岛后,在中共琼崖特委、抗日独

---

① 冯金风整理:《广州儿童剧团忆旧——怀念谈星、海风、夏云、李锦荣同志》,中国戏剧家协会广东分会、广东话剧研究会编印:《广东话剧运动史料集》第1集1984年版,第99页。
② 广东省戏剧家协会编印:《洁似寒梅:李门遗作选》2000年版,第80页。
③ 陈卓猷:《演员创造论》,上海:新文艺出版社1953年版,第241页。
④ 游波:《走现实主义创作道路的戏剧艺术家——回忆陈卓猷从事戏剧活动的片断》,中国戏剧家协会广东分会、广东话剧研究会编印:《广东话剧运动史料集》第2集1987年版,第90—92页。

立总队建立的抗日根据地里,也配合抗日战争的各个阶段,运用活报剧、歌剧、话剧进行宣传演出。如独立总队政治部歌剧团,除自编自演《家乡进行曲》《模范乡长》《人兽之间》等话剧外,还经常参加民运、宣传和战斗。

在广东南路,抗日战争开始后,广州湾(湛江)、遂溪、茂名、电白、钦州、北海等地的进步话剧活动都很活跃,话剧团体有学校的、业余的,也有外地来的。演出剧目除了《放下你的鞭子》等活报剧外,还有《日出》《流寇队长》《明末遗恨》《钦差大臣》《茶花女》等中外名剧。

在潮汕地区,潮安、普宁、揭阳、揭西、惠来等地都成立了话剧社团,运用话剧形式进行抗日救国宣传,除了《放下你的鞭子》《三江好》《松花江上》等活报剧、短剧之外,还上演《大地回春》《雾重庆》《升官图》等长剧。此外,在梅县、大埔、清远、英德、新会等许多地方,都有话剧团体,普遍通过活报剧、话剧演出发动群众、宣传抗日救国。①

第二节　大型历史剧《黄花岗》

烽火中的岭南话剧创作虽然与现实斗争生活的结合十分紧密,但是艺术成就不够高,不少作品比较简单。创演于抗战初期的大型历史剧《黄花岗》人物众多,情节动人,场面宏大,演出盛况空前,反响热烈,是岭南话剧的代表作。

1938年3月28日至31日,广东戏剧界为纪念"黄花岗"七十二烈士"发动二十四个剧作家"集体创作了该剧,并"联合广州二十多个剧团,动员二百多个戏剧工作者(其中包括演员、导演及舞台工作者)"于广州太平戏院首次公演该剧②。这部剧是分幕创作的,共四幕六场。"开头第一幕,是写革命党机关被搜查的紧张情形,以及林觉民的夫人到机关来找他,他避而不见的悲壮场面。第二幕是张鸣岐在洋花厅上密议镇压革命党的情形。第三幕是写3月28日(起义前夜)革命党机关中决定起义的情形。第四幕写张鸣岐、李准审革命党,革命党英勇就义,最后革命党进攻总督府的悲壮战争,演得非常紧张,将当年的历史,活活地重现在眼前。最后一幕尾声,是写现在纪念烈士殉国慷慨激昂的群众大会。"③演出结合"彼时彼地"的历史场景与

---

① 广东省地方史志编纂委员会编:《广东省志·文化艺术志》,广州:广东人民出版社2001年版,第305页。
② 黎觉奔:《革命史剧"黄花岗"广东戏剧界大范模的联合公演》,《抗战戏剧》1938年第2期,第39页。
③ 《明日"黄花岗"》,《救亡日报》1938年3月28日。

"此时此地"的纪念活动,展现烈士革命精神的同时,联系抗战的社会大环境,发起抗战动员。"这一次的集体创作和演出,不但在广东的剧运上开了新纪元,即在全国的抗战剧运上,也是值得非常注意的事件。"①戏剧艺术家黎觉奔认为,此次公演不仅有助于纪念烈士为国牺牲的精神,而且推动了广东戏剧界的统一战线。②

《黄花岗》创作主旨是"继承七十二烈士伟大的革命精神,来完成反日本帝国主义和建立自由独立幸福底新中国的任务"。执笔者有阮琪、罗海沙、周钢鸣、楼兆揭、蔡碧青、夏衍等人,总整理为阮琪、胡春冰、夏衍,共有广东戏剧协会组织的二十多位同人不分党派、齐心协力集体创作。

全剧四幕六场,序幕是同盟会员、爱国归侨温生才刺杀清广州将军孚琦,中间是以黄兴为首的农历"三·二九"起义的重大事件,主要人物有喻培伦、方声洞、林觉民、朱执信等,尾声是在抗战中召开纪念大会。全剧以时间顺序依次展开,贯穿着救国救民的主线,洋溢着慷慨牺牲的豪情。

剧作通过温生才刺杀孚琦昭示了革命的目的,塑造了革命者大无畏的英雄形象:

温生才:(仰天狂笑)如果我怕死,我就不干这事情了!……我虽然死了,相信千百万不愿做奴隶、不甘受压的中国人,一定会比较我更不怕死的,为着民族的自由平等,为着全中国人民的幸福而斗争!③

第一幕是革命党人在广州甘家巷紧张地商量和策划。其中,夹杂着林觉民对年轻的妻子意映,以及黄兴与徐宗汉等战友的深情。林觉民"面貌如玉,肝肠如铁,心地如雪"④。他对战友们说,"革命者应该以自我牺牲去换取未来人类的幸福",为了民族的解放,他不惜牺牲自己、牺牲甜蜜的爱情和温馨的家庭:

林觉民:以今天的情势看来,天灾可以死人,盗贼可以死人,被列强侵略可以死人,贪官污吏虐民可以死人。我们处今天的中国,国内无时无地不可以死,到那个时候使我眼睁睁看她死,或使她眼睁睁看我死,我也不忍,她也不能。即算没有死而离散不相见,徒然使两地眼穿而骨化石,试问古今几曾见破镜能圆,那比死还更苦,所以我索性愿死而不顾她啦!至如我今日之死已无遗憾,国事成不成,还有同志在。⑤

---

① 林焕平:《评"黄花岗"》,《文艺阵地》1938年第3期,第83页。
② 黎觉奔:《革命史剧"黄花岗"》,《抗战戏剧》1938年第1期,第39页。
③ 集体创作:《黄花岗》,广州:怒吼出版社1938年版,第26页。
④ 王铁藩:《一纸遗书千行泪——记林觉民烈士夫妇》,政协福州市委员会文史资料工作委员会等编印:《福州文史资料选辑》第6辑1986年版,第113页。
⑤ 集体创作:《黄花岗》,广州:广东戏剧协会印行,怒吼出版社,1938年版,第50—52页。

这些台词,源出黄花岗起义前三天的深夜,林觉民烈士在香港滨江楼,用一块白绢,墨笔书写,托人辗转带到福州、秘密交给妻子陈芳佩(字意映)的绝命书,阐述其为推翻帝制、建立共和,已抱定为革命捐躯的决心。书中感情真挚,言辞慷慨激昂,表现出革命英雄气概和坚定立场。舞台上的儿女情长,令革命者有血有肉,拉近了观众的心理距离。革命者将家庭幸福、夫妻深爱与国家的未来和人民的命运联系在一起,义无反顾地为国家民族牺牲的高尚品格,深深感染了舞台前的观众。

"不成功,当成仁,现在大家抱着决死之心的。"(第三幕喻培伦语)但是,他们同样期待后来者,期待最后的胜利。林觉民在举事前曾经对战友说:"此举若败,死者必多,定能感动同胞……使吾同胞一旦尽奋而起,克复神州,重兴祖国,则吾辈虽死之日,犹生之年也,宁有憾哉,宁有憾哉。"①到《黄花岗》第四幕,李文甫等革命党人掩护战友朱执信等撤退时:

　　李文甫:(一面射击,一面回过头来说)……为了革命,为了拯救中国,……我在这里,你们放心走吧!

　　党人七:如果我们因这次失败而灭亡,那么,拯救中国的责任就落在你们的身上了。

　　黄兴:(流泪)同志们!再见吧,我们会踏着你们的血迹前进的。

由于众寡悬殊、起义失败,李文甫等被执,仍教育兵丁:

　　李文甫:你们都是中国人,为甚么甘愿做满族的奴才呢?

　　李文甫:当然,我们是要大家不做满奴。因为中国现在快要被满清政府断送给了列强,我们国民连子子孙孙,都要做列强的奴隶牛马,我们中国人要生存要自由,非起来革命不可。②

这些对话,说的正是日寇入侵的民族危机、生死存亡的国家大势,反映的也是全国人民的正义呼声。黄兴和革命党人坚定的话语:"我们革命的前途是胜利的"(第三幕),这,也是抗战军民共同的决心。

正是出于为国为民的高尚目的,剧中,统带、李准等清吏狼狈万分地从水缸旁边爬出来,要杀掉被捕的革命党人,他们毫无惧色地说:

　　党人们:杀啦吧,杀啦吧!就在我们血的上头,会开出自由的花朵,中华国族,从此要翻身了。③

---

① 邹鲁:《中国国民党史稿》下,上海:东方出版社中心2011年版,第1315页。
② 集体创作:《黄花岗》,广州:怒吼出版社1938年版,第142—145页。
③ 集体创作:《黄花岗》,广州:怒吼出版社1938年版,第147页。

《黄花岗》一剧的主体部分,观众都是作为远离舞台的旁观者观看演员演出,与舞台有时间和空间的距离。到了尾声,创作者采取了非常特别的结构安排。剧本明确说明,景是"民国二十七年广州黄花岗七十二烈士殉难纪念大会的群众大会会场。整个舞台就是大会的演讲台,全体观众就是出席纪念大会的群众。"①这样,观众虽然依旧还是静坐着的远离舞台的观众,但是,烈士慷慨陈词、总督府后火起,伴随着幕落下,在传统的镜框式舞台上,原来由观众对舞台"三向度"空间实体联想而产生的阻隔演员与观众的无形的"第四堵墙"轰然倒塌,观众被推向前台,与表演者共处同一时空,成为进行中的"纪念大会现场观众"。虽然"加入纪念大会"很突然,但是,经过长时间的剧情浸染、与舞台的感情共振,对于观众来说,这个转折并不突兀,而且为观众悲愤的情感找到停驻的港湾,为后面的喷薄蓄积力量。

幕启,"沉着悲痛"的演讲者A"继续着讲"黄花岗七十二烈士的死,"并不是革命的终结,而正是革命的开端"。他提出"后死者的责任",以及"革命尚未成功"的任务。他提出:"我们要继续烈士们的遗教,完成国民革命,第一就要全民族团结起来,打倒国民革命最后的敌人——日本帝国主义!"②

在深具激情的演讲之后,出现在观众面前的,是黄花岗七十二烈士的遗族。他进一步以地域感情,将现场观众拉近距离:

> B:广州是七十二烈士起义和成仁的地方,广东人在七十二烈士里面占了最大的比例,……广东四千四百万人全体都有革命的光荣!广东四千四百万人全体都有革命的责任!(鼓掌欢呼)我们要继续发扬广东的革命精神,我们要加倍的努力来完成我们父兄叔伯交给我们的责任!(欢呼)当然,这种责任非常的重大,……我们要把七十二烈士的精神普遍到四万万五千万同胞的全体!四万万五千万人团结成一个人,一个心,团结到底,抗战到底,中华民族才能自由解放,地下的我们的父兄叔伯才能含笑!

他再次呼吁,团结一致,共抗日寇:

> 敌人的心是最险毒不过的,他们处心积虑地在破坏我们,希望我们分裂,我们内乱,这样他们才能不费兵力,并吞整个中国!……我们要团结到底,抗战到底!最后的胜利是我们的!(鼓掌)③

剧本明确将现场观众设计进入表演。在这位烈士遗族、抗日战士演讲之后,演员

---

① 集体创作:《黄花岗》,广州:怒吼出版社1938年版,第149页。
② 集体创作:《黄花岗》,广州:广东戏剧协会印行,怒吼出版社1938年版,第150—152页。
③ 集体创作:《黄花岗》,广州:广东戏剧协会印行,怒吼出版社1938年版,第154—156页。

扮演的台下群众发言,然后走上舞台呼吁同胞"团结到底!""抗战到底!"

  主席:(正要致辞的时候)

  台下群众之一:主席!方才主席和＊＊＊先生……

  主席:(制止他,)有意见,请上来发表。

  C:(登台)主席,诸位同胞,……

  从观众席走上舞台的演员,之前一直以观众身份在观看,他的上台,将台下观众视线从舞台拉到身边,再拉上舞台,仿佛观众的代言人,将共同的心声讲出。这样就让舞台与观众席打成一体,令现场观众切实参与到戏剧场景。①

  《黄花岗》表现了要求团结抗战、建立新中国的人民群众的共同心声,气魄宏大,"起码在广东省内可以这样说,这在全国全世界的话剧史上也是罕见的。"②当时的报纸曾指出:"这个剧的演出,动员之广,不独在广州,就是在全国,也不能不算是一个空前创举。"这是地下党领导文艺、戏剧动员抗战的光辉典范,也是戏剧支部坚决执行党的指示努力工作的结果③,充分展现了"巩固统一战线,强化文化国防"的主题。

  1938年3月29日是同盟会广州起义(即黄花岗起义)28周年纪念日,广东当局举办规模空前的戏剧歌咏纪念大会。钟天心任大会主任,胡春冰、马思聪任副主任,赵如琳任戏剧组长,陈世鸣任音乐组长。戏剧演出由广东戏剧协会主办,参加的有艺协、锋社、蓝白三大剧社,以及八·一三歌咏队、七七剧社、文化界战时服务团、抗战剧社、民众教育委员会戏剧股、奔风剧社、青年群剧社、民族前卫社、炬流剧社等二十多个文艺单位④。演出整容鼎盛。演出部主任为钟天心,副主任胡春冰、马思聪;戏剧组长赵如琳;音乐组长陈世鸿。演出委员会委员为胡春冰、赵如琳、夏衍、罗海沙、钟启南等54人。导演团导演为胡春冰(舞台监督)、夏衍、黄凝霖、赵如琳、缪一凡、钟启南、罗海沙。下设装置股、照明股、化妆股、服装股、效果股、道具股、事务管理股共百余人⑤,演员八十多个。另外动员了数百人参加歌咏队及街头演出队,还有省府、

---

① 刘厚生、陈坚编:《夏衍全集·戏剧剧本》下,杭州:浙江文艺出版社2005年版,第441页。
② 卓文彬:《黄花岗演出的点滴回忆》,广州话剧研究会、《鸣镝篇》编委会编辑出版:《鸣镝篇——广州锋社话剧团的战斗历程》,石家庄:花山文艺出版社1994年版,第151页。
③ 梁绮、白璋川:《戏剧支部领导剧运的回顾》,中国戏剧家协会广东分会、广州话剧研究会:《广东话剧运动史料集》第3集1990年版,第15页。
④ 袁小伦:《统一战线与省港抗战文化运动》(中),中共广东省委党史研究室编:《广东党史资料》第22辑,广州:广东人民出版社1993年版,第162页。
⑤ 广州话剧研究会、《鸣镝篇》编委会:《鸣镝篇——广州锋社话剧团的战斗历程》,石家庄:花山文艺出版社1994年版,第156—159页。

市府、四路军总部及海军司令部的军乐队也参加了演出。①

3月29日,广东各界在中山纪念堂召开纪念革命先烈及全国阵亡将士、死难同胞大会。会后到黄花岗七十二烈士陵园公祭先烈及阵亡死难军民,宣传队作街头演说并演出街头剧,晚上举行火炬游行②。纪念戏剧歌咏大会于3月29日到31日连续三天在广州太平戏院举行,参加人员达一千多人,场面壮观,秩序井然。

《黄花岗》的演出,每晚在唱过《黄花岗纪念歌》后才开幕。开幕前、幕间和闭幕以后,歌咏队齐声歌唱,歌声跟着舞台上的表演一起一落,观众的心情热烈兴奋③。最后全场群众高唱《全国总动员》,在乐队伴奏中歌声沸腾④。亲历者回忆,"尾声"尤其别出心裁,"把历史和现实联系起来"。"它用台上台下连成一气的办法,把剧情推向高潮,因此剧评家说,这场'尾声'其实就是'戏肉',大家都佩服夏公(夏衍)构思的巧妙和台词的生动。""台词中有一段话是非常精彩动人的:'东方伟大的凤凰,已经准备好涅槃的香木,勇敢地投入猛烈的火焰中,新的凤凰、新的中国,就要诞生了!'扮演大会主持人的演员是赵如琳,当他念到这段台词的时候,用动作配合起来,台下的观众仿佛看见一只火凤凰在烈火中振翅飞翔的样子,于是全场响起了暴风雨般的掌声,经久不息。这时候,台上台下打成一片,充分显示出中华民族的庄严气派和抗战必胜的信心!半个世纪过去了,但当日那激动人心的场面,至今仍依稀如在目前,足见艺术的感人之深。"⑤"最后,观众齐唱《全国总动员》,整个剧场——不,是会场——都沸腾起来了!"⑥

《黄花岗》演出效果很好,3月29日到31日连演三场外,又加演了三场。同年10月10日第一届戏剧节时,又发动16个团体举行联合公演⑦。1939年5月3日至5日,为响应"香港各界赈济华南难民联席会"的号召,由中华艺术剧团、香港青年戏剧协会及广东戏剧协会留港同人发起,全港戏剧界四十余个戏剧社团联合举行《黄花

---

① 梁绮、白璋川:《戏剧支部领导剧运的回顾》,中国戏剧家协会广东分会、广东话剧研究会编:《广东话剧运动史料集》第3集1990年版,第15页。
② 广东省立中山图书馆编纂:《民国广东大事记》,广州:羊城晚报出版社2002年版,第583页。
③ 钟启南:《钟启南同志的发言》,广州话剧研究会、《鸣镝篇》编委会:《鸣镝篇——广州锋社话剧团的战斗历程》,第143页。
④ 梁绮、白璋川:《戏剧支部领导剧运的回顾》,中国戏剧家协会广东分会、广东话剧研究会编:《广东话剧运动史料集》第3集1990年版,第15页。
⑤ 鲁毅仁:《夏衍和〈黄花岗〉的尾声》,广州话剧研究会、《鸣镝篇》编委会:《鸣镝篇——广州锋社话剧团的战斗历程》,石家庄:花山文艺出版社1994年版,第138—139页。
⑥ 李门:《浩气长存〈黄花岗〉》,广东省戏剧家协会编印:《洁似寒梅:李门遗作选》2000年版,第43页。
⑦ 广东省地方史志编纂委员会编:《广东省志·文化艺术志》,广州:广东人民出版社2001年版,第303页。

岗》公演。导演团由欧阳予倩、胡春冰等人组成,参加演出的演员80余人,台前幕后人员两百余人①。此次联合公演,据《星岛日报》1939年2月26日报道,"诚戏剧界空前未有之壮举"。

第三节 东江纵队和广东南路

一、东江纵队戏剧活动

从1937年8月31日首次空袭广州起,日机近百批900多架次对广州市进行了长达14个月的狂轰滥炸。1938年10月11日开始,日军庞大舰群陆续进抵惠阳县大亚湾,迅速占领几无抵抗的澳头、淡水,长驱直入。很快逼近从化、花县,包围广州。总司令余汉谋和军警人员弃城而逃。百姓号啕四散,悲惨万状②。21日下午,日军机械化部队3000人"如入无人之境"③,未遇一枪一弹抵抗侵入广州。到26日,珠三角地区相继大片沦陷。

广州沦陷后,根据中共中央的指示,广东省委决定将工作重点从城市向农村转移,1938年12月2日建立了惠宝人民抗日游击总队,1939年元旦建立东宝惠边人民抗日游击大队,1940年8月整编为广东人民抗日游击队,1943年12月改编为广东人民抗日游击队东江纵队,共三千多人。在战火中,这支队伍不断拓展壮大,取得辉煌成就,抗战胜利时,部队发展到了11000多人。

在远离党中央、远离八路军新四军、孤悬敌后、敌、伪、顽夹击的情况下,东江纵队党组织始终高度重视、积极领导部队文艺等宣传工作,作为开展对敌斗争、发动组织群众、宣传教育部队、鼓舞队伍士气的得力助手,每一片游击区和每一个独立作战的部队,大都有自己的剧团,各级的政工队、艺宣队等文艺队伍先后共有十多个。④

1939年3月,东江流动歌剧团在党组织和东江华侨回乡服务团的领导下成立,团长程跃群,政治指导员陈一民,团员17人。在一年零三个月时间里,行程2000多

---

① 方梓勋、胡志毅主编:《中国话剧艺术通史》第3卷,太原:山西教育出版社2008年版,第99页。
② 李洁之:《广州失陷的经过》,何邦泰主编、广州市政协文史资料委员会等编:《广州文史》第48辑《广州抗战纪实》,广州:广东人民出版社1995年版,第97—110页。
③ 黄植虞:《回忆正果阻击战》,何邦泰主编、广州市政协文史资料委员会等编:《广州文史》第48辑《广州抗战纪实》,广州:广东人民出版社1995年版,第127页。
④ 谭军执笔:《孤悬敌后的东江纵队文艺战士》,中国戏剧家协会广东分会、广东话剧研究会编印:《广东话剧运动史料集》第2集1987年版,第184页。

里,在飞机大炮的威胁下,坚持巡回演出于战火纷飞的东江游击区,沿途写标语、画漫画、出墙报、教唱歌曲、印发歌词,演出街头剧,开展抗日救亡宣传活动。他们演出了《放下你的鞭子》《太阳旗下》《张家店》《重逢》《飞将军》《需要》等四十多个剧目,演唱了《长城谣》等七十多首抗日救亡歌曲,还出版了《奔流》等进步刊物。在海丰县城的红场,他们演出了沿途排练出来的不少新剧目,共演出了18场,在当地造成了很深的影响。①

1940年春,在国民党掀起第一次反共高潮,顽军围攻我惠东宝敌后人民抗日游击队时,部队突破敌人的包围,挺进到海陆丰地区。1940年8月,根据党中央书记处的指示,回防东宝惠抗日前线,开展敌后游击战争,建立东宝抗日根据地。部队改名为广东人民抗日游击队,并整编为第三大队和第五大队。第三大队于10月回到东莞大岭山区后立即组织了"第三大队流动宣传队",配合部队重新展开对老区的宣传工作。他们采取演出和到各家各户深入宣传方式,重新建立群众对部队的鱼水般的情谊。1941年6月在粉碎日军四百多人向我大岭山包围侵犯的胜利战斗中,宣传队积极配合战斗部队,发挥了积极的作用。

太平洋战争爆发后,由于敌后战场不断扩大、部队迅猛发展,在广九铁路西侧的路西地区成立了"东江流动剧团"(简称东流剧团),团长谭军,副团长肖英,政治服务员麦容、何值,导演林榆,主要成员有杨碧琼、何汝、巫军、湛芬、叶芬、张瑞英等②。剧团最初只有八个人,锣鼓乐器都是借来的,部队开到哪里就在哪里演抗日戏,唱抗日歌,传教育群众,帮助人民树立抗日战争必胜的信心,八个文艺战士就扛起一个晚会的节目。后来剧团发展到三十多人,在抗战的烽火中锻炼成了一支具有坚强战斗力的文艺队伍。

随着队伍扩大,东莞、宝安若干地区建立起民主政权,剧团有了舞台演出。《打倒日本仔》《有枪出枪》《模范之家》《劳模李标》《生面人》《盲哑恨》等剧相继创演,还上演了外地的剧作《流寇队长》和《盲哑恨》。这些剧本不单是东流剧团经常演出的保留剧目,而且流行整个东江解放区,为各地的部队、学校、政府和民众团体所采用。

1943年,东江地区取得了粉碎敌、伪、顽的进犯和一连串主动出击敌人的重大胜利,党中央指示部队公开宣布成立广东人民抗日游击队东江纵队。1944年10月以"拖拉机"为代号的纵队政治部政工队在大鹏湾王母墟组成,成员大多是东纵政治部

---

① 程跃群口述:《南洋华侨回乡服务团东江流动歌剧团组织和活动情况》,中国戏剧家协会广东分会、广东话剧研究会编印:《广东话剧运动史料集》第1集1984年版,第161页。
② 中国戏剧家协会广东分会、广东话剧研究会编印:《广东话剧运动史料集》第2集1987年版,第184页。

第一期青年干部训练班的学员。他们演唱的《两亲家》《朱大嫂送鸡蛋》《插秧涯》等歌曲在游击区军民中风行一时,演出的戏剧有《桐柏山下》《轮变》等。

1945年春天,东江流动剧团、"拖拉机"政工队和青年干部训练班认真学习毛主席《在延安文艺座谈会上的讲话》,联合举办一次检阅式的演出,互相交流,进一步明确了演剧艺术应走群众路线、为工农兵服务的方向,使根据地的戏剧活动出现了新的面貌。各期青干班结业后,分别组成了"铁流""捷克""星火""海燕"等政工队。

1944年6月间,日寇妄图南进,国民党政府准备在粤北大疏散,中共广东临时工作委员会指示在韶关国民党第七战区政治大队的地下党员和进步青年撤回东江游击区工作。"七政大"大部分同志也于年底分批投奔东江纵队,其中有李门、乔毅、韦丘、游波、李昭、何铭思、莫广智、老庄、何秋明等。这批在国统区坚持了多年地下工作,在极其复杂的环境中从事进步文艺活动的艺术工作者,回到自己的队伍来以后都成了敌后文艺队伍的艺术骨干,促进了游击区艺术质量的提高和文艺活动的开展。与此同时,党组织又在粤北国统区动员了大批坚持进步活动的青年学生到游击区来,经过"青干班"短期学习后,先后分配到"海燕""星火""铁流""捷克"等政工队工作。①

这些政工队编演了许多剧目,并采用当地军民熟悉的民间文艺形式开展宣传。"铁流队"直属纵队政治部领导,曾活动在东江沿岸、罗浮山地区。他们编演了《武装起来》《大独裁者希特拉》《沙坪坝》等剧目,演唱过《新年大合唱》《东江礼赞》(戴江改词)等,还将粤北民歌和舞蹈《唱春牛》填词演出,很受欢迎。"星火队"又名"燎原队",是由老游击队员与大后方青年、学生共同组成的队伍。为适应斗争的需要,他们经常以客家山歌等群众喜闻乐见的艺术形式进行抗日宣传,曾演出《上当了》等剧目。②

1945年夏,党中央指示广东省临委,以湘粤赣边为中心,开辟五岭根据地,配合三五九旅南下,向粤北发展。为适应这一新的战斗任务的需要,东江纵队政治部除决定"拖拉机"政工队北上之外,还决定把"海燕""铁流""星火"等队的艺术骨干集中起来,成立了鲁迅艺术宣传队,随主力部队北上。队长李门,党支部书记游波,队员三十多人。鲁迅艺宣队和"拖拉机"政工队随北上部队跨过博罗、龙门、新丰、曲江、翁源、始兴、南雄各县,战斗在粤北、赣南山区,亦武亦文,武工队又是文工队,使游击区的文艺工作和武装斗争交融。③

东江纵队戏剧活动四个特点:

---

① 广东省戏剧家协会编:《洁似寒梅:李门遗作选》2000年版,第81页。
② 谭军执笔:《孤悬敌后的东江纵队文艺战士》,中国戏剧家协会广东分会、广东话剧研究会编印:《广东话剧运动史料集》第2集1987年版,第185—186页。
③ 谭军执笔:《孤悬敌后的东江纵队文艺战士》,中国戏剧家协会广东分会、广东话剧研究会编印:《广东话剧运动史料集》第2集1987年版,第186—187页。

（一）演出与战斗结合，灵活机动。东江纵队的戏剧演出经常在敌、伪、顽夹击的游击区进行，环境艰险，战斗不断，文艺宣传工作必须适应战场需要，机动灵活、迅速及时地捕捉战机。战斗性、流动性、突击性是敌后游击区文艺活动的突出特点。东江纵队的文艺战士，既是专业的文艺工作者，又是一专多能的多面手，深受指战员欢迎的人，是活跃部队、提高部队战斗力的得力助手。在艰苦的战争岁月里，这支文艺队伍同部队和人民群众生活在一起，战斗在一起，广大文艺工作者同战士和农民群众同呼吸，共命运，不但使自己在思想感情上得到很好的锻炼，而且在艺术创作上也获得了丰富的源泉。

（二）及时创作活报剧，发挥战斗作用。东江纵队的早期文艺宣传工作，经常演出一些当时比较流行的救亡戏剧、歌曲。随着形势的发展，迅速及时地反映现实的短剧、活报成为最锐利的战斗武器。如1945年春节前夜，"铁流队"奉命开进一个刚刚被国民党别动队烧杀抢掠的村庄。一进村，就看见到处浓烟弥漫，一片呼喊哀号声。队长立即组织队伍救火，深入各家各户抚慰宣传。当夜，队员边流泪水，边进行歌曲、活报剧的突击创作，第二天就在桥头圩的圩日演出，有的妇女当场就哭诉国民党反动派的暴行。北江支队在翁源全歼何子华联防大队的战斗中，"马达队"紧随战斗部队，借着松林里朦胧的月色，在枪声之中赶排了《何子华的下场》。夜袭成功了，战斗胜利了，他们的排练也基本就绪了。东流剧团也即时创作反映现实的活报剧。武工队深夜潜入敌伪宝安县城南头，一举歼灭了作恶多端的汉奸叛徒，黎明凯旋回到根据地。剧团同志立即进行慰问、采访，编写活报《奇袭南头》，当晚就在军民祝捷大会上演，颂赞英勇杀敌的战斗英雄。宝安县毗邻港澳，农民中不少人信奉基督教。当剧团开进一个基督教徒较多的村庄时，根据调查访问所得，创作了短剧《圣诞节之夜》，揭露日军残暴杀害基督教徒的罪行，歌颂我游击队为国为民的赤胆忠心，起到很好的效果。邹韬奋同志是东江纵队从沦陷后的香港抢救出来的数百个文化人中的一个。当剧团从新华社电讯得悉他不幸病逝，并立下遗嘱要求党中央追认他为中国共产党党员时，当夜便创作演出了短剧《邹韬奋之死》，歌颂一个革命知识分子毕生的崇高夙愿，对部队进行共产主义理想的教育。当希特勒即将垮台的时候，为了对广大军民进行时事形势宣传，"拖拉机队""铁流队""天府队"和"五四剧团"都及时地编演了《大独裁者希特拉》《攻克柏林》等活报剧，效果很好。①

（三）总结斗争经验，配合现实工作。为工农兵服务，表现工农兵的斗争，是东江纵队戏剧活动的特点。在游击区不断扩大、根据地比较稳固的形势下，开始创作和演

---

① 谭军执笔：《孤悬敌后的东江纵队文艺战士》，中国戏剧家协会广东分会、广东话剧研究会编印：《广东话剧运动史料集》第2集1987年版，第188页。

出规模较大和较完整的剧目。一支队宣教股长孙孺是游击区的多产作家,从南洋回国参军之前,便出版抗日救亡独幕剧集。他曾为东流剧团创作了《新的区长》《生面人》《谷的风波》等十来个剧本,还创作了五幕话剧《路西一年》。该剧真实反映了东江纵队与路西老区(广九铁路以西)一带人民并肩战斗,建设民主政权,以及保卫、发展游击根据地的战斗历程,真实感人,观众达两万人,引起了强烈的共鸣。1945年,当东江解放区要推行减租减息的时候,东流剧团创作的四幕话剧《大地回春》(林榆编剧)和五四剧团创作的三幕五场话剧《老虎九》(梁克寒编剧),起到了很好的宣传和组织作用。它们是根据剧团参加减租减息试点工作过程中得来的生活素材进行创作的①。三幕五场话剧《奴隶养成所》(编剧梁克寒)是五四剧团创作演出的另一个大型剧目。它揭露了国民党统治区官办中学的黑暗残暴,歌颂进步师生投奔抗日民主根据地的斗争。

(四)贴近民众,深入生活。配合部队的政治任务和适应斗争生活的需要,文艺战士创作了大量歌曲,如《东江赞歌》《梧桐山颂》《胜利反归荡》等。为了使歌曲更为群众喜闻乐见,文艺工作者在用广州方言与客家方言演剧,运用群众熟悉喜爱的客家山歌、龙舟等民间形式演唱的同时,还用方言进行歌曲创作。如"捷克"政工队创作的讽刺国民党的歌曲《正面战场打败仗,敌后战场打胜仗》,利用粤北民歌《唱春牛》的调子填词。这些通俗易懂的方言歌曲,很快流传开去,唱遍了东江南北广大游击区。另外,由崔景夷作曲的客家方言歌《东江水》(韦丘词)、《反抢粮》(马咏词》,由林榆词、谭军曲的广州方言歌《人民军队来啦!》《光荣输出》等,也都深受欢迎。②

除了歌咏,还用方言演出话剧。剧本的内容,大多数是配合当时形势发展、针对军民思想状况而编写的。捷克政工队的负责人之一江萍创作的长剧《增城新生》,反映增城人民不愿当亡国奴而奋起自卫,建立人民武装和游击根据地。这个剧本虽然粗糙,近似活报剧,但很真实,人和事都是增城游击区里的军民所熟悉的,演出之后很受欢迎。③

二、广东南路的抗战戏剧

广东南路地处广东西陲,是历史上高雷(高州、雷州)、钦廉(钦州、廉州)和两阳

---

① 林榆:《东纵的戏剧活动》,《中国话剧运动五十年史料集》编辑委员会编:《中国话剧运动五十年史料集》第3辑,北京:中国戏剧出版社1963年版,第128页。
② 李门、林榆、李昭:《东江纵队戏剧活动纪要》,中国戏剧家协会广东分会、广东话剧研究会编印:《广东话剧运动史料集》第1集1984年版,第168—169页。
③ 江萍:《东纵话剧活动的一些情况》,中国戏剧家协会广东分会、广东话剧研究会编印:《广东话剧运动史料集》第2集1987年版,第193页。

(阳江、阳春)的统称,即旧湛江地区所属市县,是中国南端的战略要地。1938年10月,广州、武汉相继失守。1939年10月,日军大本营下令切断中国的南宁公路国际补给线,开始向广东南路进犯。1943年,侵占雷州半岛、广州湾,1944年从雷州半岛再次入侵广西、钦廉。所过之处,烧杀劫掠。共产党在南路的地方组织贯彻全面抗战路线,团结民主爱国人士,动员组织抗日救亡,建立群众武装,开辟抗日根据地。进步知识分子也纷纷拿起笔、走上街头田间,投入抗战宣传。

国破家亡的形势,激起了民众的反抗。广东南路各界爱国人士纷纷投身抗战宣传。1937—1939年,先后组建了遂溪广州湾联合抗日救亡宣传工作团、遂溪青抗会抗日宣传队、春雷剧社("七·七"剧团)、廉江孩子剧团、梅荣抗战话剧团等十多个宣传团体,在广大城乡演出了以抗日为主题的话剧、街头剧、活报剧、哑剧、独幕剧、雷歌剧、木偶戏等,剧目有《保卫卢沟桥》《死里求生》等数十种之多。爱国青年还自发组织起演讲组、演唱队等,深入民众,发表抗日演说,演唱救亡歌曲、吟咏爱国诗篇,或在学校和城镇大办墙报、板报、演剧、书画展、广贴标语横额。在他们的带动下,广东南路城乡工农学商、男女老少争相为抗日救国而高歌。除了《全国总动员》《义勇军进行曲》《在淞花江上》等救亡歌曲之外,还出现了一批本地民歌体裁的"雷歌""东海嫁"①,海康县青年抗日救国会集体编写雷歌剧《巾帼英雄》。中共广州湾支部宣传委员陈以大,编写了雷州歌剧《两伪登台》《祭坟》、话剧《大义灭亲》《袭击伪军》等。②

在抗日宣传的同时,革命思想也在广东南路广泛传播。湛江各县党组织在土地革命战争时期先后遭到破坏,但一直有个别党员以公开的社会职业为掩护坚持秘密活动。一批知识青年在党组织的领导下,自筹资金,出版了《怒吼》《救亡》《抗敌战线》《青年阵地》《南路青年》《抗日剧报》《南路堡垒》等一二十种抗日报刊。雷州师范、遂溪中学、遂溪简易师范、廉江中学、麻章七小、东海觉民小学及广州江村师范等学校成立读书会、同学会,秘密学习《共产党宣言》《论持久战》《大众哲学》等理论知识;同时广州湾、遂城、雷城、廉城等地开办各种书店、图书供应社,发售包括《新华日报》《解放》《西行漫记》等各种进步书报。一批知识青年前往延安、香港、广西、江西、广州等地寻找共产党。在外求学的青年学子,参加了共产党和革命组织,设法以各种方式向家乡青年推介革命书刊,宣传马列主义。1938年,经过不懈努力,中共地方组织陆续在各县重新建立,积极推动抗日救亡运动。

"七七事变"后,高州中学学生廖盖隆、程均昌、杨优德、杨发华、朱楠森、杨飞和黄之驹等和由广州转学回来的谭葆英、孙文山等人组织了高州中学抗日剧社。最初

---

① 张弭:《抗日战争中的湛江青年》,政协湛江市委学习文史委员会编印:《湛江文史》第19辑,2000年版,第31—35页。
② 湛江市文化局编:《湛江市文化志》,天津:天津古籍出版社1995年版,第59页。

到街头和附近城乡演出《放下你的鞭子》和自编的街头宣传剧,不久,获得学校行政的支持,在操场上演一些抗战话剧。为了补偿开支的费用,设五分银子的席位。每次演出加演一出自编的滑稽剧以吸引市民观众。茂名文娱生活比较缺乏,因此每周末演出时,争相观看,抗战宣传的影响很大,把一向看惯黄色的"改良粤剧"的市民也吸引过来看话剧①。另外,茂名县的抗日军人成立抗日民众动员委员会后,委托曾在广东戏剧研究所任教的张蹑峰成立动员剧社,演出田汉的《回春之曲》,吸引了一些知识分子,主要是中学教师参加。②

1937年冬,共产党员萧光护到国民党党部下的御侮救亡会工作。御侮救亡会于1937年12月成立宣传工作团,下分口头、文字、化装、歌咏四队。萧光护经常带着年轻人到农村、到街头去演讲并演出话剧,播撒抗日火种。他编演了街头独角戏《一颗手榴弹》,表现一队东北义勇军,以一颗手榴弹,机智勇敢地夺取了日寇一车武器的故事。虽然只有他一个人,但是演得生动形象。萧光护被迫退出御侮救亡会,于1938年春节后,他争取三乡小学校长康琪珍的支持,与该校教师袁俊元及菜园村青年张德钦一起组织成立了"梅菉抗日义务宣传队",多次在梅菉市街头及附近农村演出宣传抗日救亡话剧③。虽然没有经费,道具简陋,连化妆都只能用锅灰代替黑色颜料,但大家斗志昂扬,每次演出效果都很好,引起爱国将领张炎的关注,主动建议将义务宣传队改为第十一区统率委员会第七宣传队,支持他们成立一个规模较大的剧团。1938年7月,正式成立梅菉抗日救亡自卫话剧团,并从合浦、北海聘请一些主要演员,配齐各种角色,旋即开始排练大型剧目。④ 1938年8月,由张炎的夫人郑坤廉率领剧团到广州湾及高州六属各县和广州湾大规模巡回演出,在赤坎的百乐殿演出话剧《重逢》《咆哮的河北》《飞将军》,在廉江、化州的县城,以及在街头、村边广场临时搭台,每次演出十分成功。看戏的人,常常过千。演出的剧目有《重逢》《汉奸末路》《铁扫帚》《秋阳》《一颗手榴弹》,以及《烙痕》《放下你的鞭子》等揭露了日寇侵华罪行的剧目,激发了广大群众的爱国热情,使六县的不少男女青年参加了抗日队伍,有力地推动了南路抗日救亡运动的发展。⑤

---

① 紫阳、林池、小石:《广东南路话剧运动发展概况》,中国戏剧家协会广东分会、广东话剧研究会编印:《广东话剧运动史料集》第1集1984年版,第137页。
② 紫阳、林池、小石:《广东南路话剧运动发展概况》,中国戏剧家协会广东分会、广东话剧研究会编印:《广东话剧运动史料集》第1集1984年版,第137页。
③ 孙文山:《抗日自卫剧团成立先后》,政协吴川县委文史组:《吴川文史》第3辑1985年版,第80—81页。
④ 谭光义:《梅菉市的抗日救亡运动》,政协吴川县委文史组:《吴川文史》第3辑1985年版,第71—72页。
⑤ 苏娴远:《在跟随张炎将军工作的日子里》,政协湛江市委文史资料研究委员会编:《湛江文史资料》第2辑1984年版,第18页。

1933年,许乃超从东莞来到广州湾,创办晨光小学,团结进步人士,传播革命思想,开展抗日救亡运动。1937年8月,许乃超与遂溪、广州湾等处的进步青年成立"遂(溪)湾(广州湾)抗日救亡宣传工作团",团员60多人,出版《抗日旬刊》《怒吼》,组织各种形式的宣传队,到麻章、遂城、赤坎等地宣传演出,张贴标语、漫画,推动抗日救亡。演剧队在赤坎文化戏院连续数晚演出《保卫卢沟桥》,还多次演出《张家店》《重逢》等。他们每次演出,都受到观众的欢迎。①

1938年8月,遂溪籍青年黄其江、陈其辉受中共广东省委委派,回遂溪组织青年抗敌同志会,在遂溪、赤坎广泛开展抗日救亡,组织宣传队、话剧队到各处广泛开展宣传,先后演出的剧目有《放下你的鞭子》《流亡曲》《一个游击队员》《打城隍》等。还自编自演雷歌、雷剧和哑剧,深受观众欢迎。②

1939年春,陈其辉、殷杰、周程、陈定靖根据遂溪党组织指示,在赤坎雷阳会馆成立"春雷剧社",聘请诗人胡危舟和在法国攻读戏剧的留学生张蹑峰当导演,参加者三十多人。演出的剧目有《夜之歌》《死里逃生》《重逢》《夜光杯》等。后改名为七·七剧团,又多次在赤坎同乐戏院演出《一年间》《日出》《凤凰城》等剧目。时任广东省第七区行政督察专员兼保安司令的张炎将军亲自到赤坎雷阳会馆观看演出,并捐赠前幕及一批舞台灯光器材,在演出前后发表多篇推荐文章,对剧社的活动予大力支持。

在七·七剧团的带动下,赤坎、西营等地相继组织多个抗日救亡的文艺团体。1938年下半年,杜圣钧、杨梦清、林文尧等人在晨光小学校长许乃超和教师廖彦冰的支持下,组成吼声剧社,先后在同乐戏院以及郊区演出《血钱》《马百计》《不做亡国奴》《第七号人头》等抗战剧目,一直坚持到1942年。1939年春,益智中学、晨光小学等学校师生也纷纷组织业余抗日文艺演出队伍,在同乐戏院演出了《国魂》四幕剧③。南强中学还组织学生进行班际话剧比赛。河清中学、韩江小学等也多次演出《血钱》《第七号人头》等剧。

当时共产党领导下的抗日群众团体成立歌咏队、合唱队、演出队、剧团等组织,走上街头教唱抗日歌曲,演出抗战剧目,作报告,贴海报,出墙报,举办抗战画展。大街

---

① 陈炎:《抗战初期的遂溪话剧活动》,政协遂溪县委文史资料研究委员会编:《遂溪文史》第3辑1987年版,第94页。
② 陈章:《抗战初期赤坎抗日救亡运动简况》,政协湛江市赤坎区委编:《赤坎文史》第2辑2010年版,第120—122页。
③ 陈定清:《遂溪话剧活动的回忆》,政协遂溪县委文史资料研究委员会编:《遂溪文史》第3辑1987年版,第90—91页。

小巷,到处可以听到《义勇军进行曲》《大刀进行曲》《黄河大合唱》《黄河颂》等歌曲,形成"千百万人的歌声,高呼着抗战;千百万人的声音,为抗战而歌唱"的场面①,抗日文艺活动空前活跃。

七·七剧团的演出和各种抗日宣传活动遭到国民党顽固派的嫉恨,很快青抗会被解散,剧团也随之解体。但有些学校仍继续演出抗日话剧,如南迁遂溪的勤勤商学院,曾在校内外演出过陈白尘创作的批判汉奸、赞颂爱国民众的《魔窟》;话剧工作者杨梦清等人也在寸金桥南强中学举行过话剧比赛。②

广东南路的抗战戏剧得到张炎将军的热忱支持和倡导。张炎(1902—1945),字光中,湛江吴川人,1932年作为十九路军的主要将领参加一·二八淞沪抗战,先后在吴淞、庙行战役中,率部浴血奋战,重创日军。1933年,日军侵占热河,张炎与蔡廷锴、谭启秀组织"援热先遣军",计划北上抗日。中途,南京政府与日本签订《塘沽协定》,命令先遣军撤回。11月,蔡廷锴、蒋光鼐、李济深等发动福建事变,以求抗日救国。张炎积极参加了抗日反蒋运动,失败后到国外游历考察。期间与乔冠华、曾生等结识,参加"蹶起社""旅德华侨抗日救国联合会"等进步组织和活动。③

1936年,张炎带着抗日救亡的希望回国。"七七事变"后回到广东,1938年受任广东省民众抗日自卫团第十一区统率委员会主任。2月,张炎到达南路,召集散落各地的十九军旧部,高举团结抗战大旗,共赴国难。他发表《告南路同胞书》,号召"全南路的同胞们团结起来,团结抗战,以不生则死精神达成保乡卫国任务"④。张炎注重开展抗战宣传。他广泛参加各种集会、讲演,动员抗日救国,积极支持抗日武装和《南声报》等进步报刊、文艺团体,组织文艺义演、募捐;采纳中共南路特委的抗日主张,共同开展抗战救亡工作,受到南路人民的热烈欢迎。

1938年11月,张炎接受共产党员陈信材、彭中英建议,招收进步青年三百多人,组成抗日救亡乡村工作团,在茂名城西岸红花庙集训三月。工作团还排演了陕北王震之等人集体创作的《流寇队长》,在茂名城演出。工作团还改良本土戏曲形式手托戏(即木偶戏)演出抗战话剧,效果很好。

随着南路形势日趋紧张,张炎召集知识界一千多人聚会商议,群情激奋。张炎呼

---

① 屈康慧:《抗战时期赤坎特殊的政治地位》,政协湛江市赤坎区委编:《赤坎文史》第2辑2010年版,第148—149页。
② 陈炎:《抗日战争前期南路的话剧运动》,政协广东省委文史资料研究委员会编:《广东文史资料》第62辑,广州:广东人民出版社1990年版,第100—102页。
③ 何锦洲:《上海"一·二八"抗日名将张炎》,中共"一大"会址纪念馆、上海革命历史博物馆筹备处编:《上海革命史资料与研究》第7辑,上海:上海古籍出版社2007年版,第340页。
④ 陈章:《抗日将领——张炎》,政协湛江市委文史资料委员会编印:《湛江文史资料》第2辑1984年版,第6页。

吁"拿起武器,迎击日寇",并号召各县学生组织宣传队下乡宣传两个月。宣传的主要方式是话剧演出和广场演讲。于是各学校组织了话剧队下乡,乡村工作团也前往各地演出、组织发动群众,高州六属各一分团,很受农民欢迎。话剧队白天进入各家访问,晚上演出。所到的地方,常在演完了原排剧目外,各队不得不在缺乏剧本的情况下凭记忆赶排新剧目上演。① 乡村工作团和学生宣传队的抗日宣传深入人心,影响很大,随即为国民政府省长李汉魂"训令"解散。

1938年11月,张炎组建正气剧团,曾在北海"海燕话剧团"做画景员的符汝瑜任副团长兼导演②,排练演出了《古城的怒吼》《泰山鸿毛》《南岛风云》等大型话剧和《八百壮士》《卢老虎》等独幕剧。高州中学抗战剧社和高农剧社,也先后演出《春风秋雨》《夜光杯》等剧目。后来,正气剧团又加入了钟启南等人,公演了法国剧《杜丝加》《古城的怒吼》和《南岛风云》《八百壮士》《卢老虎》等独幕剧。茂名大部分中学都有了话剧社的组织,学生、教师一起参加演出。

1939年7月15日,张炎在高州红花庙成立特别守备区学生队,分10个中队,八百余人,政治学习和军事训练并行,要求成为既能做群众工作,又能战斗杀敌的武装队伍。学生队建立了党总支,发展了上百个党员,以抗大为榜样,政治学习内容有形势报告、统一战线、农村工作、《论新阶段》、《日本侵华史》等,并把抗大的"三八"作风作为队训。采取演讲、演活报剧、写标语、唱革命歌曲、办民众夜校等多种形式进行宣传,动员群众团结抗战。③ 期间遇到壮丁暴动,学生队开赴云潭,下到农村,利用演戏等形式,揭露一些别有用心的人的阴谋。在当地工作的香港学赈会青年回国服务团云潭队也密切配合。经过一个多月的宣传解释,说服了农民,解决壮丁的暴动问题,维护了团结抗战的局面。④

1940年春,张炎发动了"七区抗战智能比赛",为期40天,当时七区属下八县茂名、电白、信宜、廉江、化州、吴川、阳江和阳春等地话剧团队参加,共演出了100多个独幕剧⑤,动员的人数三四千。张炎领导下的戏剧抗战宣传成绩突出。1940年2月25日出版的《南路抗建》在《张炎专员就职一周年》中称赞他"整理地方团队,编组游击队伍,树立地方自卫抗战力量、肃清汉奸盗匪……厉行战时教育,创行全区抗战智

---

① 紫阳、林池、小石:《广东南路话剧运动发展概况》,中国戏剧家协会广东分会、广东话剧研究会编印:《广东话剧运动史料集》第1集1984年版,第137—138页。
② 湛江市文化局:《湛江市文化志》,天津:天津古籍出版社1995年版,第285页。
③ 张焕兰整理:《团结奋斗,保卫南疆——张炎将军抗日战争初期事迹》,广东高州县政协文史组:《高州文史》第5辑,第57—58页。
④ 中共高州县委党史研究室:《南路抗日学生队》,中共湛江市委党史研究室编:《南路人民抗日斗争史料1937.7—1945.9》,广州:广东人民出版社1996年版,第407页。
⑤ 广东民国史研究会主编:《广东民国史》下,广州:广东人民出版社2004年版,第1074页。

能比赛大会,提高文化水准,建立各种训练班,推广战时服务,成立剧团,促进各战时服务团体的工作……俱属彰彰较著,而为各方视导调查者所称赞。"①

由于张炎大力发动群众,广东南路的抗日救亡运动轰轰烈烈,引起国民党顽固派的仇视和疑忌,以致张炎1941年初被迫离职,所有话剧团体均被解散,个别学校里有时还演一些抗战话剧。从1941年起,各校的话剧活动也就逐渐沉寂了。②张炎于1944年底重返南路,支持吴川进步青年的革命运动。次年1月率部在吴川发动抗战自卫③,以所谓"颠覆活动"罪被捕,由蒋介石下令在1945年3月22日杀害。许多坚持话剧工作的人皆遭迫害或逃亡。南路的话剧活动俱告停止。

第四节 粤剧的活跃与繁荣

海内外的粤剧艺人爱国之心炽烈,一直积极支持抗战,义演义唱、捐钱献金,支援前线抗敌战士和救助后方同胞。日军逼近广州,许多艺人避走香港、澳门。1938年10月,日寇占领广州,八合会馆迁往香港,粤剧活动的重心也从广州转到香港。1941年12月香港沦陷后,薛觉先、马师曾等人又想方设法重回内地,投入抗日救亡运动。

一、编剧及创作

抗战期间,许多编剧积极进行抗战宣传,编写了大量剧本。其中有的借古喻今,也有新编时事剧,赞颂英雄气节、讽刺卖国求荣,激励民众救亡图存、团结抗战。

(一)江誉镠

江誉镠(1908—1984),别字枫,艺名"南海十三郎"。祖籍广东南海,生于广州,是翰林江孔殷的第十三子,自幼酷爱粤剧,积累深厚。薛觉先的首本戏《女儿香》,就是江誉镠的十一姐江畹征创作,经其润色,以"南海十三郎撰剧"问世,久演不衰。江誉镠后为薛觉先编写了《心声泪影》,名动一时。

---

① 陈章:《抗日将领——张炎》,政协湛江市委文史资料研究委员会编印:《湛江文史资料》第2辑1984年版,第7页。
② 紫阳、林池、小石:《广东南路话剧运动发展概况》,中国戏剧家协会广东分会、广东话剧研究会编印:《广东话剧运动史料集》第1集1984年版,第139页。
③ 李济深:《赶茂名》自注,中国国民党革命委员会中央宣传部编:《李济深诗文选》,北京:文史资料出版社1985年版,第14页。

1932年淞沪抗战爆发,南粤名士江孔殷及整个家族大力支持十九路军。时江誉镠在上海,九兄江誉题是抗日英雄谭启秀的副官,英勇杀敌,令他深受鼓舞。整个抗战期间,江氏家族英烈辈出,可歌可泣。

江誉镠个性清高,狂放不羁,但爱国之心真挚炽烈。1937年抗日战争全面爆发后,江誉镠在香港参加了"时代剧团",编写了岳飞抗金故事《莫负少年头》,借古喻今,鼓动抗敌救国。他常来往于穗港两地,参加广州的救亡运动。他的堂兄江冷创作《抗战儿歌》,印成小册子,江誉镠进行再创作,用粤讴唱法,不但唱遍广州街头,还唱到佛山、香港。其中有:

《拍大肶》"拍大肶(大腿),唱支歌,讲起日寇罪恶多,杀我同胞兼放火,无端强占我山河,此仇不报无穷祸,大众合力把佢诛锄!"

《鸡公仔》:"鸡公仔,尾婆娑,侵略军,死唔错;来一个,杀一个,来十个,杀十个,杀清光,免遗祸,好机会,莫错过!"

《打掌仔》:"打掌仔,卖鲜鱼,鲜鱼来自大海里,大海攞鱼唔容易,敌舰逞凶难得去,渔船炸沉渔民死,真惨事,要将倭寇来清除!"

1940年,广东省长李汉魂邀请江誉镠去韶关,与关德兴一起组建救亡粤剧团,担任编剧。他撰写了《郑成功》《南宋忠烈传》等充满抗敌救国激情的粤剧,大振军心。1945年初,韶关沦陷,他率领剧团至和平县,坚持演出《梁红玉》《郑成功》等爱国剧。日本投降后,他又回到香港,常对人说:"士可死,志不可屈。"晚年困顿,仍直言批评香港某些电影太媚俗,有伤风化,被视为"傻佬"而不悔。

江誉镠始终坚持的创作信念是"剧本是一剧之本"、"做戏就是做人,戏要启示人生一条正确的路,要引导人们向善,教人有始有终顶天立地"。强调戏假情真,要写有情有义之词,做大仁大义之戏。曾为《伶星报》题词:"超然的艺术立场,现实的人生观念。"他对亦徒亦友、有"粤剧鬼才"之称的唐涤生说,敢爱敢恨,敢作敢写,是剧作家的本色";"学我者生,像我者死";"学我的东西要化为自己的东西";"不要写庸俗的剧本迎合观众。"①

(二)徐若呆

徐若呆(1908—1952)原名徐庆鸾,生于顺德。先在靓少佳胜寿年剧团学"提场"(剧务),后成为剧团的编剧之一。他的剧作情节紧凑、人物鲜明、用曲流畅,擅长以市井俚语入戏,有谐趣,编写的故事入情入理,结构层出不穷。

---

① 江沛扬:《似水流年》,家政报社2006年版,第82—97页;《广东省志》编纂委员会编:《广东省志1979—2000(32)人物卷》,北京:方志出版社2014年版,第100页。

1936年,徐若呆在胜中华剧团任编剧,率先推出配合抗日救亡形势的《肉搏黑龙江》《香风灭战云》两剧,爱国之情洋溢,大受观众欢迎,胜中华剧团一炮而红。接着,又推出据《水浒传》改编的《煞星降地球》,连演七本,场场"收得"。1938年初,胜中华剧团移师香港,改名兴中华,徐若呆继续推出《煞星降地球》第八本,接着又编写《乞米养状元》《白菊花》三本、《白鳞抗魔龙》,由春节初一演至初八,日夜场连连爆满。白玉堂的兴中华剧团,因此与薛觉先的觉先声剧团、马师曾的太平剧团,成为鼎足而立的省港名班。

此时,以女文武生任剑辉为首的全女班镜花艳影剧团在澳门清平戏院演出。徐若呆受邀新编贴近民心的时装戏《汉奸之子》,令镜花艳影剧团震动澳门、香港。《汉奸之子》一剧紧扣抗日救亡形势,演出时戏中出现"血溅卢沟桥"和"轰炸上海日本军舰"两个场景,全场掌声雷动。终场前,舞台上出现各界人士怒斥汉奸的情形,全场观众站起,与演员齐声高唱《义勇军进行曲》,十分壮观。上演两个多月,香港不少戏迷专程渡海到澳门观看。①

(三)冯志芬

冯志芬(？—1961),广东新会人,出身于书香世家,少年时就喜爱戏曲。1930年前后经廖侠怀介绍入觉先声剧团,先当编剧江誉镠的助手,参与剧本的编写;江誉镠离开觉先声后,成为该班剧务主持人,长期与薛觉先合作编戏,包括《胡不归》《西施》《貂蝉》《王昭君》《杨贵妃》《零落断肠花》等剧目。抗战时期,冯志芬初在香港,后来移居澳门。他将旧作《王昭君》等进行了许多调整,突出民族意识和爱国情怀,宣传抗战,激发观众的爱国热情。

冯志芬的剧作文辞典雅,结构绵密。在编剧上变"流水场"为"紧凑",即从"分场制"转向"分幕制",同时推动了粤剧曲词变"俗"为"雅",尤其讲究唱词的"平仄""尖沉",将俚俗的"白榄"变成"古风体"的诗朗诵,创造出"诗"的意境。又创"长句滚花""长句二王"等曲牌,丰富了粤剧艺术的表现。

(四)唐涤生

唐涤生(1917—1959),原名唐康年,广东珠海人,幼时在上海读书,1935年考入中山县翠亨村总理纪念中学(今中山纪念中学)。1937年"七七事变"后日军南侵广东,纪念中学被迫迁到澳门。

唐涤生在纪念中学即参加了抗日宣传队和声援"一二·九"运动的学生活动。

---

① 龚伯洪:《粤剧快笔徐若呆》,见杨柳编:《羊城后视镜3》,广州:花城出版社2017年版,第178页

回到家乡后,与胞弟唐涤梦以珠江口渔民抗日杀敌为题材,编写了话剧《渔火》,公演后获得好评,这是唐涤生从事戏剧创作的开始。1938年秋,唐涤生加入了"觉先声"剧团,跟随编剧家南海十三郎与冯志芬学习撰曲、编剧。后参加了八路军,1941年率领一个连与日寇浴血奋战,壮烈牺牲,年仅20岁。①

在抗战期间以及沦陷中的香港,唐涤生先后编写了《杨宗保》(1939)、《枪挑小梁王》、《火烧红莲寺》、《穆桂英》、《双枪陆文龙》(1943)、《班超》、《黄飞鸿》、《文天祥正气歌》(1944)、《文天祥》(1945)等反抗侵略暴行的剧作。其中《双枪陆文龙》是唐涤生为白驹荣的"义擎天剧团"改编的粤剧传统剧目,描写北宋节度使陆登坚守安州,城破殉国,其子陆文龙长大后得知身世,投宋军抗金,剧情慷慨激烈。他后来还写了《岳飞出世》(1948)、《文姬归汉》、《四郎探母》(1949)、《大明英烈传》、《还君昔日烟花泪》(1953)、《帝女花》(1957)等爱国剧作。

(五)杨子静

杨子静(1931—2006),广东番禺人,自幼爱好古典文学,中学毕业进入社会谋生。抗战中期,他开始学习写一些剧本给当时"军队剧团"演出,内容均是一些古代英雄的故事。1943年间,他结识了马师曾,受邀协助撰写了一个古装长戏《还我汉江山》,借古代衣冠影射日寇侵华,呼吁救亡图存。这个戏于1945年底由马师曾和红线女演出,杨子静自此正式加入了马师曾的剧团工作,担任剧务一职,撰写剧本,管理行政。

二、粤剧界的火线抗战

抗战期间的广东戏曲界大量编演爱国救亡的剧目。薛觉先戏班演出了《岳飞》《梁红玉》《英雄泪史》,以及《貂蝉》《王昭君》《杨贵妃》《西施》"四大美人"等戏,借古代题材,激发民众的爱国抗敌思想;编演新剧《马将军》,演出中加插随讲,发动民众捐款支援东北抗日前线军队。1938年,薛觉先在觉先声班演出《貂蝉》时的说明书上写道:

> 欲国不亡,先振人心,戏剧更负社会教育之重责,系哀乐盛衰之机枢。欲使吾民兴爱国之热忱,挽狂澜之既倒,不有斯作,何以沼衷。观者取其正义而扩其

---

① 唐有淦:《香港著名粤剧作家——唐涤生》,珠海市政协文史资料委员会编印:《珠海文史》第10辑1991年版,第105—107页。

精神,抗战兴邦,赖此多矣。①

在演出《王昭君》时,他又亲撰《献词》,直抒胸臆:

> 抗战军兴,举国人士,无论男女老少,均卷入大时代洪流中,感觉国家险危,民族沦亡,如何加强抗战力量,驱除群丑,以谋独立生存之道。第复兴民族,必须群策群力,各本其自身职业技能,努力贡献于国家,方足以挽回全局。

他在剧中,常常自撰剧词,借古人之口表达出他自己的和全国人民的爱国心声,如通过王昭君的形象喊出了"生而弃国,虽生犹死,死而报国,虽死犹生",或直接通过人物之口呼喊"东北三省已被日本占夺,上海亦被蹂躏,同胞娱乐,勿忘国耻家难",借此激励民众奋起、救亡图存。② 香港沦陷时,薛觉先被困。他与蓄须明志的梅兰芳、词人邓芬共写丹青《岁寒三友》,题款:"岁寒,谁为表予心""书此以志鸿雪云尔",互相鼓励。随后他找机会冒死越过寸金桥,带着部分觉先声剧团成员投奔抗战区。③

1933年,马师曾在太平剧团成立时,对戏班成员晓以救国大义,建立献金制度,他自己带头每月捐献港币五百元,直至太平剧团十年后散班为止;其他人员则每月捐献自己的工薪百分之一,十年如一④。面对日本侵略者的兽行,马师曾怒作五言古体诗《敌机炸粤垣有感》,呼吁及早准备抗敌:

> 夜袭日环攻,羊城血染红。可怜居粤者,半在死亡中。……今之谋国者,未雨宜绸缪。商女何足道,杞人我自忧。鹿失犹可逐,敌人未登陆。急起缮樊篱,毋云时太促。

又作《和二弟师贽国事感怀》,慷慨报国之情跃然纸上:"重阳过后又端阳,处处胡尘处处伤。借问烽烟何日静?梦常杀敌到沙场!"⑤

马师曾带着剧团,先后编演了《洪承畴》《爱国是侬夫》《汉奸的结果》《秦桧游地狱》《救国怜香两深情》《还我汉江山》《最后胜利》等爱国剧目,呼吁团结一心抗战,痛斥无耻卖国投敌的行径。1940年《光明之歌》刊载了马师曾、谭兰卿演唱的《洪承畴千古恨》,《弁言》谓洪承畴"在明则为国贼,在清则为贰臣,虽有孝子贤孙,百世不能改也。汉奸宁可为欤。"⑥马师曾编写《秦桧》一剧,其中小曲"昭君怨"有"死汉奸,

---

① 曾石龙主编:《粤剧大辞典》,广州:广州出版社2008年版,第932页。
② 赖伯疆:《广东戏曲简史》,广州:广东人民出版社2009年版,第255页。
③ 赖伯疆:《薛觉先艺苑春秋》,上海:上海文艺出版社1993年版,第160页。
④ 沈纪:《马师曾的戏剧生涯》,广州:广东人民出版社1957年版,第110页。
⑤ 广东粤剧院编:《粤剧艺术大师马师曾》,北京:中国戏剧出版社2000年版,第340—341页。
⑥ 廖了了、马师曾、谭兰卿:《洪承畴千古恨》,《光明之歌》1940年第2期。

病汉奸",指桑骂槐,大快人心。又为香港《循环日报》主编《戏剧救亡周刊》,宣传抗日①。《汉奸的结果》中的老员外甘道宏,甫一登场便唱道:"国事蜩螗谁挽救?当朝执政都系冇用之流。到如今国难当头,佢重不知奋斗,只知道重重抽剥,不把武备来修。那强邻虎视眈眈,露出狰狞嘅面口,我国军民醉生梦死,不识未雨绸缪。有心人忧国忧民,能不痛心疾首?(埋位)须知道国亡在即,当要及早回头。"这些唱白,是当年旧中国的真实写照,句句真言、字字血泪。太平剧团上演这个戏的时候,不但场场满座,而且每次甘道宏上场唱白这些词句时,台下就爆发出如雷的掌声,有人应声叫道:"对呀!你说得真对呀。"

香港沦陷第五、六天,马师曾就冒险偷渡、避走澳门,至广州湾(今湛江)组建抗战剧团,辗转进行抗战宣传和劳军演出,演剧筹款赈济难民。在桂林演戏期间,日本侵略者发动湘桂战役,李济深等人发起良心献金救国的"一元运动"。马师曾和当时他率领的胜利剧团自告奋勇义演献金,演出《野花香》《斗气姑爷》,与李济深同车游行募捐。②

许多在海外的粤剧艺人也肩负起宣扬国难、激励华侨献金捐款回国救难的工作。1938年,关德兴因战事滞留旧金山,与当地侨领邝炳舜等组建"三藩市救国总会",专门负责反日宣传③。6月17日全美华侨"一碗饭运动"为国内募捐,关德兴组织4支宣传队,与靓少佳等艺人和数百华人走上街头化装游行,演述日寇铁蹄下中国百姓的苦难,也有艺人在街头搭棚演戏筹款。当天几乎一半旧金山人参加了筹款活动,为中国难民筹得4.4万美元,远远超过2.5万美元的初定目标④。全美这一天的"一碗饭运动"共募得善款约100万美元。关德兴随后还在美国各大中城市以"神鞭灭烛火""飞刀绝技""拉硬弓""大寒天赤膊"等武功表演进行募捐,募得美金5000元,筹足了7辆救伤车之款,募得寒衣32箱、药品若干,由大来轮船公司义载,运回香港转内地。回程经过檀香山时继续向侨胞募捐,筹集到12000美元,可购一架战斗机。他将捐款全部交给国民政府,寒衣和药物交给中国妇女救国会,获赠旌奖"爱国艺人"。何香凝赠送纸扇,上书"爱国艺人,涓滴归公"。⑤

回到香港后,关德兴组织"香港各界粤剧救亡服务团"经广州湾入遂溪、廉江后转赴广西,三个月时间义演47场,宣传抗日,沿途还为前线将士筹募棉衣、药品,演出

---

① 刘绍唐主编:《民国人物小传》第5册,上海:上海三联书店2015年版,第180页。
② 沈纪:《马师曾的戏剧生涯》,广州:广东人民出版社1957年版,第113、139页。
③ 关德兴:《关德兴自传》,《香港时报》1987年11月14—15日。
④ 刘丹:《美国旧金山再现华人华侨重要抗日文物》,中新社2017年7月7日。
⑤ 抗战编写组编:《抗战·必须铭记的历史记忆》,北京:新华出版社2015年版,第246—249页;关德兴:《关德兴自传》,《香港时报》1987年11月14—15日。

剧本有新编《岳飞》《两个饿兵》，改写的有《山东响马》《五郎救弟》《平贵别窑》《罗成写血书》。仅两个月，观众已逾七万。①

1941年底，香港沦陷，关德兴携妻逃出，加入胜利年剧团，辗转粤桂。本着"粤剧应该上火线"的信念，在梧州组建"广东省动员委员会戏剧宣传团"。他说："作为艺人，在国家民族生死存亡之际，我们应该负起责任。组建宣传团义演，就是救亡。"他看凤凰剧团演出的《花木兰》，见扮演大令官的锦毛鼠（刘天锦）临时加插了一段抗日"白榄"，号召"只要我齐心，打到日本退"，立即设法将锦毛鼠抽到宣传团②。宣传团在广西境内横县、柳州、桂林等地巡回演出，效果很好。③

宣传团一边排戏一边义演，剧目有《千里送嫂》《吕布》《水淹七军》《戚继光》《华容道》《武松杀嫂》等，大都是关德兴的首本戏④，配合抗日宣传，表扬义侠忠烈、振奋民族精神。剧团经欧阳予倩、夏衍等指导，配合抗战改编、新编剧目。如把貂蝉以色相诱惑吕布，改为以正气大义激发吕布的正义感；王三姐与薛平贵的别理离，改为鼓励薛平贵勇于出征。新剧如《两个饿兵》，取材于抗战中可歌可泣的故事；《新骂曹》的人物一个代表走狗，一个代表忠勇将士。这些剧本的出发点，"就是以当前抗战的形势为视野"，"以抗战伟旨以及昭示为荦荦中心"；"用新意识支配旧形式"⑤。

三、各剧种团结奋战

爱国艺人的义举可歌可泣。粤剧艺人编演抗战内容的剧目，捐钱献金支持前线。戏班如上海妹、半日安、吕玉郎的大中华剧团等辗转两广未沦陷区，编演抗战戏曲，义演义唱，支持前线。少达子、金枝叶等人在韶关演出《桃花扇底兵》《紫塞寒梅》等剧，讽刺国民党政府消极抗日。远在国外演出的靓少佳等艺人也将演出收入寄回国内支援抗战。有的戏班和艺人直接投身到抗日战争洪流中去，甚至献出了生命。如新中华剧团的二帮花旦冯玉君在舞台慷慨陈词，发表抗日演说，以致为港英当局递解出境；周康年剧团的二帮花旦瑶仙女在"一·二八事变"中参加了十九路军，在淞沪之役中英勇牺牲。1940年11月，在重庆春秋剧社召开的戏剧的民族形式座谈会上，电影导演苏怡应田汉之请发言，称赞马师曾"素有'爱国艺人'之名，所演为《龙城飞将》

---

① 林苍：《粤剧救亡服务团两个月的长征》，《通讯网》1940年第3期，第12页。
② 中国曲艺志全国编辑委员会、《中国曲艺志·广西卷》编辑委员会：《中国曲艺志·广西卷》，北京：中国ISBN中心出版社2009年版，第385页。
③ 关德兴：《关德兴自传》，《香港时报》1987年12月13日。
④ 远舟：《爱国艺人关德兴演绎广西传奇》，《西江月》2016年第6期。
⑤ 谢彬筹：《岭南戏剧思辨录》，北京：中国戏剧出版社2000年版，第235页。

《最后胜利》《洪承畴》《烽火奇缘》《秦桧》《轰天雷》《野花香》等等,也都对于提高抗战情绪有相当的贡献"。又说:"今日引起内外注意的莫如新靓就即关德兴,他的精神真是难能可贵,他对国家民族的贡献也足够使对国事袖手的知识分子惶惶。"①1940年10月,田汉赠诗关德兴曰:"不作寻常粤剧家,一弓一剑走天涯。但求救得唐山在,我辈何妨作傻瓜。""捐得黄金百万归,牛精只着旧时衣。爱财惜命堪亡国,苦口婆心唱岳飞。"②

"九一八"事变后,任剑辉也义无反顾地投入拯救国家和民族的浪潮中,出演了徐若呆编剧的《汉奸之子》《杨八顺虎啸金沙滩》等爱国侠义剧,还到菲律宾义演五个月,为抗战筹款。从菲律宾回程时,任剑辉"在邮船的甲板上望着空中的日军飞机,想到不知多少同胞牺牲在轰炸之下,禁不住泪如雨下"。她感慨:"在日军占据的期间,有许多人不肯回去(沦陷区)做'顺民'的,宁愿在澳门挨苦。"1937年8月澳门四界(学术界、音乐界、戏剧界、体育界)救灾会成立,任剑辉担任该会游艺部粤剧股副主任,并多次参加慈善筹款表演。广州沦陷后,大量粤剧艺人被迫逃难。共同的经历令演出真情实感,也激起观众共鸣。抗战胜利时任剑辉正在澳门,听到消息大家都欢呼雀跃,她回忆说:"为了庆祝胜利来临,家家户户燃放爆竹。……爆竹声和锣鼓声混成一片,我们每一个都有说不出的愉快,大家欢喜得如中了头奖马票一样"。③

抗战时期,其他剧种也积极参与到救亡图存的大潮。潮剧编剧吴师吾(1899—1954)与好友吴传彪等人参加潮安六区抗敌后援会(后改为青年抗敌同志会),积极编写剧本、短剧、歌册、快板等文艺作品,宣传抗日救国④。谢吟(1904—1983)编写了《亡国恨》等剧,反映抗战意识。潮剧界创作和演出了《韩复榘伏法记》《卢沟桥纪实》《平型关大捷》《炸沉陆奥船》等剧目,同时还运用潮剧的旧曲板,填上宣传抗战的新词演唱,如用袁金龙板唱《还我河山》《沉冤十六年》,前本反映"小倭奴"、"七月七,突藉口、报失兵,调兽军发炮攻击,猛攻宛平",呼吁人民奋起抗战,"须知人生惟一死,死得其所青史留名,人人心中俱此念,舍生忘死为国牺牲";后者愤怒控诉日寇在甲午战争以来的侵华罪行,歌颂十九路军英勇杀敌的情形和全国人民杀敌雪耻的决心。1939年琼崖独立总队成立后在机关和连队建立了业余剧团,在海南岛澄迈县美合区抗日根据地也组建了青年剧团,演出反映爱国抗日的《大义灭亲》《爱河潮》《参军和送粮》《夜攻碉堡打伪军》,以及一些宣传抗日民主统一战线的小琼剧。汉剧

---

① 赖伯疆:《广东戏曲简史》,广州:广东人民出版社2009年版,第258—259页。
② 田汉著,《田汉全集》编委会编:《田汉全集》第11卷《诗词》,石家庄:花山文艺出版社2000年版,第311页。
③ 曾影靖编:《重刊任剑辉自述》,香港:任剑辉研究计划2012年版,第174—207页。
④ 《潮州市戏剧志》编写组编:《潮州市戏剧志》1988年版,第221页。

同艺同乐社在粤东和福建演出《汉奸的下场》《补背褡》《东北一角》等;新华汉剧团在梅县为抗日将士义演捐款,黄桂珠等人在大埔县演出《东北一角》等抗战剧目。在海南、粤西,有海南剧团、临剧团、雷剧团演出了一批间接直接反映抗日思想的剧目。①

---

① 赖伯疆:《广东戏曲简史》,广州:广东人民出版社2009年版,第249—259页。

第五编　大转折前夜的繁荣

（1945—1949）

概　　述

　　从1945年8月抗日战争取得胜利,到1949年10月中华人民共和国成立,这4年,是中国历史上一个伟大的时代。抗战的胜利曾极大地振奋民心,但国民党政权在接收时的腐败行为、对民主势力的镇压以及执意发动内战的行径让老百姓大失所望。中国共产党在华北和东北根据地开展的土改运动和在国统区发动的争取民主运动,赢得了老百姓的支持。在国共之争中,民心和胜利的天平都很快向共产党倾斜,用了三年多的时间,中国共产党就解放了中国大陆,建立了新的人民政权。这些史实,不仅是时代背景,也反映在当时的文学创作之中,敏锐的作家感应到了时代的变化,将这些变化书写了出来。

　　这一时期的广东文学,没有辜负这个伟大的时代。在外地的广东作家和在本土的广东作家共同创造了文学佳绩。长篇小说方面,产生了欧阳山的《高干大》、草明的《原动力》、黄谷柳的《虾球传》、侣伦的《穷巷》等重量级成果,诗歌方面,涌现了阮章竞的《漳河水》、黄药眠的《桂林底撤退》、黄宁婴的《溃退》和楼栖的《鸳鸯子》四部叙事长诗。戏剧方面,阮章竞的《赤叶河》与《白毛女》并称为解放区红白两大歌剧,散文方面,则有黄秋耘的《浮沉》异军突起。这些成绩,与当时全国任何一个省份相比,都是毫不逊色的。可以说,经过三十多年的发展,广东现代文学到这一时期进入了成熟的收获期。

　　收获期的来临,可以用"天时""地利""人和"来解释。

　　所谓天时,是指作家的年龄和世代。

　　广东现代文坛由三代作家构成:1890一代、1900一代和1910一代。出生于1893年的张资平、许地山属于第一代作家,出生于1900年的李金发,1902年的洪灵菲,1903年的梁宗岱、戴平万、钟敬文、黄药眠,1907年的冯铿,1908年的欧阳山、黄谷柳,1909年的任钧属于第二代作家,出生于1910年的丘东平,1911年的侣伦、蒲风、雷石榆、李育中,1912年的楼栖、陈芦荻、鸥外鸥、温流,1913年的草明,1914年的阮章竞、杜埃,1915年的黄宁婴、于逢、易巩、华嘉,1916年的碧野、黄新波,1918年的黄秋耘属于第三代作家。在这三代广东作家中,第一代的许地山病逝于1941年,张资平抗战胜利后因汉奸罪名被捕入狱。第一代作家已基本退出文坛。在第二代和第三代作家中,洪灵菲、冯铿被国民党政府杀害,丘东平牺牲在抗日战场,蒲风、温流病逝。剩下的两代作家在1945年至1949年间大都30或40多岁,这正是作家的黄金时代。

所谓地利,是指广东作家所处的地理条件。

文学事业的发展得于"江山之助",乃是一个众所周知的常识。近代以来,西洋文化之风大都是从广东登陆吹向北方,广东由于得风气之先,成为新思潮的前沿,但新风气往往在南岭之北引发狂风骤雨,广东本土依然波澜不惊。19世纪末期的维新变法思潮如此,20世纪初期的反清革命思潮如此,20世纪20年代的国民革命思潮依然如此,当时广东成为国民革命的大本营,吸引了鲁迅、郭沫若、郁达夫等文化名人前来,为广东本土新文学的滋长提供了助力。但北伐战争开始之后,广东成为革命的后方,之后广东的文化氛围越来越保守,沦为文化边缘。广东作家想要成名成家,非得到当时中国的文化中心北京或上海去闯荡不可。许地山、张资平、李金发、梁宗岱、欧阳山、洪灵菲、草明、冯铿、丘东平等广东作家不是在北京成名就是在上海成名。抗战爆发后,北京和上海相继沦陷,文化中心向南向西转移,武汉、广州、桂林、重庆、昆明、延安都曾成为新的文化中心。在1938年10月沦陷之前,广州一度成为新的文化中心,虽然时间较为短暂,但也为后来文学的发展打下了良好的基础。黄宁婴、陈残云等人创办的《广州诗坛》杂志,之所以敢更名为《中国诗坛》,就是因为当时的广州已成为中国的文化中心。抗战胜利后,北京和上海的文化事业再度繁荣,但由于解放战争的爆发,处于冲突后方的广州再次成为文化中心。当广东的政治空气日益紧张之后,文化中心又转移到香港。1945年至1949间,广州和香港的出版事业如火如荼。当时广州、香港著名的文学刊物有《文艺生活》《中国诗坛》《文艺世纪》《小说》《千秋》等,还有侧重文艺理论批评的《大众文艺丛刊》。1946年1月在香港复刊的《华商报》开辟了文学副刊。华嘉、黄新波、黄宁婴、黄秋耘、陈芦荻等广东作家在香港创办了"人间书屋",出版《人间文丛》十二种、《人间诗丛》六种、《人间译丛》六种。这些刊物、报纸、书店,为作家的文学创作提供了重要阵地。而那些漂泊在外的广东作家,欧阳山、草明、阮章竞都在解放区工作和生活,解放区与国统区相比,有着完全不同的面貌,有着文学创作的丰富资源,他们在解放区受到了深刻的教育,收集了素材,创作出了代表作。原在国统区流浪的碧野,也在这一时期的末尾奔赴解放区,创作了反映人民解放军太原战役的长篇小说《我们的力量是无敌的》。总之,不论是在广东本土生活和工作的广东作家,还是在外省的广东作家,这一时期都得到了地利之便,都从自己生活和工作的地方汲取了力量。

所谓人和,是指作家之间的交游。

文学是孤独的事业。正因为孤独,作家特别需要交流。诗云:"嘤其鸣矣,求其友声。相彼鸟矣,犹求友声。矧伊人矣,不求友声?"自古作家重交游,在交游中,作家能扩大视野,增长才能,得到发表和成名的机会。在抗战之前,广东作家要想成名,得到北京、上海这些文化中心去,与外省作家交游,路途遥远,多有不便。而在这一时期,广州和香港成为文化中心,大批文化人南下广州和香港,在这些文化人中,有郭沫若、茅盾、夏衍、胡绳、冯乃超、林默涵、周而复、邵荃麟、葛琴、钟敬文、聂绀弩、胡风等名家,他们有着丰富的创作经验,还掌握着文学批评的话语权。广东本土作家在与这些文化人的交游中,眼界扩大很多,创作水平提高很快。如于逢、易巩的创作得到了茅盾的赞扬,黄谷柳在夏衍的支持下创作《虾球传》,黄宁婴的诗作得到邵荃麟的推介,楼栖借鉴李季的成功经验,用客家方言创作了叙事长诗《鸳鸯子》,陈残云与电影界人士蔡楚生等人交流,创作了电影脚本《珠江泪》。在解放区的广东作家欧阳山、草明、阮章竞等人,与文学名流的交往也较多。欧阳山、草明参加了延安文艺座谈会,草明的《原动力》得到郭沫若和茅盾的好评,赵树理赞扬过欧阳山的小说《高干大》,阮章竞模仿《白毛女》创作了歌剧《赤叶河》。碧野的创作也曾得到茅盾与吴组缃的关注与好评。广东作家与外省作家之间的交游,创造了良好的人和氛围,有助于广东作家的成长。

1945年至1949年间,广东文坛幸逢天时地利人和,培育出了众多有潜力的作家,奉献出了众多精品力作。这一时期的广东文学,不仅为现代广东文学画上了完美的句号,也为当代广东文学奠定了良好的基础。

第二十一章　黄谷柳的《虾球传》

1947年10月至1948年12月,一部以"二战"结束后的粤港两地为背景,讲述流浪少年历经劫难,最终在党的帮助下成长为革命战士的长篇小说,在中共主持创办的香港《华商报》上连载。作品中斑斓多彩的社会百态、曲折生动的情节、鲜活质朴的语言,尤其是机灵、善良、侠义的少年"虾球"形象,如同一股清新的春风吹进千家万户,在当时的"国统区"特别是华南地区读者中引起巨大反响。这部颇具"大时代写照"气质的作品,便是广东著名作家黄谷柳的代表作《虾球传》。20世纪80年代初,广东电视台制作的电视剧版《虾球传》,红遍大江南北,开创了当时内地电视剧的收视高峰,还成为第一部在香港及东南亚地区播出的粤产电视剧。

《虾球传》是左翼文学创作与民族化、大众化有机融合的成功典范。《虾球传》是一部地域色彩浓厚的小说。书中所描写的粤港生活、大量方言俗语的运用,渗透着浓厚的地方特色、生活经验、文化氛围,是其他同类型小说无法代替的。《虾球传》之所以能成为一代经典,离不开作品里洋溢的地道浓烈粤港风情。兼具成长小说、地域小说、红色小说三重特征的《虾球传》,回答了"岭南人民如何参与大历史"的问题。茅盾对《虾球传》给予了高度的评价,认为作品"从城市市民生活的表现中激发了读者的不满、反抗与追求新的前途的情绪",而在风格上"打破了'五四'传统形式的限制而力求向民族形式与大众化的方向发展。"

《虾球传》从1947年11月开始连载,在社会上引起了强烈的反响,各界读者纷纷来信鼓舞、提出意见。《春风秋雨》连载完毕不到两月,就由香港新民主出版社发行单行本,一年内重版5次。茅盾《关于〈虾球传〉》评论:"一九四八年,在华南最受读者欢迎的小说,恐怕第一要数《虾球传》的第一二部了。"《虾球传》后来多次再版发行,1979至1985年,《虾球传》在广州4次印刷,达40多万册。除小说被译介到日本、英国、南斯拉夫等国之外,《虾球传》的影响力还跨越了众多文艺领域:在粤语评书界,林兆明讲古版《虾球传》最为知名;著名画家关山月曾绘制《虾球传·山长水远》连环画;《虾球传》话剧版曾在日本东京演出。1981年,广东电视台将其改编为电视剧,从北京到香港,街头巷尾都掀起一股"虾球热"。

第一节　黄谷柳与华南作家群

1940年代,以地域色彩书写见长的华南作家群在拓荒中崛起。华南作家群主要包括杜埃、黑婴、司马文森、黄谷柳、侣伦、陈残云、秦牧、于逢、易巩、华嘉、黄宁婴、陈芦荻等,已经形成了一个生气勃勃的、特色鲜明、成就突出的文学群体。杨义曾将崛起于40年代的华南作家群与30年代流亡到上海的东北作家群作了对比:"在东北作家群给文坛带来豪强的关外风之后,华南作家群又吹起了一股清新的海洋风","华南作家把南中国特殊的社会形态、日常生活方式甚至人种气质带进小说领域"①。黄谷柳是这个群体中举足轻重的人物,文学成就堪称首屈一指。

黄谷柳(1908—1977),原名黄显襄,祖籍广东省防城县东兴镇(今属广西)。曾祖为太平天国军小头领,兵败后流落越南海宁省河桧圩高岭村拓荒。父亲黄天佑曾开过鞋店,做过小商人。生母马氏是云南省河口镇一个筑路工人的女儿,是黄天佑的小老婆,嫁给黄天佑后为大老婆所不容,途次越南海防市,在旅店生下谷柳,最后无奈回娘家。黄谷柳幼年时随母亲与外祖母和舅父一起生活,黄谷柳的母亲本可改嫁,但因为有了儿子,还对丈夫抱有幻想,忍辱含羞生活。出身于这样的家庭环境,黄谷柳自小形成了忧郁、沉默、坚强、善于思索的性格。

黄谷柳1926年考入云南省立第一师范学校。1927年7月,受北伐胜利的刺激,黄谷柳渴望干一番大事业,想去武汉投考军事政治学校。但因时局逆转,美梦破灭,滞留香港。

1928年8月,黄谷柳到香港《循环日报》当校对,接触了新文学作品,结识了张吻冰、侣伦、平可(岑卓垣)等文学青年,萌生了文学梦想。这期间,以"黄襄"笔名在《循环日报》发表了处女作《换票》,描写一个穷光蛋为了活命,把自己舍不得穿的唯一一套衣服拿去典当了,后来当票到期,没有钱赎回,只好东拼西凑一点利息钱,交给当铺换一张新当票。之后又期满了,还是没有钱赎回衣服。于是再次补纳利息钱,换回又一张新当票,但最后还是断了当。这篇小说倾诉了黄谷柳穷愁苦闷的情绪。

1931年夏,为了生活,黄谷柳到广东陈济棠军队第二军第四师政训处任职。1937年"七七事变"后,黄谷柳随军赴京沪前线,驻守南京。12月,南京失陷,黄谷柳化装混进"难民区",在大方巷的煤炭店内,得到一位老妇的收留掩蔽,躲过了日军的搜捕。黄谷柳后来以这个老妇为原型,创作了短篇小说《干妈》。

---

① 杨义:《杜埃在中国现代小说史上的地位》,《开放时代》1992年第2期。

1938年3月,黄谷柳回广东报到复职任团部秘书,宣传科中校科长。当时,夏衍在广州主编《救亡日报》,与国民党抗日将领有所接触,参观九二二团团部广州罗岗驻地时,黄谷柳负责接待。由此黄谷柳认识了夏衍,不久又认识了欧阳山、草明、司马文森等进步人士,读到进步文艺刊物,思想感情注入了一些新的因素。他创作的短篇小说《干妈》,就是通过欧阳山转茅盾,在《文艺阵地》上发表的。

1938年10月广州沦陷,1939年初,在广东四会一带进行抗日宣传活动的广州锋社话剧团接受中共地下党的指示,参加了国民党军第154师,师部命令黄谷柳管理这些从事戏剧救亡运动的知识分子。这批进步知识分子对黄谷柳的思想、创作产生了一定的影响。黄谷柳这一时期创作了短篇小说《逆袭》、通讯《来自广增前线》、独幕剧《李连长》,这些作品均以抗日为题材,揭露了日本侵略者的凶残,歌颂了国民党下级官兵英勇杀敌的爱国精神。

1941年皖南事变后,黄谷柳自动离开了国民党军队,1943年底,漂泊到重庆,先后任《文化新闻周刊》总编辑、"中国青年剧社"辅导员,以湖南杨梅山煤矿工人的悲惨生活为题材,创作了中篇小说《杨梅山下》,还创作了独幕剧《墙》,写一个国民党小官僚不认真去做有益于人民的事,却斤斤计较个人的得失,暴露了国民党基层干部的本质。1945年11月,《墙》获得全国文协总会研究部颁发的独幕剧优秀剧本奖。

抗战胜利后,黄谷柳带着全家客居香港,生计艰难,拼命写作,以海星、丁冬、古委、敬之等笔名,在香港《工商日报》《华侨日报》上发表小说、散文,又在《小说》月刊上发表短篇小说《王长林》《七十五根扁担》,在《文艺生活》海外版发表独幕剧《生命的幼苗》,创作了粤语电影剧本《此恨绵绵无绝期》,还有章回体中篇《刘半仙遇险记》、童话《大笨象旅行记》。

1947年9月,黄谷柳在一次过海的渡轮上,偶遇夏衍。他得知夏衍正在主持《华商报》,大胆将刚脱稿的《虾球传》第一部送给夏衍。夏衍说:"我看完了第一章就使我很惊奇,这是一部很有特色的作品,写广东下层市民的生活,既有时代特征又有鲜明的地方色彩,特别是文字朴素、语言精练。我决定把这个长篇在副刊上逐日连载。"①《虾球传》在《华商报》第三版"热风"上连载完三卷,震动了香港文坛。

1949年春,黄谷柳加入中国共产党,7月任中国人民解放军粤桂边纵队司令部秘书,参与粤桂边战役。1950年调任《南路人民报》编辑、《南方日报》驻海南记者,在《南方日报》发表中篇小说《渔港新事》。

1951年黄谷柳以记者身份随团出访朝鲜慰问志愿军,1952年,挂职下志愿军连队,参加抗美援朝战争,荣立三等功。1953年底,黄谷柳回国后调广东作协当专业作

---

① 夏衍:《忆谷柳》,《新文学史料》1979年第3期。

家,历任中国作协第二届理事、作协广东分会常务理事,曾与王为一合作创作粤语电影文学剧本《七十二家房客》,发表中篇小说《接班人》,并酝酿创作反映抗美援朝战争的长篇小说《和平哨兵》。1955年,黄谷柳因历史问题受到隔离审查,1958年被错划为右派。在极"左"路线压制下,黄谷柳精神紧张,将已写到30万字的长篇小说《和平哨兵》稿件焚毁。1976年10月粉碎"四人帮"后,黄谷柳准备重新写作《和平哨兵》,因兴奋过度不幸引发脑溢血,于1977年1月2日病逝。1978年,党组织为黄谷柳平反昭雪。

第二节 民族化、大众化的路径

黄谷柳的《虾球传》代表1940年代文学民族化、大众化的成就。小说情节曲折生动,语言鲜活质朴,少年虾球纯朴善良、机灵侠义,失业后流浪街头,走江湖,坐监狱,最后改过自新投身革命,小说叙述的就是"街头小混混"的成长故事,岭南日常生活和风土人情格外吸引眼球。

《虾球传》是黄谷柳的代表作,共分三部。第一部《春风秋雨》1947年11月14日起在香港《华商报》第三版副刊《热风》中开始刊载,至同年12月28日刊完。第二部《白云珠海》从1948年2月8日至同年5月20日刊完。第三部《山长水远》1948年8月25日至12月30日刊完。之后,曾分三部出版单行本,在当时国统区特别是华南地区广泛流传。

《虾球传》讲述的是香港流浪少年虾球成长为革命战士的故事。在第一部《春风秋雨》中,十五岁的少年虾球,在香港街头做面包生意,他生意惨淡,赊账卖给工人后收不回钱,因撒谎而遭到做纺纱零工的母亲的打骂,流落街头,当了黑社会流氓王狗仔的"马仔"。一次,虾球追随王狗仔盗运外籍军舰的名酒时遇到巡逻汽艇,王狗仔抛弃虾球逃之夭夭。虾球逃出后经疍家女亚娣的介绍,投靠了黑社会大捞家鳄鱼头。鳄鱼头在香港明面上做米面、汽油、水泥等投机生意,暗地里从事走私生意。虾球"人细鬼大",帮助鳄鱼头多次走私成功,成为鳄鱼头的得力助手,可是鳄鱼头给他的不过是一条玻璃裤带和百来块钱钞票。鳄鱼头走私时曾派虾球去和中国共产党领导的东江部队广九游击队交涉,虾球由此结识了游击队的丁大哥。同时,虾球对亚娣产生朦胧的爱情,鳄鱼头的打手蟹王七也追求亚娣,虾球和蟹王七为此打过一架,但不打不相识,两人反而成了好朋友。鳄鱼头以自己的老婆洪少奶为饵,性贿赂国民党驻港马专员,打探各种经济情报,制造了震惊全港的大米走私案,暴露后鳄鱼头独自逃命,虾球则被抓进牢狱。在狱中,虾球结识了牛仔,出狱后,两人结拜为兄弟,加入王狗仔的扒手集团。一天,虾球扒走了一名金山客的上万元美金。怎料这名金山客是虾球在美国当了十五年"猪仔"的父亲,而那上万美金是父亲多年积累下的血汗钱。眼见父亲因失窃陷入神经错乱,虾球内心非常痛苦,决心离开香港这个鬼地方,他与牛仔一起北上大陆,梦想找到丁大哥这个好人,跟他学放枪,学打仗,做一个正派的有用的中国人。

在第二部《白云珠海》中,鳄鱼头乘坐亚娣家的小艇逃亡广州,在黄埔集合旧部,又勾搭上妓女黑牡丹,让她做了自己的临时夫人。鳄鱼头投奔名闻两广的黑社会大佬张果老,大得张果老的欢心,先被张果老委任为联络专员,到各地联络徒众,定期结义誓盟,重张旗鼓,后被张果老保荐为珠江两岸清剿副司令,挂了一个少将的空衔。鳄鱼头打听到,自己的太太洪少奶也随着马专员到了广州,继续走夫人路线,又当上了运输差舰的舰长。虾球同牛仔翻山越岭,本想投奔游击队,却意外被"三不怕"艇长抓去补了沿途新兵逃亡的空缺,流浪到广州。两人逃出后,在广州大街上遇见丁大哥,却被拒绝加入游击队。失望的虾球把牛仔安置在芳村孤儿院,自己去借钱赌运气,赌输了被逼卖身当壮丁。适值鳄鱼头带蟹王七去缉捕因穷困而贩运物资的退伍军人,将他救出。之后,虾球再度成为鳄鱼头的干将,牛仔做了鳄鱼头的勤务员。两人坐鳄鱼头的舰船去海南,由于鳄鱼头在舰船上超载装运走私物品,中途遇暴风沉船,鳄鱼头霸占了唯一的舢板逃险,残忍地开枪打死游近舢板的牛仔等人。虾球与龙大副等人在海里泡了半夜,最终被浪潮冲到岸边,脱离了险境。

在第三部《山长水远》中,虾球脱险后,和龙大副等人一道商议今后的出路,最后决定到一个伙伴家乡开茶寮,但回到鹤山后,发现那茶寮早已倒闭,众人只好自寻出路。鹤山有共产党的游击队,龙大副也知道一些革命道理,因与其他人话不投机,与虾球海阔天空,大讲他的革命理论,让虾球对革命充满了幻想。但龙大副只会空谈革命,自己并不愿参加革命。虾球路遇三姐带领的游击队巡逻检查,想加入游击队,三姐因虾球来历不明而拒绝了他。虾球偷走龙大副的手枪,流落到珠江口的沙坪镇,结交了从游击队开小差出来的流浪儿亚炳,凭借自己的见闻和球技,成为一班流浪儿童的大哥。虾球设计在踢足球时带领流浪儿童哄抢了驻守祠堂的县自卫队的四挺轻机枪,投奔游击队,终被游击队接纳。新任保安团团长的鳄鱼头率部进攻游击队,虾球受游击队教育,出色地完成了打入鳄鱼头团部收集情报的任务。游击队击溃鳄鱼头的部队,虾球把蟹王七的妻子亚喜找来,冒着生命危险去劝降固守在山腰的蟹王七连队。

《虾球传》在当时很受欢迎。茅盾曾这样分析:"虾球那样的流浪儿及其一群伙伴(其中有和虾球一样的扒手,有大小'捞家',走私商人和投机商人等等),正是香港小市民所熟悉的人物;虾球的倔强和自卫的机智,损人(扒窃)而又被损害被侮辱(受制于比他的流氓)的矛盾生活,引起了小市民的赞美与同情,而'曲折离奇'充满着冒险的与统治阶级所谓法律和社会秩序开玩笑的故事,也满足了小市民的好奇心,让他们得到一种情感上的发泄。"①茅盾的分析有一定道理,但他的话说得还不够明确。《虾球传》在题材上的独特之处,在于揭开了香港黑社会的一角,《虾球传》是第一部描写香港黑社会的新文学作品。

黑社会是与主流社会相对抗的地下社会,主流社会接受政府的管理与服务,在政府的管理与服务失效的地方,黑社会往往就会出来填补空白。当政府昏庸无能、腐败残暴的时候,黑社会与政府的对立与反抗,也具有一定的正面功能,但大多数黑社会从事的是违法犯罪的勾当。不论黑社会性质如何,它毕竟是一个客观存在。五四新文化运动以来,只有少数几部新文学作品描写到黑社会,如艾芜的《山峡中》描写了一个在中缅边界走私行窃,甚至抢劫杀人的江湖黑帮,于逢、易巩的《伙伴们》描写了珠江三角洲农村以盗抢为生的"捞家"。香港地区黑社会势力很大,却未得到新文学作家的关注,《虾球传》可以说是"破天荒"的作品,这自然引起读者的好奇和追捧。

小说第一部,虾球在香港红磡船坞附近摆面包摊,黑社会就已经出场。

> 在好几个月以前,王狗仔是他的面包摊三个收规人中的一个。每一个收规人都代表着看不见而感得到的一种可怕势力。人们都情愿每天让这些收规人拿去三毫五毫,或一元八角,买来一天的平安。做买卖的人,没有一个不是"有主归还,无主归庙",各有依托的。你不出这些黑钱,警察和流氓就会打得你头破血流,使你做不成买卖。

虾球面包生意破产之后,为生活所迫,懵懵懂懂中加入了黑社会,黄谷柳生动描写了虾球的入会过程:

> 王狗仔站住端相了他一回,然后问他:"你跟谁来?你做谁的马仔?"虾球答:"我自己一个人来。"他又再问:"你做谁的马仔?"虾球答:"什么马仔?我不懂。"王狗仔听了笑一笑,说:"你这外行,一个人怎能捞得起世界,你就做我的马仔吧!"王狗仔问他身上可有钱?"三十六元,三元六毛,三毫六分"都行,虾球把他的口袋翻转来,掏出了一张半毫的三分六,问王狗仔:"要不要?"王狗仔接过来,然后郑重对虾球说:"从今以后,你就算是我的人了,有饭大家吃,有难大家当,如若变心,白刀进去,红刀出来。一言为定了。"虾球正不知道怎样答他才好,王狗仔已从袋里掏出一张五元钞票,塞在虾球的手上,说道:"你拿去吃饭,正午十二点在刚才的码头边等我!我们今晚出海钓鱼。"

---

① 茅盾:《关于〈虾球传〉》,《文艺报》试刊第4期1949年5月26日。

之后，黑社会大佬鳄鱼头出场。鳄鱼头本名洪斌，在香港从事走私生意。鳄鱼头的太太被马专员觊觎和霸占，鳄鱼头为了自己的发财大业，忍气吞声。鳄鱼头胆大包天，跟包括东江纵队广九游击队、国民党驻港办等各路人马都打交道。后来，由于鳄鱼头的走私生意触犯了港英当局的利益，鳄鱼头遭到追捕，被迫出逃。在逃往广州途中，鳄鱼头被烟屎陈打劫，两人都混黑社会，很快对上暗号：

> 烟屎陈即刻掏出一包香烟来，仔细撕掉玻璃纸，揭开，弄一弄手势，露出三根香烟头，中间一根突出最高，左右两根稍低，仰手递给鳄鱼头。鳄鱼头很内行地伸手把中间最高的一根按下去，把最低的一根拔出来。

这是黑社会的一种秘密手语，鳄鱼头以貌似谦卑的一"按"一"拔"中告诉对方：自己是黑社会中的老手。

对于鳄鱼头这个黑社会老手，黄谷柳确实写得很好。在《虾球传》第一部，读者可能只见鳄鱼头的隐忍和狼狈，但到了第二部，鳄鱼头充分展示了自己混社会的能力。鳄鱼头和黑牡丹在观音山游玩时被打劫，他识破劫匪用的是木头做的假手枪，但依然送给两个劫匪一人五十元港币，还把自己的名片送给劫匪，黑牡丹讽刺他真是阔佬，鳄鱼头却说："你真是妇人之见！在今天这个乱世，小财不出，大财不入，你等着看吧，不久他们会替我开辟无穷尽的财源！"后来，这两个劫匪果然投靠了鳄鱼头。黄谷柳这样评论鳄鱼头：

> 鳄鱼头这人的特长之一就是随时随地都想到对方的需要，当人家最感需要的时候就施一点恩惠，让人家感恩知己，深信他把人当"心腹"看待，死心塌地替他服务，为他去送死。这点权术，鳄鱼头从接任管理员的一天开始，就更精巧地运用起来。他知道这位大副跟诨号叫"顺风耳"的机轮长平素有点不和睦，他就巧妙地个别中伤煽惑，使得两方面都当他是知己而说对方的坏话。他就利用并制造对方的矛盾来巩固他的领导。这种双轨政策施行的结果，没有一个人敢侵犯他的领导权，他非常微妙地收到实效。还有，他随时对部下作私人的礼赠，使得部下个个都感激他的恩德，而不知道他原来是揩了公家的油。这种化公为私的做法，他占去的是九牛，人家分到的是一毛。他能令这些分了一毛的人感激涕零。鳄鱼头的笼络部下，收揽人心的功夫，可算是老到极了。

鳄鱼头是《虾球传》中最大的反角，是一个非常厉害的人物，虾球刚开始只是鳄鱼头的马仔，后来成为鳄鱼头的干将，最后成为鳄鱼头的对手，反角越是强大，越能衬托出虾球成长的不易。

当然，《虾球传》并不是全面反映香港黑社会成员生活的一部黑幕小说，并不是描写黑社会内斗的故事，而是描写虾球脱离黑社会走向革命阵营的故事，这在主题上具有进步性。在中国现代文学史上,还没人写过这种题材,这才是《虾球传》真正的独创之处。

写黑社会成员走向革命,这一题材具有很大的风险性。革命阵营的楼适夷曾多次撰文批评《虾球传》的非现实主义态度和虾球成为革命者的真实性。楼适夷认为,虾球走上革命道路是非常偶然的,虾球"许多次穷途末路,却从来没有想到过用自己的劳力换饭吃……虾球的全部生活的理想,其中是没有丝毫的劳动观念的","抱着这种生活理想的虾球,在性格上是表现出怯懦、卑怯、动摇、矛盾","他缺乏一个可能获得思想觉醒和走向不屈斗争的人所必备的性格基础"。① 对此,黄谷柳曾作过辩解,黄谷柳认为,自己是贴着人物和生活写,"一方面警惕到不把他们写成进步青年,写成见女色无动于衷的清教徒,写成饥不思食渴不思饮的胃病患者,写成'饿死事小失节事大'观念的烈士;另一方面又提防到不要'照相式'地把他们的意识面貌原封不动地搬到纸上来"。② 在黄谷柳笔下,虾球对革命的认识,确实是存在不足的:

> 革命!革命是什么?莫说亚娣不懂,虾球又何曾懂了呢。只不过他听了龙大副讲了几天的革命道理,在一些书刊中又常常看见这两个字,他就有了一个模糊的概念,认为抱着一个除暴安良的心去做无论什么事,开茶室也好,打游击也好,做小贩也好,碰到犯众憎的人就揍他一顿,专门打抱不平,这样好好干下去就是革命了。所谓好好干,又是怎样个干法呢?打游击如何打法?打了又有些什么特别的好处?他还不十分摸得清楚;说到除暴安良,哪些人才算得暴?哪些人才算得良?他也很难者看得出来。他记得小时候在香港看一次电影,对于电影中的人物,总喜欢把他们分为"好"的一类和"坏"的一类,自己不清楚,就问问旁边的大人道:"喂,这个骑马的胡子是好人还是坏家伙?"人家说"好",他就放心;说"坏",他就憎恨这个角色,电影放到人家打死坏人,他就拍掌高兴。今天他的革命观念,就包含着做好人好事的意思。既然决心做好人好事,即使是开茶室当小伙计,不是也可以做一个好的伙计么?……这些,就是他脑海中模模糊糊的革命观。

不过,黑社会成员参加到革命队伍,历史上确有其事。晚清的太平天国军、孙中山组织的起义队伍和国民革命军,都不乏黑社会成员,虾球参加革命,当然并非不可能。在《虾球传》中,虾球参加革命,不乏主动性,这主要是因为,虾球在香港混黑社会的时候曾奉鳄鱼头之命拜见广九游击队的丁大哥,虾球对他很是仰慕,充满信任。这种人际关系方面的原因有其真实性,但毕竟还是单薄了一些。应该承认,黄谷柳对

---

① 适夷:《虾球是怎样一个人》,香港《青年知识》1948年8月第36期。
② 黄谷柳:《答〈小读者〉》,香港《文汇报》1948年9月10日。

于虾球参加革命的动力,确实写得还不是很充分,这也是革命阵营有人质疑虾球的原因,但人生充满偶然性,不经意中投身革命,也不是不可能。更为关键的是:投身革命之后,能否坚持下去?坚持革命,才更需要心理动机。关于这一点,黄谷柳是写出来了的。虾球参加革命后,受到游击队的奖赏,小说中这样写道:

> 他的快乐是因为得到了两匹布的奖赏吗?不是的,他快乐的主要原因是:他,这个在香港走鬼,给警察踢屁股,给人收规,给鳄鱼头括耳光,偷人东西,供人奴役,弄到自卑自贱,自暴自弃的人,到了今天,给这些识穿了自己的身世的同志们的鼓励赞誉,把他当人看待,是这个道理使他快乐。这是他自出娘胎到昨天还不曾得到过的待遇。他想起他的妈妈,他妈妈自然也疼他,但他妈妈却因为生活艰苦搞坏了脾气,为了几个钱常常鞭打他,咒骂他。他父亲呢,在没打仗之前还常常寄些钱回来接济接济,一打仗就找不到他们了。弄得他不但没有书读,也没有饭吃,只好出来当零工,做小贩,因而交了一群坏人,走了一条坏路。双亲给了自己这条苦命,活了十六年,不曾得到过真正的快乐,不曾有过一天给人看重过,弄到一点自尊心都没有了,弄到走路都不敢抬头见人。过去鬼鬼混混过日子,活下去不是做一个欺人的无赖,就是做一个被无赖欺凌的弱者;不管做哪一种人,抬起头来脸面总是没有光彩。可是现在呢,有人当着几千人面前,说他"光荣地站起来,重新做一个新人"了!有人向他拍掌道贺了!再没有一个人还当他是一个小扒手看待了!这还不快乐,什么才值得快乐呢?快乐真把虾球的脑筋冲昏了!

参加革命,更重要的是让虾球得到了尊严,感到了快乐。黄谷柳写出了这种心理的动因,这是有说服力的。

《虾球传》计划中还有第四部《日月争光》。前三部中,虾球与鳄鱼头的恩怨还没有了结。但要让虾球成为一名真正的革命战士,黄谷柳感到,自己也需要加入到人民解放军去体验生活,因此于1949年参军。因战事繁忙以及后来社会形势发生变化,黄谷柳的创作兴趣也发生了转移,《虾球传》的第四部未能完成。但已出版的《虾球传》三部,通过描写虾球从香港黑社会投奔到广东游击队的曲折历程,揭示了省港两地解放前夕"黎明前的黑暗","从城市市民生活的表现中激发了读者的不满、反抗和追求新的前途的情绪"①。

---

① 茅盾:《在反动派压迫下斗争和发展的革命文艺——十年来国统区革命文艺运动报告提纲》,《茅盾全集》第24卷,北京:人民文学出版社1996年版,第52页。

第三节 粤味小说:《虾球传》的艺术价值

1940年代的小说创作,最迫切的问题是大众化。在解放区,新文学的大众化取得了突出的成就,但在香港,新文学大众化的进展较为缓慢。当时革命文化人多次云集香港,郭沫若、茅盾、胡风、夏衍、胡绳、冯乃超、林默涵、周而复、邵荃麟、黄药眠、聂绀弩、司马文森、陈残云、黄秋耘、于逢、易巩等人,都曾南来香港。香港新文学阵营鼎盛,但香港的文学市场,主要还是被色情、武侠等通俗文学占领。新文学阵营看不起这些通俗文学,但他们引进的解放区文学,还有自己创作的新文学,在香港文学市场却遭到冷遇。《虾球传》的出现,则创造了新文学夺取香港文学市场的奇迹。《虾球传》发表后在香港引起的反响,从黄谷柳在《春风秋雨》的三版题记中可以略见一斑:"直到今天,整部小说还刚完成了一半。在这些日子当中,我除了接到一些识与未识的朋友的来信鼓舞和提出各种各样的意见外,我还有机会听取一间专门学院、五间中学、一间小学和一个社团的读者们提出的集体意见,对于这些好意,我已再三的致谢,并且也斟酌接纳了不少建议。"《春风秋雨》连载完毕后于1948年2月由香港新民主出版社出版单行本,一年之内,重版五次。之后,第二部《白云珠海》第三部《山长水远》也由香港新民主出版社出版,风行一时。《虾球传》还被香港大中华影业公司买去小说版权,改编为电影剧本,并迅速拍成电影。《虾球传》还被翻译为日文、英文在国外出版,成为代表香港新文学的标志性作品。

《虾球传》之所以能取得大众化的成绩,与黄谷柳的努力是分不开的。黄谷柳多年来一直为香港报纸写稿,熟悉报纸对稿件的要求,为适应报纸连载需要,黄谷柳在创作《虾球传》时分章写,每一章字数控制在两千多字,每一章都取一个标题,并留有引人入胜的关节。这既继承了以前章回小说的长处,也适应当时香港读者的阅读习惯。

《虾球传》之所以吸引读者,首先还在于情节曲折生动,黄谷柳运用了各种惊险、突转与巧合桥段,小说中人物或乐极生悲,或绝处逢生,或失之交臂,或冤家聚头,或扮猪吃老虎,或不打不相识,或大水冲了龙王庙,或千里姻缘一线牵,总能吊起读者的悬念,让读者看得心潮起伏。新文学作品大都不以情节相标榜,更注重人物形象的塑造、思想主题的提炼、情绪氛围的营造,《虾球传》则让小说回归到故事,让故事本身说话,让人物形象、思想主题在故事中显现。

为适应大众化的潮流,适应中国读者的阅读习惯,《虾球传》基本上是按照时间顺序讲故事,大量使用"讲述"而不是"展示"的写法,常常用旁白式的介绍与分析,帮

助读者了解人物或事件,这样使得读者的阅读比较省心,如写虾球与亚娣情窦初开的情景:

> 虾球一直在望着她,她的一举一动都吸引着他的注意。当亚娣的视线跟虾球的害羞的眼睛接触时,她问虾球道:"你望什么?"这一问,问得虾球脸红了。
>
> 虾球自小就在小人书连环图的影响下长成,他很早就懂得了"爱情"。他梦寐中的爱情是这样的:男主人公是一个出身贫苦家庭而后来创立了功业的英雄,女主人公是一个落难的公主,正待英雄来打救。可是在现实的社会里,却难找到这种样式的爱情来;王狗仔跟六姑,鳄鱼头跟少奶,九婶跟九叔,五婶跟五叔,以及他自己的妈妈跟他的长年漂泊在海外的爸爸,没有一对是跟他的梦想相符的。当前这个亚娣,他对她的关怀发生好感,可是虾球自己却惭愧起来,因为他自己不是英雄,而是一个向人借一块钱的穷孩子。他觉得没有资格消受亚娣的诱惑,他的脸红,是缠夹着几分惭愧的心情的。
>
> 亚娣这个吸海风、骑海浪长大的女孩,却没有这种想头。她是直率的、大胆的,她觉得要捕捉一个人,也正和捕捉一尾鱼一样,机会是一纵即逝的;好容易得到一次双亲不在艇上的机会,她就机敏地利用这个机会。她毫不犹疑地把艇旁的横窗拉密,自己靠坐在神位的面前,拉虾球靠近她,迅速地吻一嘴他的脸颊,用一种像爱人似的口吻亲昵地对虾球说道:"我看见你的眼光,我知道你想什么。"这一下却骇得虾球的心怦怦跳。

黄谷柳本是越南华侨,非广东和香港本地籍的作家,但又在省港两地生活多年,他对省港两地的人物、事件、风景、习俗等等一切都充满好奇,有着极大的兴趣去描写、去表现这些人物、事件、风景、习俗,反映在《虾球传》上,就是浓郁的省港地域特色。

《虾球传》中有大段对香港广州街景、对珠江两岸地名和景物的描写,这些描写大都有如地图一样的准确,如:

> 小艇在宽阔的江面上行驶,一阵西南风吹来,加快了船的速度。前面的景物渐渐明朗了:左边看得见长洲,中正学校,落船坞,白头关和平岗;右边看得见黄埔新埠和鱼珠;正中偏左看得见新洲和黄埔村背后高耸半空的琶洲塔。右边的黄埔新埠和左边的长洲是隔江遥遥相对,右边的鱼珠又跟左边的黄埔军校旧址、中山铜像隔江遥遥相对,正面偏左望过去的黄埔村又跟对面的东圃遥遥相对。右边的黄埔新埠、鱼珠、东圃都有公路和粤汉铁路的黄埔支线经东山直通广州市;左边的新洲、黄埔村也可经新道、市桥、河南小港直跨海珠铁桥到广州市;这就是整个黄埔形势的外貌。在江面上,停泊有几艘上海直航黄埔的货轮,大小像

香港昂船洲常见的数千吨载重的轮船。左边靠海关的码头上泊有一艘美国造的炮舰,大小像香港尖沙咀轮渡,舰首昂起,炮塔上露出四管小钢炮;舰尾低近水面,是便利装载汽车或坦克车登陆的。

黄谷柳还借人物之口谈论"广州长堤码头边的水色和荔枝湾的不同;荔枝湾的又和白鹅潭的不同;白鹅潭的又和黄埔的不同;黄埔的又和虎门的不同",其中细致处,又胜过地图。这些细腻的描写,或许还与黄谷柳的从军经历有关,因为一名合格的军人,必须善于使用地图,熟悉地形。黄谷柳在从军期间养成了这种习惯,也将其带入自己的文学创作中。

《虾球传》对地理环境精细的描写,本地读者看了觉得亲切,外地读者看了也增长见识,这也有利于作品的广泛传播。

《虾球传》还如实反映了抗战胜利后省港两地的历史面貌。如香港黑社会要走私,需和内地四大寇联络,这四大寇是:军官总、国大代、中央训、青年从。又如日本侵略香港期间,英军撤退,中国共产党领导的广九游击队坚持抵抗,日本投降后,英国人接收香港之前,香港地方的治安由广九游击队维持。再如,抗战胜利后,国民党一批退出火线的失业军人,为了求生存,也从事走私勾当,他们结成许多集团和帮口,形成一种力量,这种现象和统治当局的经济利益是有矛盾的,因此,当局下令把他们驱赶离开铁路线,或逮捕押送海南岛从事屯垦。他们因此更加团结起来,联合反抗,以求生存。还有,国民党政府缺兵、缺粮、缺械、缺弹,缺饷,为了打内战,试图"洗湿美国佬的头",拖他们下水。广州黑社会也蠢蠢欲动,认为群雄割据的局面即将到来,试图广集各方弟子,进则称雄一方,退则保守家园。小说中所描写的这些细节,有助于读者了解当时的社会历史。在某种意义上,《虾球传》也可以当作"抗战胜利后省港两地社会史"来看。新文学提倡现实主义,中国古典小说则有"社会小说"这一分支,《虾球传》是用现实主义的态度和手法写出来的"社会小说"。

在新文学阵营中,黄谷柳原本籍籍无名,在大众化的道路上,黄谷柳敢闯敢试,没有什么心理负担,他充分调动自己的优长,吸取中国传统小说的艺术手法,以《虾球传》创造了香港新文学大众化的奇迹。

如果说,虾球寻找的是人生的出路,那么,黄谷柳寻找的既是人生之路,也是文学之路。黄谷柳在《虾球传》的创作中,让虾球在流浪中找到了自己的革命之路。黄谷柳和虾球一样,也找到了自己的革命之路,同时还借这部小说蹚出了一条成功的大众化之路。

第二十二章　小说、戏剧的多样化

从抗日战争爆发到中华人民共和国建立，这一时期堪称中国历史上的"大时代"。在这一时代，发生了太多可歌可泣、可悲可悯、可讽可刺的故事，小说与戏剧这两种文体，因为天然适合叙事、适合大规模反映时代生活，在这一时代得到了很大的发展。抗战胜利后，这两种文体迎来了收获的季节。

本章所论述的广东作家，如碧野、陈残云、于逢、易巩、侣伦等人，都是在抗战期间成名，一直坚持创作，在抗战胜利后创作出较为成熟的作品。他们或以小说，或以戏剧（包括电影剧本），记录这个血火交织、风云变幻的时代，描写这片多灾多难、历经沧桑的土地。其中，碧野一生浪迹天涯，经历传奇，他用自己的作品展示了从家乡到异地、从南方到北方、从东部到西部的广阔疆域，在中国现当代文学史上写下了独特的一页。陈残云从诗歌创作起步，后来改写小说和电影剧本，由抒情走向叙事，蹚出了自己的写作道路，但其叙事中融合着抒情，小说和电影剧本中仍有诗意。于逢和易巩从抗战初期起长期共事，他们合作创作了长篇小说《伙伴们》，共同开辟了现代文学独特的题材与主题，之后两人在创作上分头发展，但又互相呼应，堪称现代广东文坛著名的双打选手。侣伦撰写了长篇小说《穷巷》，描写抗战胜利后香港社会底层人民的艰难生活，可以说是战后香港社会底层的一幅浮世绘。

这些作家的小说与戏剧作品，切入的角度不同，刻画的人物各异，讲述的故事千差万别，但大都具有较为鲜明的时代特征和地域色彩。

第一节　碧野：浪迹天涯的艺术探索

碧野（1916—2008），原名黄潮洋，广东大埔人。儿时一直随着父母流浪，过着居无定所、饥寒交迫的生活，9岁时随父母搬到潮州，落户贫民区，才暂时结束了流浪生涯。15岁考上金山中学后，碧野沉醉于文学，"至今难忘的是《茵梦湖》和《少年漂泊者》。前者是以艺术魅力征服了我，后者是以同命运感染了我，而两者的共同点，是以'情'感动了我。这像是两朵不同色彩的火花,在我心中激起了光和热"①。碧野还借阅了"郁达夫的《沉沦》《迷羊》,郭沫若的《女神》《瓶》,茅盾的《追求》《动摇》《幻灭》,苏曼殊的《断鸿零雁记》等等"②,这些文学作品培养了他的文学爱好。在中学期间,碧野曾在全校作文比赛中夺得第一名。同时,碧野在历史、地理两门科目上颇有天赋,"从初中一年级到高中二年级被开除之前,靠历史、地理,我总是名列第一,这给我打下了良好的基础。从事文学创作,历史、地理知识非常重要,古今中外,历史的纵断面和地理的横断面,都有一个较清晰的概念。尤其是自己东南西北跑得多,山川、物产懂得也多一点,这对写作增加了不少知识和内容"③。

1933年,碧野因在金山中学参与学潮被开除,之后漂泊到北平,寄寓在北平潮州会馆。虽然生活艰难,但碧野并不以为苦,他一边到大学旁听,一边在图书馆自修,"我读了旧俄众多的古典文学作品,普希金、托尔斯泰、屠格涅夫、果戈理等作家是我所喜爱的,十月革命前后的高尔基、肖洛霍夫、法捷耶夫、富曼诺夫等作家的作品鼓舞和加强了我的战斗意志。其余外国作家,如法国的雨果、福楼拜、巴尔扎克、莫泊桑、梅里美、乔治·桑、罗曼·罗兰等的作品,如美国的马克·吐温、杰克·伦敦、辛克莱等作家的作品,如英国的萧伯纳、狄更斯以及西班牙塞万提斯的作品、日本小林多喜二的作品,我大部分都读了。除了潮州贫民窟的生活给我以文学创作的丰厚土壤之外,这两年读世界名著给予我文学创作打下了十分坚实的艺术基础。"④碧野决定走创作这条道路。他以父亲为模特儿创作了小说《窑工》,1935年11月在北平《泡沫》文艺月刊发表。之后,他参加了进步文艺团体泡沫文艺社,又加入了北方左联。

抗日战争爆发后,碧野随流亡学生逃出北平,先是在河北行唐参加了冀察游击队,亲历过与日寇的战斗;之后又参加了豫西农村巡回演剧队,宣传抗日。后来又参加了181师学兵队,负责为文盲士兵编识字课本。1938年春天,碧野又漂泊到武汉,在武汉创作了三个报告文学集《北方的原野》《太行山边》《在北线》。其中,《北方的原野》发表后受到茅盾的好评,碧野一举成名。

《北方的原野》这篇作品,取材于碧野自己的从军和战斗经历。北平血战出来的学生大队,配合隐藏在城里的游击队员,里应外合攻克了日军占据的行唐城。其后日军疯狂反扑,占据了东长寿火车站附近的一个村庄,日军威逼利诱村庄中的男人替他们修筑工事,放哨站岗,还掳走奸淫村庄中的妇女。学生大队和游击队联合进攻被日军占领的村庄时,桂儿的父亲在房顶放哨时与两个日本兵搏斗,同归于尽,桂儿和他

---

① 碧野:《起步艰难》,杜秀华编《碧野研究文集》,武汉:长江文艺出版社1985年版,第64页。
② 碧野:《起步艰难》,杜秀华编《碧野研究文集》,武汉:长江文艺出版社1985年版,第65页。
③ 碧野:《起步艰难》,杜秀华编《碧野研究文集》,武汉:长江文艺出版社1985年版,第67页。
④ 碧野:《人生的花与果》,《碧野文集》第四卷,武汉:长江文艺出版社1993年版,第103—104页。

的祖父被解救,他们坐着牛车转移,遇到日军包围,桂儿的祖父不幸中弹牺牲。后来转移的队伍突破日军包围,直奔太行山麓的获鹿县,河北河南两省红枪会首领朱司令出山,会见了他们,宣称要发动十几二十万支红枪,与侵略者"血拼一场"。这篇作品发表后,茅盾在评论中称道碧野"才能的全面",肯定了碧野在叙事、写人方面的成绩,还赞扬这部作品"处处闪耀着诗篇的美丽的色调"。①

《北方的原野》的成功,坚定了碧野走文学之路的信念。之后,碧野从武汉奔赴岳阳、长沙,又从长沙北上郑州、渑池,首先奔赴晋东南抗日前线,在晋东南前线创作了《飞渡黄河》《五行山血曲》《儿童队员之死》《被凌辱的十字架》《红灯》等作品,然后去洛阳,在第一战区《阵中日报》编辑副刊,创作了短篇小说《灯笼哨》和长篇小说《南怀花》的上半部。之后又到第五战区政治部编辑组工作,在湖北荆门前线完成中篇小说《乌兰不浪的夜祭》的创作。

《灯笼哨》发表于1940年4月《文学月报》1卷4期。小说讲述的是,山东曹州的庄稼汉老人,儿子参加游击队不幸战死,他带着守寡的儿媳和孙子逃难洛阳。横渡黄河的那天,儿媳忽然失踪,老人带着幼小的孙子相依为命。为了防盗防匪,洛阳城里组织了灯笼哨。老人每晚带着孙子在阴郁的王家废墟边来哨望,只为了每夜一毛五分钱的雇金。在寒冷的冬夜,老人用衰老的身体为孙子遮蔽风寒。夜半的街头,一辆洋车拉着一个妖艳女人驶过,孙子觉得这个过去的大姐真好看,老人却认出这是自己的儿媳。第二天晚上,这个妖艳的女人和一个穿着海狸大氅的男人及一个龟奴又出现了,孙儿抱着女人的大腿叫妈妈,被龟奴踢伤肚子。当老人发现一个鬼鬼祟祟的家伙走私"红丸"上前盘查时,他被那个穿着海狸大氅的男人用手电筒击破头部,血染雪地。黎明前,那个妖艳女人又出现在王家废墟路口,发现老人的尸体,伏尸痛哭:"呀!我的爹爹!"碧野以一个"远来客"的视野,观察洛阳这个"九朝都会的圣地",发现"这里闻不到前线的炮药味,正如街上的建筑物一样,一切都是阴灰沉闷,好像这里永远盼望不到春天,而是一个怕人的坚冰地",他在这篇小说中描写了同为"远来客"的老人、儿媳和孙子三人的悲惨遭遇,抒发了对底层人民的深切同情。

《乌兰不浪的夜祭》1941年发表于重庆《文学月报》3卷2、3期合刊。乌兰察布盟老英雄唐尔的独生女儿、骑兵游击队司令飞红巾,与多情美貌的歌手哈的卢是一对恋人,哈的卢是日军奸细,他潜入唐尔的队伍,盗窃军事情报。因为哈的卢的出卖,唐尔率部与日军遭遇后激战阵亡。飞红巾率领剩余的七骑突围后,部属发现哈的卢外送谍报的行动,于是飞红巾亲自押解他去乌兰不浪总部。哈的卢在途中试图暗杀飞红巾,阴谋未遂,便抱着她的腿痛哭,求她顾念昔日的情分,饶恕他这只羔羊,次日上路,又唱起昔日

---

① 茅盾:《北方的原野》,《文艺阵地》1938年6月第1卷第5期。

的情歌,抱着飞红巾的马头垂泪祈求,飞红巾一度恋情压倒大义,打算和他私奔,但最终还是清醒过来,把哈卢捆回乌兰不浪,在神宫前的火堆上,用其性命祭奠了先父和阵亡部属的亡灵。这篇小说以华丽的文笔、狂放的想象,展现了一场儿女恋情与家庭伦理、民族大义的冲突,充满浪漫主义的传奇色彩。小说发表后反响两极。它受到青年读者的激赏,但有人批评它选取英雄美人的传奇题材、脱离实际生活、营造异域情调、沿袭武侠小说词汇。这篇小说后来在1950年代被香港武侠小说作家梁羽生仿写,梁羽生的《塞外奇侠传》袭用了这篇小说的故事和飞红巾这一人物,只不过把时代背景从抗战时期改为清朝初期。

  碧野的上述作品大都具有浪漫主义的情调。《北方的原野》是报告文学,但在写景时"处处闪耀着诗篇的美丽的色调",《灯笼哨》是一部写实小说,但充满对底层人民深切的同情,在《乌兰不浪的夜祭》中,碧野则放飞自己的想象。诗意、激情与想象,为碧野的创作染上了浪漫主义的色彩。碧野这一时期在前线和后方之间来回奔波,在硝烟风尘中行军打仗、唱歌演戏,这种融合着血与火的生活,本身就带有一定的浪漫性,青年碧野又生气勃勃,不怕苦累,充满创作热情,敢于投入感情、放飞想象,因此其创作自然而然具有浪漫主义的特征。

  1942年,碧野翻越秦岭和大巴山,来到四川。先在成都逗留,任莽原出版社总编辑、文协成都分会理事,后到灌县一所中学教书,因被国民党成都行辕搜捕,又逃亡邛崃,在邛崃创作了长篇小说《风砂之恋》。1943年8月,碧野奔赴重庆,在重庆创作了长篇小说《肥沃的土地》、中篇小说《奴隶的花果》。

  《风砂之恋》写的1940年代初期活跃在陇海线的青年话剧队的恋爱故事。碧野曾说:"《风砂之恋》里边的人物共有十多个,这些人物差不多都是当年在陇海线上最活跃的青年男女;其中尤其是两个女主角林晶和苏红,是曾经风闻一时的,这两个女主角跟我都有过深厚的友情,因此我理解她们也来得更为深刻。前者是一个生长在都市的女郎,骄傲自得,而以她的聪明和美貌炫耀于人间,她被许多青年男子崇拜过,但她终于不可挽救地堕落下去;后者是一个生长在农村的姑娘,抗战的浪潮把她卷到救亡的团体里来,她受人歧视,但是在艰苦的学习中,她终于成为一个坚强的女战士。"[1]这部小说结构不大平衡,写林晶的堕落过程较多较长,而写苏红的成长过程极其简略。据作者解释,小说出版时曾被书报检察机关大量删节,"把一部有强烈对照性的长篇变成了描写青年堕落生活的作品,其效果可想而知"[2]。

---

[1] 碧野:《〈风砂之恋〉前记》,杜秀华编《碧野研究文集》,武汉:长江文艺出版社1985年版,第115—116页。

[2] 碧野:《〈乌兰不浪的夜祭〉小序》,杜秀华编《碧野研究文集》,武汉:长江文艺出版社1985年版,第130页。

《肥沃的土地》以破箩筐与三个女人的情爱纠葛为中心,展示了抗战之前河南贾鲁河畔农村的生活。破箩筐喜欢小桂花,但因为他家贫,是个佃户,小桂花听从母亲的安排,嫁给了自耕农夹尾巴狗,但破箩筐对她痴心不改。花猪是地主王大户的小老婆,她被破箩筐健壮的身体吸引,引发了情欲的痛苦。船夫水獭常年在水上漂泊,破箩筐因见了水獭媳妇丰满的肉体而怦然心动,被富农老癫制造出流言蜚语。最后,破箩筐和小桂花成全了好事,小桂花因此怀孕。花猪唆使丈夫王大户用武力保护村子,其实是方便自己在破箩筐守夜时诱惑他。老癫造谣说破箩筐与水獭媳妇有染,传得满村皆知。小说以水獭归来后找破箩筐打斗结尾,结束得比较仓促,无论是故事的进展和人物的刻画,都还没有完成。碧野原计划写作三部曲小说《黄讯》,《肥沃的土地》只是第一部,但后来没有继续写下去。

碧野在《肥沃的土地》中详细描写了人的身体与人的情欲,从"自然本性"的角度描写人物,写出了人物性格的复杂性。同时还展示了河南农村中复杂的人情伦理,勾勒出了一幅驳杂的乡村世界图景。这部小说的语言也别具特色,碧野使用了河南地区的方言土语,如"中""不中用""俺""搭腔""扯舌根""约莫"等词,散发出浓郁的河南乡土气息。对于一个广东作家来说,这是非常难得的。

《奴隶的花果》取材于碧野儿时的记忆,展现的是潮州贫民区的生活。在这个乱糟糟的世道里,挑水妇大安的老婆钟情于一个年轻船夫,对大安老婆垂涎欲滴的赌场老板勾结兵营,把年轻船夫当土匪逮捕,并且把大安的老婆捉进兵营奸污。大安的父亲召集船夫、扛运夫、洋车夫和洗衣妇,联络山里的游击队,攻打兵营。那位年轻船夫冲出牢门,在抢夺敌人的机枪时受伤身亡,大安老婆伏尸痛哭时,带着游击队下山的大安,出现在她的面前。

这篇小说有真实环境和原型人物,碧野小时候住过的潮州贫民区,毗邻监狱、赌场,"我看到拉黄包车的车夫,剃头的理发匠,拉笨重东西的码头工人,挑水洗衣妇,甚至还有下等妓女,我生活在社会的重压之下的底层人民当中,懂得他们的疾苦"[1],碧野在这篇小说中描写了乱世中贱如猪狗的人群卑微的生死和刚烈的爱憎。当然,小说最后的战斗场面纯属虚构,但它寄托了作家反抗黑暗现实的决心。

这三部小说,显示了碧野多方面的才能。他既能书写故乡潮汕,也能书写异乡河南,既能塑造农民和城市贫民形象,也能刻画青年知识分子。这三部小说更多地关注情爱问题,这也是青年碧野当时所面临的问题。《奴隶的花果》中,大安老婆因为老公不在身边,而对一个年轻船夫产生了爱情。《肥沃的土地》中的破箩筐,对三个女

---

[1] 碧野:《碧野同志在石首业余文学作者座谈会上的讲话》,杜秀华《碧野研究文集》,武汉:长江文艺出版社1985年版,第94—95页。

人的身体都有不同程度的迷恋,《风砂之恋》中较多地写了漂亮女性林晶堕落的过程。三部小说中的情节,不少是由情欲引起的。碧野本着自然人性论的立场展示人们的情欲,曾被批评为"色情",但通过人性中的情欲,展示人的生存状态,具有一定的真实性,这也可以说是碧野的一种探索。

1944年冬,碧野在重庆与阔别十年的母亲相会。碧野的母亲从广东潮州徒步出发,千里迢迢,一路乞讨来到重庆。与母亲的重逢,激发了碧野的创作激情。碧野以父母为模特儿,创作了长篇小说《没有花的春天》(上海建国书店1946年版),再度书写自己的家乡,书写自己的族人。在开篇《序曲》中,碧野这样赞颂自己"客家族"的血脉:

> 在久远的年代以前,这南边滨邻南海,北边傍靠九连山脉的周围千里广阔的地面上,曾经有过一次大灾祸,使当地穴居的土人几乎绝了迹。于是从中原迁来了不少的流民,在这荒无人烟的地方扎了根,繁殖了千百万的后代子孙,这就是在历史上被称为"客家族"的人们。由于他们的先祖用一滴滴的血汗开发下来的每寸土地,使他们得以一直繁荣到千百年代后的现在,因此在他们每个男女的血脉里都遗传有坚苦耐劳的血素,他们体魄强壮,精神饱满,并且勇于生活上的一切斗争。

客家子弟阿兴是一个精壮的汉子,他在老地主家当雇工,与地主家里的婢女阿艾相爱。这年春谷收成好,老地主打算在山顶修造七层宝塔,以保佑风水。在塔修成之后,老地主指挥阿兴等雇工从邻村捉回一个细妹仔,焚人以祭山神,细妹仔的未婚夫阿虎因此与阿兴结下了深仇。两村爆发了残酷的械斗,老地主看见邻村势不可当,便出卖了阿兴,把阿兴当罪首交对方发落,阿兴跳崖伤脚,与阿艾逃亡到粤闽交界的山镇当窑工。十三年以后,阿兴夫妇带两个儿子流浪到荒僻山村石寮溪,阿虎也来到石寮溪,阿兴登门把刀交给他,让他杀了自己解仇。两人此时已明白真正的仇人是老地主,于是杯酒释仇。这时候,日本侵略者闯进了这个小地方,从城市退出来的消极抗日的国军反倒成了老百姓的敌人,人民对这混蛋的军队加以反击,被击溃的国军向日本投降后成了伪军,人民自卫队成立了,阿虎在一次战斗中牺牲,阿兴被人民自卫队派遣从事地下工作,也被捕殉难。

这篇小说"由外乡的感受的写作领域复返到故乡的童年的回忆当中来了"①,碧野将客族人的生活和性格,表现得淋漓尽致,同时也展现了客族人古朴而又带有野性的风俗:如千余人械斗的血腥场面和焚人祭塔的残忍习俗。

---

① 洪钟:《没有花的春天》,上海《大公报·文艺》1946年10月8日沪新第63期。

为了赞颂客家族,使这篇小说更加"传奇",碧野虚构了一些戏剧性冲突的场面,有意强化人物性格的斗争性,特别是作品的后半部,描写人民自卫队与伪军的斗争。这些并不是对原型人物和故事的如实书写,大都是凭空想象,不够坚实,传奇的故事最后难以为继,只好草草收场。

之后,碧野又创作了长篇小说《湛蓝的海》,1947年由上海新新出版社出版。《湛蓝的海》是《没有花的春天》的兄弟篇,书写的依然是碧野家乡的故事,在该书题记中,碧野这样介绍道:"书中的男主角阿鹏,是作为我纪念我那从事了十几年解放斗争的大哥的,但他最终被谋害了;女主角小琤是我敬佩的一个女性,她曾在那革命烽火的南山上做过最艰苦的工作,但她也被谋杀了,坟墓在南山脚。死了的战士,光轮仍照耀在血淋淋的人间。"

这篇小说以抗日战争为背景,描写潮汕人民的英勇斗争事迹。日军进犯南澳岛,女游击队员琤姑划船到莲阳港,求援于姐夫阿鹏。阿鹏是游击队队长,他分析形势,提出了作战方案,但暗恋琤姑的海狗没有遵照执行,导致游击队伤亡惨重。幸得阿鹏沉着指挥,浴血苦战,反败为胜,将日军赶出南澳岛。游击队决定处罚海狗,将其关到海船上隔离反省,海狗却认为阿鹏和琤姑合伙陷害他,琤姑为此很难过。琤姑的姐姐曾参加农民运动,解救了在庄园为地主张大富当苦力的阿鹏,并教阿鹏识字。农民运动失败后,两人逃到南洋,结为夫妻。七年后,两人返回家乡,遭地主张大富报复,琤姑的姐姐牺牲了,阿鹏侥幸逃生。琤姑暗恋姐夫阿鹏,但阿鹏看出海狗的心意,嘱咐琤姑嫁给海狗,独自返回莲阳港。之后日军又大举袭击南澳岛,琤姑去向阿鹏求援,却被投降日军的地主张大富一伙俘获。琤姑临刑不屈,被日本军官奸污后,推上悬崖枪毙。她中弹跌入海中,被救到自卫队驻地,阿鹏眼看着她含恨弃世,心中燃起复仇的火焰。

这部小说,情节波澜起伏,语言明丽生动,环境描写充满诗意,人物形象具有传奇性。不过,碧野毕竟没有亲历南澳岛抗战,小说中的抗战故事基本上是虚构的产物。小说中的人物,特别是主人公阿鹏,性格、能力前后存在着较大差异,作者又未能写出其成长过程和成长原因,因此给人以断裂之感。

碧野连续用两部长篇书写客家族的故事,碧野笔下的主角,和他一样是漂泊者,他们带有某种游侠气质,强悍重义,勇于救人急难。作家不仅让他们在地域上漂泊,而且让他们在时间上"漂泊",即把他童年时代所闻所见的人事,配置在二十年后的抗日战争的历史背景之中。因此,碧野的这两部作品,既渗透着怀乡的情思,也洋溢着现实的激情。不过,由于碧野一直漂泊在外,抗战期间并未回过故乡,因此他对故乡抗日故事的书写,大都是凭空想象,有些夸张,不够真实。

抗战胜利后,碧野出川,一路漂泊抵达上海,短暂停留后曾到南京谋生,后到皖南宣城孙家埠,在那里教中学。孙家埠濒临水阳江边,碧野在此目睹了当地山民、木行老板的生活,创作了短篇小说《水阳江的沉郁》,1947年11月发表于《文讯》月刊7卷5期。这篇小说以发源于浙皖边界的水阳江为背景,描写当地山民与木行老板的生活。每年水阳江两次涨水,应祥伯与邻居洪阿大替林主扎好木筏,漂流到下游孙家埠,赚一笔水力钱。应祥伯久经世故,知道孙家埠的"水很深",他们落脚的木行老板程允执,同时开酒馆和赌场,"是养着小鱼吃大鱼的人,不撒网就罢了,一撒网总是成筐成篓"。但年轻的洪阿大拿到二十万水力钱后,就自投罗网,先上酒馆,后去赌场,应祥伯劝洪阿大"不要傻赌,这赌场赔小的,吃大的,血口凶险,是程允执那大虫装的跳板,假得很,当心掉进去淹死了"!洪阿大却赌得兴起,之后兵来捉赌,洪阿大只好丢下赌资逃跑。其实,程老板和镇长是拜把兄弟,所谓捉赌乃是"阎王派判官,判官派小鬼,这叫作串着干"。洪阿大辛辛苦苦赚的二十万水力钱就这样轻轻地在赌桌上飘走了,这时他才想起白发的老母、害病的妻和吃不到乳汁的孩子正等他买粮回去糊口。悔恨不已的洪阿大和应祥伯结伴回家,在路口赌骰子的士兵认出洪阿大是拒捕逃脱的赌徒,将他开枪打死,又诬蔑应祥伯买的两尺灰布是军服布,将其押进镇公所的拘留所,搜去其全部水力钱。应祥伯最后一个人茫然踏上归程,心里在想:"我怎样去告诉洪阿大的一家子呢?"

在《水阳江的沉郁》中,碧野借鉴茅盾所开创的社会剖析派小说的创作方法,描绘了水阳江木材转口所在地商行与酒馆、赌场、镇公所,老板与水客、镇长、士兵之间复杂的社会关系,揭示了木行老板对水客两面三刀的嘴脸和层层盘剥的把戏,反映了当时山民外出谋生的悲剧命运。社会剖析派作家吴组缃非常欣赏这部作品,"在他任教的复旦大学和北京大学,都把它当作课文对学生一再讲授"[①]。这篇小说标志着碧野观察社会的眼光日益成熟,风格从传奇的浪漫主义走向沉稳的现实主义。

不断漂泊的碧野,1948年春又满腔热情地进入解放区,深入太原战役前线,创作了长篇小说《我们的力量是无敌的》,描写解放军1948年10月发动的太原战役。这部长篇小说被列入"中国人民文艺丛书",1950年由北京新华书店出版。碧野流浪一生,在解放区找到了人生的希望,也找到了创作的新方向。中华人民共和国建立后,碧野并未回到家乡潮州,先是在北京丰台机务段深入生活,创作了反映铁路工人生活的长篇小说《钢铁动脉》,之后又去朝鲜战场,创作了小说散文集《幸福的人》,1955年至1960年又到新疆军垦部队深入生活,创作了长篇小说《阳光灿烂照天山》、散文集《在哈萨克牧场》和游记《天山南北好地方》。1960年碧野搬家到湖北丹江口水利枢纽工程建设工地,创作了长篇小说《丹凤朝阳》和多部散文集,之后碧野驻留湖北,任中国作协湖北分会副主席,2008年2月被湖北省人民政府授予"终身成就艺术家"

---

① 碧野:《人生的花与果》,《碧野文集》第四卷,武汉:长江文艺出版社1993年版,第333页。

荣誉称号。

　　碧野一生浪迹天涯,在不断的流浪期间,碧野曾生病,病得奄奄一息,曾被捕,在监狱中苦盼自由,但是,在漂泊与流浪中,碧野增长了见闻,为文学创作积累了丰富素材。他性格乐观,天性浪漫,加之又爱好写作,非常勤奋,因此作品丰富。碧野善于发掘自己的记忆,书写自己的见闻,善于把自家的故事和自己的见闻写成小说,碧野也善于想象,对那些未到过的地方和未见过的人事,也能写得头头是道。不过,碧野运笔如飞,写得过快,未对作品进行精心打磨,因此有些作品显得较为仓促和潦草。但总的来说,碧野的创作逐渐从青涩走向成熟,从传奇走向写实。并且,碧野还是中国现当代作家群中一直保持着旺盛创作能力的一员,他用自己的作品展示了从家乡到异地,从南方到北方、从东部到西部的广阔疆域,以流浪者的广阔视野和漂泊者的探索热情,在中国现当代文学史上留下了灿烂的篇章。碧野虽然未能叶落归根回到广东,但他在外地结出了丰硕的花果,这也是现代广东文坛给予全国的一个贡献。

第二节　陈残云:从抒情走向叙事

　　陈残云出生于广州北郊石马村一个读书人家庭。因家道中落,陈残云三个同母兄长,被迫到南洋和香港谋生,陈残云在村私塾和村小学读书后,于1929年考入广州八桂中学。初中二年级时,辍学到香港打工,帮自己的兄长看守店铺。其间,陈残云阅读了茅盾的《野蔷薇》、巴金的《灭亡》、蒋光慈的《少年漂泊者》等小说,爱上了新文艺。1933年,陈残云写了一篇抒发个人苦闷的散文《一个青年的苦恼》,投寄香港《大光报》获发表。

　　1935年秋,陈残云考上了私立广州大学文学系。大学期间,陈残云对诗歌产生了强烈兴趣,"读了不少前辈诗人的诗作,后来也学写新诗","我写的是自以为'高雅'的象征诗,朦朦胧胧,自己也看不懂,那时我是香港的小店员,文化水平并不高,生活于小市民的环境中,一点不高雅,只是学着别人的样子作一些空洞的忧郁愁闷的叫喊。"①如1936年在天津《小雅诗刊》上发表的诗作《雨夜》:

　　　　久慕的远人又偷进枕畔来,
　　　　告我人生的忧悒梦的缥缈,
　　　　而我正憔悴单恋病的久延,
　　　　听午夜的檐溜悲多汶之韵。

---

① 陈残云:《〈黎明散曲〉序》,陈残云著《黎明散曲》,广州:新世纪出版社1989年版,第1页。

怕残荷落叶的明朝之苦恼,
我愿永留长夜梦幻的残余,
哦天亮了又数透一夜更锣。

这首诗抒发个人单恋时的心情,内容较单薄,语言也有李金发式象征派诗歌的生涩。

1936年9月,陈残云参加了中共领导的"广州艺术家协会"的诗歌组活动,接触到全新的革命诗歌,"在新的形势和左翼文学运动的影响下,思想上有所触动,逐渐改变了脱离政治、崇尚象征派的倾向,跟着诗友们一起,走进了抗敌救国的新诗歌运动的行列"①。1937年1月,陈残云参加创办《今日诗歌》,还与黄宁婴、陈芦荻、黄鲁创办同人刊物《诗场》,自觉投入到抗日救亡的革命诗歌运动中。1937年7月1日,《今日诗歌》更名为《广州诗坛》,"七七事变"后,为适应抗战形势,《广州诗坛》从第4期更名为《中国诗坛》。陈残云创作了大量抗战诗篇,1938年2月,他的抗战诗集《铁蹄下的歌手》由诗歌出版社出版。

《铁蹄下的歌手》诗集中的大多数作品,调子比较激昂,不再作无病呻吟的浅斟低唱。如《我是中国人》:

无数的土地
　　在烽火的蹂躏中!
无数的同胞
　　在烽火的蹂躏中!

啊!敌人的,
疯狂的刀,
　　疯狂的枪,
　　都在我们同胞的身上,
一幕幕的试验着!

那悲惨的图画呵!
　　瞧着,瞧着,
你问我
　　可曾有过痛恨?!

---

① 陈残云:《〈南国诗潮〉序》,《陈残云文集》第十卷,天津:百花文艺出版社1994年版,第592页。

> 我说我是中国人,
> 　有中国人的灼热的血!
> 　有中国人的灼热的心!
> 　有中国人的灼热的眼睛!!

像这样喷射着怒火、浸透着血泪的抗战诗篇,还有多篇,如《告诉你我的信心》《血的清还》等。著名诗人蒲风称:"读过了《铁蹄下的歌手》,我是感觉得出一种力量,一种新的滋味的。这些东西,过去我们在田间的诗歌上,还找不出这么浓厚的坚强的力。"①

1938年9月,陈残云参加了广州地区的"学生军事训练总团",创作了一些军旅诗,发表在茅盾主编的《文艺阵地》上。《清晨小曲》、《烽火下的抒情诗》(《守夜卫》《草场上》)、《黄昏短曲》(三章)以及《马夫》、《杨村江畔》是这一时期的代表作。1939年12月,陈残云抵达广西桂林,在逸仙中学任教,同时参与文协桂林分会活动,参与《中国诗坛》桂林复刊。在这一时期,陈残云继续写诗,发表有《萧声》《致死者》《送远行人》《故乡的雾》《蔷薇是红的》等作品。

在诗歌创作中,陈残云能与时俱进,转变诗风,能把握不同风格,这显示了其创作的灵活性与多样性。正因为这种灵活性与多样性,陈残云后来能从诗歌创作走向小说创作和电影剧本创作。

1941年1月,"皖南事变"爆发后,桂林形势险恶,陈残云先是转到兴业县兴业中学任教,5月离桂赴港。1941年11月,陈残云又从香港抵达新加坡,在新加坡和自己的兄弟姐妹团聚。1943年10月,陈残云踏上回国路程,于1944年正月回到桂林,参加了桂林文化界抗敌协会的工作。之后,陈残云接受党组织交给的秘密任务,与黄宁婴等人一起东进粤桂交界处的大坡山李济深部,协助建立抗日民主根据地的工作。陈残云于1945年3月到达目的地,被李济深任命为政工队队长,1945年6月受李济深派遣,与中国共产党领导的东江纵队联络。陈残云只身潜行,到达罗浮山东江纵队司令部,8月初,陈残云在东江纵队司令部秘密加入了中国共产党。

抗战胜利后,经向党组织请示,陈残云加入民盟。1945年10月回广州,与司马文森合作,计划复刊《文艺生活》杂志,同时担任民盟广东省委宣传部副部长、民盟南方总支组织部副部长。1946年1月,陈残云在《文艺生活》光复版第一号上发表小说《风砂的城》,一举成名。

《风砂的城》由《风砂的城》《激荡》《沉落》三部分组成,前两部分发表于《文艺生活》光复版1946年第1期和第7期,1947年,香港文生出版社出版了全书。

---

① 蒲风:《读〈铁蹄下的歌手〉》,《救亡日报·文化岗位》1938年5月11日。

这部小说以皖南事变前后的桂林为背景,通过江瑶的日记,以第一人称讲述故事。江瑶是学生军和三青团成员,年轻美貌,她到风砂之城桂林养病,结识了进步诗人冯灵,三青团的梁主任认为冯灵是"左"倾分子,要江瑶以恋爱为由,去做特务工作,刺探冯灵的活动。江瑶以后与冯灵多有接触,但并未将梁主任的任务放在心上,但冯灵爱上了江瑶。不过,江瑶对自己的感情把握不定,面对冯灵的求爱若即若离。之后冯灵因内心痛苦独自去了香港,留书嘱咐江瑶,警惕不要陷入蛇鼠之群所设置的深渊。冯灵走后,梁主任露出狰狞面目,逼江瑶做他的二姨太。与江瑶过从甚密的少女舜华让江瑶与梁主任虚与委蛇,借口到阳朔养病,而逃到舜华的兴安老家。江瑶带着"新生"的兴奋,写信请冯灵带她投奔"理想的世界",但她的信件被检查没收,并未寄出。数月后,江瑶收到冯灵向她告别去追求新的战斗人生的信件。江瑶失恋后对人生充满幻灭感,旧疾复发,病重期间受到舜华及其长兄继庭的悉心照理,江瑶在灰颓和惶惑中,许身于继庭,想与纷扰的俗世绝缘,做"无所谓爱无所谓憎的避世者"。

陈残云是带着内心的伤痛写这部小说的。据陈残云自述,他到桂林之后,"大学女同学郭林凤的女友刘讯萍回广西后与我有通信联系,她又介绍了一位姓关的女友来看我,她是广西学生军成员,因印刷一些书刊到桂林来,她喜欢文艺,与我时有接触,常一起到公园漫步,她大方美貌,我曾追求她。但她对我若即若离,使我很痛苦。新四军事件爆发后,桂林假民主的政治空气,突然变得很紧张,许多进步人士离开桂林……我在政治上和感情生活中都处于困境中,感到非常痛苦"①。在《风砂的城》中,陈残云将"姓关的女友"设计为良心未泯的女特务江瑶,重新回忆、书写和解释自己和她的交往过程,想象江瑶后来逃离特务牢笼的结局,寄托对她的思念和祝福,以此舒缓自己内心的痛苦。

《风砂的城》是陈残云从诗人走向小说家,从抒情走向叙事的第一步。不过,这篇小说依然有浓郁的抒情特色。这篇小说使用女性第一人称日记体这种形式,以忧郁感伤的笔触,抒写着一个青年女子在风砂扑面的社会环境中对光明的追求和失落光明后的幻灭感,小说将一个弱女子追求、痛苦、惶惑、失落的心理过程写得一波三折,给人余韵悠然的感觉。这篇小说情节并不复杂,但展现了出色的心理描写才能,能捕捉到恋爱中女性的复杂心理,将那种欲拒还迎、若即若离的微妙心理写得非常细腻。

陈残云1948年对《风砂的城》曾作过检讨,认为《风砂的城》对"舜华和芸大姐这代表了实际斗争的一面""写得过分晦暗和微弱",却将"江瑶"当成了主角,"强调了

---

① 陈残云:《坎坷的行程——陈残云自传》,广东省政协文史资料研究委员会、广东省作家协会编《粤海文踪——当代广东著名作家十七人传》,广州:广东人民出版社1994年版,第60页。

江瑶的灰感,苦闷,消极和沉落,而带给人们一种荒凉的苍白的情绪",这部小说因此"滑跌了方向",陈残云还检讨说:"我承认,我缺乏了控制人物行动的能力,相反,被人物把我给带走了。"①应该说,作者的检讨是真诚的,但对自己苛责过多。《风砂的城》与茅盾的小说《腐蚀》有很多相似之处,两者都以皖南事变为背景,都以国民党女特务为主角,都以揭露与控诉国民党特务统治为主题,都以国民党女特务脱离特务阵营为结局。在题材的选择上,《风砂的城》是敏锐的,在主题的表达上,《风砂的城》也是积极的,并未"滑跌了方向"。至于作家在写作过程中被人物"给带走",并不是作家的失败,恰恰是人物的成功。

在《风砂的城》之后,陈残云主要创作小说,1947年、1948年相继发表了中篇小说《还乡记》和《新生群》,1949年出版短篇小说集《小团圆》。

《还乡记》原名《南洋伯还乡》,写的是抗战胜利后南洋华侨罗闰田携带女儿玉玲返回家乡广州一路的见闻和感想。这种返乡题材与鲁迅的《故乡》一脉相承。《故乡》里的闰土在"兵匪官绅"的压迫下变得沉默寡言,罗闰田在抗战胜利后满怀憧憬回故乡,但现实给了他当头一棒,一路上的所见所闻粉碎了他叶落归根的梦想。到了香港,同船归来的胖妇人的行李受到破坏性的检查,罗闰田希望广州另有一番气象,但一踏上码头,汹涌而至的流氓劫走了胖妇人的皮箱,警察不仅不闻不问,反而与之"蛇鼠一窟"。回到故乡,故乡已失去淳朴、宁静,到处是荒落、颓败之象,老父亲慨叹:"乡间不平静,兵有兵抢,贼有贼抢。"乡长随即登门,强行做媒,要把罗闰田的女儿玉玲配给驻军连长。又把罗闰田当作摇钱树,要他捐钱买枪,尤其荒唐的是乡里征兵,要罗闰田在南洋的儿子也参加第一期抽签。罗闰田只得花十万元买通关节,"破财挡灾"。"这些身经目看,不是谁人有意虚诬的事实,和他的在南洋时候所梦想,所希冀的,是一个截然各异的对比。于是他绝望,空虚;他彷徨、沮丧;他痛苦,憎恨;他直觉到过去的愚蠢和钝感,他受了空头吹嘘的欺骗,他受了幻想的欺骗。最后,他咬紧牙根地下了一个结论:这样的祖国,这样的家乡,挨不下!挨不下呀!"

《还乡记》从归国华侨的视角描绘了抗战胜利后"这样的祖国,这样的家乡"的纷乱破败的图景,对当时广州军政、商业、金融、教育等各个社会层面,进行了不算深刻却相当广泛的批判,小说具有强烈的现实性和批判性。同时,对归国华侨心理体验的书写,又有一种悲凉的抒情诗格调。

《新生群》连载于《香港学生》1948年新1号至新12号,是一部描写香港中学生的校园题材小说。香港教会学校的初中毕业生王筱玲升入了一所爱国进步高中,初入学校,她还保留原来教会学校的习惯,虔诚信仰宗教,孤僻,清高,不合群,在导师和

---

① 陈残云:《〈风砂的城〉的自我检讨》,《文艺生活》海外版1948年11月第8期。

同学的热情帮助下,她加入了学习组,学校歌咏团和班级的墙报比赛等活动,逐渐成长为一个性格开朗、热心集体的进步青年。王筱玲的父亲发现了女儿的变化,要她离开这所共产党学校,转学到教会学校,王筱玲最初不愿意,但导师和同学认为王筱玲的思想已经变得进步,支持她转学,认为这样刻意带领其他学校的学生共同进步:"今天的香港学生,正受着落后的封建文化、市侩文化的毒害……正需要很多清醒的人,把他们的眼睛揭开,叫他们看看即将来临的新社会,带他们进步。"

《新生群》是第一篇触及在殖民统治下的香港教育问题的小说,在题材和主题上都具有开创性意义。小说文笔清新,蕴含着一种中学生特有的青春之美,如结尾写道:"操场上的同学唱着《团结就是力量》,像对筱玲欢送,又像召唤似的。她压抑着激荡的心情走出校门。阳光晒着她的脸,微风吹着她的小辫。文若站立在窗前,凝望着她一步一步前行。"

短篇小说集《小团圆》收入了《小团圆》《救济品下乡》《兵源》《财路》《受难牛》《乡长的儿子》六个短篇。其中《小团圆》是主打作品。《小团圆》中的黑骨球是一个烂皮烂骨的赌仔,抗战爆发后被乡长迫去当兵,本来他是独子,不该被抽征的,但他觉得自己母怨妻恨,闲言满村,待在家里也没有意思,也就带着赌气的心情从军去了。他历经无数调动和战斗,参加过粤北大战和缅甸孟德勒守卫战,前后带了六次花,升到了上士班长。日本投降以后,幸运地随着队伍回到广州来。八年远别家乡,又断绝了讯息,回乡一看,自己的家被烧毁了,母亲已去世,老婆不知去向。他只好回到已经厌倦了的部队中,来到九龙,等候开赴东北,去打共产党。他在九龙偶遇邻居四婶,得知老婆流落九龙当婆妈,四婶安排他们夫妻"团圆"。夫妻重逢时,黑骨球看出老婆的装扮和神色有点异样,他老婆刚开始也像往日一样畏怯他,但很快就全不示弱,骂他"当兵当得好干净,老母饿死,老婆不顾",责备他八年不寄半个字。黑骨球耐着性子解释,对自己的老婆忽然感到有些胆怯,黑骨球以为是隔别得太久,生疏得似乎不属于自己的缘故。后来和老婆再聚,有嫖客闯门,黑骨球才知老婆为生活所迫已沦为妓女。黑骨球赶走嫖客后,心里又怒又苦痛,他对老婆拳打脚踢,但老婆口硬,与他争辩,黑骨球最后无可奈何,慢慢平静下来。一个闷热的长夜过后,黑骨球突然厌倦了军队,厌倦了打仗,决定留在香港,重新开始他的生活。

在《小团圆》中,陈残云能深入到烂仔兵痞黑骨球的内心,写出其心理的褶皱和震荡转变的过程,展现了高超的写实能力,这是作家转换知识分子角色、深入群众、体验生活的成果。《小团圆》中的其他短篇小说,也从不同角度表现了珠三角人民在抗战胜利后的苦难与挣扎,都是成功之作。

《小团圆》这本短篇小说集,既具有社会批判的力量,也具有浓郁的岭南风味。小说在叙述和对话时使用了大量广府方言,如"揾""契弟""老衬""捞世界""头头掂恬""同捞同煲""衰公""打生打死""讲数口""饮胜"等,在塑造人物时,沿袭了珠三角习俗中给人物取诨名、绰号的传统,如黑骨球、大胆发(《小团圆》)、牛精桐、先生贵(《救济品下乡》)、牛肉洪、烟屎七(《兵源》)、受难牛、花头九(《受难牛》)、铁脚良、烂颈胡(《乡长的儿子》)等。陈残云向二十世纪四十年代的文学潮流靠拢,大胆进行了通俗化、地方化的尝试。

1948年夏天,陈残云写出中篇小说《贫贱夫妻》草稿,著名电影导演蔡楚生看后,建议将其写成电影剧本,并更名为《珠江泪》。陈残云此前从未写过电影剧本,但勇敢接受了挑战。1949年5月,剧本杀青,由南国影业公司开拍,1949年底,拍摄和后期制作完成。

《珠江泪》的剧情主线是,抗战胜利后,珠三角农村的人民盼望过上好日子,但是恶霸汉奸官仔贵(何贵)贿赂了国民党接收专员,得到了自卫大队长的名衔,变本加厉地鱼肉乡里。官仔贵强割了大只牛家的稻子,又觊觎着大只牛的媳妇牛嫂。为了谋生,大只牛到省城当苦力,结果被国民党政府抓壮丁,将其发配到内战战场。留在乡间的牛嫂,斗不过狡诈的官仔贵,被官仔鬼设计侵吞了房产,也被迫到省城谋生,但才逃虎口,又进狼窝。省城的鸭母肥婆三看中了牛嫂,设计让其欠下债务,试图逼迫其卖淫还债。这时,大只牛从淮海战场逃回,得知妻子也到了广州,到处找人,而因为乡下闹游击队,官仔贵跑到广州避难,到肥婆三处嫖娼。大只牛找到肥婆三处,肥婆三以另一人冒名顶替牛嫂,结果夫妻俩失之交臂。肥婆三威逼牛嫂接客,牛嫂虽激烈反抗,但终被官仔贵奸污。牛嫂悬梁自尽之前,得知丈夫大只牛来找过自己,忍辱偷生。苦命夫妻重逢后,经过一番争吵与自杀的波折,终于重归于好,两人相伴回乡下老家,在码头遭官仔贵带人追赶,两人奋起反抗,在众人帮助下,痛殴官仔贵、肥婆三等人,最后乘坐电船成功逃离。

电影上映时,轰动全香港,打破了粤语片卖座率的最高纪录。《星岛日报》的广告这样评价《珠江泪》:

> 国产片的奇迹!粤语片的光辉!浓郁的地方色彩,亲切的乡土气息,浓厚的人性发挥,真实的生活情趣。

> 用广东话,演广东戏,历历描绘广东人民旧时代的痛苦!以珠江景,写珠江泪,曲曲传达珠江乡土黎明前的斗争!

> 正义感,人情味,家乡事,血泪仇,交织成有血,有泪,生动,活泼,真实,完整的艺术结晶品。

广告中的评价,略有夸张,但并不过分。《珠江泪》以波澜起伏的故事,生动活泼的语言,描绘了珠三角农民在抗战胜利后悲苦无告的生活,故事主人公遭受反动政权、豪绅地主、流氓恶霸的重重压迫,他们被迫分离,终于重逢,但在精神和肉体上都受到了莫大的伤害。陈残云在创作这部电影剧本时投入了感情。他说:"我写到大只牛夫妇饱经折磨而重逢的时候,自己也流泪了,感情冲动得无法下笔。这说明……我不是故意叫人流泪,而是对被侮辱被伤害的劳苦者的一片真情。"①《珠江泪》很好地融汇了作家既善于叙事又善于抒情的长处,观众揪心于主人公夫妇曲折的故事,痛苦着主人公夫妇的内心痛苦,因此产生了强烈的共鸣。

陈残云从诗歌创作起步,后来改写小说和电影剧本。他的诗歌折射出中国现代诗歌从象征派诗歌走向抗日救亡诗歌的历程,他的小说和电影剧本真实生动地反映了当时社会生活的方方面面,具有强烈的社会批判精神,同时也具有浓郁的地方色彩。陈残云由抒情走向叙事,蹚出了自己的写作道路,但其叙事中融合着抒情,小说和电影剧本中仍有诗意。这种融合的特色,在后来的代表作《香飘四季》中有更充分的表现。

第三节 于逢、易巩:现代文坛的双打选手

于逢(1915—2008)原名李子熊,学名李兆麟,祖籍广东台山县,生于越南海防埠。7岁入私塾读书,后转侨立习中学读初中,"课外读的都是新文学作品。最先接触的一部是庐隐女士的《海滨故人》。跟着胡乱看了张资平的一些小说,以后就读老舍、郁达夫、巴金和丁玲、张天翼等左翼作家的作品,以及郭沫若的文论和自传体小说,鲁迅的小说和杂文"②,因家道败落,1932年春初中毕业后,到越南南定埠华商会馆所办的振华小学教书。1934年上半年回国,流落广州,其间曾在广州报纸副刊发表一些散文。1936年6月赴上海,结识了欧阳山、丘东平等人,参加了左翼文学活动。同年冬天在《读书生活》杂志发表书评文章《读〈在人间〉》,始署名"于逢"。又在《中流》杂志发表短篇小说《红河的黑夜》《卖茶妇人》,参与了欧阳山、丘东平等集体创作的中篇《给予者》的讨论。

1937年9月中旬,于逢随欧阳山、草明等回到广州,组织"广东战时文艺工作团",参加广东文化界救亡协会的活动,担任《救亡日报》外勤记者,由欧阳山介绍认识了易巩。

易巩(1915—2001)原名梁植涛,笔名梁韵松、梁易巩,广东南海人。1929年就读

---

① 陈残云:《〈珠江泪〉创作的经过》,香港《文汇报》1950年2月1日。
② 于逢:《我的生活创作道路》,《新文学史料》1989年第2期。

于南海中学附属高小时,在爱国思潮和进步老师的启发下,开始学习写作。1932年参加欧阳山组织的"广州文艺社"和"广州普罗作家同盟",1933年9月被国民党当局逮捕入狱,1938年4月,受欧阳山和郭沫若营救出狱,参加了"广东战时文艺工作团",经欧阳山介绍认识了于逢。

1938年5、6月间,广州遭到日本侵略军的持续轰炸,"广州战时文艺工作者团"里的一些同志,集体投笔从戎,参加到国民党军154师922团。于逢和易巩都在该团政训室任职,在政训室主任黄谷柳手下工作。同年10月,922团在增城前线遇敌溃散,辗转撤退到江门。于逢以922团增城溃散事件创作了报告文学《溃退》,在茅盾主编的《文艺阵地》发表。1939年,于逢、易巩离开部队奔赴广西桂林,在《救亡日报》当助理编辑。桂林期间,于逢、易巩时相切磋,两人合作撰写长篇小说《伙伴们》。该书1942年由桂林白虹书店出版。

《伙伴们》是于逢、易巩合作的一部小说,由易巩提供素材,于逢执笔,每写成一章,由易巩过目并提意见,于逢再斟酌修改。

这是一部题材特殊的小说,写的是珠江三角洲一带的"捞家"抗日的故事。广州话所说的"捞家",其实就是盗匪,或者说就是行走江湖的黑道人物。捞家常用的手段是绑架勒索、打家劫舍、收买路钱,后来又加上了走私。广东在清末时期盗匪泛滥,尤其是当时的广州城乡交界处及南海番禺顺德地区,盗匪异常猖獗。这些盗匪出于自身利益考虑,后来不少参加过革命军,在推翻清王朝的统治中起过一定积极作用。但是,辛亥革命成功之后,政府没有能力妥善安置他们,只能发一点遣散费请他们回乡,这群人被迫自谋生路,多数人重操旧业,盗匪现象愈演愈烈。当时国内外舆论形容广东"粤盗如卿,环球所无""广东盗风,甲于全球",像番禺的罗鸡雄,南海的雷公全,东莞的跛手忠等捞家,都名震一方。有些捞家甚至还混成了政府高官,如做过广东省省长的李耀汉、翟汪、张锦芳,做过广州市市长的李福林,都是捞家出身。易巩因投身左翼文学运动在国民党政府的监狱里蹲了五年,其间认识了一些捞家狱友,听他们讲过捞家的故事,知道捞家的内幕。《伙伴们》第六章出现的那个和雷公汉的手下公鸡满关在一个监仓的、十八九岁就入狱的"八字脚"①,就是易巩自己。他将这些素材贡献出来,与于逢合著了这篇小说。于逢为了完成这部小说,还亲赴珠江三角洲捞家活动区域内调查,补充材料。曾以《救亡日报》特约记者的名义采访了珠三角地区游击队队长、老共产党员吴勤,确证珠江三角洲有"八字脚"及其领导的游击队。

《伙伴们》的主人公为雷公汉。雷公汉原名黄汉,出身于金沙墟涌尾村的一户赤贫之家。黄汉从小放荡惯了,整天在墟场一带跟流氓痞棍学野学坏,不受父母的管

---

① 八字脚,指共产党。

束。母亲把他送到地主周家当杂役，他就偷东西、故意放丢牛，后来跟一个流氓逃到广州。黄汉在广州混了十多年，熟悉了捞家的门路，他又年轻，又有胆量，很快就在捞家中脱颖而出，赢得诨号叫作"雷公"。他在一个叫作瓦窑的村庄站稳了脚跟，和将军杨广、飞天蜘蛛吴有财、跛狗卢九、公鸡仔陈满做成一团，统治者瓦窑村周围五十里地面。雷公汉还记得以前地主周家的仇恨，就去勒索他，地主周家也乖乖地接受了勒索。后来地主周家又被另一捞家阎罗发绑票，这就坏了"行规"，雷公汉击毙了阎罗发，赢得了很大的声誉，南海县各乡村的人都钦佩他的名字，涌尾村方圆七十里的两三百个大小捞家都表示服从他的指挥，雷公汉又购置了一些武器，建立了稳固的壁垒，每月从各村的富户和江上来往的船只抽得了丰足的"月规"和"行水"，生活得快活，他们给自己的集团取了一个名号，叫作"仁义堂"。

一天，雷公汉和自己的伙伴在热闹的墟场寻开心时，发现一个可疑人物，这人诨号没皮柴，是一个小扒手，又是一个"姑仔"①。没皮柴原名柳雨亭，他给雷公汉介绍了一笔"好生意"，让雷公汉去抢劫自己的叔父家，但不满于自己没有参加分赃，就到官方告密，勾引县警队袭击雷公汉的老巢。县警队打死了将军杨广，打伤了飞天蜘蛛吴有财，活捉了公鸡仔陈满和跛狗卢九。仁义堂对柳雨亭开的杂货店进行报复，吓得柳雨亭的老婆上吊自杀，柳雨亭带着幼子背井离乡，过着流浪的悲惨生活。当雷公汉遇见形同乞丐的柳雨亭时，像宽恕一条丧家狗似的，放过了这个可怜虫。

这时日本侵华的风声越来越紧，广州的一个剧团在涌尾村宣传抗日，雷公汉也去观看了，但他觉得没有什么瘾头，对剧团充满了讥诮之情。涌尾村村长、周家地主少当家周筱卿拿了县长要求招安雷公汉的训令与雷公汉谈判，让雷公汉心里很不舒服。

广州沦陷前夕，因为狱卒跑光了，被关进监狱的公鸡满、跛狗九等人集体越狱了，路遇柳雨亭，一起去涌尾村投奔雷公汉。柳雨亭为取得雷公汉的信任，建议雷公汉改仁义堂为游击队。八乡人民抗日游击队成立后，不断有难民和捞家逃到游击队活动区域。雷公汉以自己的威望，维持了这一区域的社会秩序。他拒绝了柳雨亭提出的劫掠阔佬很多的白花村的主意，思虑的是如何阻挡日本仔的问题，雷公汉感觉每个人都用期待的眼光看着自己，自己的一举一动对整个村都有很大影响。现在是没有官府、没有警兵了，自己可以用权力左右这个小世界了，但处境比以前还难！雷公汉感到自己缺少一个军师，听说八字脚很会打游击战，很想找一个八字脚来当军师。

雷公汉的老婆家在金沙墟，眼看日本鬼子要来了，想回一趟娘家，把父母接到涌尾村。她带着两个手下回金沙墟，结果遇见敌人，虽跳下涌水，但被敌人开枪射杀。雷公汉气炸了，又悲痛极了。涌尾村地主周筱卿对抗日前途没有信心，写信给金沙墟

---

① 黑话，指打劫中的引线人。

维持会会长、汉奸胡作民,请日本兵来涌尾村,信件被雷公汉手下截获,雷公汉拒绝了周筱卿提出的投降日本兵的建议,毫不犹豫地击毙了他。

雷公汉派柳雨亭和公鸡满去金沙墟侦察敌情。公鸡满遇敌,弹尽被捕,在审讯中被敌人打死。柳雨亭带回公鸡满遇难的消息,雷公汉悲痛而又盛怒,决定偷袭金沙墟敌人。游击队夜袭金沙墟,取得一场大胜,同时还处决了汉奸胡作民和内奸柳雨亭。游击队在金沙墟茶楼召开了庆功酒会,雷公汉喝醉了,结果日军反扑,游击队狼狈逃回涌尾村,雷公汉觉得这一次兄弟们的死伤,墟市的被焚,乡民的被杀,都由于他的疏忽,都是他的责任,更感觉找个八字脚当军师的重要性,派两个手下去顺德找八字脚。游击队再袭金沙墟,摧毁了日军的弹药库,但雷公汉也受了重伤,垂危之际,听说已经找到了八字脚,且八字脚就要派人来涌尾村,雷公汉在告诫大家"当心日本仔再来,大家不要走散"之后就去世了。

茅盾曾说:"《伙伴们》写一些捞家如何走上了民族解放斗争的大道,这是抗战中间现实的题材……同时也就是比较难写的一个题目,一不小心就会不知不觉落进了公式主义的泥潭。"①《伙伴们》并未落进公式主义的泥潭,这篇小说描写雷公汉这群"捞家"从打家劫舍到抗日救亡的转变过程,并未刻意拔高雷公汉的思想觉悟,雷公汉之所以抗日,完全出于朴素的民族意识和自发的乡土情结,并未受各种主义和思想的影响,这是符合这种黑道人物心理实际的。雷公汉的同伙,有人在抗战中英勇不屈,也有人当了汉奸,或临阵脱逃,这也是当时的实际情况。这篇小说所描写的这些黑道人物,是具有真实性和代表性的。这篇小说开创的"黑道人物找个八字脚来做军师"的构思,也被后来的一些文学作品继承。②

《伙伴们》的情节曲折生动,但结束得较为仓促,如果作者让主人公继续活着,讲述雷公汉在找到"八字脚"做军师之后的故事,整部小说可能更引人入胜。但作者可能受限于当时的出版环境,不能多写"八字脚"的事情,也可能囿于自己的见闻,对于未曾经历的事情不愿多写,因此只点到为止,留下了一些遗憾。《伙伴们》的故事如果继续写下去,是有可能成为一部鸿篇巨制的。

1940年,于逢、易巩回到广东,到驻扎在潮汕前线的独立第九旅任职。在此期间,两人以此生活体验为素材,各自创作了中篇小说《乡下姑娘》和《杉寮村》。《乡下姑娘》1943年由桂林科学书店出版。《杉寮村》1942年在王鲁彦主编的《文艺杂志》上连载,1943年由桂林大地图书公司出版单行本。

《乡下姑娘》所写的丰顺县释迦崠和《杉寮村》所写的风淳县释迦崠,其实是一个

---

① 茅盾:《读〈乡下姑娘〉》,《抗战文艺》1944年2月第9卷1、2期合刊。
② 如曲波的长篇小说《桥隆飙》中,八路军军人马定军到绿林人物桥隆飙领导的狂飙支队当政委。京剧样板戏《杜鹃山》中草莽英雄雷刚劫法场,试图"抢一个共产党领路向前"。

地方,这个地方属于客家地区。两部小说的主角都是客家妇女,故事都发生在抗战期间。

在《乡下姑娘》中,一支军队进驻客家地区,一个军官带着他的勤务班长借宿在韫玉山庄。韫玉山庄的当家人是张发婆,她顽固多疑,什么事都要知道,都要管。她的孙子张长就在揭阳县城读高级小学,养成了城市少爷的习惯,自以为是特等人,瞧不起家里给他找的终身伴侣何桂花。何桂花出身佃户,九岁时卖给韫玉山庄当童养媳,张长就认为她怪发髻、黄牙齿、蠢头蠢脑,两人虽然成了夫妇,但他一点也不喜欢她,时常役使她,打骂她。何桂花在老太婆和丈夫的冷酷待遇下过着生活,悲苦而又孤独。军队进驻客家地区后,刁蛮顽固的张发婆不时和军队的大兵们演出骂鸡打狗的闹剧。张长就因为知书识墨、会说军队通行的广州话,得到了军队的赏识,并在军队的支持下,给当地政府委做保长。何桂花的生活也转上了另一条轨道。

住进韫玉山庄的勤务班长陈振华和何桂花开玩笑,却使何桂花体验到一种微妙的温情。何桂花到军队的政工队员开设的识字班学习,引起张发婆的不满。何桂花在军姐那里看到了另一个世界,产生了跟勤务班长私奔的幻想。张长就也反对何桂花去识别班读书,撕掉了她的课本,将她一顿毒打。勤务班长看到了何桂花的伤痕,安慰她,何桂花发现,虽然他比自己现在的丈夫好得多,但是最多也不过只会说一句"你真苦呀",他是永远不能了解她的重负的。何桂花在年关上山砍柴,被勤务班长横蛮可怕地强迫野合,结果被放牛的小叔子发现。何桂花被族人捉到宗祠,推进溪中淹了个半死。她从溪里挣扎回家。张长就却并不在意老婆被奸污,只嫌那个军人给的钱少,痛骂何桂花是个蠢货。张长就招待部队的政工主任和勤务班长吃年饭,以便弄到去沦陷区做投机生意的放行条。自从私情泄露以后,勤务班长像一只战败的狗,整天垂头丧气,生怕问题惹到自己身上。何桂花时常锁着眉头瞧着他,他却十分冷淡,毫无反应,叫她心都灰了。

部队换防之前,勤务班长约何桂花见面,追问何桂花当时有没有把他供出来,得知何桂花保守了秘密,很满意,两人又发生了一次性关系。但桂花凭着直觉,感到他并不是给她温存,而是给她蹂躏,仿佛一个人最后一次对待他的破鞋子似的。离开当地。何桂花恳求勤务班长把她带走,娶她做老婆。勤务班长手足无措,最后建议何桂花为部队当行李挑夫,离开当地。何桂花一夜激动不眠,一大早就起床去当挑夫。走到中午在一个祠堂落脚时,何桂花发现勤务班长不在队伍里面了,每一次碰到穿绿军服的,她都以为是他,每一刻她都仿佛觉得他从自己身边走过,而她却没有看见他。最后,何桂花只能带着难言的悲哀,随着挑夫队伍踏上回程。她不再失望,不再痛苦,只是感到无比的凄凉,一切美丽的理想,都跟着亲爱的神秘的人们逝去了,而留给她的却是一条无望的、忍从的、冰冷的现实道路。这条道路是这样长,她走着,走着,总是走不到尽头……

《乡下姑娘》写的是客家妇女何桂花的生命骚动,写她的出轨行为。写已婚妇女出轨的小说,古今中外比比皆是,其中不乏名篇佳作。《乡下姑娘》则展现了中国客家农妇对婚姻的背叛、对爱情的追求,心理的动因写得比较充分,心理的波折也写得比较细腻,具有一定的典型性。正如茅盾所说:"何桂花这一个人物即使不能说是我们现在所有的农村妇女典型人物中写得最好的一个,那就一定是最有力的一个。何桂花是无声的农民妇女的代表,她沉默地忍受一切的压迫和凌辱,但这沉默也就是一种反抗。"①

在易巩的《杉寮村》中,日本鬼子到杉寮村扫荡时,抓走了张二婆家的黄牛和年轻力壮的儿子张大洪,杉寮村进驻国军之后,媳妇黄青叶被征去替国军挑东西。黄青叶是一个健壮的农妇,她气雄声大,在婆媳吵架中总占上风。她对那些被杉寮村穷人当作财主佬的军官们采取了近乎苛索的手段,并和村里的妇人们约好:当军队雇她们做短夫时,大家便一齐要求增加工钱,后来看见挑的多是军米,又要求军队用军米抵工钱,一升米一堂路。"她警惕得像头猎狗似的,整天睁大眼睛,竖起耳朵,到处探询可以赚钱的门路。可是,常常一连几天里都找不到活路。"没得吃时,黄青叶就去山上挖野菜充饥。张二婆不满意媳妇黄青叶迎受灾难的方法和态度。她打听到一个消息,当时村里流行着一个秘密运动:许多客家人都拿出三块钱,暗中求托和自己有点亲谊的潮州义民,设法替自己顶冒一个义民的名额,向救济会购买一斗平粜米。她求托的人是她的堂表侄潮州人李庆材。

李庆材是义民办事处的总务股长,是办事处主任陈瑞庭大爷的表弟。陈瑞庭原是汕头有名的茶商,日军侵占汕头后,逃亡到凤淳县杉寮村,他和杉寮村的乡长张明达原本是襟兄,但两人面和心不和,为防张明达争夺自己的群众,破坏自己的计划,他号召成立了潮州义民自治办事处,自己做了主任,和张明达的乡公所对抗。陈瑞庭和张明达既明争暗斗又狼狈为奸。李庆材撺掇陈瑞庭,把一千个报名入会的难民和乡民的款项,乘青黄不接之机,和杉寮村的乡民做"买禾花"的生意。而张明达组织的平粜委员会从县里领了一百石米后,故意不拿出来,派人向陈瑞庭催收分款,好让他周转不灵。在举办平粜时,张明达又借口需用买米证,将张二婆等一干乡民拒之在外,而将这些米卖给了亲戚朋友。张二婆没有买到平粜米,李庆材鼓动她卖禾花,遭张二婆拒绝。李庆材觉得陈瑞庭和张明达之流虽有资本与雄心,但做事毫无思考与计划。他并不甘心做陈瑞庭的走狗,雇用黄青叶等三十个农妇,挑米到沦陷区做投机生意,卖给一个台湾商人后携款潜逃。

---

① 茅盾:《读〈乡下姑娘〉》,《抗战文艺》1944年2月第9卷第1、2期合刊。

一场台风袭击了杉寮村,当黄青叶等挑米的农妇冒着大风雨返乡之后,台风已毁坏了全部稻子,收买禾花的陈瑞庭和变卖平粜米的张明达都潜逃了。杉寮村的客家人和潮州难民都心情悲愤。不过,黄青叶依然坚韧,她将禾田改种番薯、芋头,尽管知道地主要收的是谷租,但她大声吼:"我管他!他有命收租,我可没命交租呀!人都快饿死了!"张二婆的神经则错乱失常,干瘪的嘴巴整天喃喃自语,遇到有人走近,就突然跳起来,追着那个人大叫"还我钱来!还我谷来!"

《杉寮村》展示了当时客家地区的社会环境,其中写到了佃户与地主、地主与商人、民众与军队、客家乡民与潮州义民在战时环境中的多种形态的矛盾纠结,带有鲜明的社会剖析色彩,这种社会剖析色彩是于逢的《乡下姑娘》所没有的。《杉寮村》中的女主角黄青叶和《乡下姑娘》中的何桂花一样都是客家妇女,两人都坚韧强悍,不过,易巩对黄青叶着墨不多,刻画也不深入,黄青叶的戏份多被张二婆抢走,不如于逢的何桂花形象丰满、刻画透彻。

这两部中篇小说,环境描写都非常出色,两个作者对客家地区的自然山水、村庄建筑、风土人情都非常关注,并以充满感情的笔触给予了生动的描写和展示。两个作者对客家人民,特别是老年妇女与青年妇女,观察得也很深入,能把握客家妇女那种独特的精神气质。如果两位作者把故事编得再曲折一些,把社会历史容量纳得更多一些,把篇幅拉得更长一些,这两部作品都是有可能成为经典之作的。

在同以客家妇女为主角创作《乡下姑娘》与《杉寮村》之后,于逢、易巩又开始了各自的新探索。

于逢相继出版了短篇小说集《富良江的黑夜》、中篇小说《何纯斋的悲哀》和《冶炼》,其中,两部中篇小说都很有特色。

《何纯斋的悲哀》(桂林高望书店1944年版)取材于1941年底作家在广东鹤山县当县粮食管理委员会业务员时的见闻和体验。小说的主人公何纯斋身为县粮食会业务主任,娶了一个续弦夫人,丈母娘也住在他家里。何纯斋收入微薄,难以支持一家三口的生活,他以前忠于职守,不知舞弊自肥,这时在账目上做了手脚,到粮仓里弄点了油水,然而蒙上深重的负罪感。何纯斋发现仓库管理员抓住他的把柄,私卖库粮,他倔强地要回那些做手脚用的便条,打算恢复账目原貌,想法填补这个大窟窿。上司的弟弟是粮食会的监察,这个舞弊自肥的能手带着狐朋狗友"请"何纯斋上茶楼,取笑他老夫少妇,理应"让位于贤",以免当乌龟。何纯斋拍案怒斥他们廉耻丧尽,"你以为你的阿哥是'头子',我就要永远给你欺负,给你们压迫!你们是人,我也是人,你们怎么能够欺负我压迫我?"尽管他的妻子即将临产,但他当晚就递了辞职书,通情达理的妻子也拿出金镯、戒指给他填补账目的窟窿,准备及早离开这个"畜牲世界"。《冶炼》(重庆北门出版社1945年版)写的是"广东部队其中的一支在那时候(广州、武汉失守后)苦斗的历史",是中国现代文学史上为数不多的军事题材小说之一,也是为数不多的正面描写国民党军人抗战的小说之一。这部小说以两个军人为代表,表现"抗战是一个伟大的冶炼炉:一切事物在其中被冶炼着。于是软弱变成了坚强,落伍变成了进步,黑暗变成了光明"这一主题。这两个军人,是连长郭俊和班长焦洪,"郭俊是一个知识分子的军官,自然心中有时未免忧抑,但却始终没有忘记自己的目标和责任。他慢慢被冶炼着,渐渐成了一个大公无私的能与士兵同甘共苦的模范军人,而最善地担负了自己的重大任务。焦洪是一个老兵,虽然不免还残存一些在军阀时代养成的不良气质,但在痛苦的冶炼过程中,他到底渐渐克服自己,改造自己,到底成为一个轰轰烈烈的抗战英雄,为祖国一再流了他的热血"[1]。

易巩也创作了一些中、短篇小说,其中,1946年创作的短篇小说《珠江河上》和1947年创作的中篇小说《征实趣闻》,水平较高。

《珠江河上》通过珠江上撑渡女船夫骂骂咧咧的讲述,呈现了撑渡工人"又要码头钱,又要牌照费,又要艇租,又要孝敬那些地头蛇和水上老鼠"的艰难生活,女船夫在撑渡时一路痛骂,"过渡的客人听到她恶毒的话语,起初显得十分惶惑不安,后来弄清楚她并不是骂自己的,才安下心来,一致用严谨的眼光看着她,仿佛在竭力理解这个受委屈的灵魂",这篇小说正是在竭力理解这个受委屈的灵魂,并控诉"抗战胜利了,衰气还没过完"的社会现实。

《征实趣闻》描写的是抗战胜利后国民党政权在珠三角农村横征暴敛的恶行。沦陷了八年,乡下都被搞残了,日本鬼子投降后,老百姓本以为天下会太平,没想到国民党政府为了打内战,征粮比日本鬼子还凶,老百姓这样议论:"过去日伪这样搞法,还享不到八年;现在比日伪还糟呢!"还有的这样劝告:"好比一个人在路上拾了一只饿坏了的猪,它饿了八年,饿到骨瘦如柴了,你拾金了也要养久些,多给些材料它吃,它才又肥又好吃的;但你现在一下子就要剖了,任你抽筋剥皮,连毛带屎,也没有多少给你吃呵!"但这都不能阻挡政府征粮的决定。结果,老百姓被狠狠地搜刮了一次,但基层官员和势利商人并没有在政府的搜刮中受损,他们反而乘机发财,负责征粮的保长两头不是人,名义上辞职了,但实际上还在做。小说结尾写道:"从秋到冬,从冬到春,乡下人都在寂寞中过去。大家只见乡长买田,卓记发财,徐霞甫继续咆哮骂人——而人民没有快乐。"这篇小说以生动、细致的书写,描绘了当时珠三角农村征粮时鸡飞狗跳的场景,揭露了国民党督征员明目张胆的贪腐行径,同时也呈现了农村中乡长、商人与保长令人惊叹的发财与保官本领,具有强烈的现实批判性。

于逢和易巩是中国现代文坛上少有的双打选手,两人从抗战初期起长期共事,焦

---

[1] 于逢:《题记》,《冶炼》,昆明:北门出版社1945年版,第2页。

孟不离。他们曾合作创作了《伙伴们》,之后的分头发展中也互相呼应,相较而言,于逢的小说对人物的书写更深刻一些,易巩的小说对现实的批判更强烈一些,于逢的小说多一些忧郁的抒情,易巩的小说多一些尖锐的讽刺。

第四节　侣伦:战后底层书写

　　侣伦(1911—1988)原名李霖,笔名还有李林风、林下风等。祖籍广东惠阳,生于香港九龙。少年时代热爱文艺,14岁开始写新诗,1928年在香港《伴侣》杂志发表短篇小说《殿薇》《O的日记》,始用原名谐音之笔名"侣伦"。1929年与谢晨光等人组织"岛上社",1930年4月创办《岛上》杂志。1930年小说《伏尔加船夫曲》在《北新》杂志的"新进作家特号"征文中入选,名列第二。1931年任香港《南华日报》副刊《劲草》编辑,1935年参与创刊《时代风景》,同年夏出版散文集《红茶》。1937年,为《朝野公论》杂志创作了"特约小说"《黑丽拉》《永久之歌》《迷雾》,1938年至1941年在香港南洋影片公司任编剧,编写了9部电影剧本,代表作有《强盗孝子》《怪侠飞天龙》《大地儿女》。日军侵占香港后,侣伦于1942年逃往广东惠阳县,在一间小学教书。抗战胜利后返港,1946年任《华侨日报·文艺周刊》主编,1947年出版中短篇小说集《无尽的爱》。1948年,受夏衍、华嘉等人鼓励,撰写长篇小说《穷巷》,在香港《华商报》副刊《热风》连载。1950年,创作了长篇小说《恋曲二重奏》和中篇小说《三颗心的男子》。1955年起,任香港采风通讯社社长达三十年之久,1984年退休。在二十世纪四五十年代,侣伦在岭南拥有大量读者。差不多整整六十年,侣伦的名字总是和岭南新文学联系在一起的。

　　长篇小说《穷巷》是侣伦的代表作。故事发生在战后的香港,九龙一条穷巷的四层楼上,住着穷愁潦倒的四个不同职业的人:退伍军人杜全、拾荒者莫轮、穷教师罗建、穷文人高怀。由于房东催逼房租,他们分头出去告借。卖文为生的高怀到报馆友人处借款,不遇而归,在回来的路上救了一个跳海自杀的女子白玫,白玫无家可归,高怀只好把她带了回去。白玫对自己的身世避而不谈,但把这个贫穷的寓所安排得颇有家庭气氛,与这班"虽穷,但都正经"的人们相处,感到自己"有了新的生命"。

　　杜全爱上了楼下摆摊的"香烟皇后",为了博得这位阿贞姑娘和她母亲的好感,他谎称自己在船厂上班,做打磨工作,阿贞母亲给杜全出了一道难题,让他修理阿贞父亲留下的一座旧钟,害得杜全每天手忙脚乱。因为自己修不好钟,又没钱请人修钟,杜全经常唉声叹气。莫轮听说杜全想送一只白铜水烟筒给阿贞母亲,就随时留意,终于收买到一只水烟筒,他将其转赠给杜全,杜全把水烟筒孝敬了阿贞的妈妈,果然获得了她的许可,得到了一次与阿贞约会的机会。阿贞是个非常实际的女孩,她虽然喜欢杜全,但更关心杜全每月的薪金,她盼望与杜全结婚,能有个稳定的收入。

阿贞母亲对那只精致的水烟筒爱不释手。一个买香烟的女顾客对这只水烟筒发生了兴趣,她详加盘问,最后气势汹汹地告诉阿贞母亲,这只水烟筒是她的失盗之物。她闯上四楼去找杜全算账,却发现白玫住在这里。白玫见到她,吓得脸色苍白。她威胁白玫回去,遭到拒绝,放下"不会放过白玫"的话离去。白玫收拾行李离开寓所,高怀劝阻她,并向白玫表白,承诺保护白玫。那个气势汹汹的女人去而复返,带着一个凶横的汉子来抓白玫。高怀和白玫拼命反抗,在正好回家的杜全的帮助下,打跑了两人。白玫昏倒住院,醒来后向高怀吐露身世。原来白玫出身海员家庭,母亲去世后,父亲的"外室"对她百般虐待,只好离家自立,当过女招待、电话接线生、舞女,其后落入这位刁悍女人逼她"接客"的圈套,逃到海边自杀时,被高怀救回。高怀知道白玫的身世后,没有嫌弃,反而更加疼爱她了。杜全终于找到了一个化妆品推销员的职业,这使他与阿贞的关系因水烟筒事件闹翻后恢复正常。

高怀同白玫订婚的这一天,那个凶横的汉子又闯了进来。他厉声通告,如果白玫在三天内还不回去,他就要控告他们窝藏少女。莫轮突然情绪激动,原来这个家伙就是他踏破铁鞋无觅处的仇人王大牛。王大牛此人是香港沦陷时期的汉奸恶霸,为虎作伥,曾诬陷莫轮与"西贡游击队有通气",使其受刑致残。莫轮之所以选择收买破烂的职业,就要找遍香港,查出此人的下落。警署得到莫轮的举报,拘押了王大牛,王大牛的女人,就是那个追查水烟筒的气势汹汹的女人,则反咬一口,以接赃罪,让警察抓捕了杜全。

杜全的案件与王大牛的案件同时受审,莫轮因为证人的身份,无法去听杜全案件的提审。出乎大家预料的是杜全"认罪",但因证据不足被判决罚款五十元,杜全无款可交,遂改判入狱三星期作抵。莫轮不明白杜全为什么认罪,因为水烟筒是他送给杜全的,杜全解释说,为了让莫轮全力对付王大牛,不愿意让莫轮再背负接赃罪,因此自己心甘情愿地认了罪。

三个星期过去了,杜全从狱中回来了,可他受不了别人对他的侮辱,受不了失业的打击和失恋的痛苦,绝望地跳楼自杀了。与此同时,王大牛也审案告结,他恶贯满盈,罪名成立。包租婆把房子收了回去,大家只好各奔东西。莫轮替杜全给阿贞妈妈找到了一座会走动的好钟后,暂投亲友。穷教师罗建因妻子病危,辞职还乡,白玫典当了母亲的遗物金项链给他当路费。高怀和白玫踯躅街头,但他们相信:"我们是有前途的!"

《穷巷》是侣伦的第一部长篇小说,与他以前的中短篇小说在题材和主题上有异,正如《华商报·热风》编辑华嘉在致侣伦的信中所说:"你的小说的人物,已经

(从)高楼大厦里走出街头来了。他们再也不是一些整天在做梦的青年男女,而是在现实生活压榨底下的都市的小人物;你的笔锋,已从男女之间的纯爱,转向人与人之间的友爱。"①《穷巷》描写的是战后香港社会底层人民的艰难生活,具有鲜明的现实主义色彩。侣伦自承:"大战后整整十年,我在无可奈何中纯粹是靠一枝笔杆来支持生活,而《穷巷》写作的期间,正是我的生活最艰难的日子。"②现实生活中的侣伦和小说中的高怀一样,生活艰辛,物质贫困,居住环境恶劣,侣伦以亲身的体验与感受,表现"一些卑微的小人物的悲喜"③,寄予了对香港底层百姓在生存线上苦苦挣扎的深切同情,同时也展示了香港底层平民互帮互助、相慰相携的情怀,尽管小说中同住一个屋檐下的五口人最后死的死,散的散,高华和白玫也流浪街头,但从高怀叮嘱白玫的"不要回头看了,要看的是路""向前头去罢""我们是有前途的"等话语中,小说展示了底层人民的求生意志和乐观心态。

《穷巷》有对战后岭南社会立此存照的功能,可以说是战后香港社会底层的一幅浮世绘。正如侣伦所说:"时代在进展之中,许多事情都成为陈迹了。然而我相信,在地面的某种角落里,像这里所记录着的社会现象,是依然存在的。"④要了解抗战胜利后香港的社会生活,这部小说有一定的参考价值。小说在开头的序曲中就说:

"香港,迅速地复员了繁荣,也迅速地复员了丑恶!"

"然而有欢笑的地方同样有血泪,有卑鄙的地方同样有崇高。"

"真理在哪里呢?它是燃烧在黑暗恶角落里,燃烧在不肯失望不肯妥协的人们的心中!"

接下来,《穷巷》展示了香港繁荣与丑恶、欢笑与血泪、卑鄙与崇高、黑暗与光明的两面:战后,大量人口涌入香港,造就了香港的繁荣,但也使其成为藏污纳垢之地;有人在这种环境中如鱼得水,有人则难以生存、悲观自杀;环境造就人们看重金钱的势利眼,但同时也有借钱互助的温馨人情味;他人即地狱,但也有人甘愿为朋友顶罪;人生前途渺茫,但仍对未来抱有信心……在当时的香港,还没有哪一部新文学作品这样全面地展示香港。《穷巷》在《华商报》上连载时就引起读者的注意和好评,读者从《穷巷》中感到"共鸣的喜爱","为的是他们曾经有过同那几个小说人物相似的际遇"⑤。

不过,侣伦是谦虚的:"我想,即使我的笔传达了一点点,也只是狭小范围内的一

---

① 华嘉:《冬夜书简》,香港《文汇报·文艺周刊》1948年12月第15期。
② 侣伦:《写在〈穷巷〉新版本前面》,侣伦著《穷巷》,香港:三联书店1987年版,第1页。
③ 侣伦:《初版后记》,侣伦著《穷巷》,香港:文苑书店1952年版,第1页。
④ 侣伦:《初版后记》,侣伦著《穷巷》,香港:文苑书店1952年版,第1页。
⑤ 侣伦:《合订本题记》,侣伦著《穷巷》,香港:三联书店1987年版,第4页。

种痛苦形式,——仅是形式,并不普遍,更不深入;虽然我已经尽了执笔时的能力。然而这正好证明了我所体验的不够。"① 要全面描写战后香港的底层社会,这是一个艰难的任务,《穷巷》还缺乏一种气吞八荒的气魄,小说所反映的社会生活面,还是比较狭窄的,只写到了香港社会的底层,对香港社会的中层和高层都付之阙如。《穷巷》也缺乏那种深入进行社会剖析的能力,侣伦似乎对茅盾那种社会剖析小说的写法较为疏远,也未能学习借鉴老舍那种社会风俗小说的写法,小说主要是讲故事,较少描写、介绍、分析、议论,也因此显得不够厚重。在讲故事时,某些情节又安排得过于巧合,这当然使整个故事波澜起伏,但给人一种急于把故事讲完的匆忙感,显得不够从容。小说的语言干净明晰,平白如话,但也缺少曲折的意蕴,缺乏深长的余味。《穷巷》并不是一部完美的著作,但"不管怎样,能够去写,总比较根本不去写要好些"②,如果没有《穷巷》,岭南的文学史将缺少了重要的一页。

第五节　林榆的多幕剧《大地回春》

　　林榆(1920—2022),广东东莞人。1936年只身前往广州求学。就读于广州教忠中学。其间受进步同学影响,上街参加抗日救亡宣传活动。1937年初,加入中共地下党领导下的秘密学联。次年受学联委派,到广东省阳江县开展爱国学生运动,在当地秘密组建进步组织"青年群社",发动学生上街游行,呼吁团结抗日,同年在阳江秘密加入中国共产党。1941年考入广东省立艺术专科学校,就读于戏剧系话剧专业。广州沦陷后,广东艺专随广东省政府迁往韶关。林榆在韶关积极组织学生上街演抗日救亡话剧,并出演主要角色。1943年,林榆从广东艺专毕业,接受党组织的安排,秘密回到家乡东莞,加入了东江纵队,进入东流剧团。③

　　当时条件艰苦,东流剧团最初演出形式很简单,在街头和广场把军毯围起便上演了。没有完整的剧本,多是把现实材料编成活报,以暴露敌人罪行、军民杀敌的英勇故事和各种政治任务为题材。后来队伍扩大,东莞、宝安等地建立起民主政权,局面比较明朗的时候,东流剧团才有舞台的演出。他们除演出活报外,演出的剧本有《打倒日本仔》《有枪出枪》《模范之家》《老模李标》《盲哑恨》《生画人》和多幕剧《流寇队长》《路西十年》,其中除了《盲哑恨》《流寇队长》,都是自己创作的。林榆以饱满

---

① 侣伦:《合订本题记》,侣伦著《穷巷》,香港:三联书店1987年版,第4页。
② 侣伦:《合订本题记》,侣伦著《穷巷》,香港:三联书店1987年版,第4页。
③ 林榆、林西平编著:《当代岭南文化名家·林榆》,广州:广东人民出版社2017年版,第418—419页。

的热情投入工作,白天随部队转战山沟丛林,出入于枪林弹雨,晚上伏在油灯下创作。他既是剧团负责人之一,也是编剧;既是导演,又是演员;当敌人逼近时,他还是战士。不久,《人民军队来啦》《光荣输出》等多首广州方言歌曲创作出来了,由谭军谱曲,林榆直接到连队里教唱。这些朗朗上口的革命歌曲,很快便在指战员中传唱开来,成了东江纵队的精神食粮和思想武器,深受战士和群众喜爱。直到几十年后的今天,一些老东江纵队的战士,还会哼出几句这些歌曲①。

东流剧团早期演出歌舞、活报剧,后为配合根据地的斗争、建设和减租减息运动,创作演出一批话剧,其中林榆自编、自导、自演的《大地回春》,产生广泛的影响,起到鼓舞人心、激发斗志的积极作用。

这出戏在部队驻地的一间祠堂前首演,当时除了部队的战士外,当地的老百姓也闻风而至,小小的祠堂广场被挤得水泄不通。战士们和乡亲们都是第一次看"文明戏",但剧中的故事就发生在他们的身边,剧中的人物仿佛生活在他们身旁,观众随着剧情的悲而哭,随着剧情的喜而笑,演出非常成功。演出结束了,人们却久久不愿散去。大家都被这种第一次看到的艺术形式所感染,被剧中所表达的精神所撼动。东流剧团的演出旗开得胜,然后到每个开始或正在进行减租减息的乡村演出时,不但做了宣传工作,而且起了组织作用,好些仍在观望或不明政策的群众看过演出以后,在政府领导下跟着就组织起来。

该剧角色性格鲜明,比如女性角色,有剧团演员何汝扮演的一个由恋爱到结婚的农村女青年,也有管理服装的何祈扮演的地主家的婢女,受尽欺压凌辱,最后终于摆脱了地主家,重新开始了新生活。何祈出身婢女,没有机会读书,不识字,从来没有参加过演出。林榆安排她演这个角色,排练时,因为与剧中人共同的经历,她想起自己童年时在地主家的日子,想起了猪狗不如的生活,想起了凶恶的地主和地主婆,想起了受欺凌死去的胡姐,想起了鼓励自己来东流剧团干活的妈妈,她眼眶里的泪水控制不住地流。演出时,何祈真挚、充沛的感情,也深深感染了观众②。曾经有一次,这个戏到开展减租减息运动的乡村演出时,有位姓陈的民运队女同志,一面看戏一面流泪。她看到何祈扮演的贫穷的女孩子,因母亲无法养活她,把她卖给地主,在地主家中备受凌辱、折磨的苦况时,感怀身世,想起自己被迫卖掉女儿的厄运,与剧情引起了强烈的共鸣。她是那个村减租减息的组织者,戏散以后,当夜她带着哭肿了的眼睛与农民一起回忆诉苦,很快就把当地的减租减息运动推动起来③。剧中恶霸地主对农

---

① 林榆:《东江纵队的戏剧活动》,《中国话剧运动五十年史料集》编辑委员会编:《中国话剧运动五十年史料集》第3辑,北京:中国戏剧出版社1963年版,第127页。
② 喻季欣主编,焦姣等著:《激荡的旋律》,广州:新世纪出版社2015年版,第52—56页。
③ 刘中国等编:《白石龙文钞》,广州:花城出版社2015年版,第287页。

民的残暴压迫剥削和勾结敌伪妄图复辟的阴谋,激起了观众的强烈义愤;农民理直气壮地与地主公开说理斗争,并取得"世世代代头一次"的退租退息胜利的舞台形象,给正在投身双减运动的广大贫雇农以强烈的感染和启示;剧中体现的党的减租减息政策和做法,更鼓舞了群众的斗争信心①。最后农民翻身得到解放、开始了新生活,台下观众无不拍手叫好,眼里闪着喜悦、激动的泪光。

《大地回春》和五四剧团创作的三幕五场话剧《老虎九》(梁克寒编剧),是两个剧团在参加减租减息试点工作过程中,根据本身的工作实践,从双减运动中得来的生活素材进行创作的。当双减运动在全区铺开时,这两个剧曾普遍上演,起到很好的宣传和组织作用。林榆也深受鼓舞,除了带着这出戏在各部队巡回演出外,他还连续参加创作了《路西一年》和《狮子打东洋》两台话剧,又亲自出场,扮演了主要角色。东流剧团的演出越来越多,在部队和地方的影响也越来越大,根据斗争的需要,东江纵队后来把东流剧团改组为政治工作队,白天到游击区做群众工作,晚上用各种文艺形式做宣传。工作量大了,危险性也增加了,但林榆却是越干越起劲,他感到自己从事的工作与自己的理想完全融合在一起,这是人生最幸福的事情。②

抗战胜利后,1946年,林榆到香港参加中原剧艺社。1949年被选送参加全国第一届青年代表大会和第一次全国文代会,同年随军南下进入广州,参与组建广东粤剧团,担任团长,1956年带领广东粤剧团赴京公演《搜书院》等戏,受到周恩来总理的接见。广东粤剧院成立后曾任副院长。他除了参加过多年戏曲改革工作和粤剧团体的行政管理工作外,主要担任导演和编剧。20世纪50年代以后他导演的主要剧目有《屈原》《秦香莲》《钗头凤》《闹严府》和现代戏《罗汉钱》《妇女代表》《金鸡岭》《山里红梅》《李香君》《北郭奇兵》《高山红叶》《江姐》等。他还是影响很大的粤剧历史剧《关汉卿》和现代戏《山乡风云》的导演之一。他勇于进取,不断探索,特别在排演现代戏时,对如何运用粤剧的艺术形式表现现代生活题材,进行了长期的实践,积累了可贵的经验。

---

① 谭军执笔:《孤悬敌后的东江纵队文艺战士》,中国戏剧家协会广东分会、广东话剧研究会编印:《广东话剧运动史料集》第2集,第189页。
② 林榆、林西平编著:《当代岭南文化名家林榆》,广州:广东人民出版社2017年版,第5—6页。

第二十三章 诗歌、散文的新收获

"文章合为时而著,歌诗合为事而作。"唐代诗人白居易的这句名言,用来形容抗战胜利后广东散文与诗歌两种文体的状况,依然合适。

在这一时期,黄药眠、黄宁婴、楼栖、黄秋耘等作家在散文与诗歌创作上亮出了惊艳的成绩单。黄药眠早在1920年代初期已在诗坛崭露头角,但因出国、被捕入狱而在文坛销声匿迹,抗战爆发后,黄药眠由党组织保释出狱,之后他焕发了文学创作的活力,重新在文坛亮相,在散文与诗歌创作中不断推出佳作,特别是叙事长诗《桂林底撤退》,堪称诗史,具有特别重要的题材价值和历史意义。黄宁婴在抗战前已活跃在诗坛,只是一会儿学新月派,一会儿学象征派,尚未找到自己的方向。抗战爆发后,黄宁婴走出了狭窄的书斋,走向了广阔的国土,经历了以前难以想象的逃难生活,思想有很大的进步,诗艺也日益成长,在抗战结束后,他创作了政治讽刺诗集《民主短简》,为当时讽刺诗热潮的形成贡献了自己的力量,他创作的叙事长诗《溃退》也具有重要的历史价值和现实意义。楼栖在这一时期从不无稚嫩的大学生成长为博古通今的学者,他创作的散文特别是杂文别具特色,他受李季的《王贵与李香香》启发而创作的长篇叙事诗《鸳鸯子》,虽然影响不及前者,但用客家方言创作客家妇女翻身解放的故事,具有特别重要的意义。黄秋耘是这一时期广东文坛的新星,他在散文创作中,对外接受了罗曼·罗兰的影响,对内继承了鲁迅的传统,常用散文来抨击黑暗的社会,同时也严厉地解剖自己,在散文领域独树一帜。

这些作家的散文和诗歌作品,都针对抗战时期和抗战胜利后的现实事件而创作,或回顾重大的历史事件,或关注当下的社会新闻,或探讨知识分子在新的时代的路向选择,充分发挥了散文或诗歌这两种文体的战斗性。

第一节 黄药眠的《桂林底撤退》

黄药眠(1903—1987),广东梅县人。1921年毕业于梅州中学,当年考入广东高等师范学校英语系。从中学时期就喜欢诗,爱读诗,学写诗,就读于广东高等师范学校后,又阅读了不少英文诗。拜伦的《哀希腊》给他留下了深刻印象,"有人嫌他的诗写得粗糙,我则认为这不是粗糙,不是粗鲁,不是粗野,而是粗犷、有力气、能动人",黄药眠当时立下远志:"我当时就想将来有机会也一定要写这一类的诗。"①

黄药眠最初的诗作《诗人之梦》《赠东堤的歌者》《我梦》《海之歌舞》《花朵》《尼庵》《春心》《东山晚步》《一夕》等,抒写的是理想的憧憬、春心的萌动、内心的骄傲,感叹的是现实的残酷、爱情的枯萎、世俗的凛冽。黄药眠用诗歌抒发青春期特有的浪漫躁动、孤独感伤,这些诗作很少涉及国家民族、社会人民,但却是发自自己内心的呼声、是自己青春生命的律动,也迎合了"五四"后期个性解放的时代思潮。

1926年,黄药眠在广州结识了创造社的郭沫若、成仿吾、王独清等人,王独清非常欣赏黄药眠的诗歌,1927年7月,在自己主编的《洪水》第3卷第32期发表了黄药眠的诗作《晚风》,并写了一段编者按:"我这次到了广东,毕竟不算空去;因为认识了许多无名的青年作家。只就我个人来说,虽然还是两手空空地折返到上海,但一想到这层,倒真像是发现了宝藏而归,心中感着无限的安慰。黄药眠君也正是能使我们得到安慰的一个人,他底诗,要算据我所知道的广州青年底作品中最有希望的。我这次到上海来,带了许多广州青年朋友底作品,但在这许多的礼物之中,只有黄君的最为丰富。我将陆续地选择给他发表。现在先在这里郑重地介绍这位诗人,并希望黄君继续努力。"②

黄药眠的这首《晚风》是一首悼亡诗,副标题为"呈 Miss L 之灵",风格凄清,如开头一段:

> 晚风,
> 激着了缥缈的寒波,
> 白沫,
> 抱着了凄凉的故国,
> 我送你
> 在一个春花明媚的江头,
> 我哭你
> 在一个冷漠无人的荒陌!
> 空望着往还江海的轮舟,
> 但海上的骚魂何时归得!

因受王独清的鼓励,黄药眠一度追慕王独清诗歌那种悲观、绝望的象征主义风

---

① 黄药眠:《自序》,收入《黄药眠诗全编》,北京:人民文学出版社2010年版,第2页。
② 王独清:《编者按》,《洪水》1927年7月第3卷第32期。

格,创作了《我死之夜》《黄浦滩上的中秋》等作品。如《我死之夜》:

  这恐怕就是我死之夜,
  淋雨在檐前凄凄地打,
  沙,沙,沙,扁柏的林里,
  哀哀的哭着乌鸦。

  这恐怕就是我死之夜,
  我的心头充满着可怖的凄惶,
  死神呀,你能让我的魂
  在死前去一返我的故乡?
  但我的魂终跃不上梦的梢头,
  只萦绕着灯火,昏黄。
  这恐怕是我死之夜,
  我已失去了可怜的呼吸,
  唉,死神呀,你能让我的魂
  在死前去一听我的母亲的哭泣?
  窗前忽有一阵怪风,
  把一颗奇异的星芒吹入。

  这恐怕是我死之夜,
  泥墙上来往着狰狞的死神,
  运命躲在鼠穴里张着黑囊候我,
  欲把我拿去研作灰尘,
  我徒张着口,已发不出悲声,
  唉,虚寂呀,快些来淹灭我的哀情。

  这恐怕就是我死之夜,
  淋雨在檐前凄凄地打,
  无声的黑夜底寿衣褶里,
  哀哀的哭着凄鸦。

  这首诗意象阴森,色彩不是昏黄,就是乌黑,诗风阴冷,弥漫着死亡的气息,形成了颓废的情调。

不过,随着创造社的左转,黄药眠开始摒弃象征主义,转向革命文学,创作了《五月歌》《在沙基路畔徘徊》《拉车曲》《握手》等革命诗作,诗风转变为慷慨激昂的呐喊。

如《五月歌》,这是一首纪念五卅运动的长诗。长短句式交错,"啊,五月"犹如全诗的主题乐段,回环往复,使读者产生一种如同聆听交响音乐的感觉。这首长诗在结尾处呼喊:

> 啊,朋友们,待我们起来做一个开拓新时代的工人,
> 待我们起来把这不合理的世界全部推倒!
> 全世界被压迫的民族将随着我们东方一起苏醒,
> 我们要擎起了革命的大旗把一切的魔鬼,都一齐扫荡!

《五月歌》将革命的内容与象征主义对音乐性的追求,融合在一起,产生了一种奇异的效果。

抗战期间,黄药眠时常创作诗歌,他曾自豪地宣称:"我写诗的基础还是有一些的。"①黄药眠创作了《忆南方》《春之郊野》《我要归队》《欢迎哟,新来的五月》《吴淞口的春天》《北风》《哨兵之歌》《寄给北方的友人》《中国人之歌》《我初来到香港》《唉,你倒下去了!》《给朝鲜的少年》《写在敌军兵士的墓前》《让影子向着光明狂舞吧》《重来》等诗作。这些诗作题材各异,风格多样,展现了作者多方面的才能。

1946年3月,黄药眠创作了反映"湘桂大撤退"长诗《桂林底撤退》,该诗1947年10月由香港群力书店出版,实现了黄药眠早年追慕拜伦《哀希腊》、创作同类粗犷诗作的志向。

《桂林底撤退》是一首反映"湘桂大撤退"史实的长诗。1944年夏,日寇发动豫湘桂战役,从河南长驱直下湖南、广西,国民党军节节溃败,大量难民从湖南涌入广西。1944年8月底,日军沿湘桂铁路向广西推进,9月11日,桂林城防司令部发布了强制疏散令,限定桂林城中所有人和设备必须在三天之内全部撤离,如疏散期满仍然私自滞留在市内者,则以汉奸论处。桂林城防司令部还在市内放火,实行"焦土抗战"。因为疏散令公布的时间比较仓促,组织和执行都十分混乱,人们争先恐后,抢夺交通工具,乱成一团,情况非常狼狈。火车进站时,人们蜂拥而上,不顾死活,以致火车上人满为患,车栅、车顶挤得满满的,有的人还用木板把自己架在两节车厢中间,或车厢底。火车一开动,一些人就从车顶上抛下来摔死了,挤在两节车厢中间和钻在车厢底上的人,掉下铁轨被碾死的也有不少。绝大多数买不到车票的人,只能步行撤

---

① 黄药眠:《自序》,收入《黄药眠诗全编》,北京:人民文学出版社2010年版,第3页。

离,在步行的队伍中,还有不少人中途倒毙。桂林疏散造成了一场大灾难,死亡人数难以统计。

1944年,在世界反法西斯战争节节胜利的形势下,中国的正面战场却出现了"一溃千里"的大失败,这极大地损害了中国在世界反法西斯战争中的形象。这次大溃败引起了国内各阶层人民对国民党当局反动、独裁统治的不满和愤怒,国人进一步认清了国民党当局的腐败无能及其错误政策的严重危害。黄药眠亲身经历了湘桂大撤退,抗战胜利后,黄药眠回到广州,想起湘桂大撤退的图景,"那种生离死别,走投无路,想奋勇抗战吧又不能,想奔逃吧又无路,想象到这些情况,真是悲愤填膺,不把它们写出来,好像有骨鲠在喉头,因此决心把它写出来,以一吐为快"①,1946年3月,黄药眠完成了长诗《桂林底撤退》。

在这首长诗开端的献词中,黄药眠写道:

> 我愿意自己
> 变成一个巨大的竖琴
> 为千万人的悲苦
> 而抒情!

这首长诗共分二十九章,按照时间顺序,全面细致地描写了湘桂大撤退的历史过程。

第一章《桂林——无忧之城》描写桂林远离战争、歌舞升平的样子,但充满了讽刺与批判之意,特别是以下诗句:

> 军官们/因为被战争遗忘,/而更感到寂寞起来了,/于是他们,/挺起了/生锈的刺刀,/以最勇敢的姿态,/向人民逞起了威风,/他们说,只有用这,/才能够保持着"秩序"与安宁。

这就揭露了国民党政权用刺刀维持秩序的真面目。黄药眠在这首长诗一开头就亮出了自己的立场,他是站在人民的立场创作这首长诗的,既反对日本侵略者,也反对国民党统治者。从第二章起,前方战事不利的消息传来,长沙失守了,黄药眠这样描写桂林人民的反应:

> 这时候,/桂林开始了耳语,/人们在传说着/长沙是这样弃守:/一个警报把人们/骗出了城,/然后再来一个紧急疏散,/母亲回不去看她的孩子,/有钱的/也只剩下一个光身。/于是饥饿的士兵/抛弃了枪和炮,/拾起那失去了主人的/珍贵的物品,/跟着难民群/英勇地突出了重围!

---

① 黄药眠:《自序》,收入《黄药眠诗全编》,北京:人民文学出版社2010年版,第4页。

之后,湖南的难民像潮水般涌到桂林,敌人的队伍已冲进衡阳城郊,这时候,"一位将军从天空里飞来",降落桂林,"大家都这样相信,将军的脑子里充满着智慧,只要他一到来,一切都可以变得光明"。但是,第一句话他说:"桂林是不能守了。"第二句话他说:"现在的战争,/是武器对武器的战争,/大炮对大炮,/飞机对飞机,/机枪对机枪,/我们的武器打不过敌人,/所以我们没有把握守住桂林。你们赶紧疏散罢,/但不要慌张/重要的是秩序,/你们应该抱着/为国牺牲的精神,/来迎接这一次的灾难。"人们的反应是:"将军的话越说越激昂/听的人越惊骇,越失望!"黄药眠接着用讽刺的笔调写道:"将军于是又安慰人们:/'你瞧,我准备/连我这座房子都烧掉!/我,为了国家的缘故,/正决意把这整个城都毁掉!/只要你们有救国的决心,/什么东西不应该抛弃……'/将军说完,/就一百八十度打个转身,/将军的领上闪着金星,/将军的长靴发着亮,/将军的腰间佩着刀,/上面镌着'不是成功就是成仁'/将军用安闲的步伐/踏上流线型的汽车,/将军的面孔还是那样庄严/表情还是那样从容,那样微笑……/第二天,将军又坐上飞机飞走了/连沙发都走入云层/去作愉快的旅行。"

第六至十三章写桂林疏散从谣言变事实后的混乱状况。"桂林城是/全给悲哀淹没了/每一个屋檐下/每一个窗子里/都在排演着悲剧。"银行提不了款,有钱也抢不到车票,多少夫妻离散、母女父子反目,作者感叹:"唉,战争,可怕的战争/它无情地/剥去了许多人的/虚伪的外衣,赤裸裸的露出了原形!/唉,真难呢,哪里去找一个患难的朋友!"其间,也有英雄的人们,号召大家不要怕不要走,"他们擎起了国旗,/把战斗的歌,/重新带回到/晴朗的太阳底下/整齐的队伍/出现在街上/大出丧的/低愁的曲子/被放逐到远方。"然而,政府所惧怕的,不是前线而是后方,所关心的,不是胜利而是秩序,"他们从外面去威胁,/又从内里去分化,/于是这些人被迫着,/又不能不离弃岗位,/一个个挟着无眼泪的悲哀逃亡!"因此,"桂林的命运于是被决定了。/几千万人挤拥成/逃难的行列,/这是最大规模的出丧哟,/千万人带着眼泪无声/唱着大桂林的葬曲。"

第十四章又起波澜,传言衡阳克复,我军不久要反攻长沙。"长官们不知从什么地方/又悄悄地跑了回来/而且赫然震怒,/声明'守土有责',/要为百姓的生命关心。/于是发了许多命令,/要那些奉令撤退的/立即撤回!"于是,"那些逃亡在乡野的/那些流落在山沟里的/那些颠沛在风沙里的,/都又陆续地乘车,坐船,/牵男带女的回来,/含着悲哀而又愉快的眼泪回来。"但事实是,衡阳战事并不利,"将军困守在衡阳/等候救兵,/而救兵却滞留在外围,/进了一步又退回一步,/守望着日寇的旌旗。"将军在发出"愿为国而死,决不偷生"的誓言后,就举起白旗投降了。日军在侵占衡阳后,继续南下,守卫黄沙河的国军劲旅,放了一个彻夜的空枪,突然不见了,这一下,整个桂林再次人心惶惶,世界底末日景象来临,火车站,千人万人在蠕动,"有人从车顶上/一失足,/哇的一声跌倒下来/有人在轮轴旁边/坐不牢,/哇的一声跌倒下来。车轮在一些人的/腿肚上辗了过去,/车轮在一些人的/血迹上辗了过去,/老太婆爬不上车,/在那里跌足号啕,/孩子们爬不上车,/在一面哭喊,/一面追赶。"桂林城里,这里是火!那里是火!这里是烟!那里是烟!侥幸坐上火车逃跑的人发现:"/'桂林在烧哟!'/一个人惊叹着。全车的人,/都忽然被提醒/想起了/那些亲戚,朋友/那些没有走出的,/那些病死的,/那些辗死的,/那些被父母遗弃在站上的/不知存亡的孩子。/有人在呜咽,/也有人在暗中/流泪!唉,这一次惨劫,/死的人,/真是/说也说不尽,/算也算不完!"

黄药眠愤怒地追问这一切的原因,桂林城防司令部以"没有兵""上头调不出兵"为由,发布疏散令,而诗人痛切地反问:"但是,真的没有兵吗?/好多好多兵,/还屯在渭河的平原上啊!/他们闲着在捉虱子呢,/他们闲着在挖耳朵呢,/他们闲着在草地上晒太阳呢,/他们在竖起红旗,/做他们训练用的靶子呢,/他们打赌着/什么时候可以向延安进军呢,/军官们擎起了酒杯/涨红着肥短的脖子疯狂地喊,/为预祝北征的胜利而干杯呢!"这就揭露了国民党政权"没有兵"的真正原因,揭露了国民党政权消极抗日,积极反共的真面目。

至于那些步行的难民,他们没有时间喘息,没有时间回想,没有时间流泪,腿都跑肿啦,但不知道逃难逃到什么地方。"千千万万的难民/无声无息地倒下,/来不及留下一句遗言。其中,一个老者,/在夜里/把自己吊在树上,/而在胸前则/亲笔写着几个大字:/'蒋介石万岁!'/啊,蒋介石万岁!/那是多么大的讽刺!"

在第二十八章,黄药眠写道:"大时代的一幕悲剧已经收场,/回想起过去的事情/谁也不能不深沉地悼念。"诗人向那些发出了最后的子弹以后受伤致死的死者,向那些在溃退中始终站在战斗的岗位上的英雄,向那些被敌人俘虏以后因不愿投降而牺牲的死者,向那些受了致命的重伤而最后跌倒在路上的死者,向那些被敌人围困在山中逃不出来而饿死的死者,向那些因爱国思想而被敌人惨杀的青年,向那些为了守护自己的家乡而被敌人的狼狗咬毙的死者,向那些把自己的脑浆涂在祖国的原野上的死者,向那些把自己的血染红了祖国的河流的死者,向那些临死的时候还高呼着复仇的死者,向那些以自己的手枪击碎自己的脑壳的人们,向那些在仓皇撤退中万千的无辜的死者一一致敬。并宣告:"我们要永远纪念他们/并紧紧地记着:他们是为什么而死,/和谁杀死他们/和谁令他们被人杀死!"

写到这里,黄药眠依然余怒未消,最后又写了一章《诅咒》:

  是谁使他们被人杀死的啊!
  对那些平时只会敲剥百姓出卖民族的伟人们,我们是永远记得的;
  对那些看着敌人进来而贪生怕死的将军们,我们是永远记得的;

> 对那些剥削士兵,吞食空饷的官佐们,我们是永远记得的;
> 对那些打家劫舍在敌人面前只会逃跑的懦汉们,我们是永远记得的;
> 对那些贪污腐化遇事仓皇的官僚们,我们是永远记得的;
> 对那些敲诈人民,敲骨吸髓的酷吏们,我们是永远记得的;
> 对那些囤积居奇垄断市场的富豪们,我们是永远记得的;
> 对那些豪奢,无赖的过着寄生生活的人们,我们是永远记得的;
> 让我们都记录在账上吧!
> 总有一天,我们要和他们全部算清啊!

这首长诗对桂林大撤退这一重要历史事件进行了全面描述,具有强烈的现实批判意义。1946年4月,黄药眠在《诗人们,你应该为谁而歌》一文中说:"抗战结束,假如我们回头来看一看这八年来中国抗战时代的诗歌,那么我们就会觉得,虽然好的作品并不是没有,可是作为反映这一个伟大时代的作品却是太少了。"①黄药眠的这首长诗,实践的就是他自己的理论——"反映这一个伟大时代"。中国现代史中,重要的历史事件层出不穷,但评述这些历史事件的新诗却很少,从这个意义上讲,黄药眠的《桂林底撤退》值得珍视,堪称难得的"诗史"。从艺术性讲,黄药眠的这首长诗充溢着澎湃的激情,但因为作者的心情过于愤怒,诗意的凝练还显得不足,诗风较为粗犷。

在1940年代,黄药眠还创作了一些散文,先后出版散文集《美丽的黑海》(文化供应社1944年出版)、《抒情小品》(文生出版社1947年出版)。

《美丽的黑海》这部散文集,描写的是黄药眠在苏联生活时期的见闻。其中,《春天,克里姆林宫墙的内外》向中国读者介绍了作者参观神秘的克里姆林宫的所见所感。《工人斯美诺夫和他的家庭》展示了苏联普通工人家庭1930年代初期的生活和苏联人的习俗,《宁侵诺夫卡》描写俄罗斯平原刮风时的情景。这些内容对当时的中国读者来说,还是相当新鲜的,有助于中国读者了解1930年代的苏联。

《黑海,美丽的黑海》记录作者在黑海度假疗养的见闻,作者从异国风景中萌发了思乡之情,作者认为:"在贫穷愚昧、苦难的泥涂中辗转的时候,自己就是住在天堂里又有什么快乐呢!"盼望中国人民"什么时候才能够有愉快和幸福的生活呢"。这些感想提升了全文的思想境界。

《抒情小品》中的作品,大多是社会观察和地域观察,有着强烈的批判性。如《沉思》描写国民党的特务统治与白色恐怖:

---

① 黄药眠:《诗人们,你应该为谁而歌?》,收入黄药眠:《论走私主义的哲学》,香港:求实出版社1949年版,第181页。

这几天,恐怖的气氛是更加严重起来了,每个人走路都要小心提防着后面有穿黑胶绸短装的人在跟着,空气里好像含有什么特别的质素,使人难于呼吸。朋友们见面也不像以前那样有许多话说或是讨论什么问题,发表什么意见,大家见面以后,只交换着几句短语,就默然相对。

《沉思》还描述了抗战胜利后广州社会氛围的变化:

我回到广州才半年多呢,我眼看着许多朋友从远处回来,嘴边带着胜利的微笑,接着又看见许多据点一个个建立起来,朋友们越聚越多,大家热烘烘的。可是现在,由于情况的逆转,好些朋友都先先后后悄悄地溜走了,只剩下我们几个人在苦撑着。本来大家都是很忙的,现在一下子松下来怎么能够不感到寂寞呢?何况眼看着我们自己花了好大气力所创立的许多事业、许多据点和文化机构都被捣毁了,被解散了,有些是经济周转不来自动地停了,有些机关虽然存在,而人都不能立足,只好走了。又是一次被打垮了,我自己想。

黄药眠的这些观察,有助于后人了解抗战胜利后中国的政治与社会状况。

《抒情小品》中还有一些对封建文化和资本主义的批判。如《山城》中,作者对山城所代表的封建文化进行了批判:"老实说,我对于这一类的山城是没有什么好感的,当我在这样的小城里过夜的时候,有时也会仿佛感到,在那黑暗中,有古老的中国人在喃喃地说着一些我所习知的故事……但这不过是梦中的一种幻想罢了。天一亮,当我一张开眼睛,眼前的一切又都使我深深地厌恶起来了。是的,它虽然引数千年的文化以为骄傲,但它所代表的没落的封建文化早就应该是死亡的了,早就不是中国人民所需要的了。"《没有眼泪的城市》中,作者又将矛头指向资本主义:"是的,在这里人是无情的。人与人之间的关系都是交易,交易完了,各走各的。有些人在交易里赚钱,有些人在交易里倾家荡产。最先是人把一切东西变成商品,后来连人自己也变成了商品,在市场上浮来荡去,让盲目的市场为自己安排着命运。是的,在这个城市里,如果久混下去,不怀抱着另外的一种什么理想的话,那么一定会深深感到:这是多么寂寞的地方呀!"这些批判性的言论,有着片面的深刻性。

《野店》讲述作家抗战期间在贵州市郊一家贫民窟似的小客栈住宿的见闻。这篇散文展示作家的描写能力,细腻贴切,形象生动,可以和《围城》中方鸿渐等人在江西住店时的描写媲美。

如开篇描写交通之差:

雨在湿淋淋地下,马路上全是泥浆,驴马的脚在这路上艰难地跋涉着,洋车伕的脚也在这路上艰难地跋涉着,泥土都给这些笨重的脚踩烂了。有时正在马车很吃力上坡的时候,汽车大模大样横冲直撞的开了过来,泥水飞溅,轮底下立即印下了二三寸深的沟,而轮子两边则凸起来,像一条条的山脉。但人们如果一脚向它踏去,则"即爵"一声,脚板的全部却都会被陷落到泥浆里去。

后面又写到住宿条件之恶劣:

> 翻开那张席子来检查一下,一股肮脏的陈旧的气息,一直钻进到我的鼻孔里,臭虫倒还没有发现,大概它们怕冷,还在缝隙里安睡。至于那张棉褥,与其说是棉胎,倒不如说是棉胎的剩下来的零碎部分,东一块西一块贴在床板上略事点缀。

不过,黄药眠在这篇散文里并没有像其他篇章那样情绪激烈,他虽然厌恶环境的恶劣,但对此抱持一种理解的同情:

> 我自己不免回想到过去的快乐的日子,那个时候,年纪轻轻的,在那些大酒店里,也的确颇有点少年英俊,志气如虹的意思呢。但现在想起来实在也有点可笑,自己国家的生产这样落后,拿中国人的钱到租界去享福,还有什么好骄傲的!真还有点惭愧呢!这几年老是在贫穷和下等生活里混,现在不知不觉已混得惯了,倒反而觉得这样才比较安适,更能够和那些朴素的灵魂接近些。

在这一段自我反省中,作者以接近人民为自己的追求,这表明黄药眠思想有了新的发展。

黄药眠在 1920 年代即以诗歌创作成名,但因为出国及被捕入狱,在文坛一度销声匿迹,抗战期间重出文坛,保持了旺盛的创作势头,他创作的长诗《桂林底撤退》堪称诗史,他的散文也有独到之处。黄药眠还以文学理论与批评著称,出版了文学评论集《战斗者的诗人》《论约瑟夫的外套》《论走私主义的哲学》。黄药眠可以说是现代广东文坛少有的全能选手。

第二节 黄宁婴的《溃退》

抗日战争爆发以后,黄宁婴积极投身于爱国宣传运动,到广播电台和街头朗诵抗战诗,散发诗传单,也创作抗战诗。在《卢沟桥》一诗中这样呼喊:

> 六年来的屈辱,
> 六年来的血账,
> 让我们一朝清偿!
> 他来一个,我杀一个!

他来一双,我杀一双!
来吧,疯狗,野心的豺狼,
用骑兵,用飞机掩护着步兵来吧
我们有手榴弹,有大刀,有枪,
我们更有炸不碎的
复仇的心,像火一样!

北平和上海两个文化中心沦陷后,不少文艺界人士南来广州,广州成为新的文化中心,广州的诗歌运动有了新的发展。黄宁婴积极参与《广州诗坛》(后更名为《中国诗坛》)的编辑工作。

1938年广州沦陷后,黄宁婴流亡到香港,1940年夏初,又绕道粤北、江西、湖南抵达桂林。这种经历,对于从小在舒适环境中长大的黄宁婴来说,是一个严酷的考验,他第一次接触了祖国辽阔的山野,第一次接触了农村中劳苦的群众,有了新的感受,自我认知也发生了重大改变。如在《贱骨头》一诗中,他以佃农、小兵自居,等于宣布告别自己高贵的阶级出身,这表明他不断在追求思想的进步:

我应该是一个
赤裸着半身
束一条短葛裤
朝晚奔忙于耕作中的佃农

因为我有一把
贱骨头

我应该是一个
缠一身子弹
染一身硝烟
出没于枪林弹雨下的小兵

因为我有一把
贱骨头

我不配做
那些捧着大肚子的地主

我不配做

那些躺在沙发上的绅士

他们肉肥骨软

而且还埋藏着

一副特别歪曲转折的心肠

而我

却只有这一把

硬直而铿锵的

贱骨头呵

假如我是诗人呢

那么 戴在我头上的

不是荣耀的桂冠

而是一顶破笠

或者一顶钢盔

在桂林,黄宁婴参与了《中国诗坛》杂志的复刊,自己继续创作新诗。其间,曾冒险回到沦陷的广州探亲,看到大好国土沦于敌手,他在《日落小景》中痛心地写道:

好一幅绣锦的画图呀

你还要添加什么颜色

除了一腔惆怅几点热泪

黄宁婴还根据自己在广州电影院观影的经历,创作了诗作《"汪主席"的肖像》,把矛头对准汉奸汪精卫,对其进行了嘲讽,初步展示了自己的讽刺才能。

1944年1月,黄宁婴与从南洋回国的陈残云惊喜邂逅。8月,日寇大举进攻湘桂,国民党军队不战而逃,黄宁婴和陈残云随着仓忙逃难的滚滚人流,夹杂在国民党的溃逃队伍中,茫然逃奔贵阳,这一路见闻,为他后来创作长诗《溃退》提供了素材。

抗战胜利后,黄宁婴回到广州,"经历了七年的离乱和艰苦生活的锻炼,宁婴把自己性格上脆弱的一面磨掉了"①。他以新的战斗姿态,复刊了《中国诗坛》,并积极投身于民主运动。当时,国民党政权未把工作重心转移到民主建国之上,不顾人民深重的苦难与和平的呼声,逆历史潮流而动,执意发动内战,并在国统区变本加厉地实

---

① 陈残云:《黄宁婴的生活道路和他的诗——代序》,《黄宁婴诗选》,广州:广东人民出版社1980年版,第11页。

行白色恐怖,政治上暗杀民主人士、镇压群众运动,经济上苛捐杂税,物价飞涨,文化上查禁成风,百般压抑。国民党政权的倒行逆施,激起了人民的强烈反抗。反压迫、要民主、反内战、要和平、反饥饿、要温饱的运动此伏彼起,一浪高过一浪。在这光明与黑暗交错、正义与邪恶搏斗的历史时刻,诗人们以强烈的使命感和敏锐的政治性,纷纷以笔为枪,对国民党反动派嬉笑怒骂,冷嘲热讽,形成创作政治讽刺诗的热潮。黄宁婴也投身于这一热潮中,创作了讽刺诗集《民主短简》。

《民主短简》1946年12月由香港文生出版社出版。开篇是《愤怒篇》。《愤怒篇》开宗明义,这样宣言:

> 这个地方,
> 这个时候,
> 我没有诗,
> 只有愤怒!
>
> 假如要问:
> 愤怒可以溶解成诗吗?
> 我这样答:
> 我的诗便已凝结成愤怒。

后面的32首,均为以书简形式创作的政治讽刺诗。这些诗歌,对抗战胜利后国统区的现实进行了尖锐的讽刺,揭露和抨击了国民党反动派的倒行逆施。

如《给奉令停刊一天的广州两报副刊编辑》讽刺国民党的新闻管制政策,《给刚开过的广东省参议会》嘲讽参议会的假民主,《中国的盲肠专家》讥讽所谓的专家如"盲肠"一般无用。

《民主短简》涉及的内容非常广泛,差不多反映了抗战胜利后一年间中国发生的许多重要的政治事件,诗人站在进步的立场上,对这些事件进行了犀利的评论。不过,也有个别篇章,显示诗人对这个社会的认识还不够深入,如在《给印钞工人》中,黄宁婴这样劝诫印钞工人:

> 你们天天在厂里看着钞票滚,钞票飞,
> 你们天天回到家里愁着柴又贵,米又贵。
>
> 为什么,你们还是日夜拼命印下去?
> 为什么,你们还不马上歇下来?

诗人在这里责怪印钞工人,但国统区飞涨的物价并不是由印钞工人造成的,责怪印钞工人是找错了对象。

《民主短简》在思想上具有进步性,但与同时期袁水拍的《马凡陀山歌》、臧克家的《宝贝儿》等讽刺诗集相比,黄宁婴的这些讽刺诗,在艺术上显得过于直白,浅露,意味尚不深长。

在《民主短简》之后,黄宁婴又创作了长篇叙事诗《溃退》,1948 年 6 月由香港人间书屋出版。

1944 年日寇大举进攻湘桂,黄宁婴跟着桂柳会战溃退的人流,从柳州经独山,一路溃退数千里到贵阳,诗人不仅亲眼目睹了"溃退"的惨象,自己也被挤到"溃退"的洪流之中,残酷的现实激使诗人创作出著名的叙事长诗《溃退》。《溃退》按照时间顺序,以随军记者"我"的视角,叙述日寇从桂林一路攻陷柳州、进逼贵州背景下的难民逃亡的故事。诗人用了 35 个篇章,加上序诗共 2 千多行的长诗,"以强烈的感情,作了历史的纪录"。虽然诗人对一些事件的陈述和把握有认知偏差,也与史实不符①,但瑕不掩瑜。

《溃退》从第一章开始就对国民党军队消极抗战的态度进行了批判,对国民党所谓的"焦土抗战"给予了愤激的嘲讽,质疑国民党政府"以时间换空间"的抗战战略的可行性。

湘桂大撤退中,日军一路穷追国民党军队,最后兵不血刃占领了贵州省的独山,贵阳震动,国民政府依然应对无能,先是要求贵阳疏散,遭到民众反对后,派来了大名鼎鼎的逃跑将军汤恩伯坐镇指挥。他来了之后,一枪未放,日军主动从独山撤退,国民政府却虚报战绩,将此渲染为抗战大捷。

这首长诗以当时报纸捷报中的"溃退"二字为标题,是极具反讽意味的。究竟是日本侵略军在溃退还是国民党军队在溃退?这首长诗在最后一章的最后三段中揭示了真相:

> 最后,战地记者公布了数字:
> 操正步踏入独山的日本鬼子
> 估计只有三千余。
>
> 最后,战地记者又公布数字:
> 黔桂前线我军转进时,
> 枪械遗落民间的,

---

① 谢力哲:《"理直气壮"的"控诉状"——论黄宁婴的长诗〈溃退〉》,《现代中国文化与文学》2020 年第 2 期。

> 统计约达四万枝。
> 一切就这样结束了,
> 多谢上帝!

除了观察、批评国民党军队与政府,《溃退》在叙事中还存在另一条线索,即描写难民潮。湘桂战役中,国民党军队不断丢城失地,在日军侵占桂林后,更是望风披靡,不战而逃,这可害苦了当地老百姓。老百姓纷纷逃难,形成了浩浩荡荡的难民潮,造成了严重的人道主义危机。

这些难民拖家带口背井离乡,在逃难中不时面临生死选择,第17章《婴孩与棉被的选择》就讲述了一个悲惨的故事:一个难民在逃难途中,在自己的婴儿和一床棉被中,抛弃了婴儿,选择了棉被。在第20章《路边小景》中,"我"亲眼目睹那些倒在道路两旁、垂死挣扎的难民,更为悲惨的是,一部分难民千里迢迢从广西桂林逃到贵州省境时,却遭到盟军飞机的误炸,全部丧命。《溃退》中所描写的难民的一幕幕惨剧,读来令人动容。

邵荃麟评价:"在《溃退》中间揭露了国民党军队那种腐败无能,控诉了广大人民所遭遇的灾难和不幸。这本诗无疑是比以前诗篇更具有战斗性。"[1]《溃退》这首长诗,在黄宁婴的诗歌创作历程中,是一座里程碑。黄宁婴写诗,最初学象征派,后来学新月派,抗战前一年,参加了左翼的文艺活动,诗歌创作有了新的变化。抗战初期,黄宁婴的诗"还是偏于激昂的呼号,缺乏坚实的思想基础","激昂情绪逐渐过去以后,个人的忧郁伤感情绪又不免滋长起来",但在《溃退》中,诗歌的战斗性比黄宁婴以往的所有诗歌都更强。

在艺术风格上,《溃退》没有诗人以前诗作那么多的雕琢,显得较为朴素,较为浅白,并承接了《民主短简》中的讽刺传统,显露了诗人在讽刺上的勇气与能力。

1944年的湘桂大撤退是中国抗战史上重要的历史事件,用诗歌书写这一历史事件的,有黄药眠的《桂林底撤退》和黄宁婴的《溃退》。两相比较,黄药眠的《桂林底撤退》写的是群像,是全景,较为笼统;黄宁婴的《溃退》写的是个人,是近景,较为真切。黄药眠的诗作更宏观,更全面,更多理论家的色彩,同时也更抽象;黄宁婴的诗作更具体,更细致,更多诗人的色彩,因此也更感性。这两部长诗,都是广东文坛给予中国现代文学史的重要贡献。

黄宁婴出生于中产阶级家庭,在舒适的生活环境中长大,从小受到良好的教育,性格温文尔雅,循规蹈矩。他热爱新诗,和贫困正直的诗友们多有接触,受其影响,在思想上追求光明,追求进步。1941年11月9日,黄宁婴在《秋天的儿子》一诗中表达

---

[1] 邵荃麟:《读黄宁婴的诗》,《文艺生活》1947年8月光复版第16期。

试图"创造一个璀璨的世界"的愿望：

> 我羞于做一个
> 痴恋在母亲怀里的
> 没出息的孩子
> 离开了秋天　我要远行
> 像厌于困在局促的土地
> 而向茫茫的海洋挂起风帆的
> 那个新大陆的发现者
> 我将行得更远
> 在一块广大的沃土上
> 我要创造
> 一个璀璨的世界

不过，解放后，黄宁婴被党组织安排搞越剧改革工作。这并非黄宁婴的意愿，但他服从党的需要，欣然地接受了新的任务，积极投身于粤剧改革工作之中，并取得了显著成绩。只是，剧改工作占用了黄宁婴过多的精力，致使文坛从此缺少了一位诗情洋溢的诗人。"文化大革命"结束之后，黄宁婴重回文学岗位，任《作品》杂志副主编，并重新拿起诗笔。可惜天不假年，1979年7月5日，黄宁婴不幸因病去世，未能完全实现自己的文学抱负。

第三节　楼栖的《鸳鸯子》

楼栖(1912—1997)，原名邹冠群，广东梅县人。少时家贫，靠族内"公尝田"读书，高中时辍学到南洋马来半岛，在一间平民学校教书半年。1930年夏回到广州，考入中山大学预科师范部。1932年秋，从预科师范部毕业后转入中山大学文学院。楼栖热爱文学，热心为饶彰风、杜埃、江穆等人编辑的进步文艺刊物《天王星》撰稿，又协助广州文总领导人凌伯骥编辑《新路线》杂志。1934年1月，因参加进步文艺活动被捕，入狱半年后获释，1936年参加"广州艺术工作者协会"。1937年，楼栖大学毕业后到香港华南中学、香港中华业余学校教书，香港沦陷后撤到桂林，任《广西日报》国际新闻编辑。抗战胜利后回到香港，1948年在香港达德学院授课，曾参加中华全国文艺界抗敌协会香港分会、桂林分会。1949年11月广州解放后，楼栖参加广州市军管文教接管工作，1950年调入中山大学工作，曾任中文系副主任、中山大学学报主编、中国作家协会广东分会副主席等职。著有散文集《窗》,杂文集《反刍集》《柏林啊,柏林》,中篇小说集《枫树林村第一朵花》,长诗《鸳鸯子》,文学论著《论郭沫若的诗》等。

楼栖是从创作散文起步的。1934年暑期,楼栖回故乡梅县,"一个多月时间接触了不少社会现实。商业萧条,农村破产,使我感受很深,引起我的创作欲望。回校后一连写了十多篇旅途随笔和还乡散书之页,陆续发表在《黄花》改名后的《东西南北》上,几乎每月都有几篇。"①这些旅途随笔和返乡散书,大多冠有"还乡散书之叶"的副标题。这些散文记录回乡见闻,反映当时的社会现实,有着较为强烈的现实关怀,从中可以看出作者的忧国忧民之心。

如《不景气笼罩下的汕头》对汕头经济的观察:

> 前几年,正当经济恐慌的浪涛席卷南洋时,由于汇价的低折,华侨都回到汕头来投资;于是,这扼着潮梅一带交通咽喉的汕头,便招来一个空前繁荣的时期。地价飞涨了,建筑业兴旺了,店铺以飞跃的速度增加起来。大家估计,经济一有转机,买来的地皮便可以高价卖出去。可是曾几何时,不景气的魔掌,竟也伸向汕头来了,而且一天天的深入,一天天的尖锐,地价惨跌了!银庄和杂货铺子一间间倒闭了!满以为向这里投资希望能捞一笔的华侨,给掉到深渊里去了!

又如《"黄金梦"的追求者》对出国者的感叹:

> 几年前,我曾经去过南洋,流浪了几个月。在洋人眼中,我们的地位和亡国奴差不多。和我们同种的日本人相比,令人无限感慨!那时还好,我们只感到异族的欺凌,还没遭受本国官商的压迫,出国就出国,不会故意延误船期,也不会受到留难护照的牵累,不过几年光景,"黄金梦"碰碎了,连本国官商压迫的滋味也尝够了!

之后,楼栖一直保持练笔的习惯,每到一地往往作文记之,创作了《西樵春色》《阳朔冬旅》《岛上谣》《风尘草》《田东行》等记游散文,描摹细致,风格清新,还创作了悼念儿殇的散文《周年祭》,情感深厚,催人泪下。

不过,在散文这一文体中,楼栖更擅长的似乎是议论性的杂文,而不是记述或抒情的美文。

楼栖从1930年代开始创作杂文。对杂文这一文体,楼栖有较为深刻的认识。在1946年10月19日完成的《论杂文》一文中,楼栖这样描述杂文的历史:"杂文在文坛上,一开始就遭受到大小文人的冷遇和冥落,到处被窒息,被围剿,一如真理到处被窒

---

① 楼栖:《〈黄花〉忆》(代序),《楼栖自选集》,广州:花城出版社1994年版,第2页。

息,被围剿。但它本身也是武器,也在还击,像一支'林中的响箭',像一颗暗夜的流星,它在鲁迅先生手里,站定了脚跟,磨利了锋刃。在新文学的领域里,它的历史最短促;但在战斗的场合下,它的战绩最彪炳。"他认为:"杂文的精华在于它的讽刺性,在于作者见解的精辟和深入。"楼栖注意到:"有人认为,杂文的讽刺性,应当随着现实的变化而递减;而现在,杂文可无须强烈的讽刺了。要是言论自由真的实现了,不合理的现象比较合理了,杂文的讽刺性也许会跟着递减的。"他不同意这种看法,认为:"目前的现实却恰好相反,言论自由的圈子不仅没有放宽,而且愈缩愈窄,抗战期内所碰到的是检察官的剪刀,而现在所碰到的却是刽子手的刀斧。目前要求减少杂文的讽刺性,那无异解除杂文的武装,这恰好是统治阶级及其帮凶的一种愿望。"①

楼栖最早的一篇杂文《扑蚊》写于1936年9月8日。此文这样描写蚊虫:

> 从字形上看,蚊为"文虫"。它颇有文人的气概。整晚整夜的嗡嗡嗡,和文人同样的啰嗦,难缠。在它振翼噬喙之前,大概要来个声罪致讨,于是不断地嗡嗡嗡嗡,飞到你的身上,择肥噬喙,振着翅,扭扭捏捏。这时,它又不做文章了。待吸足了血,瘦瘪鬼变成了孕妇,它才心满意足的扶摇而去,还是嗡嗡嗡嗡。

又对蚊虫发表了这样的看法:

> 有人说,它处在黑暗时代,前途没有光明,身世是颇值得怜悯的;然而,我以为,这却更该死。逃避光明,进入黑暗而无恶不作,还要借"黑暗时代"大名目作掩护,歌喉唱得越婉转,话说得越漂亮,它的罪孽就越深重!
>
> 蚊虫不是恶势力的压迫者,它是在黑暗势力卵翼下过活的东西。光明一来,它就溜之大吉。有它就没有光明,有光明就没有它。钟爱光明的人,也就应该扑杀这类小丑。

此文思想尚不如鲁迅的杂文《夏三虫》深刻,笔锋也不如《夏三虫》犀利,但吸收了《夏三虫》中关于蚊虫在叮人之前"要哼哼地发一篇大议论,却使人觉得讨厌"的看法,并作了引申与发挥,饶有风趣,也有青出于蓝之处。

楼栖饱读史书,他创作的杂文,大都是借古论今,以古讽今。如《玷污了秦始皇》一文开门见山即说:"秦始皇的焚书坑儒,几千年来一直给骂到现在。平心而论,实在是不公平的。"这一观点显然耸人听闻。作者摆出的理由,竟然是秦始皇"没有允许过诺言,自称过民主,也没有答应过人民以什么自由。焚了书,坑了儒,事前有严厉的文书,事后有明白的晓谕,焚也焚得光明磊落,坑也坑得光明磊落。他从不粉饰他的残暴,他不会满嘴子仁义道德,满肚子阴险奸诈。他没有含血喷人,用血洗刷自己

---

① 楼栖:《楼栖自选集》,广州:花城出版社1994年版,第351—353页。

的污手。也没有封锁消息,检查邮电;也没有乔装学生,大打出手;也没有利用什么纪念日,发动什么爱国游行,叫一批打手们躲在背后捣毁报社,捣毁书店,撕烂书报,劫去现款。也没有御用通讯社,事后发离奇的消息,说'赤匪打新华日报,共党杀联大学生',说'学生激于义愤,群以石子投掷'报馆和书店……"。读者读到此处,自不免会心一笑,知道要论专制程度与无耻伎俩,秦始皇确实不如国民党政府。又如《奴才的嘴脸》,楼栖引用颜氏家训中齐朝一大夫夸其儿子通鲜卑语和会弹琵琶"以此伏事公卿,无不宠爱"的话,然后展开议论:"最可怜的莫过于现在的奴才,他们不仅希望'伏事公卿,无不宠爱',且还要开脱自己的国籍,骂自己的同胞'中国猪'。呜呼,侵略者没有进步,都是奴才进步了!先前奴才的嘴脸原不过献媚,现在的奴才却除了献媚之外,还要狐假虎威。"这一段讽刺也相当有力,借古讽今,针砭时弊。

此外,如《读明史·看现在》结尾处说:"从政治经济来看,现在和明末都极相似;但明末因变乱而招来了亡国,我们却因胜利而跻身于五强。即此一端,我们就值得骄傲了:'前不见古人,后不见来者'。贪污的不妨更贪污,残暴的也不妨更残暴。我们既然凭着贪污和饥饿而抗战胜利,同样也可以凭着贪污和饥饿而建国成功。"《灾民的食谱》写道:"我们的上代虽然也有灾情,虽然灾民享受的也是相同的食谱,但不像我们现在这样,一方面标榜'和平建设',一方面要向灾民挤出军粮。我们这一代是在创造历史的奇迹。"《敲剥的花样》点评:"敲剥农民,历代的统治者都走这条老路。抗战以前,据说有些省份连民国九十年后的田粮都预借完了。抗战以后,钞票不值钱,想起了'征实',后来加了'征购'、'征借'。抗战结束后,内战转殷,军食浩繁,就'征实'、'征购'、'征借'一齐来,和明朝的'辽饷'、'剿饷'、'练饷'一脉相承,配起来也恰好是现成的一对。这不是历史的巧合,而是敲剥的老花样。不过有一点是不同的:'辽饷'、'剿饷'、'练饷',都是田赋上增的名堂,而'征购'、'征借'可就巧妙得多,像一匹脱缰的野马,可自由自在的驰骋了。"这些议论都有很强的讽刺意味,读来令人印象深刻。

相对于记事抒情的散文,楼栖杂文的水准更高一些。楼栖是个读书人,知识比经历更丰富,在杂文中发议论,更能体现其特长。

楼栖从1935年底开始创作新诗,其中,《堤上曲》描写抗洪抢险的失败,《送儿行》反映农村卖儿鬻女的惨状,《捶石妇》感叹捶石工人的艰难,《街头卖唱者》表现街头艺人的酸辛,《故宫行》评论故宫文物南迁时事,《小桃园》对比诗人和种桃人的生活态度,《征怀》歌颂南国佳人北上太行抗日的事迹。在这些诗作中,《捶石妇》在思想和艺术上最为出色,全诗如下:

> 铁锤捶在石上,
> 生活寄在锤上,

石块捶成了石粒,
铁锤捶坏了健康。

铁锤捶升了太阳,
铁锤捶升了月亮,
铁锤捶老了韶光,
可只捶不走饥荒。

一串串的捶石声,
带来一串串的希望:
希望能有点钱剩,
在这个月底时结账。

账结了,又是清光光,
一个月又白辛苦一场。
旧的希望幻灭了,
铁锤下又闪一道新希望。

铁锤落处,迸出无数的星光,
铁锤落处,捶出微弱的希望。
星光灭了,希望换来了惆怅——
全家的食粮,孩子的衣裳。

铁锤捶老了风霜,
捶深了皱纹在脸上,
也捶坏了她的健康,
可只一样,老捶不走饥荒。

  这首诗表现捶石妇的艰苦生活,对底层人民悲惨的境遇寄予了深厚的同情。"铁锤"一词层见叠出,仿佛捶石妇不断挥动铁锤,全诗押江阳韵,读来宛如铁锤捶石当当作响。

  抗战时期,楼栖流落到桂林,在桂林创作了长诗《南方的城市》和《岛国的世纪梦》。

  《南方的城市》写的是广州,全诗分四节。第一节写广州自鸦片战争以来的历史,特别突出了广州这座城市的革命史。第二节着力展现广州抗战之前的繁华。第三节写日本侵略者对广州的践踏。第四节写作者对胜利的憧憬和想象。

《岛国的世纪梦》写的是香港从开埠到沦陷的历史,共14节,比《南方的城市》篇幅更长。第一节描写香港的位置,第二节描绘香港的古史,第三节叙写红毛番发现并占据香港的过程,第四节描写鸦片战争后香港的割让,第五节描写香港的建设过程,第六、七节写到省港大罢工对香港的影响及香港秩序的恢复,第八节写世界经济危机对香港的影响,第九节写国内战乱对香港的影响,第十、十一、十二节写香港繁荣中的腐朽,第十三节写到日本侵略者攻占香港。第十四节是作者的感叹与呼唤:

  黯淡了,海上明珠,
  爆发了的火山,
  熄灭了的熔炉,
  你这被凌辱的岛国啊!

  ……

  向云天呼喊吧,
  向海涛奏凯吧,
  向地球狂吼吧,
  复仇! 复仇!
  湔雪百年的耻辱,
  宋皇台上的国魂啊!

楼栖的这两首长诗,在艺术上并不成熟,铺排似的描写,使得重点不够突出,且不少诗句过于直白,用词造句欠缺锤炼,韵味不足,未能锻造出名言金句,但用新诗书写广州和香港的历史,特别是写到广州和香港在抗日战争中的沦陷,在题材上具有填补空白的意义。

长诗《鸳鸯子》1949年6月由香港人间书屋出版。全诗共25章,256段,每段4行,共1024行。这首长诗描写的是客家农民翻身得解放的故事。

用长诗书写农民翻身解放的故事,李季早着先鞭,1946年,李季用陕北民歌信天游的形式创作了长诗《王贵与李香香》,这首长诗对楼栖创作《鸳鸯子》有很深的影响。1949年1月1日,中国人民解放军闽粤赣边纵队成立。1月23日,根据中共中央香港分局关于"加紧准备,迎接胜利"的指示,闽粤赣边区党委决定边纵主力向潮汕与梅州接合部的梅兴丰华边挺进,把梅州地区与潮汕地区联结起来,以迎接解放军大军南下。中共梅州地委配合边纵发起春季攻势,先后解放松源、隆文、雁洋、三乡、松东等地方,并在大部分乡村建立了人民民主政权,有客家农民翻身解放的事实在前,又有《王贵与李香香》珠玉在前,楼栖决定用客家山歌书写客家地区农民翻身解放的故事。

楼栖选取了一个特殊的角度,即从妇女解放的角度描写客家农村翻身解放的故事。客家妇女在客家地区扮演着极为重要的角色,正如光绪年间《嘉应州志·礼俗卷》所说:"州俗土瘠民贫,山多田少,男子谋生,各抱四方之志,而家事多任之妇人。故乡村妇女,耕田、采樵、织麻、缝纫、中馈之事,无不为之,挈之于古,盖女工男工皆兼之矣。"换一个角度说,客家妇女身上的担子尤其沉重,解放的任务也尤其迫切。

在这首长诗中,客家妇女老虎嬷三代单丁,自己年轻守寡,靠着祖先留下的几亩薄田度日,她为儿子亚庚招了一个"等郎嫂",这个儿媳因长得漂亮被叫作"鸳鸯子"。亚庚长大后脾气暴躁,经常打骂鸳鸯子,鸳鸯子只能默默忍受。地主李三爷想霸占老虎嬷的田地,伪造陈年地契,在打官司中胜诉,气得老虎嬷在李三爷家门口服毒自杀。红军过境,张木匠发动革命,穷人夜破李三爷家高楼,但李三爷逃走了,请得县兵进村,洗劫强奸又放火。张木匠带领残兵漏夜走江西,亚庚则被李三爷活捉关进大牢。李三爷要鸳鸯子以身赎人,设计灌醉鸳鸯子,奸污得逞。亚庚从牢房放出后,两人相依为命。两人好不容易挨过了抗日战争,但李三爷的压迫步步加紧。因无法交租,亚庚竟遭李三爷的毒手,被挖掉眼珠,失足落水而死,鸳鸯子被迫去李三爷家做长工,又被李三爷多次奸污。幸而这时刘玉琪从国外回来闹革命,鸳鸯子"大脚大步来归队"。李三爷恫吓鸳鸯子,将其绑在树头下示众,这激怒了刘玉琪和当地群众,刘玉琪发动群众再次进攻李三爷家的围屋,活捉了李三爷,革命队伍连夜召开审判会,群众痛诉李三爷罪行,将其游乡示众。鸳鸯子和刘玉琪之后也走到了一起。

这首长诗描写客家妇女从阶级压迫中翻身得解放,具有特别重要的意义。与《王贵与李香香》中的李香香不同,《鸳鸯子》中的鸳鸯子所受的压迫更为深重,命运更为悲惨,反抗也更为积极,鸳鸯子是带着悲惨的家世和累累的创伤,自觉走上革命道路,主动寻求解放的,而不是消极被动地等待解放。不过,作者对于鸳鸯子自觉走上革命道路的心路历程,叙述得稍微简单了一些,对于鸳鸯子参加革命后的变化,也没有进行描写。楼栖曾说:"鸳鸯子不是我凭空捏造的人物。她的生活,就是一部南方农村的史诗。但我对于她后半段的生活,却知道得不多。"[①]因为"知道得不多",所以作者写得相对简单了一些,抽象了一些。这在一定程度上有损于这部长诗思想的深刻性与艺术的完整性。

---

① 楼栖:《我怎样写〈鸳鸯子〉的》,楼栖:《鸳鸯子》,香港:人间书屋1949年版,第131—132页。

《鸳鸯子》所表现的妇女解放主题,其实只触及阶级解放,即从地主阶级残酷的压迫与剥削中解放出来,还没有涉及性别解放。在表现阶级解放主题时,这首长诗塑造了一个特别凶恶的地主阶级形象——李三爷,他处心积虑侵吞寡妇老虎嬷的家产,逼得老虎嬷服毒自杀,觊觎鸳鸯子的美貌,设计奸污鸳鸯子,对待佃户凶狠恶毒,挖掉亚庚的眼珠,使其失足落水而死,犯下了累累罪行,比起《王贵与李香香》中的地主崔二爷,更为奸诈、狠毒、残忍。对于阶级解放的理由,这首长诗表现得非常充分。不过,对于两次革命的发动者张木匠和刘玉琪,这首长诗没有充分的交代,读者尚不明白这两个人来历如何(究竟是不是共产党员),何以发动革命(是为自己遭受压迫还是为鸳鸯子一家打抱不平)。这也是此诗的一个缺憾。

《鸳鸯子》的另一特色,是运用客家方言、借鉴客家山歌的手法进行创作。楼栖自述:"故事决定了,第一步碰到的就是语言如何运用的问题。我虽然生长在农村,但我现在却分明是一个知识分子。要用农村里的语言来写诗,只好向记忆里去搜寻,向平日收集起来的词头、谚语和山歌里面去找寻。开始时,我有点徘徊。照旧唱本的手法来写,语言的使用上也许不十分困难,把故事平铺直叙就得了;但这样没有生活味,没有泥土香。于是,我想起了山歌。我在山歌的园地里发现了人民生活的一片海洋。生活的词汇,比兴的手法,深深吸住了我,也给了我一个启示:这是人民的道路,从生活里来又到生活里去的。它和唱本绝不相同,没有准文人装雅的文酸气。但这手法在今天已经不算新鲜了,《王贵与李香香》已经很踏实的走过来了。"①在1940年代,新诗的大众化成为一个亟待解决的问题,《王贵与李香香》开创了一条用方言土语和民歌形式进行创作的道路,引起众多作家模仿,楼栖正是其中之一,不过,他的模仿有得有失。

在描写客家地区的人物时,运用客家方言,往往能更为准确、贴切。如楼栖描写地主李三爷:

  李家三爷山地主
  强房大姓搭粮户
  寒酸喫察出哩名
  糙谷无油榨出油

  各张镰刀各把柄
  地主穷人各样命
  又毒又辣李三爷

---

① 楼栖:《我怎样写〈鸳鸯子〉的》,楼栖:《鸳鸯子》,香港:人间书屋1949年版,第132—133页。

舌猎鼻猎两头蛇

靠山吃山,靠田吃田
三爷靠田又靠山
盘剥穷人板盖利
杀人无火又无烟

这里运用了一些方言土语,如"舌猎鼻猎"是指花言巧语者的说话丑态;"寒酸喫察"意为"吝啬""刻薄"。客家人读到这些词汇,不难产生熟悉与会心之感。

《鸳鸯子》第十章《捉人勒索》里,原来有一节的句子是:"她是窑里的石炭,炭里来的金刚钻……"楼栖后来觉得,客家山区的人民很少见过"金刚钻",这一喻体不大妥当,于是将此句改成:

雕子无翼难过山,
河鱼无鳍难上滩,
树头唔硬唔烧炭,
竹头唔硬唔做担竿。

像这样从客家人民日常生活里面找比、兴,更为贴近客家人民的生活,更为通俗易懂。

不过,运用客家方言,在一定程度上也削弱了这首诗的传播力。不是所有地方的老百姓都懂客家方言,因此对一些诗句难免懵懵懂懂。比如长诗第四章描写女主角鸳鸯子(林亚灿)的出场形象:

亚灿妹年轻花半开
哦马花花笑面来
人人喊佢鸳鸯子
姓林两木两边开

黄鳝眼来鲫鱼哦,
虾公遇到也拱背。
衫尾一拨黄蜂腰,
十介男人九介爱。

红花开上白花堆,
白头裙子红裙带。

> 白头裙下招郎毛
>
> 两条眼线像飞刀

还有第20节描写鸳鸯子:

> 鸳鸯子今年三十细,
>
> 好像见帕筛米橄,
>
> 筛得多来心正精,
>
> 筛得多来心正细。

客家人读了这几节,可能会觉得亲切,但其他地区的读者读了,可能觉得不知所云,因为像"嗽""细""见帕""橄"等字词,实在过于古奥。楼栖的这首长诗,受《王贵与李香香》的启发而创作,但不如《王贵与李香香》那样流传广泛,这里面有客家方言阻碍的因素。毕竟客家方言与陕北方言相比,更接近古代汉语,而不是现代汉语。

楼栖从一个不无稚嫩的大学生成长为一个博古通今的学者,虽然其文学才能并不特别出色,但也为文坛贡献了自己的力量。他创作的散文特别是杂文,颇耐人咀嚼,他创作的长篇叙事诗《鸳鸯子》,虽然影响不及李季的《王贵与李香香》,但用客家方言讲述客家妇女翻身解放的故事,也具有一定的开创意义。

第四节 黄秋耘:反思与战斗

黄秋耘(1918—2001),原名黄超显,曾用笔名"昭彦""洛思"等。原籍广东顺德,出生于香港中产阶级家庭,从小爱好文学。中学时代进入香港华仁书院就读,迷恋尼采、叔本华、济慈和罗曼·罗兰,同时热爱中国古典文学,尤其喜爱屈原、李商隐、龚自珍、黄仲则。1935年夏天,黄秋耘中学毕业,一举考上了香港大学、伦敦大学、清华大学、燕京大学和中山大学,并以优异的成绩获得前两所大学的奖学金。父亲盼望他克绍箕裘,要他选择前两所大学学医,但黄秋耘在"以文学作为终身事业"的志向和一股爱国热情的驱使下,挑选了清华大学中国文学系。

进入清华大学后,黄秋耘积极投身学生运动,1935年冬季,他参加了"一二·九"爱国学生运动,参加了"一二·一六"游行示威。1936年1月,又参加了北平学联组织的平津学生南下扩大宣传团第三团,深入民间宣传抗日。1936年2月1日,中华民族解放先锋队(简称民先队)宣告成立,黄秋耘担任民先队清华大队通讯小队队长。1936年10月,黄秋耘加入中国共产党。

1937年初,黄秋耘受组织委派到南方执行任务。他在香港以北平学联和民先总队部代表的身份和陈铭枢及其他十九路军将领举行谈判,赢得了对方的赞赏和合作,从此中共地下党与十九路军建立了密切友好的关系。1937 年 8 月,北平沦陷后,黄秋耘南下从事地下工作,通过特殊关系,打入日本人驻香港的情报机关刺探机要,获取了日军在华南登陆的时间和意图,以及国民党军队中高级将领被敌人收买等重要情报。1941 年 12 月,日军侵占香港后,黄秋耘奉命组织留在香港的进步文化人士和民主人士转移,圆满完成任务。后又打入国民党第七战区长官司令部编纂委员会,编辑《新建设》《学园》《阵中文汇》等期刊,还担任第七战区长官黄任寰中将的中校秘书,获得不少情报。抗战胜利后,黄秋耘在军调处执行部第八小组工作,传输了大量情报。1946 年 6 月底,黄秋耘暴露身份后,到香港从事文化工作。

1949 年广州解放后,黄秋耘先后在广州军管会文艺处、南方日报、中国作家协会、《文艺报》、广东人民出版社工作,曾任广东省出版事业管理局局长、作协广东分会副主席等职务。

黄秋耘是一个能文能武的作家,但其底色还是一个文人、散文家。"四十年代我刚跨进文学创作领域的时候,就是从学写散文开始的。我最喜爱的文学形式也是散文。我的第一本书就是一部散文集。甚至我所写的回忆录、传记、小说和文学评论,也多少带点散文味"①。黄秋耘在抗战胜利后创作了一些散文,结集为《浮沉》,1948 年由香港人间书屋出版。

《浮沉》的开篇是《两条道路》,这是一篇议论性质的杂文。黄秋耘在这篇杂文中发现了一个现象:"一些烈火一般刚强的战士,最近一下子灰心起来,泄气起来,想退出战斗,以文学来作归宿。"黄秋耘认为,这种逃避现实的念头,对于古今中外的知识分子(尤其是文人)全然算不得新鲜,而文学和艺术就是他们最易于托庇的藏身所。黄秋耘对此不以为然,经过一番分析后,他指出:

> 展开在中国知识分子的面前,有着两条道路:一条是周作人、林语堂之流的道路,那就是远离人民,离开战斗生活,爬回到自己底闲适的老巢,甚至爬上帮闲清客的地位的道路。另一条是罗兰、鲁迅、闻一多的道路,那就是走向人民,走向战斗生活,正视着现实的苦难而热爱着世界的道路。如果所走的是后一条道路的话,那么,文艺的园地恐怕不会是一个良好的避风港湾,不会是一座与尘世绝缘的象牙之塔,而是一片钢血交飞、神魔鏖战的沙场。当枪弹和牢狱还威胁着整个人间的时候,一个有着正直良心和清明理智的文人所可能遭受到的危险和折磨,纵然不会比别人多些,大概也不会比别人少些罢。

---

① 黄秋耘:《我的文学道路》,《黄秋耘自选集》,广州:花城出版社 1986 年版,第 5 页。

在这两条道路之间,黄秋耘最终确认:

"厌倦政治""逃避战斗""以文艺为归宿",这些都不过是怯懦者的托词!作为一个心中燃烧着智慧与热情的知识分子,更应当鞠躬尽瘁地为人民服务,为人民战斗。像一根火炬般的把世界照耀得更光明些(哪怕是几天,几小时),激励着人民的意志,温暖着人民的心。

这篇文章为《浮沉》整本散文集奠定了基调,就是要求知识分子走向人民,走向战斗生活。不过,这篇文章在逻辑上尚有不能自洽之处,毕竟,黄秋耘自己这时也在搞文艺,这是不是逃避战斗,以文艺为归宿呢?可以代黄秋耘自圆其说的是:如果在搞文艺时,不厌倦政治,不逃避政治,而是拥抱政治,继续战斗!这是黄秋耘此文的未尽之言,黄秋耘虽未明说,但确实是这样想的。

这从与散文集同题的散文《浮沉》中可以看出,在这篇散文中,黄秋耘对自己的性格与心路历程进行了自述、自剖和自励。他自承小时候感情丰富,"还是七八岁的时候,我就常会为一头被杀的鸡雏而哭泣,对金鱼和小鸟都给予爱情",长大后,所思索的净是一些大人们也不敢想的"生与死""心灵"和"梦幻"一类"玄之又玄"的问题,所读的净是一些黄仲则、李义山的悱恻缠绵的诗句,有时甚至对自己许愿,将来要做一个年青的哀伤诗人,像济慈(Keats)一样,不到廿六岁就死去,还说自己"长久地过着一种孤独的精神生活"。这与《两条道路》中所批判的"以文学为归宿""逃避现实"别无二致。不过,黄秋耘同时又立下另一志向:"我不愿意无所事事,而且在这个狂飙的时代里,一个人真不容易睡觉。我得参与一种活动,无论宗教也好,革命也好,总要觉得自己在造福人类或革新社会,才得安心。"正是抱着这种志向,黄秋耘后来参加了革命,"呐喊几声","搏斗一场",结果,"负着一身创伤,蒙首投荒,悄悄地躲进蜗牛壳里,把野马一般奔驰的感情收回来,放在堆积如山的书卷上面","重新孤独,沉浸在致命的虚无的氛围中","我的意志衰退了,我的心灵迷乱了,我依着习惯,回到我往昔的老路上去",看来,黄秋耘在《两条道路》中所批评的一些灰心泄气的战士,其实也是包括自己在内的。但与这些战士不同的是,"来了一声轰雷阻住了我游魂似的脚步":

当我重新睁开眼睛的时候,罗曼·罗兰所创造的英雄约翰·克利斯朵夫出现在我底面前,他像神明似的引援着我,鼓励着我,给我当头棒喝,给我脱胎换骨。他的律令像电一般的刺进我的心:

"——你不是孤独的,你不是属于你的。你是我的许多声音中间的一个,是我的许多手臂之中的一条。为我说话吧,为我攻击吧。但若手臂断了,声音哑了,我,我还是站着;我将用你以外别的声音,别的手臂来斗争。即使战败,你还是属于一个永不战败的队伍。记住,你就在死亡中也将胜利。"

今天,我得和我底过去的灵魂告别了,"我把它丢在后间,像一个空壳似的。"……"我曾奋斗,我曾痛苦,我曾流浪,我曾创造",但,我期望着而且坚信着,总有一天,"我将为了新的战斗而再生"罢!

在罗曼·罗兰所塑造的英雄约翰·克利斯朵夫的激励下,黄秋耘最终得以新生。他投入了战斗,收入《浮沉》集中的,就有几篇战斗的散文。

在《悲剧的净化》中,黄秋耘对文学艺术"净化悲剧的才能"作了批判。认为,钉在十字架上的基督,受到难堪的痛苦煎熬,总难免拼命挣扎的吧。"但在那些画面上,我们所看到的基督是那么安详,那么宁静,那么庄严肃穆,仿佛坐在宴会席上似的,而且放射着神圣的光芒的却是那可怕的十字架而不是受难的基督本身。在这里,我不仅凛然于艺术的伟大和刑具的胜利了。"而中国的画家们更有他们的一套拿手好戏:"我们所看到的春耕图夏耕图是那么富于画意诗情,那时候,我们的脑海中绝对不会浮现出一个'锄禾日当午,汗滴禾下土'的农夫的形象。我们常常陶醉于雾海孤帆的意境中而淡然忘却渔夫们胼手胝足、风吹日晒的悲苦生涯。"黄秋耘用反讽的笔调说:"我们得感谢这些画家、歌唱家和诗人,他们把现实粉饰得那么美满,那么和谐,那么庄严,他们为了娱乐听众观众的精神而虚构出来一个纯粹美化的世界,好把他们封锁在平凡的宁静的甘美的氛围里面,听不到一声哀号,嗅不到一丝血腥,看不到一点伤痕。"

在《革命的机器和革命的人》一文中,黄秋耘批评我们的教育制度和生活环境培养出一类"太上忘情"的"高人"和"清客"。这些"高人"和"清客",存在于上层社会的学者中,也存在于革命队伍中。在上层社会里,我们常常可以遇到一些"万物静观皆自得"的"学者""专家"。黄秋耘这样剖析他们:

他们彻头彻尾的生活在哲学的思维和抽象的理论概念中,的确也曾好好地读过一些名著经典,有着高深的"理论修养"。但当群众如火如荼地投身于革命浪潮中,他们采取冷眼旁观、置身事外的态度,可能这样想着:"好一个伟大的场面啊!正是我们搜集资料的机会。"因此,尽管眼看到中国的土地上铺满了百万人的尸体,洒满了千万人的血泪,他们也不会感到悲悯,尽管眼看到官僚军阀无法无天,摧毁着人民所创造的一切,人民所爱好的一切,他们也不会感到愤怒,尽管眼看到整千整万的人民队伍从血泊中站立起来,成长起来,一向匍匐在土地上的农夫农妇都伸直了腰,像巨人似的提起了武器,他们也不会感到兴奋。他们会淡淡地告诉你说:"那有什么值得可歌可泣的呢?还不是历史的必然现象。我们的信条是:'不要哭,不要笑,只要理解'。"

黄秋耘对此很不理解。他认为,本来知识是使我们更深更广泛的去体验人生的,可是知识却使我们和人生隔离得更远了,本来知识是教我们心对着心,灵魂对着灵魂的去贴近人民的,可是知识却阻塞了我们接触人民的道路了,本来知识是教我们"先天下(大众)之忧而忧,后天下(大众)之乐而乐"的,可是知识却教我们把大众看成没有知觉的"刍狗",连他们的忧乐都忘记了。黄秋耘对"学者""专家"的这些批评,与《悲剧的净化》一文是一脉相承的。这篇文章更为犀利的地方,在于黄秋耘对革命队伍中一批知识分子的批评:

> 他们认为既然革命不是慈善事业,它不知道怜悯。因此,凡是革命者都得冷酷无情,摆出一张冷冰冰的青脸,像枯树一般的毫无感觉。即使是母亲、爱人或者战友死了,也不准掉下一滴眼泪来。若是你给与乞丐一些冷饭残羹,他就讥笑你是"浅薄的人道主义者"。若是你对家人和朋友多关怀一些,他就马上把"温情主义"的高帽子戴到你的头上来了。

黄秋耘批驳他们说:"殊不知,除了头脑需要理论的武装外,在皮下一层汹涌发酵,支持着革命者的勇气和斗志的,还有一腔沸血,一股热情,对敌人深切的憎,对同志强烈的爱,这些情操使他成为一个真正的'革命的人',永远为真理奋斗而不知疲倦。人是有血有肉的,假如绝对的放逐了感情,否定了感性生活,那就只有变成'机器',不称其为'人'了。"黄秋耘认为:"真正的革命者决不会那样矫枉过正,他们的感情是崇高而深厚的,强烈而爽朗的,丰富而健康的。有严峻也有慈爱,有雄壮也有悲悯,应该笑的时候纵情地笑,应该哭的时候纵情地哭,所谓生命像春风,融力如夏日,在理智和感情之间,没有矛盾,也没有间隙。"黄秋耘发现,革命可能会让人变得成为机器,不近人情,黄秋耘强调,不能做"革命的机器",而应做"革命的人",这是非常具有前瞻性的洞见。

黄秋耘的这两篇散文,针对一些知识分子人性和思想中的弱点,作了引导性的批评,同时阐述了革命阵营中的知识分子应该具有的品质和观念,逻辑清晰,语气诚恳,有一定的说服力。

黄秋耘这一时期还创作了一些散文,未收入《浮沉》集中,有些篇章也值得一提,这些篇章践行了黄秋耘提出的"战斗性"的要求。

《吴深的悲剧》写的是,1949年4月10日的香港中环,小贩吴深因为遭警察追赶,爬上一栋楼的二楼,满以为自己不是什么江洋大盗,警察说不定怕麻烦不再跟踪搜索他,不料警察穷追不舍,吴深从窗口爬出去时,结果失手跌下摔死。文章回顾吴深的生平经历和悲苦生活,感慨道:"二十八岁的青年吴深,日本人占领香港时饿不死他,到海南岛做矿工挨不死他,日本人的棍子打不死他,想不到反而在'太平盛世'

'黄金遍地'的香港做小贩,因走鬼而跌死了。"吴深死后出殡,送行者挤满了两边的道路,警察当局派出了成百的警官和警员在前后两旁警戒监视,任何大人物的出殡都很少有这样的轰动。文章对吴深的悲剧寄予了深厚的同情,对香港殖民地警察的行径进行了尖锐的批判。

《两个擦鞋仔的故事》写的是,抗战期间,国民党160师指挥部司令官几乎每天都要枪决一个汉奸来示威,而这些汉奸很多是从难民群中随便抓来的。"我"在国民党第七战区任职时,到160师司令部走动,发现他们抓了两个十四岁的孩子,"我"认为这两个孩子是被冤枉的。那天因为天降大雨,特务连没有马上把这两个孩子处决,"我"在外面买了一些点心送给他们,和他们聊天,得知他们都是儿童教养院的学生,挨不住院里面一天两顿稀饭的生活,偷偷跑出来擦鞋自谋生计,结果被抓。这两个孩子还不知道自己是因为汉奸罪名被抓的。"我"很想营救这两个孩子,但160师司令官相当固执,况且"我"和他没有交情,论官阶,又比他低三级,人微言轻,后来决定第二天一早硬着头皮去见司令官给他们求情,想不到当晚日寇来袭,160师部队仓皇撤退,"我"没有可能去营救两个小朋友,心里为他们默祷,希望他们在混乱中逃生。后来160师重新集合后,"我"得知,在撤退的一刹那,特务连奉司令官口谕,枪决了这两个还在禁闭室睡觉的孩子。两个孩子的死,给"我"留下了深刻的心灵创伤:

> 直到今天为止,每当我午夜梦回的时候,那两张童稚无邪的脸孔,总是含着冤屈的眼泪,在我的脑海中出现。他们好像怪责我见死不救,怪责我在他们身受刑戮之前的几个钟头,还编些美丽的谎言哄他们欢喜。我不相信人死后还有灵魂,这可能只是一种幻觉。然而这种幻觉对于我底良心的责备,已经是够残酷了。

这篇散文,不仅控诉了国民党军队草菅人命的罪恶行径,而且不断拷问作家自己的良心,能让读者产生一种心悸的震撼。

黄秋耘的散文,对外接受了罗曼·罗兰的著作《约翰·克利斯朵夫》的影响,对内则继承了鲁迅的传统,他强调散文的战斗性,常用散文来抨击黑暗的社会,同时也严厉地解剖自己,因此给人愤怒得有理、真诚得可亲的感觉。

第二十四章　粤籍作家在解放区的创作

新文学诞生以来,进步的文艺工作者,为使文艺与现实结合、与广大人民群众结合,曾做过不少探索和努力。1942年延安文艺座谈会以后,在解放区,文艺工作者找到了方向,他们深入到农村、工厂,深入到阶级斗争、反侵略战争和解放战争的前线,逐渐摆脱对自己小圈子内生活和个人情感世界的沉迷,致力于创造"新的人民的文艺",并取得了显著的成绩。在这群解放区文艺工作者中,就有三位来自广东的作家,他们是欧阳山、草明和阮章竞。

欧阳山和草明夫妇1941年来到延安,1942年5月参加了延安文艺座谈会,聆听了毛泽东在文艺座谈会上的讲话,深受教育和启发。阮章竞1938年参与组建了"国民革命军第十八集团军第八路军晋冀豫边区太行山剧团"(简称太行山剧团),因为在抗日前线工作,没有参加延安文艺座谈会,但后来也认真学习了毛泽东文艺思想。三位广东作家响应毛泽东延安文艺座谈会讲话精神,深入生活,扎根群众。1944年8月,欧阳山到延安柳林子村南区合作社挂职工作,依据深入生活的见闻,创作了长篇小说《高干大》,1947年由北平新华书店出版。1947年5月,草明到东北解放区牡丹江市镜泊湖水力发电厂深入生活,广泛结交工人群众,完成了中篇小说《原动力》的写作,1948年5月由哈尔滨东北书店出版。1945年4月底,阮章竞到太行八分区陵川县赤叶河村搞调查研究,之后到焦作矿区工会开展工作,创作了俚歌故事《圈套》、歌剧《赤叶河》和叙事长诗《漳河水》。

这三位作家的作品,用群众的语言和民族的形式进行创作,描绘了解放区人民的生产、生活和斗争,表现了解放区人民的崭新面貌,在当时产生了积极的反响。延安文艺工作座谈会召开以后,创造"新的人民的文艺"成为时代潮流。在这一时代潮流中,三位广东作家深入群众,扎根现实,创造了新的人民文艺的经典之作,也铸就了广东现代文学的辉煌。

第一节　欧阳山的《高干大》

1941年4月,欧阳山离开重庆来到延安,之后在解放区生活了八年。1942年5月参加了延安文艺座谈会。欧阳山这样描述参加座谈会的感觉:"是一种脱胎换骨、两世为人的感觉,是一种告别幼稚的过去,走向有意义的将来的感觉,是一种抛弃小资产阶级的矜持更加亲近人民的感觉,还是一种因为自以为是虚度了年华,现在终于活明白了的感觉。"①为深入贯彻《讲话》"文艺为工农兵服务"的精神,欧阳山采访了合作社纺织组长邹蓝英,将其先进事迹写成报告文学《活在新社会里》。欧阳山认为:"这是我初次投身到火热的新斗争生活中的一种学步,一种练习,一种尝试。尽管作品不成熟,很单薄,但毕竟是走在这条大路上。"②1944年6月30日,《解放日报》刊登了丁玲的《田保霖》和欧阳山的《活在新社会里》,毛泽东次日即给丁玲、欧阳山写贺信,表示"我替中国人民庆祝,替你们两位的新写作作风庆祝",并邀请他们到家中谈话。③

1944年8月,欧阳山再次深入基层,到延安柳林子村南区合作社挂职工作,在合作社中,欧阳山任职秘书和助理会计,妻子虞迅任文书和教师。欧阳山回忆他与农民相处的点滴:"那时我替他们写字算账,帮助他们破除迷信,给他们讲解革命政策和革命道理,为他们的成就而高兴,为他们的挫折而难过。合作社的什么活动,我都参加,都有我的一份,提建议、出点子、搞批评、闹改革……"④欧阳山依据在这里生活的见闻,创作了长篇小说《高干大》,1947年由北平新华书店出版。

《高干大》以柳林子村南区合作社为原型,以任家沟合作社遭遇严重挫折开始,描写高生亮对合作社的改革过程,以合作社的改革取得胜利结束。

1940年代初期,陕甘宁边区受到日寇与国民党反动派的双重封锁,经济形势严峻,为了改变贫穷落后的面貌,任家沟村在任常有的带领下组织了农村互助合作社,但任常有只知道紧跟上级,拒绝从实际情况出发,结果在他主持下的合作社,农民没有分过一次红利,反倒股金还赔了钱,农民要退股,任常有死活不同意,

---

① 田海蓝:《欧阳山评传》,北京:中国文史出版社2008年版,第231页。
② 欧阳山:《想起毛泽东同志这封信》,《欧阳山文选》(第四卷),广州:花城出版社2008年版,第98页。
③ 毛泽东:《致丁玲、欧阳山(1944年7月1日)》,《毛泽东书信选集》,北京:人民出版社1984年版,第233页。
④ 秦牧:《在北极星的指引下》,《南方日报》1962年5月20日。

导致民怨四起，老百姓将合作社称为"活捉社"，意味着"把人民都捉定了"！

农民出身的副社长高生亮，人们尊称其为"高干大"。他一心为民，坚持从实际出发，急群众之所急，对合作社进行改革，创办了医药合作社、纺织厂、公盐基金、运输队。但高生亮的改革措施遭到任常有的反对。任常有甚至恐吓高生亮："要是在苏维埃时代，我们开个群众大会，就能给你判个死罪……你的行为……违反了合作社的原则，你违反了上级的领导，简直就是个反革命！"因为改革合作社，高生亮与任常有产生了深刻的矛盾，两人本是"准亲家"，但任常有对高生亮怀恨在心，强行拆散了儿女婚姻，两人正式决裂了。

区长程浩明也反对高生亮，认为"高生亮的做法，完全不合咱们合作社这一套章程"。区委书记赵士杰本来支持高生亮的改革，但高生亮的改革措施成败未卜，上级又不予肯定，因此不敢大胆表态，只能劝告高生亮不要太激进。高负荷的工作使得高生亮精疲力竭，病倒了在岗位上。在他生病期间，合作社有人来退股，凭借对合作社的热爱和造福民众的心愿，高生亮解决了一个又一个的麻烦。

合作社越办越红火，任家沟的内部危机也逐渐浮出水面。任家沟的老百姓迷信思想严重，即使有了正规的医药社，还是有人选择巫神来治病。任家沟的巫神郝四儿，实是坑蒙拐骗的二流子，根本不懂医药知识，结果把人治死。任常有拆散了女儿任桂花与高生亮的儿子高栓儿的订婚，竟然把任桂花许配给了巫神郝四儿。婚后的任桂花很不幸福，结婚一个月后来找高生亮，请求他帮助自己离婚，因为这件事，高生亮与巫神郝四儿的矛盾激化。在春耕运动中，郝四儿设计抓住高栓儿与任桂花的把柄，要挟二人配合他装神弄鬼，破坏生产，致使任家沟的百姓不得不抛下即将迎来的大丰收，逃离这个鬼怪之地。巫神迷信严重阻碍了合作社的发展，高生亮选择与邪恶势力斗争到底，决定要将装神弄鬼的郝四儿抓回合作社，在一场恶斗中，郝四儿撞死在岩石上，高干大身受重伤，跛了左腿，左额上留下了伤疤。

最终，任家沟合作社召开了社员代表大会，分了红，区委书记赵士杰做了结论：高生亮的方向是正确的，是跟边区建设厅所提出来的口号"克服包办代替，实行民办公助"完全一致的。1943年，高生亮被评为陕甘宁边区的劳动英雄。

《高干大》是中国现代文学史上第一部直接描写1940年代解放区农村生活的长篇小说，是第一部以农村合作社为题材的长篇小说，在题材上具有开创意义，但在很长一段时间里，这部小说没有得到应有的评价，其实其思想性和艺术性都较高，堪称优秀之作品。

农民创办的合作社，在20世纪40年代是新鲜事物。如何办好合作社？是从实际情况出发，为人民服务，以群众利益为上，还是从政治原则出发，一切听从上级指挥？高生亮选择的是前者，应该说，这在政治上是有很大风险的。不是说政治原则不正确,而是计划赶不上变化,新事物在发展过程中不断出现新状况,涌现新问题,而政治原则往往是滞后的,刻舟求剑是不可能的,只能与时俱进,见招拆招。空谈政治原则没有任何风险,但改革者往往身处困境。高生亮很少讲大道理,面对官僚主义者对政治原则的强调,他坚持一切从实际出发,摸着石头过河,在实践中试错,在实践中摸索出可行的道路。当他发现办私塾教学的内容不合时代发展时,他会主动检讨并承认错误;当他发现儿子高栓儿没人担保便从合作社借了两千块时,他会思考合作社的制度是否存在漏洞。当有人来退股时,他会反思是不是合作社哪里没让群众满意。正如小说中群众所言,"有了高干大,咱们还有办法!"高生亮在合作社改革中是很有办法的。在理论知识与实践知识之间,高生亮更尊重实践知识,正如小说中所写:"他识字不多,他的革命知识,他的农业、工业、商业的知识,可是渊博得很。"为了发展合作社经济,高生亮按照"人尽其才"的原则组织安排,办医药社时请医生,发展商业请商人,办纺织厂请纺织技术工人,招集车夫办运输队,使得各行各业的人才在合作社各显神通。为了给合作社聚集更多的资金,高生亮还把开明地主与商人都发动起来。高生亮认为,要敢于让少数农民先发财,只有少数人先富了,多数人才愿意把钱交给合作社,然后多数人才能发财,多数人发了财,合作社才有力量,反过来抵制商人和地主的剥削,并且兴办各项生产事业,彻底改变贫穷落后的面貌。

社长任常有和区长程浩明是高生亮办合作社时党内最大的阻碍,这两位不懂得理论结合实践,只知道唯书唯上。任常有主持的合作社,五年来不但没有为百姓谋丝毫福利,反倒成为老百姓的负担。任常有不以为耻,反而反对高生亮的改革,试图给高生亮扣帽子,定死罪。区长程浩明忽视经济建设,认为革命政治高于一切,经济隶属于政治,对经济改革漠不关心,而当高生亮在合作社做出成绩之后,程浩明竟然批评高生亮"爱管闲事",担心高生亮会分散自己的权力,影响自己的权威,因此利用职权不断地给高生亮制造麻烦。当时解放区的不少小说都写到党的干部,其中不乏官僚主义与主观主义者,如赵树理小说《李有才板话》的章工作员,丁玲小说《太阳照在桑干河上》的文采。与他们相比,《高干大》里的社长任常有与区长程浩明,身上的政治气息更浓,路线色彩更加鲜明,欧阳山通过对这两个人的描写,批判了政治教条主义的危害性,还揭示了权力欲望对党的干部的腐蚀性。诚如赵树理所说:"主观主义、官僚主义,在一九四四年至四五年,虽在解放区到处遭到反对,可是据我所见,还没有任何一个作品能像本书揭发得那样彻底。"[①]任常有与程浩明这两个人物,以前不大受重视,但其实非常典型。这种干部固然忠诚于党的事业,但往往思想僵化、故

---

① 赵树理:《介绍一本好小说——〈高干大〉》,《人民日报》1948年10月7日。

步自封,又恋栈权力、乱用权力,不能解决发展中不断涌现的问题,结果导致党与群众的矛盾更加尖锐,给党的事业造成很大的危害。这两个人物,也是欧阳山的《高干大》给予文学史的独特贡献。

高生亮虽然一心一意为群众谋利益,但他的改革措施也曾遇到群众的反对,在当时的农村中,迷信思想在百姓心中根深蒂固,人们生病通常会认为是"撞邪"了,要请巫神帮助自己驱邪避难。乡长罗生旺就是典型的"老迷信",他阻挠高生亮办医药合作社,弟媳白氏得病后,他坚持请巫神看病,郝四儿以驱鬼为名将白氏活活打死后,罗生旺与郝四儿反倒打一耙,说是医药社耽误了白氏的治疗,罗生旺多次鼓动郝四儿给高生亮制造麻烦,在他的挑唆下,"巫神帮"祸害一方。欧阳山在这篇小说中如实地展示了解放区农民真实的思想状况,表达了用现代科学知识对农民进行教育的启蒙主题。

高生亮并没有追逐权力的野心,在合作社社长任常有病死后,高生亮向区长建议政府再派一个正主任过去支持工作,一心想往上爬的乡文书云飞,嫌弃这个职位太低,以为高生亮想让他去屈就,就讽刺辱骂道:"老高,你这个人厉害得很!你又做买卖,又开工厂,又办银行,又闹药铺,又搞运输队——这还不算。税收你也管,司法你也管。巫神你要干涉,两夫妻打架你也要插手。民、财、教、建,一手包办。说得好听些,你是专门多管闲事;说得不好听些,你跟旧社会的恶霸又有什么区别!……谁不知道,咱们这个区,快要变成高生亮区了!"小说写道:"高生亮听着,也不动气,让他一股劲儿往下说,——他不懂得云飞为什么要这么说,也不知道他有什么用意,只觉得心里隐隐发痛。"这一段描写也是很深刻的,写出了改革者高生亮不被群众理解的孤独处境。

高生亮最后的成功,有着时代的原因。高生亮生活在共产党领导的解放区,党内虽有任常有与程浩明这些人阻碍他的改革,但也有以区委书记赵士杰为代表的开明领导支持他。赵士杰数次与程浩明谈心交锋,替高生亮挡下了诸多麻烦。若不是赵士杰的鼎力帮助与支持,高生亮早在第一步筹办医药社时便会失败。欧阳山塑造赵士杰这位"开明书记"形象,肯定并颂扬了党的领导。饶有意味的是,赵士杰是知识分子出身的干部,并不是工农出身的干部,当时解放区不少小说如韦君宜的《三个朋友》、丁玲的《太阳照在桑干河上》、赵树理的《李有才板话》等,都对知识分子出身的干部有贬抑性的描写,而欧阳山的《高干大》与众不同,塑造了一个正面的知识分子干部形象。当然,欧阳山笔下的赵士杰也不是尽善尽美,他私下看好高生亮的改革举措,但因为上级未予公开肯定,因此也不敢大胆表态支持,不过,与工农出身的区长程浩明相比,赵士杰更有气量,更有风度,更有远见。

《高干大》没有展现地主阶级与农民阶级的矛盾,而是展示党内干部思想上的冲突,展示医药合作社与巫神帮的斗争,这或许是它很长一段时间没有得到高度评价的原因之一,但欧阳山这样写,还是实事求是的。因为在当时的延安,地主阶级与农民阶级的矛盾并不明显,党内思想路线斗争更为激烈。在人民群众甚至党的干部中,依然存在着鬼神迷信思想,巫神在农村的地位也更高于地主,延安《解放日报》1944年4月29日在头版刊发社论《开展反对巫神的斗争》,可见巫神之祸在当时农村之烈。

在人物形象的塑造上,《高干大》也坚持了现实主义。小说塑造了一个并不完美的英雄人物形象。正如欧阳山所写:"高生亮原来是一个十足的农民,后来逐渐变成一个共产党员,但是还没有变完,现在他大半个是共产党员了,小半个还仍然是农民","他个儿很大,可是野心很小,他面貌丑陋,可是心地和善。他脾气暴躁,可是办事细心。他说话粗鲁,爱顶撞人,可是有时心软像婆姨家,听话像小娃娃。有些事情很激进,有些事情很保守,他不信没有看见过的东西,但是对于鬼神却不能彻底否定"。面对小青蛇,他不敢伤害,担心会遭到报应,所以将青蛇放生。面对郝四儿装神弄鬼,高生亮的内心也一度充满恐惧:"他的脊骨发麻,浑身瘫软,两个小腿在打颤。"高生亮甚至天真地认为,小青蛇回来报恩,替他挡下了巫鬼的伤害。欧阳山在小说《序言》中写道:"他不是一个负了很重要的责任的人,也不是一个十全十美的人,然而他是一个真实的人,一个可爱可敬的人,一个从贫瘠的土壤生长起来的英雄人物。他关心群众,联系群众,处处为群众打算的思想性格是永远不会过时,永远不会成为历史的陈迹的。"诚如斯言,欧阳山没有把高生亮塑造成一个无所不能、完美无缺的英雄,这使得这部作品更具真实性。小说中的其他人物,如社长任常有,区长程浩明,都不是简单化的人物,而具有一定复杂性,都不是虚假的人物,而栩栩如生、活灵活现。赵树理曾这样称赞《高干大》中的人物塑造:"在写法上,我特别赞成作者描写现实的本领。像写程浩明,一方面写出他是主观主义和官僚主义者,另一方面又写出他主观上是诚心诚意在那里为革命。同样,写高生亮,一方面写出他全副精力为人民服务,另一方面又写出他的事务主义和迷信。他把这两个人的特长和特短,常常表现在同样事件中,使人感觉到缺了哪一方面也不像个真人,两个人都是好心好意但却都坏了点事。只有这样才不是伪造,也只有这样才使人感到改造自己的重要性。"[①]

欧阳山在创作《高干大》时曾一度犯难:"我过去心爱的欧化语言和欧化风格也必须接受新的农民和新的农民干部的考验。我的文学创作跟他们的阅读爱好存在着很大的距离。这样子我就不得不面临着一种选择:是保持我原来的风格,使他们无法接受我的作品呢?还是改变我自己的风格,使我的作品尽量做到使他们喜闻乐见呢?

[①] 赵树理:《介绍一本好小说——〈高干大〉》,《人民日报》1948年10月7日。

结果我选择了后者。"①做出这样的选择，是需要付出很多努力的。欧阳山是广东人，平时生活中使用的是粤语，以前所写的小说大都以广东人为主角，以广东省为环境。而《高干大》写的是陕北农村的故事，小说中人物说的是陕北方言。小说的篇名"高干大"，本身运用的就是陕北方言，"大"是陕北方言中子女对父亲的称呼，"干大"就是"干爸"的意思，是晚辈对父亲朋友辈的一种称谓。"高干大"这一篇名本身就有浓郁的陕北文化特色。为了真实地展现小说的环境，刻画小说的人物，欧阳山在人物对话中广泛使用了陕北的方言土语，如胡乱诌说（胡说八道）、一满（全部）、屄式（完蛋）、梢林（森林）、左是个左了（事已至此）、撒脱（简单）、解尿不下（不懂）、二流打瓜（懒惰）、鼓定（强迫）、挨鼻头（受批评）、顶（特别）、老君爷叫蛇咬，法尽了（没有办法）等等，这些词汇的运用，让读者一看就知道故事发生在陕北，人物是原汁原味的陕北人。

在叙述与描写语言上，《高干大》也基本做到了大众化，大量使用通俗易懂的句子，如"这故事出在任家沟合作社里面"，"日子过得真快，一转眼就过了三个月，白个生生的雪花把大地整个盖住了"，"高生亮走着走着，不知不觉已经走了二三里地。一路上谷子、糜子、玉米、高粱，都长得又绿又壮；人来人往，穿新衣服，包白头巾，骑大骡子，有说有笑，一片快乐富足的气象"，"这个故事，说到这里，其实已经完了。不过有些事情，不交代一下也不好，就再来交代几句吧"，这些句子，基本去除了欧化的色彩，贴近中国老百姓的阅读习惯。

作为一名广东作家，欧阳山能熟练掌握陕北方言，实在难能可贵。欧阳山在《高干大》的创作中，突破了自己以往的语言习惯，这既实践了毛泽东《在延安文艺座谈会上的讲话》中倡导的大众化、通俗化要求，也体现了广东人灵活务实、善于学习的文化性格。

在思想主题上，《高干大》闪烁着犀利的锋芒，如提倡群众路线，表彰"不唯书不唯上只唯实"的实干精神，反对左倾官僚主义和主观主义。这样的主题，在当时解放区的小说中，虽然不是唯一的，但也是为数不多的。尤其难得的是，欧阳山在《高干大》中还肯定了高生亮的经济改革办法，肯定其先富带后富的思路，众所周知，高生亮的这些办法和思路，在新时期的改革开放中得到了很好的印证，这就使得这部小说在思想主题上具备了一定的前瞻性。在艺术风格上，以《高干大》为标志，欧阳山告别了他前期小说的欧化色彩，走上了本土化的道路，告别了前期小说的浪漫色彩，走上了现实主义的道路。一个广东作家能够入乡随俗，到什么山上唱什么歌，熟练运用当地方言写作，这也是一种突破自身的超越，有了这种超越，就有了更好的创作前景。

---

① 詹谷丰、欧阳山:《一代风流三家巷》,《作品》2021 年第 9 期。

《高干大》在情节上设置了一主一副两条线索。主线是高生亮与社长任常有、区长程浩明的矛盾,副线是高生亮与巫神郝四儿的矛盾。如果小说只以主线展开合作社改革进程,或许能使主题表达得更为集中、更为深刻。两条线索的设置,未能兼美,反而两伤,一则分散了笔墨,二则副线后来居上,喧宾夺主了。当然,这属于探索过程中的失误,欧阳山试图在这篇长篇小说中囊括更多的内容,但还疏于剪裁。总体来说,《高干大》仍是一部优秀的小说,不仅在题材上具有开创性,而且在思想和艺术上都有独特的贡献。

在《高干大》的创作中,欧阳山做出了一系列卓有成效的探索,在消化《高干大》创作的经验和教训之后,欧阳山后来在《三家巷》系列长篇小说的创作中,取得了更大的成就。

第二节 草明的《原动力》

1937年"七·七"事变后,草明任广东文化界救亡协会理事,以《救亡日报》记者身份奔赴前线。1938年与廖沫沙、周立波、欧阳山到沅陵办《抗战报》。1939年到重庆,参加中华全国文艺界抗敌协会。1940年在重庆加入中国共产党。1941年到延安,任中共中央文艺研究院文艺研究室特别研究员。1941年,毛泽东曾约欧阳山、草明二人探讨文学创作问题。1942年,草明参加了延安文艺座谈会。之后,草明将"为工农兵服务"明确为一生的创作追求。草明晚年回忆中说:"我创作道路的第二阶段,是在1942年春天听了毛主席的《在延安文艺座谈会上的讲话》以后才开始的。《讲话》犹如一盏指路明灯,40多年来,一直指引我沿着正确的道路前进!"①

1946年,草明作为延安干部主动请缨前往东北,并接受时任东北局干部部长林枫的建议:"去农村的作家已经很多了,去部队的也不少,惟独没人去工厂。今后我们的工作重点是城市领导农村,李立三同志刚从镜泊湖发电厂回来说那里工作开展得很好,你到那里深入工人生活吧"②。1947年5月,草明到牡丹江镜泊湖水力发电厂深入生活,不仅教工人识字学习,开展文娱活动,协助宣传工作,还组织工人家属养鸡、种菜。半年多的时间里,草明广泛结交工人群体,洞察其苦难经历与翻身作主的全新面貌,积累起丰富的写作素材,完成了中篇小说《原动力》的写作。1948年5月,《原动力》在哈尔滨东北书店出版,这是第一部描写东北解放后工人生活的作品。

---

① 杨建业:《她永远活在我们心中》,中国作家协会创研部、中华全国总工会宣教部编《纪念草明》,北京:作家出版社2003年版,第290页。
② 赵郁秀:《不灭的延安火种,不朽的钢铁魂》,《纪念草明》,北京:作家出版社2003年版,第314页。

《原动力》出版后便获肯定。茅盾认为小说"在政治上把握得正确,那是一眼就看得见的。其实,它写的是典型环境中的典型人物典型事件,那也是毫无疑问的",肯定其"在今天是一部好作品,一部富有教育意义的作品"①。郭沫若致信"庆祝这一部写工人作品的成功",认为小说"不仅富有教育意义,而且很美"②。小说还与《太阳照在桑干河上》《暴风骤雨》一起申报斯大林文学奖,先后成为全国第六届劳动者代表大会与第二次世界和平代表大会的赠礼,后来被翻译成13国语言出版,被誉为"中国的《士敏土》"。

《原动力》讲述了在百废待兴的解放时期,玉带湖水力发电厂工人自立自强修整机器、恢复发电,支援新中国工业建设与前线战争的故事。

小说从玉带湖水电厂遭受日本侵略者和国民党轮番破坏后的衰败局面写起。面对损毁的机器、冰封的工厂,老工人孙怀德激励工友,齐心协力清理冰层、修复破旧零件,收集油槽被毁后的特尔宾油。同时,王永明受委派担任厂长,他带来干部工人陈祖庭、刘月轩,技师吕屏珍,日本工程师杨福田、杨森田兄弟,准备修复机器,恢复发电。随着组织工会、招纳新职工、发展积极分子等工作的展开,厂长王永明粗枝大叶的工作方式,工会主任陈祖庭偏听偏信、脱离群众的官僚习气,吕屏珍和杨氏兄弟垄断技术、傲慢自私的奸滑态度,刘福、潘玉山等积极分子根深蒂固的"伪满的脑瓜筋",甚至投机分子佟金贵的欺上瞒下、追求私利,国民党特务李希贤捏造是非的丑陋面貌都逐渐显现。这直接导致了发电机燃烧损毁,首次试验运转以失败告终。

这一失败也成为重大转机:舍生忘死、抢险救火的共产党员吴祥泰,技术过硬、信心坚定的技术工人刘月轩挺身而出;王永明重新意识到脱离群众的弊端与错误,肯定工人阶级的巨大力量;工会得以改选,民主讨论的管理方式真正确立。在新工会的领导下,工人积极性高涨,号召劳动竞赛、成立妇女小组,不仅实现技术独立,还克服了新的困难,顺利修补漏水机房屋,恢复发电工作迎来最终的胜利。在庆祝大会前夕,张大嫂更及时发现特务李希贤、投机分子佟金贵的破坏计划,帮助发电厂再次度过危机。最终,孙怀德、刘月轩、吴祥泰三位工人受到表彰,玉带湖水力发电厂顺利恢复发电。磅礴的电力则如工人所愿,点亮了农村、城市的千家万户,为铁工厂、军需被服厂、制弹厂等重要领域的发展提供了不竭的原动力。

小说以"原动力"为题,双关性地揭示出小说的题材与主题。玉带湖发电厂的电力资源是全国军事、工业建设和生产的不竭动力,以孙怀德为代表的工人阶级更是修复发电机器、恢复电力生产的强大原动力。这不仅强调着新中国工业建设的紧迫性

---

① 1949年2月9日茅盾致草明信,《纪念草明》,北京:作家出版社2003年版,第372页。
② 1949年1月16日郭沫若致草明信,《纪念草明》,北京:作家出版社2003年版,第367页。

与必要性，更真挚赞颂着工人阶级在社会主义工业建设过程中的伟大力量。毫无疑问，这是中国现当代文学史上全心全意讴歌工人阶级的率先实践，填补了新中国工业题材文学作品的空白，具有开拓性的意义。

其次，小说在主题发掘上兼具深度与广度。就深度而言，小说全面展示了玉带湖水电厂恢复发电进程的艰苦性和复杂性，详细描摹了部分工人的消极情绪、机器的损毁、敌对势力的蓄意破坏。与此同时，工人阶级越挫越勇，吸取经验与教训，探索管理方式，实现技术独立，打击敌对势力，在逆境中迸发出强大的主人翁力量。这不仅彰显出小说题材开拓的深度，更强化了工业领域百废待兴的艰巨使命与工人阶级的伟大力量，避免了过分容易的胜利、庸俗的乐观主义等不良倾向。主题呈现并非空洞、浅薄的概念式说教，具有鞭辟入里的深刻性。就广度而言，《原动力》还通过孙怀德儿子的惨死，批判日本侵略者的残暴；通过王永明、陈祖庭工厂管理的失败与反省，批判官僚主义作风，指明群众路线；通过特务李希贤、投机分子佟金贵的破坏与失败，揭示国家解放的必胜前景；通过张大嫂等进步女性与妇女小组活动，思考女性解放的出路；通过孙怀德与村民的对话，称颂土地改革的积极意义。对这些主题的发掘，广阔地展现出东北解放时期的社会全景。

在人物塑造上，《原动力》兼具典型性与真实性。首先，以孙怀德、吴祥泰、刘月轩和张大嫂为代表，小说成功刻画了典型的工人阶级群像。孙怀德是玉带湖发电厂最为年长的老工人，经验丰富而深明大义。孙怀德深受旧社会之苦，率先意识到工人阶级必须自强，做工厂和机器的主人，独立掌握技术，才能恢复工业生产。他为恢复发电，贡献出全部的机智、勇敢、本领和热情，不仅智斗国民党大员，勇敢捍卫机器，还主动安抚工人情绪，率领工友协力除冰抢险、回收废油，力所能及地修理机器。面对领导的埋没、投机分子的抢功，他不以为意，在工厂困难时挺身而出，领导工会确立起合适的管理方式，参与灭火抢险，成功征收铁皮，协助打击破坏分子，一次次帮助工厂渡过难关。孙怀德扎根底层，为人信服，不仅赢得工友的一致好评，还深受周边百姓信任。可以说，孙怀德作为工人阶级中的领头羊形象，具有典型性。吴祥泰出身"电建"，在八路军教员和李主任的引导下，加入了中国共产党。作为党员，吴祥泰不仅鼓励工友保持信心，相信电厂领导，还在机器燃毁的第一时间奋勇救火，即使身负重伤，也用棉花包裹双脚重回发电厂，以超出常人的工作量坚守一线。刘月轩则是原生的技术人才。他受过初中教育，乐于钻研技术，痴迷工业机器，对于技术独立有着坚定的信念，并在机器燃毁后，主动肩负维修重任，以身作则，埋头苦干。刘月轩还是非分明，立场坚定，率先识破佟金贵的奸猾嘴脸，协助陈祖庭改正错误。

除了男性工人，小说还重点刻画了张大嫂这一女性人物形象。张大嫂出生穷苦，自小便锻炼成为能干、有主张、勇敢的女子，是女性解放的先锋。她不仅发动落后丈夫支援工厂建设，更担任工会妇女小组的组长，起新名、弃夫姓，以高度的热情与责任感，帮助朱大嫂等一众妇女实现解放，积极投身开会、上课、劳作、生产之中，提供恢复发电的后勤保障。张大嫂还细心认真，有勇有谋，在意外发现特务的破坏计划后，临危不乱，上报发电厂领导，挽救了工厂。这充分展现出新中国工业建设中的女性力量。

《原动力》围绕工人领袖、党员、技术人才、女性等不同身份，多角度刻画出典型的工人群像，填补了现当代文学作品中的人物空白。值得肯定的是，《原动力》中的人物多是中国的"与农民有密切联系的工人"，草明并未刻意拔高工人的思想觉悟，反而对其缺点多有保留，使得人物形象血肉丰满，不失真实性。例如，孙怀德喜欢以"爹"自称，倚老卖老，对新政权也心怀迟疑，存在保守顽固，甚至迟钝、懦弱的一面。吴祥泰在电厂工作期间也以"可是还早啦"等说辞拖延问题，具有等待的消极一面。刘月轩过分沉浸在工业技术中，对工厂人事与管理漠不关心，直到发电成功后知后觉"光看重机器不重政治也不行"。张大嫂也保留着"许多女人所特有的狭隘，琐碎等缺点"，担任小组长更多是"辞不掉，便只好挺着"的勉强为之。此外，李占春、朱自珍等普通工人不乏急躁冒进、心胸狭隘、性格软弱等缺点，王永明、陈祖庭等领导者也有官僚主义、行事粗暴的不足。《原动力》并非将正面人物塑造为概念化、突变式的英雄形象，而使人物思想、行为与时代、身份相契合，显得饱满而真实。

反面人物的塑造也同样真实。佟金贵的欺上瞒下式的左右逢源、李希贤散布谣言的特务行为，皆出于"这一份饭才吃得长远""吃碗平安饭就得了"的生存欲求。甚至，佟金贵真切担心李希贤走上不归邪路，多次劝告"犯不着你这个那个"，私藏自家马口铁时也带有"可不敢告诉别人"的谨小慎微，真正被委以破坏任务时更恐惧到哭求颤抖、叩头下跪。二人虽是小说中的反面人物，却并未被书写成大奸大恶的形象，偏离正道的过程更带有"吃肉吃菜都不随我呀"的万般无奈。草明发掘出可恨之人的可怜之处，使得反面人物形象同样饱满、立体。

艺术风格上，正如郭沫若所赞扬的，《原动力》既呈现出工业题材所特有的雄伟壮阔，又以清新婉丽相调和，刚柔并济，相得益彰。贯穿恢复发电的全过程，小说着重书写了工人协力刨冰时"工作没有完，他们的歌子也没有编完；他们干到哪就编到哪"的生产热情，抢险救火时接力泼水，奋不顾身的勇敢无畏，细致描绘了机器的雄伟身姿、巨声轰鸣以及发电成功后"雄亮的奔流冲激的水声"。与此配合，小说书写了工厂旁瀑布"充溢着的力和光"的飞溅激荡，强调其巨大力量。这共同奠定了小说作为工业题材作品磅礴昂扬的艺术基调。与此同时，小说中不乏优美、诗意的环境描写。例如："没有风，天空是蔚蓝的，太阳照耀着这深绿色的平静的湖面，活像一面平平的，起着反光的镜子。阳光猛烈的时候，湖面是白色的，闪亮的；平时，湖却是柔和的深绿色,像一块厚玻璃似的。有星光的夏夜里,吹着一点微风,长长的黑色的玉带湖便跳跃着许多闪光的星点,和天上的银河媲美着。啊,她比银河更富于风韵。下起细雨来,玉带湖更是迷人地美丽,那是银灰色的朦胧的一片,像半醒的美女,又像带泪的婴孩——那么单纯,那么可爱。"纤细柔和的笔触勾勒出田园抒情诗般的景象,呈现清新柔美的艺术风格。这与粗犷刚强的工业生产相得益彰,有效中和了小说片面书写大机器生产的粗硬线条,形成刚柔并济的独特美学风格。

在语言上,《原动力》洗练自然,又具有地方色彩。小说在描写人物和环境时多用短句、动词和通俗的形容词。例如,"那一天天气特别热,没有风,高空是碧蓝碧蓝的,山坡上长着的小柞树被晒得一声不响;鸟儿也不唱歌;羊齿草蹲在树荫下面挺消停。""从司机座旁,走下来一个三十三四岁的,中等身材的男子。他也穿的灰色军服,只是没有挂枪,胸前只扣了三个扣子,另外一个扣子打开着,上面那个扣子掉了"。这不同于知识分子式的词藻堆砌,白描式的勾勒既具有很强的画面感,读来也朗朗上口。

与"晒得一声不响""蹲在树荫下面挺消停"类似,小说还借助动词创造出诸多简单却传神的修辞,如:"大家都掉进了各自的痛苦的回忆里了""有浮躁的热情,像油圈子一样,水一上来他就浮在上面了"等,语言朴素的同时更不失生动、鲜活。人物对话同样如此。具体来说,张大嫂夫妇口中不乏"除了会喘气和会叫""像个进站的火车头,又喘又没劲""兔崽子"等低俗玩笑和粗鄙骂句;工人劳动时口中喊着"叮叮哒,叮哒叮,咱们一心要刨冰,……破厂子、拾掇好,工人本事真不少。你一搞,我一搞,年轻小伙力气好"等通俗的顺口溜;甚至孙怀德等先进分子谈及未来前景时也多使用"八路国家""机器像个机器,厂子像个厂子"等词句,没有超出身份的政治套话。这些粗糙甚至鄙俗的农村口语,与人物出身农村、未受教育的身份特点和思维能力相契合。

身为广东顺德人的草明在东北深入生活期间熟练掌握了东北方言。《原动力》大量使用了东北方言,例如"旱得可蝎虎""城里乡里的溜达溜达""现在她又撑在后头""瞅这个世道""挺消停"等,在朴素自然的同时,增强了地方色彩。

草明的《原动力》具有开创性的意义,为新中国的工业题材作品奠定了基础。草明后来还创作了长篇小说《火车头》《乘风破浪》《神州儿女》等,形成当代文学史上独特的"草明现象"。

第三节　阮章竞的民歌体新诗

阮章竞(1914—2000),出生于广东香山县(今中山市)一个贫穷的农民家庭。阮章竞只上了4年小学,但香山独有的文化滋养了他。象角村各姓祠堂中的壁画、石雕、砖刻,香山庙会竹棚上的绘画,启发了阮章竞对于美术的爱好。阮章竞13岁到油漆店当徒工,两年后出师做了油漆工人,会用油漆作画,其漆画曾得到岭南画派画家黄霞川的赏识。香山人肖剑青曾留学日本,后回本地石岐镇创办了"天涯艺术学院",爱好画画的阮章竞报名学习,这个学院虽未给予他完整系统的美术训练,但为他打开了观看外面世界的窗户。

1934年上半年,阮章竞带着改变命运的愿望,从香山走向上海。在上海闯荡期间,阮章竞主要靠打零活、画广告画为生,好学的他常去开明书店、生活书店和《申报》流动图书馆看书。在求新知的过程,时代的潮流和底层的身份推动阮章竞走向了革命的道路。

1935年夏天,阮章竞积极投身各种社会活动:学习世界语,参加救国会,并被世界语歌咏班推选到立信歌咏班学习指挥。1935年底,阮章竞到歌咏班教唱救亡歌曲,结识了音乐家冼星海。之后他们过从甚密,情同家人。在冼星海的言传身教下,阮章竞学会了很多音乐知识。1937年"八一三"抗战爆发后,阮章竞参加了上海文化救国会组织的流动剧团,后奔赴武汉参加了冼星海领导的中华歌咏队。在冼星海的推荐下,阮章竞从武汉出发,几经辗转来到太行山八路军总部,参与组建了"国民革命军第十八集团军第八路军晋冀豫边区太行山剧团"(简称太行山剧团),担任剧团的艺术和政治指导员。

太行山剧团以歌咏、声唱节目为主,偶尔也排演剧本。以前的美术和音乐积累,使阮章竞在舞美设计、壁画板报、音乐谱曲等方面都能得心应手。在很短的时间内,剧团便在太行山地区取得了影响。阮章竞的艺术才华也得到了认可,被推选担任了晋东南地区戏剧、歌咏、文协等机构的常务理事或执行委员。

在太行山剧团工作三年后,1941年5月,阮章竞到中共北方局党校学习。在学习中,阮章竞反思了太行山剧团工作的得失。剧团刚开始在农村演出时,主要演唱抗日救国歌曲和外国进步歌曲,起初群众还来看新鲜热闹,但演出次数一多,便很少有人来看了。与此相反,当地的戏曲、小调及民间艺人的表演却备受群众欢迎。在学习毛泽东文艺思想后,阮章竞对毛泽东提出的"洋八股必须废止,空洞抽象的调头必须少唱,教条主义必须休息,而代之以新鲜活泼的、为中国老百姓所喜闻乐见的中国作风和中国气派"体会尤深,开始悟出民间文艺受欢迎的奥妙。之后,阮章竞在太行山地区收集了大量民歌,自己也借鉴民歌形式创作了一些民歌。

1945年4月底,阮章竞到太行八分区陵川县赤叶河村搞调查研究,之后到焦作矿区工会开展工作,1946年10月调回长治区党委,1947年1月担任太行文联戏剧部长。经过几年的积累,阮章竞创作了俚歌故事《圈套》、歌剧《赤叶河》和叙事长诗《漳河水》。这三部作品,奠定了他作为中国现代文学史上民歌体新诗代表作家的地位。

1947年2月,阮章竞写成叙事长诗《圈套》。这篇叙事长诗讲的是,解放区农村成立了农会,建立了民兵武装。地主阶级不甘心失败的命运,盼望南军回来。地主老财为了反攻倒算,设计了一系列"圈套"。首先,在年关将至之时,给农会主席李万开家送礼,李万开不愿接受,但万开娘受苦受穷一辈子,难以抵御糖衣炮弹的袭击,接收了礼物。李万开是孝子,拿母亲没有办法。接着,地主阶级又策划了春节闹花灯的活动,假传李万开的意见,打着解放妇女的名义,改变以前男扮女装的习俗,强迫妇女上场,引起农民的反感。地主阶级同时精心设计了美人计,让寡妇金女在闹花灯活动中与李万开一起扭秧歌,然后在金女面前造谣,说李万开看中了她,让金女给李万开做鞋子,之后利用两人见面的机会,把两人关在屋子里,以捉奸的名义抓住两人,捆绑李万开后拳打脚踢,并封锁全村。幸亏村民英娥娘急中生智,以孩子生病为由出了村子向外村民兵报告了消息,外村民兵闯进村子,解救了被打得奄奄一息的李万开。经过斗争,真相大白,地主阶级的圈套全盘暴露,阴谋破产了。

这篇叙事长诗反映了当时农村复杂的阶级斗争局势:地主阶级并不甘心失败,而是伺机反扑,掌握了权力的农民阶级,对此缺乏足够的警惕。但同时,这篇叙事长诗也提出了一个更值得思考的问题:农民阶级在掌握权力之后如何面对围猎?李万开是一个贫农,后来当了农会主席,有了一定权力,这时,地主阶级开始来围猎他,李万开虽然拒绝了地主阶级的贿赂,但他的母亲却堕入陷阱,"万开娘,真高兴,送面的刚刚走,送肉的又上门"。如果说李万开对财物贿赂还有所警惕的话,他对性贿赂就不大警惕了,因为他一直打光棍,渴望成家,因此对地主阶级的美人计并不提防,似乎还有点想主动中计。这篇叙事诗讲述了农会主席李万开堕入圈套后被解救的故事,但在掌握权力之后,李万开如果心生警惕和戒惧,就不会堕入敌人的圈套,这总比堕入圈套后等待解救要好。解放区当时表达阶级斗争主题的作品很多,但提出这个问题的作品很少。

《圈套》以"俚歌故事"为副标题,表明了向民间学习的自觉。全诗采用生动活泼的群众语言写成,简明朴实,朗朗上口。比如开头描写村庄及地主:

> 村子不满百来户,
> 东头住的净老财。

> 阔绰好户四五家，
> 头户阎王杨道怀。
> 滩头好地净他占，
> 城里经营大买卖；
> 门楼挂着金字匾，
> 进城出村用轿抬；
> 队长营长联保长，
> 称兄道弟团团拜。

从艺术性上讲，这些诗句算不上高明，可以说都是顺口溜，但民间诗歌的真实面貌就是这样。真要讲究起来，用文绉绉的语言和各种修辞手法写诗，反而不易为老百姓接受。

《圈套》发表后，群众反响挺好，这让阮章竞备受鼓舞，于是沿着这条大众化的道路继续走下去。1947年9月，阮章竞又写成了歌剧《赤叶河》。

《赤叶河》共四幕七场，讲述了太行山区贫苦农民一家被地主迫害而家破人亡的悲惨故事，揭露了地主阶级对农民的残酷剥削与压榨，强烈地表达了贫苦农民翻身解放的要求。1933年秋，赤叶河农民王大富的儿子王禾子娶燕燕为妻，一家三口勤俭劳动，渴望能过上好日子。可是恶霸地主吕承书租税繁多，又借修祠堂为名盘剥礼金，王大富一家与赤叶河众多乡亲受尽了他的剥削。好色的吕承书看见燕燕年轻俊美，先是调戏未遂，后趁王大富父子不在家中，持枪上门试图强奸燕燕，遭受凌辱的燕燕向王禾子泣诉委屈，但王禾子误认为妻子变心，怒气冲冲离家出走。燕燕悲苦难诉，含恨投河自尽。八路军解放赤叶河后，吕承书伪装进步，废债不收租，骗取了村长高山大的信任。而区上的工作员老苏不愿深入发动群众，还总是批评群众落后。赤叶河解放两年后，在外颠沛流浪十四年的王禾子重新回到了家乡，区上的工作员也换成了老冯。老冯发现群众情绪不大高，在调研中了解到王大富一家的悲惨遭遇，看穿了吕承书的真面目，群众又揭发吕承书清债减租的时候没有拿文书账簿。吕承书深知文书账簿的重要性，吩咐狗腿子将其倒腾地方藏起来，结果被王禾子发现。在截获文书账簿后，赤叶河村召开诉苦公审大会，彻底清算了吕承书的罪恶。

《赤叶河》并不是解放区第一部反映农村社会变革的文学作品，在《赤叶河》之前，贺敬之、丁毅执笔的歌剧《白毛女》已经先声夺人，产生强烈反响。赵树理的小说《李有才板话》也反映了农村社会得到解放的新面貌。在思想主题上，《赤叶河》既有《白毛女》中所表达的阶级剥削、压迫与阶级斗争的主题，又有《李有才板话》提出的党的干部工作作风的问题，可以说是《白毛女》与《李有才板话》的结合。

这部歌剧，素材来自阮章竞在陵川县六泉乡赤叶河村驻村工作的见闻，以赤叶河村的人物和故事为原型创作。阮章竞说:"一九四七年土地改革运动深入阶段,封建地主阶级悄悄地从他们的垃圾箱里,翻出两件护身'法宝':一是'良心',一是'命运',农村中发生了'土地是怎么来的'的问题。于是封建土地占有者出来说:'三皇治世,开天辟地,分纸占单,老君爷安下,谁有命谁就有土地。''命里有八斗,一石溅了口。''谁分了地,谁分了房,都扪心自问吧!'这样使我想起来我在赤叶河工作时,一个愤怒的回忆:一个伛偻衰弱的老人,在脑子里涌现上来。记得我去访问他在深山沟的破屋中的时候,正是狂风暴雨,他诉说了他怎样家散人亡的悲剧。同时引起我童年的回忆:地主到家里逼债,逼母亲卖儿的故事,不禁悲愤填胸。土地真是老君爷定下给地主的吗?用这山沟的来历,可以清脆地给土地占有者们一两个耳光!不自量力地想把这故事写出来,这是当年春天想做的一件事。"① 阮章竞在创作《赤叶河》时,投入了"悲愤填胸"的感情,同时未对原型人物和故事作夸张性的处理,保留了应有的真实性。

　　这部歌剧塑造的人物大都栩栩如生,如既展示了王大富的勤劳、善良的一面,也展示了其懦弱怕事、爱面子的一面,既展示了王禾子的冲动、暴躁的一面,也肯定了反抗性与斗争性。歌剧中的地主吕承书,也很有个性。与《白毛女》中的地主黄世仁相比,吕承书更有文化水准,特别是有一套剥削有理的理论:"龙生一子闹九江,猪生一窝喂粗糠,谁叫你生就穷嘴脸,倒来怪我富贵相!"但同时,吕承书也比黄世仁更狡猾,善于伪装进步,他对村长高山大表示:"剥削穷人有错误,自动废债不收租,有饭大家都来吃,八路军的规矩我拥护!"还将自己南山的一顷地献出来,取得了高山大的信任。他打的主意是"要想跳过这鬼门关,破财买动鬼心软"。在自己收藏的文书账簿败露之后,面对群众的批斗,吕承书不像黄世仁那样怕死,反而非常顽固:"好汉做事好汉当,今天不求谁原谅。花椒长刺为保身,吕家就是这样的人!""我手难挡你坐天下,我心不让你得江山!咱们打的是生死仗,不是你活就我亡!"像吕承书这样的地主,也是具有一定典型性的。

　　在情节设计上,《赤叶河》并不刻意追求戏剧性,而注意展示社会生活的复杂性。在《白毛女》中,王大春参加了八路军,带领一支部队回乡,斗倒了黄世仁。而在《赤叶河》中,王禾子也想参军报仇,但投奔的是阎锡山的部队,日本侵略军将这支部队打散,王禾子流落在文水,又当了七年长工,好不容易才回到家乡,但他只有满腔仇恨,没有枪、部队和权力,不能像王大春那样快意恩仇,只能依靠八路军建立的新政府。但新政府中,以前下来的区工作员老苏工作不扎实,认为"抗战以前是古老账,年代太久不要谈;抗战以后的八路军来,四五年来的也难办",村长高山大又被地主

---

① 阮章竞:《赤叶河》,上海:上海新华书店 1949 年版,第 113 页。

吕承书蒙蔽,新的工作员老冯来了之后,情况才有了改变。这样的情节设计,没有《白毛女》那样传奇,但更具有现实性。

《赤叶河》中的唱词,承担着介绍人物或者抒发心曲的功能,写得大都通俗、接地气,符合个人的身份。如农民王大富的出场唱词:

> 祖祖辈辈刨荒坡,
> 风吹雨打受折磨。
> 多开一块"瞎巴"地,
> 儿孙们多吃个黑窝窝。

又如地主吕承书的出场唱词:

> 葡萄蔓子葡萄树,
> 吕家有福当财主。
> 琉璃算盘肚里响,
> 发家我有好主张。

还有一些唱词,抒发农民的感情,也写得很好,如:

> 赤叶河,灾难多,
> 不开荒山人挨饿;
> 开荒山就是打铁锁,
> 千年万年逃不脱。

1947年10月,《赤叶河》由八路军总政太行山剧团在河北武安冶陶镇召开的土改动员大会上首演。1947年12月,由晋冀鲁豫文工团在刚解放的石家庄连演7场。1949年5月4日,中华全国第一次青年代表大会在北平召开,《赤叶河》登上了北平人民剧院的舞台,这是北平解放后上演的第一部来自解放区的歌剧。之后,《赤叶河》随着解放军大军一路南下,跨过了黄河长江,一直演到阮章竞的家乡广东。《赤叶河》与《白毛女》齐名,并称为解放区的"红白"两大歌剧。应该说,在思想主题上,《赤叶河》比《白毛女》更为丰富;在情节设计上,《赤叶河》也比《白毛女》更为真实。

1949年3月,阮章竞创作了叙事长诗《漳河水》,发表于1949年5月的《太行文艺》第1期,1950年6月,经过修改后的《漳河水》再次发表在《人民文学》第2卷第2期。

全诗分《往日》《解放》《长青树》三个部分,塑造了荷荷、苓苓、紫金英三个不同个性的妇女形象,反映了太行山区漳河边上劳动妇女在传统习俗的压迫下遭受的苦难,热情地歌颂了她们在共产党领导下获得的解放和新生。

第一部分时间为解放前,这三个女性婚后回乡在漳河边上哭诉她们婚姻的不幸。

三位女性都善良、美丽，都对婚姻抱有美好的幻想，但在包办婚姻下，"荷荷嫁了个半封建"，受尽婆婆和丈夫的欺压；"苓苓许了个狠心郎"，对她随意打骂；"紫金英嫁了个痨病汉，一年不到守空房"，留下一个墓生孩。第二部分写的是解放之后，婚姻自主，妇女翻身。三人中，荷荷率先与"半封建"的丈夫离婚，并和一个"好成分、好劳动、好政治"的对象结婚，荷荷的男人前方运军粮后，荷荷创建了七人妇女小组，当了领导人。苓苓在荷荷的帮助下，勇敢地和"二老怪"作斗争，明确告诉二老怪"你的老规程如今没人买"，"一夜治服了二老怪"，获得了独立地位。紫金英带着墓生孩艰难度日，有着严重的依赖心理，一些男人别有用心地帮助她，这让她得到了"坏妇女""浪女人""破鞋""花老婆""的名声，在乡村里抬不起头来。在荷荷与苓苓的帮助下，紫金英勇敢地和那些男人断了关系，靠自己的劳动能力赢得了尊严。第三部分，媒婆张老嫂依然对妇女解放看不惯，感叹"世道坏，规矩败"，"这个乱，那个破，妇女小组就不是货！"但苓苓的丈夫二老怪在见识妇女种地的成绩后，思想觉悟了，与张老嫂决裂，向妇女小组认了错。

《漳河水》是一部妇女解放的颂歌，其思想的鲜明之处，在于强调妇女解放与经济生产的关系，认为只有经济的独立才能真正解放妇女。荷荷的体会是：

> 共产党把路打扫净，
> 给咱女人指了路径：
> 吃穿住行靠自己，
> 妇女解放才能彻底。

荷荷正是遵循这一点，先后劝说苓苓和紫金英参加妇女互助组，让苓苓有了和丈夫二老怪算账的底气，让紫金英有了摆脱别有用心的男人，"支起腰杆挺起身，靠自己劳动作自由人"的勇气。

难能可贵的是，《漳河水》还写出了妇女解放的曲折性与复杂性。比如，一开始，二老怪对妇女解放运动开始也是抵触的，他认为：

> 猫捉老鼠狗看门
> 锅台炉边才是女人营生！
> 骡马也想上大阵？
> 不准上我地瞎闹腾！

后来看到妇女小组种的地：

> 苗苗出土绿油油，
> 瓜秧露芽肥展展。

>花不棱棱手艺巧,
>头有头是道有道。
>眼儿越看眉越高,
>禁不住张嘴叫了好。

这时,二老怪意识到:

>妇女解放了不简单,
>男人的活儿也能干,
>男女这样闹光景,
>种下石头长黄金。

二老怪看到,解放的妇女参加劳动,能给家庭带来更好的光景,因此转而支持妇女解放。这种出于经济利益的考量,很贴近当时男性农民在土改后想过上好日子的愿望,没有刻意拔高当时男性农民的思想觉悟,因此显得很真实。

在《漳河水》中,媒婆张老嫂是反对妇女解放的,她认为:

>结亲不兴坐花轿,
>手拉手儿嘻嘻笑,
>摆翠叫人瞧

>好男不过州府边
>好媳妇不出婆家院
>如今疯过县!

>什么互助闹生产,
>麦子垅里跟男人玩,
>浪摆搬上山。

>太阳不照老路上,
>女人不服家教管,
>媳妇封王娘!

>看不下,忍不下,
>死榆树永不再发芽,
>摇摇头,摆摆脑,

如今的年月实在糟。

　　一直到最后,外号"铁疙瘩"的张老嫂思想也没有转变过来,阮章竞并没有刻意夸大妇女解放的成果,这是符合当时农村实际情况的。

　　在《漳河水》创作过程中,阮章竞调动自己在音乐、绘画上的艺术积累,对不少诗句进行了精心修改,使其立意更高,更具有音乐性和画面感。比如最初的序曲《漳河小曲》:

　　漳河水,九十九道湾,
　　往日的凄惶诉也诉不完。
　　百挂挂大车拉百挂挂纸,
　　大碾盘磨墨写也写不起。

　　黄连苗苗苦胆水奶活,
　　甚时说起来甚时火!
　　枣核儿尖尖中间粗,
　　甚时提起来甚时哭!

　　阮章竞将其修改为:

　　漳河水,九十九道湾,
　　层层树,重重山,
　　层层绿树重重雾,
　　重重高山云断路。

　　清晨天,云霞红艳艳,
　　艳艳红天掉在河里面。
　　漳水染成桃花片,
　　唱一道小曲过漳河沿。

　　最初的《漳河小曲》运用民歌比兴、叠字的手法和农民的口语,表现旧社会农民所受的苦难,但未展示光明的前景,修改后的《漳河小曲》,用"重重山""重重雾"暗示昨天的黑暗,用云霞、桃花象征美好的明天,立意更加高远。最初的《漳河小曲》用"大车""白纸""黑墨""黄连苗苗""枣核儿"等意象构筑的画面,色调偏于阴暗。修改后,用"绿树""云霞""桃花"等意象构筑的画面,色调明艳,象征着漳河人民追求美好理想的愉快和幸福的心情。最初的《漳河小曲》用"湾""完""纸""起""活"

"火""粗""苦"等字押韵,并不断换韵,显得较为沉重,曲折,修改后用"湾""山""雾""路""艳""面""片""沿"押韵,显得较为舒畅,特别是第二段,一韵到底,一气呵成,也预示着幸福之路的平坦。

《漳河水》是一首叙事长诗,用诗来讲故事,有一定难度,《漳河水》讲的还不是一个女性的故事,而是三个女性的故事,难度就更大了。阮章竞颇具匠心地设计剧情。第一部先让三个女性在漳河边上聚首,讲起各自的婚姻痛苦。在第二部中,三条剧情线先后推进,先讲荷荷的故事,让荷荷最先得到解放,荷荷这才有余力帮助苓苓;然后再讲苓苓的故事,在荷荷的帮助下,苓苓治服了丈夫二老怪;最后是荷荷与苓苓一起帮助紫金英,打消了她的自卑心理,激发她走向独立自强。第三部,二老怪对妇女解放还是口服心不服,但在见识妇女互助组种地成果后,终于服气了,向妇女互助组认错了,并与对妇女解放说长道短的张老嫂划清了界线。总的来看,故事线索有条不紊,开阖自如,张弛有度,有悬念,有波折,有吸引力。

除了讲好故事,《漳河水》特别重视塑造人物形象。阮章竞很用心地刻画人物,如描写荷荷、苓苓、紫金英三个姑娘在漳河边哭诉各自的婚姻时,运用起兴的手法和象征物,一方面增强了诗的意境与寓意,另一方面写出了人物不同的性格和命运。描写荷荷时,用的是:"桃花坞,杨柳树,东山月儿云遮住,漳河流水水流沙,荷荷一泪一声诉。"以月儿遮云和漳河流水象征她的郁闷痛苦心情;描写苓苓时,用的是:"桃花坞,杨柳树,北岸石鸡夜半哭,河底不平掀起浪,苓苓揭开冤家账。"以石鸡夜哭、河底起浪象征苓苓心里痛苦之烈;描写紫金英时,用的是:"桃花坞,杨柳树,河边草儿打榖棘,风吹花飞落水面,紫金英倒尽心头怨。"用草儿打榖棘象征紫金英内心痛苦的颤抖。这三句,起兴的景物一样,但后面的象征物不同,表现了三个人物内心不同程度的痛苦。

延安文艺整风运动以后,解放区作家大都自觉向民间文艺学习,追求中国作风和中国气派。在新诗领域,李季运用信天游这一民间形式创作了叙事长诗《王贵与李香香》,田间创作了叙事长诗《赶车传》,艾青创作了叙事长诗《吴满有》。在这些作品中,《漳河水》无论在思想性和艺术性上,都有自己的独到之处。《漳河水》展现的是解放区妇女解放运动后妇女的新面貌,与《王贵与李香香》中的李香香被动地等待解放不同,《漳河水》中的妇女,是主动追求解放,并帮助其他妇女解放,开创了一条妇女解放的新路径。在艺术上,《漳河水》的叙事与抒情结合得较好,人物形象鲜明。《漳河水》用了一些民间小曲如《开花》《四大恨》《割青菜》《牧羊小曲》《漳河小曲》等,依曲填词,但又略作加工,在汲取民歌民谣的营养方面进行了成功的尝试。

延安文艺座谈会召开之后,创建新的"人民文艺"成为时代的要求。《圈套》《赤叶河》和《漳河水》以真实性、深刻性的思想主题和通俗化、大众化的艺术形式,成为"人民文艺"的经典之作。

第二十五章　旧文学的新气象

中国是诗歌的国度,旧体诗词一直占据主流地位。受五四新文化运动反传统、学西方的激进思潮影响,旧体诗词作为批判的对象,被认为是封建余孽或文化糟粕而打入文学冷宫。但旧文学并未完全衰退,旧体诗词创作没有停滞消亡。广东则出现新旧文学并存的态势,旧体诗词创作一直较活跃,成绩突出。

广州粤社、佛山龙塘诗社、梅州冷圃诗社、潮州壬社等结社吟咏,坚持旧体诗词创作。岭南旧体诗词创作除了通过传统雅集、文人结社、开社校诗,结集出版外,还在一些刊物上开辟诗词专栏,促进诗词传统的传承。旧体诗词以现代的传媒方式取代传统的手工作坊式的刊刻及赠送、传抄的模式。《东方杂志》刊发同光体诗歌,《南社丛刊》发表南社成员诗歌。辛亥革命后创刊的期刊,很多都设了登载古体诗词的栏目,名目五花八门,以"文苑"最为常见。但1917年以后,为顺应时代文化潮流,许多报刊纷纷改用白话,登载旧诗词的刊物已大幅度减少,处于逐渐式微的趋势。与新文学比较,旧文学阵地丧失,吸引力下降,社会关注度被淡化,主流地位被削弱,逐渐边缘化。

新旧文学的关系不是简单的"断裂"和"对立"。文学是时代风云变幻的精神标本,现代旧体诗词和新文学样式一样,具有现代性品格。文学的现代性不仅是文学的思想内容、精神特征的现代性,而且是包括了表达方式、文学语言、文体样式等本体形式的特征。就诗歌而言,主要体现为诗歌语言、诗歌体式、诗歌意象、诗歌运思、审美方式等方面的现代性特征,这些构成现代旧体诗歌区别于古代旧体诗歌的不同诗质性因素。旧体诗词作者,大都不是为了发表,而是随感而发,触景生情,随意挥洒,所以更能折射内心世界,反映生命本色,更能体现历史原生态,保留特定时期的细节场景。

岭南旧文学显示新气象。抗战期间,冼玉清在颠沛流离之中创作了不少诗词和文章,写作于1942年至1945年间的《流离百咏》表现抗战时期逃难过程的亲身感受,是颠沛流离中的忧时愤世之作,显示高尚的爱国情怀及深厚的文学底蕴,是全部诗作的精华。

程坚甫在穷困潦倒之中写诗吟诗,忘记俗世烦恼,隐藏起肌腹愁思。诗风沉郁,笔力遒劲。所写所思皆与时代相关,却从不跟风应景。一世贫困付诗意,百年炼句铸诗史。他带着民国文人的底蕴与情怀,用典无痕,妙用通感,感念时势,合时而作,"显示出一种诗道的温柔敦厚与诗思的粹炼精纯"。

南社是中国近现代史上产生过重要影响的第一个大规模的资产阶级革命文化团体,成立于1909年。南社以研究文学、提倡气节为宗旨,弘扬爱国热情,光大中华民族传统文化,时有"文有南社,武有黄埔"之盛誉。南社在反清革命和反袁斗争中,作出了重要贡献,1923年在出版了最后一本社刊之后停止了活动。但是,分散在各地的社员并没有从此消沉,南社活动一直持续到1949年。

南社广东籍社员175人①,仅次江浙,位居全国第三。1912年南社广东分社成立,1917年开始活动。南社为广东文人参与全国性的文人与政治活动提供了公共空间。风流岭表多奇士,南社广东成员主要有黄节、蔡守、苏曼殊、汪兆铭、古直、林一厂、马小进、陆丹林等。他们以旧体文学形式,殷切关注着国家的前途命运和民生疾苦,追求革命理想,抒写心路历程,体现了时代精神。

"珠光剑气英雄泪,江左应惭配岭南"。岭南最有影响的诗人群体是元末明初以孙蕡为首的南园诗社,"南园五先生"结社于广州南园抗风轩,雄直诗风崛起。岭南从明清至民国,赓续南园余韵。20世纪40年代中期,陈融弟子余心一、熊润桐、曾希颖、佟绍弼、李履庵,经常出入颙园而在岭南诗坛崭露头角,为"南园今五子"。陈融及南园今五子关注社会现实,意境雄阔,气象峥嵘,与南园前、后五子的南园诗歌一脉相承。

第一节 冼玉清的《流离百咏》

冼玉清(1895—1965),祖籍广东南海西樵简村,自号西樵山人、琅轩馆主。1895年1月出生于澳门,父亲冼藻扬是港澳著名商人。冼玉清幼年居住在澳门,在"灌根学塾"师从名儒陈荣衮学习文史,先后就读香港圣士提反女校、广州岭南大学,1924年毕业后留校任教。1927年开始先后任岭南大学国文系讲师、教授兼博物馆(后称文物馆)馆长,并在勷勤大学兼课,1952年院系调整转任中山大学教授,1965年当选为广东省文史研究馆副馆长。冼玉清是民国时期的杰出诗人、画家、文献学家,岭南第一位女博学家。在历史文献考据、乡邦掌故溯源、诗词书画创作、金石丛帖鉴藏等方面功昭学林,饮誉海内外,被赞为千百年来岭南巾帼无人能出其右的"不栉进士"。

---

① 柳弃疾:《南社纪略》附录《南社社友录》,台北:文海出版社1975年版,第22页。

冼氏成果丰硕,著有《广东之鉴藏家》《梁廷枏楠著述录要》《粤东印谱考》《粤讴与晚清政治》《广东释道著述考》等,出版有《琅玕馆诗集》甲、乙、丙卷,《琅玕馆近诗》一集,《琅玕馆词抄》以及《流离百咏》等诗文。

冼玉清在广东教育文化界创下三个第一:1923年,岭南大学聘用冼玉清为岭大附属中学专任教员,时广州中学男女分校,以女子教授中学男生,乃自冼玉清始;1927年,冼玉清升为岭南大学国文系讲师,是广东的大学女子教授古典文学之第一人;1932年广东修志馆聘冼玉清为《广东通志》艺文、前事、列女三门的纂修,她又是广东女子修志的第一人。自称"以事业为丈夫,以学校为家庭,以学生为儿女",独身不嫁,立志委身教育,绝俗孤标,专心学术。她生活俭朴,但乐于助人,曾捐助过冼星海留学,特别是晚年将大部分遗产匿名无偿捐献国家,拳拳爱国爱乡之情,令人感佩。

抗战期间,冼玉清在颠沛流离之中写了不少诗文,体现了她崇高的民族气节。《秋兴八首》揭露了日本入侵广州的残暴恶毒,描述了民众颠沛流离、寝食难安的艰难困苦,表达了对侵略者的强烈愤慨和对受难百姓的深切同情。"抗战八记",包括《危城逃难记》《香港罹灾记》《故国归途记》《曲江疏散记》《连州三月记》《黄坑避难记》《仁化避难记》《胜利归舟记》,忧国忧民,感时伤怀。1949年9月,冼玉清将1942年—1945年所写的大型七绝组诗结集为《流离百咏》出版,共有八章112首,分为归国途中杂诗、曲江诗草、湘南诗草、坪石诗草、连州诗草、黄坑诗草、仁化诗草、归舟杂咏。冒鹤亭《流离百咏》序称赞冼玉清"自为之注,于山川道里训释綦详,使人读之如亲历其境,而觉此中有人呼之欲出焉。至其文字之美,犹其次焉者也"。这些诗歌是她抗战时期逃难过程的亲身感受,是颠沛流离中的忧时愤世之作。《流离百咏》显示其高尚的爱国情怀及深厚的文学底蕴,是她全部诗作的精华。

《壬午七月初六抵赤坎》是《归国途中杂诗》第一首:

国愁千叠一身遥,岂被黄花笑折腰。
地限华夷遗恨在,几回痴立寸金桥。

1942年7月,岭南大学内迁至粤北曲江复课,冼玉清接到岭南大学校长通知,不顾个人安危,毅然从澳门绕道,历时一个半月,辗转湛江、遂溪、盘龙、桂林等地到达韶关,与学者们在深山中授业。烽火逆行途中抵达湛江赤坎,冼玉清写作此诗。寸金桥是广州湾租借地的分界线,为纪念遂溪人民反抗法国强租广州湾而建。桥西为华界,桥东为租界。越过寸金桥就进入遂溪县辖境,具有特殊的政治象征,蕴含着"一寸山河一寸金"的重要意义,反映一段近代史上中国人民反抗帝国主义侵略的斗争史实。首句"国愁千叠一身遥",意思是:为国为民无限忧愁。"千叠""愁"压在孤单一人身上,路途遥远前路茫茫未知何时赦解。句首开宗明义,揭示出组诗主旨。国家前途,民族命运,千叠深愁,压在一个文化人的心上。赤坎寸金桥边,回想清末法军侵犯,甲午战争后广州湾沦为法租界,而今国土沦丧,日寇肆虐,诗人思前想后,百感交集。第二句"岂被黄花笑折腰",表明自己不同流俗,不愿被黄花闺女见笑,显现为国家前途、民族命运而忧愁的使命感和责任担当。诗人大义凛然,自我表白:"今国家正在危难之时,我应与全民族共甘苦,倘一己有优越条件而高枕苟安,非素志也。"第三句"地限华夷遗恨在","地限"即地界。赤坎曾是法国租界,过去的仇恨至今不忘。结句"几回痴立寸金桥"诗人来到曾经是法国占领的赤坎寸金桥,站在桥上回忆往事,抚今追昔,感慨万千。"痴立"表现爱国之情的真挚深切。

此诗是即景生情的七言绝句,抚今思昔,浑然天成,流畅而工整。首句和结句互相呼应,但节点上出现了孤平,作者却巧妙地孤平拗救,功底深厚,诗艺高超。全诗仅二十八字,突现了诗人的民族气节和爱国情怀。

1944年6月18日,国民党军队奉令撤退,日军占领长沙。冼玉清《闻长沙奉令撤退感赋》:"岳家军撼原非易,自坏长城可奈何。漆室沈优非一日,问天泣山河。""岳家军撼原非易"语出《宋史·岳飞传》,"自坏长城"语出《南史·檀道济传》,"漆室"典出刘向《列女传·漆室女》。诗人关注时事,心系国运和民生,以诗纪史,用典贴切,别具新意。陈寅恪为冼玉清《流离百咏》题曰:"大作不独文字优美,且为最佳之史料。他日有编建炎以来系年要录者,必有所资可无疑也。"

陈三立评价冼玉清诗歌"澹雅疏朗,秀骨亭亭,不假雕饰,自饶机趣。"诗作《喜闻日本降》二首体现了这样的艺术风格。

> 八年忍苦意如何,一夕山城报凯歌。看到扶桑残日落,不须东指鲁阳戈。
> 踏破东瀛富士山,九州无恙戢骄顽,检将旧服归软叹,尚有征尘杂泪斑。

1945年8月,诗人欣闻日本投降的消息,激动不已,饱含热泪,即作此二诗。经过八年艰难困苦的全面抗战,终于赢得抗战的伟大胜利,诗人百感交集。粤北山城光复了,中原鲁阳光复了,不再动干戈了。"鲁阳"即鲁阳关古战场,这里借指全中国。"鲁阳戈""语出《淮南子·览冥训》,后谓力挽危局的手段或力量。从此九州得以太平无恙,日本侵略者被驱逐回去,正如落日西山。在检点梳理一下情绪后,决定把"征尘"洗刷掉,把"泪斑"洗刷掉,轻松地踏上新的征程。诗作表现了无限的爱国热情和鲜明的民族气节。冼玉清的诗从来不假雕饰,却自饶雅趣,情真意切。每到一地,每写一事,记事真实,感情真挚,诗歌被称"史诗"。

《流离百咏》不少诗歌描绘日常生活场景,以小见大。《曲江诗草》之《生活》是这样写的:"买菜清朝驰远市,拾薪傍晚过前山。执炊涤器寻常事,箪食真同陋苍颜。"曲江的岭南大学教学环境异常艰难,买菜、下厨、择菜煮饭、洗碗碟等都亲自劳作。作者把自己比作"一箪食,一瓢饮,在陋巷"的孔子弟子颜回。这首诗写的都是"寻常事",真切、自然而生动。

冼玉清《流离百咏》描写抗战时期逃难过程的亲身感受,是颠沛流离中的忧时愤世之作。冼玉清认为"诗是人间最美丽的东西,情感是世上最微妙轻灵的东西"。她在《流离百咏》自序中说:"中日衅起,讲学危城。穗垣既沦,避地香海。旋以不肯降志,孑身远引。顾玉清有家濠镜,尚余薄田,使归而苟安,未尝不可。以隔岸观火,优游得计,乃人之以为乐者,我甘避之;人之以为苦者,我甘受之。冒硝烟弹雨之至危,历艰难凄痛之至极,所以随校播迁,辗转而不悔者,岂不以临难之志节当励,育才之天职未完,一己之安危有不遑瞻顾者哉!间关内地,茹苦含辛,苦甚穷途,愁深故国,成流离绝句百首。"容庚为此题曰:"一代闺门好女子,百篇诗卷怨流离。"[1]

第二节 程坚甫的咏怀纪事诗

程坚甫(1899—1989),原名君练,号不磷室主,半叟。广东台山人,出身于画工之族。自小出外求学,在广州中学毕业。20世纪30年代在陈济棠开办的广州燕塘军校担任过图书管理员,后来担任广东省盐业公会秘书,韶关警察局文书,中山地方法院秘书,广东高等法院汕头分院秘书等职。1948年秋程坚甫去职还乡务农,因口齿不清,体弱多病,且无儿无女,被村里列为"五保户"照顾,但在农村"五保户"含有"老绝户"之意,有辱家族名誉,他坚辞,村干部便让他担任"称肥员"(为各家各户送来肥田的屎尿登记过秤,劳动强度较轻)。晚年程坚甫则依靠年过七旬的妻子进县城打零工维持生计,艰难度日。由此可见他的傲骨嶙峋,以及那份无助和无奈。

程坚甫历经旧社会的战乱、"文革"时期的动乱,一直生活在社会的底层,家境贫困,饱尝颠沛流离之苦,但仍数十年吟诗不辍,一生大约写了一千六百首旧体诗,几经劫洗,尚存九百余首。这些诗词录入《不磷室诗存》《西山半叟诗集》。2010年陈中美整理的《程坚甫诗存》由香港华夏出版社出版。

在穷困潦倒之中,程坚甫写诗吟诗,自娱自乐,忘记了俗世烦恼,隐藏起肌腹愁思。他的诗词均为随性而为,毫不矫揉造作,辞章典雅端庄,语言通俗淡然。"诗风沉郁,笔力遒劲,直见性命,劈面敬人"。所写所思皆与时代相关,却从不跟风应景,他的诗词含有"入世感"而无"趋时味",我行我素,特立独行,"显示出一种诗道的温

---

[1] 冼玉清:《冼玉清诗词集校注》,吴聃校注,广州:中山大学出版社2021年版,第131页。

柔敦厚与诗思的粹炼精纯。"①王鼎钧对程诗大加赞赏,称其"了不起的好!"

王鼎钧认为"程律难能可贵处,第一在'顿挫'"。"例如:

> 半世穷能全我节,百篇慧不拾人牙。

论意义,要读成'半世穷——能全我节',论音节,要读成'半世——穷能——全我节',这两者不能兼顾的局面,就是产生顿挫的水土。下句'百篇慧不拾人牙',把拾人牙慧四字成语拆开颠倒使用,使'百篇——不拾人牙慧'重组成'百篇慧——不——拾人牙',而音节则是'百篇——慧不——拾人牙',固老杜之遗风也。

类此佳句还有:

> '胶不续肠拼尽断,珠经离掌倍堪珍。'
> '栖得供枝仍杌隉,敲犹珍帚独吟哦。'
> '且喜且明沽酒便,还因水满钓鱼肥。'
> '津如可问舟常便,山不能移宅亦幽。'

顿挫是形式美,爱诗者当不以此为满足。若论内涵,程诗达到古人论诗的种种要求,如温柔敦厚、委婉曲折、幽默超脱等等。""他在形式上不能求变,在情景形象上却能求新。"②

"等闲霜气凋蒲柳,谁信诗声出草茅?"(《抒怀》)程坚甫一生爱慕杜甫和陆游,精神家园寄托在这两位诗人的身上,《不磷室拾遗·题词》云:

> 声调悲壮格律老,少陵之诗夙所好。
> 中年复爱陆剑南,剑南矜炼最工巧。
> 生平寝馈二家诗,立卧未尝须臾离。
> 惟吾自惭袜线才,一毛不敢袭其皮。③

首联写"少陵"杜甫,颔联写"剑南"陆游,细品颈联"生平寝馈二家诗,立卧未尝须臾离"这句,可知其人生志向和杜甫陆游"二家诗"密切相关。程坚甫被诗歌界称为"中国当代农民中的古典诗人""中国农民中的'当世老杜'"④。他的《拾遗寄朗轩》(七律二首)》如实地描述了自己1949年后回到乡下捡拾猪粪"挣工分"的劳作情景:

> 村前村后景清幽,芳草丛中伴豕游。

---

① 苏炜:《中国农民中的"当世老杜"》,《作品》2020年11月(上半月)总746期,第18—26页。
② 王鼎钧:《慕旧惊新读残篇》,《作品》2020年11月(上半月)总746期,第15—16页。
③ 陈中美辑、孟祥荣注:《程坚甫诗辑注》,广州:中山大学出版社2020年版,第13页。
④ 苏炜:《中国农民中的"当世老杜"》,《作品》2020年11月(上半月)总746期,第19页。

> 亦步亦趋关得失，取劳取值适应求。
> 虽无盥手蔷薇蓄，未免撄怀黍稻收。
> 寄语行人休掩鼻，请将肥瘠看田畴。
> 老去犹争一息存，未妨营役博饔飧。
> 守株以待应无兔，执豢相随尚有豚。
> 予取予携心未懈，乍行乍止日将昏。
> 此时逐臭求温饱，半世儒冠不要论。①

这首拾粪诗是古今罕见。一介文弱书生，手无缚鸡之力，生活困顿，只好以"逐臭""拾粪"糊口养家，苟活于世，姑且赋诗"审丑"，苦中作乐，聊以自慰。程坚甫善于纪实抒怀，这首诗真挚、坦然而风趣，尤其"亦步亦趋"写尽其步履蹒跚一路小跑的憨态。"盥手蔷薇"用典出于唐朝冯贽《云仙杂记·大雅之文》，指"柳宗元得韩愈所寄诗，先以蔷薇露灌手，薰玉蕤香后发读，曰：'大雅之文，正当如是。'"而在如此贫寒窘迫的处境之下，程坚甫还发出"何来广厦千万间，毕竟难宽老杜颜！"（《寒冬之夜风雨大作竟夕不寐吟成》），心忧天下黎民苍生。他的经历与唐朝诗圣杜甫一样坎坷，但即便如此，依然热爱生活，笔耕不辍，让人肃然起敬。"程坚甫语言的力量感，不是来自喊叫，也不是来自进攻，而是忍受。忍受生命赋予他的责任，忍受现实给他落地尘世的无聊与平庸、幸福与苦难。他的乐天是尘世最豁达的自嘲，他的隐忍是尘世最豁达的淡泊，他的坚韧是尘世最豁达的率真。"②

程坚甫诗歌创作基本功非常扎实，早年受过良好的诗学训练，诗中流露忧国忧民之情。但在1949年之前的诗作题材广泛，写法多变，并没有形成自己独特的风格，思想厚度不足。20世纪50年代到70年代，程坚甫人到中年，生活却越加失意潦倒，加之经历各种"社会运动"，生命感触越加深入，思想情感越加丰厚，诗歌风格沉郁。所谓"愤懑出诗人"，他将无尽的喜怒哀怨，都宣泄在诗歌创作中，不再被世俗琐事所困扰，不再纠结周遭的不公和不幸，活在诗歌的天地里潜心研习。诗歌赋予了他第二次的生命，创作激情焕发，好诗频频涌现，逐渐形成了自己独特的品性。他在《茗余感吟》中写的"渐觉一身非我有，惟求半刻作农闲"直露心声，诗歌才是他真正的依恋，更是他生命的底气和动力。《寄怀》写于困顿之时：

> 自笑狂如马脱缰，斗诗赌酒兴弥长。
> 箧中检出无完褐，梦里吟成有断章。
> 听尽莺鸣余伐木，留些鸡食合分粮。

---

① 陈中美辑、孟祥荣注：《程坚甫诗辑注》，广州：中山大学出版社2020年版，第312页。
② 洪艳：《孤鸿一世 玉壶冰心》，《湛江日报》2021年10月30日。

蹉跎抱卷空山老,何似黄花晚节香。①

　　从这首诗中可以看出,在忙碌的农事劳作之余,满腹经纶却贫贱卑微的程坚甫,通过写诗纵情,抚慰心灵,坚守信念,捍卫尊严,在诗歌的原野上,宛如一匹脱缰的野马,仰天高歌,狂妄不羁。他自比高洁的菊花,孤傲而芳香。

　　写于1959年左右的《暮冬随笔廿首》是程坚甫的代表作之一,沉郁顿挫,低回幽折,逼真地描述了彼时农村真实的生活情境:"被有温时容梦熟,饭无饱日觉肠宽","忘机友欲盟鸥鹭,争食吾宁与鹜鸡","死生已悟彭殇妄,饥饱宁关丰歉收","长铗羞弹鱼味旷,一年何日食非斋。"这样的生活不仅仅是他一个家庭的遭遇,而是由小窥大,反映三年大饥荒给人民带来的苦难。"曝闻野叟言多妄,诗出迂儒味带酸"这样的自嘲,悲沉隐忍,也含有万般的无奈和愤懑。在阶级斗争为纲的形势下,他这样的身份,尽管表达委曲含蓄,如果不是其性情宽厚,待人谦卑,与世无争,加上居住乡村荒野,远离"洪流中心",很难躲过历次政治风波。程坚甫坚持以第一人称"我"抒写,而不是采用旁观者的视角,超然残酷的现实和荒唐岁月。他的《林翁牧牛》《入市见壁间大字报有云打倒刘长卿者戏以诗咏》等诗作,反映彼时知识分子被迫害下放农村的惨状,悲天悯人之情充溢在字里行间,风骨凛然。

　　"程诗中那些写'贫'的诗句,似乎也不是诗人刻意要哭穷,更不是诗人有何种'砸碎什么什么'的主张和宣言;他的情感、他的诗句完全是一种自然的流露。""程坚甫的诗,着实是一位失意人为另一些失意人写的,是一位孤独的诗人为另一些孤独的诗人写的。读他的诗句,你可以感受到诗句后面是一个在艰难地呼吸、顽强地活着的人,一个在为诗活着的人。"②

　　1967年《偶成寄熙翁》(七律)感慨:

　　　　蚊雷聚响震三台,多少吟情被折摧。
　　　　满架诗书垂老别,一天风雨突如来。
　　　　惊摇山上陈抟梦,唤起江南庾信哀。
　　　　半叟嗜茶狂似昔,月明夜夜踏歌回。③

　　这首诗首联既是悲怆无助地向天发问,更是隐喻地指向"当权者",谴责"打砸抢""破四旧"这些"风雨"扑面而来,给社会带来多少灾难!颈联用典工整,"陈抟"是宋朝人,隐居华山,庾信是《哀江南赋》的作者,南北朝人。尾联道尽作者远离世俗争斗,沉醉"花前月下""诗词天地"的痴情和惬意。

---

① 陈中美辑、孟祥荣注:《程坚甫诗辑注》,广州:中山大学出版社2020年版,第197页。
② 谭琳:《诗人程坚甫和他的诗艺》,《作品》2020年11月(上半月)总746期,第42、45页。
③ 陈中美辑、孟祥荣注:《程坚甫诗辑注》,广州:中山大学出版社2020年版,第230页。

程坚甫的诗咏史纪事合为一体，纵横历史感慨现实，穿梭在古今时空，抒发心志，深沉凝重，充满时代使命感。写于抗日战争初期的《岳武穆》在今古激荡中倾抒情怀，有着诗史映照的凝重：

> 几时还我好河山？顾此头颅莫等闲！
> 二圣誓迎湔耻辱，十年转战历危艰。
> 偏安有意和戎去，奏凯无歌奉诏还。
> 竟使西湖驴背客，雄心消尽酒杯间！①

此诗不仅是程坚甫沉积心中的愤慨，更是彼时爱国者的绵绵不绝之共同愤慨。诗中的"二圣"指宋徽宗和宋钦宗。"驴背客"用典大将韩世忠在岳飞被杀后，曾斥责秦桧："莫须有，何以服天下！"北宋和金议和后，他便"躺平"闲居，经常骑驴游走西湖，借酒消愁。这首诗写于抗日战争初期，彼时程坚甫年近不惑，在悼念岳飞的同时，更多的是怀念敢于为岳飞抱打不平的韩世忠，惺惺相惜，感叹英雄毫无用武之地。这首诗也是诗人内心状况的投射，应和时代之声，抒发报国之志，隐喻自己像岳飞一般的怀才不遇，可叹明珠暗投，失意惆怅。

1941年3月3日，程坚甫的家乡台山县城第一次被日军占领，同年9月22日，台城再次沦陷。当时他42岁，正当壮年，空有报国之志，何能驰骋疆场？他忧国忧民，寝食不安，满腔悲愤，化在笔端，涓涓喷涌，奋笔疾书，感时伤怀。《台城再度沦陷纪实》（五言）就是彼时的佳作，有纪事横陈日寇之凶恶残暴，难民如蝼蚁般仓皇奔命："倭兽肆残暴，杀戮无良莠。自忘蝼蚁贱，随众仓惶走。"也有"牵茨藉地眠，好梦觅何有？"之无解自问惊心，更表现了纪实时局的忧愤之心以及对和平安逸生活的向往："何时天厌乱，殪彼跳梁丑？共作太平人，击壤歌畎亩。"此诗堪比杜甫《兵车行》，寓情于叙事之中，撷取景象错落有致，自然凝聚成荡气回肠的艺术效果。

程坚甫用典精妙，语词质朴，对仗工整，感情沉郁真挚。比如，《感旧断肠词》（五律）：

> 风吹衣带断，游子薄言归。
> 行役身徒苦，娱亲愿已违。
> 无方回老病，何计报春晖？
> 凄绝当年月，还来照素帏！②

这里的"游子""报春晖"，化用唐代诗人孟郊的《游子吟》，诗人以"风吹衣带断"

---

① 陈中美辑、孟祥荣注：《程坚甫诗辑注》，广州：中山大学出版社2020年版，第52页。
② 程坚甫：《感旧断肠词》，见陈中美《程坚甫诗七十首》，《作品》2020年11月总746期，第10页。

隐喻亲人(父母)的离世,遗憾自己病老归乡却无法孝敬父母,遥想"慈母手中线,游子身上衣",无语凝噎。"衣带断"一典也通俗易懂。这首诗,用词平淡通畅,字里行间承载着难以释怀的决绝之情,不禁让人凄然泪下。

> 千里轻舟载石归,青云敢恨历阶微。
> 客囊似水贫难掩,妇面如霜笑更稀。
> 落叶九秋人共悴,绕枝三匝鹊奚依。
> 自怜卒岁无完褐,何况黄金带十围。①

《客归乡居》这首诗撷取轻舟、青云、历阶、客囊、妇面、落叶、鹊等物象造就空寂落寞之境,托物起兴,由实而虚,由外而入,尾联落笔感叹自我贫困潦倒的处境。这首诗整体空灵清逸,心平气和,娓娓道来,最终凝神定格,心凝形释,与万物冥合。

程坚甫作诗成了自我心理疗伤的妙方,将心中的苦闷与忧伤化作咕咕"诗"泉,涓涓流淌,轻柔而烂漫。《遣怀》尾联"老卧林泉堪自慰,鸟啼花落足春眠"化用李白诗句,道出了自己写诗的心境:诗歌的芬芳如同"鸟啼花落"陪伴他的一生,让他如李白一般,在家徒四壁中"春眠不觉晓"。程坚甫通过写诗吟诗,把自己一生所遭遇的苦难和折磨,化身为精神家园的坚守,升华到新的高度。据他的女弟子陈惠群回忆,身患严重口吃的程坚甫,在吟诵诗词时却口齿伶俐,流畅自如。虽然严重的口吃,阻碍了程坚甫在仕途上的追求,加上时代的变更,旧式文人落寞谢场,让程坚甫一生始终漂流在社会的边缘,但自古文章憎命达,诗人不幸诗家幸。

如此艰难困苦,构筑坚实丰厚的人生底蕴;困境中激发潜能,弦歌不辍,发出生命强音。对于程坚甫来说,"诗思诗道,成了对于贫贱卑微的拯救;而贫贱卑微,又成了对诗思诗道的拯救"②。

第三节 南社、南园的文脉赓续

南社成立于1909年,是一个反清的文学革命社团。在辛亥革命以前,它反对清政权;辛亥革命以后,它又反对袁世凯的复辟帝制,反对军阀统治。南社活动一直持续到1949年。南社广东籍社员175人③,广东成立南社广东分社,1917年开始活动。南社广东重要诗人有黄节、蔡守、苏曼殊、汪兆铭、古直、林一厂、马小进、陆丹林等。

---

① 陈中美辑、孟祥荣注:《程坚甫诗辑注》,广州:中山大学出版社2020年版,第63页。
② 苏炜:《中国农民中的"当世老杜"》,《作品》2020年11月(上半月)总746期,第22页。
③ 柳辛疾:《南社纪略》附录《南社社友录》,台北:文海出版社1975年版,第221页。

南社具有非常鲜明的政治抱负和革命色彩,如姚鹓雏所言"顾以结合之旨,在于意气道义之相沆瀣,初非欲于文词别树一帜"①。

蔡守(1879—1941),原名峋,字哲夫,别号寒琼,广东顺德人。1909年11月由柳亚子介绍加入南社,南社虎丘首次雅集十七位参与者之一。早年参加国学保存会,襄助黄节和邓实主办《国粹学报》,刊辑《风雨楼丛书》,与王秋湄、潘达微合编《天荒画报》。1912年冬参与发起组建南社广东分社,后被举为社长,旋又加入国学商兑会。1918年参加护法运动,曾任驻粤滇军总司令咨议。1936年受聘于南京博物院,并曾任职南京中央党史编纂委员会。著有《寒琼遗稿》《说文古籀补》《印林闲话》等。

苏曼殊(1884—1918),原名戬,字子谷,学名元瑛(亦作玄瑛),法名博经,法号曼殊,笔名印禅、苏湜,广东珠海人。生于日本横滨,父亲是广东茶商,母亲是日本人。曾就读于日本早稻田大学。

苏曼殊一生能诗擅画,通晓汉文、日文、英文、梵文等多种文字,可谓多才多艺,在诗歌、小说等多种领域皆取得了成就。翻译过拜伦诗和法国雨果小说《悲惨世界》。苏曼殊的小说有《断鸿零雁记》《天涯红泪记》(仅二章,未完)、《绛纱记》《碎簪记》等六篇,都以爱情为题材。《断鸿霍雁记》分二十七章,写作者的飘零身世和爱情故事,《绛纱记》写昙鸾与五姑、梦珠与秋云两对青年男女的爱情悲剧。他的小说带有比较浓厚的悲观厌世色彩,而文词清丽自然,情节曲折生动。对辛亥革命后盛行于上海的鸳鸯蝴蝶派小说有一定的影响。

作为革新派的文学团体南社的重要成员,苏曼殊曾在《民报》《新青年》等刊物上发表作品,诗风"清艳明秀",别具一格,倾倒一时。辛亥革命失败后,悲观失望更甚,竟以颓废终。

"岭南诗派"一直是岭南文学发展的主流,岭南诗派因孙蕡、王佐、李德、黄哲、赵介等"南园五先生"结社于广州南园抗风轩而起,"南园"传统是贯穿其中的血脉和灵魂:宗主汉魏三唐、诗风雄直、有鲜明的岭南特色。嘉靖中期"南园后五先生"和崇祯后期"南园十二子"续开"南园诗社"。南园五子,名噪于前,清代岭南三家,振响于后。1911年,在黄节与梁鼎芬等人的倡导下,南园诗社得以重开。几个月后,辛亥革命爆发,诗社活动停止。家国纷乱,风雅凋零,让人叹息、感慨。

1936年,广东诗坛欣现"南园今五子"②。冒鹤亭作《赠今五子》,题注:"余心一、熊润桐、曾希颖、佟绍弼、李履庵","五子"前加"今"字,以示与南园前后五子一脉相承。"南园今五子",又称"颙园诗五子",皆受颙园陈融亲炙,是颙园门下客。陈融作

---

① 姚鹓雏:《南社琐记》,《姚鹓雏文集·杂著卷》,上海:上海古籍出版社2012年版,第781页。
② 陈永正:《南园诗歌的传承》,《学术研究》2007第12期,第128—133页。

《怀心一、希颖、履庵、绍粥、闰同偶用斋壁惺默斋诗韵、并呈疚翁》一诗,结处有"商诗一老外,屈指五人谋"之语。一老指冒鹤亭,五人便是"南园今五子"。冒鹤亭作《颙园主客图记》,文中又提及李履庵等十余位颐园之客,"或诗与书画,足以名世"①。

南园今五子都是颙园门下客,创作了许多直面现实、感时忧世之作。熊润桐的诗"意境阔大,声调沉雄",成就最为突出。熊润桐在1947年创作的《厄闰集》,诗歌内容丰富,既有时代沧桑,也有个人困苦,表达细腻、饱含情感,却又不失"温柔敦厚",而且声韵铿锵顿挫。如《开岁至人日得此诗》"一例衣冠随世换,几家眉黛费新描",平仄对仗工整,表现历史转折的怅惘。"衣冠"与"眉黛"意象独到,充满张力。

佟绍粥最年少,最为陈融看重。佟绍粥的诗真切而激昂,《失题》抒发了抗战胜利的喜悦:"中华能再睹尧天,鼓腹讴歌合醉眠。"《废兴》一诗,则表达了对抗战胜利后国民政府苛政劳民的愤慨:"废兴成定局,征募尚劳民。"他的诗歌不如熊润桐的炉火纯青,但情感激烈,多愤懑之语,贯注了刚劲之气。1949年后,随着心境的变化,他也写出色调明快的诗歌,也乐于尝试使用新词汇入诗。例如,60年代初时他有"风云开创地天新""阅世丹心摧未破"等句。时移世易,往昔创作的时代背景和主题已然变更,他的刚猛性情也被肺病和退闲生活渐冲渐淡。

南园今五子的老师陈融为民国政要、文化名人,诗词书法篆刻俱负时誉,诗歌成就尤为突出。陈融(1876—1956),字协之,号颐庵,另有颙园、秋山、松斋。广东番禺人。早年肄业于菊坡精舍,1904年入日本东京法政大学速成科,翌年加入同盟会。与朱执信、汪兆铭、徐绍荣、古应芬等人结"群智社",宣传革命。1913年后,先后任广东司法处处长、广东警官学校校长、广东审判厅厅长、高等法院院长、广州国民政府秘书长、西南政务委员会秘书长、总统府国策顾问等职。喜藏书,政余精于艺事,后逝于香港。著有《黄梅花屋诗稿》《黄梅花屋诗话》《颙园诗话》《读岭南人诗绝句》《竹长春馆诗》等。陈融本质是一位诗人,一生赋闲穗城,诗酒相伴,培育青年诗人。佟绍粥、余心一、曾希颖、李履庵、熊润桐五人,常出入颙园,最为密切,得其亲炙。

陈融的《黄梅花屋诗稿》,出唐入宋,清刚深切。诗作题材广泛,或感念友情,如《赠纪彭兄》;或缅怀亲人,如《哭展堂妹婿》,或针砭时弊,如《丁卯冬夜感赋》,或托物言志,如《明孝陵樱花》,皆有感而发,慷慨激烈之音转为雄奇瑰丽,情殷意挚,耐人寻味。陈融《题利柱石淞沪抗敌图三首》最为体现诗歌艺术特色。题图诗,触景生情,将诗画融为一体,写法新奇、生动而高妙,明其旨、饶其趣、言其心、励其志,"丹青吟咏,妙处相资"。

淞沪会战,始于1937年8月13日,历时三个月,是抗日战争中的第一场大型会

---

① 冒怀苏:《冒鹤亭先生年谱》,上海:学林出版社1998年版,第382页。

战,也是整个战争中进行的规模最大、战斗最惨烈的一场战役。利柱石(1893—1956),广东花县人,1937年秋率领部队赴上海抗战,浴血奋战,九死一生,时任以粤军第159、第160师合编组成第66军480旅长。1947年淞沪抗战十周年,利柱石请黎冰鸿、关山月、梅与天分别泼墨作画,余汉谋题诗、叶肇留言、邓尔疋篆书题印,陈融题三首诗。

《题利柱石淞沪抗敌图三首·其一》:"鼙鼓东来第一声,临江却敌画图成。将军跃马横戈去,叱咤能挥草木兵。"淞沪抗战,壮怀激烈,追怀不已。此诗抓住图画的主要特征,用精练的语言进行描绘,巧笔勾勒,尾句赋予辽阔的想象,据实构虚,"图画成"与"横戈去"构成连贯性,化静为动,起止之间意境混成,生动而形象地讴歌抗战将士的英勇无畏精神。

《题利柱石淞沪抗敌图三首·其三》:"淮西欲勒纪功石,题卷还多称妙词。老我犹惭王溪笔,为君一续读韩碑。"这首诗画外生发,古今贯通,扩展和深化画境,体现陈融擅长用典的特点。诗中典故不多,不是刻意用典,而是围绕韩愈撰写"平淮西碑",结合李商隐诗《韩碑》展开。"老我犹惭王溪笔",应为"玉溪笔"之误,李商隐号玉溪生。诗歌叙议相兼,写法受到李商隐《韩碑》、韩愈《石鼓歌》的影响。清人屈复《玉溪生诗意》中说李商隐诗"生硬中饶有古意,甚似昌黎而清新过之",此论可以借来评陈融诗歌:古意盎然,不仅清新,而且生动,意蕴深远。

参考文献

张资平:《冲击期化石》,上海:上海泰东图书局1922年版
李金发:《微雨》,北京:北新书局1925年版
钟敬文:《荔枝小品》,上海:北新书局1927年版
洪灵菲:《流亡》,上海:现代书局1928年版
冯宪章:《梦后》,上海:紫藤出版部1928年版
杨邨人:《苦闷》,上海:启智书局1929年版
戴平万:《陆阿六》,上海:现代书局1930年版
欧阳予倩:《予倩论剧》,广州:泰山书店,1931年版
黑炎:《战线》,上海:现代书局1933年版
王哲甫:《中国新文学运动史》,北京:北京景山书社1933年版
黑婴:《帝国的女儿》,上海:开华书局1934年版
黄节:《蒹葭楼诗》,上海:商务印书馆1935年版
朱自清:《中国新文学大系·诗集》,上海:良友图书公司1935年版
胡适:《中国新文学大系·建设理论集》,上海:上海良友图书公司1935年版
茅盾:《中国新文学大系·小说一集》,上海:良友图书公司1935年版
郑伯奇:《中国新文学大系·小说二集》,上海:良友图书公司1935年版
郁达夫:《中国新文学大系·散文集》,上海:良友图书公司1935年版
梁宗岱:《诗与真》,上海:商务印书馆1935年版
蒲风:《钢铁的歌唱》,上海:诗歌出版社1936年版
温流:《我们的堡》,青岛:诗歌出版社1936年版
小默(刘思慕):《欧游漫忆》,上海:生活书店1937年版
雷石榆:《新生的中国》,广州:诗歌出版社1938年版
蒲风:《抗战诗歌讲话》,广州:诗歌出版社1938年版
蒲风:《黑陋的角落里》,广州:诗歌出版社1938年版
集体创作:《黄花岗》,广州:怒吼出版社1938年版
司马文森:《粤北散记》,上海:大路出版公司1940年版

李金发:《异国情调》,上海:商务印书馆1942年版
雷石榆:《小蛮牛》,桂林:文化供应社出版1943年版
任钧:《新诗话》,上海:新中国出版社1946年版
杜埃:《在吕宋平原》,广州:人间书屋,1950年版
王瑶:《中国新文学史稿(上卷)》,开明书店1951年
陈卓猷:《演员创造论》,上海:新文艺出版社1953年版,
沈纪:《马师曾的戏剧生涯》,广州:广东人民出版社1957年版
福泽谕吉:《文明论概略》,北京:商务印书馆1959年版
欧阳予倩:《欧阳予倩选集》,北京:人民文学出版社1959年版
柳弃疾:《南社纪略》,台北:文海出版社1975年版
黄宁婴:《黄宁婴诗选》,广州:广东人民出版社1980年版
彭湃:《彭湃文集》,北京:人民出版社1981年版
方汉奇:《中国近代报刊史》,太原:山西人民出版社1981年版
孟超:《洪灵菲选集》,北京:人民文学出版社1982年版
郁茹:《郁茹作品选》,广州:广东人民出版社1983年版
杜埃:《杜埃自选集》,广州:花城出版社1983年版
黑婴:《漂流异国的女性》,哈尔滨:黑龙江人民出版社1983年版
黄节:《黄节诗选》,刘斯奋选注,广州:广东人民出版社1984年版
萧殷:《萧殷自选集》,广州:花城出版社1984年版
刘思慕:《野菊集》,上海:上海文艺出版社1984年版
杨匡汉、刘春福编:《中国现代诗论》,广州:花城出版社1985年版
杜秀华:《碧野研究专集》,武汉:长江文艺出版社1985年版
冯乃超:《冯乃超文集》,广州:中山大学出版社1986年版
陈颂声、邓国伟:《南国诗潮:中国诗坛诗选》,广州:花城出版社1986年版
冯铿:《重新起来》,李伟江编,广州:花城出版社1986年版
杨义:《中国现代小说史》第一卷,北京:人民文学出版社1986年版
芦荻:《芦荻诗选》,广州:花城出版社1986年版
司马文森:《南洋淘金记》,北京:人民文学出版社1986年版
钟贤培、汪松涛主编:《广东近代文学史》,广州:广东人民出版社1996年版
欧阳山:《欧阳山文集》,广州:花城出版社1988年版
张振金:《岭南现代文学史》,广州:广东高等教育出版社1989年版
陈融:《黄梅花屋诗稿》,香港:至乐楼出版1989年版
欧阳予倩:《欧阳予倩全集》,上海:上海文艺出版社1990年版

陈衡、袁广达主编:《广东当代作家传略》,广州:中山大学出版社1991年版
陈残云:《陈残云文集》,天津:百花文艺出版社1993年版
费正清:《剑桥中华民国史》,北京:中国社会科学出版社1993年版
陈永正主编:《岭南文学史》,广州:广东高等教育出版社1993年版
赖伯疆:《薛觉先艺苑春秋》,上海:上海文艺出版社1993年版
碧野:《碧野文集》,武汉:长江文艺出版社1993年版
杨鲍安:《杨鲍安文集》,北京:中央文献出版社1996年版
解志熙:《美的偏至》,上海:上海文艺出版社1997年出版
陈厚诚:《死神唇边的笑——李金发传》,上海:上海文艺出版社1996年版
龙榆生:《龙榆生词学论文集》,上海:上海古籍出版社1997年版
黄节:《蒹葭楼自定诗稿原本》,欧初编,广州:广东人民出版社1998年版
陈炳明:《陈炳明集》,广州:中山大学出版社1998年版
杨益群等编:《司马文森研究资料汇编》,北京:北京十月文艺出版社1998年版
刘登翰主编:《香港文学史》,北京:人民文学出版社出版1999年版
克利福德·吉尔兹:《地方性知识》,王海龙、张家瑄译,北京:中央编译出版社2000年版
许地山:《许地山全集》,长春:时代文艺出版社2000年版
赖伯疆主编、广东粤剧院编:《粤剧艺术大师马师曾》,北京:中国戏剧出版社2000年版
广东省地方史志编纂委员会编:《广东省志·文化艺术志》,广州:广东人民出版社2001年版
温廷敬主编:《潮州诗萃》,汕头:汕头大学出版社2001年版
张丽敏:《雷石榆人生之路》,保定:河北大学出版社2002年版
陈洵著,刘斯翰笺注:《海绡词笺注》,上海:上海古籍出版社2002年版
广东省立中山图书馆编:《民国广东大事记》,广州:羊城晚报出版社2002年版
卡林内斯库:《现代性的五副面孔》,北京:商务印书馆2002年版
梁宗岱:《梁宗岱文集》,北京:中央编译出版社2003年版
乔力、李少群:《山东文学通史(上下卷)》,山东教育出版社2003年版
施以对:《当代词宗》,福州:海峡文艺出版社2003年版
何楚熊:《陈残云评传》,上海:上海文艺出版社2003年版
向卫国、肖晓英:《茂名文学史纲》,北京:中国文史出版社2004年版
陆耀东:《中国新诗史》第一卷,武汉:长江文艺出版社2005年版
夏志清:《新文学的传统》,北京:新星出版社2005年版

鲁迅:《鲁迅全集》,北京:人民文学出版社2005年版

程美宝:《地域文化与国家认同》,北京:生活·读书·新知三联书店2006年版

黄修己:《中国现代文学发展史》,北京:中国青年出版社2008年版

罗可群:《现代广东客家文学史》,广州:广东人民出版社2008年版

欧阳山:《欧阳山文选》,广州:花城出版社2008年版

陈希:《岭南诗宗·黄节》,广州:广东人民出版社2008年版

刘梦芙:《二十世纪中华词选》,合肥:黄山书社2008年版

曾石龙主编:《粤剧大辞典》,广州:广州出版社2008年版

赖伯疆:《广东戏曲简史》,广州:广东人民出版社2009年版

陈希:《中国现代诗学范畴》,广州:中山大学出版社2009年版

熊国华:《清远当代文学史》,广州:花城出版社2010年版

朱执信:《朱执信集》(增订本),北京:中华书局2012年版

丘东平:《丘东平作品全集》,上海:复旦大学出版社2011年版

詹安泰:《詹安泰全集》,上海:上海古籍出版社2011年版。

许地山:《许地山作品新编》,北京:人民文学出版社2012年版

翁奕波:《现当代潮人文学史稿》,中国文史出版社2012年版

罗可群:《广东客家文学史》,广州:广东人民出版社2015年版

陈剑晖:《岭南现当代散文史》,广州:广东人民出版社2016年版

陈希:《西方象征主义的中国化》,广州:中山大学出版社2018年版

雷石榆:《雷石榆全集》,石家庄:河北教育出版社2018年版

程坚甫:《程坚甫诗辑注》,陈中美辑、孟祥荣注,广州:中山大学出版社2020年版

李金发:《李金发诗歌全编》,陈厚诚、李伟江、陈晓霞编,成都:四川文艺出版社2021年版

黄修己:《中国现代文学研究通史》,广州:广东人民出版社2021年版

冼玉清:《冼玉清诗词集校注》,吴聃校注,广州:中山大学出版社2021年版

敢为人先唱大风

——《广东文学通史》后记

2020年5月28日上午9时,广东省作协在广东文学艺术中心23楼召开《广东文学通史》编撰工作务虚会。省作协党组书记张培忠,省作协主席蒋述卓,中山大学中文系主任彭玉平,中山大学中文系教授林岗、谢有顺,华南师范大学中文系教授陈剑晖,暨南大学中文系教授贺仲明,广州大学文学院教授纪德君等出席会议。

我在主持时指出,为什么要编撰《广东文学通史》,主要基于三方面因素的考虑:从古代到当代,广东还没有一部贯通的文学史,着手编撰此书,是事业的需要、时代的需要;助力粤港澳人文湾区建设,满足学术界新期待,是工作的需要;建设广东文学馆,提供理论支撑,是展陈的需要。

怎么来编撰这部文学通史,指导思想、起止时间、编多少本、由谁来编、什么时候完成、需要多少经费,以及其他相关问题等,在务虚会上,大家围绕上述问题展开热烈讨论,畅所欲言,集思广益。

讨论的结果,决定由我和蒋述卓主席担任总主编,负责谋划、统筹、推进通史的编撰工作。初步考虑编撰五卷,包括古代一卷(清代以前)、近代一卷、现代一卷、当代前三十年一卷、后四十年一卷。

我在小结时强调,通史的编撰要以习近平新时代中国特色社会主义思想为指导,站位要高,要有新的史料的发现、新的观念的阐释、新的体系的构建,要成为一部集大成、标志性的成果;编撰要精,标准、体例、作者都要从严要求,要提出新的框架,形成新的理论,突出当代意识、全球意识和精品意识;推进要准,要摸清家底,分步进行,倒排工期,三年完成。

务虚会既务虚,又务实,颇有成效。此时新冠疫情正炽,正常工作、生活秩序受到严重影响,启动通史编撰工作并非合适时机,更大的难题在于无经费、无团队、无史料,如何开始这项浩大的工程?我们认为,文学通史撰写,事关全省文学事业大局,有条件要上,没有条件,创造条件也要上。

当务之急是解决没有经费的问题。疫情期间,财政紧缩开支,强调要过紧日子乃至苦日子,正常开支尚且要有所压缩,更遑论新增项目。无米下锅,计将安出?遂翻箱倒柜,努力挖潜,得悉香港知名实业家、全国政协原副主席霍英东先生曾于1996年慷慨捐资500万元用于支持广东省作家协会办公大楼筹建,后因省政府资金到位,仅使用部分经费用于购置设备和修缮;其后省作协曾致函征得家属同意,拟将捐赠剩余资金用于设立"英东文学奖",又因审批原因未能实施,存有港币400多万元由省作协保管至今。省作协遂致函霍英东先生二儿子、香港霍英东集团行政总裁霍震寰先生,协商启用霍英东先生捐助的资金,用于编纂出版《广东文学通史》,并每年推出《广东文学蓝皮书》,以填补广东文学史研究之空白,助力粤港澳大湾区人文建设。霍震寰先生随即复函表示支持,并肯定出版计划"既传承书香,亦惠泽后学,不仅能起到探源溯流,勾勒古今,阐幽发微之效,更有助今后地方文学事业之编修及发展,可谓意义非凡,贡献殊深"。

经费落实后,各项工作遂紧锣密鼓地开展起来。成立编委会,聘请学术顾问,确定总主编、执行主编、分卷主编,并委托分卷主编物色撰写人员,要求撰写人员原则上需由副教授及以上人员担任。

经过一年多的筹备,2021年7月21日,《广东文学通史》编撰工作会议在岭南文学空间举行。编撰团队全体人员出席,大家就该项文学工程的价值和意义、框架和体例、规范和要求进行深入讨论。以这次会议为标志,《广东文学通史》编撰工作正式全面启动。为保质保量完成广东史上第一部贯通的文学史撰写,会议强调:一是要坚持提高站位,切实增强撰写《广东文学通史》的责任感、使命感和荣誉感。盛世修史,在中华民族伟大复兴进程中编写这样一部通史,是时代的产物,也是广东文学发展的当下必须要做的一件事情,这是责任、使命,也是荣誉。二是要坚持正确史观,以习近平新时代中国特色社会主义思想,特别是习近平总书记关于文艺工作的重要论述指导通史的编撰工作。习近平新时代中国特色社会主义思想是21世纪马克思主义、当代马克思主义,它涉及治国、治党、治军,内政、外交、国防,思想深邃,内容丰富,博大精深,是全面建设中国特色社会主义的根本遵循和行动指南,也是指导文学创作和文学研究的强大思想和理论武器,我们要掌握这个武器,以此统率通史编撰工作,做到纲举目张。同时,要求撰写人员重温经典作家关于无产阶级文艺思想的重要论述,做到融会贯通。三是要坚持守正创新,努力构建富有岭南文化特色的中国文学话语和叙事体系。习近平总书记在2021年5月31日召开的十九届中央政治局第三十次集体学习会上指出,要加快构建中国话语和叙事体系,用中国理论阐述中国实践,用中国实践升华中国理论。撰写团队要有雄心和能力,坚持把马克思主义的基本原理同中国文学特别是广东文学的实际相结合,同中国优秀传统文化包括优秀的岭南文化相结合。积极学习、借鉴人类文明一切有益成果,包括先进的西方文论,为我所用,推陈出新,固本开新,守正创新,积极构建具有岭南文化特色的中国文学话语和叙事体系,使《广东文学通史》耳目一新、独树一帜,以厚重而又灵动的学术品格呈现于中国文学史著之林。四是要坚持对标最优最好,打造风格统一的有信息含量、有思想容量、有情感力量的通史力作。《广东文学通史》的规模是五卷200多万字,每卷的撰稿专家4人,加上总主编、执行主编、分卷主编,共20多人。专家各有所长,风格各异。但作为一部高质量的文学通史,要建立起一种机制,努力做到质量均衡、风格趋同。特别要体现共识,体现创新,体现政治性、学术性、科学性、独创性。五是要坚持倒排工期,挂图作战,按时保质保量完成《广东文学通史》编撰任务。按照计划,2022年10月拿出初稿,2023年5月正式出版。以此时间节点制定任务书、时间表、路线图,稳扎稳打、有章有法、有板有眼地推进,做到如期实现,务求全胜。

2021年8月20日,我在岭南文学空间主持召开《广东文学通史》顾问、主编工作会议,并代表省作协与各分卷主编签订撰写协议。会议强调:一是要贯穿一条红线。坚持以习近平新时代中国特色社会主义思想,特别是习近平总书记关于文艺工作的重要论述作为一条红线贯穿全书,并以此指导编撰工作;二是要构建一套话语体系,致力于打造融通中外、富有岭南特色的文学话语和叙事体系;三是要形成一套工作机制,确定每个月召开一次推进会,汇报前期工作,明确下一步任务,群策群力、扎实有效地推进编撰工作。

2021年9月30日,《广东文学通史》编委会工作会议在岭南文学空间召开。会议原则通过《广东文学通史》各卷提纲,明确要求各卷团队以此为依据抓紧开展撰写工作,并要求统筹好六种关系,即全国地位与地方影响的关系、统一体例与各卷侧重的关系、"史"与"论"的关系、"点"与"面"的关系、"里"与"外"的关系,以及政治立场与文学成就的关系,推动编撰工作顺利进行。

为使撰稿老师在搜集材料、开展研究、撰写稿件时有所遵循,总主编委托执行主编研究提出通史的编写体例、入史标准、结构类型,供各位撰稿老师参考。其中对入史作家作了明确规定:广东籍并长期在广东生活和工作的作家及其作品、长期居住广东的非广东籍作家及其作品(当代一般5年以上)、古代北方流贬到广东的作家诗人及其作品;入史的作家诗人,一般应有文集或专著问世,并在全国或全省有较大影响等。其他情形的则强调在地性,比如,唐朝文学家韩愈被贬潮州写的《祭鳄鱼文》、宋朝文学家苏轼应邀撰写的《潮州韩文公庙碑》,均属于广东作家作品;离开了广东,创作的也非广东题材,就不能算是广东作家作品。

岭南自古虽谓缺舌蛮荒之地,却也最早得风气之先。其文学与大漠西北迥然有异,也极大区别于江南水乡。广东文学的脉络如何,特质如何,在全国大局上处于什么位置,这更是通史必须明确和把握的重大问题。为此,总主编、执行主编、分卷主编在2022年4月29日,又专门召开了一次务虚会,就广东的文化逻辑、文学逻辑、理论逻辑,进行了一次深入的探讨,初步厘清了广东文学从受容到包容到交融的发展历程、从边地到腹地到前沿的进取精神、从雄直之风到慷慨豪迈到勇于斗争的革命谱系、从海洋性到商业性到市民性的文学品格。这些品质是广东文学区别于别的地方的文学所独具的鲜明特色,必须尽量贯彻到通史各卷的撰写中。比如"海洋性"的特质,从唐朝诗人张九龄诗歌《望月怀远》的"海上生明月,天涯共此时"到当代作家杜埃长篇小说《风雨太平洋》等,无论是题材选择、主题呈现,还是艺术塑造,都一以贯之地彰显了这一基于地缘优势而格外丰厚的文学资源。又比如,革命谱系中的广东左联作家,在现当代革命文学中占有突出地位,其中"左联五烈士"之一的冯铿,是广东潮州人,牺牲时只有23岁,却创作了大量作品;左联成立时七常委之一洪灵菲,也是广东潮州人,他创作出版了包括长篇小说"《流亡》三部曲"在内的大量文学作品,总计200多万字,是无产阶级革命文学草创时期的优秀作品和重要收获。这些作品大部分散佚在外,撰稿老师在寻找文献、抢救文献、消化文献的过程,就是集腋成裘、提炼史观、形成评价的过程。其中洪灵菲的作品,写革命的流亡涉及潮人出国留洋,行文中经过不同的地方,伴随潮汕话、粤语、英文、南洋话,多种语言杂糅与异国风情形成的国际视野和革命叙事,便构成了近现代以来广东文学兼容并包的创作特色和开眼看世界的文学自信。

近两年,编撰团队共召开13次会议,凝聚共识,讨论提纲,切磋写法。在学术顾问的指导下、在编委会的支持下,编撰团队全力以赴、攻坚克难、夜以继日,终于按照规定时间完稿,并在分卷主编、执行主编、总主编三轮统稿后,将齐、清、定的全稿于今年二月底送人民文学出版社出版。

现将有关架构说明如下:

学术顾问:

陈春声　中山大学党委书记、中国史学会副会长、教育部历史学科教学指导委员会主任委员

黄天骥　中山大学中文系教授、中国古代戏曲学会会长

刘斯奋　著名作家、茅盾文学奖获得者、广东省文艺终身成就奖获得者

陈永正　中山大学中文系教授

总主编:

张培忠　广东省作家协会党组书记、专职副主席,中国报告文学学会副会长

蒋述卓　广东省作家协会主席、暨南大学教授、中国文艺理论学会副会长

执行主编:

彭玉平　中山大学中文系主任、教授,教育部长江学者特聘教授,《中山大学学报》主编,中国词学会副会长

林　岗　中山大学中文系教授、广东文艺批评家协会主席
陈剑晖　华南师范大学文科二级教授、广州大学资深特聘教授

现将撰稿情况说明如下：
总　序：林　岗
第一卷：主编　彭玉平
　　　　撰写　彭玉平
　　　　　　　徐新韵（星海音乐学院人文社科部副教授）
　　　　　　　史洪权（中山大学中文系副教授）
　　　　　　　李婵娟（佛山科学技术学院中文系主任、教授）
　　　　　　　翁筱曼（华南师范大学文学院副教授）
第二卷：主编　纪德君（广州大学岭南文化艺术研究院执行院长、中国俗文学学会副会长）
　　　　撰写　纪德君
　　　　　　　闵定庆（华南师范大学文学院教授）
　　　　　　　耿淑艳（广州大学人文学院副教授）
　　　　　　　周丹杰（广东技术师范大学图书馆馆员）
第三卷：主编　陈　希（中山大学中文系教授）
　　　　撰写　陈　希
　　　　　　　刘卫国（中山大学中文系教授）
　　　　　　　徐燕琳（华南农业大学人文学院教授、岭南文化与艺术研究中心主任）
　　　　　　　吴晓佳（中山大学中文系副教授）
　　　　　　　叶　紫（广州华联学院心理咨询中心主任、副教授）
　　　　　　　冯倾城（澳门中华诗词学会理事长，撰写第三卷旧体诗词章节）
第四卷：主编　贺仲明（广东省作协兼职副主席、暨南大学文学院教授、中国现代文学研究会副会长）
　　　　撰写　贺仲明
　　　　　　　龙其林（上海交通大学长聘副教授）
　　　　　　　杜　昆（嘉应学院副教授）
　　　　　　　黄　勇（暨南大学文学院副教授）

第五卷：主编　陈剑晖

撰写　陈剑晖

　　　　刘茉琳(广东技术师范学院文传学院副院长、副教授)
　　　　黄雪敏(华南师范大学城市文化学院副教授)
　　　　程　露(广州新华学院中文系副教授)
　　　　杨汤琛(广东外语外贸大学文学院教授,撰写第五卷诗歌章节)
　　　　马　忠(广东省清远市文艺批评家协会副主席,撰写第五卷儿童文学章节)
　　　　刘海涛(岭南师范学院文学院教授,撰写第五卷小小说章节)
　　　　申霞艳(暨南大学文学院教授,撰写第五卷邓一光章节)

后　记：张培忠

　　美国著名诗人卡尔·桑德堡曾说过："任何事情开始时都是梦。"撰写广东史上第一部文学通史,曾经是一个遥远的梦想。如今梦想成真,可谓文学界、学术界一大盛事。在整个撰写过程中,省委宣传部给予高度重视和大力支持,学术顾问陈春声书记、黄天骥教授、刘斯奋老师、陈永正教授给予悉心指导、把关定向,总主编张培忠、蒋述卓和执行主编彭玉平、陈剑晖、林岗以及各分卷主编彭玉平、纪德君、陈希、贺仲明、陈剑晖统筹谋划、沟通协调、提出规范、督促落实,林岗老师自告奋勇承担撰写总序的艰巨任务,编委会登高望远、咨询指导,撰写团队知难而进、迎难而上,把不可能变为可能,工作团队陈昆、周西篱、林世宾、邱海军、杨璐临等事无巨细,不厌其烦,保障有力,人民文学出版社臧永清社长、李红强总编辑、责任编辑付如初主任等,积极配合,严格把关,加班加点,精编精印,确保高效率、高质量完成出版任务。尤为令人感佩的是,香港霍英东集团行政总裁霍震寰先生大力支持并慨然同意将霍英东先生生前捐助的资金用于通史的编撰出版工作,确保通史的编纂出版工作得以顺利推进。谨此代表省作协和编委会,对参与和支持通史编纂出版工作的单位和个人表示崇高的敬意和衷心的感谢!

　　今年是广东省作家协会成立70周年。值此丰收之时和喜庆之日,通史的出版,可谓正当其时,意义重大。元宵节过后,通史执行主编、第一卷主编彭玉平教授发来其刚刚完稿的第一卷绪论,并附感赋一首。正如阅读其他各卷文稿一样,我迫不及待地先睹为快。其感赋如下：

撰《广东文学通史》第一卷绪论感赋
　　粤文一卷费思量,唐宋明清气渐扬。
　　百越古风深底蕴,融通南北自堂堂。

　　彭玉平教授是学术大家和诗词名家。再三阅读其第一卷绪论和感赋,受到感染和触发，我也附骥拟古风草成一首，不拘格律，达意而已。诗云：

读彭公一卷绪论有感

彭公积厚自雕龙，化繁为简意葱茏。

追寇入巢溯源流，别具只眼识诸公。

山林皋壤时空换，涓滴巨澜赖有容。

系出一脉雄直气，敢为人先唱大风。

就其对事业的虔敬精神，以及对学术的穷理尽性，这首古风小诗虽因彭玉平教授缘情而发，其实也是为全体撰写团队诸君而作。由于任务繁重，时间紧迫，本通史是在"三无"状况下创造条件破空而出，加上撰写团队受到学术视野和各种因素的限制，特别是本人才疏学浅，通史疏漏不妥甚至谬误之处在所难免，敬祈学界方家和广大读者批评指正，并将宝贵意见反馈给我们，以便适当时候加以修订，俾使通史日臻完善，嘉惠学林。

张培忠

2023年4月2日于广州